ALL YOU CAN EAT

DIE GESCHICHTE VON DEM GROSSEN WEISSEN HAI IN BASEL

ALL YOU

CAN EAT

DIE GESCHICHTE VON DEM GROSSEN WEISSEN HAI IN BASEL

Bibliografische Information der Deutschen Nationalbibliothek
Die Deutsche Nationalbibliothek verzeichnet diese Publikation in der Deutschen
Nationalbibliografie; detaillierte bibliografische Daten sind im Internet
über http://dnb.dnb.de abrufbar.

Autorenbild: Loran Gallati
Tattoo des Autors: JM Tattoo @heavenofcoloursbasel
Satz, Umschlaggestaltung und Verlag: BoD · Books on Demand GmbH,
In de Tarpen 42, 22848 Norderstedt
Druck: Libri Plureos GmbH, Friedensallee 273, 22763 Hamburg

ISBN: 978-3-7583-3520-4

INHALT

EINLEITUNG

Wenn sie die Augen schliessen und »Basel« hören, werden die meisten vermutlich nichts sehen. Vielleicht die eigene Stadt, vielleicht Berge, weil sie gehört haben, Basel liegt in der Schweiz, oder einfach nur einen Hamburger, weil sie Hunger haben.

Basel liegt im Herzen von Europa, am nordwestlichen Rand der Schweiz, und zwar so weit, dass Basel an gleich zwei Länder grenzt. Beide, Frankreich und Deutschland, grenzen an ein Meer, was der Schweiz verwehrt bleibt. Die Schweiz ist ein Binnenland und die Chancen, in einem der Flüsse oder Seen einen Weissen Hai zu sehen, sind eher gering.

Dies wollte Malena Bös, Geschäftsführerin der Oceanium Holding Group und Ehefrau von Stefan Bös, dem Kaugummierben, der genauso dehnbar war wie die Kautschukmasse, die seine Familie so reich machte, ändern. Dennoch oder gerade deswegen war er als CEO immer direkt neben seiner Frau. Dazu gesellten sich Klara und Peter Probst und Kurt Lasser, der geschieden und nur der Form halber CEO war. Er war der technische und kreative Kopf, der das Ozeanium entwarf.

Bevor es dazu kam, musste Malena allerdings ihre finanziellen Muskeln spielen lassen, um das von Einwänden begleitete Projekt auch verwirklichen zu können. Dabei gab es nicht wenige Stimmen, die von unsauberen Mitteln der Millionärin sprachen, aber beweisen konnte man bislang nichts.

Der etwa tausend Meter lange und zweihundert Meter hohe, dunkle Klotz wurde schliesslich neben dem Zoo in Richtung Stadt, im Heuwaage-Gebiet, errichtet. Von aussen schien sich Kurt Lasser nicht mit Ruhm zu bekleckern, aber das eigentliche Zauberwerk befand sich im Innern. 5 Tanks, die Tonnen von Wasser fassen und Platz für grössere Meerestiere bieten konnten. Weitere kleinere Tanks für seltene kleinere Fische und andere Meeresbewohner und schliesslich dieser eine grosse, der für die Hauptattraktion reserviert war. Ein grosser Weisser Hai! Der erste in einem Aquarium und der erste in einem Binnenland. Das achte Weltwunder, das Basel an die Spitze der

Tourismusbranche und der Stadt Basel die Geheimnisse des Ozeans vor die Haustür bringen sollte.

Tausende Menschen werden vor Ort oder an den Bildschirmen zu Hause beiwohnen, wenn der grosse Weisse Hai präsentiert wird.

Der König der Raubtiere.

Es war einmal, in Basel …

KAPITEL 1

Zwei Boote

1

Die beiden dunkelblauen, in der Sonne weiss reflektierenden Hummer-Geländewagen standen vor dem Hafen in Tabasco, Mexico, und liessen die Luft über ihren Dächern in der Hitze flimmern. Die Logosticker an den Seitentüren, eine graue Haifischflosse mit dem Schriftzug »Ozeanium«, wobei das O eine Welle beinhaltete, leuchteten in der Sonne und strahlten in einem hellen Kontrast zu dem dunklen Blau der Geländewagen.

Der kleine Hafen, umrandet von dichtem und dichterem Dschungel, diente als Anlegeplatz abseits der Zivilisation. Die beiden Fahrzeuge stachen in dieser Szenerie heraus, zu glatt und sauber für den Hafenparkplatz. Der einfach sumpfiger Dreck war.

In den voll klimatisierten Fahrzeugen sass die gesamte Führungsriege des Basler Ozeaniums. Auf so etwas wie geheimer Mission, etwa sechs Wochen vor der geplanten Eröffnung ihres Aquariumparks im Binnenland Schweiz.

Malena wandte sich vom Fenster ab, strich sich die blonden Strähnen aus der Stirn und stöhnte angesichts der Hitze, die sie draussen erwartete. Ihr gegenüber sassen ihr Mann Stefan und Peter Probst, dessen Frau Klara neben ihr sass. »Du kennst diesen Typen?«

Peter schüttelte den Kopf und deutete nach hinten auf den zweiten Wagen. »Kurt kennt einen Typen, der diesen Typ mal getroffen hat!«

»Wundervoll … und wir müssen zu ihm?«, stöhnte Malena wegen dem sumpfigen Dreck, der ihr neben der Hitze draussen bevorstand. »Er konnte nicht zu uns kommen?«

»Es geht um das Leben unserer Kinder!«, rief Klara aus und brachte damit ihren Dutt ins Wanken.

»Das wissen wir nicht!«, beschwichtigte Peter, der mit den Augen dem wackelten Dutt zusah.

»Sie sind seit zehn Tagen da draussen! Zehn Tage!« Klara hielt verdeutlichend ihre Hände mit ihren zehn Fingern nach oben.

»Auch das ist uns bewusst …!«, seufzte Peter.

»Und seit fünf Tagen haben wir nichts mehr von ihnen gehört!«, wurde Klara lauter, als es im Innern eines Wagens angenehm war.

»Das bringt uns auch nicht voran, Klara …« Stefan setzte sich auf und wischte mit einem bestickten Tuch den Schweiss von seiner Stirn. »Aber es kann auch nur der Funk ausgefallen sein! Technische … Dinge, die nicht funktionieren, kommen vor!«

»Oder sie treiben da draussen mitten auf dem Ozean herum! Wollen wir dieses Risiko wirklich eingehen?« Klara erhitzte sich und lief rot an. »Schliesslich ist es unsere Schuld, dass sie dort draussen sind!«

Stefan stemmte die Hüften hoch und kramte sein Handy hervor. Mit einem Ächzen setzte er sich wieder und prüfte erst das Display des vibrierenden Telefons, bevor er den Anruf entgegennahm. »Ja?«

»Wer ist das?«, stiess Malena ihren Mann gegen das Knie.

»Kurt …«, blickte Stefan mit dem Telefon am Ohr zu seiner Frau. »Er will wissen, ob wir nun da raus gehen oder hier nur die Klimaanlagen testen.«

»Arschloch!«, drückte Malena fluchend die Tür auf und wurde von einer dichten Wand aus heisser Luft begrüsst.

»Wir kommen!« Mit einem süffisanten Lächeln steckte Stefan das Telefon wieder ein und öffnete die Tür auf seiner Seite.

Malena wie auch Klara trugen nicht nur unpassende Kleider, sondern auch unglaublich teure und viel zu hochhackige Schuhe. Peter und Stefan folgten ihnen, beide in weissen Hemden, Shorts und Schuhen. Aus dem hinteren Wagen stieg Kurt aus, dessen Hemd ein buntes Blumenmuster trug, und mit einer korrigierten Sonnenbrille auf der Nase.

Peter schirmte die Sonne von seinen Augen ab und beobachtete leicht amüsiert die beiden Frauen, die sich fluchend durch die schlammigen Pfützen zum Anlegeplatz mühten. »Es war auch eine verflucht blöde Idee …«

»Es ist von der Steuer abzusetzen …«, warf Stefan ein. »So blöd war die Idee nicht!«

»Unsere Kinder unsere Arbeit erledigen lassen?« Peter schüttelte den Kopf.

»Fische zu organisieren ist jetzt nicht wirklich unser Job ...«, lächelte Stefan schwach, der Versuch, sich nicht zu schuldig zu fühlen, misslang.

»Nun, irgendwie ... am Ende des Tages schon ...«, gab Peter zu. »Nicht auf diesem Wege, aber ja ... es ist unser Job!«

»Was heisst Wege ... Sie waren bestens dafür geeignet!« Sie schlossen mit den Frauen auf, die nun auf etwas betoniertem Boden standen und die Boote absuchten.

»Es sind Studenten! Ausser in der Theorie haben sie Luftmatratzen-Erfahrung!«, bemerkte Klara und hob den Kopf, um den Schweizer Schmuggler zu finden.

»Deswegen haben sie einen Bootsführer dabei, der sich mit Booten auskennt!«, hielt Stefan an seinem Standpunkt fest.

»Den schwulen Kapitän eurer Yacht ... ich bin wirklich hochgradig beruhigt!« Kurt deutete auf das äusserste Boot, das im Hafen lag. »Dort drüben ist unser Mann!«

Sie drehten sich um und starrten das alte, baufällige Fischerboot an.

»Ist das ein Requisit aus dem *Weissen Hai*?«, brachte Peter sein Missfallen zum Ausdruck. »Schwimmt das überhaupt noch?«

Kurt lief schulterzuckend weiter und hielt auf das Boot zu. Malena und Klara, beinahe überraschend, neben ihm.

Ein ledriger und etwas älterer Einheimischer war dabei, die Taue neben einem Boot aufzurollen.

»Sind Sie Crime?«, stöckelte Klara auf ihn zu.

»No Crime ...«, schüttelte der Mexikaner verwirrt den Kopf.

»Sieht er aus wie ein Crime?«, verschränkte Kurt mit hochgezogener Braue die Arme.

»Woher soll ich das wissen?«, keifte sie Kurt an.

»John?« Er ging an ihr vorbei und beugte sich zum Boot runter.

»Wo ist er?«, keuchte Malena angestrengt.

»Wir sind zusammen hier, oder?«, verdrehte Kurt die Augen, was wegen der Sonnenbrille aber gar keiner mitbekam.

»Herr Crime!«, schrie Klara aus voller Kehle.

Aus dem Schatten der Kajüte torkelte John auf das Deck, zog seine Mütze über den Kopf und lächelte sie breit an.

Malena wechselte einen Blick mit Kurt, ehe sie den Fischer ansprach. »Sie sind Schweizer?«

Schwankend kam ein Nicken zurück.

»Wie kommt ein Schweizer an den Namen Crime?«

John zupfte an der Krempe seiner Mütze »Lange Geschichte.«

»Sind Sie betrunken?«, befand Klara sein Schwanken, auch wenn er auf einem Boot stand, als seltsam.

»Wie spät ist es?« John deutete auf die imaginäre Uhr an seinem Handgelenk.

»Halb zehn morgens!«, schnaubte Malena und hielt ihm ihr Handgelenk entgegen.

»Oh ...« John hob seine Mütze an, kratzte sich am Hinterkopf und setzte sie wieder auf. »Dann nicht!«

Klara lachte bitter auf. »Der Typ? Das Leben unserer Kinder steht hier auf dem Spiel!«

»Kinder?«, verschränkte John überrascht die Arme und wandte sich leicht dramatisierend Kurt zu.

»Unsere Kinder sind auf einer Yacht unserer Firma ...« Er zeigte erst auf Malena und Stefan und streckte seinen Arm danach zum Wasser. »... da draussen und wir hatten seit Tagen keinen Funkkontakt mehr!«, erklärte Kurt.

John steckte sich lächelnd und wankend eine Zigarette in den Mund. »Ich habe nur Einhunderttausend gehört ... da es nun um Kinder in der Mehrzahl geht, dürfte sicher mehr drin liegen!«

»Sie betrunkener Bastard wollen mit uns verhandeln?«, keifte Klara mit rotem Kopf und ihr Dutt wackelte wie eine Boje auf ihrem Kopf.

»Zu Erstens, meine Eltern machten mich in der Hochzeitsnacht, danke sehr!« Er zündete ein Streichholz an, betrachtete die Flamme und entzündete damit seine Zigarette.

»Zu Zweitens: Ja, habe ich doch gesagt! So, wie ich das sehe, sind Sie nicht die Art von Menschen, die sich normalerweise so weit von ihrem klimatisierten Hotel entfernen. Trotzdem sind Sie alle hier, also nehme ich an, dass Sie alle mindestens ein Kind auf der Yacht haben!«

Die werte Elternschaft rückte beratend zusammen.

John rauchte seine Zigarette, während er auf die Entscheidung wartete. Schliesslich drehte sich Malena wieder zu ihm um. »Zweihunderttausend, aber dafür finden sie alle vier, plus die zwei Taucherinnen, den Kapitän und die Assistentin!«

John lächelte. »Nun sind es schon acht …« Dramatisch zog er an der Zigarette und hielt dem Blick in die entnervten Gesichtern der Ozeaniumbelegschaft stand. »Der Highscore ist achthunderttausend, hunderttausend pro Seele …«

»Das ist nicht Ihr Ernst!«, schrie Klara, die sich noch gar nicht entzürnt hatte und kurz vor einem Koller stand.

»Ihr kommt zu mir und geht nicht zu den Behörden …« John blies Rauch in die heisse Luft. »Und ihr seht so aus, als wäre das nicht wirklich eine grosse Ausgabe für euch!«

Wieder rückten sie zusammen wie ein Footballteam und besprachen sich, schliesslich drehte sich Malena seufzend zu ihm um. »… Deal!«

John streckte ihr die Hand entgegen und da sie natürlich, in ihrem Kleid, nicht die Beweglichste war, musste sie sich beinahe hinsetzen, um ihm die Hand zu schütteln.

»Und ich erwarte eine Bestätigung per E-Mail in den nächsten zwei Stunden!«, liess John die Hand von Malena los und zeigte mit dem Zeigefinger auf Kurt.

»Sie legen nicht ab, bevor Sie das Geld erhalten haben?«, konnte Klara die Dreistigkeit dieses Kriminellen nicht fassen.

»Natürlich, aber ich drehe wieder um, wenn dem nicht so ist!«, zwinkerte John ihr zu.

»Okay, John, alles kein Problem!« Kurt nahm einen Umschlag hervor, kniete sich nach unten und reichte ihn an John. »Eine Beschreibung der Yacht plus Fotos und die letzten Koordinaten, an denen sie sich befanden!«

John nahm ein Foto heraus und pfiff beeindruckt. »Nicht schlecht …« Nach einem weiteren, stillen Zug an seiner Zigarette hielt er das Foto Kurt entgegen. »Ich soll mit meinem Boot dieses Schlachtschiff retten?«

»Das ist der Plan …«, nickte Kurt.

John lachte und schüttelte den Kopf. Sein Lachen erstarb, als er die Notiz mit den Koordinaten betrachtete.

»Stimmt was nicht?«, versuchte Klara mit ihren Stöckelschuhen zu stampfen.

John drehte das Blatt mit der Notiz zu den Eltern. »Das ist mindestens zwei Tage von hier!«

»Zwei Tage, können Sie das nicht schneller erreichen?«, stutzte Malena.

John erwiderte den Blick. »Wenn Sie ein Speedboat hätten ... Ihre Yacht war mindestens genau so lange unterwegs ... wann war der letzte Kontakt?«

»Fünf Tage!« seufzte Kurt.

»Fuck ...« John steckte den Umschlag in seine Hosentasche. »Ich muss sie lebendig finden, ja?«

»Wie wäre es mit etwas Hoffnung? Warum müssen Sie so ein Arschloch sein?«, funkelte Peter ihn mit stechenden Augen an.

»Sie sind das Arschloch, aber das werden Sie erst erkennen, wenn das Ganze vorbei ist ...«, seufzte John und schüttelte mit zusammengepressten Lippen den Kopf.

»Unsere Nummer des Satellitentelefons ist auf dem Umschlag!«, räusperte sich Kurt und schob Peter zur Seite.

»Habe ich gesehen ...« John begann nun, das Boot von den Tauen zu lösen.

»Danke ...«, fügte Kurt unbeholfen hinzu.

John steckte sich eine neue Zigarette in den Mund und blieb vor den Eltern stehen. »Ich werde mich melden ... Die Spesen werden euch natürlich auch berechnet!«

Damit drehte er sich um, blieb nach zwei Schritten stehen, hielt kurz inne und drehte sich abermals um. »Nur so aus reiner Neugierde ... was genau haben eure Kinder auf dem offenen Meer verloren?«

Malena und Peter wechselten einen schnellen Blick. »Party ... Sie wissen ja, wie Studenten sind ...«

John blickte sie ein letztes Mal an. »Nein. Nein, weiss ich nicht!«

Sie blieben auf dem Steg stehen, während John in der Kajüte verschwand, und bekamen kurz darauf eine dunkle Abgaswolke ab, als er den Motor startete.

Hustend sprangen sie ein paar Schritte zur Seite. Der kleine Mexikaner, der zwar nicht alles verstanden, aber mitangesehen hatte, lachte in sich hinein und ging seines Weges.

»Party?« Stefans Brauen gingen fragend nach oben. »Unsere Kinder?«

Die Musik dröhnte laut aus den Boxen und der Bass liess die Yacht vibrieren. Die Mädchen bräunten sich oben ohne auf dem Deck und die Jungs tanzten und tranken.

Jason richtete seine Brille und versuchte, die halbnackten Frauen auf der Yacht, die sie im Yachthafen passierten, für später in seinem Gehirn abzuspeichern.

»Hey, du Perverser!«, schlug Kilian auf Jasons Schulter und ging mit den wasserdichten Taschen auf die Yacht zu.

»Sieh es dir gut an, ich werde das bestimmt nicht machen!«, flüsterte Apple im Vorbeigehen und zog eine Kiste hinter sich her.

»Ich suche nur den Horizont ab ...«, schleppte sich Jason keuchend mit den zwei Taschen weiter. Das schweissnasse Shirt war hochgerutscht und sein kreidebleicher Bauch drückte sich über den Hosenbund.

»Natürlich!«, stiess ihn Blue, Apples Bruder, mit der Schulter an.

»Du kannst sie ja fragen, ob sie mitkommen!«, drehte sich Apple lachend um.

»Ihr seid alle so verdammt komisch!«, stöhnte Jason in der Vormittagshitze.

»Chill, Bro!«, klopfte Blue ihm auf die Schultern. »Du weisst, bald bist du die Nummer eins auf diesem Trip!«

Kilian betrachtete den Kran, der auf dem Deck der Yacht seiner Eltern montiert war, und schirmte die Augen vor der Sonne ab, um den Kapitän zu erkennen.

»Mister Kilian!«, lachte der grosse und trainierte Kapitän und sprang auf den hölzernen Steg.

Sie schüttelten sich die Hand. »Tolle Arbeit mit dem Kran ...«

»Es war allerdings nicht ganz billig ...« Janosch, der Kapitän, nahm seine Mütze vom Kopf und klopfte sie an seinem Knie ab.

»Spielt keine Rolle, meine Mutter ist bereit, für diesen Fisch zu bezahlen!«, lachte Kilian zu laut, übergab dem Kapitän seine Tasche und wandte sich ab.

»Das ist ein nettes Boot!«, zwinkerte Apple ihm zu.

»Yacht! Es ist eine Yacht!«, korrigierte Janosch mit einem schelmischen Grinsen.

»Warte, bis du sie von innen gesehen hast!« Kilian ging zu Jason und nahm ihm eine der Taschen ab.

»Danke ...« Mit der nun freien Hand wischte er sich den Schweiss von der Stirn, der allerdings weiterhin wie ein Bach über sein Gesicht floss.

»Du solltest dich mehr bewegen ... Scheisse, du siehst aus, als würdest du gleich hier tot umfallen!« Kilian schulterte die Tasche.

Jason versuchte es mit einem gequälten Grinsen. »Wenn es einen Wettpool gibt, bin ich dabei!«

Lachend klopfte Kilian ihm auf den nassen Rücken und ging wieder zur Yacht.

»Hast du nicht was von Tauchern gesagt?«, drehte sich Blue zu Kilian um.

»Die sind schon da und verstauen ihre Ausrüstung!« Der Kapitän nahm von Kilian die zweite Tasche entgegen und ging an Bord.

Apple reichte dem Kapitän ihre Tasche und liess sich an Bord helfen.

»Janosch, reichst du mir die Treppe?« Kilian reichte die zweite Tasche von Jason hoch.

Mit einem Blick auf Jason wandte sich der Kapitän ab.

»Ich wusste ja, dass ihr reich seid, aber so ...« Apple trat an die Reling.

»Wir sind alle Scheissreich, sonst wären unsere Eltern kaum befreundet!«, lachte Kilian und platzierte die Treppe.

»Auf, auf, Kameraden!«, sagte Jason laut zu sich selbst, lächelte müde und stieg die kleinen Stufen hoch, um an Bord zu kommen.

»In zehn Minuten können wir ablegen!«, begann der Kapitän, die Taue zu lösen.

Kilian hüpfte auf das Deck und gesellte sich zu den anderen, die vor dem Kran stehen geblieben waren.

»Wozu brauchen wir das da?«, fragte Apple staunend.

»Wie gross ist dieser Fisch nochmal?«, wollte Kilian von Jason wissen.

»Bis zu fünf Meter und er wiegt etwa dreihundert Kilogramm!«, hob Apple mit einem triumphierenden Lächeln das Memo von Jasons Vater Kurt in die Luft.

Jason nickte, noch immer nach Luft ringend.

»Will einer von euch eine Angel halten? Irgendwie müssen wir ihn ja zum Hafen schleppen!«

Blue legte seiner Schwester eine Hand auf die Schulter. »Zwei zu null für den Killer!«

»Kommt, ich zeige euch die Innenräume!«, ging Kilian auf die Kajütentür zu.

»Hast du das Sonarsystem, das mein Vater bestellt hat?« Jason folgte als Erster, da er noch gar nicht so weit gekommen war, und die anderen hinterher.

»Keine Lust auf Überraschungen?«, ging Kilian die Stufen abwärts.

»Willkommen auf der *Ozeanium Eins*!«, lächelte Yuki in ihrem blau-weissen Anzug, der dem einer Stewardess ähnelte, und natürlich prangte eine graue Haiflosse auf der Brust.

»Hey, Yuki!«, umarmte Kilian die zierliche, dunkelhaarige Japanerin.

»Ihr habt eine Dienerin?«, stutzte Jason.

»Nein ...«, hielt sich Yuki schockiert die Hand vor die Brust. »Ich bin Janoschs Frau!«

»Oh, scheisse!« Jason senkte den Blick und hastete an ihr vorbei.

Kilian stutzte. »Geht's noch?«

»Hey, nur weil der Dicke ein Rassist ist ...«, zuckte sie mit einem breiten Grinsen die Schultern.

»Aber du bist unsere Dienerin ...«, betonte Kilian und folgte anschliessend Jason. »Und Janosch ist schwul ...«

»Oh, hey!«, lachte Apple, die mit den anderen etwas in Verzug war.

»Konichiwa!«, legte Yuki die Hände vor der Brust zusammen und verbeugte sich.

»Oh ... Oh ...« Apple brachte sich hastig selbst in Position.

»Yuki!«, kam eine Mischung aus Lachen und Rufen von Kilian, der Jason gerade seine Kabine zeigte.

»Tut mir leid ...«, grinste Yuki. »Willkommen auf der *Ozeanium Eins*!«

»Oh ...«, lachte Apple etwas verwirrt und ging an ihr vorbei.

»Yuki, ist okay ... hilf Janosch!«, kam Kilian grinsend zurück.

Yuki hüpfte an Blue vorbei die Treppe hoch.

»War das eine asiatische Dienerin?«

Kilian senkte kurz den Blick, fasste sich und hob den Blick wieder. »Leute, links und rechts sind unsere Schlafplätze. Die Sieben gehört dem Kapitän, die Acht Yuki und in dieser da vorne hat sich Jason gerade breitgemacht.«

»Ich dachte, sie sind verheiratet?«, stand Jason irritiert hinter Kilian.

»Sie hat dich verarscht. Sorry ...«, drehte sich Kilian um. »Los, wir wollen weiter!«

Sie folgten weiter den Gang hinunter, flankiert von blauem Filz.

»Warum ist alles so blau?«, fragte Blue.

»Blau und Weiss sind die Farben des Ozeanium, das solltest du wissen!«

Kilian deutete auf die Treppen, eine führte hoch und eine hinunter. »Aufwärts geht es zum Oberdeck, aber wir gehen runter!«

Die *Ozeanium Eins*, von Stefan und Malena Bös vor sechs Jahren erworben, war eine dreistöckige Yacht. Bei fünfundzwanzig Metern Länge hatte sie eine Höhe beim höchsten Punkt von beinahe 12 Metern (den Kran dabei nicht einberechnet, der noch gute vier Meter darüber thronte). Der Kran wurde auf dem mittleren der drei Decks angebracht, das Unterdeck befand sich einen Meter über dem Wasserspiegel. Auf dem Oberdeck befand sich das Steuerhaus des Kapitäns und vorne am Bug das Sonnendeck. Hinter dem Steuer an der Reling befand sich so etwas wie eine Sitzpolstergruppe mit einem kleinen Tisch und drei angeschraubten Stühlen.

Neben dem Steuerhaus befanden sich zwei Türen, die rechte führte zum Speisesaal, zur Küche und dem Lagerraum. Die linke führte direkt zwei Etagen runter, zu den von Kilian gezeigten Schlafkabinen, von wo man zum einen auch zum Speisesaal, aber auch abwärts gelangen konnte.

In der neu eingebauten Navigationskommandozentrale befand sich eine bessere Ausrüstung als in einem U-Boot. Radar und Sonar waren dabei noch das Einfachste. Ein Fischfinder, der die meisten Tiere im Umkreis von fünfhundert Metern erkennen konnte, und ein Überwachungssystem, mit dem man die Unterwasserkameras steuern und beobachten konnte. Während die Systeme alle an der Aussenwand angebracht waren, befand sich an dessen Seite das schon vorher vorhandene Funkgerät und in der Mitte ragte eine Glaswand aus dem Boden, auf der man sich alle Daten, die man sammelte, anzeigen lassen konnte.

Kilian überholte Jason und ging allen voran die Treppe runter. Grünliches Licht liess den Raum dunkler erscheinen, als er wirklich war.

»Du hast es!«, ging Jason zu der Konsole.

»Natürlich!«, lachte Kilian. »Seht es euch an: Fischfang 3000B«

»Was ist das alles?«, begannen sie durch die Konsolen, Monitore und eine Glasscheibe in der Mitte zu streunen.

»Das ist das Modernste vom Modernen. Wir haben hier drin mehr Power als eine CGI-Hollywoodproduktion. Sonar, Satelliten auf Abruf, ein Fischfinder, Sensoren, die chemische Messungen verschiedenster Einflüsse ausserhalb des Bootes aufzeichnen, und Kameras um die gesamte Yacht herum verteilt ...«

»Und wofür brauchen wir das alles ... für einen Fisch?«, drehte sich Apple fragend zu Kilian.

»Was ist das?« Blue blieb vor der Glaswand stehen und lenkte Kilian ab.

»Das ist die Anzeigetafel ... von allen Systemen, dem Radar, dem Sonar, dem Fischfinder, die Wetteranalyse, aktuelle Strömungen und, und, und ... von all dem kann man die Informationen hier auf dem Zwei-Seiten-Display anzeigen lassen!«

»Wie in diesem Film mit Tom Cruise?«, beäugte Blue die inaktive Scheibe genauer.

»Der hat eine Menge Filme gedreht ...« Apple streunte gelangweilt weiter.

»Der mit den Verbrechen, die man vorher schon kennt!«, lachte Blue, der bekannt dafür war, sich Filmnamen nie merken zu können.

»Genau so!«, drehte sich Kilian zu Jason um, der verliebt an seinem zukünftigen Platz sass. »Zufrieden?«

»Du hast keine Vorstellung!«, grinste Jason, mit vom Display grünlich leuchtenden Gesicht, zu ihm rüber.

Ein Klicken drang aus einem der Lautsprecher an der Wand. »Hier spricht Ihr Kapitän. Wir werden in drei Minuten ablegen. Ich bitte Sie, sich auf dem Oberdeck einzufinden!«

»Ihr habt ihn gehört!« Kilian klopfte Jason auf die Schulter. »Es wird Zeit für Margheritas!«

»Es ist gerade mal nach elf ...«, folgte Apple.

»Sag ich doch: Zeit für Margheritas!«, klatschte Kilian voller Tatendrang in seine Hände.

3

John stand am Heck seines Kutters, mit einem feinen Schwanken bewegte er sich vorwärts und entfernte sich langsam von der noch im Hafen stehenden Ozeanium Holding Group.

»So wird es keine Überweisung geben ...« Etwas genervt spuckte er in den öligen Schimmer, der seinem Boot immerzu folgte, und ging die Treppe zum Aussensteuer hoch. Dabei passierte er die Hängematte.

»Was waren das für Geldsäcke?«, schirmte Mike die Sonne ab, ohne sich aus der Hängematte zu rühren. In der Hand eine Flasche Bier, die auf seinem Bauch ruhte.

»Landsleute ...« John steckte sich eine Zigarette in den Mund und erhöhte langsam die Drehzahl.

»Was wollten diese Landsleute?« Mike leerte sein Bier und warf die Flasche ins Meer.

»Ihre Kinder ... die sind auf einer Partyyacht irgendwo da draussen ... Aber ich habe so ein Gefühl, dass die Alte etwas verschweigt!«, nahm er sich ein Bier aus der Kühltruhe, die so lang wie das Oberdeck war, schnipste den Korken vom Hals und gönnte sich einen grossen Schluck.

»Sie sah nicht sehr alt aus!«, rollte sich Mike aus der Hängematte und setzte sich auf seinen Sitz neben dem Steuer.

John steuerte etwas nach, bevor er sich ebenfalls mit der Zigarette im Mundwinkel hinsetzte. »Du warst nicht nahe genug.«

»So redest du über deine Kunden?«, griff Mike nach einem neuen Bier. »War das damals schon so?«

»Leck mich!«, lachte John und nahm den Umschlag aus der Tasche. Er reichte Mike das Foto und sah sich die Koordinaten an.

»Nettes ...« Mike zoomte auf die altmodische Art in das Foto und hielt es näher an sein Auge. »Das ist ja die *Ozeanium Eins*!«

John liess die Koordinaten sinken. »Sollte mir das was sagen?«

»Als Basler vielleicht ...«, lachte Mike und verdrehte die Augen. »Das ist die fünfundzwanzig Meter lange Yacht von Stefan und Malena Bös!«

»Ich lese wohl zu wenig Zeitung!« John trank von seinem Bier.

»So scheint es ... mein Gott, John ... das ist dieses reiche Paar, und ich meine richtig reich! Die haben das Ozeanium in Basel gebaut.«

»Dieses Aquarium?«

»Aqua... John, das ist ... von der Heuwaage bis weit hinter den Zoo ... ein Aquarium, das beinahe einen Kilometer lang ist!«

»Ach ...«

Mike schüttelte ungläubig den Kopf. »So ... feiernde Studenten!«

John nahm einen Schluck und deutete auf die Koordinaten. »Das sind keine feiernden Studenten ...«

»Was meinst du damit?«, stutzte Mike.

John reichte ihm die Koordinaten, erhob sich und deutete mit der Flasche auf das Meer hinaus. »Die fahren eine Route, aber da ist nichts … nur Wasser …«

Mike studierte die Koordinaten, senkte das Blatt und spähte in die unendliche See. »Schatzsucher? Da befinden sich sehr tiefe Stellen!«

John wischte sich Bier mit dem Arm vom Mund, drückte die Zigarette aus und setzte sich wieder. »So tief können die kaum tauchen … Vielleicht versuchen sie etwas zu schmuggeln.«

4

Im Untergeschoss, das unter dem Wasserspiegel lag und über das Oberdeck erreichbar war, hatten Sarah und Lea ihr Quartier. Es war eigentlich nur ein Lager, aber für die zwei Taucherinnen war dies ein Businesstrip und somit Luxus genug. Leichte Arbeit, die einen grossen Ertrag versprach.

Sarah verstaute die letzte Tasche, strich sich eine der rötlichblonden Strähnen aus dem Gesicht und ging schnaufend zu Lea, die gerade die Kameras auf der Matratze verteilte. »Das war's, alles verstaut …«

»Die Kameras sind auch so weit. Die zusätzlichen Batterien sind am Netz oder bereits aufgeladen!« Lea schaute sie mit einem stolzen Lächeln an.

Sarah küsste Lea auf die Stirn, setzte sich daneben auf den Boden und legte den Kopf auf Leas Knie. »Wann wollten wir ablegen?«

Lea liess sich nicht beim Zusammensetzen der verschiedenen Kameras beirren. »Vor einer Stunde! Aber der Kapitän meinte, sie sind unterwegs …«

»Wenn du reich bist, dreht sich die Welt wohl nur nach dir …« Sarah setzte sich gerade auf und beobachtete Lea, wie sie mit den Kameras hantierte.

»Na ja … dafür haben wir eine Kreuzfahrt umsonst und können Werbebilder für unsere Schule schiessen!« Lea zwinkerte ihr zu. »Die denken sicher, sie haben uns abgezockt. Wir erledigen ihre Arbeit und das noch ohne Bezahlung. Dabei haben wir einen Urlaub und Werbung!«

Sarah verdrehte lachend die Augen. »Stimmt ja, du gehörst zum Feind!«

Lea band sich ihre schwarzen Haare zusammen, zwinkerte beim Aufstehen und half ihr hoch. »Frühstück?«

»Denkst du, wir kriegen was serviert?«, streckte sich Sarah.

21

»Nein, aber ich hab was dabei. In meinem Rucksack auf dem Oberdeck!«, knuffte Lea sie in die Schulter. Sie packte Sarah an der Hand und zog sie hinter sich her, die Treppe hinauf.

»Ich mag aber kein Hühnchen …«

Lea lachte. »Wer sagt, dass es Hühnchen ist?«

»Egal, es ist Fleisch … Lea …«, stöhnte Sarah, weil sie Lea seit über sechs Jahren kannte. »Lea … ich will ein Croissant und einen Kaffee … vor allem einen Kaffee! Kaffee!«

»Das ist kein Problem!«, standen sie unvermittelt vor dem Kapitän, der gerade aus dem Steuerhaus kam. Er lächelte sie an, sodass seine weissen Zähne aufblitzten und sich kleine Falten um seine Augen zogen.

»Ernsthaft?« Sarah verzog misstrauisch ihre Augen.

Lea liess sie los und ging auf Deck, zu ihrem Rucksack, der auf der weissen Sitzpolstergruppe lag.

»Yuki? Wir haben eine Frühstücksbestellung!«, funkte der Kapitän.

»Das ist doch nicht nötig!«, errötete Sarah.

»Sie sind, auf Anweisung der Familie Bös, unsere Gäste. Bitte setzen Sie sich, Yuki wird gleich Ihre Bestellung aufnehmen!«, wies der Kapitän sie zu den gepolsterten Sitzen.

Lea setzte sich mit ihrem Hähnchenschenkel auf die gepolsterten Sitzreihen, in der anderen Hand hielt sie einen Energiedrink, keine werbeträchtige Marke, und kaute genüsslich an ihrem Hähnchenbein.

Für Sarah war dies wie die eine perfekte Werbung. Für einen Chickenfoodcourt oder eine Yacht oder vielleicht doch für ein Auto. Lächelnd darüber setzte sie sich neben Lea und genoss den Wind, der ihre Haare umwirbelte und über ihre Haut strich.

»Hallo, meine Damen!«

Lea und Sarah wandten sich von dem Meerblick ab und fanden eine kleine Asiatin mit einem Notizblock in der Hand vor ihnen stehen.

»Da du schon am Essen bist …«, tippte sie kurz vor Lea mit dem Stift in die Luft, »… musst du Lea sein!«

Lea hob breit grinsend, mit Hähnchenfett an der Lippe, ihren Kopf.

»Dann bist du Sarah?«, zeigte sie mit einem breiten, sympathischen Lächeln auf Sarah.

»Die bin ich …«, lächelte sie etwas zögerlicher zurück, so viel Sympathie empfand Sarah als ein klein wenig seltsam.

»Ich bin Yuki …« Ohne ihr Lächeln zu verlieren, legte sie den Stift auf den Block. »Was darf ich dir bringen?«

Sarah richtete sich auf und Lea beobachtete sie dabei, wie sie zur Bestellung ansetzte. »Nun, ich brauche dringend einen Kaffee, stark …«

»… wenig Zucker!«, schloss Lea und biss mit einem Zwinkern ab.

»Und ein Croissant!«, strahlte Sarah.

»Gerne, das ist alles?«

»Waf ... haft ihr denn so?«, spuckte Lea Hühnchenteile in die Luft.

»Lea, schluck erst runter!«, hielt sich Sarah die Hand vor die Augen.

»Was möchtest du denn? Wir haben eine der besten Küchen der Welt an Bord!«, lächelte Yuki nicht ohne Stolz.

Lea verschluckte sich vor Lachen. »Ach ja? Also gut …«

»Lea …« flüsterte Sarah und legte eine Hand auf Leas rechte Schulter.

Aber Lea war schon nicht mehr aufzuhalten. »Wie wäre es mit Blaubeer-pfannkuchen mit Schlagsahne und einer Kirsche auf der Schlagsahne? Ahorn-sirup daneben und einem chinesischen Bier, um das Ganze runterzuspülen!«

Yuki notierte es sich. »Eine bestimmte Marke oder einfach irgendein chi-nesisches Bier?«

Lea gefror das Lächeln auf ihren fettglänzenden Lippen. »Bitte, was …?«

Zwinkernd lächelte Yuki. »Ich bin gleich zurück!«

»Die ist süss!«, bemerkte Sarah.

Lea drehte sich zu Sarah. »Ach, nun stehen wir auf Asiatinnen?«

Sarah lachte auf. »Das wäre als Plan B schon interessant!«

»Du planst voraus?« Lea biss in den Schenkel und liess den Blick aufs Meer hinaus schweifen.

»Nun, meine süsse Fleischesserin …« Sarah stupste den Kopf gegen ihre Schulter. »Ich werde dich ganz klar überleben!«

»Verschluck dich an deinem Croissant!«, gab Lea ernst zurück.

»Das würde ich, wenn es schon hier wäre!«, wurde aus dem süssen Lächeln ein hämisches Grinsen.

Noch bevor sie schlucken konnte, prustete Lea laut los und verteilte zer-bissenes Hühnchen über Sarah.

»IIIhhh …«, strich sie sich halb zerkautes Hühnchen aus dem Gesicht.

Lea boxte Sarah und streckte ihr lachend die Zunge raus.

Die Schritte waren nicht zu überhören, so drehten sie sich nach vorne und blickten auf.

Kapitän Janosch kam auf sie zu.

»Wir werden in wenigen Minuten ablegen«, informierte er sie. »Herr Bös und seine Partner sind an Bord und werden in Kürze zu uns stossen!«

»Danke!«, nickte Sarah und betrachtete das Meer. »Ich bin etwas nervös!«

Lea legte einen Arm um sie. »Dafür bin ich ja da!«

Mit lautem Gepolter kündigten sich die Besitzer an. Lea liess von Sarah ab und beide standen auf.

Kilian ging ins Steuerhaus.

»Kilian, du hast hier drin nichts zu suchen!«, sagte Janosch ruhig.

»Schon klar. Wo ist Yuki?«

»Unten, sie bereitet das Frühstück für die Taucherinnen zu ...«

»Wir brauchen Margheritas, funkst du ihr das?«

Yuki wandte sich von den Pfannkuchen ab, ging zum Intercom und klopfte sich die Hände ab, bevor sie den Knopf betätigte. »Ja, Yuki hier!«

»Bereite einen Kelch Margheritas zu ...«, funkte Janosch.

Yuki schüttelte lächelnd den Kopf und ging zurück zu den Pfannkuchen.

»Hallo, Ladies!«, trat der lange Dürre, dessen Hemd leider offen stand, an sie heran. »Ich bin Blue!«

»Lea!«

»Sarah!«

Ein Mädchen mit fettigen dunkelblonden Haaren, Hornbrille und einem Physikformelshirt trat an Blue vorbei und streckte Sarah die Hand hin. »Hey, ich bin Apple und dieser Clown hier ist mein Bruder.«

Nach sechs Jahren mussten sie nicht immer sprechen, so reichte Lea und Sarah ein Blick, um erstmals zu bereuen, hier dabei zu sein.

»Kilian Bös!«, rief ein Halbschlanker mit schmächtigen Schultern und breiten Hüften laut. »Ihr seid meine Taucher!«

»Wo ist Jason?«, wunderte sich Apple.

»Du weisst doch, Treppen sind nicht gerade seine Stärke ...«, räusperte sich Blue.

»Das habe ich gehört ...«, keuchte Jason am oberen Ende der Treppe und stützte sich an der Reling ab. Schweiss tropfte von seiner roten Stirn.

Lea verschränkte die Arme. »Ich denke, wir sollten neu verhandeln!«

John sass vor dem Steuer, biss in ein Sandwich und beobachtete kauend die Konsole.

»Wir sind zu langsam ...«

Mike richtete sich in der Hängematte auf. »Ernsthaft? Du hast für diese Schande der Meere gutes Geld gezahlt ...«

John hob kauend die Brauen.

»Hast du dir überlegt, dass die Kids vielleicht nach Meerestieren für dieses Ozeanium suchen?«, fragte Mike nach einigen Momenten, in denen sie einfach aufs Wasser blickten.

John zuckte mit den Schultern. »Vielleicht sind es wirklich nur Studenten, die Party machen ...«

Mike blickte auf die Uhr an seinem Handgelenk.

»Wie spät ist es?« John beobachtete Mike, wie er sich aus der Hängematte kämpfte.

»Nach eins ...«

John ass den Rest von seinem Brot, spülte es mit seinem Bier runter und folgte danach Mike vom Oberdeck auf das Hauptdeck.

Mike zog zwei Stützbalken aus der Reling und nahm von John die Angelrute entgegen.

»Willst du es spannender machen?«, grinste Mike, stieg über den Stützbalken und setzte sich darauf.

»Ich will einfach ein Abendessen!«, zündete sich John eine Zigarette an und liess sich auf seinem Balken nieder.

Beinahe synchron warfen sie die Angeln aus.

»Ich habe dich das nie gefragt ...«, drehte Mike seine Schnur etwas ein. »Nicht, dass es mich was angeht, aber wie kommt ein Schweizer zu dem Namen Crime?«

»Du hast sie gehört ...«, lachte John.

»Ja, und ganz ehrlich, ich dachte bisher, es ist ein Künstlername!«

John stutzte. »Ein Künstlername?«

»Nicht Künstler, dass du ein Künstler bist! Weil du aus der Schweiz weg bist und nun hier in Mexiko arbeitest ...« Er zuckte mit den Schultern und konzentrierte sich auf seine Angel. »Vielleicht musstest du flüchten ... ich verurteile niemanden!«

»Nein, tut mir leid. Mein Vater war Engländer ...«, Hielt John die kleine Boje seiner Angel im Auge. »Meine Mutter Schweizerin. Er war im Militär, kam aber für sie in die Schweiz.«

»Oh, deshalb ...«, verstand Mike und drehte die Kurbel seiner Angel.

»Jap, deshalb!«, bestätigte John.

Mit der orangefarbenen Sonne, die langsam unterging, brieten sie die etwas kurzen Fische auf einem kleinen Grill, den sie auf dem Oberdeck aufgestellt hatten.

»Was für ein Festmahl!«, lobte Mike die sich drehenden, gar mickrigen Fische etwas zu sehr.

»Wir werden sowieso durchfahren müssen. Mit Hunger bleibt man zumindest wachsam!«, stocherte John in der Holzkohle.

»Bisher ist der Wetterbericht doch gut ...«, deutete Mike auf das Barometer neben der Hängematte.

»Und wir wissen beide ...«, nahm John einen Schluck von seinem Bier, »... dass es verdammt schnell ändern kann!«

»Mal den Teufel nicht an die Wand!«

»Wir haben keine Wände ...«, wiegte John den Kopf.

»Du weisst, was ich meine!«

»Natürlich weiss ich das ...«, drückte er auf den Fisch. »Aber es wird auch einen Grund geben, warum ihnen der Funk ausgefallen ist!«

Mike lehnte sich in seinem Sitz nach vorne. »Da war kein Sturm oder Unwetter, nicht mal ansatzweise etwas, das eine solche Yacht in Probleme bringen könnte ...«

Mit einem leichten Nicken nahm John die Fische vom Grill und legte sie auf zwei Steinplatten. Er würzte sie und quetschte darüber eine Zitrone aus.

»Vorsicht mit der Zitrone, wir haben noch Tequila!«, nahm Mike mit einem dankenden Nicken seine Platte entgegen.

»Wir haben mehr Zitronen als Tequila ...«, lachte John, stellte die Platte hin und griff sich sein Besteck.

»Wenn sie nur Funkprobleme haben ...«, schluckte Mike runter, »... werden wir sie wahrscheinlich nie finden!«

»Daran dachte ich auch ...«, zeigte er mit Fisch auf der Gabel auf Mike. »Dann dachte ich daran, dass sie wohl einen Hafen angesteuert hätten ...«

»Mmh«, kaute Mike und schluckte runter.

»Also werden sie ein gröberes Problem haben.« John deutete auf das Boot. »Was auch immer, die Herrschaften vom Ozeanium nehmen an, dass wir es lösen können!«

6

»*Ozeanium Eins* an Mutterschiff!«, funkte Kilian, wiederholte den Funkspruch und lehnte sich in dem an den Boden geschraubten Drehstuhl zurück.

»Mutterschiff an *Ozeanium Eins*. Ich höre!«, kam von seiner Mutter zurück.

»Wir haben das erste Ziel erreicht. Die Taucher haben dieses Ding runter auf den Meeresboden gebracht und ein Suchfeld erstellt. Jason ist am Sonar, aber bisher haben wir ausser Makrelen und einer Walfamilie nichts gefunden!«

Rauschen. Kilian sah zu Jason rüber, der, voll in seinem Element mit der Brille auf der Nasenspitze und Kopfhörern über den Ohren, auf die Wellen und Punkte vor sich konzentriert war.

»Fortfahren wie geplant! Out.« Danach folgte wiederholt Rauschen.

»Ja, Mutter, es geht uns gut ...« Etwas enttäuscht steckte er das Funkgerät zurück in die Halterung und machte die Funkstation aus.

Mit kleinen Gewichten brachte Lea das Football-grosse Sonargerät am Meeresgrund an.

Sarah blickte nach oben, wo das Boot etwa sechzig Meter über ihnen schwamm. Ein Schwarm kleiner, orange und gelb blinkender Fische erregte ihre Aufmerksamkeit. Eine Hand zog an ihrem Fuss. Lea deutete auf das Gerät und hob den Daumen.

Sarah nickte und bemerkte, dass der Schwarm Fische weg war. Sie schwamm Lea hinterher. Das Meer war nicht zu dunkel und es war sehr ruhig und klar.

Lea tauchte auf. Das Meer war glatt, kaum eine Regung, nichts über und nichts unter dem Wasserspiegel.

Fünf Meter von ihr entfernt tauchte Sarah auf und schwamm zu ihr rüber.

»Was gefunden?«, spuckte Lea ihn ihre Taucherbrille.

»Ein Mako zog etwas weiter von uns vorbei. Ich denke nicht, dass er angelockt wurde. Ausserdem ein Schwarm kleinerer, mir unbekannter Fischchen, aber die waren plötzlich fort.« Sarah orientierte sich. Sie waren etwa zwanzig Meter vom Boot entfernt.

»Etwas verlassen, dieses Gewässer ...«, bemerkte Lea beinahe fragend. Wo man auch hinsah, Wasser, Wasser und nichts als Wasser. Ein merkwürdiges Kribbeln erfasste ihre Wirbelsäule, brachte eine seltsame Kälte in ihre Brust und liess sie erschaudern.

»Ich muss zurück, mein Sauerstoff ist gleich alle!«, holte Sarah sie aus der Trance und steckte sich das Mundstück wieder in den Mund.

Lea setzte sich derweil die Taucherbrille wieder auf, beobachtete Sarah beim Abtauchen und prüfte den Sauerstoff. Noch fünfzehn Prozent.

»Gab es irgendwelche Probleme?« Kilian half Lea, am tiefergelegten Unterdeck beim Heck zurück aufs das Boot.

»Wenn das Teil funktioniert, dann nicht ...« Sie nahm ihre Sauerstoffflasche von der Schulter und ging die Treppe hoch zum Mitteldeck. Bei den, genau gleichen wie auf dem Oberdeck, Polstersitzen entledigte sie sich ihres Taucheranzuges. Sie trocknete sich anschliessend die Haare mit einem Handtuch und half Sarah mit der Sauerstoffflasche.

»Irgendwelche Entdeckungen?«, war Kilian ihr langsam, mit den Händen in den Hosentaschen, gefolgt.

»Gar nichts, weder für euch noch für uns!« Lea nahm ihre Kamera ab, gab sie Sarah und trocknete sich weiter ab.

»Das Gerät funktioniert tadellos, aber wir wissen nicht, ob er sich hier aufhält, deswegen die Route!« Kilian setzte sich neben Lea auf die Polsterbank. »Wir lassen es etwa zwei Stunden da unten, geben ihm etwas Zeit, bevor wir zur nächsten Station fahren!«

Lea sah Sarah hinterher, ehe sie sich Kilian zuwandte. »Was ist das für ein Gerät? Was locken wir damit an?«

»Wenn ich meine Mutter richtig verstanden habe, dann einen seltenen Regenbogenfisch!« Kilian zuckte mit den Schultern und erhob sich wieder. »Ich habe keine Ahnung von dem Zeug, Jason oder Blue sind da wohl die besseren Anlaufstellen!«

»Ein Regenbogenfisch ...« Lea lachte bitter auf. »Das glaubst du doch selbst nicht!«

»Hast du uns gesehen? Ich bezweifle, dass unsere Eltern uns mit was Grösserem als so einem Fisch beauftragen!« Kilian lachte und Lea stimmte mit ein.

Der Gedanke, dass diese Nerdtruppe überhaupt alleine auf ein Schiff durfte, war schon beängstigend amüsant genug.

»Spass beiseite ...«, unterbrach Lea den lachenden Moment und zeigte auf das Meer, das sie umgab. »Dieses Teil soll nicht einfach einen Fisch anlocken, das kann ich dir schon mal sagen!«

Kilian grinste noch immer, voller Überlegenheit. »Was dann?«

Lea schüttelte den Kopf. » Sicher keinen kleinen Fisch ... Fischschwärme sind davongeströmt, als dieses Ding aktiviert wurde ...«

Apple sonnte sich auf dem Oberdeck. Yuki brachte ihr eine Margherita und ein Stück Melone.

»Du bist ein Schatz!«

Yuki lachte, setzte sich neben Apples Füsse und sah in die Sonne. »Ist mein Job!«

Apple drehte sich fragend zu Yuki um. »Ja?«

Yuki sah sie an, lachte und erhob sich wieder. »Nichts, nichts!«

»Du bist auch blass wie 'ne Leiche!«, lachte Lea, als sie die Treppe vom Mitteldeck hochkam. »Bist nicht so oft draussen, wie?«

Apple griff nach ihrem Drink und lächelte sie an. »Ich bin nicht so der Menschentyp!«

»No shit!«, erwiderte Lea. »Es tut mir leid, aber das sieht man sogar deinem Bikini an!«

Apple sah an sich hinunter. »Was stimmt nicht damit?«

»Siehst du meinen?«, zeigte Lea auf ihre Brust im schwarzen Top.

»Nun ... Ja ...«, schluckte Apple.

»Es sieht aus, als hättest du einen Bären getötet, und Nein ... ich will nicht wissen, von welchem Film das ist!«

Apple schüttelte mit einem verkrampften Lächeln den Kopf. »Ist von einem Anime ...«

»Hey, zum einen ... ich wollte dich nicht angreifen, und zum anderen wollte ich genau das nicht wissen!«, spürte Lea, dass sie mal wieder zu weit ging.

Apple schüttelte den Kopf. »Es wirkte aber so ...«

»Das war nur Spass!« Lea seufzte.

»Ja, und dennoch, es stimmt!« Apple griff sich ihre Melone, die von Yuki schon vorgeschnitten war, und bot Lea ein Stück an.

»Danke!«, nahm sich Lea ein Stück und biss in die rot glühende Frucht.

»Du und …«, begann Apple zögerlich.

»Sarah?«

»Genau …« Verlegen sah Apple auf ihre Melone. »Ihr seid zusammen?«

»Jap!«

Apple hob den Kopf, sichtlich überrascht über die schnelle Antwort.

»Warum so überrascht?«, lächelte Lea.

Apple schüttelte den Kopf. »Nichts, es ist nur, ich habe noch keine Frau getroffen, die mit einer Frau zusammen ist.«

Lea lächelte ab Apples erröten. »Du kommst nicht viel raus, oder?«

»Nein … Ich studiere zwar an der Uni, aber ich werde durchgehend beschützt.« Sie schüttelte ihren Kopf mit den schmutzigen, blonden Zöpfen.

»Und wie kommt man eigentlich zu dem Namen Apple?«

Apple lachte, versuchte ernst zu wirken. » Meine Eltern sind reich! Damit können sie jedes Hirngespinst als legitim rechtfertigen.«

Blue setzte sich neben Jason, der konzentriert auf seinen Monitor starrte und mit dem Kopfhörer das Sonar abhörte. »Na, wie sieht es aus?«

Jason hob einen Finger, justierte einen Regler und nahm schliesslich die Kopfhörer ab. »Nichts …«

»Wie, nichts …?«, stutzte Blue.

»Nichts … seit wir hier vor Anker liegen, war das grösste ein junger Mako-Hai, vielleicht 1 Meter 70 gross … ansonsten war alles kleiner. Bis auch diese kleinen Fische verschwunden sind!« Jason trank von seinem Energy-Drink.

»Verschwunden? Wegen dem Boot oder wie?« Blue schüttelte verwirrt den Kopf und suchte die Monitore ab.

»Hier …« Jason legte ein Blatt vor Blue. »… das ist, was ich empfangen habe, als wir ankamen, aber all das hier stammt von nach der Inbetriebnahme dieses Football-Dings!«

»Es vertreibt Fische?«, blinzelte Blue Jason fragend an. »Es sollte doch welche anlocken?«

Schritte auf der Treppe liessen sie hochfahren, Kilian kam runter zu ihnen.

Blue löste sich von seinem Sitzplatz und ging Kilian entgegen. »Weisst du, dass dieses Ding da im Wasser die Fische vertreibt?«

»Ich habe gerade so etwas mitbekommen!« An Blue vorbei setzte sich Kilian vor das Funkgerät.

»Wie sollen wir diesen Regenbogenfisch anlocken, wenn wir alles vertreiben?«, redete Blue weiter auf ihn ein.

»Ich studiere Betriebswissenschaft, Blue! Du bist der Fischer, erklär du es mir!« Kilian griff sich das Handgerät und funkte. »*Ozeanium Eins* an Mutterschiff!«

»Mutterschiff ... Ernsthaft?« Blue setzte sich neben Kilian und drehte sich zu Jason. »Mutterschiff ...«

Jason bekam das Ganze gar nicht mit und Blue drehte sicher wieder zu Kilian.

»*Ozeanium Eins* an Mutterschiff!«, wiederholte Kilian. »*Ozeanium* an Mutterschiff!«

Rauschen drang aus dem Lautsprecher.

Genervt drückte er sich das Handgerät gegen die Stirn. »Das war ja ...«

»Vielleicht sind sie aus?«, zuckte Blue mit den Schultern.

»Natürlich sind sie aus ...« Kilian steckte seufzend das Handgerät zurück in seine Halterung.

»Und nun? Was hat deine Mutter vor?«, lehnte sich Blue zurück.

Kilian setzte sich auf und sah zum blinkenden Radar. »In zwei Stunden legen wir ab! Komm!«

»Wo gehen wir hin?«, hastete Blue aus dem Stuhl.

»Zu den Taucherinnen! Wenn jemand etwas darüber weiss, dann sicher sie zwei!«, griff Kilian nach dem Geländer und zog sich die Treppe hoch.

Lea stiess zu Sarah, die sich die Aufnahmen auf dem Monitor ihres Laptops ansah.

»Kann man was davon gebrauchen?«, setzte sich Lea auf das Bett neben Sarah und legte einen Arm um ihre Hüfte.

»Für die FFT-Aktivisten vielleicht ...« Seufzend zeigte sie auf den Monitor. »Hier startest du dieses Gerät!«

»Sie spüren etwas ...«, setzte sich Lea gerade auf.

»Als würdest du mit dem Finger schnippen und ...«, schnippte sie demonstrierend mit dem Finger, »... sie hauen ab!«

»Warum? Es sollte doch Fische anlocken?«

Sarah strich ihre Haare von der Stirn zurück und holte Luft. Das tat sie immer, wenn sie überlegte. »Es kann natürlich eine Fehlfunktion sein und es macht das Gegenteil von dem, was es soll!«

»Fische anlocken …«, flüsterte Lea.

»Genau, die Frage ist hier, wie soll es Fische anlocken!«

»Mit Ultra-irgendwas Schwingungen …«, riet Lea mit einem Lächeln.

»Vielleicht etwas versüsst ausgedrückt, aber theoretisch ja …« Sarah stand auf und ging durch den Lagerraum zu ihrem Rucksack. »Aber wie, ist die Frage!«

Mit einem kleinen blauen Buch in der Hand kam sie zurück. »Die Frage ist, welche Methode wird von diesem Gerät angewandt. Wie soll es den Fischen was zu verstehen geben?«

»Du meinst, die Anwesenheit von etwas?«

Sarah lächelte. »Was habe ich nur für ein cleveres Mädchen! Du erinnerst dich an den Mako?«

Lea nickte.

»Nun, auch der hat das Weite gesucht. Nicht so schnell wie die kleineren Fische, aber ja, auch er ist abgehauen!«

Leas Augen weiteten sich. »Wie sollen wir einen Fisch anlocken, der etwa drei bis vier Meter lang ist, wenn sogar ein Jäger wie der Mako abhaut?«

»Gar nicht …«, öffnete Sarah das Buch und zeigte Lea die von ihr gedachte Passage.

Kilian und Blue trafen bei der Treppe auf Lea und Sarah.

»Zu euch wollten wir gerade!« Lea war aufgebracht und Sarah stellte sich vor ihre aufbrausende Freundin.

»Und wir zu euch!« Kilian blickte von Lea zu Blue und dann zu Sarah. »Was ist mit ihr?«

»Was wollt ihr von uns?«, fragte Sarah.

»Was es mit den Fischen auf sich hat ..? Die nirgends zu sehen sind! Wir sind keine Biologen …« Blue klopfte Kilian auf den Rücken. »Ich habe ein kleines Hobbywissen, aber das war's auch schon!«

Sarah blickte mit einer hochgezogenen Braue zu Lea. »Ich habe es dir gesagt!«

»Ihr habt keine Ahnung?«, rang Lea noch aufgebracht nach Luft.

»Wovon haben wir keine Ahnung?« Kilian sah von Lea zu Sarah. »Was ist hier los?«

»Wir suchen was deutlich Grösseres …«, schloss Sarah die Augen. »Und nicht etwa einen einfachen Fisch …«

»Wale?«, warf Blue in die Runde.

»Haie! Und vermutlich eher grosse!« Lea deutete auf ihr Lager. »Was wohl auch den Haikäfig erklärt, den wir zu verstauen hatten!«

»Haikäfig?« Kilian wurde blass und drehte sich zu Blue um.

Blue wandte sich Sarah zu. » Du meinst Hai … wie in der Weisse Hai?«

»Zum Beispiel … oder Bullenhaie, Tigerhaie … etwas in der Filmgrösse jedenfalls!«

Kopfschüttelnd drehte sich Kilian um. »Nein … Nein, nicht mit mir!«

Ein Klicken drang aus den Lautsprechern und Janosch meldete sich. »Kilian, wir brauchen euch auf dem Oberdeck!«

»Das trifft sich!« Kilian zitterte sichtlich, aber er griff das Geländer und stürmte auf der Treppe nach oben. Dabei nahm er zwei Tritte pro Schritt.

Janosch stand mit verschränkten Armen vor seiner Tür zum Steuerhaus und beobachtete Yuki, die Apples Kopf auf dem Schoss hatte und ihr sanft durchs Haar strich.

»Janosch, sehr gut, ich …«

Janosch blitzte nur kurz zu Kilian, der die Treppe hochpolterte, und zeigte auf die beiden Damen bei den Sitzpolstern.

»Was ist hier los?«, ging Kilian zu Yuki.

»Vorsichtig, Junge!« Janosch hielt Kilian an der Schulter zurück.

Nun sah er die grosse Fläche Erbrochenes, welches sich über den Liegestuhl bis aufs Deck verteilte.

»Was ist mit ihr?«, blieb Blue neben Janosch stehen. »Apple?«

»Sie hat zu viel gesoffen!«, knurrte Janosch und vermied den Augenkontakt mit Yuki.

»Sie hatte doch nur drei Drinks!«, seufzte Yuki schuldbewusst. »Aber sie lag den ganzen Tag in der Sonne!«

Blue scherte sich nicht um das Erbrochene auf dem Boden und hastete zu seiner Schwester.

»Hier!« Yuki reichte ihm eine Wasserflasche.

»Janosch, war dir bewusst, dass wir nach Haien jagen?«, drehte sich Kilian zu Janosch um.

»Ich weiss nur, dass ihr Spass haben wollt!«

Kilian schüttelte den Kopf. »Der Spass hat hiermit ein Ende! Wir holen dieses Ding hoch und fahren zurück zum Hafen!«

»Dann sollten wir eure Eltern informieren!«, nickte Janosch.

»Die können uns ...«

»Kilian, deine Mutter ist am Funk!«, unterbrach Jasons Stimme durch das Intercom Kilian.

Malena drehte das Eis in ihrem Drink, indem sie mit dem Handgelenk das Glas zum Rotieren brachte. Sie sass vor dem grossen Konferenztisch in der Präsidentensuite, sah dem Eis in ihrem Glas zu und wartete neben dem Funkgerät.

Stefan war mit Kurt rauchend auf dem Balkon und blickte wartend hinein. Peter und Klara sassen auf den Stühlen am Konferenztisch und drehten nervös ihre Gläser in ihren Händen.

»*Ozeanium Eins* an Mutterschiff!«, krächzte Kilians Stimme aus dem Funkgerät.

Stefan und Kurt drückten die Zigaretten aus und hasteten hinein. Peter und Klara erstarrten und Malena nahm das Mikrofon in die Hand.

»Mutterschiff an *Ozeanium Eins*! Habt ihr was gefunden?«

»Was macht dieser Football?«, fragte Kilian.

Malenas Augen wanderten zu Kurt. »Das haben wir euch doch erklärt, es lockt diesen seltenen Fisch an!«

»Es vertreibt die Fische, Mutter!«

Kurt setzte sich seufzend hin.

»Das ist, weil nur dieser angelockt werden soll!«, schüttelte Malena den Kopf und wandte sich zu Stefan, der mit den Schultern zuckte.

Kilian lachte unbelustigt. »Das ist nur möglich, wenn man einen Jäger anlocken will, weil andere das Gefühl haben, ein solcher sei in der Nähe!« Es folgte eine dramatische Pause, die Leitung blieb offen. »So etwas wie ein Haifisch? Mutter?«

Stefan hob überrascht die Augenbrauen. »Ganz verblödet scheint er doch nicht zu sein!«

»Als ob er von alleine darauf gekommen ist. Das waren sicher diese

Taucherinnen ...« Malena holte Luft und drückte den Knopf auf dem Handgerät. »Mach dich nicht lächerlich, Kilian! Was sollen wir mit einem Hai?«

»Das ist uns zu viel, Mutter, wir drehen um!«

»Nein, nein!«, sprang Peter auf. »Eine Eröffnung ohne Attraktion ist das Todesurteil für die Ozeaniumgruppe!«

»Es käme der Bankrotterklärung gleich ...«, fügte Klara hinzu und nahm einen grossen Schluck aus ihrem Drink.

Stefan nahm sich mit einem verschmitzten Lächeln eine Zigarre aus der Zigarrenbox und warf einen Blick in die Runde. »Nun scheint der Orca von Seaworld doch nicht mehr so blöd, was?«

»Das wirst du nicht tun, Kilian!«, befahl Malena.

»Wir holen noch dieses Ding hoch, dann sind wir auf dem Weg nach Hause!«

»Hör mir gut zu! Wenn ihr auf die Idee kommen solltet zu meutern, werden wir es als solches behandeln, kapiert?«, erhob sich Malenas Stimme zu einem Grollen.

Stefan blieb an der Balkontür stehen, alle Blicke fielen auf Malena, die mit der Faust geballt und hervorstehenden Adern auf der Stirn den Knopf für eine Antwort losliess.

»Was soll das heissen?«, hörte sich Kilian etwas unsicherer an.

Malena stützte sich ab und drückte auf den Knopf. »Das bedeutet, dass wir euch alle Mittel streichen werden, und dazu werdet ihr entlassen und enterbt!«

Einen kurzen Moment rauschte es, bis das Klicken einsetzte. »Das würdest du nicht tun ...«

»Ihr spielt da draussen mit unserem Geld, mit unserer Firma! So werden wir mit dem von euch spielen ... was bedeutet, ihr werdet keines mehr haben!«, drückte Malena das Handteil ans Funkgerät und drückte drei Schalter nach unten. Alle Lichter gingen damit aus.

Kilian sah zu den anderen.

»Das können sie nicht tun ...«, trank Jason nervös von seiner Cola.

»Sie können ... und sie werden ...« stöhnte Blue.

»Fuck!« Kilian drückte auf den Knopf. »Das ist Erpressung, Mutter!«

Lediglich ein Rauschen kam als Antwort.

»Mutter?«

»Sie ist weg ...«, legte Jason eine Hand auf Kilians Schulter.

Kilian nickte langsam und hängte das Funkgerät mit einer zitternder Hand zurück.

»Und nun?«, fragte Blue. »Drehen wir um?«

Kilian lachte bitter, stand auf und klopfte seinem Freund auf die Schultern.

»Willst du auf dein Leben verzichten?«

Ohne eine Antwort abzuwarten, ging Kilian an ihm vorbei. »Das dachte ich mir!«

»Wo gehst du hin?«, sass Blue noch immer neben der digitalen Glaswand.

»Lea und Sarah informieren ...«, blieb Kilian mit einem beschämten Blick bei der Treppe stehen.

Jason drehte sich auf seinem Stuhl zu ihm um. »Wenn du schon dabei bist: Sag ihnen, sie können den Football wieder einholen, hier gibt es nichts!«

Kilian hob lediglich die Hand mit erhobenem Daumen und ging die Treppe hoch.

Sarah hielt Apples Hand, während Yuki ihr einen kühlen Lappen auf die Stirn legte.

»Sie kocht ...«, nahm Yuki die Tasse, in der ein Strohhalm steckte, und versuchte Apple Wasser einzurichten.

»Hatte sie nicht auch zu viel?« Mit der freien Hand wischte Sarah Apples Wangen sauber.

»Für ihre Verhältnisse wahrscheinlich schon, und dazu die sengende Sonne, die sie auch nicht gewohnt ist!« Yuki seufzte. »Danke!«

»Wo ist eigentlich der Rest der Besatzung?«

Yuki schüttelte den Kopf. »Nur ich und der Kapitän!«

Sarah stutzte. »Ist dieses Boot nicht zu gross für nur zwei Mann?«

Nickend wandte Yuki sich ab und nahm ein paar Tabletten aus dem Schrank neben dem Krankenbett.

»Und warum sind wir mitten auf dem Ozean ohne Besatzung?« Sarah spürte, wie eine Wärme in ihre Wangen stieg.

»Solange alles gut geht, reichen zwei ...« Yuki legte eine der Tabletten in Apples Mund und spülte sie mit dem Wasser runter.

Kilian traf auf Lea, die auf dem Sitzpolster des Mitteldecks sass und eine Zigarette rauchte.

»Wo ist deine Freundin?«

»Mit Apple und Yuki auf der Krankenstation ...«

Kilian nickte und vermied mit der untergehenden Sonne direkten Blickkontakt.

»Wir drehen nicht um ...« Kopfschüttelnd zog sie an der Zigarette.

»Uns wurde versichert, dass ...«, suchte Kilian nach einer Antwort.

»Ja ja ...«, winkte Lea ab. »Alles schon gehört«

Kilian schnappte kurz nach Luft und wischte Speichel von seinem Mundwinkel. »Aber wir können den Sensor wieder hochholen ... wir fahren weiter!«

»Aber wir werden den Football nicht in der Nacht runterbringen. Egal, wann wir die nächste Position erreichen!« Lea klopfte die Zigarette im Aschenbecher ab und hob den Kopf.

»Wir wollen ja auch ausgeruht an unsere Aufgabe gehen!«, lächelte Kilian schwach und drehte sich um. »Wenn wir ablegen, können wir erst mal Abend essen!«

Leas Magen knurrte ab der Erwähnung und ihr wurde bewusst, dass sie seit den Feigen Crostatas am Morgen nichts mehr gegessen hatte.

9

John stieg mit vorsichtigen Schritten nach oben.

»Morgen, Boss!«, grüsste Mike.

»Morgen ...« Er spuckte ins Meer und setzte sich neben Mike, der am Steuer sass.

»Kaffee?«, hielt Mike ihm eine Tasse hin.

»Danke ...«, nahm John die Tasse entgegen, setzte an und verzog das Gesicht. »Mein Gott, ist der schrecklich!«

»Genial, oder?«, lachte Mike und trank von seiner Tasse. »Rezept meines Vaters! Das Beste gegen einen Kater!«

»Du hast mir nie erzählt, dass dein Vater Alkoholiker war«, nahm John einen zweiten Schluck.

»Er kam auch nicht an dich ran ...«, zuckte Mike die Schultern, ohne das Gesicht zu verziehen.

John spuckte ein weiteres Mal, wischte sich den Mund mit seinem Shirt ab und steckte sich eine Zigarette in den Mund. »Wie ist unser Tempo?«

»Etwa vier Knoten zu langsam!«, hob Mike die Tasse.

John stellte seine ab und griff nach der Karte. »Das kostet uns beinahe einen halben Tag ...«

»Genug Zeit um zu sterben!«, schlürfte Mike und zeigte nach Steuerbord.

»Buckelwale?«, erhob sich John, schirmte die Augen ab und beobachtete die Walfamilie, die unweit von ihnen vorbeischwamm.

»Habe im Morgengrauen schon einige gesehen ... wahrscheinlich haben sie hier irgendwo ihre Brutstätte!«, blickte Mike ihnen sitzend nach.

John drehte sich mit einem feinen Lächeln auf den Lippen wieder nach vorne. »Das ist das Beste hier draussen, die ganzen Meeresbewohner ...!«

»Die gibt es in der Schweiz nicht ...« Mike stellte die leere Tasse ab, verliess den Steuersitz und ging zur Hängematte. »Oder ... noch nicht!«

John setzte sich auf den nun freien Steuersitz. »Das ist nicht dasselbe.«

»Ja, das Meer hat schon was für sich ...«, lachte Mike und zog sich den Hut über die Augen.

»O ja ...« John nahm seine Tasse wieder in die Hand und blickte rauchend über das morgendliche Meer. Er inhalierte die salzige Seeluft und schlürfte seinen Kaffee. »O ja.«

Blue half Sarah aus dem Wasser, Apple nahm von Lea den Football entgegen und zog sie anschliessend hoch.

»Wie ist es da unten?«, stand Apple vor Lea und Sarah, die auf der Treppe sassen und ihre Flossen von den Füssen zogen.

»Wunderschön und beängstigend ausgestorben ...«, griff Sarah ihre Flossen.

Lea nickte seufzend. »Man hat das Gefühl, die ganzen Untergangstheoretiker hatten Recht, was die Verschmutzung der Meere angeht!«

»Immerhin haben wir eine Schildkröte gesehen ...«, zog sich Sarah das Oberteil ihres Neoprenanzug runter.

»Weil sie nicht schnell genug war ...« Lea hielt ihre Flossen in der Hand und folgte den Geschwistern auf das Mitteldeck.

Kilian stand an der Treppe zum Oberdeck. »In zehn Minuten legen wir ab. Wenn wir die Nacht durchfahren, sollten wir kurz vor Mittag die fünfte Position erreichen!«

Mit einem einmaligen Klatschen in seine Hände ging Kilian die Treppe hoch.

Lea und Sarah waren noch immer dabei, zu Atem zu kommen, und sassen auf den Sitzpolstern des Mitteldecks.

»Da unten ist wirklich nichts?«, stand Blue vor ihnen neben dem kleinen Tisch und liess eine Wasserflasche kreisen.

»Schon, bis wir dieses Ding starten ...« Sarah zog sich den Rest des Anzuges aus.

»Und es wurde nicht ansatzweise etwas angelockt!«, schloss Lea.

»Vielleicht auch besser so ...«, hielt sich Blue die Hand an den Nacken und folgte Kilian zum Oberdeck.

»Was ist deine Wahl heute?«, lächelte Apple gespannt. »Schliesslich steht es 4:0 für Yuki.«

Mit einem Lachen zwinkerte Lea. »Ich bin mir noch nicht sicher, aber ich habe da was am Brodeln, um das Resultat zu drehen ...«

»Mein Gott!«, zog sich Sarah ein Shirt an. »Denkst du wirklich immer noch, du kannst Yuki schlagen?«

Lea schlüpfte in ihre Shorts und schickte Sarah einen Luftkuss. »Das werde ich schon noch! Du wirst schon sehen!«

Sarah schüttelte kichernd den Kopf.

»Zumindest isst sie besser als der Rest von uns!«, lachte Apple mit breiten Lippen.

Sarah schlüpfte in ihre Schlappen. »Und was gibt es für uns?«

»Krabben- oder Gemüsesuppe als Vorspeise. Fischfilet im Pretzelmantel oder Kartoffelsteak an Tintenfischnudeln und ein Fruchtsorbet als Nachtisch!«, zählte Apple auf und folgte Sarah zum Oberdeck.

»Tintenfischnudeln?«, folgte Lea den beiden.

»Schwarze Nudeln …«, erklärte Apple und hüpfte die Treppe hoch.

Kilian war in der Kommandozentrale und zeichnete die erneute Niederlage und die Wege dazu auf der Karte ein und beobachtete Jason, der das Radar und das Sonar beobachtete und simultan Chips in sich reinstopfte.

»Wir essen in 10 Minuten!«

»Gut …«, schmatzte Jason und leckte sich die fettigen Finger ab. »Ich habe Hunger!«

»Wie kannst du nach dieser Tüte noch Hunger haben?« Kilian schüttelte lachend den Kopf und beugte sich wieder über die Karte.

»Das ist nur ein Appetitanreger!«, drückte er die leere Tüte in den Mülleimer.

»Aha …« Kilian schmunzelte.

»Was meinst du mit Aha?«, drehte sich Jason auf dem Stuhl um.

»Nichts …«, grinste Kilian und zog eine blaue Linie neben ihre Koordinaten.

»Du willst damit andeuten, ich esse zu viel?«, zog sich Jason die Kopfhörer von seinen Ohren.

»Zu viel … Nein!«, schloss Kilian den Marker und legte ihn in die Stiftschale an der Präsentationswand.

»Pff…«, winkte Jason ab, mühte sich aus dem Stuhl und legte eine Hand auf Kilians Schulter. »Ich werde erst mal die sanitären Einrichtungen aufsuchen!«

»Sanitären …«, kratzte sich Kilian die Stirn und liess ein Glucksen von sich. »Den muss ich mir merken!«

Lea sass vor ihrem Angus Burger mit hochschottischem Cheddar, einer weissen Trüffelsauce und mit Käse überbackenen Buns aus Nussbrot.

»Alles in Ordnung?«, flüsterte Sarah mit einem wissenden Lächeln.

»Einfach unglaublich.« Sie legte ihre Hände um den Burger. »Guten Appetit«, und biss hinein.

Um sie herum wurde beinahe still gegessen, Kilian spülte mit Champagner runter und tippte Blue an.

»Mmh…«, zog Blue Nudeln durch seine Lippen.

Mit dem Messer deutete Kilian auf das Bücherregal, das am anderen Ende stand, mit einer Minibar und Sitznische davor. »Wir haben auch zu Hause eine riesige Bücherauswahl … aber ich habe meine Eltern nie lesen gesehen!«

Apple schluckte mit einem breiten Grinsen runter. »Ist bei uns auch so! Ist wohl etwas, das man haben sollte …«

»Es symbolisiert Wissen …«, nahm Sarah ihr Weinglas. »Wissen ist Stärke und Überlegenheit, Macht!«

Lea wischte sich mit der Serviette über den Mund. »Was bringt das, wenn du nichts davon gelesen hast?«

»Das weiss ja niemand …«, konzentrierte Blue sich wieder auf seinen Teller.

»Aber wieso hier auf der Yacht?«, schüttelte Kilian den Kopf und schenkte sich Champagner nach.

»Gäste? Um ihnen den Reichtum unter die Nase zu reiben?«, mutmasste Lea.

»Auf einer Yacht …«, lachte Sarah. »Ich bin schon kleingehalten, da braucht es nicht noch mehr!«

Das Sonnendeck war durch Malenas Idee in den Aussenplatz eines Pariser Restaurants, auf dem sie meist dinierten, verwandelt worden.

Blue und Apple sassen je an einem Tisch und genossen mit einem Drink und einer Zigarre die Nacht. Auf dem Ozean spiegelten sich die Sterne und bis auf sanfte Wellen, die gegen die Yacht stiessen, hörte man nur noch das sanfte Brummen des Motors.

»Es ist so malerisch …« Apple nippte an ihrem Cocktail. »Und dennoch so furchterregend!«

»Wieso? Ist doch alles friedlich?«, stutzte Blue und zog an seiner Zigarre.

»Sie dich doch um … wir sind mitten im Nirgendwo!« Apple stand auf und ging zur Reling. »Wenn etwas passiert, sind wir meilenweit von jeglicher Hilfe entfernt!«

»Mal doch den Teufel nicht an die Wand!« Paffend lehnte er sich zurück.

»Etwas Vorsicht ist nie verkehrt!«

Mit Drinks in ihren Händen kamen auch Lea und Sarah dazu.

»Hey!«, lachte Apple, drehte sich um und drückte den Rücken gegen die Reling.

»Hey selbst!«, lachte Lea und setzte sich auf die Bank, die vor den Tischen mit Blick über die Reling stand.

Sarah stiess mit Apples Glas an und setzte sich neben Lea.

»Kennt ihr die Geschichte von José, dem Fischer?«, nahm sich Lea eine Zigarette aus einem Metallbehälter und steckte sie langsam zwischen ihre blasrosa geschminkten Lippen.

Blue schüttelte den Kopf. Apple setzte sich wieder hin, trank von ihrem Cocktail und wartete gespannt.

»Nun ...« lächelte Lea. »José war ein Fischer. Er betrieb sein Handwerk in der Philippinischensee. Er fuhr jeden Tag aufs Meer hinaus, fischte und verkaufte seinen Fang in der Nacht auf dem Grosshandelsmarkt. Er schlief ein paar Stunden und ging in aller Herrgottsfrühe wieder aufs Meer, um zu fischen. Er hatte keine Frau und keine Kinder. Da er nie etwas anderes gelernt oder getan hatte, wusste er gar nicht, was er anderes tun sollte!« Lea zündete sich die Zigarette an.

»Ziemliches Scheissleben ...«, bemerkte Blue.

Lea nahm die Zigarette zwischen zwei Finger und liess den Rauch aus ihrer Lunge. »Das Einzige, was er hatte, war sein Hund, ein grosser Boxer, Manuel. Es heisst, das war der Name seines Vaters ...«, nahm Lea einen Schluck und zog an der Zigarette. »Auf jeden Fall hatte diese Tristesse den armen José in die Arme des Alkohols getrieben. Erst trank er nur abends, dann kam der Morgen hinzu und schlussendlich trank er auch auf der Arbeit ... auf seinem Boot!«

»Ich glaube, ich mag nicht, wo das hinführt ...«, vergrub Apple das Gesicht in die verschränkten Arme auf dem Tisch.

»Manuel war immer auf seinem kleinen Boot mit dabei und sass ruhig auf der Gegenseite, wodurch das kleine Boot ausbalanciert wurde. José trank immer mehr, und je mehr er trank, desto weniger fing er. Was weniger Einnahmen zur Folge hatte und ihn mit seinen Sorgen zu erdrücken drohte.

Eines Tages erklärte er einem Nachbarn, dass er etwas weiter raus fahren will. Seine Misserfolge kämen daher, dass er zu nahe an der Küste fische, wie alle anderen es auch taten. Das grosse Geld aber lag weiter draussen, weiter aufs Meer hinaus!«

»Lass mich raten ...«, paffte Blue und zählte die Sterne. »Er ist mit seinem Hund abgesoffen.«

»Wahrscheinlich ...«, nickte Lea betroffen. »Aber man kann es nicht genau sagen, man fand nur sein Boot.«

»Und Manuel?«, fragte Apple mit tierliebenden, grossen Augen.

Lea schüttelte den Kopf. »Ebenso verschwunden ... von beiden fehlte jede Spur!«

»Besoffen ins Wasser gefallen ...«, schloss Blue und drehte seinen Kopf. »Sein Hund versuchte ihn zu retten und wurde von einer Strömung erwischt ...«

»Sehr detaillierte Annahme ...«, verzog Apple misstrauisch das Gesicht. »Kennst du die Geschichte etwa schon?«

»Nicht diese, aber ein paar ähnliche ... betrunkene Seemänner gibt es wie Sand am Meer!« Blue sah zu Lea. »Nichts gegen deine Geschichte!«

»Ich weiss, nicht sehr ermutigend ...«, legte sie ihre Schulter an Sarahs, nippte an ihrem Drink und zog an der Zigarette.

»Die hat uns Dylan erzählt, oder?«, strich Sarah ihr eine Strähne aus der Stirn.

»Jap ... der hatte die tollsten Geschichten«, grinste Lea.

»Ich mag seine Geschichten nicht und gerade die ... ist ziemlich scheisse!«, strich sie weiter durch Leas Haar.

Lachend reckte Lea den Kopf hoch.

»Wer ist Dylan?«, klopfte Blue die Asche von seiner Zigarre in den Aschenbecher.

»Unser Tauchlehrer in Australien ...«, erklärte Sarah.

»Wie lange macht ihr das schon?«, putzte Apple ihre Brille und rieb sich die Augen.

»Tauchen seit etwa drei Jahren ... aber die Schule noch gar nicht!«, seufzte Lea.

»Wir öffnen erst in zwei Wochen, hier wollen wir Material für unsere Webseite sammeln«, grinste Sarah.

»Nur ist das Material bisher eher dürftig ...«, seufzte Lea.

»Aber eröffnen werdet ihr so oder so?«, fragte Apple.

Sarah nickte, drückte Lea an sich und wandte sich lachend auf das offene Meer hinaus, das nur durch den Mond und die Aussenlichtern der Yacht beleuchtet wurde.

John stellte die Bierflasche ab und griff nach dem Fernglas.

»Mike ...«, stiess er den schlafenden Maat an. »Was siehst du dort vorne?«

Mike rappelte sich auf und nahm gähnend das Fernglas entgegen. »Sieht nach nichts aus!«

John steckte sich eine Zigarette in den Mund. »Versuch es noch mal!«

Mit einem Räuspern blickte Mike noch mal durch. »Das könnte ein Boot sein, aber ... könnte, muss nicht!«

John setzte sich hin und prüfte die Karte. »Doch, das müssten sie sein!«

»Wenn es denn ein Boot ist ...«, setzte sich Mike wieder hin und nahm sein Bier. »Vielleicht spielt dir die Gier einen Streich.«

John blies lächelnd Rauch in den Himmel.

»Wie auch immer ...«, spähte Mike mit der Hand als Sonnenschutz hinaus. »In etwa zwei Stunden wissen wir mehr.«

Mit einem bejahenden Glucksen setzte sich John wieder ans Steuer. »Gut, sind wir so schnell!«

»Wir hätten uns nach der letzten Lieferung einen neuen Motor zulegen sollen!«

»Ja ...«, lachte John laut. »Nur war der Erlös nicht wirklich investitionswürdig!«

»Wenn sie noch am Leben sind, gibt es einen neuen Motor!«, klopfte Mike John auf die Schulter.

John leerte seine Flasche. »Das würde für ein neues Boot reichen!«

»Und *Bruce* einfach in Rente schicken? Wir haben unser Herzblut in diesen Kutter gesteckt!«

John stiess Mike zur Seite. »Der war schon in Rente, als wir ihn gekauft haben!«

Mike klopfte auf Holz. »Wir könnten uns auch die Yacht aneignen!«

»Wir sind Schmuggler und keine Piraten!«, steckte sich John lachend eine Zigarette in den Mund.

»Lausige Schmuggler ...«, lachte Mike. »Vielleicht sollten wir es einfach versuchen!«

»Lausig? Wir hatten einfach Pech ...«, stiess er Rauch aus. »Meistens zumindest!«

»Wir mussten dreimal die Ware über Bord werfen ...«, hob Mike drei Finger hoch. »Drei! Mal!«

»Weil wir Pech hatten«, zuckte John mit der Schulter. »Dreimal!«

Mike hielt sich die Hand vor den Mund.

»Du willst was sagen?«

Mike nickte. »Sagen wir, es war Pech!«

»Sagen wir!«, nickte John.

12

»*Ozeanium Eins* an Mutterschiff! *Ozeanium Eins* an Mutterschiff!«

»Mutterschiff hier!«, erwiderte Malena knapp.

»Wir haben den fünften Punkt erreicht und senden den Football gerade in die Tiefe.«

»Sehr gut! Ich hoffe, ihr findet endlich was!«, klang Malena genervt.

»Wir geben hier unser Bestes und eigentlich wissen wir gar nicht ...«

»Killer!«, unterbrach ihn Jason.

Kilian hob seinen Kopf zu Jason, der auf das Funkgerät deutete, und folgte dessen Finger. Das kleine Licht war nicht mehr grün, sondern rot, was bedeutete, dass die andere Seite sich ausgeklinkt hatte.

»Scheisse ...«, hängte er das Handgerät zurück und drehte sich um. »Sie ist schon sehr charmant ...«

Jason hob desinteressiert die Arme. »Hey, sie ist nicht meine Mutter!«

Lea zog sich aus dem Wasser zurück aufs Boot und half danach Sarah hoch.

»Hier ist es tiefer ...«, war Sarah noch etwas ausser Atem.

Lea nickte. »Wir müssen beim Auftauchen aufpassen ... den Druck besser ausgleichen!«

»Wem sagst du das ...«, drückte sich Sarah die Nase zusammen und blies.

»Läuft das Ding?«, stand Blue mit den Händen in den Taschen seiner Shorts bei der Treppe.

Lea legte die Flossen an den Rand und stellte sich auf ihre Füsse. »Läuft und alle Fische sind weg!«

»Wie immer!«, hob Sarah triumphierend die Faust.

Nickend drehte sich Blue um und ging zurück zum Mitteldeck.

»Irgendwas ist heute anders …«, trocknete Sarah ihre Haare ab.

»Die sind alle etwas angespannt … die Erfolgsquote ist ja nicht sonderlich hoch!«, griff sich Lea eine Wasserflasche und setzte sich hin.

»Das ist es nicht …« Sarah legte sich neben Lea und legte den Kopf in ihren Schoss. »Es ist dieser Ort hier …«

Lea seufzte tief dramatisch. »Genau das gleiche Niemandsland wie immer …«

»Ich mag es hier nicht …«, nahm Sarah Leas Hand und drückte sie.

Kilian zeichnete die Karte auf die elektronische Glaswand. Dabei versuchte er ein Fenster zu öffnen, das ihm jedoch immer wieder eine Fehlermeldung anzeigte.

»Was mache ich falsch?«

Jason drehte sich auf seinem Stuhl zu Kilian um. »Was möchtest du denn tun?«

»Die Sonar- und Radardaten vom Speicher auf den Schirm übertragen …«

»Live?«, stopfte Jason eine Hand in eine Tüte Chips und drückte sich die brechenden Kartoffelchips in den Mund.

»Das ist die Idee!«, hob Kilian einen Daumen hoch.

Jason drehte sich wieder zurück und rutschte nach rechts zum Computerterminal, tippte für Kilian willkürlich auf der Tastatur herum, stopfte sich mehr Chips in den Mund und drehte sich nach keiner halben Minute wieder um. »Tataa!«

Kilian wandte sich wieder der Scheibe zu und erblickte sie in einem grünlichen Schimmer. »Vielleicht nur halb so sinnvoll, wenn nichts im Meer schwimmt.«

Jason klopfte ihm mit einer krümelnden und fettigen Hand auf die Schulter. »Nifft deine Schuld!«

»Schluck erst mal runter!«, lachte Kilian und begab sich zur Treppe.

»Killer …«, stoppte Jasons Ausruf Kilian.

Kilian drehte sich um. Jason starrte auf die Glasscheibe und zeigte mit dem Finger darauf. Ein leises Piepsen war zu hören und ein kleiner Punkt bewegte sich kontinuierlich auf die Yacht zu »Nicht dein Ernst!«

Jason drehte sich zum lachenden Kilian. »Eindeutig, da draussen ist etwas!«

Erleichtert griff Kilian sein Funkgerät. »Leute, da draussen ist etwas …«

»Es ist gross …« Jason zeigte auf die Scheibe und rollte mit seinem Stuhl zum Fischfinder. »… und kommt direkt auf uns zu. Ich übertrage nun die Daten vom Fischfinder!«

»Ihr solltet gleich Blickkontakt haben!«, schloss Kilian und wartete auf das Aufleuchten der Daten des Fischfinders.

»Oh, wir haben Blickkontakt …«, murmelte Lea und drückte Sarahs Hand.

Apple hatte den Mund offen und hielt sich an der Reling fest. Blue stand neben Yuki und Janosch. Alle folgten der gräulichen Flosse, die aus dem Wasser ragte und auf sie zu schwamm. Das Wasser teilte sich neben der Flosse und das aufgewirbelte Wasser liess nur die Umrisse des Besuchers erahnen.

»Er versucht herauszufinden, was wir sind …«, sagte Janosch mit ruhiger Stimme.

Die Flosse zog nach links und kam in einem parallel zur Yacht verlaufenden Bogen auf sie zu.

»Das ist ein Weisser …«, keuchte Sarah und drückte Leas Hand noch etwas fester. »Ein grosser Weisser …«

»Wir sind nicht Teil seines Speiseplans!«, erinnerte Janosch die erschreckte Jungmannschaft. »Er will nur … O mein Gott …«

Der Hai schwamm an der Yacht entlang an ihnen vorbei. Der König, der seinen Untertanen einen Besuch abstattete.

»Der ist wirklich gross …«, staunte Blue.

»Das dürften …«, rechnete Janosch mit der Yacht als Ausgangspunkt, »… etwa fünfeinhalb oder sogar sechs Meter sein …«

»So sieht das Monster auch aus!« Lea strich sich nervös eine Strähne aus den Augen.

»Ich gehe da nicht ins Wasser!«, hatte Sarah jegliche Farbe verloren.

»Eine von euch muss tauchen … das ist der Fisch, weswegen wir hier sind!«, lächelte Kilian.

»Du hast das Ding nicht gesehen, es ist so gross wie ein kleines Auto!«, schüttelte Blue den Kopf. »Ich würde da niemanden ins Wasser schicken!«

Kilian lachte vergnügt und stand zu den anderen an die Reling. Der Hai war nun wieder weiter draussen, nur die dreieckige Flosse an der Wasseroberfläche war zu erkennen.

»Darum haben wir doch einen Haikäfig dabei …«, drehte sich Kilian zwinkernd Lea zu. »Und ich bin mir sicher, ihr braucht diese Aufnahmen!«

Sarah drückte nun so stark zu, dass Lea ihren Herzschlag spüren konnte.

Lea sass auf der Sitzgruppe auf dem Mitteldeck und beobachtete, wie die anderen den Haikäfig langsam zu Wasser liessen.

»Du musst das nicht tun ...«, strich Sarah ihr über die Wange.

Mit einem gequälten Lächeln küsste sie Sarah und holte tief Luft! »Du weisst, dass wir die Aufnahmen brauchen. Zudem sind wir dazu verpflichtet ihnen zu helfen. Wir haben einen Vertrag unterschrieben ... Wird schon schiefgehen!«

Sarah bemerkte, wie Lea die eigenen zitternden Hände betrachtete. »Lea ...«

»Alles gut ...«, rang sie sich wieder zu so etwas wie einem Lächeln. »Mir ist nur kalt!«

»Hier!«, kam Yuki und reichte ihr einen Speer.

»Was ist da drin?«, deutete Blue auf die Flüssigkeit in der Spitze.

»Ein starkes Betäubungsmittel, stark genug, um zehn Elefanten schlafen zu legen!«, erklärte Janosch, der den Werkzeugkasten unter dem Tisch bei der Sitzgruppe befestigte.

Yuki drückte Lea an sich. »Alles Gute, bring uns den Fisch!

»Immerhin hast du eine Cheerleaderin!«, küsste Sarah Leas Stirn. »Komm mir gesund zurück!«

Nickend stand Lea auf, schüttelte ihre Glieder und atmete tief ein. Sie zog den Taucheranzug über ihren Kopf und drückte die Haare nach hinten. Mit schweren Schritten, als liefe sie ihre letzte Meile, ging sie zu Kilian, der die offene Luke des Käfigs hielt.

»Auf, auf!«, schrie Kilian. »Nun wird gefischt!«

Lea zog sich hoch und stieg auf den Käfig. Dort setzte sie sich hin und spuckte in ihre Taucherbrille. Allerdings hatte sie nicht sofort genügend Spucke, daher brauchte sie drei Anläufe.

»Viel Glück, Ariel!«, klopfte Kilian ihr auf die Schulter und stieg vom Käfig. Janosch schloss den Käfig. »Nur Mut, hier drin bist du in Sicherheit!«

Lea nahm den Sauerstoff in den Mund, atmete ein und aus. Mit dem Daumen nach oben signalisierte sie, dass es losgehen konnte.

13

»*Bruce BL1409* an *Ozeanium Eins*!« Mit dem Funkgerät in der Hand drückte John die Zigarette aus und spähte auf die treibende Yacht.

Mike rief rüber, aber es kam keine Antwort. Genau wie bei seinen Funkversuchen.

»Scheisse …«, murmelte John und griff sich den Greifhaken und zwei Gewehre. Damit ging er aus der Steuer- und Funkkabine.

»Wozu die Feuerwaffen?«, stutzte Mike.

»Wer weiss …« Er legte die Gewehre auf das Deck und stemmte sich gegen die Reling der *Bruce*.

»Ich hole das Seil«, rief Mike.

John versuchte mit dem Greifhaken die Reling der Yacht zu greifen, um sie näher ranzubringen.

»Wo sind alle?«, trat Mike neben ihn und knüpfte eine Schlaufe in das Seil.

Der Haken griff die Reling und John konnte sein Boot mit einem kleinen Ächzen näher an die Yacht heranziehen. Mike warf das Seil rüber und verknotete die Schlaufe, damit konnten sie die *Bruce* an der Yacht zum Heck ziehen.

»John …«

John nahm den Haken runter und ging zu Mike. Langsam kam das Unterdeck der Yacht immer näher und John konnte die Treppe erkennen.

»Das ist Blut …«, verknotete Mike das Seil an der *Bruce* und nahm von John ein Gewehr entgegen.

KAPITEL 2

Das Ozeanium

1

Alicia fühlte sich wie in einem Wartezimmer beim Zahnarzt. Sie hasste den Zahnarzt. Unbequeme, blaue Plastikstühle, in der Mitte ein kleiner Tisch, auf dem Zeitschriften für die Wartenden lagen, und riesige Ölgemälde an den Wänden neben den Fenstern. Doch Malena Bös' Büro-Wartezimmer hatte keine Fenster, es waren kleine Aquarien, die bei der Eröffnung wahrscheinlich Fische und Wasser in sich haben und das Ambiente sicherlich anheben würden. Die Ölgemälde, die alle Angriffe von Haien porträtierten und wirkten, als kosteten sie Millionen.

Wer malt sowas?, fragte sich Alicia, während sie mit dem Fuss tippend auf die Audienz bei Malena Bös wartete.

Die Tür blieb weiter verschlossen und ihre Uhr bestätigte, dass die gute Frau sie schon dreissig Minuten warten liess. Sie schlug ihr rechtes Bein über das linke, blies dabei eine Strähne aus ihrem Gesicht und lehnte sich zurück.

Warum ich?, fragte Alicia sich in einer Endlosschleife, aber sie wusste natürlich die Antwort. Keiner in der Redaktion hatte Lust, mit Frau Bös zu reden, und als Praktikantin war sie nun mal die Freiwillige.

Endlich öffnete sich die Tür und Malena Bös trat heraus. Sie trug einen beigen Rockanzug und hatte ihre Haare zu einem kleinen Turm hochgesteckt. »Frau Bauer?«

Alicia mühte sich aus dem zu tiefen Plastiksitz heraus, ging mit ausgestreckter Hand und einem Lächeln auf die millionenschwere Geschäftsfrau zu. »Frau Bös, es ist mir eine grosse Ehre!«

»Haben eure Männer die Eier verloren?«, ignorierte Malena die Hand, drehte sich um und ging wieder in ihr Büro.

Alicia blieb vor der geöffneten Tür stehen und musste erst ihren Mund wieder schliessen.

»Kommen Sie«, setzte sie sich an ihren Schreibtisch, »oder gehen Sie gleich wieder?«

Mit einem feinen Räuspern trat Alicia ein und schloss die Tür, die aus verstärktem Stahl bestand, hinter sich. Es wirkte düster in dem Büro, was auch an der dunkelblauen Tapete und dem eher schwachen Licht lag, das von Leuchten in der Decke erzeugt wurde. Auch gab es keine Fenster, aber natürlich hingen auch hier Gemälde von weiteren, sehr blutrünstigen Hai-attacken.

»Bitte, setzen Sie sich!«, deutete Malena auf den Stuhl vor ihrem übergrossen Eichenschreibtisch.

Alicia setzte sich und nahm ihren Notizblock und einen Stift aus der Hand-tasche.

»Wie putzig!«, lächelte Malena herablassend.

»Bitte?«

»Wie alt sind Sie? Machen Sie gerade ein Praktikum?« Malena zeigte grin-send ihre etwas zu weissen Zähne.

»Ich weiss nicht, was mein Alter für eine Rolle spielt ...« Alicia versuchte zu lächeln, was nicht ganz so gut gelang, wie sie sich das erhoffte.

»Sie sind so klein ...«, blinzelte Malena mit ihren falschen Wimpern. »Zie-hen Sie so ein leuchtendes Dreieck an: Sie könnten glatt als Kindergartenkind durchgehen!« Sie hörte sich nicht nur gerne reden, sie liebte es zudem, andere einzuschüchtern.

»Wie konnten Sie ein fünffach abgelehntes Projekt realisieren?«, begann Alicia mit der ersten Frage.

Malena stutzte, wechselte ihren Schwerpunkt und legte die linke Hand flach auf ihren Schreibtisch.

»Die Gerüchte, dass Sie sich mit Bestechungen der Einsprachen entledigt haben, sind nicht gerade leise!«, fuhr Alicia fort.

»Kein Kommentar!« Das Lächeln auf Malenas aufgespritzten Lippen starb einen kalten Tod.

»Das Volk und die Umgebung waren klar gegen den Bau! Als das Projekt an sie überging, versiegten die Einsprüche!«

»Ich habe wohl eine gewinnende Art!«, schlossen sich ihre Lippen zu einer geraden Linie.

Alicia lächelte. »Warum so eine Wasserwelt in einem Binnenland? Ist das nicht Tierquälerei?«

Malena brachte wieder ihr Lächeln auf die Lippen, allerdings waren die Augen davon nicht betroffen. »Sie vergessen den wissenschaftlichen Aspekt an so einer Wasserwelt. Nicht alle können es sich leisten, in am Meer liegende Länder zu reisen, die vergleichbare Einrichtungen vorweisen können. Wir bieten denjenigen die Faszination der Meere hier im Herzen von Europa. Direkt vor der Haustür, möchte man sagen.«

Alicia notierte dies und zeigte mit dem Stift anschliessend auf Malena. »Mit Meerestieren auf engstem Raum?«

»Wie Sie vielleicht bemerkten, verfügen wir über sehr viel Platz, wovon normale Zoos und Aquarien nur träumen können! Insbesondere unser Wassersystem ist das modernste der Welt.« Malena zündete sich einen Zigarillo an.

»Auch für einen Killerwal?«

»Sie sollten Ihre Haare offen tragen, dass käme Ihrem Gesicht zugute!«, zwinkerte Malena.

Alicia kannte diese Abwehrhaltung. »Sie möchten sich also nicht zur Orca-Geschichte äussern?«

»Ich möchte keine Gerüchte kommentieren, das ist mir zu müssig!«, zog sie an ihrem Zigarillo und drehte sich zur Seite.

»Seaworld erhielt eine Anfrage!«, hakte sie nach.

»Nicht von mir, Schätzchen!«

»Womit wollen Sie dann Leute anlocken? Die meisten Haie hatten wir schon im Zoo, Krokodile ...«

»Diese Information ist noch nicht für die Öffentlichkeit bestimmt!«, unterbrach sie Alicia.

»Genau so wie die Stimmen, die gegen den Bau waren? Keiner von Ihnen trat danach noch an die Öffentlichkeit!«

Malena legte seufzend den Zigarillo in den Aschenbecher. »Sie drehen sich im Kreis ... wie ein alter Plattenspieler!«

»Weil die Fragen Ihnen unangenehm sind?«

»Flap, flap!«, drehte Malena den Zeigefinger in der Luft.

»Ist dieses Schweigen nicht ein Schuldeingeständnis?«, klopfte Alicia mit dem Stift auf das Notizbuch.

Seufzend schien sie die Reporterin zu bemitleiden. »Für so was habe ich wirklich keine Zeit! Hüpfen Sie mal besser zurück in Ihren Bau und lassen Sie die wirklich wichtigen Leute ihre Arbeit erledigen. Ja?«

Alicia rieb mit dem Handrücken über die Stirn. »Einfach so?«

Malena rollte ihren Stuhl zurück, erhob sich und drückte einen Knopf an der Wand neben dem riesigen, weiten Gemälde hinter ihrem Bürostuhl. Beinahe geräuschlos schob sich das Gemälde nach oben und offenbarte ein Panoramafenster. »Wissen Sie, wo wir sind?«

»In ihrem Büro?«

Malena nickte und drehte sich zum Fenster. »Und wo ist das Büro?«

»Im Ozeanium? In Basel ...« Alicia legte den Stift auf das Notizbuch. »Ich verstehe nicht genau, worauf sie hinaus wollen ...«

»Kommen Sie!«, winkte Malena.

Etwas verdutzt nahm sie den Block und ihren Stift in die Hand, stand auf und ging um den Schreibtisch zu Malena. Sie verlor sich in dem leeren, überdimensional gross wirkenden Aquarium.

»Das ist Tank 1, die zukünftige Heimat unserer Attraktion, und mein Büro befindet sich direkt unter der Wasseroberfläche!«

Alicia fiel die Stahltür wieder ein, als sie eintrat, und sie wandte sich von der ewigen Tiefe wieder zu Malena. »Warum ist das so?«

»Weil ich es kann!«, zwinkerte Malena und ging an ihr vorbei zur Tür.

Alicia warf noch einen letzte Blick in den Tank, ehe sie schaudernd dem Tank den Rücken zudrehte.

Malena wartete an der wieder geöffneten Tür. »Das Interview ist hiermit beendet!«

»Wir haben doch kaum ein Interview geführt.«

»Lassen Sie sich einen neuen Termin geben«, lächelte Malena falsch. »Ich habe noch Wichtigeres zu tun!«

Alicia schulterte ihre Tasche und blieb vor Malena stehen. »Das war ... interessant, kurz, aber interessant.«

»Ja ... husch, husch!«, schob Malena sie aus dem Büro und schloss die Tür.

»Wow ...«, spürte sie die Tür in ihrem Rücken und schulterte ihre Tasche, bevor sie den Fahrstuhl ansteuerte.

Schwitzend lief Jason durch den Eingangsbereich in die Haupthalle des Ozeaniums und mühte sich auf den Empfang zu.

»Hey, ich bin Jason, mein Vater arbeitet hier …«, rückte er seine Brille zurecht und wischte Schweiss von seinem Hals.

Die Empfangsdame musterte ihn, lächelte aber schlussendlich und deutete auf eine Tür. »Du kannst dort auf ihn warten, er wird gleich bei dir sein!«

»Danke!« Mit den Händen am Rucksack, wie ein Vorschüler, ging er nach links auf die ihm gezeigte Tür zu. Dabei stiess er beinahe mit einer kleinen Frau zusammen, die auf ihr Handy fixiert war.

»Kannst du nicht aufpassen?«, keifte sie ihn sichtlich genervt an und ging weiter, ohne überhaupt aufzusehen.

Jason folgte ihr mit seinem Blick und rückte erneut seine Brille zurecht. Im Grunde war er froh, dass sie ihn nicht angesehen hatte. Ansonsten hätte sie seine Statur verurteilt, so, wie es alle Frauen taten. Mit einem letzten, flüchtigen Blick auf ihre engen Jeans ging er weiter und öffnete die Tür mit der Aufschrift: Besucher.

»Ahhh, du musst Jason sein«, trat ein grosser, schlanker Millionärssohn vor ihn. »Ich bin Kilian!« Kilian schüttelte Jasons Hand. »Kilian Bös.«

»Blue!«, ergriff der dürre, nicht ganz so grosse Typ seine Hand. »Da bleibt für uns nur Probst!«

»Mit uns meint er mich! Apple, seine Schwester!«, winkte Apple und putzte ihre Brille mit ihrem zu weiten Shirt.

Jason hielt weiter an seinem Rucksack fest. »Ich bin Jason!«

»Sehr erfreut!«, lachte Apple vom Tisch, auf dem sie sass, und zupfte an ihren Zöpfen und schwang dabei ihre Beine hin und her.

»Unsere Eltern brauchen unsere Hilfe!«, demonstrierte Kilian seine Boxbewegungen.

»Hilfe? Wir sollen helfen?« Jason klammerte sich weiter an den Schlaufen seines Rucksacks fest. »Sollen wir die Aquarien putzen?«

»Nein … Nein …« Kilian setzte sich lachend auf einen der Stühle. »Wir alle haben etwas, das unsere Eltern gebrauchen können!«

»Ohne dafür Geld auszugeben …«, nickte Blue lachend.

»Was sollen wir tun?«, fragte Jason.

»Jungs!«, kam die Empfangsdame herein.

»Plus Mädchen!«, rief Apple.

»Natürlich ...«, lächelte sie. »Ihr könnt ins P1!«

»Also los«, klatschte Kilian in die Hände. »Mama wartet!«

Kurt hob die Hand zum Gruss, als sich die Tür hinter Malena schloss, und beobachtete das 3-D-Modell auf dem Bildschirm.

»Wie kommst du voran?«, griff Malena den zweiten Stuhl und rollte neben Kurt.

»Besser als erwartet!«, steckte er sich ein Stück Süssholz in den Mundwinkel. »Ich sollte alles im Verlauf der nächsten paar Stunden übertragen haben!«

»Und ich kriege, was ich will?«, leckte sich Malena die Lippen.

»Schau her ...« Kurt drehte den Bildschirm und startete das Programm. »Siehst du diese Linien hier? Das sind elektromagnetische Signale, die der Football von sich geben wird! Die roten eingezeichneten Linien daneben entsprechen den Signalen, die ein Raubtier von sich geben würde.«

»Das funktioniert?«

»Wenn meine Daten stimmen, müsste es einen anderen Jäger provozieren und ihn damit anlocken«, hustete Kurt. »Aber ob wir dafür unsere Kinder losschicken wollen?«

»Die günstigste Alternative ...«, winkte Malena ab »Wir sind schon fast eine Milliarde über dem Budget und alles Professionelle würde nur Verdacht erregen!«

Kurts Augen weiteten sich. »Wird das zum Problem?«

»Nicht mal annähernd, aber für die Sponsoren müssen wir noch die Bücher frisieren!« Malena tastete sich durch die hochgesteckten Haare.

»Die haben wir doch an Bord, sobald sie den Weissen Hai sehen ...«, winkte Kurt die Bedenken zur Seite.

»Natürlich ...«, hielt sie den Blickkontakt mit Kurt. »Aber du solltest wirklich mal einen Blick in die Finanzbücher werfen!«

Kilian und Blue setzten sich in die erste Reihe des Hörsaals, dessen Nutzung bisher für Schulungen der Mitarbeiter genutzt wurde, aber in Zukunft auch Schulen die Möglichkeit geben sollte, hier zu studieren. Die Tische waren durchgehend über- und nebeneinander zu einem Halbmond aufgebaut, damit die Sicht nach vorne für alle gleich war.

Apple sass gleich hinter ihnen, wobei Jason sich mit einem Platz in der achten Reihe begnügte. Vor ihnen, hinter einem Pult für Professoren und Lehrer, war eine weisse Leinwand. Diese lag vor der Wandtafel, heruntergezogen konnte sie für Projektionen genutzt werden.

»Das stinkt, Leute!«, stöhnte Jason dramatisch. »Ich wusste, ich hätte das Haus nicht verlassen dürfen!«

»Chill, Jason X!«, drehte sich Kilian mit einem breiten Grinsen um. »Meine Mutter hat mir versprochen, dass es etwas Grosses sein wird!«

»Aha … sagte deine Mutter …« Jason klopfte auf das Pult vor sich. »Ich traue meiner Mutter keinen Meter weit.«

Blue drehte sich ebenfalls um und legte Kilian einen Arm um die Schulter. »Gutes Argument, dabei kennt er deine Mutter noch gar nicht!«

»Natürlich kenne ich seine Mutter. Ich habe einen Fernseher und kann lesen!«, stocherte er in seinem Rucksack nach einem Schokoriegel.

»Dann kennst du sie aus den Medien, das ist nicht dasselbe, wie ihr Sohn zu sein.«

»Na ja … ich finde, sie treffen es ziemlich gut!«, gab Apple dazu.

»Wollt ihr damit etwa andeuten, meine Mutter ist ein Monster?«, gab Kilian übertrieben erstaunt von sich.

»Lass dich nicht einschüchtern … er flucht deutlich mehr über sie als die Medien!«, zwinkerte Apple zu Jason.

»Ist das so?«, betrat Malena den Hörsaal.

»Shit … Hey, Mama!«, drehte sich Kilian erschrocken um.

»Ja ja, schon gut …«, blieb sie vor ihnen stehen. »Schön, dass ihr es alle geschafft habt, hier zu erscheinen!«

»Ach, das war freiwillig?«, gab Blue sich erstaunt.

»Dein Vater macht auch immer solche Witze …«, zwinkerte sie Blue zu. »Deswegen ist deine Mutter auch die Erfolgreichere und hat deutlich mehr Freunde!«

»Mama hat Freunde?«, drehte sich Blue überrascht zu Apple, die hinter vorgehaltener Hand kicherte.

»Weswegen sind wir nun hier?«, hob Jason den Arm und biss in den nur noch halben Schokoriegel.

»Wie ihr sicherlich wisst, rückt die Eröffnung des Ozeaniums immer näher und …« Malena drehte sich nach rechts und ging auf die andere Seite. »… uns fehlt es noch an Attraktionen!«

»Haben Sie nicht einen Orca gekauft?«, hob Apple den Arm.

»Das ist nur ein Gerücht, wir haben Seaworld nie kontaktiert!« Malena ging nach links. »Nein, ich will auch keine Tiere übernehmen, ich will neue Tiere! Tiere, die bisher noch nicht da waren … Tiere, die die Welt begeistern!«

»Das hört sich ja abenteuerlich an … und was begründet nun unsere Anwesenheit?«, grunzte Jason.

Malena blinzelte und musterte den übergewichtigen Spross von Kurt. »Dazu komme ich noch …«

»Lassen Sie sich nicht aufhalten!«, zuckte Jason mit der Schulter und schob sich das letzte Stück des Schokoriegels in den Mund.

»Video!«, rief Malena und ging zur Seite, während der Raum abdunkelte. »Wir haben einen Fisch entdeckt, der noch weitgehend unbekannt ist!«

Das Video von einem in verschiedenen Farben schimmernden Fisch erschien auf der Leinwand vor ihnen.

»Der Regenbogenfisch. Er hat eine Länge von etwa drei Metern und wiegt etwa 65–120 Kilo. Mit den richtigen technischen Hilfsmitteln dürfte es nicht allzu schwer sein, diesen Fisch zu fangen!«

»Wir sollen einen … Fisch fangen?«, stutzte Jason.

»Ihr geht auf eine Kreuzfahrt mit unserer Yacht, sucht nach dem Fisch und fangt ihn! Du beherrschst anscheinend alles, was mit Elektronik und Computern zu tun hat. Dazu weisst du, was Sonar und Radar bedeutet.«

Jason rutschte auf seinem Sitz herum, gab aber keine Antwort.

»Ma … das stimmt schon, aber wir sind Nerds und ich denke nicht, dass wir einen echten Fisch fangen können!«, deutete Kilian auf das Video.

»Keine Sorge, Janosch wird euch unterstützen!«, ging Malena durch das Bild des Regenbogenfisches. »Ich weiss, dass ihr nur theoretisch seid!«

»Und warum wir alle?«, hob Apple wieder ihren Arm.

»Kilian ist für die Kommunikation zuständig, Jason wie erwähnt bei den Computern, Blue wird Janosch und die beiden Taucher unterstützen … und du studierst Medizin«, zeigte Malena lächelnd auf Apple.

»Janosch hat doch eine Crew …«, kam unüberlegt von Kilian.

»Sohnemann … das ist kein Lachs. Wir können nicht einfach da rausgondeln und ihn einfangen!« Malena blieb vor dem Bild stehen und der Fisch schwamm über sie drüber. »Licht!«

Sofort ging das Licht wieder an.

»Deswegen müssen wir das Ganze so klein wie möglich halten, verstanden?«, schloss Malena.

»Und wofür brauchen wir Taucher?«, verschränkte Kilian die Arme.

»Jemand muss das Sonargerät, den Football, am Meeresboden anbringen und aktivieren!«, kam Kurt neben Jason die Treppe runter. »Auch wenn der Football sehr robust ist, braucht er eine gute Lage, um funktionieren zu können!«

»Hättest du mir so was nicht zu Hause sagen können?«, stöhnte Jason ab der Folter seines Vaters.

»Wann? Du trägst ja jederzeit deine Kopfhörer, bist in deiner eigenen Metalwelt und erscheinst auch nie zum Essen.« Kurt, mit einem enttäuschten Kopfschütteln, sagte zu den anderen dreien: »Die Yacht erhält einige Upgrades. Neben den Kamerasystemen unter Wasser auch ein System für Sonar, Radar und chemische Auswertungen. Nicht zu vergessen den Fischfinder, der zur Erkennung der Fische dient.«

»Und wann?«, fragte Blue mit einer freudigen Krümmung auf seinen Lippen.

Malena nickte mit einem begeisterten Schmunzeln. »In den nächsten Stunden.«

3

Das Ozeanium stand als mächtiges Bauwerk beinahe im Herzen der Stadt Basel. Das Verkehrsnetz der Heuwaage wurde weitgehend umgeleitet und Gebäude plattgemacht, um die eher unansehnliche Betonkonstruktion zu erbauen.

Alicia sass vor einem Glas Wasser in einem Café in der Steinenvorstadt. Sie sass in Blickrichtung auf das Stadtbild zerstörende Etwas namens Ozeanium und klopfte nervös auf ihrem Telefon herum.

»Alicia …«, setzte sich Robert Streller, Chefredakteur der *Basler Brügge*, auf den leeren Stuhl ihr gegenüber. Dank ihm, einem Freund der Familie, erhielt sie diese Chance, bei der Zeitung zu arbeiten, aber natürlich kannte er sie gut genug, um ihr Gesicht zu deuten. »Lief es nicht gut?«

»Nicht gut? Desaster ist die Beschreibung, die mir so vorschwebt! Sie war zu sehr damit beschäftigt, mich in die Schranken zu weisen ...« Alicia klopfte etwas stärker auf dem Display herum.

»Alicia, ich bitte dich, hör auf damit!« Streller wandte sich der Serviererin zu und hob die linke Hand. »Einen Ristretto bitte!«

»Ich kann nicht anders!«, trank sie einen Schluck von ihrem Wasser und nahm das Telefon in die Hand. »Du wusstest, dass ich nichts aus ihr herauskriege ...«

»Keiner hat je was aus ihr rausgekriegt, das sie nicht auch sagen wollte ...«, zog Streller an seinem Vaperizer, den er vorne aus seinem Mantel gezogen hatte, »... und keiner von denen will überhaupt noch mit ihr sprechen.«

»Dann sollten wir es lassen. Sie braucht nicht noch eine weitere Bühne für ihr Ego!«, verdrehte Alicia die Augen.

»Das ist, als würdest du Roger Federers Interview ablehnen ...« Streller musterte seine Praktikantin. »Oder das des aktuellen Trainers des FC Basel!«

»Wieso, was leistet sie? Findest du, dieses Ungetüm verschönert das Stadtbild?«, zeigte Alicia auf den langen und hohen Metallbau des Ozeaniums.

»Natürlich nicht, aber ...«, drückte er seine Brille etwas hoch. »Es wird das Stadtbild verändern und es wird Wellen schlagen!«

»Wegen der armen Fische in Gefangenschaft!«, linste sie kurz aufs Display.

»Natürlich, aber auch, weil sie Seaworld in eine verdammte Binnenstadt gebracht hat. Weiter von einem Meer entfernt kannst du fast gar nicht sein! Die ganze Welt wird über die Eröffnung berichten ...«

Alicia blinzelte. »Bitte?«

»In mehr Länder als die Rede des Papstes oder die Übertragung des Superbowls!«

Alicia schüttelte den Kopf.

»Alicia, wichtig ist, dass du ruhig bleibst!« Streller beugte sich nach vorne. »Ich möchte dich an der Eröffnung dabeihaben, deswegen warst du heute dort!«

Alicia begann auf ihren Nägeln zu kauen und senkte den Blick.

»Über das Nägelkauen hatten wir auch schon gesprochen ...«, nahm er dankend seinen Ristretto entgegen.

»Ich weiss ...«, kaute sie weiter, »ich weiss ...«

»Mir ist schon bewusst, dass ihre Aussagen dich getroffen haben, aber das gehört zu unserem Beruf ...«, trank er seinen Kaffee und knabberte am Biskuit.

59

»Getroffen ...« Alicia wischte sich ihre Haare hinter die Schultern. »Sie hat mich wie ein kleines Mädchen behandelt ... misshandelt ...«

»Du musst verstehen, in ihrer Welt ist sie die Königin ... das Geld gehört zwar ihrem Mann, nur denkt daran gar keiner mehr. Bös, das ist Malena ... Stefan beobachtet das Ganze und verdient daran.«

»Ist Stefans Schwester nicht auch im Vorstand?«

Streller blies Dampf in die Luft. »Ja und Nein ... ihr Name ist nirgends zu finden, aber sie ist die Geschäftsführerin des Seachannels ...«

»Der Internet- und Pay-TV-Sender?« Alicia rümpfte ihre kleine Nase. »Was hat die Familie mit Meerestieren?«

»Andere mögen sie ja eher frittiert!«, wischte sich Streller Krümmel von der Hand.

»Wow«, lachte Alicia ironisch. »Einfach nur wow!«

Streller legte mit einem breiten Grinsen einen Zehn-Franken-Schein auf den Tisch. »Gönn dir einen freien Nachmittag. Geh ins Kino oder spazieren, shoppen ...«, zuckte er mit den Schultern. »Aber vergiss Malena Bös bis morgen!«

Alicia presste ihre Lippen zu kleinen Strichen zusammen.

»Das ist keine Strafe, Alicia!«, steckte Streller seinen Vaporizer wieder in seinen Mantel.

»Ich weiss ...« Sie holte Luft und rang sich ein klägliches Lächeln ab. »Ich weiss ... danke!«

»Dann sehen wir uns morgen?« Streller stand auf und schob den Stuhl zurück.

Alicia nickte.

»Gut, geniess deinen Nachmittag!«, drehte er sich um und verschwand in der Fussgängerzone.

Abermals prüfte Alicia ihr Telefon, legte es schliesslich wieder auf den Tisch und klopfte, nach ein paar wenigen Sekunden, wieder auf dessen Display.

Jason sass mit seinem Handheld an seinem Platz, spielte beinahe bewegungslos und hatte dabei die Kopfhörer im Ohr. Kilian und Blue waren mit Kurt und Malena am Ausarbeiten der Idee. Apple hatte als Einzige den Raum mit ihrer Mutter, Karla, verlassen.

»So, wir haben Janosch und die *Ozeanium Eins*?«, fragte Kilian seine Mutter.

»Ausgestattet mit allem, was es für die moderne Fischjagd braucht!«, beantwortete Kurt.

»Und was ist mit diesen Tauchern?«

»Wir haben zwei Schweizerinnen gefunden, die in Mexiko eine Tauchschule besitzen und die Aufnahmen als Werbung brauchen können!«

»Also, wir vier, zwei Taucherinnen und Janosch?«, hob Kilian sieben Finger hoch.

»Und Yuki!«, ergänzte Malena.

»Yuki?«, legte Blue den Kopf schief. »Wer ist Yuki?«

»Sie arbeitet schon so lange für uns, dass sie eigentlich zur …!«

»Sie wird für die Versorgung der Crew verantwortlich sein!«, fuhr Malena Kilian ins Wort.

»Können wir das schon Crew nennen?«, fragte Kilian.

»Wir könnten auch nur Janosch Crew nennen …«, zuckte Malena mit den Schultern.

»Ihr gehört auch zur Crew und seid damit mehr als genug!« , wandte sich Kurt Kilian zu. »Ihr schippert von Punkt A zu Punkt B zu Punkt C und so weiter … dabei werdet ihr diesen Fisch fangen. Der Rest ist eure Zeit!«

»Ich weiss nicht, Mutter, ich …« Das mulmige Gefühl, das er in seinem Bauch verspürte, übertrug sich deutlich auf sein Gesicht.

»Ey, Killer … das ist sicher eine Woche auf der Yacht«, gab Blue ihm den Ellbogen in die Rippen.

Kilians Augen wanderten von Blue zu Kurt und schließlich zu seiner Mutter.

»Janosch ist bei euch …«, sagte sie, »und Yuki!«

»Was überlegst du noch?«, drängte Blue und schüttelte an seinem Arm.

»Sonne würde euch allen guttun …«, bemerkte Kurt.

Karla presste eine lederne Mappe gegen ihren Bauch und stieg vor Apple aus dem Fahrstuhl.

»Dies ist die Hauptbesucher-Ebene!«

Apple kriegte den Mund nicht zu. Eine Brücke über den Aquarien, flankiert von einem goldenen Geländer, die vor den Aquarien abtrennten. Der Boden bestand aus blauen Glassplittern und schimmerte wie der Ozean.

»Das ist verfickt grossartig!«, rannte Apple lachend wie ein kleines Kind zum Geländer und beugte sich nach unten.

»Das hast du nur gesagt, weil ich Fluchen nicht mag! Es klang nicht mal richtig strukturiert ...«, stellte sich Karla neben sie.

»Das ist hoch ...«, pfiff Apple beeindruckt den leeren Tank hinab.

»Und wird mit Meerwasser gefüllt sein! Da hinten ist Becken eins oder Tank, wie Malena sie nennt. Nummer eins ist gleichzeitig das grösste Becken des Ozeaniums.«

Apple rannte über die Brücke auf die andere Seite und beugte sich über das Geländer. »Wooooooow! Fuck, Ma, fuck ... was kommt da rein?«

»Der Regenbogenfisch ...«, hustete Karla.

»Kein Orca? Der Tank ist doch so gross.« Enttäuscht drehte sie vom Geländer ab.

»Nein ... Malena will nicht mit Seaworld verhandeln, also nein, einen Orca wird es nicht geben!«

Apple ging zum zweiten Becken. »Wooow!«

Karla schritt mit ihrem engen Rock langsam hinterher. »Die Brücke, auf der wir stehen, wird für Anlässe genutzt, die Reporter werden an der Eröffnung hier oben platziert. Siehst du die Brücke da unten?«

»Das ist keine Brücke ...«, staunte Apple. »Das ist eine verdammte Glas-Autobahn!«

Karla schloss die Augen für drei Sekunden. »Das ist für die Besucher ... vor Tank eins können sich etwa sechs- bis siebentausend Menschen aufhalten!«

Apple hob die Brauen.

»Und die Tramlinie 17 fährt unter den Tanks durch!«, schloss Karla mit einem stolzen Lächeln. Eine Idee, die auch von ihr stammte. Inklusive den Extrakosten für die zwei Stationen unter dem Ozeanium durch.

»Wie, man fährt mit dem Tram unter dem Aquarium durch?« Apple schüttelte ungläubig den Kopf. »Also bezahlen die für das Erhaschen nichts?«

»Natürlich tun sie das!« Leicht belustig über die Naivität ihrer Tochter führte sie Apple auf die andere Seite. »Wir haben so etwas wie eine Maut-Station, bevor es durch die Tunnels geht.«

»Natürlich!«, verdrehte Apple schmunzelnd die Augen und zeigte auf Tank eins. »Wie viel Wasser füllt ihr in diese Scheisse?«

Karla öffnete die Mappe vor sich. »Die Becken fassen zusammen knapp achthunderttausend Liter. Da das Wasser in den Becken den Ozean imitieren soll, wird genau diese Menge alle zehn Minuten im Intervall hinzugefügt und abgesaugt!«

»Das … klingt sehr aufwendig!«, versuchte Apple das Ganze auszurechnen.

»Nun, ist es auch!«, schloss Karla die Mappe wieder. »Die Tiere sollen nun mal die bestmögliche Haltung erfahren!«

Apple nickte abwesend und zeigte nach unten, die Besucher-Brücke zog leicht nach rechts. »Geht es da zum Zoo?«

»Genau!«

»Und was habt ihr da angebaut?«, zeigte sie auf eine Konstruktion, die unten rum die Becken und den Zoo verband.

»Das …«, hustete Karla und versuchte Blickkontakt zu vermeiden, »ist lediglich für die Wartung …«

Apple hielt sich am Geländer fest.

»Das Seehundbecken …«, fuhr Karla fort. »… es wird deutlich grösser, da wir im hintersten Becken auch Seekühe immigrieren.«

»Seekühe?«

Karla lächelte über ihre Tochter. »Hier sieht man, wie lehrreich es hier wird!«

»Ein Orca ist auch lehrreich!«, warf Apple lachend ein.

»Nein, der Orca ist vom Tisch!«, zeigte Karla auf eine Tür am Ende der Brücke, neben dem letzten Tank. »Also, die Seehundeshow erreicht man durch diese Tür, am Ende von Becken fünf. Damit ist man gleich bei den Tribünen.«

»Und was ist das da unten?«, drehte sich Apple wieder zu Tank eins und deutete auf das Stahlkonstrukt, das oben am Becken hing.

»Malenas Büro!«

»Mmh …«, schien Apple zu überlegen, konzentrierte sich auf den Boden und änderte dabei ihre Perspektive. Die Farben der kleinen Mosaiksteinen und Splitter wechselten von Blau zu Türkis und wieder zu Blau. »Sie ist also immer von Wasser umgeben!«

»Deswegen werden wir die Meetings im Showroom abhalten …« Karla schluckte. »Mir ist jetzt schon nicht wohl da drin!«

Jason setzte sich mit seinem Teller in der Hand an den mittleren Tisch der blau gestrichenen Kantine mit türkisen und weissen Tischen und Bänken. Er stellte den Rucksack neben sich auf die Bank und entnahm ihm eine 2-Liter-Flasche eines Energy-Drinks, die er neben den Teller auf den Tisch stellte.

»Das sieht ja gesund aus!«, nahm Kilian gegenüber Platz und betrachtete den vollen Teller von Jason und die danebenstehende, übergrosse Flasche.

»Hey, Essen ist Leben ...«, grinste Jason bereits mit vollem Mund.

Kilian hob beschwichtigend die Hände. »Du bist, was du isst!«, und fragte nach einem Blick auf seinen Teller: »Was ist das überhaupt?«

»Irgendwas ...« Schmatzend schluckte Jason runter. »... wie ein Chili-Gulasch!«

Blue setzte sich neben Kilian. Sein Teller war, trotz seines eher dürren Wesens, genau gleich voll wie der von Jason. »Habt ihr Apple gesehen?«

»Die ist wohl noch mit eurer Mutter unterwegs ...«, schmatzte Jason mit übervollem Mund und hob mit zwei Händen die Flasche an seinen Mund.

»Wahrscheinlich ...« Blue pustete auf seine Gabel.

»... Sie bekommt wohl die Führung!«, schluckte Kilian erst runter, bevor er sprach.

»Was? Ich kenne es doch auch noch nicht! Du etwa, Jason?«, schlug Blue mit der Gabel auf den Tisch.

Jason wischte sich Sauce von seinem stoppeligen Bart. »Nein.«

»Du?«, drehte er sich zu Kilian.

»Natürlich! Weisst du, wie oft ich hier bin?«, beobachtete er, wie die dicke Brühe von seiner Gabel auf den Teller floss.

»Dann kannst du uns ja rumführen!«, hielt Jason mit der Gabel vor seinem Mund inne.

Kilian legte die Gabel hin. »Sicher!«

»Hört sich nach einem Deal an!«, steckte Blue seine Gabel in das braune Etwas auf seinem Teller.

Karla ging über die Bühne der Seehundeshow, dabei klackten ihre Schuhe in einem wilden Echo in der verlassenen Arena. Apple tanzte etwas unbeholfen vor den leeren Rängen und posierte mit lautem Kichern, als wäre sie die Attraktion des Abends, bevor sie sich verneigte.

»Du warst mal eine süsse Ballerina!«, erinnerte sich Karla.

Apple tippelte auf die Tribünen zu und sprang mit einer 180°-Drehung hoch. »Wie viel Zuschauer können hier die Show sehen?«

»Dreitausend!«, erwiderte Karla, nachdem sie einige Sekunden brauchte. »Im Innern können wir maximal fünfzehntausend reinlassen, wegen der Sicherheit! An der Eröffnung dürften es etwa fünf- bis sechstausend sein, die wir pro Staffel reinlassen dürfen.«

Die Bühne war etwa fünf Meter lang und mündete in einem grossen Aussenbecken mit einer weiteren Tribüne auf der Gegenseite.

»Das ist ... Wooow ...« Apple trat an den Beckenrand heran. Wie auch die Tanks war es noch nicht mit Wasser gefüllt.

»Geh nicht zu nahe ran ... die Höhe kann anziehend wirken ...«

Apple trat zurück und hüpfte herum. »Das stimmt! Genau das dachte ich schon bei den grossen Becken.«

»Den Tanks, meinst du?«

Apple verzog fragend das Gesicht, nickte schliesslich, kurz bevor sie wieder das Becken bewunderte. »Fuck ...«

»Äpfelchen ...«

»Nein, Ma, scheisse ... ich muss das Ganze erst verarbeiten!« Lachend zeigte sie auf die Tribüne und den Ansatz des Ozeaniums dahinter. »Das ist alles sooo ... Ich fühle mich wie auf einem Filmset!«

Mit einem verliebten Schimmern in den Augen legte Karla einen Arm um ihre Tochter und drückte sie fest an sich. Langsam gingen sie wieder zurück. »So ging es mir auch, als ich das erste Mal hier war.«

»Ich mag keine Fahrstühle!«, stöhnte Jason und rieb nervös seine Handrücken.

»Behold ...!«, stieg Kilian aus und breitete die Arme demonstrierend aus.

»Ist da der Bahnhof?«, deutete Blue auf eine Kuppel, die durch eine offene Luke zu erkennen war.

»Jawohl, der Herr!«, salutierte Kilian.

Blue schüttelte staunend den Kopf. »Wie gross ist das hier?«

»Das ist die kleine Brücke. Von hier oben sieht man auf die Tanks runter«, liess Kilian seine Führerqualitäten aufleben und ging an eines der Geländer.

»Ach du Scheisse!«, stiess Blue aus.

»Hier kommt unser Fisch rein!«, zeigte er nach unten auf den Tank. Der eine Zwei in der oberen Ecke im Glas eingraviert hatte.

»Und was landet nun da drin? Da es ja keinen Orca gibt?«, hob Jason den

Daumen wie ein Automat über seine Schulter zeigend. Vor und zurück, vor und zurück auf den deutlich grösseren Tank mit der Eins eingraviert.

»Ich habe keine Ahnung, meine Mutter schweigt zu diesem Thema!«, ging er an Jason vorbei und hob entschuldigend die Hände.

»Warum will sie eigentlich keinen Orca?«, folgte ihm Blue.

»Sie will schon einen Orca, aber sie will nicht mit Seaworld verhandeln!«

»Warum nicht?« Jason, dem noch immer etwas Sauce am Bart klebte, wischte diese mit der Handfläche ab und leckte danach drüber.

»Weil wir ein Binnenland sind und das würde den Preis unnötig in die Höhe treiben!« Kilian hob den Zeigefinger. »Sagt meine Mutter …«

»Ist das nicht bei jedem Fisch so, den sie hier haben will?«, lächelte Blue.

Kilian zuckte mit der Schulter. »Wahrscheinlich …«

»Ich habe gelesen, dass es jahrelang Einsprachen gab … und nun hat sie das in dreizehn Monaten aus dem Boden gestampft?«, beugte sich Jason über das Geländer nach unten.

»Japanische Baufirma …«, zwinkerte Kilian zu Blue.

»Nein … du Joker«, Musste Jason Kilian nun folgen. »Wie konnte sie die Einsprachen umgehen? Da gab und gibt es noch immer die wildesten Gerüchte!«

»Wie stellst du dir das vor?«, verdrehte Kilian nur für Blue erkennbar die Augen. »Wir sitzen abends am Tisch beim Essen und sie erzählt, wie sie mit den Einsprachen umging?«

»Nun …«, hielt sich Jason schnaufend am Geländer fest. »Als Familie beim Essen sehe ich euch ja so gar nicht!«

Für die ihr vorgeschlagenen Aktivitäten konnte Alicia sich nicht erwärmen, der Angriff der Millionärin sass zu tief. Sie wollte eigentlich ins Büro und arbeiten, fühlte diese Rastlosigkeit in ihren Nerven und wusste, dass dies nicht einfach so verschwinden würde.

Dazu kam, dass sie sowieso nicht den Kopf für weitere Dramen hatte, und so tat sie das Einzige, was ihr hilfreich erschien. Sie ging Joggen, rannte den Rhein entlang und hörte ihre Heavy-Metal-Playlist, die für wütendes Rennen perfekt war.

Alicia rannte so lange, bis ihre Muskeln übersäuerten und sie sich erschöpft in ihre Wohnung kämpfte. Mit dem Smoothie in der Hand setzte sie sich vor ihren Laptop auf den Balkon und startete einen überfälligen Videoanruf mit ihrer Mutter, um das Leid auch ja nicht abbrechen zu lassen.

Was ihr wie Stunden vorkam, waren lediglich vier Minuten, und da ihre Mutter so was bemerkte, ging sie in ihren üblichen Abschluss: »Und bitte denk daran, dass du anständig isst!«

Alicia lächelte. »Sicher, Mutter!«

»Gut ... dein Vater lässt dich grüssen!«

»Grüsse zurück!«, küsste Alicia müde die Kamera.

»Mach dir einen schönen Abend, Alicia. Hab dich lieb!«

»Ich liebe dich auch! Tschüss!« Alicia drückte auf Beenden, schloss den Laptop und vergrub das Gesicht schreiend in einem Kissen.

Nach einigen langen Sekunden liess sie vom Kissen ab, nahm den Joint von heute Morgen aus dem Aschenbecher und zündete ihn wieder an.

»So viel zu deinem freien Nachmittag«, schloss sie die Augen resigniert im Licht der sich neigenden Sonne und blies Rauch gegen die Abendröte.

Nach einigen Zügen des Joints nahm sie den Laptop auf ihren Schoss, öffnete den Browser und wählte bei den Favoriten den Link zum Ozeanium.

Eine Wasserwelt begrüsste sie, mit dem Countdown zu dessen Eröffnung. Sie klickte auf die Karte mit den Tieren.

»In Arbeit«, stand da.

»Fuck!« Seufzend schloss sie den Laptop wieder und griff nach ihrem Telefon, dessen Display natürlich immer noch leer war. »Fuck ... Fuck ...«

Mit einem ehrlichen Lachen auf seinem Gesicht erhob sich Kurt von seinem Schreibtisch und ging auf die Jungs zu, die gerade sein Labor betraten.

»Ich dachte, ich zeige Jason, wo sein Papa arbeitet!«, erklärte Kilian.

»Natürlich!«, breitete Lasser wie ein Professor seine Arme aus.

»Und was tust du nun hier?«, gab sich Jason schon gelangweilt.

»Nun, hier …«, ging er zu einem metallenen Tisch, auf dem kleine Lampen angebracht waren, »… habe ich den Football entworfen!«

Mit einem lauten Wischen gingen die Lampen auf Knopfdruck an und warfen eine Kugel aus Licht über den Tisch.

»Wow …«, staunte Blue.

»Eine Lichtshow … ganz toll, Papa!«

Kurt ignorierte den Seitenhieb seines Sohnes und legte eine rote Scheibe auf den Tisch. Die rote Scheibe reflektierte ein rotes Licht und dies führte zu Überschneidungen in der blauen Kugel.

»Was bedeutet das?«, hielt Kilian die Hand in das Licht.

»Damit kann ich die Wellen des Lockrufes beeinflussen …«

»Was ist ein Pale Moon?«, fragte Jason über eine Schublade gebeugt.

Kurt schloss die Schublade räuspernd und zeigte auf die blaue Lichtkugel. »Dieses Hologramm wird den Erfolg eures Abenteuers ausmachen!«

»Natürlich …«, gähnte Jason.

»Kilian, deine Mutter wartet im Schulungsraum auf dich!«, kam durch die Lautsprecher.

»Wie im Supermarkt«, lachte Blue und klopfte Kilian auf den Rücken.

Apple betrachtete die Gemälde, die an den Wänden hingen. »Du magst Haie?«

Malena lachte. »Wer mag sie nicht?«

»Ich …«, drehte sich Apple zu Malena und Karla. »Ich mag keine Haie …« Sie drehte sich wieder zu den Gemälden und zeigte auf die tödliche Haiattacke in Öl. »… und hier sieht man ein gutes Beispiel, wieso!«

»Der König der Meere!«, grinste Malena mit ihren schneeweissen Zähnen zu Apple.

»Wo sind die Jungs?«, wollte Klara wissen.

»Ich habe sie nicht mehr gesehen, seit du mich geholt hast!«

Karla wandte sich zu Malena. »Wollten wir nicht noch einen Rundgang mit ihnen machen?«

Malena griff nach dem Intercom auf ihrem Schreibtisch und drückte auf eine Taste. »Rufen Sie bitte meinen Sohn aus! Sie haben sich wieder im Schulungsraum einzufinden!«

»So kann man es auch machen«, zeigte sich Apple beeindruckt.

»Wozu habe ich einen Assistenten und Lautsprecher in allen Bereichen?«, zog Malena an ihrem Sakko.

»Ich finde es schrecklich ... seht ihr diese fürchterlichen Zähne?«, war Apple noch immer mit dem Gemälde beschäftigt.

»Ist sie immer so?«, flüsterte Malena.

»Fuuuck ...«, fuhr Apple mit dem Finger dem ausgefahrenen Kiefer nach.

»Meine Tochter ...«, seufzte Karla mit einem schwachen Nicken.

Kilian, Jason und Blue setzten sich wieder auf ihre Plätze im Schulungsraum, in dem sie diesmal jedoch alleine waren.

»Was ist nun?«, drehte sich Blue um.

Jason hatte die Augen schon wieder bei seinem Handheld.

»Das wird nicht lange dauern, nehme ich an ...«, stützte Kilian den Kopf auf seiner Hand ab.

»Auch ein blindes Huhn findet mal ein Korn!«, traten Malena, Karla und Apple oben durch die Tür und stiegen die Stufen runter.

»Wir dachten, euch würde eine Führung gefallen!« Karla presste die Mappe vor ihre Brust.

»Das habe ich schon übernommen!«, hob Kilian stolz seinen Arm.

»Warum?«, stutzte Malena.

»Weil ...«, schluckte Kilian und nahm seinen Arm wieder runter. »... weil sie es sehen wollten?«, verschwand der Stolz und es war mehr eine Frage als eine Aussage.

»Du weisst, dass du hier nicht alleine herumirren darfst!«, fuhr sie ihn mit hochgezogenen Brauen an.

»Mutter! Ich bin von Anfang an dabei! Ich kenne mich hier besser aus als Papa!«, verteidigte er sich.

»Das ist nun wahrlich keine Leistung ...«, seufzte Malena.

»Zumindest wissen wir, wo sie Golfen ...«, flüsterte Karla.

»Klar wissen wir das …« Malena zwinkerte Karla zu. »Er weiss, was ihm blühen würde!«

Karla kicherte und konzentrierte sich wieder auf die Kinder. »Hat einer von euch Fragen?«

»Zu hier oder zu unserem Ausflug?«, schien Jason sich allerdings nicht von seinem Spiel trennen zu wollen.

Karla lächelte ihn an. »Beides werden wir beantworten.«

Alle drehten sich zu Jason, der intensiv mit seinem Körper mitspielte.

»Eine spezifische Frage?«, räusperte sich Karla.

»Nein …«, drückte er wiederholt und angestrengt auf eine Taste ein. »Gar nicht!«

»Okay …« Karla versuchte, ihr Lächeln zu halten. »Es ist alles klar? Keiner hat eine Frage?«

»Wo werden wir überhaupt hingehen?«, fragte Kilian seine Mutter.

»Mexiko!«

»Mexiko? Wir fahren bei Mexico ins Meer?«, fragte Blue seine Mutter.

»Ist es nicht besonders heiss in Mexiko?«, kam von Apple.

»Ja und ja!«, beantwortete Malena.

»Und ihr bleibt hier?« Kilian zeigte auf seine Mutter und Karla.

»Nein, wir kommen mit nach Mexiko!«, schob sie die Hand mit dem Zeigefinger von sich.

»Schliesslich wollen wir in Kontakt bleiben!«, fügte Karla hinzu.

»Vom Liegestuhl aus?«, lachte Kilian kurz, bis ihn der Blick seiner Mutter traf.

»Was denkst du von mir … Ich werde im Liegestuhl warten, bis ich dich höre, und danach kehre ich wieder in den Liegestuhl zurück!«

Kilian und Blue wechselten einen Blick. »Natürlich!«

Apple hob ihre Hand.

»Wir sind nicht in der Schule, mein Schatz!«, lächelte Karla.

»Warum kommt ihr nicht mit uns mit auf die Yacht?«

»Wir haben viel zu tun und eine Fahrt auf hoher See liegt da nicht drin!«, erklärte Malena. »Die Taucher werden euch ebenfalls eine Menge Arbeit abnehmen …«

»So wie Ferien?«, hob Apple die Hand, erinnerte sich an die Worte ihrer Mutter und nahm sie wieder runter.

»Ihr könntet alle etwas Farbe vertragen!«, nahm Karla mit einem warmen Lächeln vier Umschläge aus ihrer Mappe.

»Was ist das?«, nahm Kilian einen Umschlag entgegen.

»Darin sind eure Flugtickets, Pässe und das Briefing eures Auftrags!«, gab Karla Blue seinen Umschlag. »Wir werden morgen und ihr werdet zusammen mit Jasons Vater, Kurt, heute Abend fliegen!«

»Ein Linienflug?«, drehte Kilian das Ticket herum, als würde sich etwas daran ändern.

»Der Jet ist besetzt!«, zwinkerte Malena.

»Ich mag keine Linienflüge.« Kilian verschränkte beleidigt die Arme.

»Komm schon, Killer, das spielt doch keine Rolle!« Blue klopfte ihm auf die Schultern.

»Erste Klasse?«, hob Apple ihren Arm auch zum dritten Mal.

»Natürlich ...«, schien Malena die Frage nicht ganz zu verstehen.

7

Alicia hatte sich gegen die untergehende Sonne mit einer Sonnenbrille bewaffnet. Orange eingefärbt genoss sie die ruhige Abendstimmung und rauchte ihren Joint.

»Alicia ...?« Die Tür knallte und Alicia hob eine Hand zur Begrüssung.

»Hast du schon gegessen?«, kam Andrea gleich auf den Balkon.

»Nein ...«, zog sie am Joint, die Augen hinter der dicken Brille geschlossen und mit dem feinen Kribbeln der Sonne auf ihrer Haut.

»Harter Tag ...?«, ging Andrea neben ihr auf die Knie, erkannte die Füllmenge im Aschenbecher und nahm ihre Hand. »Hat sich Martin gemeldet?«

Alicia schüttelte den Kopf. »Ich hab's verbockt ... von dem höre ich nie wieder was!«

»Lass das!« Andrea stand wieder auf und strich ihr über den Kopf. »Er hat dich verloren, nicht umgekehrt!«

»Dann würde er sich melden: anrufen, schreiben oder eine E-Mail, aber nichts, gar nichts ...« Alicia hob die Brillengläser und offenbarte ihre geröteten Augen. »Ich habe ihn vertrieben!«

»Das stimmt doch gar nicht. Es war doch klar, dass du viel zu tun hast ...« Andrea drehte sich um. »Ich spring in was Leichteres und koch uns was, ist das okay?«

Mit einem traurigen Nicken zog Alicia am Joint.

Es war ja nicht nur Martin und Malena. Sie hatte in letzter Zeit kein Händchen für Beziehungen und es schien, als würde sie immer mehr Pakete tragen.

»Es liegt wahrscheinlich doch an mir ...«, sagte sie laut alleine auf dem Balkon.

Andrea kam in Shirt und Shorts zurück, nahm sich einen Stuhl und setzte sich hin. »Du führst wieder Selbstgespräche ...«

Alicia gab den Joint an Andrea weiter. »Manchmal muss man auch mit freundlichen Menschen sprechen!«

»Charmant!«, streckte sich Andrea.

»Dieses Ozeanium wird Basel zerstören!«, setzte Alicia ihre Sonnenbrille wieder auf.

Andrea liess skeptisch den Rauch aus ihrer Lunge gleiten. »Du hast nur geraucht? Ja?«

Grinsend nahm Alicia den Joint wieder entgegen.

»Das Ozeanium wird also die Stadt zerstören? Was ist jetzt mit Martin? Und dem einen davor ...«, fragte Andrea, so ernst es nur ging.

Alicia winkte ab. »Das ist die Büchse der Pandora!«, blies sie Rauch in das orange Licht. »Die Bös wird damit die Stadt ruinieren!«

»Ich bereue meine Frage schon jetzt ...«, fuhr sich Andrea durch ihr goldblondes Haar. »Wie kommst du darauf?«

»Die meisten Genehmigungen kamen nicht einfach so zustande! Da hat sie Geld oder Angst ... oder beides zusammen spielen lassen.« Alicia holte tief Luft und hob den Zeigefinger, bevor sie weiterredete. »Hinzu kommt die Tatsache, dass wir ein Binnenland sind! Wie lange wird das lukrativ sein? Wie lange wird das Projekt finanziert und was passiert, wenn es nicht mehr finanziert wird? Der plötzliche Wegfall des erwarteten Tourismus würde der Stadt die Luft nehmen!«

»Mmmh ...«, gab sich Andrea wenig überzeugt.

»Glaub mir, dass Ganze ist hier zu teuer und wenn die Bös keine Lust mehr hat, stirbt die Stadt zusammen mit dem Ozeanium!« Alicia zerquetschte die imaginäre Stadt in ihren Handflächen.

»Malst du da nicht den Teufel an die Wand?«, runzelte Andrea die Stirn.

Mit einem falschen Lachen auf ihren Lippen schüttelte Alicia den Kopf. »Ich habe heute Malena Bös getroffen! Der Ursprung allen Bösen schlummert in ihr!«

»Der Name ist also Programm?«, zwinkerte Andrea übertrieben.

»Das ist zwar nicht witzig, aber ja ...«

»Du darfst dich nicht so fertigmachen lassen!«, beugte sich Andrea über Alicias Beine, um an die Wasserflasche zu gelangen.

»Der Höhepunkt allerdings ...«, trommelte Alicia auf dem Tisch, bis Andrea die Flasche neben sich abstellte. »Ich bin für die *Basler Brügge* für die Eröffnung verantwortlich. Sie schicken mich dahin!«

»Oh ...« Andrea verzog das Gesicht. »Das tut mir leid!«

Alicia winkte ab. »Es wird lediglich mein Selbstbild ruinieren, aber was bedeutet das heutzutage schon ...«

Alicia trank von ihrem Wein und lauschte, wie Andrea den Geschirrspüler startete.

»Soll ich die Flasche gleich mit rausbringen?«

»Ich bitte darum!«, rief Alicia hinein und schaute in die sternenklare Nacht.

Andrea zog die Balkontür zu, stellte die Flasche auf den Tisch und ihr Glas daneben. Abschliessend setzte sie sich neben Alicia auf die Bank.

»Danke für das Essen!«, klopfte Alicia Andrea auf das Knie.

»Auch du kannst nicht nur von Fertiggerichten und Fast Food leben!«, schenkte sich Andrea Wein ein.

»Es scheint mir nicht so sehr zu schaden!«, drückte Alicia auf ihrem Bauch herum.

»Und dafür würden dich einige wohl gerne töten!«, schwenkte Andrea ihr Weinglas. »Mich eingeschlossen ... aber ich habe dich die Treppe hochkommen hören. Mein Vater keuchte weniger als du und der hatte Lungenkrebs!«

»Wow ...«, trank Alicia den letzten Schluck, stellte das Glas neben die Flasche und füllte es bis oben. »Wirklich charmant!«

»Ja, mein toter Vater zieht immer!«, trank Andrea und nahm ihre Bauutensilien hervor.

»Du bist schrecklich!«, verdrehte Alicia schmunzelnd die Augen und trank dabei von ihrem Wein.

»Aber du musst immer erwähnen, wie viel du Essen kannst!«, steckte sich Andrea einen Filter in den Mund.

»Als ob ich so klein und dünn sein wollte ...«, lächelte Alicia vermutlich zu sehr über beide Backen.

»Du solltest klein und dick sein!«, seufzte Andrea und mischte das Gras in ihrer Hand mit dem Tabak.

»Ja ... das stimmt wohl ...«, hob sie mit einem zufriedenen Grinsen den Kopf und rieb sich wie ein kleines Bärchen den Bauch.

»Musst du morgen nicht arbeiten?«, stöhnte Andrea mit geschlossenen Augen.

Alicia rieb sich nickend erneut den Bauch.

»Lass das!«, schlug Andrea ihr gegen das Handgelenk.

»Tut mir leid ...«, streckte sie ihr die Zunge entgegen.

»So gemein, wie du klein bist!«, hob Andrea ihre Brauen und rollte die Mischung in das Zigarettenpapier.

Mit einem etwas zu lauten Stöhnen streckte sich Alicia.

»Noch Lust auf einen Film?« Andrea leckte das Papier ab und klebte die Seiten zusammen.

Alicia zuckte mit den Schultern und wandte sich vom Schauspiel der Sterne zu Andrea. »Was hast du im Angebot?«

»Auf Netflix haben wir noch einen Film mit Chris auf unserer Liste ...«

»Action?«

Andrea nickte und steckte sich den Joint in den Mund.

»Nicht als Thor?«

Mit dem nun brennenden Joint schüttelte Andrea den Kopf.

»Hast du etwas Neues gekauft?«

Andrea blies den dicken Qualm in den Nachthimmel. »Natürlich!«

»Keine Haie!«

»Wer sagt, dass ich einen Film mit einem Hai gekauft habe?«

»Ich habe eine Notification vom Filmpalast erhalten ... der dritte irgendwas kam raus und ich weiss mit Sicherheit, dass du den gekauft hast!«

Mit einem Grinsen gab Andrea den Joint ab. »Also keine Haie ... Ausserirdische?«

»Dieser Mondkrieg mit Martin war mir schon genug!«, lachte Alicia und erhellte die Glut am Joint.

»Sternen...!« winkte Andrea ab. »Auf was hast du denn Lust?«

»Keine Ahnung ...« Rauch stieg aus ihrem Mund auf. »Etwas Leichtes ... Lustiges ... vielleicht?«

»Haben wir sicher noch genug auf der Liste ...«, nahm Andrea den Joint wieder entgegen.

Alicia langte nach ihrem Weinglas. »Und wieder Zeit beim Suchen vergeuden ...?«

»Ich bin dir weit voraus«, brüstete sich Andrea mit dem Joint im Mund und scrollte durch ihr Telefon.

»Natürlich ...!«, rieb sich Alicia die Augen. »Natürlich!«

Andrea grinste im Licht des Displays. »Was denkst du, wie ich die Mittagspause verbringe?«

»Filme auf dem Handyscreen ...«, leerte Alicia ihr Glas und stellte es neben die Flasche.

»Meistens nicht!«, zuckte sie mit den Schultern. »Im Moment suchte ich meine Serie ... ich muss einfach!«

»Die besteht doch nur aus Cliffhangern, gefolgt von einem Shiften der Perspektive oder der Zeit! Nein, danke!« Alicia griff nach der Flasche und schenkte sich mehr Wein ein.

»Ich mag das ... dann kommst du zurück und bist voll im anderen Storystrang drin und Bamm ... sind wir wieder inmitten der Action mit den Hauptcharakteren!«

Alicia nahm den Joint entgegen. »Ich liebe unsere Leinwand! Das Telefon ist für Videoclips!«

»Du würdest nie eine Serie bingen ...«

»Natürlich kam das schon vor ... aber ich stehe mehr auf Filme! Da hat man meist ein Ende.«

»Ich muss wissen, wie es weitergeht!«, gab Andrea den Joint nach einem Zug ab.

»Was es ja oft gar nicht tut!«, zog Alicia am Joint, hielt den Rauch und starrte in die Dunkelheit der Nacht.

Blue und Apple stürmten aus der Limousine in den Eingang ihres Hauses und die Treppe hoch. Dort trennten sie sich beinahe synchron, um in die jeweiligen Zimmer zu stürmen.

»Nimmst du Badesachen mit?«, kam es aus Apples Zimmer.

»Ich habe keine Badesachen ... Du schon?«, rief Blue zurück.

»Zumindest was, das ich als Badeanzug gebrauchen könnte!«

»Denk daran, dass Jason dabei ist!«, mahnte Blue.

»So toll sieht das Teil nicht aus!«, lachte Apple.

»Warum, ist es durchsichtig?«

»Arschloch!«

»Schlampe!«

»Hast du Sachen für in der Sonne?«, erschien Apple am Zimmereingang.

»Eine kurze Hose, die brauchte ich vor Jahren zum Turnen!«, trat auch Blue in seinen Türbogen.

»Ich habe ein paar Tops und Shirts, aber ich denke, wir werden in Mexiko noch einkaufen müssen!«

»Meine Shirts sind alle mit Aufdrucken ... ich denke, ich werde mir ein Hemd kaufen!« Blue verschwand wieder in seinem Zimmer.

»Ich brauche einen Rock!«, ging auch Apple wieder zurück, um weiter zu packen.

»Aber einen langen, deine Beine sind die Hölle!«, musste Blue einfach noch erwähnen.

»Sagt der Maschinist!«, kam halblaut entgegen.

»Du weisst genau, das liegt an meiner Skoliose!«

»Was hat deine Skoliose damit zu tun, dass du ein Strich bist?«

»Ich war immer erst am Tisch, nachdem du alles gegessen hattest!« Blue erschien wieder in seiner Tür, mit einer kleinen Tasche in seiner Hand. »Ich habe auch keinen Koffer!«

Apple hatte einen pinken Rucksack, den sie über die Schulter warf. »Ich auch nicht!«

»Dann sind wir fertig?«

Apple nickte. »Für unsere Verhältnisse schon!«

Kilian stieg aus der Limousine und traf noch auf dem Weg vor dem Haus auf seinen Butler, der mit der gepackten Tasche auf ihn zukam.

»Hallo, Gerd!«

»Kilian, Sir!«, übergab er den Koffer. »Alles gepackt, gemäss Ihrer Frau Mutter!«

Kilian lächelte. »Danke.«

Gerd blieb vor dem riesigen Anwesen stehen und wartete auf weitere Anweisungen.

»Nun, bis in zwei Wochen! Ich grüsse die Fische von dir!«, zog Kilian die Tür zu.

»Zu gütig, Sir!«, wandte sich Gerd ab und ging zurück in die Villa.

Der Fahrer verstaute die Tasche im Kofferraum, ging um den Wagen rum und setzte sich wieder auf seinen Sitz.

»Zum Flughafen!«, zog Kilian die Schuhe aus, legte die Füsse auf den Sitz und breitete sich strahlend aus.

Jason und sein Vater stiegen aus der Limousine und gingen auf das eher schlichte Reihenhaus zu.

»Wie lange brauchst du?«, schloss Kurt die Tür auf.

»Bis ich fertig bin!«, murmelte Jason und ging an ihm vorbei.

Seufzend schloss Kurt die Tür hinter sich und setzte sich an den Tresen der Bar. Er nahm Eis aus dem Eisspender und liess es in ein Glas fallen. Dazu kamen Dreiviertel Finger Whiskey und er klopfte, mit dem Glas in der Luft, auf seinen gepackten Koffer. »Zum Wohl!«

Jason betrat sein Zimmer, legte den Rucksack auf den Boden und setzte sich aufs Bett. Langsam atmend scannte er sein Zimmer und überlegte sich, was seine Garderobe an Passendem beinhalten konnte.

Nichts, musste er sich eingestehen. Er war aber auch nicht auf einer Yacht, um das Leben zu geniessen. Es galt, einen Fisch zu fangen, und seine technischen Fähigkeiten würden ihn sowieso an das Radar und das Sonar fesseln.

Jason roch an seinem Shirt und entschied, vier weitere einzupacken. Seine Hose war ja noch gut.

Aus dem Schrank nahm er den Koffer und warf die Shirts, Unterwäsche und eine Schirmmütze hinein. Aus dem Rucksack verfrachtete er sein Handheld, ein Ladekabel und seine neu gekauften Comics in den Koffer.

Voller Stolz schloss er den Koffer mühelos und ging die Treppe runter.

Kurt war mittlerweile bei Whiskey Nummer drei angelangt und Kurt wusste, es würde nicht genug sein. Es war niemals genug.

Jason kam die Treppe runter und blieb vor seinem Vater stehen.

»So, wie du den Koffer in deiner Hand trägst, mein Sohn, hast du nicht genug eingepackt!« Kurt leerte das Glas, sprang vom Hocker und griff sich seinen Koffer.

»Und was willst du nun tun? Mit mir packen wie vor meinem Klassenlager?«, grunzte Jason.

»Gar nichts werde ich tun, mein Sohn, gar nichts!« Leicht angeheitert zauberte Kurt ein kleines Lächeln auf sein Gesicht. Damit öffnete er die Tür und liess Jason vor. »Du bist ein erwachsener Mann, suhl dich in deiner eigenen Scheisse!«

Apple stand neben ihrem Rucksack beim Eingang des Basler Flughafens, sie wartete hier draussen auf die anderen und betrachtete die ankommenden Menschen, während Blue noch Lesematerial kaufen wollte.

Eine Limousine hielt neben ihr. Der Fahrer der Limousine stieg aus, ging um den Wagen herum zur Tür auf der hinteren Beifahrerseite und öffnete die Tür.

»Killer!«, klatschte Apple.

Kilian zog seine Sonnenbrille mit blitzenden weissen Zähnen an und wartete auf den Koffer von seinem Fahrer.

Apple sprang auf. »Ich bin so aufgeregt … Ich könnte platzen!«

Kilian rollte mit dem Koffer zu Apple. »Wo ist dein Bruder?«

»Am Zeitungsstand. Wie lange fliegen wir?«

»Etwa dreiundzwanzig Stunden! Von hier nach Hamburg und weiter nach Mexico City«, erklärte Kilian.

»Shit, ich hoffe, die haben anständige Filme im Flugzeug!«, murmelte Apple.

»Killer!«, kam Blue dazu und hob die Zeitschriften hoch, die er sich besorgt hatte. »Nackte Frauen, Comics und das *Technik-Forum*!«

»Keine Schwänze für mich?«, zog Apple ihren Zopf nach.

»Bitte?«

»Wenn ihr so reden könnt, kann ich das wohl auch!«, hob Apple ernst ihre Brauen. »Oder?«

Kilian grinste. »Dem ist nichts entgegenzusetzen!«

»Sei nicht so prüde, da ist doch nichts dabei und die Beiträge sind fantastisch!«, stopfte er die Hefte in seine Tasche.

»Die Beiträge ...« Nickte Apple bedauernd. »Natürlich!«

Die letzte Limousine, mit Kurt und Jason, fuhr vor. Kurt kam ihnen mit einem breiten Lachen, einem Stück Süssholz zwischen den Zähnen und einer tief liegenden Sonnenbrille auf der Nase entgegen. »Hallo, Kinder!«

»Denkst du nicht, es wird etwas warm in Mexiko?«, musterte Blue Jason.

»Noch keine zehn Sekunden sind wir hier ...!«, flüsterte Kurt breit grinsend zu Jason.

»Dad!«, raunzte Jason.

»Tut mir leid, mein kleiner Prinz!« Kurt packte seinen Koffer und ging durch die Schiebetür in die Schalterhalle.

9

Alicia setzte sich wankend auf ihr Bett und nahm traurig ihr Telefon in die Hand.

»Komm schon, er ist es nicht wert!«, schwenkte Andrea in der Tür ihr Weinglas.

»Es ist nicht nur er ...«, seufzte sie aus tiefstem Herzen. »Immer ist was doof ...«

»Nimm die Zeit, die ihr hattet, als Geschenk, sei dankbar, dass es passierte!«, nippte Andrea an ihrem Glas. »Er war zumindest nicht zu alt!«

Alicia wischte sich eine einzelne Träne aus ihrem Auge. »Ich weiss ... meine Mutter sagt dasselbe!«

»Mutter weiss es am besten!«, lächelte Andrea und setzte sich auf Alicias Drehstuhl am Schreibtisch. »Du hast das Leben noch vor dir und wer weiss, was diese Ozeaniumsache aus dir machen wird!«

Alicia lehnte sich mit den Armen nach hinten aufs Kissen. »Wie meinst du das?«

»Es könnte dich berühmt machen, wer weiss, was da für Männer auf dich warten werden!«, zwinkerte Andrea.

»Ja klar, wahrscheinlich werde ich zu Malena Bös' Nemesis!«, schoss ein Lächeln über ihre Lippen.

»Du bist stärker, als du dich selbst gibst!«, leerte Andrea ihr Weinglas und rollte zu Alicia. »Du wärst nicht bei der *Basler Brügge*, wenn du nicht Beisskraft hättest!«

Alicia legte sich seufzend hin. »Ich weiss nicht, ich glaube, ich überschätze mich selbst und komme so in diese Situationen!«

»Situationen ... Martin war dir nicht gewachsen. Er hat nicht gearbeitet und versuchte, dich davon abzuhalten!« Andrea schüttelte den Kopf. »Das Leben nimmt manchmal seltsame Wendungen, nicht alles kann man beeinflussen!«

Das laute Bimmeln des Weckers holte Alicia aus einem kurzen, unruhigen und traumlosen Schlaf. Stöhnend schlug sie auf den kleinen Tisch neben ihrem Bett, bis sie den Wecker traf und mit einem erneuten Stöhnen die Decke wieder über den Kopf zog.

»Alicia!«, rief Andrea durch die geschlossene Tür.

Mit einem nicht ganz zu definierenden Laut wälzte sich Alicia.

Die Tür öffnete sich und Andrea kam in ihr Zimmer. »Alicia, bist du wach?«

»Nein!«, klagte sie unter der Bettdecke.

»Ich habe Belsch am Telefon, du gehst nicht an deines!«

Alicia zog die Decke runter. »Was? Ich fange erst in einer Stunde an!«

Andrea stellte auf Lautsprecher, so konnte Alicia Belsch hören. »Malena wurde am Basler Flughafen gesehen!«

Alicias Augen weiteten sich. »Was? Wohin?«

»Das blieb unkommentiert ... wir nehmen an, dass sie nach Kalifornien fliegt, wegen des Orcas!«

Alicia krabbelte unter der Decke hervor und setzte sich auf den Bettrand. »Sie sagte, es gibt keinen Orca!«

»Sie will es nur wegen dem Preis geheim halten!«, schien sich Belsch sicher.

»Okay, Richard ... gib mir Zeit wach zu werden ... wir sehen uns im Büro!«, streckte sich Alicia und stand auf.

Andrea hielt weiterhin das Telefon in ihrer Hand.

»Streller will, dass du zum Flughafen fährst und rausfindest, wo sie hin ist!«

»Was?«

»Und danach sehen wir uns im Büro!« Mit einem Klicken war die Leitung tot.

»Ja, tschüss ...«, wuschelte Alicia sich durch ihre zerzausten Haare und ging an Andrea vorbei ins Bad.

»Ja, auch hier einen guten Morgen!«, blieb Andrea an der Badezimmertür stehen, während Alicia sich im Spiegel betrachtete.

»Gut ... Ich sehe aus, als hätte ich die ganze Nacht gesoffen!«, zog sie an ihren Wangen die Augen nach unten.

»Du hast die ganze Nacht gesoffen!«, erinnerte Andrea.

»Ja, aber ich sollte nicht danach aussehen ...«, seufzte sie.

»Tja ...«, wandte sich Andrea schliesslich ab.

»Ich brauche nebenbei einen Fahrer!«, rief Alicia und lies das Wasser in der Dusche an.

10

Die Hitze schien von dem metallenen Lagerhaus abzustrahlen und die schon flimmernde Luft flimmerte im Flimmern. Kurt stand vor dem Wagen, in dem die Kinder sassen, und hinter sich das Lagerhaus. Er fühlte sich auf einem Grill, das drehende Spanferkel, nur ohne das Drehen, und zählte das Geld, das er für die Überfahrt bereit hatte.

Der britische Fahrer nahm von Kurt die Bezahlung entgegen und ging wieder in das kleine Lagerhaus neben dem Flughafen.

Kurt steckte seine Brieftasche ein und klopfte gegen den gemieteten Wagen. »Ich ermahne euch noch mal eindringlich! Seid mit den Geräten vorsichtig! Sie entscheiden über den Verlauf dieser Mission!«

»Keine Angst, mit uns haben Sie die Richtigen, wenn es um technischen Scheiss geht!« Blue hielt zur Demonstration ein Heft mir einer nackten Frau hoch.

»Das sind Brüste ...«, flüsterte Apple ihrem Bruder zu.

»Oh ... Shit ...«, bemerkte er seinen Fehler und tauschte es mit dem *Tech-Forum*-Magazin aus.

Kurt verdrehte die Augen. »Der Fahrer fährt euch zur *Ozeanium Eins*. Janosch wartet auf euch. Das Funkgerät ist bereits auf unsere Frequenz eingestellt. Wir erwarten Status- und Koordinationsberichte!«

»Ist gut ...«, schnallte sich Jason an.

»Ich brauche euch nicht daran zu erinnern, dass es hier um Milliarden geht ...« Kurt holte Luft. »Malena würde einen Misserfolg nicht gutheissen!«

»Was soll sie tun, uns umbringen?«, winkte Jason belustigt ab.

Kurt und Kilian schwiegen.

»Sehr witzig ...«, vertiefte sich Jason wieder in sein Handheld.

»Okay... Viel Spass und viel Erfolg, macht uns keine Schande!«, klopfte Kurt gegen den Wagen und hob die Hand.

Alle winkten, ausser Jason, während der Wagen losfuhr und die Studenten zum Hafen brachte.

Malena wischte sich Schweissperlen von der ledrigen Brust und griff nach der Margherita zu ihrer Linken.

Karla setzte sich und rückte ihr Oberteil zurecht. »Ich weiss nicht, ob ich es gut finde, dass mein Mann dich so sehen kann.«

Malena prüfte ihre Brüste, hob den Blick zu ihren Männern und trank von ihrer Margherita.

»Das ist auch eine Antwort«, schirmte Karla die Sonne ab.

»Ich will ihn nicht so sehen ...« Malena legte sich wieder hin und schob den Hut in ihr Gesicht. »Wann habt ihr euch so gehen lassen ...?«

Karla blieb der Mund offen stehen. Unsicher betrachtete sie sich, drückte ihre Bauchrollen und hob die Brüste etwas an.

»Sie müssten nun eigentlich bald beim Boot sein!«, trat Stefan mit einem Cocktail in der Hand zu seiner Frau und Karla.

Malena setzte sich wieder auf und drückte den Hut vor ihre Brüste. »Das ist eine Yacht! Nicht einfach nur ein Boot!«

»Ich sag ja nur!«, hob Stefan verteidigend den freien Arm. »Wir wollten Kurt auch im Hotel treffen und nicht am Pool!«

Malena würdigte dies keiner Antwort. Stefan drehte sich wieder um und ging zurück zu Peter.

»Mein Mann ist dir egal, aber deinem verwehrst du den Blick?«, fragte Karla, als Malena sich wieder hinlegte.

»Sie schauen beide die Kleine dort an ...«, blitzte Malena zu der jungen, schlanken Frau, die sich in einem kleinen Bikini sonnte.

»Die hat bestimmt keine Kinder ...«, legte sich Karla ebenfalls wieder hin.

Malena lachte humorlos, begutachtete mit Abscheu die Schenkel der jungen Frau und drehte das Gesicht wieder zur Sonne. »Das kommt schon noch!«

Kurt betrat das Hotel. Die Hitze und der abflachende Alkoholpegel in seinem Blut waren ihm nicht freundlich gestimmt. Nicht mal die hervorragende Klimaanlage in der Hotellobby half ihm in dieser Situation und er schwitzte Bäche, als er an die Rezeption trat.

Ohne etwas zu sagen, erhielt er vom einheimischen Rezeptionisten einen Schlüssel und ein Junge nahm ihm den Koffer ab.

»Gracie!«, schaffte er es nicht, es richtig zu betonen und wischte sich nickend Schweiss von der Stirn. Keuchend nahm er sein Telefon hervor, das eine Nachricht von Stefan enthielt. Er zog tief die klimatisierte, kühle Luft ein und tastete an sein nass geschwitztes Hemd. »Beim Pool ... na dann!«

Kurt ging durch die Lobby auf die Terrasse zum Pool. Natürlich lag Malena oben ohne in der Sonne. Als ob diese Haut noch mehr UV-Strahlen gebrauchen könnte und ein Bild von platzendem Silikon erheiterte seinen Geist.

»Professor!«, lachte Stefan. »Uno more!«, zeigte Stefan auf seinen Drink und schrie zum Kellner.

»Ich weiss nicht, ob ich schon wieder trinken sollte!«, fächerte Kurt sich Luft ins Gesicht und setzte sich neben Klara auf einen Liegestuhl.

»Ach komm, bis unsere Kinder den ersten Punkt erreicht haben, hast du zweimal ausgeschlafen!«, drehte sich Peter um.

»Und wir wollen anstossen!«, setzte sich Malena auf und wackelte mit ihren Brüsten.

»Ja ...«, wackelten Karlas Pupillen mit den Brüsten. »Generationen von Erfolg!«

»Endlich macht mein Sohn mal etwas, das ihn nicht wie ein Teenager erscheinen lässt!«, nahm Kurt seinen Cocktail entgegen. »Wie lange dauert so was eigentlich? Es sind bald zehn Jahre!«

Alle lachten und mit den Drinks drehten sie sich zueinander.

»Auf das Ozeanium!«, hob Malena ihr Glas und alle stiessen an. Bis auf Karla hatte niemand Augen für Malenas Brüste.

»Auf das Ozeanium!«, schrien sie alle und kicherten danach wie Schulkinder.

»Und auf unseren Weissen Hai!«, leckte sich Malena die Lippen.

»Hätten wir ihnen nicht sagen sollen, dass es kein Regenbogenfisch ist?«, ging Peters blick durch die Runde.

»Als ob sie dann das Boot betreten hätten!«, trank Kurt.

»Und mit Janosch und den Tauchern haben sie genügend Fachkräfte!«, stimmte Stefan zu.

»Was soll ihnen schon grossartig passieren?« Malena leerte die Margherita und stiess noch einmal mit Kurt an. »Ausserdem ist es eine Yacht, kein Boot!«

KAPITEL 3

Auf der Yacht

1

»Das ist getrocknet ...«, bemerkte Mike bei genauerer Betrachtung des Blutes.

John holte tief Luft, steckte sich eine Zigarette in den Mund und blinzelte aufs Meer hinaus. Ein feiner Wind kräuselte das Wasser, die Morgensonne blinkte wie Silber auf der Oberfläche und beides führte zu weiterer Hitze auf der Haut.

»Was machen wir nun? Das sieht nicht gut aus ...«, drückte Mike seine Hände auf die Reling.

»Wirf den Anker ...« John nahm sein Gewehr und zog am Seil die Yacht noch etwas näher. »Sie haben geankert ... bind uns am Heck fest. Kein Anker ...«

»Kein Anker?«, stutzte Mike, bückte sich aber nach einem zweiten Seil in der kleinen Box vor dem Steuerhaus.

John stieg über die Reling, hielt sich an deren Metallgeländer fest und stieg auf das Unterdeck der Yacht. »Nein, erst will ich wissen, was hier los ist ... Der Anker würde uns in einem Notfall ausbremsen!«

Mike warf John das Seil zu. »Die Yacht hat ein Leck!«

»Ja ... Mein linker Fuss ist tiefer!«, zog John das Seil um das Geländer an der Treppe und warf es zurück. »Aber fast etwas wenig Schlagseite für ein Leck!«

»Es sinkt ...« knotete Mike das zweite Seil an einen Metallring am Steuerhaus.

»Wir brauchten zwei Tage, das heisst, sie sind seit einer Woche ohne Funk!« Kopfschüttelnd betrachtete er die blutverschmierten Stufen. »Der Funk und die Schieflage hängen kaum zusammen ...«

»Vielleicht wurden sie angegriffen …«, stieg Mike mit dem Gewehr um die Schulter gehängt über die Reling.

John entsicherte das Gewehr und schlich vorsichtig die kleine Treppe hoch zum Mitteldeck.

Mike strich mit seinem Fuss über das getrocknete Blut und folgte schliesslich John.

»Noch mehr Blut …«, flüsterte John dem zur Treppe hochkommenden Mike zu.

Zu ihrer Rechten, der Steuerbordseite der Yacht, stand ein kleiner Tisch, der von Polstersitzen und einem Sofa umrundet war. Ein Kran war neben der Treppe verbaut worden und ragte über dem Mitteldeck auf. Überall war Blut.

»Vielleicht Piraten …?«, folgte Mike John vorsichtig zur zweiten Treppe, die aufs Oberdeck führte.

»Diese Yacht hätten sie mitgenommen …«, ging John in die Knie, bevor er auf die erste Stufe trat.

»Klingt plausibel«, musste Mike zugeben und folgte John bis nach oben, zum verlassenen Oberdeck.

Ein Schatten zischte an John vorbei, der im Augenwinkel nicht mehr als einen schnellen Punkt wahrnehmen konnte und das Ziehen der Luft an seinem Ohr. Darauf folgte hinter John ein dumpfer Aufprall.

Langsam drehte sich John um. Mike lag stöhnend am Fuss der Treppe und starrte mit weit aufgerissenen Augen die tief in seiner Schulter steckende Harpune an.

2

Lea fing mit vibrierenden Lippen den besorgten Kuss von Sarah auf und wurde mit dem Käfig langsam ins Wasser gelassen.

Die Wassermassen schienen sie zuerst beinahe zu erdrücken und wegen dem aufgewirbelten Element konnte sie nichts erkennen. Bis sich das Wasser durch das Senken des Käfigs klärte. Mit ihrer Hand umklammerte sie den Speer mit dem Nervengift und versuchte die Käfigstäbe zu meiden.

Vom Hai war bisher nichts zu erkennen, dafür wurde es mit jedem Meter dunkler, den sie sank.

»Ist das nicht eine zu riskante Option?«, fragte Apple Kilian. Sie beide standen hinter dem sitzenden Jason, der das Sonar im Auge behielt. »Hätten wir nicht vergiftete Köder verwenden können?«

»Ich bitte dich, lass uns hier unsere Arbeit machen ... geh zu Yuki!«, maulte Kilian, ohne sich von den piependen Anzeigen abzuwenden.

Mit einem verdutzten Gesicht drehte sie sich um, hielt mit dem Geländer in der Hand einen Moment inne und ging schliesslich die Treppe hoch.

»Wow ... das war eiskalt!«, bemerkte Jason.

»Sie hat ja auch recht, aber Lea ist schon im Wasser ...!«, verschränkte Kilian die Arme.

»Noch dreissig Meter!«, hob Jason die Hand.

Kilian nahm das Funkgerät zur Hand. »Blue, wenn ich dir das Zeichen gebe, öffnest du den Köder-Kanister!«

»Roger!«, gab Blue zurück.

»Zwanzig Meter!«

Der Punkt, der beim Umkreisen des Sonars piepte, kreiste weiter auf der Gegenseite und etwas über der Stelle, an der der Football lag. Der Haikäfig lag auf der anderen Seite.

»Sollte die Bewegung ihn nicht neugierig machen?«, folgte Kilian weiter dem Punkt, der sich grünlich in seinen Pupillen spiegelte.

Jason zuckte mit den Schultern. »Ich habe keine Ahnung von Fischen!«

Kilian drückte auf den Knopf am Funkgerät. »Blue, mach dich bereit ...«

»Zehn Meter!«

»Roger«, gab Blue zurück.

Mit einem harten Klong schlug der Käfig am Meeresboden auf und Lea schaffte es nur mit Mühe, den Speer in ihrer Hand zu halten.

Langsam drehte sie sich im Kreis. Hier unten war es nicht mehr so hell und trotz der Scheinwerfer am Käfig hatte sie nur eine beschränkte Sicht. Um sie herum der sandige Boden etwa zwei Meter und danach eine unendliche Dunkelheit. Sie konnte keinen Hai ausmachen, aber mit einem seltsamen Knirschen färbte sich das Wasser um sie herum rot.

Nach einem kurzen Moment, um zu verstehen, dass es nicht ihr Blut war, erkannte sie über sich eine Luke. Die Stand nun offen und verteilte die blutigen Köder im Käfig.

Arschlöcher, dachte Lea und kickte einen Fischkopf aus den Gitterstäben des Käfigs.

»Was ist das?«, zeigte Sarah besorgt auf das verwaschene Rot, das von unten das Wasser zu färben schien.

»Köder ... Fischblut! Damit wir den Hai zum Käfig locken können!«, Erklärte Janosch, während er mit dem Fernglas nach einer Flosse Ausschau hielt.

Sarah schluckte. »Was?«

»Köder, um den Hai ...«

»Ja ja ...«, unterbrach Sarah Janosch und sprang auf. »Der Hai ist durch den Football schon verwirrt genug. Das Blut wird ihn nicht nur anlocken, in Verbindung mit Leas Herzschlag wird er denken, sie ist seine Beute!«

Janosch blinzelte mit dem Fernglas in seinen Händen.

»Scheisse ...«, riss Sarah Blue das Funkgerät aus der Hand. »Wir müssen den Käfig hochziehen!«

»Was hat sie?«, fragte Jason.

»Wo der Hai ist, will sie wissen ...«, schüttelte Kilian mit dem Funkgerät in der Hand den Kopf.

»Warum muss sie das wissen?«, schaufelte Jason Erdnussflips in seinen Mund.

»Da ... er bewegt sich!«, grinste Kilian und ballte triumphierend die Faust.

Jason zeigte schmatzend auf den Punkt. »Er bewegt sich schon fast etwas zu schnell ...«

Kilian wich sämtliche Farbe aus dem Gesicht und seine Kehle wurde trocken, als der Punkt auf den Käfig zuraste.

Leas Sicht wurde durch das herumtreibende Blut nicht besser. Sie drehte sich langsam suchend im Kreis.

Plötzlich tauchte vor ihr in der Dunkelheit ein Schatten auf und ehe sie registrieren konnte, was es war, schnappte ein gigantischer Kiefer gegen den Käfig. Der Aufprall kam einer Frontalkollision zweier Strassenwagen gleich und kippte den Käfig auf seine Seite.

Lea konnte den Speer beim Aufprall nicht halten und fiel auf die Gitterstäbe, die sich in den Sand gruben.

Vor Lea tat sich die graue, weisse und schwarze Höllenöffnung auf. Dutzende spitzer Zähne versuchten durch die Gitterstäbe zu gelangen und die Kraft bei dem Versuch drückte den Käfig immer tiefer und tiefer in den Sand.

Lea presste sich gegen die im Meeresboden verschwindenden Gitterstäbe und versuchte, sich nicht von den Zähnen erwischen zu lassen. Die Panik liess ihr Herz rasen und das machte den Hai noch aggressiver, als es das tote Blut, das er dabei einatmete, schon anrichtete.

Beim Versuch, sich nicht in seinen Zähnen zu verfangen, schlug Lea mit dem Kopf gegen einen der Gitterstäbe und verlor das Bewusstsein.

Sarah folgte fassungslos der dreifachen Kette, die sich soeben mit einem lauten Knall vom Kran verabschiedet hatte und mit einem Platschen im Wasser verschwand.

»Scheisse ...«, liess Blue die Spule los und wischte sich keuchend Schweiss aus dem Gesicht.

Janosch schnappte sich das Funkgerät. »Kilian, die Kette ist gerissen und ...«

»Ich muss da rein, ich muss sie ...« Janosch schaffte es gerade noch, Sarah festzuhalten und zu verhindern, dass sie ins Wasser sprang.

»... der Käfig ist auf Grund!«, schloss Blue.

»Was ist passiert?«, kamen Yuki und Apple angerannt.

»Der Käfig!«, schrie Sarah und versuchte verzweifelt, sich von Janosch loszureissen.

»Was ist mit dem Käfig?«, schrie Apple unvermittelt ihren Bruder an.

»Fuck!« Kilian hielt sich die Hand vor den Mund, als der Kreis immer und immer wieder dieselbe Stelle ansteuerte.

»Was jetzt?«, zog Jason die Kopfhörer von seinen Ohren.

»Kilian, der Hai versucht, den Käfig zu knacken!«, kam von Janosch durch das Funkgerät.

»Wir müssen sie da rausholen!«, wischte Kilian nochmals über seinen Mund und ging kreidebleich zur Treppe.

Blue stand mit den Händen an seinem Hinterkopf an der Reling und wartete darauf, dass etwas aus dem Wasser kam.

»Blue ...«, rief Kilian von der Treppe und winkte ihn zu sich.

»Das ist Scheisse. Kilian, das ...«

Kilian hob die Hand und unterbrach Blue. »Wir müssen ruhig bleiben!«

Blue folgte Kilian die Treppe hoch. »Es ist unsere Schuld, oder nicht?«

»Nur, wenn ihr etwas passiert!«, flüsterte Kilian.

Lea erwachte aufgrund einer Vibration an ihrem Arm. Sie brauchte einen Moment, um zu begreifen, wo sie war. Mit dem Verstehen, dass sie unter Wasser war, folgten auch die Erinnerungen.

Der grosse Weisse, der den Käfig wie ein wildgewordener Stier immer und immer wieder rammte. Danach fiel ihr auch ein, was die Vibration zu bedeuten hatte. Hastig griff sie nach der Sauerstoffanzeige.

Zwanzig Prozent.

Sie versuchte auszurechnen, wie lange sie wohl das Bewusstsein verloren hatte, um so tief zu fallen, und da erkannte sie die feinen Luftbläschen, die neben ihr nach oben stiegen.

Ängstlich griff sie nach den Sauerstoffflaschen auf ihrem Rücken. Eine der beiden war verbogen und verbeult, die andere hatte ein Leck. Sie spürte die Luft an ihrem Finger vorbeizischen.

Achtzehn Prozent.

Der Käfig lag auf der Seite. Sie hatte dabei das Glück, dass keine ihrer Gliedmassen unter dem Käfig eingeklemmt war.

Siebzehn Prozent.

Jason stopfte sich eine Handvoll Flips in den Rachen, als der Kreis unvermittelt aus dem Übertragungsbereich verschwand.

»Kilian! Der Hai ist weg!«, schrie Jason ins Funkgerät und sprühte dabei halb zerkaute Flips über die Armaturen.

Mit klopfendem Herzen nahm er seine Cola, trank einen Schluck und begann danach gedankenverloren mit dem Deckel zu spielen.

Lea drückte mit aller Kraft an der Käfigtür, die natürlich klemmte und lediglich etwas auf- und zuschnappte.

Elf Prozent.

Lea presste und zerrte an der metallenen Verriegelung, die sich zwar bewegte, jedoch nicht lösen liess.

Neun Prozent.

Panik machte sich in ihr breit und sie wurde hastiger und ungenauer im Versuch, sich zu befreien.

Sieben Prozent.

Sarah zog ihren Taucheranzug an, stieg in die Flossen und prüfte die Sauerstoffzufuhr an ihrem Mundstück.

»Jason, ich will Meldung in der Sekunde, in der der Hai wieder auftaucht!«, sprach Janosch ins Funkgerät und breitete das Erste-Hilfe-Set auf dem Mitteldeck aus.

»Roger!«, kam von Jason zurück.

»Luftblasen!«, schrie Apple und deutete etwa sechs Meter hinter die Yacht.

»Vielleicht taucht sie auf ...«, flüsterte Sarah.

Lea lies die Sauerstoffflaschen zurück, wodurch sie es schaffte, sich durch die verbeulten Gitterstäbe zu drücken. Danach schwamm sie um ihr Leben, stiess mit den Armen und Beinen so viel Wasser wie möglich. Sie musste die Luft ausgleichen, indem sie die Nase zusammenpresste und pustete.

Mit starken Schlägen katapultierte sie sich immer weiter zur Wasseroberfläche, die näher und näher kam.

Lea wusste, sie konnte es schaffen, den stechenden Lungen und lähmenden Muskeln zum Trotz. Sie griff mit jedem Schlag nach der Oberfläche. Es wurde heller und heller.

Noch etwa zwei Meter.

Ihre Lungen protestierten und sie spürte, wie die Kraft aus ihren Armen wich und sie kaum noch vorankam.

Noch knapp einen Meter.

Sie sah die Wasseroberfläche.

Keiner bekam ein Wort heraus, als Lea kopfüber und regungslos auf der Oberfläche auftauchte.

»Nein!« kreischte Sarah, rannte los und sprang ins Wasser. Sie schwamm mit hastigen Kraulschlägen auf ihre Freundin zu.

»Tu mir das nicht an! Bitte nicht!«, schwamm sie, als wäre der Teufel hinter ihr her.

Jason stutzte ab dem Punkt, der soeben in seinen Sonarradius hereinkam.

»Was zum ...« Er gab die erfassten Daten für Bewegung und Grösse in den Fischfinder ein. Dass es sich um etwas Grösseres als den Weissen Hai zuvor handelte, war ihm natürlich klar, aber der Fischfinder brauchte einen Moment um die Daten zu ermitteln.

»Shit ...«, sprang Jason auf und griff nach dem Funkgerät, das neben der offenen Flasche stand. Natürlich schlug er mit seiner grossen Hand gegen die Flasche und stiess sie um. Sein Versuch sie noch zu fangen drehte sie zu dem Hauptcomputer, der unter dem Radar stand. Die Limonade breitete sich über dem Tisch aus und lief von dort in den Lüftungsbereich des Computers.

Es funkte und knisterte, gefolgt von schwarzem Rauch und dem stechenden Geruch von verbranntem Gummi.

Jason hob das tropfende Funkgerät vom Boden auf und versuchte es mit seinem Shirt trocken zu rubbeln. »Kilian ... Kilian ...«

Seufzend legte er das Funkgerät auf den Tisch, wischte sich die Hände an seinem Shirt ab und begab sich zur Treppe.

Sarah schwamm mit der regungslosen Lea in ihrem Arm zur Yacht.

Janosch half ihr hoch und griff gleichzeitig nach Lea, damit sie nicht wieder unterging oder abtrieb.

An Deck angekommen, drehte sich Sarah sofort wieder um und streckte die Hand nach der noch im Wasser treibenden Lea aus. Sie versuchte gerade, den Körper hochzuziehen, als das Wasser neben ihr explodierte. Ein Kiefer so gross wie eine Tür schoss aus dem Wasser und hatte seinen Oberkiefer mit den vielen, gezackten und weissen Zähnen über Lea in Stellung gebracht.

Sarah erfasste die dunkle Endgültigkeit hinter den weissen Zähnen und zog ihre Hand wieder zurück, bevor der graue Triangel zuschnappen konnte. Janosch, der den Hai nur in seinem Augenwinkel auftauchen sah, hielt weiter Lea fest.

Lea wurde beinahe in den Schlund gespült doch Janosch hatte seinen Arm im Weg, als das Monster seinen Kiefer wie eine Bärenfalle zuschnappen liess.

Kreischend fiel Janosch nach hinten und riss seinen Blut spritzenden Stumpf hoch in die Luft. Die Haut hing in Fetzen hinab und flatterte aufgrund des herausschiessenden Blutes wie eine Fahne im Sturm. In blinder Panik rappelte er sich auf und rannte die Treppe zum Mitteldeck hoch. Sein Blut verteilte er dabei wie ein Sprinkler auf dem Mitteldeck, auch über die fassungslosen

Blue, Kilian und Apple. Bis er sich noch immer schreiend hinlegte und schwer atmend bewusstlos wurde.

Sarah war neben Janosch, als der Hai ihm den Arm von der Schulter riss, und bekam am meisten Blut ab. Sie kümmerte sich im Vergleich am wenigsten darum und blinzelte einfach Blut aus dem Auge. An der Stelle im Wasser, auf der gerade noch Lea getrieben hatte, war nur noch Wasser, rotgefärbtes und noch immer aufgewühltes Wasser.

Kilian und Blue hielten Janosch fest und versuchten, die Blutung zu stoppen.

»Jason, wir brauchen Hilfe! Funk nach Hilfe! Jason!«, hielt Kilian das blutverschmierte Funkgerät in der freien Hand und zeigte Apple den Erste-Hilfe-Kasten. »Hol das Verbandszeugs daraus!«

Apple blinzelte.

»Apple!«, schrie Kilian sie an.

Sie schüttelte sich aus der Trance und kniete sich neben den Erste-Hilfe-Kasten.

»Schneller! Er verblutet uns hier!«, schrie Blue verzweifelt ,während das Blut durch seine Finger spritzte.

Janoschs Augen flatterten.

»Jason!«, schrie Kilian noch mal ins Funkgerät, warf es schliesslich entnervt zur Seite und versuchte Blue zu helfen die Wunde zu zudecken.

Apple warf Verbandszug und Gaze neben Janosch und zog die Hände von Kilian und Blue von der Wunde.

»Weisst du, was zu tun ist?«, rutschte Kilian ihr aus dem Weg.

»Theoretisch ja!«, band Apple einen Gummi zu einer Schlaufe. »Wir müssen Druck ausüben, um die Blutung zu stillen!« Sie band die Schlaufe aus Gummi um den restlichen Arm und drückte Gaze auf die Wunde. »Ich brauche mehr Gaze!«

Kilian stand hastig auf, trat einen Schritt zurück, um nach der Gaze zu greifen, und rutschte auf dem Blut aus.

»Wo ist Yuki?«, beobachtete Blue, wie seine Schwester den Druckverband anlegte.

Kilian zog den Koffer zu sich und rappelte sich wieder auf.

»Die liegt da drüben ...« zeigte Apple mit einem Nicken zur Treppe, neben der Yuki lag. »Gaze, Kilian!«

»Was ist mit Jason los?«, wischte Blue die blutigen Hände an seinen Shorts ab und erhob sich ächzend.

»Fuck!«, kreischte Apple. »Es hört nicht auf zu bluten!«

»Wir verlieren ihn ...« Blue prüfte den kaum vorhandenen Puls.

Apple schüttelte verzweifelt den Kopf. »Es reicht nicht, die Wunde ist zu gross. Da sind nur noch Fetzen, der Knochen ist frei ...!«

Kilian schrie noch einmal in das Funkgerät. »Jason ...«

»Es gibt da ein Problem!«, sagte Jason, der oben an der Treppe beim Oberdeck stand.

»Du solltest uns doch warnen, falls der Hai zurückkommt!«, liess Blue Janosch los.

Jason drehte seinen linken Daumen mit der rechten Hand.

»Was ist los?«, ging Kilian auf ihn zu. Diesmal vorsichtig genug, um nicht noch einmal auszurutschen.

»Ich ... die ...«, stammelte er und versuchte direkten Blickkontakt zu vermeiden.

»Jason, wir haben hier gerade einen Notfall. Was ist los?«, schrie Kilian genervt.

»Die Kommandozentrale ... das Funkgerät ...« Jason senkte den Blick.

»Was, verdammt, was?«, stieg Kilian die Stufen hoch und packte Jason am Kragen.

»Es gab einen Kurzschluss und nun geht nichts mehr!«, hielt er sich ängstlich die Hände vors Gesicht.

»Fuck! Nein!«, hastete Kilian an Jason vorbei über das Oberdeck in die Infrastruktur der Yacht, um zur Kommandozentrale runterzukommen.

Blue folgte ihm und liess Apple dabei alleine zurück. Sie war aber zu beschäftigt, den Druckverband fertigzustellen, um ihre Einsamkeit zu bemerken.

»Ich komme gleich zu dir ...«, keuchte Apple und meinte die weiter vorne liegende Yuki. Prüfend strich sie über den Verband, der zu halten schien, und prüfte den Puls.

»Lebt ... lebt er noch?«

Apple drehte sich erschrocken zu Sarah um. »Noch ... der Puls ist schwach. Ich habe keine Ahnung, ob ich genug getan habe ... und wie viel Blut er verloren hat.«

»Was ist mit Yuki?«, ging Sarah an Apple vorbei.

Apple stand auf und wischte sich mit der blutigen Hand über die Stirn. »Ohnmächtig, als sie Janosch hochrennen sah ...«

Beide gingen neben Yuki auf die Knie. Sarah öffnete ein Auge, deren Iris hatte sich nach oben gedreht. »Ist das gut?«

Apple prüfte den Puls.

Sarah schluckte, betrachtete das Schlachtfeld auf dem Deck und wieder kam der Gedanke an den Hai, wie der grosse, dreieckige Kopf aus dem Wasser schoss.

3

»Mike ...« John schlug ihm ins Gesicht, bis er stöhnend blinzelte.

»Gut ...« John drehte mit dem Gewehr im Anschlag um.

»Was ist passiert?«, stöhnte Mike mit seiner blutigen Hand vor dem Gesicht.

»Du wurdest harpuniert!« John ging in die Knie, um die Treppe beim Aufstieg als Deckung zu nutzen.

»Harpuniert?«

»Du wurdest mit einer Harpune abgeschossen!« Langsam erhob sich John auf der Treppe und fixierte dabei den ersten Punkt, der nach der letzten Stufe in sein Visier gelang.

Mike sah die Harpune in seiner Schulter stecken. »Fuck!«

»Die Harpune stoppt das Blut!«, rief John flüsternd runter. »Lass sie drin!«

Mike setzte sich auf. »Willst du mich verarschen?«

»Ich will mir nicht in den Rücken schiessen lassen, während du verblutest!«

Mike löste mit einem tödlichen Blick den Gürtel von seiner Hose. »Wenn die noch mehr Harpunen hätten, hätten sie schon längst noch mal geschossen!«

John wiegte den Kopf. »Das ist eine Fünfzig-fünfzig-Chance und eine reine Annahme ... da bin ich nicht dabei!« John ging wieder in Deckung.

»Komm schon ...«, biss Mike auf den Gürtel und zog an der Harpune.

Ab dem gedämpften Schrei drehte sich John doch um und wurde Zeuge, wie Mike die Harpune aus seiner Schulter zog.

»Fuck ...«, spuckte er durch seinen Gurt und warf die Harpune über das Deck.

»Wow, beachtlich ...«, gab sich John wirklich beeindruckt.

»Fick dich, John!«, lachte Mike mit schmerzverzerrtem Gesicht und zog sich sein Shirt mit einer Hand über den Kopf.

Lachend linste John über seine Deckung auf das leere Oberdeck.

»Und jetzt? Lässt du mich hier koscher ausbluten?«, hielt sich Mike die blutende Schulter.

»Soll ich sie mit Schwarzpulver schliessen?«, wandte sich John Mike fragend zu.

»Das wäre eine Idee ...« Mike atmete hastig, griff mit einer zitternden Hand nach seinem Gewehr und holte zwei Patronen heraus.

»Mike ...«, wollte John nicht glauben, was sich vor ihm abzuspielen drohte.

Mike steckte sich eine Patrone in den Mund und öffnete mit den Zähnen die Kammer. Langsam und mit zusammengepressten Lippen schüttete er das Schwarzpulver auf die offene Wunde.

»Mike!«

»Warte!« Mit einem erschöpften Lächeln auf seinem schweissgebadeten Gesicht nahm Mike sein Feuerzeug hervor.

Mike zitterte so stark, dass es nicht gerade beim ersten Versuch funktionieren wollte.

Mit einem Zischen schoss von der Wunde eine kurze Flamme hoch und Mike warf sich jaulend und zuckend auf den Boden. John rannte runter und ging neben ihm auf die Knie.

Mike atmete hastig und hielt John die zweite Patrone hin. »Hinten ...«, atmete er wie ein alter Mann im Winter. »... komm ich nicht ran ...!«

4

Janosch sass auf dem Hocker an der Bar, vor sich hatte er einen trockenen Martini und beobachtete, wie Chester auf der Bühne einen Song nach dem anderen zum Besten gab.

Chester hatte eine Stimme wie kein anderer, aber er zog die Bühne seines Dorfes der grossen Weltbühne vor.

»Das wäre mir zu viel, too much!«, sagte Chester immer, prostete mit seinem Gin und zündete sich eine Zigarre an.

»Das Beste an uns, Janosch, wir werden beide früh sterben!« Chester liebte diese Idee. Sie rauchten zu viel, tranken zu viel, zu viel Sonne und zu viel von zu viel.

Janosch schreckte aus seinem Traum auf und erkannte vor sich die Bühne wieder.

»Sei nicht schüchtern, komm zu mir!«, hielt Chester ihm mit seinem breitesten Showmanlächeln die rechte Hand hin.

Schmunzelnd leerte er seinen Martini, stand auf und ging zur Bühne.

»Achtung, Treppe, mein Hübscher!«, half Chester ihm hoch und stand dabei bis zu den Knien im Wasser.

Im Hintergrund startete die Band mit den ersten Takten.

Lachend watete Janosch durch das hüfthohe Wasser in den Arm von Chester und nahm, nun unter Wasser, ein Mikrofon entgegen.

Luftblasen stiegen vor ihm auf, als er zu singen begann.

»Ihre Atmung wird ruhiger ...«, wischte sich Sarah ein paar Schweissperlen von der Stirn.

»Ich wollte dir noch sagen ... es tut mir leid wegen ...«, begann Apple

»Kapitän!«, sprang Sarah unvermittelt auf und rannte an Apple vorbei.

Apple rutschte verwirrt auf dem Deck herum und konnte gerade noch erkennen, wie Janosch von der Reling fiel.

Sarah sprang auf das Sitzpolster, stemmte die Hände gegen die Reling und musste zusehen, wie Janosch aus dem Wasser auftauchte. Mit dem Kopf nach oben trieb er ausgestreckt wie ein Seestern auf der Wasseroberfläche.

»Was war das?«, stemmte sich Apple neben Sarah gegen die Reling.

»Ich ...« Sarah schüttelte in völligem Unglauben den Kopf. »Keine Ahnung!«

»Ich hole einen Rettungsring!«, verschwand Apple wieder.

Kilian sass am Funkgerät und versuchte verzweifelt, es wieder zum Laufen zu bringen.

»Was ist das? Dieser verfluchte Softdrink?«, strich Blue mit dem Fuss über die bräunliche Flüssigkeit, die am Boden klebte.

»Ich habe mich vergriffen ...«, murmelte Jason kleinlaut.

»Vergriffen ...« Mit einem nervösen Lachen zeigte er auf Jason. »Unser Captain verblutet gerade, eine unserer Taucherinnen wurde gefressen und du hast dich vergriffen ...«

»Es tut mir leid!«, konnte Jason wieder keinen Augenkontakt herstellen.

»Wir sitzen hier mitten auf einem Scheiss-Ozean und dir ... Wir werden hier krepieren!« Kilian stand hastig auf und wollte den angeschraubten Stuhl werfen. Frustriert kickte er dagegen. »Am liebsten würde ich dich diesem Hai vorwerfen!«

Wutentbrannt packte er das Treppengeländer und rannte wieder hoch.

Blue und Jason folgten ihm schweigend.

Janosch öffnete langsam die Augen, der Himmel war wolkenlos blau und die Sonne strahlte in ihrer ganzen Pracht. Das Wasser war herrlich und auf einmal erkannte er die Taucherin. Sah Lea oder Sarah, eine von beiden, oben an der Reling stehen und herzlich winken. Nur ihr Gesicht war zu einer entsetzten Grimasse verzogen.

Janosch wusste nichts von seinem Schicksal. Der gigantische Weisse Hai schwamm von hinten an den strampelnden Janosch heran und näherte sich wie ein Torpedo seiner Beute. Langsam kam die Rückenflosse aus dem Wasser, folgend glitt der pfeilförmige Kopf näher an die Wasseroberfläche und kippte leicht auf seine Seite, sodass Sarah die weisse Unterseite des Haies bewundern durfte. Der Kiefer öffnete sich wie eine Luke, dabei vergrösserte sich sein Kopf um das Doppelte und sein Auge rollte zum Schutz nach oben.

Mit der immensen Kraft seines enormen Kiefers, vergleichbar mit einer Müllpresse, und den gezackten, dreieckigen Zähnen zermalmte er seine Beute, eher er schlagartig und knochenberstend noch mal zubiss.

Kreischend liess Apple den Rettungsring fallen und fiel auf dem Sofa auf die Knie. Mit Blut und einzelnen Körperfetzen, die noch an seinen Zähnen hingen, tauchte der grosse Weisse Hai wieder ab und schwamm unter der Yacht durch.

»Wieso ist der so gross?«, kreischte Apple weinend.

»Was ist los?«, kam Kilian die Treppe runtergerannt, trat zu schnell auf das blutverschmierte Deck und rutschte wieder aus. Der Fuss rutschte nach vorne und brachte Kilian nach hinten zu Fall, mit einem lauten Knall schlug er mit dem Hinterkopf auf.

Sarah nahm Apple in den Arm und versuchte ihr eigenes Zittern zu überwinden.

»Wo ist Janosch?«, half Blue Kilian auf, der sich geschlagen seinen Kopf rieb.

»Über Bord ...«, schluchzte Sarah.

»Dann helft ihm, er wird ...«

Sarah unterbrach Blue, indem sie vor seine Füsse brach. Sie hielt sich den Bauch, spuckte und würgte sofort weiter.

»Er ist tot!«, schrie Apple ihren Bruder an und brach erneut in Tränen aus.

»Der Hai ...«, setzte sich Sarah keuchend wieder auf und wischte sich mit dem Arm über den Mund.

»Warum fiel er über Bord? Du hast ihn doch hier verarztet?«, deutete Kilian auf die Stelle, an der Janosch zuvor und immer noch deutlich am meisten Blut lag.

Sarah schüttelte den Kopf. »Er ist einfach von Bord gesprungen ...« Hustend hielt sie ein weiteres Würgen zurück. »... wir waren bei Yuki, ich habe kurz aufgesehen und da sprang er über die Reling!«

»Fuck!«, drückte Blue seine Hände gegen den Kopf. »Wie konntet ihr ihn alleine lassen?«

»Warum habt ihr uns alleine gelassen?«, würgte es Sarah wieder.

»Er war fast tot, sein Puls war so schwach, ich dachte nicht ...«, schluchzte Apple. »Ich dachte nicht, dass er so bald aufstehen wird ...«

Kilian wischte sich mit der Hand über den offenen Mund.

Blue beugte sich über die Reling. »Fuck ... Fuck!«

»Ihr habt Janosch nicht zufällig die Schlüssel zur Yacht abgenommen, oder?«, fasste Kilian seine Gedanken doch noch in Worte. Von Kilian wanderten alle Blicke zur Reling.

»Du meinst ... wir sitzen hier fest?«, wich die noch verbliebene Farbe aus Sarahs Gesicht.

»Oh, es kommt noch besser ...!«, setzte sich Blue neben Sarah »... das Funkgerät ist auch am Arsch!«, und vergrub den Kopf in seinen Armen.

John kniete neben Mike. »Geh es langsam an!«, stand er langsam auf, den Blick stets auf den oberen Teil der Treppe gerichtet, und ging darauf zu.

»Hey ...«, keuchte Mike erschöpft. »Ich bin gleich hinter dir!«

Langsam ging John Stufe für Stufe nach oben und zielte schliesslich über die letzte Stufe. Das Oberdeck war leer. Die Kabinentüren geschlossen.

»Wir stürmen!«, hob Mike einen Arm und liess ihn sinken, vor sich die erste Stufe der Treppe, die es zuvor noch zu überwinden galt.

John zielte mit der Kimme über das Oberdeck, von links nach rechts und wieder zurück, aber es war niemand zu sehen. »Da ist niemand!«

»Sagte ich doch ...« Ächzend und stöhnend stützte Mike sich auf seinem Gewehr ab.

»Jemand hat aber auf uns geschossen!«

»Die haben nichts mehr ... sie hofften auf einen Lucky Shot und wir sind immer noch zu zweit! Shit happens!«, hob er vorsichtig den Fuss an, aber er unterliess das Projekt Treppensteigen vorerst.

John richtete sich auf, trat auf das Oberdeck und rief: »An den Scharfschützen: Wir kommen im Auftrag von Malena Bös, um euch zu retten!«

Nichts.

»Das hast du schön gesagt«, setzte sich Mike auf den untersten Treppenabsatz und hielt sich weiterhin schwer atmend die Schulter.

»Alles okay ...?«, linste John die Treppe runter.

Mike nickte, hob einen Daumen und versuchte gleichmässig zu atmen.

»Du machst mir hier jetzt nicht schlapp, oder?«

Mike schüttelte den Kopf. »Wird schon wieder ...«

John ging auf die Kabinen zu. Rechts die Kapitäns- und Steuerkabine und links, wie John annahm, die Tür, die in das Innere der Yacht selbst führte.

»Hallo? Ich würde es begrüssen, wenn nicht auf uns geschossen wird!«, versuchte es John erneut.

Mit einem Knarren ging die Tür zur Steuerkabine auf und eine Hand fiel schlapp daneben auf das Deck.

Sarah und Apple sassen bei Yuki, die in der Krankenstation auf dem Bett lag und feuchte Wickel auf der Stirn trug.

»Ich wollte dir sagen, dass es mir leid tut ... wegen Lea!«

Sarah betrachtete ihre zitternden Hände. »Mir auch ...«

»Hey ...«, kam Kilian durch die Tür. »Wie geht es euch?«

Strafende Blicke kamen ihm entgegen.

»Ich weiss, es tut mir leid ...« Kilian holte tief Luft. »Wir versuchen, einen Ersatzschlüssel zu finden ... kann ja nicht sein, dass es nur einen Schlüssel gibt ...«

»Ja, tut das!«, sagte Apple und wandte sich wieder Yuki zu.

»Gebt mir Bescheid, wenn Yuki wach ist, vielleicht weiss sie etwas!«, klopfte er einmal gegen den Kabinentürrahmen.

»Klar, machen wir ...«, betrachtete Sarah weiter ihre Hände.

Mit einem verstehenden Nicken trottete er schliesslich wieder davon.

»Wie geht es ihnen?«, flüsterte Blue auf der Treppe sitzend.

»Was denkst du?«, ging Kilian an ihm vorbei die Treppe hoch.

Blue folgte ihm. »Wo ist Jason? Ich habe ihn seit der Sache oben nicht mehr gesehen!«

Kilian schüttelte den Kopf. »Ist doch scheissegal, wir müssen diesen Schlüssel finden!«

»Deine Mutter hat doch die Koordinaten!«

Kilian drehte sich auf dem Treppenabsatz um. »Aber bis sie merkt, dass etwas nicht stimmt, werden Tage vergehen. Bis irgendeine Rettung hier ist, sind wir schon längst tot!«

»Wir haben doch genug zu spachteln ... und Wasser!«, lächelte Blue. »Du malst den Teufel an die Wand.«

»Dann lass mich dir vom Energiesparmodus dieser hochmodernen Yacht erzählen. War der Schlüssel zehn Stunden nicht mehr im Zündschloss, fährt sie alle Systeme runter!« Kilian prüfte seine Uhr. »Also irgendwann in den nächsten zwei bis drei Stunden!«

Blue schluckte, als Kilian weiterging, und er spürte, wie sich ein dicker Klumpen in seinem Magen formte. Schweiss kam aus seinen nun leicht zitternden Händen, als er Kilian doch noch folgte.

Apple öffnete blinzelnd die Augen und griff nach der Brille auf ihrem Schoss.

»Sarah?« Sie wischte sich Spucke von der Wange und suchte das Kranken-zimmer ab. Sarah war nicht da, Yuki lag nach wie vor auf dem Bett.

Mit einem starren Nacken ächzte sich Apple aus dem Stuhl und zuckte er-schrocken zusammen, als da Jason in der Tür stand und sie anstarrte.

»Ohh ...«, las sie seinen Gemütszustand in seinem verzerrten Gesicht. »Alles ... alles okay mit dir?«

»Es ist meine Schuld ... ich konnte euch nicht warnen ... Ich wusste, dass etwas Grösseres kommt!« Er senkte schniefend seine Augen.

»Jason ... das war eine Verkettung von unglücklichen Umständen!« Sie legte einen Hand auf seine Schulter. »Es bringt nichts, dir selbst die Schuld zu geben!«

Ihre Blicke trafen sich und er legte seine Hand auf Apples. »Nein, ich bin schuld, dass wir hier sterben werden!«

»Jason, wir sind auf der Yacht sicher!«, drückte sie leicht seine Schulter.

Jasons Augen weiteten sich panisch. »Wir werden sterben ... und ... ich will nicht sterben!«

Apple nahm Jason in ihre Arme und drückte ihn fest an sich. »Alles wird gut! Wir werden hier nicht sterben!«

»Ich will nicht als Jungfrau sterben ...«, schluchzte er in ihren Nacken und begann diesen zu küssen.

»Ääähm ...«, versuchte sie Jason von sich zu stossen, aber konnte sich seines klammernden Griffes nicht erwehren. »Jason ...!«

»Ich will nicht als Jungfrau sterben ...«, wiederholte er und drückte sie gegen die Wand.

»Lass mich los! Jason!«, schrie Apple und schlug verzweifelt gegen seinen Rücken.

»Hey!«

Jason hob den Kopf, drehte diesen und da stand Sarah. Ein Kissen und eine Decke in der Hand.

»Fünf Minuten habe ich sie alleine gelassen ... fünf Minuten!« Mit einem Tritt, so schnell, dass Jason es gar nicht realisierte, traf sie ihn im Gesicht und knockte ihn aus.

Apple spürte, wie der Griff sich lockerte und Jason seitwärts auf den Boden knallte.

»Was für ein Arschloch ...«, legte Sarah das Kissen und die Decke zur Seite und nahm Apple in den Arm. »Alles okay? Hat er dir wehgetan?«

»Nein ... du bist rechtzeitig wiedergekommen.«

»Sicher?«, hielt Sarah sie von sich und begutachtete sie genauer.

»Ja ... Ja ... Danke!«, lächelte Apple kaum sichtbar, zog an ihren Zöpfen und drehte sich um. »Du hättest seine Augen sehen sollen ...«

»Was meinst du?«

»Er hatte Angst, dass wir sterben! Ich glaub, er hatte Panik und war nicht er selbst!«, kniete Apple nieder und drehte den bewusstlosen, massige Körper auf den Rücken.

»Wie meinst du das?«

Apple erhob sich wieder und rückte ihre Brille zurecht. »Er ist durchgedreht ... die Angst vor dem Tod, sein Leben, die Schuld ... irgendwas in seinem Kopf hat Klick gemacht!«

»Suchst du gerade eine Rechtfertigung für das, was er versucht hat?«, legte Sarah skeptisch ihre Hände in den Nacken.

»Ja und Nein!«, zuckte Apple mit den Schultern. »Versteh mich nicht falsch ... Ich will keine Sekunde mehr mit ihm auf dem Schiff sein! Aber ich denke, ich verstehe das Warum!«

»Ganz toll ...«, seufzte Sarah. »Was machen wir nun mit ihm?«

Apple drückte ihre Arme in die Hüften. »Wir sollten ihn einsperren!«

Sarah lächelte überrascht. »Wie gut kennst du dich auf diesem Boot aus?«

Blue trat auf das Oberdeck. Die Sonne war nur noch eine kleine orange Scheibe am Ende des Horizonts, darauf wartend, dahinter zu verschwinden. An der Sitznische sass Kilian, eine Flasche vor sich auf dem Tisch und einen Joint in der Hand.

Blue setzte sich neben Kilian. »Du rauchst?«

Kilian schüttelte den Kopf. »Den habe ich gefunden, als ich nach dem Schlüssel suchte ... gehört, ich meine gehörte, Janosch!«

Blue lehnte sich zurück, verschränkte die Arme hinter dem Kopf und sog die Meeresbrise ein. »Welch ein Glück!«

Mit einem langsamen Nicken steckte sich Kilian den Joint in den Mund. »Ja ... welch ein Glück!«

Blue setzte sich gerade hin und zog die Flasche zu sich.

Paffend nahm er den Joint aus dem Mund und blies die Glut hochrot. »Aber kein verdammter Schlüssel!«

»Was ist da drin?«, konnte Blue das Etikett nicht lesen.

»Kolumbianischer Wodka ...«, zog Kilian am Joint und inhalierte. Sofort hustete er den Rauch wieder aus.

»Wooow ... langsam Junge!«, lachte Blue und nahm Kilian den Joint ab.

Kilian klopfte sich gegen die Brust und hielt hustend die Reling.

Blue zog am Joint, hustete ebenfalls, aber nicht ganz so stark. »Oh, wow ... wo hat er das Zeug her?«

»Da ...«, stiess Kilian ihn gegen die Schulter.

Der Hai schwamm längs am Boot vorbei, seine enorme Rückenflosse ragte wie ein Segel aus dem Wasser und offenbarte seinen ganzen Körper. Er erreichte mit der Schnauze das Heck, als die Schwanzflosse noch etwas vor der Mitte war.

»Wie lang ist diese Yacht noch mal?«, hustete Blue nach einem weiteren Zug.

»Fünfundzwanzig Meter ...«, konnte Kilian die Augen nicht von der Laune der Natur abwenden.

»Dann ...« Blue rechnete mit dem Joint als Zeigestab. »Ist er länger als zwölf Meter ...«

»Wie sollten wir so etwas einfangen?«, setzte sich Kilian wieder hin.

Blue steckte sich den Joint wieder in den Mund. »Du brauchst ein grösseres ...«

»Wage es nicht!«, unterbrach Kilian ihn und nahm den Joint zurück. »Das ist kein Fisch, das ist ein Monster!«

»Warum ist er immer noch hier?«, nahm Blue wieder die Flasche in die Hand.

»Dafür gibt es mehrere Gründe!« Apple und Sarah erreichten das Oberdeck.

»Ich dachte, ihr wolltet den Schlüssel suchen?«, bemerkte Apple die Flasche in Blues und den Joint in Kilians Hand.

»Wenn ihr noch eine Idee habt, wo ... auf dieser verdammten Yacht, dann bitte ...«, zog Kilian am Joint und seine grossartige Rede wurde von seinem Husten zerstört.

»Wir haben Jason eingesperrt!«, fiel Sarah ihm ins Husten.

»Was?«, liess Blue die Flasche los.

»Er hat mich angegriffen!«, senkte Apple den Blick.

»Jason? Ich bitte dich ...«, holte Kilian mühsam Luft. »Der kann doch keiner Fliege was zuleide tun.«

»Er wollte nicht als Jungfrau sterben!«, bemerkte Sarah.

Blue nahm den Joint an sich. »Wenn das nur annähernd stimmt ...«

»Sieh in dir an!«, lachte Kilian zu laut. »Wie soll der das angehen?«

»Er hat mich festgehalten, als Sarah dazwischenkam!«, erklärte Apple.

»Was heisst dazwischenkam?«, blies Blue Rauch aus.

»Ich habe ihn ausgeknockt!«, kam es trocken von Sarah.

Kilian drehte sich zu Sarah »Bitte?«

Sarah demonstrierte den Tritt in langsamer Bewegung.

»O mein Gott!«, hustete Blue aus. »Frau van Damme!«

»Du hast Jason damit getroffen?«, blinzelte Kilian.

»Er war sofort weg!«, schlug Apple die Faust gegen ihre Handfläche.

»Ihr könnt doch nicht ...«, versuchte Kilian aufzustehen.

»Meine Schwester ...«, drückte Blue Kilian wieder auf den Sitz, »... lügt nicht!«

Kilian musterte Blue.

Blue liess die Hand auf Kilians Schulter und wandte sich Sarah zu. »Wie war das mit dem Hai und warum er noch hier ist?«

Sarah setzte sich auf einen Stuhl mit dem Tisch zwischen ihr und Kilian. »Was ist da drin?«

»Spanischer Wodka!«, grinste Blue und gab den Joint an Apple weiter.

»Kolumbianischer ...«, verdrehte Kilian genervt die Augen, nahm die Flasche zu sich und öffnete sie. »Destilliert mit Chilischoten, Wodka mit einer Schärfe im Gaumen!«

Alle waren gespannt, als er einen Schluck nahm und ihn sofort wieder aushustete.

»Du bist nicht gerade ein Schwergewicht ...«, lachte Sarah, nahm die Flasche und setzte für ein paar Schlucke an.

»Langsam ...«, keuchte Kilian.

»Shit ... der ist gut!«, keuchte Sarah mit tränenden Augen und gab die Flasche an Apple.

»Eine Flasche davon kostet zwanzigtausend Dollar!«, lächelte Kilian voller Stolz.

Hustend reichte Apple die Flasche an Blue, dieser roch kurz daran und deutete mit dem Flaschenhals auf Sarah. »Du wolltest uns doch erleuchten!«

»Richtig ...« Sarah gab den Joint zurück zu Kilian. »Das Metall von dem Boot ...«

»Es ist eine Yacht ...«, korrigierte Kilian.

»Das Metall der Yacht ... setzt ein Vibrieren frei, das der Hai spürt ... wie eine Triangel, die ständig angespielt wird. Dazu weiss er, dass es hier Nahrung gibt. Der dritte und wahrscheinlich der wichtigste Punkt: Der Football, den wir auf dem Meeresboden angebracht haben. Der Hai sieht uns als Gegner und nun wartet er ab, bis wir Schwäche zeigen!«

»Ich dachte, es ist erwiesen, dass Haie keine Menschen mögen und sie uns nur essen, weil wir mit Robben verwechselt werden!«, stutzte Blue und stellte die Flasche auf den Tisch.

Sarah folgte der Flosse, wie sie an ihnen vorbeizog. »Ihre Sinne sind so viel ausgereifter als unsere ... die verwechseln uns nicht mit Robben!«

Blue rieb sich über die Arme, um die Gänsehaut zu vertreiben.

»Wenn man die sensorischen Fähigkeiten des Haies betrachtet, so ist es beinahe unmöglich, dass er uns mit einer Robbe oder einer Seekuh verwechseln könnte ...« Sarah seufzte lauter als gedacht. »Es ist Neugier ... auch wenn er uns nicht mag, er will wissen, was wir sind!«

»Und die fressen ja auch Nummernschilder, da ist ein Mensch wohl immer noch besser!«, lachte Blue.

»Wie ...«, hustete Kilian und gab das Ende des Joints an Blue, der es gleich ins Meer schnippte. »Wie gross wird so ein Hai?«

»Nun, es ist ein grosser Weisser ...«, verschränkte Sarah die Beine. »Fünf bis sieben Meter, vielleicht etwas grösser ...«

Blue nickte. »Was immer Jasons Vater da gebastelt hat ... es hat die Hölle geöffnet!«

»Fuck ...«, vergrub Kilian das Gesicht in seinen Händen.

Blue lehnte sich verschwörerisch über den Tisch zu Sarah. »Du hast ihn gesehen! Als er Janosch den Arm abbiss und deine Freundin ...«

»Und wie er Janosch geschluckt hat ...«, fuhr Sarah ihm ins Wort.

Blue räusperte sich. »Wirkte das irgendwie wie fünf bis sechs Meter?«

Sarah stutzte und vor ihrem inneren Auge schoss der Kiefer aus dem Wasser.

»Er schwamm an der Yacht vorbei ...« Blue drückte seinen Zeigefinger auf den Tisch und entfernte den anderen davon.

Sarah erinnerte sich, wie der Hai aus dem Wasser trat, um Janosch zu erwischen, die Rückenflosse, die aus dem Wasser ragte, und die Länge, seine schiere Länge.

»Das Ding ist über zwölf Meter lang … So lang wie ein verdammter Linienbus!«, flüsterte Kilian.

Als hätte der Hai auf diesen Einsatz gewartet, streifte er die Yacht beim Vorbeischwimmen und brachte sie alle etwas ins Wanken.

»Fuck …« Hielt sich Sarah am Tisch fest. »Er wird mutiger …«

»Was sollen wir tun?«, flüsterte Apple.

»Ja! Was sollen wir tun?«, lachte Jason.

Sie drehten sich zu Jason um, der in der Mitte des Decks stand. In seiner Hand hielt er eine schluchzende Yuki am Genick, aus einer Platzwunde an ihrer Stirn tropfte Blut über ihr geschwollenes Auge und in der freien Hand eine Harpune.

»Jason … was soll das?«, stand Kilian auf.

»Schön sitzen bleiben!«, grinste Jason und richtete die Harpune auf ihn.

Mit einem lauten Klick ging das Licht aus.

7

Mit dem Fuss drückte John die Tür weiter auf. Plump fiel die leere Harpune vor seine Füsse und der Rest des Arms daneben. Die junge, kurzgeschorene Frau in einem blauen Bikini lag bewusstlos vor seinen Füssen und regte sich nicht.

»Fuck …«, schulterte er das Gewehr und ging neben ihr in die Knie. »Hey … wach bleiben …«

Sie bewegte die trockenen Lippen.

»Was?«, ging er näher.

Sie bewegte nur die Lippen.

»Ich kann sie nicht verstehen …«, ging er näher, versuchte sie zu verstehen.

»Alles klar … komm!« Er legte einen Arm um ihren Rücken, ihren Arm um seinen Nacken und den zweiten Arm unter die Knie. Damit hob er sie hoch und drehte sich um.

»Mike!«, ging er zurück zur Treppe und stieg runter.

Mike hob erschöpft seine Hand. »Hier!«

»Fuck ... bleib einfach dort sitzen!«, ging er an ihm vorbei auf das Mittel-deck.

Mike streckte den Daumen hoch.

John legte sie auf das Allwettersofa. »Nur einen Moment!«, drehte er sich um zu Mike, der am Ende der Treppe sitzend den Kopf gegen seine Brust ge-legt hatte. »Mike?«

»Anwesend!«, hob er schwach einen Arm.

»Reiss dich kurz zusammen, ich hole Wasser!« John drehte sich um und rannte die Treppe runter.

Mike hob einen Daumen, ächzend hob er den Kopf und lächelte schwach. »Du hast auf mich geschossen ...«

John hielt ihren Kopf nach hinten und liess langsam Wasser in ihren Mund fliessen.

Mike sass auf der Treppe und trank alleine. »Lustig, was Frauen bewirken können!«

»Ob das so lustig ist ...«, liess er sie los. »Kannst du sprechen?

Sie nahm ihm die Wasserflasche ab und legte sich hin.

»Das war ein Nein, Amigo ...«, lachte Mike.

»Sei still und konzentrier dich darauf, nicht zu sterben!« John stand auf und nahm sein Gewehr von der Schulter.

»Autsch!«

»Ja, Autsch!«, kickte er Mike und ging die Treppe hoch. »Kriech zu ihr rüber und pass auf sie auf, ich versuche, die anderen zu finden!«

John ging zurück zum Steuerhaus, drückte ein paar Knöpfe und versuchte das Funkgerät, aber nichts reagierte. Der Raum war leer.

Damit ging er zur andern Tür und öffnete sie. Dunkelheit und eine dichte Wärme empfingen ihn.

»Hallo?«, rief er hinein, kein Echo und auch keine Antwort.

»Malena Bös schickt mich!« Wieder keine Antwort.

»Fuck ...«, stöhnte John und ging die Stufen abwärts in die seltsam riechende Dunkelheit.

»Was ist da los?« Jason warf Yuki gegen den Boden und packte die Harpune mit beiden Händen.

»Lass das!«, schrie Kilian und hielt die Hände vor sein Gesicht.

»Die Yacht hat einen Energiesparmodus!«, schrie Blue. »Wenn der Schlüssel zehn Stunden nicht im Zündschloss war, fährt sie alles runter!«

»So ein Scheiss!«, schüttelte Jason den Kopf und richtete die Harpune auf Blue.

»Wir sitzen alle hier ...«, sagte Sarah ruhig. »Wie sollten wir das Licht ausgemacht haben?«

»Es tut mir leid ...«, schluchzte Yuki, Blut tropfte aus ihrer Nase und von ihrer Stirn.

»Ja ja ... die kleine Reisfresserin hat mich rausgelassen ... keine gute Idee!«, lachte Jason.

»Ich mag keinen Reis!«, schluchzte Yuki.

»Dann steck dir so Dum-Sum-Scheisse in den Arsch!«, zielte er auf sie. »Das interessiert mich nicht!«

»Jason ...« Kilian hob die Arme. »Was soll das? Das bist doch nicht du!«

Jason lachte. »Natürlich bin das ich! Ich habe nur erkannt, dass wir hier sterben werden, und ich denke, da kann ich noch was rausholen!« Sein Blick wanderte zu Apple.

»Da lasse ich mich lieber von der Harpune töten!«, erwiderte Apple angeekelt.

»Das Eine muss das Andere nicht ausschliessen!«, zwinkerte Jason.

»Ewww!«, schüttelte Blue den Kopf. »Jetzt ist mal gut, ja! Hol dir deine verdammten Videospiele und spiel an denen rum. Wir haben hier noch immer einen Fisch zu fangen!«

Ruhe.

»Meine Mutter weiss, wo wir sind, und Hilfe ist unterwegs!«, log Kilian stotternd.

»Ihr wollt dieses Ding einfangen?«, hob Sarah fragend die Hände.

Jason gefiel das Ganze nicht und er folgte der Konversation. Er spürte, dass ihm das Momentum abhandenkam, und vergass Yuki, die neben ihm auf dem Boden lag.

Gelegen hatte.

Mit einem lauten Schrei stürzte sie sich auf ihn und schaffte es, dass er die Harpune fallen liess. Sarah war sofort auf den Füssen und unterstützte Yuki mit einem Tritt gegen sein Knie. Damit brach er ein und fiel nach vorne. Yuki schlug mit beiden Fäusten gegen seinen Kopf.

»Yuki, lass ihn los …«, hustete Kilian, während Blue die Harpune an sich nahm.

Yuki dachte gar nicht daran und musste von Sarah von dem wuchtigen Prügelberg gezogen werden.

»Sch… Ist ja gut …«, hielt sie die schreiende und strampelnde Yuki fest. »Er ist down!«

»Was machen wir mit ihm?«, fragte Kilian in die Runde.

»Lass mich los!«, kreischte Yuki und strampelte in Sarahs griffiger Umarmung.

»Wir sperren ihn ein!«, setzte sich Blue wieder und richtete die Harpune auf Jasons Nacken.

»Pass auf, dass es nicht einfach losgeht …«, ging Kilian zur keuchenden Yuki und begutachtete ihre Wunde an der Stirn.

»Ahhh …«, stöhnte Yuki ab der Berührung auf.

»Was ist passiert?«, kam Apple dazu.

»Er hat geschrien, dass er raus will, und sagte mir, er hätte sich versehentlich eingesperrt und alle seien hier oben, weswegen er nun nicht mehr rauskäme …«, linste sie zu Jason, der bewusstlos auf seinem Gesicht lag. »Er riss mir die Tür aus den Händen und schlug meinen Kopf dagegen … zwei oder drei Mal …«

»Scheisse … es tut mir leid …«

»Dann schleppte er mich durch die Gänge. Dabei schlug er mich immer wieder gegen die Wand und ich bin ein, zwei Mal weggetreten. Plötzlich waren wir auf der Treppe … und er hatte die Harpune in der Hand. Dann kamen wir hierher.«

»Einen tollen Freund habt ihr da!«, verschränkte Sarah die Arme.

»Unsere Eltern sind Freunde. Wir haben ihn auch erst kennengelernt …«, verteidigte sich Kilian.

Sarah deutete auf Yuki. »Wir sollten diese Wunde reinigen …«

Apple legte eine Hand auf Yukis Schulter. »Das müssen wir nähen!«

Kilian drehte sich zur Sitznische und Blue um. »Warten wir, bis er wach ist?«

»Hast du den Aufprall gehört? Nein, nein, den hebe ich nicht hoch!«, zielte Blue ohne aufzusehen weiterhin auf Jason.

»Jungs ... wir brauchen eine Taschenlampe!«, rief Sarah.

»Scheisse ... klar!«, öffnete Kilian den Sitz, auf dem er zuvor gesessen hatte, und nahm eine Taschenlampe hervor.

»Gut zu wissen ...«, murmelte Blue.

Kilian ignorierte ihn und brachte Sarah die Taschenlampe.

»So ... der Hai ist zwölf Meter lang«, nahm Sarah die Taschenlampe entgegen.

Kilian nickte.

»Eher noch etwas grösser ...«, rief Blue.

»Was ist mit dem ersten Hai passiert?«, fragte Apple vor der Kabinentür.

Kilian zuckte mit der Schultern.

»Abgehauen, als der grössere auftauchte ...«, seufzte Sarah, schaltete die Taschenlampe ein und drehte sich um.

»Was denkst du, wie lange deine Mutter brauchen wird ...«, flüsterte Blue, als Kilian sich wieder neben ihn setzte.

»Der Streit zuletzt war vielleicht unpassend ...«, rieb sich Kilian die Stirn. »Sie werden denken, wir sind sauer!«

Blue lachte bitter, legte die Harpune auf den Tisch und nahm die Flasche in die Hand. »Wir sind so was von am Arsch ...«

Wieder streifte der Hai das Boot und brachte es ins Wanken.

Kilian hielt sich am Tisch fest. »Wir dürfen nicht vergessen, die Nahrungsmittel zu trennen ... Frische Sachen sollten wir bald essen!«

Blue prostete zu Kilian. »Wir wollen doch schön nahrhaft bleiben ...«, und leerte die Flasche.

»Auuu!«, zuckte Yuki.

»Halt still ...« Mit zitternder Hand versuchte Apple, die Stirnwunde zu nähen, und zog den sechsten Stich. »Ich hab's gleich!«

»Du machst das gut!«, verfolgte Sarah die Prozedur gespannt, während sie die Taschenlampe hielt und den Lichtkegel auf die Wunde richtete.

»Nicht wirklich ...«, grinste Apple nervös und spielte mit ihrer Zunge am Mundwinkel.

»Es tut auf jeden Fall verdammt weh!«, zischte Yuki.

»Es ist fast überstanden!«, drückte sie Yukis Hand.

Yuki stöhnte und presste die Augen zusammen, als Apple den letzten Stich tat und den Faden durchzog.

»Wo ist eigentlich Janosch?«, fragte Yuki leise, als Apple sie mit einem Pflaster ausstattete.

Beide senkten den Blick.

»O nein ...« Sie schien sich zu erinnern und eine Träne rollte ihre Wange hinab. »Kann ich ... ich ... kann ich ihn sehen?«

Sarah drückte ihr fest die Hand und holte tief Luft. »Er ... er ist ins Wasser gefallen ... ist in Panik losgelaufen und ...«

»Der Hai hat ihn erwischt ...«, schloss Yuki und nickte. »Darum haben wir auch keinen Strom mehr ...«

»Ja ...« Apple warf die gebrauchten Utensilien in einen Müllsack. »Er hatte den Schlüssel und wir suchen nach einem Ersatzschlüssel!«

»Du weisst nicht zufällig etwas von einem Ersatzschlüssel?«, leuchtete Sarah Yuki ins Gesicht.

Yuki hob lächelnd die Hand vor die Augen. »Nein ... Aber wieso habt ihr Jason eingesperrt?«

»Er hat mich angegriffen!«, warf Apple die kleine Plastiktüte in einen Eimer neben der Trage.

Yuki schloss kurz die Augen.

»Zum Glück kam unsere Kickboxerin hier zu Hilfe!«, zwinkerte Apple zu Sarah.

»Ich mag einfach das Training ...«, lächelte Sarah schwach und stand auf. »Wir sollten nach den anderen sehen ...!«

Yuki stellte das Tablett mit den gebratenen Forellen zwischen die Kerzen. Kartoffelstock, Hühnchen, Gemüse und viel Champagner standen darum herum. Kilian sass auf dem Kapitänsplatz, umringt von den anderen.

»Was machen wir mit dem Zeug, das schlecht wird ...?«, schöpfte sich Blue Kartoffelstock auf den Teller.

»Wenn wir so weiter essen, wird nichts schlecht werden!«, lachte Kilian, schnitt eine Forelle an und gab das erste Stück Yuki.

»Bringen wir Jason etwas?« Apple schöpfte sich von der Gemüsepfanne.

Sarah lachte und wartete, bis Apple ihren Teller gefüllt hatte.

»Ich denke, der soll ein bisschen hungern!«, schmatzte Blue mit vollem Mund.

»Wie lange?«, legte Kilian Gemüse neben seine Forelle.

»Bis er zu schwach ist, um anzugreifen!«, riss Blue einen Hähnchenflügel in zwei.

»Was? Willst du ihm jetzt schon was bringen?« Yuki schenkte kichernd allen Champagner ein.

Darüber lachten natürlich alle, alle bis auf Jason, der in einer Abstellkammer eingesperrt war und jedes Wort mithören konnte. Das Treten gegen die Tür hatte er mittlerweile aufgegeben. Er verstand, dass das keinen Sinn hatte und nur sinnlose Kraft brauchte. Er verstand auch, dass sie über ihn lachten und sich auf seine Kosten vollstopften. Er wollte Rache, mehr noch, als seine Jungfräulichkeit zu verlieren, und er wusste, was er tun musste.

»Futter für Fischi ... Fischi ...«, krächzte er, doch in seinem Kopf klang es wie ein melodisches Lied. »Futter für Fischi ... Fischi ...«

9

Mike lag mit den Armen und dem Kopf auf dem Sofa, der Körper lag auf dem Deck und er versuchte wach zu bleiben. Er musste das Mädchen beschützen.

Sie war eingeschlafen und zuckte andauernd.

Mike rollte sich auf das Deck und betrachtete das Blut auf seinem Arm. »Scheisse ...« Er legte das Gewehr neben sich und riss sich den rechten Ärmel seines Shirts ab, mit dem er seine Wunde verband. Er nahm die Wasserflasche und trank ein paar Schlucke.

»Wach bleiben!«, schlug er sich selbst ins Gesicht, griff nach dem Gewehr und versuchte, die Treppe im Auge zu behalten.

John erreichte das erste Untergeschoss und blieb stehen. Es war gespenstisch still. Nur das Knarren des sich in der Sonne ausdehnenden Metalls war zu hören. Es schien fast so, als ob die Dunkelheit die Geräusche frass.

»Hallo! Ich komme, um euch zu retten!«, rief er in die Dunkelheit.

Ein Licht fiel aus einer Kabine und leuchtete ihm direkt ins Gesicht.

Geblendet blinzelte John und hielt die rechte Hand vor seine Augen. »Hey ... ich bin John, Malena Bös schickt mich!«

113

»Meine Mutter?«, senkte der Junge die Lampe. Er stank und sein Körper glänzte von einem Schweissfilm auf der Haut.

»Wenn du Malenas Sohn bist, ja!«

»Ja, bin ich! Kilian Ludwig Bös!«

»Geht es dir gut?«, fragte John.

»Nun ... ich lebe noch!«, lachte Kilian schwach und stützte sich ab. »Ich lebe und Sie sind hier!«

»Ja ... bin ich ...« John senkte sein Gewehr nicht. »Warum gehen wir nicht beide nach oben?«

»Ist er oben?«, zuckte das Licht, als wäre Kilian erschrocken.

»Wer?«, verdrehte John in den Schatten die Augen.

Kilian zitterte. »Er ...«

»Bist du auf einem Trip?«, ging John einen Schritt auf Kilian zu und der wich sofort einen zurück.

»Wir haben ihn gefunden! Mama wird stolz auf mich sein!«, flüsterte Kilian mit einem breiten Grinsen.

»Wen habt ihr gefunden?«, trat John wieder einen Schritt zurück.

»Den Fiiiiissssccccchhh ...«, hielt sich Kilian einen Finger vor die breit grinsenden Lippen.

»Da wird sie sicher erfreut sein! Ihren Sohn lebend zu erhalten vielleicht noch mehr ... komm ...«, deutete er auf die Treppe. »Lass uns hochgehen!«

»Nur, wenn er nicht oben ist!«

»Niemand ist oben!«, log John und ging einen weiteren Schritt zurück.

»Ist es hell draussen?«

John klopfte mit dem Gewehr gegen das Treppengeländer. »Das wirst du gleich herausfinden.«

»Mama ...«, flüsterte Kilian lächelnd und ging die Stufen hoch.

John drehte sich um, lauschte in die Dunkelheit und folgte ihm schliesslich die Stufen hoch.

Mike spürte einen Stich in der Schulter und genauso schnell, wie der Schmerz kam, kam auch der Brechreiz. Es reichte ihm gerade noch über die Reling und er erbrach sich ins Meer.

»Das ist nicht wahr ...«, erkannte er, dass sie nicht alleine waren. Mit den Händen gegen die Reling gepresst folgte er dem etwas zu gross geratenen

Weissen Hai, der um das Boot kreiste und langsam seine Schwanzflosse bewegte. Elegant schwamm er an Mike und beim Heck vorbei um die Yacht.

Mit Adrenalin hochgepusht drehte sich Mike um.

»Geht es dir besser?«, kam John mit einem schmutzigen Jungen herunter.

»Fuck, nein, weit davon entfernt!«, ging Mike auf John zu. »Da draussen ist ein Hai!«

»Ja, es gibt Haie hier ...«, schmunzelnde John über den Fakt.

»Fissssssssssch ...«, zog Kilian das Sch wieder in die Länge.

Mit hochgezogener Braue beobachtete Mike Kilian und drehte sich wieder zu John. »Du hast mich missverstanden ... der Hai! Ein grosser Weisser und der ist mindestens verdammte dreizehn Meter, vielleicht sogar mehr!«

John setzte Kilian auf den Boden neben dem Sofa und hielt Mike seinen Handrücken gegen die Stirn. »So schlimm?«

»Fuck, John ... sieh es dir selbst an! Diese Ausgeburt der Hölle kreist um die Yacht!«, zeigte Mike auf das Wasser.

Ungläubig ging John zur Reling und warf das erste Mal seine Augen auf den grossen Weissen Hai, der majestätisch seine Runden um die Yacht schwamm.

»Nun ...?«, stellte sich Mike neben John.

John zeigte auf Kilian. »Das meinte der Junge mit dem Fisch ...«

»Du meinst, sie haben das Monster da gesucht?«

John stellte sich vor die beiden Überlebenden. »Ob gesucht oder nicht, etwas wurde gefunden!«

»Mama, ich habe das Fischi!«, lächelte Kilian.

»Was brabbelt der Kleine da?«, hielt Mike seinen Arm und ging in die Hocke.

John zeigte über die Reling. »Dass sie das Fischi gefangen haben ...«

Mike stand auf, betrachtete den Hai, wie er sich mühelos um sein Opfer bewegte, und wiegte seine Hand. »Gefangen ist ein grosses Wort!«

»Futter für Fischi ... Fischi ...«, sang Kilian.

Sarah blinzelte. Ihr Kopf hämmerte und sie spürte, wie ihr rechtes Auge verklebt war. Die Sonne schien ihr ins Gesicht und sie hatte jeglichen Ortungssinn verloren.

Lea.

Lea öffnete eine weitere Wolke und sie erinnerte sich an den Hai. Die hervorschiessenden Zähne, die vor der endgültigen Dunkelheit auf Besucher warteten, um sie wie Chips zu zerstäuben.

»Guten Morgen ...« Die Stimme war bekannt, sie hatte aber keine Ahnung, wo sie diese nun einordnen sollte.

Der Tritt gegen die Rippen brachte sie ins Hier und Jetzt zurück.

»Na ... wieder wach?«, grinste Jason sie mit seinen gelben Zähnen und dem wuchernden Flaumbart an.

Ihre Kehle wurde trocken und sie spürte, wie die Kraft aus ihrem Magen entschwand.

Auf ihrer linken Seite waren Apple und Yuki, auf der rechten Seite Kilian und Blue. Alle waren bewusstlos und gefesselt.

Sarah versuchte sich daran zu erinnern, was passiert war, aber sie hatte einen Filmriss. Irgendwo lachten, tranken und assen sie alle, danach nichts mehr.

»Du suchst nach dem Fehler!«, lachte Jason. »Futter für Fischi ... Fischi ...«

Sarah schüttelte den dröhnenden Kopf. »Wie bist du ...?«

»Rausgekommen?« Lachend drehte Jason sich um die eigenen Achse. Sicher hatte er das Gefühl, er sähe dabei elegant aus. »Ein Magier lässt sich nicht in seine Tricks blicken!«

»Was ist los?«, kam Apple zu sich und Blue stöhnte auf der Gegenseite.

»Langsam kommt die ganze Bande wieder zusammen!«, lachte Jason triumphierend. »Futter ... für Fischi ... Fischi ...«

»Jason ... was tust du da?«, würgte Blue und erbrach sich auf dem Deck.

Sarah erkannte nun, dass sie sich auf dem Mitteldeck befanden, auf dem Janoschs Blut das Deck rot eingefärbt hatte.

»Bitte, hör auf ...«, weinte und schluchzte Apple.

»Jason ... mach dich nicht unglücklich!«, keuchte Blue noch immer würgend.

»Unglücklich ...?«, drehte sich Jason zu ihm um. »Das ist der beste Tag meines Lebens! Futter für Fischi ... Fischi ...!«

Yuki erwachte und blinzelte verwirrt.

»Hallo, Yuki!«, kickte er in ihre Rippen. Stöhnend krümmte sie sich auf den Knien zusammen.

»Lass das!«, schrie Sarah.

»Oh ...«, drehte Jason sich zu ihr um. »Willst du noch mehr?« Er drückte den Daumen in ihre brennende Wunde an der Stirn.

»Du bist doch krank!«, kreischte Apple kaum verständlich.

»Wir sind alle tot und das ist unsere Vorhölle!«, hob Jason die Arme in die Luft und schrie in den Himmel. »Futter für Fischi ... Fischi!«

Sarah suchte den Blickkontakt mit Blue, der sich erschöpft krümmte und würgend den Kopf schüttelte.

Kilian war wach und beobachtete das Geschehen wie versteinert.

Jason lachte. »Alle bereit für die grosse Show?«

Yuki und Sarah wechselten einen ängstlichen Blick.

Jason lief hinter Sarah, nahm das Seil, das vom Kran hing, und band es an ihren gefesselten Armen fest.

»Was hast du vor?«, versuchte sie ruhig zu bleiben, während Jason an ihr herumzerrte, um den Knoten zu binden.

»Futter für Fischi ... Fischi ...«, sang Jason rhythmusbefreit.

Yuki musste sich ebenfalls übergeben und krümmte sich würgend.

Sarah musste den eigenen Brechreiz, verbunden mit einer Panik, unterdrücken.

Mit einem Surren startete der Kran und nach einem kurzen Ruck wurde Sarah über den Boden gehoben.

»Was hast du vor, du kranker Hurensohn?«, schrie Blue.

Jason lächelte. »Futter für Fischi ... Fischi ...«

»So tut doch jemand was!«, kreischte Apple, bevor auch sie sich laut würgend erbrach.

»Wir werden gerettet ... Jason, hör damit auf!«, schrie Kilian.

»Spart euch euren Atem für das Fischi!«, lachte Jason und schirmte die Sonne ab, um Sarah zu sehen, die ihre geplante Höhe erreichte. Mit einem breiten Grinsen legte er einen Hebel um.

Sarah bewegte sich über das Deck, über die Reling und schliesslich war der Ozean direkt unter ihren Füssen. »Neeiiiin!«, zappelte sie am Haken.

»Futter für Fischi ... Fischi!«, legte Jason einen anderen Hebel nach oben.

Unter dem Kreischen aller sackte Sarah ab und fiel etwa neun Meter klatschend ins Wasser hinab. Das Salz brannte in ihrer Wunde, das kalte Wasser liess Sarahs Organe verkrampfen und sie hatte einen Moment Mühe, Luft in ihre Lungen zu bringen. Langsam wurde sie aus dem Wasser gehoben, bis sie knapp über der Oberfläche baumelnd stehen blieb.

»Futter für Fischi ... Fischi!«, krähte Jason und winkte Sarah mit der Fernbedienung des Krans in der Hand zu. Mit einem breiten Grinsen, wie ein Honigkuchenpferd, zeigte er an ihr vorbei.

Da war die Rückenflosse, parallel an ihr vorbei trat sie wie ein U-Boot an die Wasseroberfläche und mit einer leichten Kurskorrektur nun frontal auf Sarah zu.

»Neiiiin!«, schrie Sarah. »Neiiin!«

Der Hai drehte sich auf seine Seite und riss seinen riesigen Kiefer auf. Das pinke Zahnfleisch schoss hervor und verlängerte den Beissradius. Die Zähne schossen dabei beinahe aus dem Mund und die Augen drehten sich zum Schutz nach oben.

Im letzten Moment gab es Zug an der Leine und der Hai schoss unter Sarah durch. Ihr Fuss wurde von der Alabaster-Haut des Hais aufgerissen und Blut tropfte ins Wasser.

»Futter für Fischi ... Fischi ...«, lachte Jason und liess sie wieder ins Wasser fallen.

Nun brannte auch ihr Fuss, als stünde er in Flammen.

Weiter angestachelt durch den Fehlschlag, startete der Hai einen erneuten Angriff. Die Rückenflosse erschien wieder vor ihr und mit aggressiv durchgedrücktem Rücken wagte er seinen zweiten Versuch.

Sarah schloss in Erwartung ihre Augen. Nur verschwanden die riesigen Zähne deswegen nicht von ihrem inneren Auge. Als sie wieder Zug spürte, zog sie instinktiv die Füsse an. Wieder spürte sie die Haut des Hai an den Füssen, aber es folgte ein harter, krachender Knall und sie wurde wie in einer Schaukel nach oben geworfen.

Sarah erkannte das Blau der Yacht in ihrem Augenwinkel, als sie aus dem Nullpunkt zurückschwang und versuchte, in Fötusstellung zu gehen. Sie knallte hart mit der Schulter gegen die Seitenwand der Yacht, prallte ab und schlug mit der anderen Seite nicht ganz so hart dagegen.

Wasser drang ins Schiff, der Hai hatte die Yacht in vollem Angriff gerammt und ein medizinballgrosses Leck hinterlassen.

Jason war nicht mehr an der Reling.

Sarah schwang den Strick um ihrer Brust, hob ihr rechtes Bein durch die Schlinge und drückte sich gegen die Yacht. Mit den gefesselten Händen vor sich, die das Seil nachzogen, stieg sie an der Yacht hoch, Schritt für Schritt.

Mit dem letzten Bisschen, was ihr an Kraft übrig geblieben war, rollte sie sich über die Reling zurück an Bord.

»Sarah!«, schrie Yuki, die neben dem schon wieder bewusstlosen Jason kniete.

Sarah benutzte ihre Zähne, um die Fesseln an der Hand zu lösen. Den Blick immer auf Jason gerichtet, obwohl ihr ständig Blut in ein Auge tropfte.

»Schnell … er hat sich nur den Kopf gestossen!«, rief Apple.

Sarah löste sich von der Schlaufe um ihre Brust und nahm den Strick, der um ihre Hände war, mit zu Jason.

»Wichser!«, kickte sie den bewusstlosen Jason und begann seine Hände zu fesseln.

»Ich dachte, du wärst tot …«

Sarah knotete, wischte sich Blut aus der Stirn und zog den Knoten fest. »Wir haben ein Leck. Der Hai hat uns gerammt!«

»Fuck!«, weitete Kilian die Augen und drehte sich um. »Schnell, mach uns los!«

Sarah befreite zuerst Yuki und rannte danach zu Blue. Yuki rannte zu Apple und schliesslich befreite Sarah auch Kilian.

»Warum kam ich als Letzter?«, sprintete er die Treppe hoch und über das Deck auf die Tür ins Innere der Yacht zu.

»Du warst am weitesten weg!«, reichte Sarah ihm die Lampe und sie rannten die Stufen abwärts.

»Hey!«, schnipste John mit dem Finger vor Kilians Augen.

»Futter für Fischi ... Fischi ...«

Mike zog sich seine Mütze über den Kopf. »Wir sollten sie reinbringen, wenn sie nicht bereits einen Sonnenstich haben, holen sie sich einen!«

John wandte sich von Kilian ab. »Wir haben kein Licht, aber wir könnten sie in das Steuerhaus bringen ...«, deutete John zum Oberdeck. »Ohne Strom wird es überall heiss sein.«

Mike zeigte auf das glitzernde und reflektierende Meer. »Viel besser als hier!«

»Ich trage die Kleine hoch, du versuchst ihn zu führen!«

»Klar kriegst du das Mädchen!«, schüttelte Mike lächelnd den Kopf.

John hob sie hoch. »Du willst sie tragen?«

»Touché, mon ami, touché« Mike ging zu Kilian und nahm dessen Hand. »Komm, Kleiner, wir gehen in den Schatten.«

»Futter für Fischi ... Fischi!«

»Was meint er damit?«, folgte Mike John die Stufen hoch zum Oberdeck.

»Keine Ahnung, aber es gefällt mir nicht ...« An der obersten Stufe blickte John über seine Schulter. »Gar nicht!«

John trug sie bis zur Tür zur Steuerkabine und machte einen Schritt zurück. »Da drin werden sie zu gedämpften Huscheln!«

»Der Unterstand?«, meinte Mike den Bereich vor dem Steuerhaus.

»Muss wohl reichen ...«, schloss John mit dem Fuss die Tür.

Mike brachte Kilian dazu sich hinzusetzen und blieb neben John stehen, der die junge Frau hinlegte.

»Futter für Fischi ... Fischi.«

Mike und John wechselten einen kurzen, besorgten Blick.

»Ich gehe noch mal rein und suche das Boot ab. Vielleicht finden wir noch andere Überlebende. Du passt auf die beiden hier auf.« John zog sein Gewehr von der Schulter.

»Wo hast du die schicke Lampe her?«, deutete Mike auf die Taschenlampe, die John auf den Lauf seines Gewehrs geklebt hatte.

»Hatte der Junge dabei. Ein blendendes Erlebnis!«

Mike wischte sich Schweiss aus der Stirn. »Schau mal, ob du ein Bier findest!«

Lächelnd drehte sich John um, schaltete die Taschenlampe ein und stieg wieder in die Dunkelheit hinab.

Die Lampe auf dem Gewehr leuchtet durch die Gänge. Es war leer, es war still, es wirkte wie tot und dennoch spürte John, dass er nicht alleine war.

»Hallo!«

Nichts. Nicht mal ein Echo.

»Wir sind hier, um euch zu retten!« John richtete den Strahl der Lampe in die offene Kabine, aus der Kilian gekommen war.

»Nett ...« Der Lichtstrahl streifte einen Tisch, der mit älterem Essen gedeckt war, das schon leicht zu riechen begann. Mit dem Feuerzeug zündete er zwei Kerzen an, leuchtete durch die Ecken und verharrte mit dem Lichtkegel auf der Bücherwand.

»Ernsthaft ...?« Fasziniert über die übertriebene Zurschaustellung pustete er die Kerzen wieder aus und ging zurück in den Gang. Mit der Annahme, dass auf der anderen Seite die Küche war, ging er durch den Gang auf die nächste Kabine zu.

»Bingo!« Er leuchtete über Pfannen, einen offen stehenden Kühlschrank, geöffneten Öfen, geöffnete Schränke und einen offenen, begehbaren Kühlschrank. Der Boden war übersäht mit allerlei Lebensmitteln und es roch wohl nur darum noch nicht, weil sie nicht allzu lange hier rumliegen konnten.

Er leuchtete in den Kühlschrank, der nicht ganz ausgeräumt war. John bemerkte jedoch, dass die Regale mit dem Fleisch leer waren.

Irgendwo klimperte etwas und John drehte sich um. Das Geräusch war zu leise, um aus nächster Nähe zu kommen, vermutlich nicht von dieser Etage.

»Hallo!«, ging er aus der Küche zurück in den Gang.

Nicht wirklich auf eine Antwort wartend, ging John die Treppen abwärts und blieb auf der letzten Stufe stehen. Er leuchtete durch die Gänge. Vermutlich der Schlafbereich, hier waren deutlich mehr Kabinen als oben. Er bemerkte eine Treppe, die noch weiter runter führte, ging jedoch um das Geländer herum und auf die etwas grössere Tür zu.

»Futter für Fischi ... Fischi.«

»Du läufst das tot, mein Freund ...«, seufzte Mike und rieb sich die Augen.

Kilian starrte ihn plötzlich reglos an.

»Ein Moment der Klarheit? Deine Mutter schickt uns!«, lächelte Mike.

Kilian hatte die Augen weit geöffnet und den Mund hart zusammengepresst, die Lippen bilden dabei nur feine Linien.

»Okay ...« Mike entsicherte das Gewehr und ging ein paar Schritte zurück. »Ganz ruhig!«

Kilian bewegte sich nicht und blieb nach vorne gebeugt sitzen.

Mike hielt seine Position und hoffte einfach, dass er das Goldkind nicht erschiessen musste.

An den Wänden der Kabinen, auch über den Türen, stand in krakeliger Handschrift der Singsang. »Futter für Fischi ... Fischi!«

»*The Shining Jaws* ...«, drückte John die etwas schwere Tür auf und trat in ein Lager. Neben einer Matratze an der linken Wand lag und hing hier die Ausrüstung für so ziemlich alles, was man mit der Yacht ansteuern konnte. Zu Lande oder im Wasser, nur ein Haikäfig schien zu fehlen. Neben der Matratze befanden sich zwei Taschen. Beide, wie John nach einer kurzen Durchsuchung herausfand, beinhalteten einen Geldbeutel. Neben einem kleinen Fotoalbum aus der schwarzen Tasche legte er alles auf die Matratze.

»Life-Love«, las John laut und öffnete es. Zwei junge Frauen, offensichtlich ein Paar, waren auf den meisten Fotos zu sehen, auf den anderen war zumindest je eine von den beiden, da die andere wahrscheinlich das Bild geschossen hatte.

Viele Bilder zeigte sie in einem Taucheranzug und auf dem letzten Bild standen sie in Siegerpose vor einem Tauchshop. *Los Divas Locos* stand auf dem Schaufenster.

John steckte das Album zurück in die Tasche und nahm die Ausweise aus den Geldbeuteln. Beides Schweizerinnen: Lea und Sarah.

»Worauf habt ihr euch da nur eingelassen ...«, steckte er die Ausweise in seine Tasche und ging zurück in den Gang.

»Hallo?«, schritt er an der Treppe vorbei und blieb in der Mitte des Ganges stehen. »Hallo?«

John spielte mit der Idee, die Kabinen zu durchsuchen, aber es schien unwahrscheinlich und zu gefährlich, also ging er zur letzten Treppe. Langsam, mit dem Lichtkegel vor seinen Füssen, ging er die Stufen abwärts.

»Motherfucker ...«, lachte John und leuchtete durch die Kommandozentrale. Er begutachtete die Glaswand in der Mitte und strich mit einem Finger über das riesige Display. Drei Stühle, ein klebriger Boden und die dazugehörende leere Cola-Flasche, jedoch keine Menschenseele.

Neben der Treppe lag ein weiterer Gang, der nach ein paar Metern rechts abbog und mit einer schweren Tür endete.

Mit dem Verdacht, ein weiteres Lager zu finden, streckte John langsam die linke Hand nach der metallenen Verriegelung aus.

»Das sollten Sie nicht tun!«

John drehte sich um und leuchtete auf die beleibte Figur mit dem wirren Haar, die einem Comic entsprungen schien und mit der Hand das Licht abdeckte.

»Wer bist du?«

»Sie sind auf meiner Yacht, das sollte ich Sie fragen!«

John entsicherte das Gewehr. »Ich wurde von Malena Bös geschickt!«

»Sie?«, wechselte er die Hand.

»Ich wär auch lieber woanders!«

»Sind Sie so was wie Han Solo?«

»Du bist Jason ...«, bewegte sich das Gewehr keinen Millimeter.

»Das ist ein Bingo ...«, lachte Jason.

»Bingo ...«, verbesserte John

»Wie?«, stutze Jason.

»Wir sagen nur: Bingo!«

Jason senkte die Hände und grinste in den Lichtkegel. »Wer ist wir?«

»Alle anderen!«

Jason blinzelte, hielt aber die Augen offen, was John irgendwie den Magen umdrehte.

»Also, du bist Jason ... ich habe oben ein getrocknetes, blutverschmiertes Deck, eine bewusstlose Frau und Malenas Sohn ... der irgendwo sein Gehirn verbrannt hat, und du stehst hier ...«, leuchtete John auf die dreckigen Unterhosen und wieder aufs Gesicht, »und machst einen auf Cape Fear!«

»Ich mag Robert ...«, lächelte Jason.

John nickte. »Alle mögen Robert, darum geht es nicht!«

»Nun, Kilian hat den Verstand verloren ... er wollte uns alle an den Hai verfüttern!«, erklärte Jason. »Er dachte wohl, der Hai ist ein Gott oder so ...« Jason wischte sich über den feuchten Mund. »Der Kapitän, die Serviceangestellte, die Taucherinnen und mein Freund Blue wurden von dem Hai gefressen!«

»Ist das so?« John spürte, dass an dem Schmutzfink etwas nicht stimmen konnte, verstärkte den Griff um das Gewehr und liess seinen Ellbogen locker, um dem Spinner sofort in die Schulter zu schiessen.

Jason lächelte. »Natürlich, er ist gross und braucht viel Nahrung!«

»Ich dachte, Haie stehen mehr auf Seehunde!«

»Er ist anders! Er liebt uns, er ...«

»Alright ...«, unterbrach John ihn. »Ich denke, ich habe genug gehört ... umdrehen!«

»Dabei haben Sie sich noch nicht mal vorgestellt!«, grinste er mit seinem flaumigen schwarzen Bart.

John drehte sein Gewehr und schlug Jason den Kolben gegen das Knie. Mit einem lauten Schrei sank Jason auf den Boden, das Gewehr schon wieder gedreht gegen seine Stirn gedrückt.

»Umdrehen!«, wiederholte John.

»Warum muss man immer gleich schlagen ...« Heulend drehte er sich um.

»Hände auf den Rücken!«

Jason gehorchte mit einem leisen Schluchzen.

»Finger ineinander!«

Er tat, wie befohlen.

John holte den Kabelbinder hervor, legte ihn um die fleischigen Handgelenke und zog ihn zusammen.

»Ahhh!«, heulte Jason. »Das tut weh!«

»Aufstehen!«

»Es tut weh!«, klagte Jason.

»Dann kommst du auf keine dummen Gedanken!«, drückte er Jason das Gewehr in den Rücken und brachte ihn dazu, unter Tränen aufzustehen.

Kilian hatte sich nicht bewegt, sass noch immer mit den zusammengepressten Lippen da und starrte Mike an oder vermutlich an Mike vorbei.

Irgendwann, Mike verlor das Zeitgefühl beim bewegungslosen Duell in der Hitze der Sonne auf dem Ozean, hörte er Schritte. Schweissperlen hielten schon lange ein Rennen auf seinem Gesicht ab und es wuchs die Hoffnung auf ein Bier, um seine Kehle zu befeuchten.

»Es ist heiss hier draussen!«, klagte eine Stimme aus der Dunkelheit hinter der Kabinentür, bis der Bär mit schwarzem Flaumbart, abstehendem Haar, schwarzer Weste und schmutziger Unterhose hervortrat. Die Hände hinter dem Rücken gefesselt und das Gewehr von John im Kreuz, kam der weinerliche Koloss auf sie zu.

»Wer ist das?«

»Jason ...«, stiess John ihn gegen die Wand und setze ihn neben Kilian. »Der Sohn von diesem Lasser ...«

»Dem Erfinder?«, stutzte Mike, dem diese Information entgangen zu sein schien.

»Woher soll ich das wissen ...?«, wischte sich John über den schweissnassen Kopf.

»Das ist mein Vater ...«, stöhnte Jason. »Können Sie nicht ...«

»Du redest nur noch, wenn du gefragt wirst!«, richtete John sein Gewehr auf Jasons Gesicht.

Jason schloss seinen Mund.

»Komm mal mit ...«, zog er an Mikes Arm und ging zur Sitzecke auf dem Oberdeck.

»Hast du kein Bier gefunden?«

»Da unten sieht es aus wie nach Sodom und Gomorrha!«, flüsterte John, die drei Überlebenden im Blickfeld.

»Hat er geredet?«

»Jason hat gesagt, dass Kilian durchgedreht ist ... Er habe die anderen dem Hai zum Frass vorgeworfen!«

»Er ist schon etwas neben der Spur ... aber glaubst du, das stimmt?«

John zuckte mit den Schultern. »Kilian hatte Angst, nach oben zu kommen ...«

»Wovor?«

John zuckte erneut mit den Schultern und steckte sich eine Zigarette in den Mund. »Falls es stimmt, wäre das Mädchen dort Apple.«

»Apple?«, stutzte Mike.

»Was weiss ich ...«, zog John an der Zigarette. »Hier ...«, und gab Mike die Ausweise, »die Taucherinnen: Sarah und Lea!«

»Die sind beide sehr jung!«, studierte Mike die Ausweise.

»Ich habe ein Foto gesehen. Sie trägt Sarahs Bikini!«, zeigte er auf die bewusstlose Apple.

Mike drehte sich um. Jason und Kilian blickten reglos in seine Richtung. »Wollt ihr uns sagen, was hier passiert ist, oder müssen wir Detektiv spielen?«

Keine Antwort, Kilian und Jason sassen einfach nur so da.

»Irgendetwas ist hier passiert und der Hai hatte nicht viel damit zu tun«, schulterte John sein Gewehr. »Wir fesseln auch Kilian, dann gehe ich zu *Bruce* und versuche, Malena Bös zu erreichen!«

»*Bruce 1409* an Ozeanium!« Das Satelliten-Funkgerät störte und hatte Mühe, ein stetes Signal zu halten.

»*Bruce 1409* an Ozeanium!«

»Ozeanium an *Bruce*!«

»Wir haben Ihre Yacht gefunden!«

»Sehr gut, wie ist der Status?«

John betrachtete für einen Moment das Funkgerät in seiner Hand und formte ein Wow lautlos mit seinen Lippen. »Die Yacht ist in Schieflage, aber scheint nicht zu sinken. Kein Strom. Kein Kapitän. Bisher haben wir Ihren Sohn Kilian, Jason und Apple gefunden!«

»Was ist mit den anderen?«

»Bisher kein Lebenszeichen. Laut Jasons Aussage wurden sie von einem Hai getötet!« Nun wartete John nur auf den typischen, weinenden dramatischen Ausbruch.

»Sie haben den Hai gefunden?«, war nicht die Reaktion, die er erwartet hatte.

»Sie sollten diesen Hai finden?«

»Wie gross ist er?« Keine Spur der Sorge in der Stimme zu erkennen.

»Etwa dreizehn Meter ...« John warf einen betroffenen Blick zur Yacht. »Sieht aus wie ein verdammtes Tram!«

Für einen Moment war es ruhig, als wäre die Verbindung gekappt worden, aber John hatte so den Verdacht, dass es an seinem Vergleich lag.

»Hören sie, Crime! Die Toten werden Ihnen kein Geld einbringen, aber der Hai, gefangen, schon!«

John baute so etwas wie Selbsthass auf, bevor die Worte aus seiner Kehle krochen. »Wie viel?«

»Fünf Millionen Schweizer Franken, wenn Sie mir den Hai lebend liefern können!«

John stützte sich ab und schluckte.

»Weitere drei Millionen, wenn Sie uns den Football wieder beschaffen!«

John blinzelte. »Den was?«

»Der Hai wurde angelockt durch den Football. Ein Sonargerät, das wir entwickelt haben und wieder brauchen!«

John hoffte, er befand sich im falschen Film.

»Crime?«

Nein, schrie der kleine Mann auf seiner linken Schulter. Nein, schrie der kleine Mann auf seiner rechten Schulter. So böse war John nicht, dass diese Entscheidung für sein Gewissen schwer sein konnte und er antwortete: »Deal ...«

»Gut ... nur um Sie zu motivieren, Herr Crime: Falls Sie nicht liefern können, werden Sie wohl einen Unfall erleiden oder einfach verschwinden!«

John verdrehte mit einem schwachen Lächeln auf den Lippen die Augen.

»Haben wir uns verstanden?«, fragte Malena ungeduldig.

»Natürlich ...«, räusperte sich John.

»Dann höre ich von Ihnen!«

Die Verbindung wurde unterbrochen.

»Same shit – different day ...«, hängte John das Funkgerät wieder an die Gabel und wischte sich mit der Handfläche über das Gesicht. Unter dem Tisch nahm er seine Umhängetasche hervor, packte ein paar Kugeln für die Gewehre ein und ging wieder zurück zur Yacht.

Mike hörte, wie John die Stufen hochkam, diese Information reichte und er behielt die zwei Jungs in Schach.

»Mike, wir haben ein Problem ...«, blieb John neben Mike stehen.

»Nur eines?«, grinste Mike, als hätte nicht er die Harpune abbekommen.

»Ein echtes ...« John richtete mit einer Hand das Gewehr auf Kilian. »Seine Mutter will den Hai!«

»Futter für Fischi ... Fischi«, sangen Jason und Kilian.

»Genau ... irgendwas ist hier Fischi ...«, zog John das Gewehr zurück und wandte sich Mike zu.

»Und irgendein Gerät, das sich auf dem Grund befinden soll ...«, schloss John.

»Und was machen wir?«

»Es geht um viel Geld! Für den Hai und dieses Gerät ... den Football!«, zuckte John mit den Schultern. »Sollten wir uns weigern oder versagen, war es das Letzte, was wir getan haben ...«

»Charmant ...«, grunzte Mike.

John ging nach links zur Steuerkabine. Rechts unter einem Tisch lag ein kleiner Kasten, der mit Werkzeug bestückt war. Diesen nahm er mit und ging wieder zurück.

»Die Yacht hat ein Zündschloss, kannst du es kurzschliessen?«, stellte er den kleinen Kasten aufs Deck.

»Natürlich!«, nickte Mike.

»Wir brauchen die Yacht funktionsfähig, um den Hai zu fangen ... falls der Kran hält!«, musterte John den Kran auf dem Deck unter ihnen.

Mike nahm den kleinen Kasten und trug ihn zurück in das Steuerhaus.

John richtete das Gewehr auf die Jungs. »Die Kleine ist also Apple ...«

Jason grinste.

»Du bist der Computertyp? Jason.«

Keine Regung.

»Dann war dein Aufgabenbereich bestimmt in dem Raum mit dem *Minority-Report*-Ding in der Mitte? Diese grosse digitale Fensterwand!«

John vernahm das kleine Zucken in Jasons Mundwinkel, das dieser selbst nicht bemerkte.

»Das bedeutet, es war deine Colaflasche ...«, lächelte John über beide Backen. »Ist deswegen der Funk ausgefallen? Und der Strom?«

»Es war nicht meine Schuld!«, schrie Jason.

»Also war es deine Cola ...«, nickte John. »Hast du den Hai deswegen nicht gesehen?«

»Oh, ich habe ihn gesehen ... deswegen habe ich die Scheisse doch verschüttet!«, verteidigte sich Jason.

»Was ein piepender Punkt auf deinem Schirm war, oder?«

»Ein verdammt grosser Punkt!«, versuchte er dem Ganzen etwas mehr Gewicht zu verleihen.

John lachte. »Du bist ein erstklassiges Arschloch! Wow, ein Punkt ... ein piepender Punkt auf einem grünen Monitor!«

»Es war nicht meine Schuld!«, schrie Jason mit hochrotem Kopf.

»Es ist nie deine Schuld ...!«, schüttelte John den Kopf und lachte bitter.

»Futter für Fischi ... Fischi«, kam von Kilian.

»Was hast du dem gegeben? LSD?«, fragte John.

Mit einem lauten Dröhnen nahm die Yacht ihren Dienst wieder auf. Klickend ging das Licht im Steuerhaus an. Mike winkte breit grinsend und streckte den Daumen hoch.

»Dann bringen wir doch mal Licht ins Dunkel …«, lächelte John und zwinkerte Jason zu.

12

Kilian liess sich ins Wasser fallen und sass so bis zu den Rippen im Wasser. Er legte einen Arm um seinen Nacken und atmete schwer. Sarah und Blue hatten die Arme in die Knie gedrückt und rangen nach Luft.

»Wir haben es tatsächlich geschafft?«, keuchte Apple neben dem reparierten Leck, das dicht zu sein schien.

»Fürs Erste …«, meinte Kilian, noch immer schwer keuchend, nun beide Hände im Wasser.

»Wir haben noch ein anderes Problem!«, stand Sarah auf.

»Ja, Jason …«, winkte Kilian ab.

Sarah drehte sich um. »Nein, Jasons Helfer!«

»Helfer?« Yuki kam mit einem Tablett und einem Krug Eistee in den Lagerraum im Untergeschoss. Trotz des geflickten Lecks stand es unter Wasser und brachte die Yacht in Schieflage.

»Keiner …«, kämpfte Blue noch immer nach Luft. »… würde diesem Spinner helfen!«

»Wirklich nicht!«, bekräftigte Kilian.

Apple sagte nichts und Yuki schenkte allen ein Glas Eistee ein.

»Er wird kaum alleine aus der Kammer gekommen sein …!«, trank Sarah einen Schluck von ihrem Eistee.

»Vielleicht war der Knoten zu locker …«, zuckte Kilian mit den Schultern.

Sarah lächelte. »Abgesehen davon, dass ich ihn geknotet habe, war die Tür verschlossen!«

»Also einer von uns ist auf Jasons Seite?«, nahm Blue die Lampe wieder vom Regal und leuchtete von Kilian zu Apple und zu Yuki, bevor er auch Sarah anleuchtete.

»Und hat uns betäubt …«, ergänzte Apple.

Yuki stellte ihr Glas aufs Tablett. »Deswegen musste ich auch kotzen …«

»Ihr habt euch alle übergeben …«, nickte Sarah. »Nur ich nicht …!«

»Dann bist du die Helferin?«, unterbrach Kilian sie.

Sarah deute auf die Wunde an ihrer Stirn. »Ich wurde auf die altmodische Art betäubt!«

»Wir haben alle gekotzt?«, wanderte der Lichtkegel durch Blue von Gesicht zu Gesicht um. »Und wer hat sich dann selbst betäubt?«

»Oder Jason hat das am Schluss übernommen ...«, mutmasste Apple.

»Dann könnte es jeder gewesen sein und jeder war es nicht ...«, schloss Yuki. »Vielleicht sollten wir alle besser wieder nach oben gehen, bevor hier Shakespeare stattfindet.«

»Wie?«, stutzte Kilian.

»Sonst endet es wie in *Reservoir Dogs*!«, erklärte Blue.

»Ahhh.« Kilian stand aus dem Wasser auf.

»Gut ... gehen wir hoch für den Fall, dass er doch Houdini ist!« Blue leuchtete noch mal ins Lager, schloss die Tür und folgte den andern.

Jason lag noch immer auf dem Mitteldeck und schien weiterhin bewusstlos zu sein.

Kilian blieb auf dem Oberdeck und setzte sich an den Tisch.

»Wollen wir Jason nicht wegbringen?«, blieb Blue am Treppenabsatz stehen.

»Weswegen?«, schüttelte Kilian den Kopf und streckte sich zum blauen Himmel.

Apple setzte sich auf einen der Stühle gegenüber von Kilian. »Er hat recht!«

Sarah betrachtete das Paket auf dem getrockneten Blut des Mitteldecks.

»Was meinst du?«, drehte sich Blue zu Sarah um.

Sarah zuckte mit den Schultern. »Er wollte mich an den Hai verfüttern ...« Sie hielt den anderen ihren zerschnittenen und entzündeten Fuss hin.

»Scheisse!«, sprang Apple auf. »Das müssen wir verarzten!«

»War das der Hai?«, hielt Yuki ihr Fussgelenk hoch. Sie und Blue musterten die Schnitte beinahe schon interessiert.

»Seine Haut ... er hat mich knapp verfehlt! Und natürlich das Salz beim Reparieren des Lecks ...«, hielt sich Sarah an der Reling fest. »Er war mir so nahe, dass ich die Zähne schon spürte ...«, schauderte sie.

»Los, Mädchen, das infiziert sich!«, nahm Apple sie bei den Schultern, griff nach der Taschenlampe und stiess sie wieder in die Yacht.

Blue und Yuki setzten sich zu Kilian. »Das sieht ja heftig aus ... wie mit einem Kartoffelschäler!«

Kilian, statt Yuki zu antworten: »Hast du den kolumbianischen Wodka schon mal probiert?«

»Hat der Kokain drin?«, lächelte Yuki.

»Diese Vorurteile ...«, lachte Kilian und stand auf. »Nein, kein Kokain. Warte, ich hole eine Flasche!«

»Dabei könnte ich etwas Schnee brauchen ...«, seufzte Yuki.

Blue lachte bitter und liess seinen Blick auf das spiegelglatte Meer schweifen. »Dem kann ich mich nur anschliessen ...«

Yuki lachte kurz, räusperte sich und schüttelte schliesslich den Kopf.

»Hast du ihn schon gesehen?«, flüsterte Blue verschwörerisch.

Misstrauisch hob Yuki eine Augenbraue. »Was ... gesehen ...?«

»Den Hai ...«, deutete er auf das Meer.

»Nein ... ich ...«, schüttelte sie den Kopf.

Blue stieg auf das Ecksofa bei der Reling und kniete sich hin. »Da, der Hurensohn schwimmt um uns herum!«

Yuki blieb neben dem Sofa stehen und hielt sich an der Reling fest. Ihre Augen weiteten sich und ein Lächeln huschte über ihre Lippen. »Wooow ... diese Anmut!«

»Anmut?« Blue schüttelte den Kopf. »Das ist der perfekte Killer! Schau dir an, wie verdammt gross er ist!«

»Ein Wunder der Natur!«, nickte Yuki fasziniert und folgte dem Hai, als er um die Yacht kreiste.

»Du bist etwas zu fasziniert von der Kreatur, die uns sehr wahrscheinlich fressen wird!«, kratzte sich Blue den Hinterkopf.

»Wir stehen nicht über dem Tier ... Wie sich sein Körper bewegt, wie er beinahe kraftlos vorwärtsgleitet und diese Grösse. Er ist fast so gross wie ein Wal!«

»Ja, und ich scheiss mir fast in die Hose dabei, auf einem sinkende Schiff zu sitzen, um das dieses Monster *Reise nach Jerusalem* schwimmt!«

»Fressen und gefressen werden, Blue!«, liess Yuki von der Reling ab. »Haie fressen keine Menschen, das wurde oft bewiesen. Sie denken, wir wären Seehunde ... aber sollte mich diese Majestät zu sich nehmen, es wäre mir eine Ehre!«

»Du bist auf einmal eine ganz schräge Frau geworden!«, lachte Blue und setzte sich wieder hin.

»Sooo ...«, kam Kilian zurück, drei Becher und die Flasche in den Händen.

»Und das ist nun Wodka?«, liess sich Yuki auf den Stuhl ihnen gegenüber nieder. »Aus Kolumbien?«

Kilian setzte sich und teilte die Becher aus. »Destilliert mit Chilischoten!«

»Aha ...«, nahm Yuki einen Becher und roch daran.

»Schmeckt *sensacional* ...«, griff Blue seinen Becher und wartete auf Kilian.

»Die Flaschen sind so teuer, dass nur hundert pro Jahr produziert werden!«, lachte Kilian und hielt seinen Becher hoch.

»Ist es nicht eher umgekehrt? Sie ist so teuer, weil so wenige produziert werden?«, fragte Yuki und sie stiessen alle zusammen an.

Yuki trank einen Schluck und verzog die kleine Nase. »Das fühlt sich komisch an!«

»Die Schärfe!«, lachte Blue und stellte seinen leeren Becher Kilian hin.

Yuki leerte ihren Becher. »Sollten wir zusammen trinken, während wir nach dem Maulwurf suchen?«

Blue lachte. »Ich denke nicht, dass es jemand von uns dreien war!«

Kilian prostete. »Sehe ich auch so ... Apple oder die Taucherin!«

Yuki stutzte.

»Wegen Apple hat das Ganze ja angefangen. Was, wenn es von Beginn an sie war?«, zuckte Kilian mit den Schultern und nahm die Flasche, um Yuki neu einzuschenken.

Yuki lehnte ab.

»Nein, meine Schwester nicht!« Blue trank einen grossen Schluck. »Aber habt ihr Sarahs Blick gesehen, nachdem ihre Freundin gefressen wurde?«

»Jason wollte sie an den Hai verfüttern!«, warf Yuki ein.

»Vermeintlich ... das haben wir nicht gesehen, dass hat sie uns erzählt!«, schwenkte Kilian zufrieden seinen Becher.

»Was soll er sonst mit ihr gemacht haben?« Yuki deutete aufs Meer hinaus. »Das macht alles so gar keinen Sinn ...«

»Sogar eine Menge, wenn du darüber nachdenkst!«, hob Kilian den Becher zu Blue.

Blue schüttelte den Kopf, den Becher wieder leer vor sich auf dem Tisch. »Nein ... irgendwie nicht!«

Apple verband Sarahs Fuss in der Krankenstation. Sarah hielt die Taschenlampe und leuchtete für Apple.

»Wir sind etwas oft hier drin!«, murmelte Sarah.

Seufzend festigte Apple den Verband. »Und es sieht nicht wirklich so aus, als wäre Besserung in Sicht ...«

»Was meinst du?«, betrachtete Sarah ihren Fuss.

Apple setzte sich auf und wischte sich die Hände mit Feuchttüchern ab. »Ich kann es keinem zutrauen ... Yuki kenne ich nicht, aber ...«

Sarah nickte. »Ja ... bleiben dein Bruder und Kilian!«

Seufzend setzte sich Apple neben Sarah. »Ich liebe meinen Bruder, aber er ist etwas labil ...«

»Hast du Kilian kotzen sehen?«, fragte Sarah, ohne auf Blue einzugehen.

Apples Augen gingen nach rechts oben.

»Auf dem Deck heute Mittag, als wir wach wurden ...«, flüsterte Sarah.

»Ich ... ich weiss es nicht!«, versuchte Apple sich zu erinnern.

»Ich habe euch alle kotzen sehen, ihn nicht!«, stieg Sarah von der Liege und versuchte den Fuss zu belasten.

Apple folgte ihr, übernahm die Lampe und stützte Sarah beim Verlassen der Krankenstation.

Mit einem zufriedenen Grinsen schenkte sich Kilian nach, nahm von Yuki eine Zigarette und stiess Blue gegen die Schulter. »Wenn alles drum herum nicht wäre, hätten wir hier eine gute Zeit!«

»Geniess den Augenblick, oder wie?«, stützte Apple die hinkenden Sarah.

»Alles gut, kleine Schwester, alles gut!«, prostete Blue.

»Futter für Fischi ... Fischi ...«, krähte Jason vom Mitteldeck.

»Sie an, unser Psycho ist wach!«, humpelte Sarah zur Treppe.

»Wie geht es deinem Fuss?«, fragte Yuki.

»Ich werde es überleben ...«, liess Sarah die Treppe hinter sich und setzte sich an den Tisch.

»Kolumbianischer Wodka?«, hielt Kilian ihr seinen Becher hin.

Sarah lehnte ab. »Danke, von dir nehme ich nichts zu trinken an!«

Blue lachte laut und klopfte mit Tränen in den Augen auf den Tisch.

Kilian schenkte sich mit einem verkrampften Lächeln selbst nach. »Willst du damit sagen, ich hätte Jason geholfen?«

Sarah schüttelte den Kopf und verschränkte die Arme. »Noch nicht, nein!«

»Noch!« Kilian, übertrieben beeindruckt, zwinkerte zu Blue. »Noch nicht ...« Lächelnd traf sein Blick auf Sarahs. »Das ist die Yacht meiner Mutter!«

»Und der Junge dort unten wollte mich dem Hai zum Frass vorwerfen!«, zeigte sie zur Treppe.

»Hast du gekotzt?«, fragte Apple.

»Was?«, stutzte Kilian.

»Als wir aufgewacht sind, haben wir alle gekotzt, weil wir betäubt wurden ...«, erläuterte Apple.

»So eine Scheisse ...«, füllte Kilian seinen Becher. »Natürlich habe ich gekotzt, Blue hat es gesehen. »Sie hat nicht gekotzt!«, zeigte er schliesslich auf Sarah.

»Ich habe nichts gesehen ...«, schüttelte Blue den Kopf.

Sarah hob ihre Strähnen und offenbarte ihre Wunde. » Ich habe ein anderes Andenken!«

»Nun seid ihr alle gegen mich, den Besitzer dieser Yacht? Das ist nicht die scheiss *Bounty*!«, lehnte sich Kilian zurück und trank seinen Wodka.

»Es ist schon etwas seltsam ...«, stellte Blue seinen Becher ab.

»Sehe ich aus, als wäre ich wahnsinnig?«, klopfte Kilian mit der flachen Hand auf den Tisch.

»Futter für Fischi ... Fischi«, krächzte es vom Mitteldeck.

»Vielleicht keine schlechte Idee ...«, murmelte Kilian und sprach Yuki an. »Wie viel von dem Betäubungsmittel haben wir noch?«

»Um damit deine vorherige Frage zu beantworten ... Ja, Kilian, ich denke, du bist wahnsinnig«, verwarf Blue die Hände.

»Halt mal den Rand!«, winkte er Blue weg. »Das Fleisch verfault doch da unten. Wir könnten das Mittel einspritzen und dem Hai vorwerfen!«

»Und dann?«, konnte Sarah nicht folgen.

»Dann haben wir den Hai, wenn die Rettungstrupps ankommen!«, lachte Kilian sie gewinnend an.

»Wenn du den Hai betäubst ...«, seufzte Yuki, »wird der Hai sinken und ersticken!«

Kilian blinzelte.

»Ja ...«, nickte er langsam und deutete schliesslich auf den Kran. »Deswegen haben wir den da! Wenn der Hai betäubt ist, taucht Sarah ...«

Sarah unterbrach ihn mit einem energischen Kopfschütteln. »Ich tauche nicht mehr da runter!«

»Du bist dafür angestellt, genau das zu tun!«, grinste Kilian.

Sarah nahm ihr Kopfschütteln wieder auf. »Damit wir Bilder und Ferien machen können ... keine Bilder, aber eine gefressene Partnerin! Ich tauche da nicht mehr runter!«

»Kilian ... ernsthaft!«, drehte Blue ihn an seinem Arm zu sich. »Das ist keine gute Idee!«

»Futter für Fischi ... Fischi!«

Sarah verdrehte die Augen und seufzte genervt.

»Wir könnten den Hai in den nächsten Stunden betäuben!«, erhob Kilian die Stimme.

»Und wenn er aufwacht und noch an unserem Kran hängt?«, fragte Apple ihren Bruder.

»Hörst du das?«, deutete Blue auf seine Schwester. »Was machen wir, wenn die Rettung noch nicht hier ist und der Hai wacht auf?«

»Aus etwas, das er nicht kennt ...«, fügte Yuki hinzu. »Dazu hängt er fest!«

»Seid doch keine Schisser ...«, hob Kilian die Flasche zu den Lippen. »Das ist nur ein Fisch!«

»Er wird die Yacht zerreissen! Kilian, das ist eine Maschine mit einer Kraft, die du dir offensichtlich nicht vorstellen kannst!«, stöhnte Blue.

Yuki lachte leicht in sich hinein.

»Was bringt dich dazu, hier einen auf Anime zu machen?«, blitzte Kilian sie an.

»Der weisse Mann und die Natur ... du findest es, du zerstörst es!«, blitzte Yuki zurück.

»Wow ...«, lachte Kilian. »Und nur so nebenbei, wir wollen ihn einfangen, nicht töten!«

»Das zerstört den Geist dieses Tieres ... er lebt seit Jahrzehnten in der Freiheit und dann kommt der weisse Mann. Der will ihn einfangen, einsperren und zur Schau stellen!«

»Du beschreibst den Film *King Kong*!«, schnippte Kilian stolz.

Blue und Sarah vergruben das Gesicht in den Händen. Apple und Yuki wechselten einen schockierten Blick.

»Was?«, stutzte Kilian mit einem unsicheren Lächeln.

» Du hast ihr gerade recht gegeben ...«, rief Blue schon fast.

»Was habe ich ...?«, verstand Kilian nicht, was gerade geschah.

»Also, es ist entschieden: Wir werden den Hai nicht fangen und versuchen einfach, nicht von ihm gefressen zu werden«, schloss Blue.

»Und wir sollten entscheiden, was wir mit Jason machen!«, setzte sich Apple auf.

»Lassen wir ihn liegen!«, lächelte Sarah.

»Keine Option ...«, verneinte Kilian. »Wir haben nichts als Vermutungen!«

»Vermutungen?«, gefror Sarahs Lächeln.

»Apple, Yuki, du ... wir haben nie was gesehen, immer nur gehört!«, erklärte Kilian.

»Was laberst du da?«, schrie Blue.

»Dass wir nicht beweisen können, dass Jason irgendwas getan hat!«, klopfte Kilian auf den Tisch.

Blue lachte bitter und lehnte sich zurück.

»Habe ich das hier etwa selbst getan?«, zeigte Yuki auf die Wunde an ihrer Stirn.

»Warum sollte er dich schlagen, wenn du ihn rauslässt? Yuki, du hast dich nur von Verdächtigungen leiten lassen!«

»Kilian ... sie war auf der Krankenstation ... sie hat das nicht mitbekommen, weil sie bewusstlos war!« Blue griff sich wieder an den Kopf. »Du bist so ein Idiot!«

»Das sagen die Frauen uns, aber beweisen tut das nichts!« Kilian erhob sich und stützte die Hände auf der Tischplatte ab.

»Das denkst du wirklich?«, fragte Apple.

»Es scheint, als hättet ihr ein Problem damit!«, hob Kilian seine Augenbrauen provozierend hoch.

»Arschloch!«, sprang Sarah auf, kickte Kilian mit ausgestrecktem Bein in die Brust und warf ihn damit über das Geländer, runter auf das Mitteldeck.

»Jetzt!«, schob Sarah Kilian in den kleinen Lagerraum neben Jason.

Blue hielt keuchend die Tür. »Jetzt was?«

»Jetzt sag ich: Er war es!«

»Fair ...«, schnappte Blue weiter nach Luft. Der Transport der beiden hatte ihm doch etwas zugesetzt.

»Und nun?«, trat Yuki zurück, als Sarah die Tür schloss und den Schlüssel umdrehte.

»Abwarten, bis Rettung kommt ... falls Rettung kommt!« Sarah steckte den Schlüssel in ihre Shorts.

»Und unsere Vorräte haben Probleme mit der Hitze hier ...«, seufzte Yuki und folgte Sarah und den anderen zurück zur Treppe aufs Oberdeck.

»Wir müssen die Konserven horten ...«, drehte Sarah auf der Treppe unvermittelt um.

»Das sollten wir gleich machen!«, bestätigte Yuki.

»Apple, hilfst du Yuki?«, fragte Sarah.

Apple nickte.

Sarah reichte die Lampe an Apple und Yuki. »Wir gehen hoch und versuchen ...«

»Was?«, empfand Yuki die Pause etwas zu lang.

Sarah schüttelte den Kopf. »Keine Ahnung, sollen wir es mit einer Flaschenpost versuchen?«

Blue stiess sie hoch. »Eine Signalpistole sollte sicher zu finden sein!«

Sarah ging weiter und Blue folgte ihr. Sofort hielt er auf die Steuerkabine zu und blieb bei der Tür stehen.

»Nun?«, wartete Sarah darauf, dass er eintrat.

Blue drehte sich um. »Wo würdest du die Signalpistole anbringen?«

»Gut ersichtlich ...«, zuckte Sarah mit den Schultern.

»Eben ...«, ging Blue rein und suchte die Schubladen, Kästen und Schränke ab.

»Ich kann nichts sehen ...«, ging Sarah auf die andere Seite und durchsuchte die Schränke an der Wand.

»Scheisse ...« Blue stemmte die Hände in die Hüften. »Das kann doch nicht sein!«

Sarah klopfte ihm auf die Schulter und ging an ihm vorbei. »Guter Versuch ...«

Enttäuscht warf er einen letzten Blick und folgte schliesslich Sarah wieder hinaus. Sie ging auf die rechte Seite der Reling, gegenüber der Sitzecke mit dem kleinen Tisch, und schloss die Augen.

Blue legte seine Ellbogen neben ihre Hände und genoss die Brise in seinem Gesicht.

»Eigentlich ein schöner Abend ...«, öffnete sie die Augen und betrachtete die eleganten Bewegungen, mit denen der Hai um die Yacht schwamm.

»Bis auf Moby Shark da unten ...«, nickte Blue.

»Der verdammte Football ...«, seufzte Sarah. »Er wird nicht von hier verschwinden, solange das Ding da unten ist!«

»Wir kommen aber nicht runter, solange der Hai da ist!« Blue lächelte traurig. »Ein Teufelskreis ...«

Sarah folgte dem Hai von rechts nach links. Sie ging zurück nach rechts, bis er wieder auftauchte und wieder von rechts nach links an ihnen vorbeischwamm. Schliesslich liess sie von dem Hai ab und klopfte Blue auf den Rücken. »Helfen wir den anderen. Sobald die Sonne untergeht, sollten wir was essen!«

Yuki setzte sich und leuchtete auf Apple, die Konservenfrüchte in einen Sack verfrachtete.

»Hast du Kilian gehört ...?«

Apple hielt inne und blinzelte ins Licht. »Wir sollten darüber nicht nachdenken!«

Yuki lachte mit einem Seufzer verbunden. »Ich kenne ihn, seit er klein ist. Ich bin nur drei Jahre älter und ich war die ersten Brüste und die erste ... du weisst schon ... die er sehen konnte!«

»Hast du mit ihm?«, flüsterte Apple etwas zu laut.

»Nein!«, lachte Yuki. »Nein. Dafür war mir die Anstellung bei seinen Eltern zu wichtig!«

Nickend fuhr Apple fort. »Ich kenne ihn von verschiedenen Anlässen. Unsere Eltern sind ja alle reich und irgendwie befreundet, so sind auch wir befreundet ... irgendwie.«

»Ich hatte nie etwas Böses in ihm gesehen ...«, fügte Yuki an.

Apple zuckte mit den Schultern. »Ich habe Jason getröstet, weil er mir leid tat, und als Nächstes will er mir an die Wäsche ...«

Yuki schluckte, aber sagte kein Wort.

»Du weisst nie, wer vor dir steht!« Apple drehte sich um. »Lass uns weitermachen.«

Die Sonne brannte vom Himmel. Es wurde von Tag zu Tag heisser und Sarah hatte das Gefühl, von innen zu verdampfen.

Sie lag auf der Matratze im Lagerraum, klammerte sich an die Jacke von Lea und lag mit offenen Augen da.

Die vier Tage waren länger, als sie sich das ausgemalt hatte. Auch wenn einigermassen genug zu essen da war, Getränke waren knapp und Blues Fabrikation um Tau zu gewinnen war bei Weitem nicht genug.

Blue lag im Dunkeln in seiner Koje. Er hörte seinem Herzschlag zu und dachte daran, dass er eigentlich bei seinen richtigen Freunden sein sollte. Er konnte dieses Dosenfutter nicht mehr sehen, aber ohne irgendwelche Fische im näheren Umkreis brauchten sie auch nicht zu fischen.

Yuki sass in der Kapitänskabine, trank Rum und spielte Kapitän. Sie hatte die Entscheidung über die ganze Crew, trug Janoschs Kapitäns-Mütze und steuerte ihre Mannschaft in Sicherheit.

Apple hatte mit ihren eigenen Dämonen zu kämpfen. Sie dehydrierte in ihrem Schlaf. Kämpfte in ihren Träumen mit Fischen und Wasser. Wasser, das sie trinken sollte, aber es war so viel auf einmal und sie setzte sich auf. Zitternd lief ihr der Schweiss von der Stirn, am Bauch und am Rücken, nässte ihr Shirt.

Mit einem feuchten Klatschen warf sie das Shirt auf den Boden und versuchte mit der nassen Decke ihren Oberkörper abzuwischen. Mit der Hand fuhr sie über ihre Brüste und den Bauch, sie spürte die Tropfen, die von ihren Fingern nach unten fielen. Ein Schrei hing in ihrer Kehle fest, sie ekelte sich ab sich selbst und schlüpfte aus ihren Shorts und dem Slip. Nackt stand sie in ihrer dunklen Kabine neben ihrer Koje und sie wusste, was zu tun war. Sie tastete nach der Schere, die sie mitgenommen hatte, und lachte heiser. »Fischi ... Fischi ...«

Sarah trat aus dem Innern der Yacht und setzte sich neben Blue auf das Ecksofa.

»Heyyy ... wie geht es dir?«, hielt er ihr eine offene Dose mit Pfirsichen hin.

Mit einem leichten Rümpfen der Nase winkte sie ab. »Ich habe Durst!«

»Morgen früh gibt es wieder was ...« Blue steckte sich einen Pfirsich in den Mund, schloss die Augen und saugte ihm die Feuchtigkeit aus.

Sarah raffte sich auf und ging zur Reling. »Unser Freund ist immer noch hier ...«

»Wo soll er sonst hin?«, schluckte Blue schwer an dem Pfirsich.

Sarah schüttelte den Kopf. »Irgendwo, wo es was zu Fressen gibt? Er sollte doch mittlerweile begriffen haben, dass wir nichts mehr abgeben.«

»Hey ...«, kam Yuki torkelnd die Treppe hoch auf das Oberdeck.

»Wo kommst du her?«, deutete Blue mit der Dose auf die schwankende Yuki.

»Hab mich auf Janoschs Blut ausgeruht ...« Sie stellte die Flasche Rum auf den Tisch und setzte sich hin. »Warum sind wir immer noch hier?«

Blue stellte die Dose auf den Tisch und griff nach der Flasche Rum.

»Wie geht es dir?«, fragte Sarah.

Yuki lachte besoffen.

»Also besser keinen Alkohol ...«, schloss Sarah.

Lachend stellte Blue die Flasche auf den Tisch. »Nicht zu empfehlen ...«

»Sollten wir uns nicht einfach dem Hai opfern?«, lallte Yuki.

»Dann schwimmt er bis in alle Ewigkeit hier um die Yacht ...«, schüttelte Sarah den Kopf. »Das können wir ihm nicht antun!«

»Ja ... der arme Hai!«, betrachtete Blue ein weiteres Stück Pfirsich.

»Er kann nichts dafür, dass wir hier aufgetaucht sind ...«, versuchte Yuki aufzustehen, aber sie wurde von der Schwerkraft wieder auf das Sofa gezogen.

»Aber irgendwo ist er aufgetaucht ... Ich habe noch nie von so einem grossen Weissen Hai gehört!« Sarah ging von der Reling weg und setzte sich auf den Stuhl neben Yuki.

»Futter für Fischi ... Fischi«

»Nicht schon wieder«, murmelte Sarah und blickte über ihre Schulter.

»Apple?«, schmatzte Blue.

Apple stand vor dem Tisch. Sie war nackt, ihre schweissige Haut glänzte und sie hatte ihre Haare zu einem zotteligen, krummen Bob geschnitten.

»Futter für Fischi ... Fischi«, hielt Apple triumphierend die Schere hoch.

13

John ging die Stufen abwärts. Die Gänge sahen im Deckenlicht der Yacht sogar noch verstörender aus als im Licht der Taschenlampe.

»Hallo?« Ein Blick in den Speisesaal, in die Küche und in eine kleine Kammer. Die Seile davor am Boden liessen auf eine Zweckentfremdung als kleines Gefängnis schliessen.

Einen Stock weiter unten klapperte er nun die einzelnen Kabinen ab.

Leer.

Leer.

Haare am Boden.

Er hielt inne und ging in die Kabine. Überall waren Haare auf dem Boden, der Koje und ein offener Koffer, dessen Inhalt sich darin auftürmte. John wusste, dass dies Apples Kabine war, und ging weiter.

Leer.

Leer.

Leer.

Und leer.

Langsam trottete er zurück und setzte einen Fuss auf die Treppe aufwärts.

»Futter für Fischi … Fischi«, hörte er Jason in seinem Hinterkopf und blieb auf dem Treppenabsatz stehen.

»Futter für Fischi … Fischi … «, lachte Kilian.

Mike zielte mit dem Gewehr von Kilian zu Jason. »Lasst den Scheiss, wir sind hier, um euren Arsch zu retten!«

»Futter …«, sagte Jason.

»… für Fischi … Fischi!«, vollendete Kilian.

»Ich will euch nicht erschiessen!«, entsicherte Mike das Gewehr.

Dennoch sprangen Kilian und Jason wie zwei Berserker auf und rannten auf ihn zu. Ein Schuss löste sich, flitzte an Kilians Ohr vorbei und zerschmetterte die Scheibe zum Steuerhaus dahinter.

Mike versuche sie von sich zu halten, aber sie überrumpelten ihn und pressten ihn auf das Deck.

Jason setzte sich auf Mikes Brust, Kilian setzte sich auf die Beine und Apple, in Sarahs Bikini, stand mit breiten Beinen und einem dicken Grinsen über seinem Kopf. »Game over!«

Hätte John den Rückweg angetreten, statt stehen zu bleiben und wieder umzudrehen. Er hätte den Schuss gehört. Nur war da dieser Blitz in seinem Kopf. »Futter für Fischi … Fischi!« Ein Bild von Jason, als er ihn das erste Mal traf. Wie der bullige Typ in der Unterhose unbedingt verhindern wollte, dass John die untere Lagertür öffnete.

Statt zu hören, wie sich an Deck der Wind drehte, stieg John abwärts und ging um die Treppe den Gang runter zu der Tür.

Langsam drückte er die Schlossvorrichtung nach links, öffnet das Schloss und zog. Ein Zischen folgte nach dem Öffnen und darauf gedämpfte Schreie.

Vorsichtig trat John über die Schwelle und trat ins Wasser. »Fuck…« erkannte er, dass hier das Wasser für die Schieflage gesammelt wurde und in der Ecke, im Wasser, sassen drei Personen. Zwei Frauen, eine davon Asiatin, und ein junger, dürrer Mann. Sie waren alle geknebelt und versuchten auf sich aufmerksam zu machen.

»Ganz ruhig …« John schulterte sein Gewehr und watete durch das Wasser zur ersten Frau. Aus ihren dunkelblonden Haaren schloss er, dass es sich um Sarah handeln musste. Geknebelt und gefesselt, war Sarah, aus noch unbekannten Gründen, nackt.

»Danke!«, keuchte Sarah, als der Knebel entfernt wurde.

John löste die Fesseln und ging weiter zur zweiten Frau, dabei zog er sein Hemd aus und warf es rückwärts Sarah zu.

»Danke!«, fing Sarah staunend den perfekten Wurf.

John verlor keine Zeit, löste die Fesseln der Angestellten und ging zu Blue weiter, da dieser zu jung und zu wenig Mann war, um der Kapitän zu sein.

»Wer sind Sie?«, knöpfte Sarah das Hemd zu.

»John Crime … Frau Bös schickt mich!«, erklärte er und löste den letzten Knoten von Blue.

»Sarah!«

»Yuki!«

»Blue!«, plantschte der Junge hoch. »Danke!«

»Ich weiss …«, nickte John und watete wieder zurück zur Tür.

»Was ist mit den anderen?«, folgte Sarah ihm durch das kniehohe Wasser.

»Kilian, Jason und Apple haben wir oben an Deck, mit meinem Partner!«, blieb John neben der Eisentür stehen und wartete.

Sarah packte John am Arm. »Sind die drei gefesselt?«

Mike blinzelte. Helles, gleissendes Licht schoss ihm durch den Kopf und er erkannte zwei nackte Füsse an seiner roten Sicht vorbeigehen.

Mike erkannte trotz seiner eingeschränkten Sicht, dass es sich dabei um Kilian handelte. Ihm folgte Apple, ebenfalls barfuss, und wie Kilian stieg sie über Mikes Beine.

Durch die Schmerzen und den Nebel in seinen Gedanken kam die Realisation, was zu tun war.

Mike riss sein Bein hoch und Apple schlug stolpernd dagegen, verlor das Gleichgewicht und fiel nach vorne. Mike hörte nur einen harten Knall gefolgt von einem dumpfen Schlag und drehte sich mit seinem schwirrenden Kopf auf den Rücken.

»Los, komm schon …«, raffte sich Mike auf, hielt sich am Geländer fest und versuchte seine Sicht zu klären. Vor ihm lagen zwei Apples, die er in eine verwandeln musste. Das erreichte das Aufheulen von Johns Bootmotor innert einer Sekunde.

Wankend stolperte er die Treppe zum Mitteldeck runter, auf das Heulen seines Motors zu, und hastete über das Mitteldeck. Er wusste, was sich da abzuspielen drohte, und mit einem Sprung war er auf dem Unterdeck.

Kilian löste gerade die Taue, Jason war schon im Boot und überhitzte die Umdrehungen.

Mike schaffe es gerade noch, Kilian vor dem Einsteigen vom Boot zu reissen, und warf ihn auf das Deck der Yacht, wo Kilian auf der ersten Stufe mit dem Kopf aufschlug.

Jason tuckerte mit der *Bruce* davon.

John kam als Erster aus der Yacht auf dem Oberdeck an und hielt auf Apple zu, die vor der Treppe in ihrem Blut lag.

»Oh nein ...« John hastete runter auf das Mitteldeck und erkannte von da, wie Kilian von Mike gegen die Treppe gewuchtet wurde.

Mike trat zurück und deutete auf die Seite der Yacht. »Halt ihn auf!«

»Was?«, konnte John nur noch zusehen, wie Mike in Wasser sprang.

»Fuck!«, schrie John, warf das Gewehr zur Seite und rannte zur Reling auf Backbord.

Der Hai kam gerade wieder herum und glitt an der Seite der Yacht vorbei.

»Das glaubt mir auch keiner ...«, sprang John runter, landete auf den Rücken des Hais und schaffte es, sich an der Rückenflosse festzuklammern. Sitzend war die Flosse noch mal so gross wie John.

Sarah und Blue blieben stehen.

»Der ist da nicht runtergesprungen!«, keuchte Blue und folgte Sarah zur Reling.

»Er ... reitet den Hai ...« hielt sich Sarah mit grossen Augen eine Hand vor den Mund.

»Na ja ...«, legte Blue verstört den Kopf zur Seite. »Irgendwie!«

John konnte auf dem Hai nicht wirklich etwas anrichten und war lediglich ein Parasit. Dieser bemerkte den Parasit auf seinem Rücken sehr wohl und begann wie ein Bulle in einem Rodeo, um sich zu schlagen.

Die Haut des Hais kratzte Johns Arme wie Schleifpapier auf und dennoch drohte er von der Rückenflosse abzurutschen.

Die Geduld des Hais hatte seine Grenzen und er entschied sich, den Herzschlag für einen Moment zu vergessen und konzentrierte sich auf den Parasiten auf seinem Rücken. Und tauchte ab.

Damit erschloss sich für John ein neues Problem. Der Druck des Wassers, das an der Flosse vorbeischoss, presste ihn nun förmlich an die Rückenflosse und was der Hai gerade versuchte, schien nicht zu funktionieren. Bis John bemerkte, dass es noch immer abwärts ging.

»Er ist abgetaucht!«, schrie Blue.

Sarah folgte mit dem Fernglas Mike, der dem Boot hinterherschwamm. »Er hat es fast geschafft.«

»Wie lange kann er wohl die Luft anhalten?«, wartete Blue darauf, dass der Hai irgendwo wieder auftauchen würde.

Sarah beobachtete Mike, wie er auf das Boot kletterte. »Wir könnten ihm jetzt sagen, dass er loslassen kann!«

John spürte das Brennen in seinen Lungen, als der Hai plötzlich einen U-Turn vollzog und es auf einmal wieder in die andere Richtung ging.

Er wurde von den Wasserwänden hin und her gedrückt. Es folgte ein unglaublicher Druck in seinem Brustkorb, während es um ihn herum immer heller wurde.

»O … mein …« Blue gingen die Worte und die Luft aus, als er den vierzehn Meter langen Hai in seiner kompletten Masse aus dem Wasser schiessen sah. John immer noch auf dem Rücken des Hais, wie ein kleiner Vogel klammerte er sich an der Rückenflosse fest.

»Natürlich filmt das jetzt keiner …«, stand Sarah im Schatten, da der Hai zwischen ihr und der Sonne durch die Luft flog.

Als die Schwerkraft einsetzte und der Hai, wie ein Olympiataucher, wieder ins Wasser brach, rutschte John von der Rückenflosse und schlug hart auf dem Wasser auf. Beim dritten Aufprall tauchte er ab.

»Schnell!«, rief Sarah, als John wieder auftauchte. »Schwimm!«

John versuchte wieder Luft in seine brennenden Lungen zu pumpen, die sich durch das kalte Wasser zusätzlich verkrampften und die Luftaufnahme erschwerten. Seine Muskeln zitterten und um ihn herum färbte sich das Wasser rot.

»Fuck …«, trat er Wasser und drehte dabei zur Yacht. Dreissig Meter trennten ihn von der Yacht mit den winkenden, eigentlich zu Rettenden, darauf.

»Der Hai!«, hörte John von Blue.

Hinter ihm stieg die Rückenflosse aus dem Wasser, die dabei entstehenden

Wellen waren beinahe einen Meter hoch und teilten das Wasser während des Angriffs auf sein Opfer.

»Nicht doch …«, war der Hai näher zu ihm als er zur Yacht und John versuchte dennoch loszuschwimmen. Seine Arme und Beine fühlten sich an wie Gummi und seine Kraft war irgendwo am Nullpunkt. Seine Muskeln brannten und es war, als könnte er die messerscharfen Zähne schon in seinem Rücken spüren.

Ein Platschen war zu hören und nur einen kurzen Moment später liess der Hai von John ab.

Blue stutzte. »Wo will er nun hin?«

Sarah hob das Fernglas und fand neben dem Boot Jason im Wasser. Er strampelte und schlug panisch auf das Wasser. »Da ist was Nahrhafteres ins Wasser gefallen!«

Blue nahm das Fernglas und erkannte Jason. »Kann ihm keiner verdenken!«

Jason entdeckte die Rückenflosse, die auf ihn zuschoss, viel zu spät, um dafür auch noch Angst aufbringen zu können. Da er nicht schwimmen konnte, war er schon in seinem eigenen Überlebenskampf und zu sehr damit beschäftig, nicht unterzugehen.

Der Hai stieg mit seiner ganzen Körperlänge aus dem Wasser und drehte sich leicht. Damit zeigte er seine weisse Haut an der Unterseite, die in der Sonne grell reflektierte und die Zeugen auf der Yacht leicht blenden sollte. Sein Ziel wie eine Rakete fixiert, rollten seine grauen Augen nach innen, er riss seinen gewaltigen Kiefer auf und mit dem hervortretenden Zahnfleisch vergrösserte sich der Beissradius seiner Zähne.

Jason wurde von einem Sog erwischt, der ihn in das Maul zog. Er bemerkte, dass die Sonne verschwand und die gezackten Schatten vor sich immer grösser wurden. Doch bevor er sich darüber mehr Gedanken machen konnte, schnappte der Kiefer zusammen und zerpulverte Jasons letzte Theorien in einen Matsch aus Blut und Knochen.

»Los komm!«, zogen sie John aus dem Wasser, seine Arme bluteten auf das Deck und erschöpft liess er sich beinahe fallen.

»Wir sollten auf das Mitteldeck …«, deutete Sarah auf die gerade untertauchende Flosse.

»Kannst du aufstehen?«, kniete Blue neben John.

»Aufstehen?«, atmete er heftig und stützte sich auf den Ellbogen ab.

»Meinst du nicht, Jason war für den Moment genug?«, stand Blue wieder auf.

»Wer weiss ... Komm ...« Sarah zog John hoch, verteilte Blut auf seinem Hemd, das sie noch immer trug, und half ihm die Stufen hoch zum Mitteldeck.

»Ahhh ...«, kam er auf dem Sofa an und betrachtete seine Arme, die aussahen, als hätte er sie aus einem Stacheldraht gezogen.

»Ich hol was zum Verbinden!«, drehte sich Sarah um und ging die Treppe hoch.

»Du bist auf einem Hai geritten ...«, schmunzelte Blue mit einem Kopfschütteln.

John lachte kurz auf, als würde er sich gerade wieder daran erinnern. »Nicht zu empfehlen, glaub mir!«

Blue lachte erheitert und erleichtert, dabei setzte er sich neben ihn auf das Sofa.

»Wo ist Mike?«, tastete er die Schnitte auf seinem Unterarm ab.

Blue senkte den Kopf, ehe er aufs Meer zeigte. »Er hat es auf das Boot geschafft und danach ist Jason ins Wasser gefallen ...«

»Ach, darum lebe ich noch ...«, richtete sich John ächzend auf und streckte seinen Rücken. »Ist Mike schon umgedreht?«

»Das ist das Problem ...«, schirmte Blue die Sonne vor seinen Augen ab. »Er fährt weiter!«

»Was?«, drehte sich John zur Reling.

Blue zeigte auf das Boot, das sich langsam immer weiter entfernte. »Meinst du, er haut ab?«

»Er würde eher die Yacht klauen ...!«, drehte sich John um und hinkte zur Treppe. »Nein ... er ist wohl bewusstlos vom Kampf mit dem doppelten Cheeseburger ...«

»Und wo humpelst du jetzt hin?«, stand Blue auch wieder auf.

»Was denkst du?«, zog er sich am Geländer hoch.

Blue blieb am Fusse der Treppe stehen. »Du bist auf einen Hai gesprungen ... nicht mal Gott weiss, was du vorhast!«

John stieg über Apple und rief: »Wir wenden die Yacht!«

Blue hüpfte die Stufen hoch, sprang über Apple und hatte John schon eingeholt. »Die Yacht wenden?«

»So was tun Schiffe!«, ging John ins Steuerhaus und kniete sich vor die heraushängenden Kabel, die Mike zusammengesetzt hatte.

»Weisst du, wie man die Yacht startet?«, kniete sich Blue neben ihn.

John rieb sich frustriert den Kopf. »Nicht mal annähernd …«

»Solange wir Strom haben, würde ich nichts anfassen!«, flüsterte Blue.

John nickte ächzend und betrachtete seine blutenden, aufgeschnittenen Arme, bevor er seinen Blick aufs Meer richtete. *Bruce* mit Mike an Bord wurden am Horizont immer kleiner. »Was für eine Scheisse!«

KAPITEL 4

Der Hai

1

Sarah sass vor John auf der Bank des Vorderdecks und verband einen seiner Arme. »Das war ziemlich mutig!«

John schüttelte den Kopf. »Selbstmord ... er sagte, ,halt ihn auf', was sollte ich sonst tun?«

»Du hast ihn gerettet!«

»Nur in erster Instanz ...«, seufzte John und verfolgte die Gaze, die um seinen Arm gewickelt wurde. »Wer weiss, was auf dem Boot passiert ist ...«

»Dennoch, extrem mutig!«, beharrte Sarah.

Mit einem Schmunzeln deutete er auf den noch freien, zerschnittenen Arm »Extrem stimmt ...«

Lachend nahm sich Sarah diesen Arm nun vor.

»Du bist eine der zwei Taucherinnen?«

Ohne aufzusehen legte sie die desinfizierenden Pads auf den Arm. »Eine der Taucherinnen ...«

»Sorry ...«, bemerkte John, dass es nicht das richtige Thema war, und betrachtete die untergehende Sonne.

Schweigend verband Sarah den zweiten Arm, befestigte die Gaze und wandte sich ab.

»Danke!« John nahm sein Gewehr vom Boden. Humpelnd ging er zu Kilian und Apple, die mit den Händen hinter dem Rücken an der Reling lehnten.

»Vielleicht sollten wir dir erklären, was hier passiert ist«, stellte sich Blue neben John.

John schüttelte lachend den Kopf. »Ich denke, das solltet ihr für euch behalten! Mein Boot ist weg, mein Freund ist weg und das alles nur, weil deine Mutter unbedingt einen Hai für ihr Aquarium will!«

»Niemand hat dich dazu gezwungen!«, spuckte Apple vor Johns Füsse.

Grinsend nickte John mit seinem Gewehr über der rechten Schulter und betrachtete das bisschen Speichel vor seinen Füssen. Langsam ging er einen Schritt zurück und ging in die Knie. »Ich sollte ein paar Studenten retten, nicht in *Der Herr der Fliegen* auftauchen... noch weniger war von Godzilla da unten die Rede!«

»Futter für Fisch–« Kilian wurde von der Mündung des Gewehres gegen seine linke Schulter unterbrochen.

John entsicherte das Gewehr. »Du hast es noch nicht verstanden, oder? Ich kann dich töten! Wir sind wertlos! Der Hai ist das Einzige, was deine Mutter interessiert, also halt deinen Kiefer geschlossen oder er wird reparaturbedürftig!«

Kilian grunzte.

»Also! Malena Bös will diesen Hai. Ehe wir ihn nicht haben, bleiben wir, wo wir sind, und werden irgendwann zum Gaumenschmaus der Möwen!«

»Ich habe noch keine Möwe gesehen ...«, warf Blue ein.

John verdrehte die Augen und rief laut aus: »Ernsthaft?«

»Ja, ich ...« Blue verstummte.

John drehte sich wieder Kilian und Apple zu. »Abgesehen davon ... Wir müssen diesen Football vom Meeresboden bergen!«

»Was?«, rief Sarah aus.

»Was, was?«, erhob sich John.

»Ich gehe nicht da runter!«, schüttelte Sarah entschieden den Kopf.

»Dann taucht eben Kilian!«, zuckte John gleichgültig mit den Schultern. »Aber wie fangen wir einen so grossen Hai?«

Sarah stand neben dem Netz, das an der Wand aufgerollt neben den Haken für den fehlenden Haikäfig lag.

»Wenn ich meine Arme mit einbeziehe ... wie nützlich ist dann dieses Netz?«, wollte John wissen.

Sarah hob eine Ecke und demonstrierte die Beschaffenheit. »Es ist Metall und wir haben noch vom Betäubungsmittel. Allerdings keinen Weg, dieses zu verabreichen ... Lea hatte die Spritze dabei!«

»Spritze?«

»Ein langer, weisser Stab mit einer Spitze, die mittels Gasdruck die Haut eines Hais durchbrechen und das Mittel injizieren kann!«, erklärte Yuki.

»Aber die haben wir nicht?«, stutzte John.

»Genau!«, bestätigte Sarah.

»Warum reden wir darüber?«, hob John die Hände. »Wie können wir dieses Mittel dem Hai sonst verabreichen?«

Nach einigen Sekunden des Schweigens seufzte John. »Und es hat tatsächlich keiner von euch Pfeifen Zigaretten dabei?«

»Kann es sein, dass du gerade etwas feindselig bist?«, verschränkte Sarah die Arme vor der Brust.

John zuckte mit den Schultern. »Ich fragte doch gerade nach Zigaretten?«

»Kann man nicht abstreiten!«, fügte Blue an.

»Wir haben ein Netz und ein Betäubungsmittel, Zweites können wir nicht einsetzen. Das Ganze gegen einen Hai, der so gross ist wie ein Basler Tram, und ihr habt keine Zigaretten!« John schüttelte den Kopf. »Fuck, simpler geht es wohl nicht!«

»Es hilft aber auch nicht ...«, erwiderte Yuki.

»Denkst du, der Hai springt freiwillig auf die Yacht, wenn ich freundlich bin? Nein? Gut!« John ging an ihnen vorbei aus dem Lagerraum.

»Das soll nun unsere Rettung sein?«, seufzte Yuki und die Tür fiel ins Schloss.

»Jetzt nicht mehr ...«, seufzte Sarah, nahm ein Päckchen Zigaretten aus Leas Tasche und öffnete es langsam. »Hier geht es nur noch um diesen Hai!«

»Hey ...« Sarah kam hinter John, der an der Reling stand und den Hai beobachtete, zum Stehen.

»Hey ...«, liess er kurz von dem dunklen Schatten an der Wasseroberfläche ab.

»Es tut uns leid, dass du hier so empfangen wurdest ...«

John wippte mit den Armen an der Reling. »Ach ja? Ich hatte eher den Eindruck, ihr wägt noch das schlimmere Übel ab!«

Lächelnd reichte sie ihm die Zigaretten mit dem Feuerzeug. »Ich wollte freundlich, nicht ehrlich sein!«

John nahm die Zigaretten entgegen. »Danke!« Er steckte sich eine zwischen die leicht nach oben gebeugten Lippen.

»Lea hat geraucht ...«, stellte sie sich an die Reling. »Ich hasste es ...«

John zündete die Zigarette an und hielt den ersten Zug einen Moment in seiner Lunge, ehe er ihn in den Nachthimmel blies. »Als ich auf dem Hai sass ... erst konnte ich mich kaum halten, er war so verflucht schnell! Das Wasser spritzte wie eine nasse Wand gegen mich und als er plötzlich abtauchte, konnte ich ihn nicht mehr loslassen. Er tauchte tiefer und es wurde dunkler, ich spürte in meiner Lunge ...«, zog er wieder an der Zigarette und schloss die Augen, »... den fehlenden Sauerstoff und ich wusste, sie würde reissen. Ich sterbe auf dem Rücken eines Haies ...«

Sarah schluckte.

»Dann trete ich auf einmal Wasser und meine Lungen und Muskeln verkrampfen sich, weil das Wasser so kalt ist. Da kommt der verdammte Fisch auf mich zu.« Die Zigarette wanderte durch seine Finger, ehe er daran zog. »Ich war zweimal sicher, das war es ...« Die Glut glimmte.

Sarah betrachtete den Hai, der wieder lautlos an ihnen vorbeischwamm.

»Ich habe nicht realisiert, was ich tat, bis ich auf dem Rücken dieses Monsters sass ...« Ein weiterer tiefer Zug an der Zigarette.

Sarah umschloss die Reling mit ihren Händen. »Lea war nicht bei Bewusstsein, als sie von ihm gefressen wurde ... sie war vielleicht schon tot, aber der Kapitän ...«, hob Sarah eine Hand vor den Mund und drehte sich schluchzend um.

John hörte, wie sie sich wieder entfernte, und betrachtete weiter den Hai, der unter ihm durchschwamm. Er schnippte seine Zigarette in dessen Richtung ins Wasser. »Du hattest deine Chance ... nun bin ich dran!«

2

Malena sass am Pool, einen Drink in der einen und eine Zigarette in der anderen Hand. Karla sass neben ihr und hatte ihren Hut tief ins Gesicht gezogen, um die dunklen Augen zu verbergen, die offenbarten, dass sie nicht geschlafen hatte.

»Unseren Kindern geht es gut?«

Malena lächelte und zog an ihrer Zigarette. »Natürlich! Dieser Crime hat sie gefunden und hilft ihnen nun, unsere Attraktion einzufangen!«

»Warum ...« Klara nahm einen Schluck von ihrem Wasser. »Warum ist der Funk ausgefallen?«

»Nur ein kleines technisches Problem!«, lächelte Malena unbeschwert.

»Ich will nur meine Kinder wieder in den Arm schliessen ...« Klara setzte sich die Sonnenbrille wieder auf.

»Und dazu werden wir einen Weissen Hai besitzen!«, grinste Malena.

»Malena!«, kam Kurt angerannt. »Malena!«

»Was?«, setzte sie sich auf.

»Wir haben keinen Kontakt mehr!«

Klara stand erschrocken auf und verschüttete dabei ihr Wasser »Was heisst das?«

Kurt schüttelte den Kopf. »Ich weiss es nicht, aber wir haben keinen Kontakt mehr!«

»Du hast diesen Säufer ins Spiel gebracht!«, trank Malena ihren Drink leer und zerbiss das Eis.

Kurt hob verteidigend die Hände. »Vielleicht sind sie in einem Funkloch ... Die Yacht sendet ja auch nicht mehr.«

»Wir müssen die Polizei informieren, die Küstenwache ...« drängte Klara.

»Nichts dergleichen werden wir tun!«, klopfte Malena auf den Tisch. »Willst du alles aufs Spiel setzen?«

»Es geht um unsere Kinder, Malena!«, schrie Klara.

»Und um unser Geld!« Malena setzte sich gerade. »Such jemanden mit einem Hubschrauber, einem U-Boot, irgendwas, um da rauszukommen! Peter und Stefan werden dich begleiten!«

»Malena ...«, hob Kurt einen Finger.

»Sofort!«, legte sich wieder hin und zog ihren Hut über ihr Gesicht.

Kurt seufzte, tätschelte Karlas Schulter und ging mit gesenktem Kopf davon.

Peter stieg als Letzter aus dem Hummer, richtete seinen beigen Hut aus und folgte den anderen zwei zum kleinen Flughafen mitten im dichtesten Dschungel.

»Das sieht nicht gerade sicher aus ...«, flüsterte Stefan.

Kurt strich sich durch sein feuchtes, schütteres Haar und richtete seine Brille. »Da hast du wohl recht!«

»Und was machen wir dann hier?«

»Das ist der Flugplatz eines deutschen Piloten ...« Sie blieben vor einem Zaun stehen. »... der sich kaufen lässt!«

»Kein Zugang« stand in vier Sprachen auf dem Schild an dem Zaun. Dahinter waren eine kleine Startbahn und ein Hangar zu sehen.

»Und was macht der deutsche Pilot hier im Dschungel?«, fragte Stefan.

»Er fliegt Geldsäcke für Geld von A nach B!«, trat eine rauchende Stimme an den Zaun. »Und was macht ihr drei Geldsäcke hier?«

Kurt trat an den Zaun. »Wir suchen unsere Kinder!«

»Nun, hier sind keine Kinder ...«, klopfte der gut gebaute Mann Mitte sechzig gegen seinen Zaun. »Ich schlage vor, ihr zieht weiter!«

Peter trat nach vorne, legte eine Sporttasche auf den Boden und öffnete sie. Der Pilot nahm grinsend seine Zigarre aus dem Mund.

»Dreihunderttausend Dollar, in unmarkierten Scheinen!« Kurt hielt eine Karte hoch. »Wenn Sie uns zu unseren Kindern bringen!«

Knatternd öffnete sich das Tor.

»Kommt rein!«, steckte er sich die Zigarre wieder in den Mund.

Kurt ging voraus, Stefan hinterher und Peter nahm erst die Tasche auf, bevor er ihnen folgte.

»Wo sind denn eure Kinder?« Knatternd schloss sich das Tor hinter ihnen wieder.

»Herr Zander, wenn ich Ihnen ...«

»Wo ...« unterbrach Kurt Zander, »... sind Ihre Kinder?«

Kurt nahm eine Karte aus seiner Bauchtasche und reichte sie Zander.

»Das ist weit draussen ...«, betrachtete Zander die Karte. »Was machen sie so weit draussen?«

»Elektronische Probleme mit der Yacht ...«, erklärte Stefan.

»Philip!«, schrie Zander zum Hangar.

»Boss?«, kam ein ergrauter Junge mit herumgedrehtem Käppi und öligem Overall aus dem Hangar.

»Sieh dir das an!«

Kaugummi kauend musterte er das Trio, nahm die Karte und studierte sie. »Das ist in der Mitte von Nirgendwo ...«

»Habe ich auch gesagt!«, nahm Zander die Karte wieder entgegen. »Aber sie zahlen uns dreihunderttausend Dollar, wenn wir dort hinfliegen!«

Philip kaute auf seinem Kaugummi. »Und was finden wir dort?«

»Sie sollen uns dort hinfliegen!«, ging Kurt dazwischen.

»Eher nicht!«, lachte Philip. »Für so einen Trip brauchen wir extra Treibstoff an Bord, um unterwegs tanken zu können!«

»Es ist also möglich!«, trat Stefan einen Schritt näher.

»Natürlich!«, kratzte sich Zander an seiner stoppeligen Wange. »Aber die Geschichte mit Ihren Kindern ...«

»Was?«, stutzte Kurt.

»Sie stinkt zum Himmel!«, grinste ein kauender Philip.

»Das ...« gab Kurt ein Foto an Zander, »... ist die Yacht, die unsere Kinder entwendet haben!«

Philip pfiff beeindruckt.

»Und wir wollen nicht, dass unsere Kinder in diesem Land mit den Behörden in Konflikt geraten!«, ergänzte Kurt.

»Sehr fürsorglich«, steckte Zander das Bild ein.

»Wir sind im Geschäft?«, streckte Kurt die Hand aus.

»Wir sind im Geschäft!«, schüttelte Zander Kurt die Hand.

»Aber wie gesagt, wir kommen mit!«, fügte Kurt an.

»Nicht einer von euch Sitzpissern wird einen Fuss in eines meiner Flugzeuge setzen!«, griff Zander nach der Tasche und riss sie Peter mühelos aus der Hand.

»Hey, so einfach geht das nicht!«, versuchte Peter die Tasche wieder zu greifen und ging auf Zander zu.

Malena setzte sich neben Karla auf das Sofa des Penthouses. Der Plattenspieler lieferte Beethoven, die untergehende Sonne die farblich passende Untermalung. Sie tauchte alles in ein tiefes Orange.

»Ist dir dieser Fisch wirklich so wichtig?«, nahm Karla das Weinglas entgegen.

»Uns ist er so wichtig!«, stiess Malena ihr Glas klirrend gegen Karlas.

»Ich will nicht meine ganze Familie verlieren, nur wegen dieses Fisches!« Karla führte ihr Glas zu ihren Lippen. »Willst du Kilian verlieren?«

Malena lächelte und leerte ihr Glas. »Kilian geht es gut, so auch Blue und Apple!«

»Dein Wort in Gottes Ohr«, stellte Karla das Glas ab und lehnte sich zurück. »Was, wenn der Hai stärker ist?«

»Karla! Das ist ein Fisch!«, verdrehte Malena belustigt die Augen. »Sie sind ihm deutlich überlegen!«

Karlas Blicke wanderten immer wieder zu dem Aquarium, welches auf der Anrichte neben ihnen stand und kleine Zierfische enthielt. »Ich muss immer an diese Filme denken, die Peter und Blue so gerne sahen ... da war der Fisch nicht unterlegen!«

Malena schenkte sich nach. »Das sind Filme! Und ausserdem, Stefan und Peter werden sie ja nun unterstützen!«

»Solche Sachen passieren auch im echten Leben. Hast du deine Gemälde vergessen?« Karla streckte sich nach ihrem Glas.

»Karla, ich ...«

Das Telefon, das auf dem Tisch vor Malena lag, unterbrach die Unterhaltung.

»Seid ihr schon in der Luft?«, war Malenas Begrüßung.

»Negativ!«, sagte Kurt ins Telefon und verzog das Gesicht zu Stefan.

Peter sass gegenüber und hielt seinen Kopf nach hinten. Die Hand mit einem Tuch auf die blutige Nase gedrückt und sein Hemd voller Blut.

»Nein ...« Kurt versuchte Gehör zu finden. »Haben wir, Malena, aber dieser Typ wollte uns nicht!«

»Wir sollten uns eine Esel-Show anschauen!«, stöhnte Peter mit nasaler Stimme.

»Nein … Er fliegt … aber nicht mit uns!« Kurt gab Peter zu verstehen, leise zu sein.

»Das ist eine interessante Idee!«, nickte Stefan.

»Hör zu, wir haben eine etwas harte Strasse vor uns. Warum reden wir nicht im Hotel?«, strafte Kurt Stefan mit einem bösen Blick.

»Esel-Show!«, hustete Peter.

»Ja, bis gleich!«, legte Kurt auf. Setzte sich auf die gegenüberliegende Sitzreihe und starrte die anderen zwei an. »Was stimmt nicht mit euch?«

»Was? Willst du nicht sehen, wie ein Kerl einen Esel vögelt?«, zündete sich Stefan eine Zigarette an.

Peter betrachtete das blutverschmierte Tuch in seiner Hand. »Fickt der Esel nicht ein Mädchen?«

Kurt schüttelte mit einem verzweifelten schmunzeln den Kopf. »Seid ihr wahnsinnig?«

»Und etwas Koks wäre auch nicht verkehrt!«, fügte Stefan an.

»Ha-ha!«, hielt er Stefan sein rotes Tuch hin.

»Wir haben welches im Hotel!«, rief Kurt dazwischen. »Unsere Kinder sitzen irgendwo auf dem Ozean fest und alles, was ihr tun könnt, ist, euch Gedanken über fickende Esel und Koks zu machen?«

»Oder gefickte ...«, warf Stefan ein. »Das haben wir noch nicht abschliessend geklärt!«

Kurt senkte den Kopf.

»Ach, komm schon, sei nicht so prüde!«, näselte Peter mit dem Tuch auf seiner Nase.

»Prüde ...«, kratzte sich Kurt den Hals. »Wir fahren ins Hotel. Falls ihr weiter wollt, geht, aber ich setze mich ans Funkgerät!«

Karla ignorierte den braungebrannten Zwanzigjährigen, wie er mit dem Handtuch um die Hüften aus dem Zimmer marschierte.

»Uhh ...«, setzte sich Malena wieder neben Karla und nahm ihren Lippenstift hervor. »Und du bist sicher, dass du nichts willst?«

»Ich betrüge meinen Mann nicht!«, verschränkte Karla die Arme vor der Brust.

»Ich doch auch nicht!«, zog sie ihre Lippen nach.

»Und was war das?«, zeigte Karla auf die Tür.

»Das war Juan, Zimmerservice!«, kramte Malena nach ihren Zigaretten.

»Das nennt sich Betrug!«

»Schätzchen, was denkst du, wie viele Nutten unsere Männer auf Geschäftsreise konsumieren?«, wurde Malena schliesslich fündig.

Karla blinzelte. »Bitte!«

»Noch nie die Finanzen durchgesehen?«, steckte sich Malena die Zigarette an. »Als ob ich diesen ekligen Geldsack in mir möchte!«

»Peter und ich lieben uns!«, stand Karla brüskiert auf.

»Klar, so wie meine Titt–«

Die Tür schlug auf und Kurt stolperte herein. Schwer schnaufend und noch schwerer schwitzend schloss er die Tür hinter sich. Kontrolliert legte er sich auf den kalten Boden und keuchte nach jedem Atemzug.

»Nun? Wo sind unsere Männer?«, paffte Malena.

»Die ...«, deutete er mit dem Daumen nach hinten, »wollen sich noch 'ne Esel-Show ansehen!«

»Esel-Show?« Karla blinzelte.

»Eine Show, in der ein Esel eine Frau besteigt!«, spielte Malena mit dem Rauch vor ihren feuerroten Lippen.

»Was?«, kreischte Karla entsetzt auf.

»Oder der Esel gefickt wird ...«, hob Kurt einen Arm und streckte den Zeigefinger hoch. »Das haben wir noch nicht abschliessend geklärt!«

Zander sass mit einem Bier in der Hand auf einem Klappstuhl, den er auf die Rollbahn und neben den Hangar gestellt hatte.

»Boss?«, trat Philip aus dem Hangar. »Der Treibstoff ist eingeladen!«

»Gut ... setz dich!« Zander nahm ein Bier aus dem Kühler und reichte es Philip.

»Danke, Boss!« Er nahm das Bier und schraubte den Verschluss auf.

»Was, wenn es nicht um ihre Kinder geht?«, schmauchte er an seiner Zigarre.

»Keine Ahnung, Boss!«, setzte Philip das Bier an.

»Was erwartet uns dort?«, rieb er sich den kratzenden, bärtigen Hals.

Philip zuckte trinkend mit den Schultern.

»Genau, Philip, wir wissen es nicht!«, leerte Zander sein Bier und zog an seiner Zigarre.

»Gewehre und die Pistole Ihres Grossvaters sind im Flugzeug!«, lächelte Philip.

»Gut mitgedacht ...« Paffend musterte er die noch leere Rollbahn. »Besser, wir nehmen auch noch Sprengstoff mit ...«

Philip wischte sich den Mund ab und nickte.

»Gut!« Zander hob seinen massigen Körper aus dem Stuhl und schnappte sich die Kühltruhe. »Du checkst das Flugzeug und ich mache die Rollbahn klar!«

3

»Diese Flasche ist mehr wert als du!«, riss Kilian an seinen Fesseln herum.

Lachend trank John einen weiteren Schluck aus der silbernen Flasche.

Sarah und Blue sassen neben John und löffelten Zwiebelsuppe. Yuki verarztete währenddessen Apples Kopfwunde.

»Ernsthaft, wenn jemand diese Flasche verdient hat, dann er!«, deutete Blue mit dem Löffel auf John.

»Ach, fick dich!«, spuckte Kilian in ihre Richtung.

»Der Mann, der auf dem Hai geritten ist!«, fügte Sarah an.

»Bitte, lasst das!«, lachte John. »Ihr macht mich noch zu Jonny Knoxville!«

»Wem?«, lachte Blue ahnungslos.

»Ich hoffe, du krepierst daran!«, spuckte Kilian wieder.

John stellte die Flasche auf dem Tisch ab und nahm wieder seine Suppenschüssel. »Ich denke, daran eher nicht!«

»Es ist eine schöne Nacht ...«, setzte sich Yuki dazu und sog die sternenklare Nacht in sich ein.

»Was mich hierzu wundert ...«, rührte John in der Suppe, »was ist mit dem Fleisch passiert?«

»Jason«, schlürfte Sarah, »und die anderen beiden haben das Fleisch, sonnengereift, mit dem Betäubungsmittel versetzt und dem Hai vorgeworfen!«

»Nur interessierte sich der Hai nicht für das faulende Gammelfleisch und so trieb es einfach davon«, schloss Blue.

»Wow ...«, schlürfte John.

Apple stiess Kilian mit dem Ellbogen. »Du Idiot!«

»Hey, das war Jasons Plan!«, verteidigte sich Kilian.

»Also Jason hatte als Erster den Kurzschluss?«, riet John.

Sarah und Blue nickten.

»Kilian danach ...«, erklärte Yuki. »... durch die Hitze und das fehlende Wasser drehte schlussendlich auch Apple durch!«

John legte den Löffel in die Schüssel. »Ihr habt ja beinahe lange durchgehalten ...«

»Fick dich!«, spuckte Apple.

»*Herr der Lamas* ...«, drehte sich John seufzend um.

»Ihr Ziel war es, uns an den Hai zu verfüttern und danach den Hai zu fangen!«, schob Sarah die leere Schale von sich.

»Mit diesem komischen Singsang, der mit Jason aufgehört hat!«, fügte Blue genervt an.

»Zum Glück!«, pflichtete Yuki bei.

»Warum wollte das fette Einzelkind mein Boot klauen?«

Blue schüttelte den Kopf. »Im Grunde wollte er wohl nur nach Hause!«

John drehte sich wieder zu den beiden Gefangenen. »Eigentlich war eure Idee gar nicht so blöd ... aber ihr hättet einen lebendigen Köder benötigt.«

»Du denkst doch nicht daran, ihnen das Mittel zu verabreichen und sie dann dem Hai vorzuwerfen!«, fragte Sarah erschrocken, aber auch etwas sehr detailliert.

John hielt inne und hob einen Finger. »... Nein ...«

»Oh ...« Sarah kratzte sich am Hinterkopf und zuckte mit den Schultern.

Das Wasser glitzerte im Mondlicht wie ein silberner Weg, der zu ihm führte, und es schien alles so friedlich. Doch Sarah kannte die Wahrheit unter dieser unbeschreiblichen Schönheit und wusste, dass alles Schöne seinen Preis hatte.

»Lea ...«, flüsterte sie und wischte sich eine Träne von der Wange.

»Sarah?«, lief John über das Deck auf sie zu.

Hastig wischte sie sich eine weitere Träne aus den Augen und drehte sich um.

»Tut mir leid ....«, steckte sich John eine Zigarette an.

»Schon gut ...«, versuchte sie zu lächeln, was allerdings deutlich misslang. »Was ist?«

»Wir haben ein paar Probleme ...« John zeigte auf die Steuerkabine. »Hast du einen Moment?«

Nun musste sie doch noch leicht lächeln. »Einen?«

Sie folgte John in die Steuerkabine, der vor dem Tisch stehen blieb und auf die ausgebreiteten Karten zeigte.

»Du hast dich da ja richtig reingesetzt!«, blätterte sie durch die Karten auf dem ersten Tisch.

»Nun, ja ...«, zwinkerte John ihr zu und ging zum hinteren Schreibtisch, auf dem zwei Ordner aufgeschlagen waren . »Ich habe eine Sache rausgefunden und mich dann Punkt zu Punkt ...«

»Rausgefunden ...?«

»Rausgefunden!«, nickte John und deutete auf den Bauordner des Krans. »Hier, das sind die Eckdaten des Krans, der für dieses Vorhaben angebracht wurde.«

»Um den Regenbogenfisch aus dem Wasser zu ziehen ...«

»Ja, nur ... sie wussten ja schon immer, dass sie einen Hai wollen ...« John blätterte zum Datenblatt und drückte den Finger auf die Seite. »Maximal-belastung: 1900 kg ...«

Sarah blinzelte ihn an.

»Also knapp 2 Tonnen ...«, hob John den Zeigefinger. »Wenn ich mich recht entsinne, hat ein Weisser Hai eine Länge zwischen, sagen wir, fünf bis maximal sieben, acht Metern. Dabei hat er ein Gewicht von zwei bis dreieinhalb Tonnen! Unser Hai ist mindestens doppelt so gross ...«

Sarah strich sich die schweissnassen Haare aus der Stirn. »Also dürfte er um die sechs Tonnen schwer sein ...«

»Wahrscheinlich mehr, da er ja auch mehr Masse braucht für diese Länge ... aber das ist nicht der springende Punkt ...« John holte Luft und deutete noch mal auf die Krananleitung. »Selbst mit einem durchschnittlichen grossen Weissen wäre der Kran nutzlos ...«

»Auch wenn man einen bewusstlosen Hai zieht?«, unterbrach sie ihn.

»Kommt auf die Geschwindigkeit an ... der Hai braucht Wasser!«, wiegte John die Hand.

»Hmm ...«, band sie sich die Haare zu einem Pony zusammen.

»Aber es bleibt uns auch keine andere Wahl!«, wischte sich John Schweiss aus der Stirn.

»Also betäuben wir ihn ...«, nickte Sarah.

»Genau: Und ziehen ihn zum nächsten Hafen. Dafür muss er aber richtig ausgeknipst sein! Bis wir einen Hafen anlaufen ...« John ging zum anderen Tisch und nahm einen Markierstift zur Hand. »Wir sind hier ...«, kreiste er ein und zog eine gerade Linie. »Hier ist der nächste Hafen!«

Sarah schluckte hörbar.

»Vorausgesetzt, wir bringen die Yacht in Bewegung, brauchen wir mindestens zwei Tage, bis wir die Küste sehen ...«

Sarah stöhnte. »Und der Hai soll sich die ganze Zeit einfach ziehen lassen?«

John drückte den Deckel auf den Stift und legte ihn auf die Karte.

»Das ist unmöglich! Wie sollen wir das zu viert bewerkstelligen?«, stützte sie sich auf dem Tisch ab.

»Ich habe keine Ahnung ...«, stemmte er die Hände in die Hüften. »Wir haben hier nicht mal ansatzweise eine Chance!«

Zander und Philip flogen durch die Nacht über den weiten und durch und durch schwarzen Ozean. Zander beobachtete die Anzeigen für den Treibstoff, den Höhenregler und die Rotorenumdrehungsanzeige. »Treibstoff sieht gut aus ... das reicht bis zur Yacht!«

»Die Rotoren schnurren wie ein Kätzchen!«, hob Philip einen Daumen und öffnete zwei Bier.

Das kleine Flugzeug, das für Wasserlandungen ausgerüstet war, hatte neben Treibstoff in Kanistern auch Waffen und eine Kiste Dynamit geladen.

»Wir sollten in den Morgenstunden Sichtkontakt haben!«, nahm Zander das Bier entgegen und lehnte sich zurück.

»Schade, fliegen wir in der Nacht!«, prostete Philip zu seinem Boss.

»Wären auch nur Kilometer von Wasser um uns herum. Würde dir auch nicht gefallen!«, zuckte Zander mit der Schulter.

Blue setzte sich auf dem Oberdeck auf das Sofa.

»Kannst wohl nicht schlafen?«

Blue drehte sich zu Kilian, der noch immer an der Wand zur Steuerkabine sass. »Nicht wirklich ...«

»Ich habe sie gehört ... Sarah und den Neuen!«, flüsterte Kilian.

»Du hast Ohren, ich gratuliere!«, streckte sich Blue gähnend.

»Wir haben keine Chance, diesen Hai zu fangen, und auch keine Chance, hier wegzukommen!«, sprach Kilian einfach weiter.

Blue lehnte sich zurück und betrachtete den dunklen Himmel, der sanft heller zu werden begann. »Dafür braucht man nicht zu lauschen ... das hat mir ›der Neue‹ selbst erklärt, als wir die Kameras unter dem Schiff in Betrieb genommen haben!«

»Die Kameras funktionieren noch?«, stutzte Kilian.

»Natürlich ...«, gähnte Blue ihn an. »Die waren nur Opfer der Elektrizität!«

»Sonar und Radar?«

Blue grinste.

»Nein!«

»Das Funkgerät ist hinüber ...«

Kilian setzte sich gerade hin. »Das sind gute Nachrichten!«

»Na ja ...«, kam Yuki heraus. »So gut sind die Nachrichten auch wieder nicht.«

»Wie meinst du das?«, folgte er Yuki, die sie sich neben Blue auf das Polster setzte.

»Wir kriegen den Motor nicht in Gang und der Treibstoff wird nur noch ein paar Stunden reichen ...« Yuki rieb sich die Augen. »Wie wir es auch drehen und wenden, die Ressourcen gehen zur Neige!«

Kilian schluckte. »Fuck!«

»Na komm schon ...«, setzte sich Blue auf. »Nichts mehr mit Futter für Fischi?«

Kilian senkte den Kopf. »Ich habe keine Ahnung, was ich mir da gedacht habe ...«

»Nichts, das ist das Problem!«, stellte Yuki klar.

»Ich hatte auf einmal das Gefühl ...« Kilian schüttelte lachend den Kopf. »Jason hätte recht ...«

»Womit ... den Hai zu füttern?«, fragte Blue.

Kilian hob langsam den Kopf. »Keine Ahnung, mit allem ...«

Apple drehte sich mit einem fragenden Blick zu Kilian.

»Dir ging es doch genauso ...«, sagte Kilian zu ihr.

Apple schüttelte den Kopf. »Nein, Jason war irre, ich glaubte dir!«

»Mir?«, stutzte Kilian

»Keine Ahnung ... als das Boot kam, war ich mir sicher, dass sie kommen, um uns zu töten und ...!« Apple hielt inne und spähte in die Nacht. »Hört ihr das?«

Alle horchten in die Nacht, bis Blue als Erster aufsprang. »Ein Flugzeug!«

Yuki suchte den Himmel ab, der langsam die Nacht hinter sich liess, und schliesslich zeigte sie freudig auf die blinkenden Lichter am Horizont. »Da!«

»Da ist tatsächlich eine Yacht!«, deutete Philip beinahe überrascht auf den Ozean.

»Die Geldsäcke haben nicht gelogen!«, lachte Zander, klickte den Autopiloten aus und prüfte die Instrumente.

»Luftdruck ist grün!«, prüfte Philip die Wasserungstuben.

»Bereit machen zur Landung!«, schnallte sich Zander an und griff nach dem Steuerknüppel.

John setzte sich auf den Drehstuhl vor dem Funkgerät. »Und was bringt uns das alles noch mal?«

Sarah schüttelte den Kopf und trank etwas Wasser aus der Wasserflasche, die John dabeihatte. »Nicht meine Gehaltsstufe!«

Schmunzelnd drehte er sich zum Sonargerät. »Zumindest wissen wir nun, dass er um das Boot kreist.« John drehte sich einmal um die eigene Achse. »Yeay!«

»Sarah! John!«, rief Blue die Treppe runter. »Ein Flugzeug!«

»Was hat er gesagt?«, wollte Sarah es gar nicht wahrhaben.

»Ein Flugzeug ...?«, fragte sich John laut.

Sie sprangen auf und rannten die Treppen hoch zum Oberdeck. Sie gesellten sich zu Yuki und Blue und wurden Zeuge, wie das Flugzeug zur Wasserung ansetzte.

»Es landet!«, hüpfte Blue vor Freude auf.

John löste sich von den anderen und ging neben Kilian und Apple an die Reling.

Mit den röhrenden Rotoren und einem Zischen der Gischt landete das Flugzeug mit einer Wasserfontäne auf dem Wasser. Langsam tuckernd drehte es zur Yacht und war dabei etwa zwanzig Meter entfernt.

Nach einem Blick über die Reling kam John wieder zurück zu den anderen »Er kreist nicht mehr ...«

Sarah blickte fragend zu John.

»Er ist abgetaucht!«, ging John auf das Ecksofa und blickte über die Reling.

»Was?«, schüttelte Sarah den Kopf.

»Er hat das Flugzeug bemerkt!«, kam John wieder zurück und zeigte auf das Flugzeug. »Sie sind zu weit weg!«

Zander zog an der Bremse, liess die Rotoren auslaufen und drückte drei Schalter nach oben, um den Motor ganz auszumachen.

»Perfekte Landung, Boss!«, lachte Philip und stellte auf seiner Seite die Elektronik auf Stand-by.

»So gehört es sich!« Zander steckte sich seine Zigarre in den Mund und zeigte auf die Yacht. »Sieh mal, wie die sich freuen!«

Philip zündete seinem Boss die Zigarre an.

Zander öffnete die Luke und stieg auf den Wasserfuss seines Flugzeugs, hielt sich an der offenen Tür und winkte zur Yacht.

Er verstand nicht, was sie schrien, aber ihre Gesichter wollten nicht so recht zur Freude seiner Ankunft passen.

»Boss!«, schrie Philip panisch hinter ihm.

Er wollte sich zu Philip umdrehen und blickte auf den aus dem Wasser schiessenden Kopf eines Weissen Hais. Den Kiefer weit aufgerissen, die riesigen und spitzen Zähne auf Kollisionskurs und das Einzige, was in Zanders Kopf dabei vor sich ging, war die Frage, warum Philip so panisch schrie.

Sie entdeckten die Rückenflosse, als sie neben dem Flugzeug auftauchte und direkt darauf zuglitt.

»Hai!«, schrien sie alle zusammen, als der Pilot aus dem Flugzeug stieg und sich zu weit nach vorne hängen liess.

»Hai!«, und deuteten auf die immer grösser werdende Rückenflosse.

Langsam kam der ganze Körper über die Wasseroberfläche, demonstrierte seine volle, mächtige Masse an reinen Muskeln. In Angriffsbereitschaft hielt er auf das kleine Flugzeug zu. Der dreieckige, fast silbern glänzende Kopf kam aus dem Wasser, drehte sich und dabei ihnen den Rücken zu. Mit einem Schub seiner starken Schwanzflosse riss er seinen Kiefer auf und stiess sich auf sein Ziel zu. Von der Seite erreichte er den Piloten, noch bevor dieser erkannte, was los war und was ihm bevorstand. Mit einem tödlichen Biss zertrümmerten die Zähne den Brustkorb und die Organe darunter. Das verfehlte Herz begann panisch zu pumpen und so schoss Blut aus dem fast geschlossenen Kiefer gegen das Flugzeug. Gurgelnd versuchte der Pilot zu schreien, legte dabei kraftlos seine Arme auf die Schnauze des Hais, der mit ihm im Mund und zuckendem Kopf abtauchte.

John hustete und musste daran denken, wie er selbst mit Brot im Mund aussah.

»O mein Gott!«, keuchte Sarah und drückte sich würgend eine Hand gegen den Mund.

»Nein! Nein!«, kreischte Blue.

Von Yuki kam gar nichts, Kilian und Apple waren genauso still und wurden bleich. Keiner von ihnen konnte den Blick vom blutroten Wasser neben dem vormals weissen Flugzeug abwenden.

John dagegen ging näher an die Reling und beugte sich darüber. »Hat er dabei überhaupt das Flugzeug berührt?«

Noch bevor jemand etwas dazu sagen konnte, zeigte John auf das Flugzeug. »Da ist noch jemand drin!«

Sarah griff nach dem Fernglas. »Der sieht nicht so aus, als möchte er gleich aussteigen!«

»Hast du nicht gesagt, der Psycho wollte dich mit dem Kran dem Hai vorwerfen?«, fragte John.

»Oder mit mir spielen ... er zog mich zweimal rechtzeitig hoch ...«, nickte Sarah.

»Wir müssen das dort drüben machen. Ihn ködern, damit ich zum Flugzeug schwimmen kann!«, deutete er zum Flugzeug.

»Mit diesen Armen gehst du nicht ins Wasser! In der Sekunde, in der du im

Wasser bist, gehen deine Wunden wieder auf und du bist der Köder!« Sarah schüttelte entschieden den Kopf, ehe sie anfügte: »Und ich werde auch nicht noch mal der Köder sein!«

»Ich könnte doch der Köder sein!«, meldete sich Apple.

Alle drehten sich zu ihr um.

»Und ich kann zum Flugzeug schwimmen!«, richtete sich Kilian auf.

»Was?«, ging John auf sie zu. »Was soll das jetzt?

»Irgendwie müssen wir uns doch beweisen können!«, bat Kilian beinahe flehend.

»Irgendwelche Einwände?«, seufzte John.

»Dafür haben wir keine Zeit!«, stiess Sarah John zur Seite und kniete sich neben Kilian und Apple, um ihre Fesseln zu lösen. »Keine Tricks!«

»Nein, das haben wir hinter uns …«, lächelte Kilian dankbar.

»Wir wollen wieder ein Team sein«, pflichtete Apple bei.

»Wer bedient den Kran?«, drehte sich John um.

»Wir, Blue und ich!«, ächzte Sarah und schnitt auch Apples Fesseln auf. »Yuki und du gehen mit Kilian auf die andere Seite!«

»Bist du ein guter Schwimmer?«, drehte sich John zu Kilian.

»Ich kann schwimmen …«, rieb sich Kilian die befreiten Handgelenke.

»Also nicht irgendwie ein Superathlet …«, steckte sich John eine Zigarette in den Mund.

Sarah zog Apple hoch und ging mit ihr zur Treppe zum Mitteldeck. John, Kilian und Yuki folgten ihnen.

»Du weisst, dass du die … « John versuchte die Distanz zum Flugzeug zu schätzen. »… fast fünfundzwanzig Meter in Rekordzeit schwimmen musst!«

»Der Hai spürt Vibrationen, vielleicht sollte er es eher langsam angehen lassen!«, warf Yuki ein.

»Seinen Herzschlag wird er dennoch wahrnehmen!«, nickte John.

»Nein … je mehr Vibration, je eher wird er auf ihn aufmerksam und wir versuchen ihn ja abzulenken …!«, erklärte Yuki die Treppe abwärts. »Auch er kann sich nicht teilen!«

»Er wird ins kalte Wasser mit einem etwa dreizehn Meter grossen Hai springen. Sein Herz wird so schnell schlagen, dass er es als einfachere Beute wahrnehmen wird!«, deutete John auf Kilian und wandte sich den anderen zu. »Wenn wir nur eine Sekunde danebenliegen, wird der Hai ab deinem Sprung ins Wasser auch hinter dir her sein!«

»Langsam bereue ich meine Entscheidung!« Kilian drehte sich flach atmend zum Kran, an dem Sarah gerade begann, das Trapez mit dem Seil zu verknoten.

»Hier, zieh die Weste an!«, gab Sarah eine Schwimmweste an Apple.

»Wir müssen uns beeilen, das Flugzeug treibt ab!«, rief Yuki.

»Brauchst du Hilfe?«, verfolgte John, wie Sarah das Seil mit der Schwimmweste und Apples Händen verband.

»Nein ... fast fertig! Bring du Kilian in Stellung ...« Sie reichte ihre Taucherhandschuhe Apple.

»Die Stange wird nass und kalt sein! Wenn du hochgezogen wirst, ist der Zug auf deine Arme ziemlich stark ... und ich will nicht, dass du baumelst, wie ich es tat!«

»Lass einfach nicht zu, dass er mich frisst, okay?«, schluckte Apple.

»Okay ...«, ging Kilian an die Reling. Das Flugzeug war nun fast dreissig Meter entfernt und er schluckte mit einer kühlen Brise auf seinem Nacken einen dicken Kloss runter. »Ich denke, ich kann das nicht ...«

John klopfte Kilian auf die Schulter. »Nur ein Katzensprung, kein Problem!«

»Vorher hast du was anderes gesagt!«

»Scheiss uns jetzt nicht ab, Kilian!«, boxte Yuki ihm in die Schulter.

»Meine Knie ...«, schluckte er. »Sie fühlen sich an, als wären sie gar nicht da ...«

Yuki und John wechselten einen besorgten Blick.

»Ich scheiss mich ein ...« Eine Träne lief Kilian die Wange hinab.

»Hey!«, packte John ihn bei den Schultern. »Reiss dich zusammen, schaffst du es nicht zum Flugzeug ... kommen wir hier nie weg!«

Sarah hielt Apple an den Beinen fest, als Blue sie mit dem Kran über das Deck beförderte. »Denk daran, wenn deine Beine im Wasser sind, musst du strampeln, was das Zeug hält!«

Apple nickte, ihre Augen zitterten und sie hielt sich panisch am Trapez fest. »Wir werden nicht zulassen, dass du stirbst!«, streckte Sarah ihr den Daumen entgegen, als sie mit den Beinen über die Reling glitt.

»Stopp!«, hob Sarah den Arm, als Apple etwa drei Meter von der Yacht entfernt fünf Meter über dem Wasser baumelte.

»Wir lassen nicht zu, dass du stirbst!«, klopfte John Kilian mit beiden Händen auf die Schultern.

»Macht euch bereit. Apple, in 5!«, rief Sarah von der anderen Seite.

»Also, grosser Junge, wir warten, bis der Hai den Köder angenommen hat!«, schätzte John die Distanz mittlerweile auf fast vierzig Meter ein und die geringe Chance wurde dadurch nicht grösser.

»Drei ... zwei ...« Sarah hielt inne und wartete darauf, dass die Rückenflosse hinter dem Heck der Yacht verschwand. »Eins ...! Blue, lass sie runter!«

Langsam wurde Apple nach unten gelassen. Sie strampelte schon weit bevor sie Wasserkontakt hatte und begann heulend zu wimmern und zu kreischen.

»Stopp!«, hob Sarah die Hand, als Apples Beine im Wasser verschwanden. Kreischend strampelte sie das Wasser in Aufruhr.

»Halte dich bereit!«, rief sie zu Blue, ohne Apple aus den Augen zu lassen.

Langsam tauchte beim Heck die Rückenflosse auf und glitt graziös auf die strampelnde Apple zu. Als würde sie es spüren, drehte sich Apple und erstarrte, als sie die gräuliche Rückenflosse entdeckte. »Zieht mich hoch, Scheisse, zieht mich hoch!«

John, Kilian und Yuki drehten sich zu Sarah. Die panischen Schreie von Apple waren nicht zu überhören.

»Was ist da los?«, flüsterte Kilian.

»Sie ist der Köder«, flüsterte Yuki zurück.

»Und hoch!«, schrie Sarah. Blue betätigte den Kran und zog Apple hoch.

Der Hai schwamm unter ihr durch, ohne einen Angriff gestartet zu haben, und tauchte ab.

Sarah schrie zu John: »Er ist nur vorbeigeschwommen und abgetaucht!«

»Er kennt seine Beute nicht!«, gab John zurück.

»Sollte er den angreifen!«, flüsterte Kilian.

»Wenn er dich nicht sofort bemerken soll, ja«, klopfte John ihm auf den Rücken, aber spürte, dass es nicht reichen würde. Das Flugzeug war nun beinahe fünfzig Meter entfernt.

»Holt mich hier raus, ich kann das nicht!«, zitterten Apples blaue Lippen in ihrem geisterhaften, weissen Gesicht.

»Du machst das ganz toll ...« Mit einem schwachen Lächeln hob Sarah abermals den Daumen und anschliessend den Arm. »Wieder runter!«

»Wieder runter!«, bestätigte Blue.

»Nein!«, kreischte Apple, als es wieder abwärts ging. »Bitte nicht!«

»Komm schon!«, flüsterte Sarah und suchte die Rückenflosse.

Die Flosse erschien diesmal von aussen, Apple zwischen ihm und der Yacht, und war eindeutig schneller als zuvor. Kleine Wellen mit weisser Gischt gingen von der Rückenflosse ab und langsam kam sein ganzer Körper an die Wasseroberfläche.

»Er greift an!«, schrie Sarah.

Der Hai hob seine Schnauze aus dem Wasser und riss seinen riesigen Kiefer auf. Seine gräuliche Haut glänzte in der Sonne und liess ihn silbern erscheinen, als er auf seine Beute zuschoss.

Apple war nahe genug, um zu sehen, wie die Augen nach oben rollten und der Hai langsam zu seiner Seite drehte. Sie spürte, wie das Wasser an ihren Beinen zog, ein Sog, den der offene Rachen auslöste. Dabei das Wasser wie einen Strudel erfasste und sie wie einen Magneten zu den Zähnen sog.

»Auf!«, schrie Sarah.

Mit einem Ruck wurde Apple hochgezogen. Die vielen spitzen Zähne und der dunkle Rachen kamen näher. Apple wusste, es kann nicht reichen, und sie liess einen letzten Schrei aus ihren Lungen.

Sarahs Knie gaben beinahe nach und sie prustete Luft, als der Hai Apple verfehlte. Er verpasste sie nur um Zentimeter, nicht mehr als ein kleiner Hauch und es sah aus, als hätte einer der Zähne ihren Fuss gestreift. »Los!«, drehte sich Sarah zu John.

»Los, Tiger!«, schrie John und Kilian sprang ohne zu zögern mit dem Seil in der Hand ins Wasser. Nach einem Moment, in dem nichts geschah, tauchte er auf und kraulte zum mittlerweile etwa siebzig Meter entfernten Flugzeug.

Philip bemerkte, wie jemand ins Wasser sprang, aber er konnte sich nicht damit befassen. Er fror, ihm war beklemmend schlecht vom Schaukeln des Flugzeugs und er hatte eine Scheiss-Angst. Die grossen Zähne in dem Maul dieses Monsters wollten nicht mehr aus seinem Kopf. Sein Boss … sein Freund wurde einfach gefressen, erst stand er noch da und eine Sekunde später war er weg.

»Ich aber nicht!«, murmelte Philip.

»Noch mal runterlassen!«, schrie Sarah und hob die Hand.

Blut tropfte aus der brennenden Wunde an Apples Ferse. Sie weinte bitterlich, kreischte und versuchte sich hochzuziehen, als es wieder abwärts ging.

Sarahs Arm bewegte sich noch abwärts, als sie auf einmal den Schatten unter Apple sah. Noch immer ging ihr Arm abwärts, als aus dem Schatten die graue Nase der Fressmaschine wurde und immer grösser wurde.

»Hochziehen! Blue! Hochziehen!«, schrie Sarah verzweifelt, doch der Hai riss noch unter dem Wasserspiegel seinen Kiefer auf.

Yuki und John hörten Sarah, drehten sich mit dem Kreischen um, wie sie sich einen Schritt von der Reling entfernte.

Der Hai schoss unter Apple aus dem Wasser, den Kiefer weit aufgerissen und das rosa Zahnfleisch nach vorne geschoben. Mit dem Schub aufwärts trat er aus dem Wasser und biss hart zusammen, trennte Apple genau unter ihrer Schwimmweste entzwei. Mit dem Unterkörper zwischen seinen Zähnen tauchte er wieder ab, um sich diesem anderen Impuls zu widmen, den er zuvor wahrgenommen hatte.

Sarah klammerte sich an die Reling, unfähig, einen Ton von sich zu geben oder gar loszulassen. Alles, was sie tun konnte, war, hilflos auf die halbierte Apple zu starren.

Apple spürte den Ruck in ihren Armen, als es endlich aufwärts ging. Sie atmete tief durch und lächelte erleichtert zu Sarah. So etwas wie Stolz wuchs in Apple. Sie hatte ihren Teil getan und ihnen allen eine neue Chance gegeben. Blinzelnd spürte sie eine Leichtigkeit in ihrem Kopf, als wäre sie beschwipst und konnte nichts gegen das Weiteranwachsen ihres Lächelns tun.

»Nein!«, flüsterte Sarah, als die lächelnde und sterbende Apple Blut tropfend aufwärts gezogen wurde, und übergab sich laut würgend über Bord.

Blue versuchte panisch, den leblosen Oberkörper von Apple mit dem Kran auf das Deck zu drehen. Blut und Innereien fielen tropfend und klatschend auf das Deck.

Blue konnten seine Beine nicht mehr halten und er fiel auf seine Knie. Mit Tränen in den Augen erbrach er sich, bis er sich mit zitternden Armen abstützen musste.

Yuki rannte kreischend zu Blue rüber.

»Fuck«, drehte sich John wieder zu Kilian, der dem Flugzeug näher kam, als er erwartet hatte.

Kilians Muskeln brannten, sein Herz fühlte sich an wie ein Kolibri auf Speed und mit dem ganzen Salzwasser in den Augen konnte er kaum noch etwas erkennen. Er sah die Umrisse des weissen Flugzeugs und mehr brauchte er gar nicht. Nur noch ein paar Schläge, dachte er immer und immer wieder, während er sich durch das Wasser kämpfte.

Als Philip daran zu glauben begann, dass der Junge es schaffen konnte, entschloss er sich auf den Pilotensitz zu rutschen und sich auf die Brust zu legen, damit er ihm den Arm entgegenstrecken konnte.

»Jaaa!«, schrie der Junge als er Philips Hand erreichte, und liess sich auf den Wasserträger unter den Flügel ziehen.

John erspähte die Rückenflosse kurz darauf, sie tauchte von rechts aus dem Wasser auf und Kilian war noch mit dem halben Körper im Wasser. »Komm schon ...«, seufzte John beinahe resignierend und beobachtete gespannt, wie Kilian versuchte hoch auf den Wasserträger zu gelangen. »Komm schon!«

»Geh rein!«, schrie John, Kilian blieb mit dem Seil in seiner freien Hand auf dem Wasserträger stehen und drehte sich mit erhobener Faust der Yacht zu. »Geh rein, du Idiot!«

»Komm rein!«, schrie Philip und zog zusätzlich an seinem Arm, versuchte Kilian ins Flugzeug zu ziehen. Da tauchten die vielen Zähne und die silberne Schnauze wieder auf und Philip verlor jegliches Gefühl in seinen Gliedern.

»Fick dich!«, drückte John die Hände gegen seine Stirn und wurde Zeuge, wie der Hai Kilian beinahe ganz in seinen Rachen schob, ihn mit seinen Zähnem und der gewaltigen Kraft des schliessenden Kiefers förmlich zermahlte. Blut spritzte von dem zusammengepressten Kiefer zur Seite raus. Der linke Fuss, den der Hai nicht erwischt hatte, flog unspektakulär, inmitten des blutigen Wassers, neben das Flugzeug ins Wasser. Der Copilot war wieder verschwunden und das Seil schwamm neben dem Wasserträger in Kilians Blut.

»Hey!«, schrie John. »Heeyy! Das Seil!«

Sarah übergab sich noch immer, konnte sich aber nicht mehr halten und erbrach sich erschöpft über ihre Knie, als Blue versuchte, seine halbe Schwester vom Kran zu bekommen. Sie fiel mit einem dumpfen Klatschen auf das Deck, dabei öffnete sich ihr Mund und ein Schwall Blut floss heraus.

»Das ist nicht wahr!«, stöhnte John über die Szenerie, die sich vor ihm abspielte, und zog mit einem zweiten Stöhnen sein Shirt aus.

»Was hat er vor ...?«, wischte sich Sarah Erbrochenes aus dem Gesicht und rutschte beim Versuch aufzustehen aus.

Der Versuch eines eleganten Eintauchens scheiterte schmerzhaft auf seinem Bauch und er brauchte einige Sekunden, sich gegen seine krampfenden

Muskeln zu wehren. Zu viele, entscheidende Sekunden, die sein Leben kosten konnten. »Wie sagte sie … langsam und ruhig…«, sprach John mit sich selbst und schwamm in ruhigen Zügen auf das Flugzeug zu.

Sarah ächzte sich mit Mühen auf, hielt sich an der Reling fest und versuchte, ruhig zu atmen. »Los, Mädchen!«, keuchte sie und kämpfte sich durch den eigenen Schwindel weiter vorwärts, bis sie John im Wasser erkennen konnte. Adrenalin schoss durch ihren Körper und ihr Kopf war auf einmal so klar wie die Luft nach dem Regen.

»Er hat gefressen …«, wiederholte John immer wieder, um selbst daran zu glauben, und versuchte ruhig zu schwimmen. Spürte allerdings, dass seinem Herzen diese Tatsache egal war.

Sarah griff sich die Reling der Steuerbord-Seite, kämpfte gegen ein erneutes Würgen und schätzte, dass John etwa den halben Weg zurückgelegt hatte.

»Was macht er da …?«, kam Yuki dazu. Im Hintergrund kreischte Blue mit seiner halben, blutenden Schwester im Arm.

»Er will ins Flugzeug …«, spuckte Sarah ins Wasser.

»Es treibt ab und ist viel weiter weg …«, bemerkte Yuki und kämmte das umliegende Wasser nach einer Flosse ab.

»Der Hai hat doch gerade gefressen … vielleicht interessiert es ihn gar –«

»Da …«, unterbrach Yuki und deutete auf die Spitze der Rückenflosse, die aus dem Wasser hervorstieß und auf John zuhielt.

»Bitte nicht …«, flüsterte Sarah.

Zitternd beobachtete Philip, wie der zweite Schwimmer auf ihn zuschwamm. Dieser war nicht ganz so jung wie der erste, aber in deutlich besserer körperlicher Verfassung. Mit seinem ganzen Mut kletterte er auf den Pilotensitz zurück und beugte sich etwas raus, als er in seinem Augenwinkel eine Bewegung wahrnahm.

Das Monster kam zurück. »O nein … nicht ein drittes Mal!« Philip fühlte sich nun persönlich angegriffen, so als hätte er wiederholt gegen eine Taube im Schach verloren.

»John …«, presste Sarah ihre Hände gegen die Stirn und hüpfte nervös auf und ab. Daneben klammerte sich Yuki wimmernd, mit weissen Knöcheln, an die Reling.

Der Hai trat nun beinahe mit dem gesamten Rücken über das Wasser und näherte sich mit einfachen Schlägen seiner Schwanzflosse dem viel zu gemächlich schwimmenden John.

»Nicht noch mal!«, setzte sich Philip zurück auf den Pilotensitz, nachdem er wieder aus dem Stauraum kam und eine Stange Dynamit mitgebracht hatte. Die Füsse gegen die Verstrebung von Wasserträger und Flügel gepresst, zündete er das Feuerzeug an und damit die Zündschnur des Dynamits.

»Fünfundzwanzig, sechsundzwanzig, siebenundzwanzig ...« Sein Blick wanderte von dem riesigen Hai zur Zündschnur und wieder zurück. Nun riss der Hai allerdings schon seinen riesigen Kiefer auf und drückte die Zähne nach aussen, um den Beissradius zu maximieren.

»Achtundzwanzig, neunundzwanzig ...« Philip warf die Dynamitstange in Richtung der herannahenden, monströsen Kreatur und ging hinter dem Sitz in Deckung.

Das Dynamit schaffte es nicht nur nicht bis zum geöffneten Maul, es schoss auch deutlich über den Hai hinweg. Für den Hai jedoch war die Druckwelle mit dem lauten Knall, der seine Sinne durcheinanderbrachte, völlig unbekannt. Fluchtartig brach er den Angriff ab und verschwand unter Wasser.

»Was war das?«, versuchte Sarah zu verstehen, was vor ihren Augen passiert war, während John sich vom Copiloten hochziehen liess und im Flugzeug verschwand.

»Wir haben es geschafft ...«, stammelte Yuki verwirrt.

»Ja ...«, nahm Sarah Yuki in den Arm und drehte sich zu Blue um, der wimmernd die Überreste seiner Schwester im Arm hielt. «... haben wir.«

4

Kurt sass an seinem Laptop und versuchte die Mail zu verstehen, die von seiner Assistentin weitergeleitet wurde.

»Was machst du für ein Gesicht?«, legte Stefan seine Zeitung zur Seite und griff nach seinem Drink.

»Es sieht so aus, als würden wir auf weitere Probleme stossen ...«, drehte Kurt den Laptop zu Stefan.

»Demonstranten, die sind nichts Neues ...«, zuckte Stefan lediglich mit den Schultern.

»Ach ja?« Kurt liess das Video laufen und man konnte erkennen, wie die Demonstranten mit roter Farbe gefüllte Wasserballons gegen den Eingangsbereich des Ozeaniums warfen.

»Was ist denn nun wieder los? Das ist Sachbeschädigung!«, setzte Stefan sich auf.

Kurt drehte den Laptop wieder zu sich. »Das ist die Reaktion auf die Bekanntgabe der Tiere.«

»Was? Niemand hat die Tiere bekannt gegeben!«, stand Stefan auf und stellte sich hinter Kurt. »O mein Gott ...!«

»Hacker haben sich in unser System geschlichen und alle Verträge veröffentlicht ...« Kurt holte tief Luft. »Die Sache mit den Hammerhaien kommt besonders schlecht an. Unsere Server sind zusammengebrochen!«

Stefan wandte sich ab, ging zurück in den Sessel und hielt seine Hände an sein Kinn. »Weiss Malena schon davon?«

»Ich habe es selbst eben erst erfahren ...«, schloss Kurt den Deckel seines Laptops. »Hat sie ihr Handy dabei?«

»Keine Ahnung ...«, schüttelte Stefan den Kopf.

»Wir müssen mit ihr reden, ehe sie das sieht!«, stand Kurt auf.

»Ich kann nicht schon wieder raus in die Hitze. Ich habe das Gefühl, ich verdampfe noch!«, stöhnte Stefan, der ärmste Mann der Welt.

»Willst du den Zorn deiner Frau auf dich ziehen? Ernsthaft?«, streifte Kurt seinen Hut über.

»Schon was von diesem Zander gehört?«, folgte Stefan widerwillig.

»Noch nicht ...«, riss er die Tür auf. »Sollen wir Peter wecken?«

Stefan zog die Tür hinter sich zu und folgte Kurt durch den Gang. »Nein, lass ihn, er sieht schon erschlagen genug aus!«

Malena beobachtete in ihrem Liegestuhl Karla, wie sie auf ihr Display starrte und das Gesicht angewidert verzog.

»Dickpic von deinem Mann?«, lächelte Malena höhnisch.

»Mmh ...?«, liess Karla von ihrem Telefon ab.

»Was ist los?«, setzte sich Malena misstrauisch gerade hin. »Zeig her!«

»Nein, Malena, ich ...«, wurde das Handy auch schon aus Karlas Händen gerissen.

»Malena ...«, kam Kurt schwitzend und keuchend vor dem Liegestuhl an.

»Was weisst du davon?«, zischte Malena.

Kurt drehte sich keuchend zu Stefan, aber Stefan war nirgends zu sehen.

»Kurt!«, schrie Malena.

»Ich habe es selbst eben erst erfahren ...«, wischte sich Kurt Bäche von Schweiss aus der Stirn.

»Wer hat denen unsere Liste geschickt?«, war Malena laut genug, um die Aufmerksamkeit der anderen Gäste auf sich zu ziehen.

»Die wurde aus unserem System entwendet ...« Kurt suchte weiter nach Stefan, aber er musste einsehen, dass er im Stich gelassen wurde.

»So eine Scheisse! Ist denen egal, dass wir für Artenschutz einstehen wollen?«, keifte Malena und trat mit der Ferse gegen den Liegestuhl.

»Bedrohte Tiere in Gefangenschaft sind nicht unbedingt gerne gesehen!«, bemerkte Karla.

Malena warf Karlas Handy in den Pool.

»Hey ...«, stand Karla auf, um dem Handy beim Eintauchen zuzusehen.

»Selber schuld!« Malena stand auf, ohne Karla eines Blickes zu würdigen. »Kurt, ich will eine Leitung zu Streller! Sofort!«

»Natürlich ...«, folgte er Malena in die Lobby.

Streller sass auf dem Tisch in seinem Büro und strahlte mit Alicia um die Wette, während er am Telefon mit Malena Bös war.

»Nein, Frau Bös, das ist keine von unseren Stories, die wir gebracht haben. Wir haben nur berichtet, dass darüber berichtet wurde, und hinterfragen das natürlich«, zwinkerte Streller.

»Seien Sie versichert, Frau Bös, nichts läge uns ferner!«, hielt er sich eine Hand gegen die Brust.

Alicia lächelte über die Kaltschnäuzigkeit ihres Chefs.

»Natürlich, wir werden uns um eine Stellungnahme Ihrerseits bemühen … Aber Frau Bös, uns ist auch zu Ohren gekommen, dass Sie Ihren Sohn und die Kinder von den Probsts und Kurt Lasser auf Fischjagd geschickt haben!«

Alicia setzte sich ab dem Satzball auf und drückte die Daumen in ihrer Faust.

»Ein Urlaub auf der Yacht … ich verstehe, also eine reine Ente … Fake News?«, hob Streller den Daumen.

Alicia hob lachend ebenfalls ihren Daumen.

»Nun …«, richtete Streller seine Brille. »Am besten bringen wir eine Fotostrecke Ihrer Kinder, ehe das Ozeanium seine Tore öffnet. Um die Wogen, wie Sie zu sagen pflegen, zu glätten.«

Alicia schüttelte ungläubig den Kopf.

»Nein, Frau Bös, das vergesse ich sicher nicht!«, räusperte sich Streller »Danke! Ich freue mich darauf … Grüsse an den Gatten!«

Mit einem erleichterten Seufzen legte Streller auf.

»Und?«, trommelte Alicia mit ihren Fingern auf den Tisch.

»Nun, sie möchte einen Bericht, in dem sie Stellung beziehen kann bezüglich des Datendiebstahls!« Streller ging um seinen Schreibtisch und setzte sich in den Chefsessel.

»Nicht zu den armen Tieren?« Alicia zog an einer ihrer Haarsträhnen.

»Natürlich, wie gut es die Tiere haben werden … Sie will der Stadt noch mal so richtig Honig um den Mund schmieren.« Streller griff sich ein paar Erdnüsse aus der Schale auf seinem Schreibtisch.

»Aber ihre Reaktion betreffend der Sache mit den Kindern …« Er lehnte sich nach vorne und schlug mit der flachen Hand auf den Tisch. »Sie stockte kurz …«

»Die eiskalte Bös?«, grinste Alicia über beide Backen, »stockte?«

»Und sie stotterte etwas … Da stimmt etwas nicht und …«, warf er eine Erdnuss ein, »… die Kinder werden interviewt!«, warf er eine weitere Nuss ein.

»Die werden sicher was zu erzählen haben!«, liess Alicia die Finger von den Nüssen.

Blue legte eine Decke über seine Schwester und zog sie in den Schatten, während Sarah mit dem Kran das Flugzeug einholte.

»Wird der Hai von der Vibration der Winde nicht angelockt?«, beugte sich Yuki über die Reling.

»Wir können ihn nicht noch mehr anlocken!«, liess Sarah das Seil durch ihre behandschuhten Hände gleiten, »aber die Bewegung des Flugzeugs macht mir Sorgen!«

»Im Moment ist es ruhig ...«, kam Yuki wieder hoch und drehte sich, eine Hand noch an der Reling, zu Sarah. »Aber er hat auch schon länger nicht mehr so viel gegessen!«

»Das war nicht nett ...«, trat Blue dazu, schniefte und rieb sich seine geröteten Augen.

»Leg dich hin ...«, ging Yuki zu Blue.

»Schon gut ...«, kämpfte er noch immer mit den Tränen. »Wir haben alle jemanden verloren und müssen zusammen stark sein!«

Sarah stoppte die Winde. »Also los, versuchen wir, das Flugzeug zum Heck zu bekommen!«

»Gleich ist es geschafft!«, klopfte John Philip aufs Knie.

»Ich kann nicht fliegen ...!«, gab Philip zu.

John blinzelte ihn an.

»Ich bin nur Copilot ... ich bin noch nie ...!« Philip legte das Gesicht in seine Hände.

»Den Treibstoff können wir auch so nutzen ...«, lächelte John und zog an Philips Arm, »... hoffe ich!«

»Warum ... Warum seid ihr hier?«, erkannte Philip die Leute, die auf der Yacht waren.

»Ich war die Rettung, sie sollten den Hai fangen!« John stiess die Tür auf.

»Hey, Daredevil!«, warf Sarah ihm lachend ein Seil entgegen und band den Wasserträger an die Reling des Unterdecks.

»Dieses Monster?«, hielt Philip ihn an der Schulter zurück. »Die wollen dieses Monster fangen?«

»Wir!«, zwinkerte John, stieg aus und liess sich von Sarah auf die Yacht helfen.

»Schön, dass du noch lebst!«, fausteten sie sich ab.

»Wie geht es Blue?«, wandte sich John besorgt Philip zu, um ihm rauszuhelfen.

»Er wirkt etwas zu gefasst ...« Sie drehte sich kurz um. »Schliesslich war es seine kleine Schwester!«

»Ist was passiert?«, fragte Philip, als er auf das Unterdeck trat.

»Wir waren vor der Aktion zwei mehr ...«, drehte Sarah sich schulterzuckend um und ging die Stufen zum Mitteldeck hoch.

»Habe ich was Falsches gesagt?«, kratzte Philip unsicher seinen Arm.

John winkte ab. »Schon gut, sie weiss ja noch nichts von dem Treibstoff!«

Yuki brachte eine Flasche Wasser und setzte sich zu den anderen an den Tisch.

»Also ...«, wandte sich Sarah zu Philip. »Du bist kein Pilot?«

Philip schüttelte den Kopf. »Nein, der Boss flog ...«

»Und du? Warum warst du auf dem Co-Piloten-Sitz?«, hakte Sarah nach.

»Er ist mein Boss ...«, zuckte Philip mit den Schultern. »Er sagte, ich fliege als Co-Pilot!«

John stupste mit dem Zeigefinger gegen den Arm der etwas genervten Sarah. »Was?«, rief sie nach dem fünften Stupsen aus.

»Frag ihn, was er mitgebracht hat!«, grinste John wie eine Katze auf einem Baum.

Sarah wandte sich mit geweiteten Augen zu John.

»Komm schon, frag ihn!«, bewegte John die Finger vor seinem Kinn, als wäre er Mr Burns.

»Treibstoff!«, antwortete Philip auf die Frage, die eine genervte Sarah nicht stellen wollte.

»Treibstoff?«, hob sie fragend die Arme.

»Diesel!«, fügte Philip an. »... damit wird auch eure Yacht betrieben!«

»Das ist ein Scherz?«, hob Blue den Kopf.

»Aber wir haben noch immer nicht geklärt, was du eigentlich in dem Flugzeug zu suchen hattest!«, nickte Sarah in Philips Richtung.

»Ich habe nie was gelernt ... aber der Boss lehrte mich, was mit Flugzeug-Motoren zu tun ist. Nun warte und repariere ich die Flugzeuge und Helikopter!«, räusperte er sich und trank von seinem Wasser. »Oder hatte ...«

John stutzte. »Du kannst sicher auch einen Schiffsmotor reparieren?«

Philip zuckte mit den Schultern. »Motor ist Motor!«

»Mein Mann!«, lachte Blue und klopfte Philip auf die Schulter.

»Also, wir haben Treibstoff und jemanden, der den Motor repariert ...«, zählte Yuki auf. »Aber wie fangen wir den Hai?«

»Wir lassen es einfach!«, zuckte Blue traurig mit den Schultern. »Ich habe genug! Lasst uns nach Hause gehen!«

John schüttelte den Kopf. »Malena wird nicht ihren Sohn für nichts geopfert haben ...«

»Was soll sie uns schon tun?«, lächelte Sarah in die Runde.

»Uhh, da gibt es zu viele Möglichkeiten ...«, griff Blue zu seinem Becher. »Nebenbei bemerkt: Können wir nicht wieder Alkohol trinken?«

»Alkohol gibt es erst, wenn es dunkel wird!«, erklärte Yuki.

»Aber ich bin in Trauer ...«, murrte Blue.

»Das bist du auch noch, wenn es dunkel wird!«, rieb Yuki Blues Rücken.

»Ihr wollt tatsächlich dieses Monster fangen?«, seufzte Philip und trank von seinem Wasser.

»Ich weiss auch, wie!«, klopfte John auf den Tisch.

Sarah verschränkte die Arme. »Ach ja?«

»Es ist sogar ganz einfach ... teilweise zumindest!«, lächelte John und steckte sich eine Zigarette an.

»Da bin ich aber gespannt!«, lächelte Sarah.

»Nicht nur du!«, hängte Yuki sich dazu.

»Nun, Philip macht die Yacht erst wieder fahrtauglich!«, zog John an der Zigarette. »Ihr habt alle gesehen, wie der Hai um uns herumschwimmt. Seine graue Flosse aus dem Wasser, immer schön im Uhrzeigersinn um die Yacht herum! Was bedeutet, dass er uns folgen wird, bis wir in der Nähe einer Küste sind und ihn betäuben können!«

»Nett ...« Sarah boxte John in den Arm. »Er schwimmt um uns herum, weil er von dem Football angelockt wird, der auf dem Grund liegt!«

»Das ist der etwas anspruchsvolle Teil an der einfachen Sache ...«, nickte John. »Wir müssen den Football bergen und ihn im Teil der Yacht deponieren, der unter Wasser liegt!«

Sarah lachte zu Yuki. »Vielleicht holst du doch besser den Alkohol, er fantasiert schon ohne!«

»Ich könnte mit dem Flugzeug übers Wasser fahren und den Hai ablenken!«, warf Philip ein.

»Ist er nicht süss, noch keine Stunde hier und schon will er sich dem Hai opfern!«, lachte Yuki.

»Opfern? Nein, ich meine ablenken ...«, stutzte Philip etwas verwirrt.

»Bruder ...«, zeigte Blue auf das Mitteldeck. »Siehst du diese Decke? Das ist meine Schwester, sie war die letzte Ablenkung!«

»Und Kilian, der zu dir schwimmen wollte, hast du selbst mitbekommen ...«, zog John an der Zigarette und klopfte Asche in den Aschenbecher.

Philip schweifte durch die Runde und endete bei John.

»Willkommen auf der *Ozeanium Eins* ... aber die Sache mit dem Flugzeug ist tatsächlich nicht dumm!«, gab John zu.

»Wir könnten es ohne Insassen losschicken!«, schlug Blue hart seine flache Hand auf den Tisch. »Ich habe Hydraulik-Gelenke dabei, damit müsste es funktionieren!«

»Wozu hast du Hydraulik-Gelenke dabei?«, drehte sich John mit der Zigarette im Mund zu Blue.

»Ich baue Kampfroboter und habe meine Sachen immer dabei ...«, erklärte Blue.

»Und wer taucht nach dem Football?«, versuchte Sarah wieder auf Kurs zu kommen. »Ich werde es nicht tun!«

»Na ja ...aber du bist als Taucherin hier!« Blue drückte seinen Daumen auf den Tisch und drehte ihn hin und her. »Apple war nicht als Köder dabei ...«

»War ja klar ...«, seufzte Sarah.

»Nein ...«, zuckte Blue wie geschlagen zusammen. »Ich wollte nicht ...«

»Schon gut ...«, winkte Sarah ab. »Du hast ja recht!«

»Sicher? Sonst kann ich ...!«, legte John eine Hand auf Sarahs Schulter.

»Nein ... ich bin die Taucherin und du ein Blutsieb!«, lächelte sie schwach.

»Gut ...«, legte John die Hand auf sein Herz. »Ich hatte auch gar nicht vor, mein Glück ein drittes Mal zu testen!«

»Arsch ...«, boxte sie John.

»Also, bringen wir das Schiff wieder auf Vordermann!«, stand John auf. »Blue, du kümmerst dich um die Hydraulik, und wir anderen laden den Treibstoff aus.«

Sarah ging zu John, der neben dem Kran stand. »Wie fühlt es sich an, mein Todesurteil unterzeichnet zu haben?«

John drehte sich um. »Ich dachte, es würde mich belasten, aber eigentlich fühle ich mich ganz gut!«

Sie wankte ihn mit der Schulter an. »Wow ...«

Mit einem Lächeln zog er an der Zigarette.

»Denkst du, das kann funktionieren?«, drehte sie sich zur untergehenden Sonne um.

John hielt den Rauch kurz in seiner Lunge und blies ihn dann in die salzige Brise. »Es ist das Einzige, was mir einfällt ... wenn es nicht funktioniert, habe ich nichts mehr!«

»Sag das nicht, du adaptierst dich bisher ziemlich gut!« , nickte Sarah mit verschränkten Armen zum kreisenden Hai. »Er ist wieder da ...«

»Warst du schon bei Philip?«

Sie schüttelte den Kopf.

»Die Zündung funktioniert, aber etwas scheint den Motor zu blockieren ... frag mich nicht, ich habe keine Ahnung von Motoren!«, folgte er an der Zigarette ziehend dem gleitenden Hai.

»Bist du nicht ein Kapitän?«, drückte sie ihre Hände gegen die Reling und folgte dem Hai, der um den Bug verschwand.

John lachte und drehte sich um. »Mike war mein Mechaniker, ich zahlte nur für das Boot!«

»Und wie kommt der Schweizer nach Mexiko?«

John zuckte mit den Schultern. »Wie die meisten irgendwo landen: gebrochenes Herz!«

Sarah liess von der Reling ab. »Wie lange bist du schon in Mexiko?«

»Etwas weniger als dreizehn Monate ...«, wiegte John die Hand.

»Heeyy!«, rief Blue vom Oberdeck, »kommt hoch!«

»Was ist denn nun?«, drehte Sarah sich um.

»Hört sich zur Abwechslung mal erfreut an ...«, ging John voraus. Sarah folgte ihm die Treppe hoch und sie trafen auf Yuki, die allen vom kolumbianischen Wodka einschenkte. Philip sass neben Blue auf dem Sofa.

»Setzt euch hin!«, lachte Yuki und deutete auf die freien Plätze.

»Haben wir was zu feiern?«, setzte sich Sarah.

»Den Kerl hier!«, nahm Blue Philip in den Arm und wuschelte durch seine Haare. »Er hat den Motor wieder zum Laufen gebracht!«

Lachend nahm John den Becher und hob ihn hoch. »Auf Philip!«

»Auf Philip!«, nahm Sarah ihren Becher und stiess mit Philip an. »Das ist die Voraussetzung, damit wir überhaupt nach dem Football tauchen können, und danach muss er uns noch folgen, also übertreiben wir es nicht!«

John stiess mit Sarah an. »Auf Sarah, die nach dem Football tauchen wird!«

Alle johlten los und Sarah blinzelte lächelnd zu John. Mit den Lippen formte sie ein »Ich hasse dich!«.

Mit einem dumpfen Stoss geriet die Yacht ins Wanken und das Gelächter verstummte abrupt.

»Spielverderber ...«, seufzte Blue und leerte seinen Becher.

John sass neben Blue und beobachtete, wie er den hydraulischen Arm fertigstellte.

»Irgendwie ist das gerade in etwa das Höchste, was ich bisher in meinem Leben erlebt habe!«, lachte Blue mit einer Lampe auf der Stirn.

»Ich sitze gerade in einem Alptraum fest, aber jedem das Seine ...«, lächelte John und deutete auf den flackernden Bildschirm. »Was ist das?«

»Das?«, leuchtete Blue John ins Gesicht. »Das ist der Hai-Käfig. Daneben liegt die Betäubungsspritze ... also irgendwo daneben!«

John versuchte zu erkennen, was auf dem grauen Bild zu sehen war. »Wie weit entfernt ist das vom Football?«

Blue drückte studierend die Lippen nach unten. »Vielleicht fünfzehn Meter? Zwanzig? Nicht viel mehr ...«

John versuchte auf dem zweiten Bildschirm etwas zu erkennen, auf dem irgendwie nichts zu sehen war. In der unteren Ecke wurde angezeigt, dass es unter dem Boot war.

»Warum?«, schraubte Blue weiter.

»Ich frage mich einfach ...«, lehnte sich John zurück und verschränkte die Arme . »Sieht beinahe abstrakt aus, was du da fabrizierst!«

Blue lachte nickend und drehte den Schraubenschlüssel wie ein Samurai sein Schwert.

Yuki prüfte Sarahs Puls und rieb ihr anschliessend eine wärmende Paste auf die Brust.

»Wozu ist das?«, beobachtete sie etwas irritiert Yuki.

»Um die Nerven zu beruhigen ... Grüntee und Kohlextrakte ...«, lächelte Yuki.

»Riecht gut!«, schnüffelte Sarah.

»Wird auch beim Liebesspiel angewendet«, zwinkerte Yuki.

Sarah versuchte darüber zu lächeln, aber sie war zu nervös. »Damit ich ihn weniger anlocke?«

Yuki nickte, zog Sarah den Bikini wieder hoch und wischte sich die Hände an einem Handtuch ab. »Hoffe ich zumindest ...«

»Danke!«, legte Sarah ihre Hand auf Yukis Arm. »Falls ich überlebe ...«

Yuki schüttelte mit einer Träne auf der Wange den Kopf.

Philip setzte sich auf den Pilotensitz, beobachtete den langsam heller werdenden Horizont und hielt das Steuer fest in beiden Händen.

Immer wieder schwamm die enorme Rückenflosse des Monsterhais an ihm vorbei und jedes Mal würde er am liebsten aufschreien und in Panik versinken. Bis ihm einfiel, dass dies hier ganz normal zu sein schien.

Zanders Flachmann im Handschuhfach war wie üblich gut gefüllt und so soff der Mechaniker, nach dem gestrigen Besäufnis, einfach weiter.

»Auf dich, Boss!« Der Mann, der einst tausende Passagiere durch die Lüfte beförderte und dies jahrzehntelang ohne einen Zwischenfall tat. Dieser Mann gab ihm eine Bleibe und eine Arbeit, statt ihn verhungern zu lassen, wie es alle anderen getan hätten.

»Auf dich!«, hob Philip den Flachmann und folgte mit seinem Auge der schwarzen Rückenflosse, ein grauenvoller Schatten in der Schönheit des aufkommenden Morgens.

»Und das Ding funktioniert?«, richtete Sarah, neben den anderen stehend, ihren Bikini, während Blue den hydraulischen Arm im Flugzeug montierte.

»Natürlich!«, kam aus dem Flugzeug.

»Hoffen wir, dass der Hai darauf anspringt!«, folgte John rauchend der Rückenflosse, die an ihnen vorbeischwamm.

»Es muss, hoffen reicht nicht!«, drehte sich Sarah zu John. »Ich habe nicht vor, einen auf Kamikaze für Hoffnung zu machen!«

»Das war jetzt rassistisch!«, streckte Blue seinen Kopf aus dem Flugzeug.

»Nicht wirklich ...«, lachte Yuki.

»Das Flugzeug hat ihn beim ersten Mal angelockt, das muss wieder funktionieren ...«, wiederholte John.

»Ich wäre immer noch dafür, das Monster einfach mit Dynamit zu sprengen!«, warf Philip ein.

»Der junge Schwimmer war der Sohn von der Frau, die alles bezahlt ...«, erklärte John. »Ohne den Hai sind wir selbst Fischfutter!«

»Abgesehen davon, dass wir ihn nicht töten müssen, nur weil er ein Hai ist!«, warf Yuki ein.

»Natürlich ... abgesehen davon«, nickte John schmunzelnd.

»Das ist doch ermutigend!«, zwinkerte Blue Philip zu und sprang vom Wasserträger aufs Unterdeck.

»Wo bin ich da nur reingeraten ...«, seufzte Philip.

John folgte Sarah und Yuki auf das Mitteldeck. Sarah ging zu ihrem Taucheranzug, den sie auf dem Tisch bereitgelegt hatte.

»Du musst das nicht tun ...«, setzte sich Yuki auf einen Stuhl.

»Ich bin die Einzige, die da runter kommt ...«, stieg Sarah in den Taucheranzug. »Und wenn man vergleicht, was dieser Stuntman da überlebt hat ... Fuck!«

»War keine Absicht!«, setzte sich John mit der Zigarette im Mundwinkel neben Yuki.

»Klar ...«, lachte Sarah nervös. »Auf den Hai springen war keine Absicht, dem Flugzeug hinterherschwimmen auch nicht ...«

»Genau, keine Absicht ... an deiner Stelle würde ich mich einscheissen!«, legte John sein Bein über das Knie.

Sarah winkte ab. »Ich weiss, wie mir zumute ist ...«

Blue und Philip kamen dazu.

John klatschte in die Hände. »Allen klar, was sie zu tun haben?«

»Ich behalte den Hai über das Sonar im Auge. Wenn er hinter dem Flugzeug her ist, geb ich das Signal!«, erklärte Blue.

»Ich starte das Flugzeug und helfe danach der Kleinen hier, die Taucherin mit dem Kran hochzuziehen!«, nickte Philip.

»Yuki, ich heisse Yuki, und die Taucherin heisst Sarah!«, schüttelte Yuki seufzend den Kopf. »Ich bin beim Kran und lockere das Seil, damit Sarah auch den Meeresgrund erreichen kann.«

»Ich hole den Football hoch ...« Seufzend drehte sich Sarah um. »Kann mir jemand den Reissverschluss hochziehen?«

Yuki zog den Taucheranzug zu und reichte Sarah die Kopfmaske.

John gab Blue ein Funkgerät. »Die Dinger funktionieren! Ich bleibe mit dir in Kontakt und überwache alles von da oben, vom Dach der Steuerkabine.«

Sarah setzte sich und atmete tief durch. »Dann sind wir bereit?«

Stille.

»Sieht nicht danach aus …«, kratzte sich John am Hals.

Blue klatschte in die Hände. »Dann lasst uns loslegen!«

6

Karla tippte nervös mit dem Kugelschreiber auf dem Esstisch herum, drehte den Kugelschreiber einmal elegant in ihren Fingern und tippte weiter.

»Honigbärchen … könntest du vielleicht …«

»Nein!«, schrie sie Peter an. »Nein, kann ich nicht! Wo sind sie?« Völlig verzweifelt und den Tränen nahe wandte sie sich Kurt zu. »Kurt? Wo sind unsere Kinder?«

Kurt hatte seine Hände vor sich auf dem Tisch ineinandergelegt und blickte von Peter zu Karla. »Ich … Ich weiss es nicht!«

»Wir haben einen Fischer und einen Piloten hinterhergeschickt!« Karla schlug mit beiden Fäusten hart auf den Tisch. »Wo sind die? Warum hören wir nichts?«

Kurt seufzte schuldig und Peter versuchte, die Hand seiner Frau zu halten.

Allerdings riss sie ihre Hand weg und schlug mit der flachen Hand auf den Tisch. »Es ist viel zu lange her! Wir haben unsere Kinder geopfert … für dieses Scheiss-Aquarium!«

»Nun mach mal halblang …«, hob Stefan eine Hand. »Wir wissen nichts! Sie könnten auch auf dem Heimweg sein!«

»Wann?«, schrie Karla wieder zu Kurt gewandt. »Wie lange ist das Flugzeug schon unterwegs?«

»Vier Tage …«, knirschte Kurt und betrachtete aufmerksam seine Hände.

»Vor vier Tagen!«, wiederholte Karla zu Peter. »Unsere Babys sind schon so lange da draussen … vielleicht finden wie sie nie!«

»Bitte, Karla …«, seufzte Kurt, lehnte sich auf seinem Stuhl zurück und rieb sich die Augen. »Wir müssen versuchen, positiv zu bleiben!«

»Positiv?« Karla lachte bitter. »Wo gibt es da noch Positives?«

Die Tür schlug auf. Malena stürmte hinein, schlug die Tür mit einem harten Knallen hinter sich wieder zu und steuerte die Bar an.

»Alles okay?«, erhob sich Stefan vom Sofa in der Ecke.

»Nein, gar nichts ist okay!« Malena griff nach dem Gin, der in der Bar stand, und füllte sich ein Glas, ehe sie es leerte, nachfüllte und gleich wieder leerte.

»Du kannst auch gleich aus der Flasche trinken ...«, murmelte Stefan ein bisschen zu laut.

Malena warf das Glas aus der Drehung in seine Richtung und verfehlte dabei nur knapp. Dank dem Einziehen seines Kopfes schoss das Glas an die Wand und zersplitterte hinter ihm.

»Hey!«, schrie Stefan noch immer geduckt.

»Ach, halt deinen Mund!«, setzte sich Malena neben Kurt und vor das Funkgerät.

»Was ist los?«, räusperte sich Kurt.

»Wir haben abspringende Sponsoren ... eine verdammte Menge! Die Hammerhaie haben eine Lawine von Tierliebhabern nach sich gezogen«, schnaubte Malena und setzte die Flasche an.

»Dann lassen wir die eben weg! Da ist noch immer ein Orca, den Seaworld loswerden will!«, sammelte Stefan die Scherben vom Fussboden ein. »Ein Orca ist auch eine gute Sache!«

»Was denkst du, warum Seaworld ihn loswerden will? Der hat zwei Trainer auf dem Gewissen und ist aggressiver als ein Dobermann!« Malena legte den Kopf in die Hände. »Und die Hammerhaie sind bereits in einem Tank im Lager der Mustermesse und warten auf den Umzug!«

»Wie bitte?«, stutzte Karla. »Die Tiere sind schon in Basel?«

Malena winkte sie mit der Hand weg.

Peter schüttelte den Kopf. »Die Tiere sind schon in Basel? Stefan, wusstest du davon?«

»Wann hattest du vor, uns das zu sagen?«, schlug nun Stefan auf den Tisch und beantwortete so indirekt Peters Frage.

»Es war eine reine Vorsichtsmassnahme ...«, hob Kurt beschwichtigend die Hände.

»Du wusstest davon?«, blitzte Stefan ihn an, bevor er sich Malena zuwandte. »Warum wusstet ihr beide davon?«

Malena lachte verächtlich und ignorierte ihren Mann. »Kurt hatte alles organisiert, brauchte aber meine Unterschrift ...« Mit einem Augenaufschlag schenkte sie Stefan nun Beachtung. »Was denkst du sonst, warum?«

Stefan schüttelte den Kopf, schlug noch mal mit einem lauten Stöhnen auf die Tischplatte und hielt dem Blick von Malena stand.

Kurts Telefon klingelte im Nachrichtenton, gefolgt von Karlas, Stefans und Malenas, nur Peters blieb still.

»Scheisse ...«, fuhr sich Kurt nach Betrachten des Displays über den Mund.

»Sie haben sie gefunden!«, frohlockte Karla und nahm ihren Mann in den Arm, der selbst erleichtert durchatmete und den Druck erwiderte.

Kurt stand auf, hastete zur Fernbedienung des Fernsehers und drückte auf die On-Taste.

Der Nachrichtensprecher sprach Spanisch, aber die Bilder sprachen eine deutliche, ihnen verständliche Sprache.

»Die Yacht!« Malena trat neben Kurt.

Auch die anderen kamen dazu, versammelten sich vor dem Fernseher, der an der Wand hing.

»Was ist da passiert ...?«, wurde Karla bleich und spielte unruhig mit ihren Fingern.

Gebannt verfolgten sie die Aufnahme, die über den Bildschirm flimmerte und die Yacht zeigte. Die sich langsam durch das Wasser mühte und dabei aussah, als wäre sie im Krieg gewesen.

»Ist das Blut?«, zeigte Stefan auf das rötliche Mitteldeck.

»Der Kran ist abgebrochen ...« Kurt hielt sich am Sofa fest und setzte sich mit zitternden Knien hin.

»Das heisst ...«, drehte sich Malena mit der Flasche in der Hand um, setzte sich auf den Fernsehsessel und nahm einen tiefen Schluck. »Kein Hai ... keine Attraktion ... kein Ozeanium!«

KAPITEL 5

Der Anfang vom Ende

1

Blue setzte sich auf den Stuhl neben dem Sonar, startete den inaktiven Modus und mit einem feinen »Ping« erschien der Kreis, der um die Yacht kreiste, auf dem grünen Schirm. Mit einem weiteren Knopfdruck startete er die Anzeigetafel in der Mitte der Kommandozentrale.

»Fangen wir einen übergrossen Fisch!«, rieb Blue seine Hände, legte die Kopfhörer an und drückte auf das Funkgerät. »Blue ist bereit!«

Nickend wandte sich John zu Philip. Dieser sass im Flugzeug, bleich wie ein Stück Kreide und mit zitternder Hand auf dem hydraulischen Arm, bereit, ihn einzuschalten.

»Nur nicht so nervös ...«, drückte John seine Schulter. »... du springst ja aus dem Flugzeug und bleibst hier an Bord!«

Philip holte schwach lächelnd Luft und nickte.

»Köder bereit!«, funkte John, was auch aus dem Cockpit-Funk zu hören war, und ging die Stufen hoch auf das Mitteldeck.

Sarah sass auf dem Hocker, den sie neben den Kran gestellt hatte, und wartete mit Taucherbrille und Flossen in der Hand. Die Sauerstoffflaschen trug sie auf dem Rücken und das Mundstück hing vor ihrem Kinn.

»Wie geht es dir ...?«, legte Yuki eine Hand auf Sarahs Schulter.

Sarah schreckte auf und lächelte ab sich selbst mit zitternden Lippen. »Kennst du das Gefühl, wenn du morgens zur Arbeit musst und lieber sterben würdest?«

John legte wortlos den Kopf schief, wie ein Hund, der nicht verstand.

187

»Genau so fühle ich mich ...« Sie lächelte und betrachtete ängstlich das Meer.

»Hey ...«, schnipste John vor ihrem Auge mit den Fingern. »Gestorben wird im Schlaf!«

»Bitte?«, stutzte Yuki.

»Gestorben wird im Schlaf! Damit du überleben kannst, wenn du wach bist!«, John drückte Sarahs andere Schulter. »Taucher bereit!«, funkte John ins Walkie-Talkie und ging zur Treppe, die zum Oberdeck führte.

»Hat er dir gerade erklärt, wie man stirbt?«, schüttelte Yuki verwirrt den Kopf, als er die Stufen hochging.

Sarah schmunzelte mit leicht fragenden Augen. »Ich glaube, er wollte andeuten, dass ich nicht sterben werde!«

»Aha ... meinst du?«

»Ein Basler, der Fischer in Mexico ist und nun gegen einen Hai kämpft ... Was erwartest du ...« Sarah setzte sich die Taucherbrille auf die Stirn und liess die Flossen auf das Deck klatschen.

John stieg auf das Dach der Steuerkabine und hatte einen gewaltigen Ausblick auf das atemberaubende Nichts aus Wasser und Himmel um sie herum. Er beobachtete Yuki, die Sarah in das Trapez mit dem Seil half. Sarah legte gleichzeitig den Gewichtsgurt um. Vom Flugzeug waren von seiner Position nur die Propeller zu erkennen, der Kran war im Weg, aber das würde reichen.

»Adler bereit, Köder ready to go!«

Mit einem Spucken sprang der Motor des Flugzeugs an und John wartete, bis die Rotoren sich in Bewegung setzten, langsam und immer schneller ins Rotieren kamen und schliesslich ihre Drehzahl erreichten.

Mit einem kleinen Sprung setzte sich das Flugzeug in Bewegung. Der Hai, auf der anderen Seite der Yacht, reagierte auf die Turbulenzen und schwamm um die Yacht herum auf das vorwärts gleitende Flugzeug zu.

»Er hat angebissen!«, funkte Blue durch.

»John!«, kam vom Mitteldeck, wo Yuki und Sarah standen und winkten.

»O nein ...« John sprang vom Dach, rannte über das Oberdeck zur Treppe zum Mitteldeck und hastete auch diese abwärts.

»Wir haben ein Problem ...«, zeigte Sarah auf das blutige Etwas, das ihren Fuss darstellte.

»Fuck ...« betrachtete er die kleine, blutige Pfütze, die sich schon um ihren Fuss gebildet hat. »Was ist passiert?«

»Die Haut ... er hat meine Füsse aufgeschlitzt und als ich in die Flossen wollte, ist alles wieder aufgeplatzt.«

John drehte sich zum Flugzeug, das sich immer weiter von ihnen entfernte.

Blue erkannte das Flugzeug als kleineren Punkt und den Hai als grösseren.

»Was machst du?« Der grosse Punkt stellte die Verfolgung ein.

»Er folgt dem Köder nicht mehr!«, funkte Blue.

»Was?«, funkte John zurück.

»Er hat die Verfolgung abgebrochen ...«, klopfte Blue auf den Punkt, der sich nicht mehr bewegte.

John liess das Funkgerät sinken. »Es funktioniert nicht!«

Sarah drehte sich um und zeigte zum Flugzeug.

»Ist es stehen geblieben?«, stutzte Yuki.

John drückte auf das Funkgerät. »Ist der Köder gerade stehen geblieben?«

Philip betrachtete den hydraulischen Arm, den er abmontiert und auf den Copilotensitz gelegt hatte.

»Ja, Köder ist stehen geblieben!«, hörte er Blue durch den Funk.

Philip holte tief Luft und öffnete die Pilotentür. Heisse, salzige Luft drückte sich ihm ins Gesicht und das Wasser blitzte und blendete im Sonnenlicht vor ihm.

»Alles auf Rot!«, rief Philip und sprang ins Wasser.

»Ist das Philip?«, blickte John ungläubig auf den Wasserspringer.

»Ist er gerade ins Wasser gesprungen?«, holte Yuki gleichzeitig Luft.

»Das ist nicht wahr ...!«, schrie John und zeigte auf die Flosse, die sich wieder in Bewegung setzte.

»OK, er hat nun angebissen!«, funkte Blue.

»Weil Philip in dem verdammten Flugzeug war! Philip, geh zurück, er kommt! Der Hai kommt!«

John drehte sich zu Sarah und ihrem blutigen Fuss. »Fuck!«

Philip trat Wasser und bewegte sich dabei langsam auf das Flugzeug zu.

»Philip, wenn du mich hören kannst, schwimm zurück!«, schrie John durch den Funk.

»Nur noch eine Sekunde …« Philip konnte erkennen, wie sich das Wasser vor der Flosse ab der Wucht des grossen Weissen teilte und er griff nach dem Wasserträger. Nur hochziehen, er hatte den Ablauf genau vor Augen. Nur sein Abrutschen kam in seinem Kopf nicht vor und ab dem dritten Mal nicht Hochkommen spürte er die Panik, die sich in seinen Nerven breitmachte.

John hatte die Hände in seinem Nacken und wurde Zeuge, wie Philip verzweifelt versuchte am Flugzeug hochzukommen und jedes Mal wieder abrutschte.

»Er schafft es nicht …«, keuchte Yuki.

»Ich kann mit dem Fuss nicht tauchen!«

Johns Blick wanderte zu Sarah, zurück zum Hai, der an die Oberfläche trat und den Kiefer aufriss, zu Philip, der verzweifelt um sein Leben kämpfte, und wieder zurück zu Sarah. »Gib mir die Flaschen!«

Sarah stutzte.

»Wir haben keine Zeit, ich tauche!«, zog er sein Hemd aus und stieg aus den Hosen.

Philip erwischte eine Verstrebung des Wasserträgers und mit seiner letzten, verzweifelten Kraft schaffte er es endlich sich hochzuziehen. Nur ein, zwei Sekunden, bevor der Hai mit seinen höllischen Zähnen an ihm vorbeischrammte. Lachend hielt sich Philip am Wasserträger, als der Hai wieder abtauchte, und zog sich zurück in die sichere Kabine.

John zog das Trapez über die Schultern und stieg in den Gürtel mit den Gewichten.

»Du brauchst den Taucheranzug!« versuchte Sarah ihn auszuziehen.

»Vergiss es …«, winkte John ab. »Zu klein und keine Zeit!«

»Leute … der Hai hat dieselbe Position wie das Flugzeug!«, kam von Blue.

John hob den Kopf und hielt inne. Das Flugzeug lag still auf der Wasseroberfläche und er fragte sich einen Moment zu lange, was da los war. Bis es ihm filmreif einfiel und er hastig das Funkgerät aus Yukis Hand riss.

Philip hatte nass tropfend und noch immer lachend eine Zigarre vom Boss in seinem Mund. Mit der Flamme vor sich feierte er seinen eigenen Mut, als er Blues Funkspruch hörte. Erschrocken drehte er sich um, suchte den Hai hinter sich, neben sich und vor sich. Erleichtert, mit einem Lächeln auf den Lippen, zündete er die Zigarre an.

»Philip, raus da, er wird von unten angreifen!«, schrie John durch den Funk.

Philip hörte die Worte, aber bis sein Hirn diese Information verarbeitet hatte, knallte es unter ihm und das Flugzeug zerbrach mit dem Eindringen des riesigen Kopfes.

Sie sahen schockiert zu, wie der Hai von unten durch das Flugzeug brach, es zerkleinerte, als wäre es aus Papier. Rot spritzte auf Weiss und man konnte den letzten, schmerzerfüllten Schrei von Philip über die ganze Distanz hören. John stieg in die Flossen und setzte sich auf die Reling.

»Du bist zu spät!«, kreischte Sarah.

»Unsere einzige Chance!«, steckte sich John das Mundstück in den Mund und sprang runter.

»Das Seil!«, schrie Sarah zu Yuki.

»Was ist da los?«, funkte Blue.

»Philip war im Flugzeug und ist ... ich kann nicht tauchen und John ist nun reingesprungen!«

»Er kehrt schon zurück ...« Sarah liess noch während Blues Satz das Funkgerät fallen und starrte zu Yuki, die das Seil gleiten liess. Das Momentum hatte sich wieder gedreht.

2

Mit dem Schweizer Botschafter und dem lokalen Polizeipräsidenten befand sich die Ozeaniumgruppe auf dem Weg zum Hafen. Die Limousine besass zwar eine Klimaanlage, dennoch schwitzten die besorgten Eltern, als trieben sie Sport.

»Das ging zu lange ...«, schüttelte Stefan den Kopf. »Wir werden wohl kaum durch die Menschenmassen kommen.«

»Lassen Sie das unsere Sorge sein!«, sagte der Botschafter und unterhielt sich mit dem Polizeipräsidenten.

»Da war viel Blut auf dem Deck ...«, flüsterte Karla. »Und keiner war zu sehen ... was ist mit unseren Kindern?«

»Sie sind da, egal, wie die Yacht aussieht und in welchem Zustand sie ist, sie haben es zurückgeschafft!«, strahlte Malena siegessicher. »Vielleicht können wir aus der Geschichte Geld machen!«

Eine unangenehme Stille erfüllte die Limousine.

»Was? Auch Tragödien kann und muss man zu Geld machen!«, gab sich Malena unverstanden.

»Du bist unglaublich!«, lachte Stefan bitter und legte eine Hand in seinen Nacken.

»Seht euch das an ...«, seufzte Peter.

Die Limousine traf auf die ersten Menschenmassen, die sich am Hafen tummelten, um die verunglückte Yacht zu sehen.

Der Fahrer drehte sich um und sagte etwas auf Spanisch.

»Er sagt, wir kommen hier nicht weiter ...«, nickte Kurt, als sich der Botschafter zu ihnen umdrehte.

»Wir sollen da raus?«, spähte Peter mit wenig Vorfreude aus dem verdunkelten Glas der Limousine.

Der Beamte der Küstenwache reichte Kurt ein Fernglas. Mit einer Alinghi-Schirmmütze auf seinem schweissgebadeten Kopf drückte er es auf seine Augen und suchte die Yacht.

»Warum steht die Yacht dort draussen?«, fragte Malena, fächernd mit einem Fächer.

»Vielleicht ist ihnen der Treibstoff ausgegangen ...«, mutmasste Stefan. »Was eigentlich schon längst hätte passieren müssen!«

»Die Küstenwache sprach von einem Banner!«, erklärte der Botschafter.

Kurt nickte. »Die Yacht ist verlassen, aber auf der Seite hängt ein Stoffbanner. Auf dem steht ‚Pest on Board‘!«

»Was?«, seufzte Karla.

Kurt nahm das Fernglas runter. »Pest ... es bedeutet, sie haben die Pest an Bord!«

Peter wandte sich dem Botschafter zu. »Was bedeutet das?«

Der Botschafter wandte sich zur Küstenwache.

»Wie kommt die Pest auf meine Yacht?«, war die Fröhlichkeit aus Malenas Gesicht entwichen.

»Ein defekter Wasserfilter kann da schon reichen ...«, hatte Kurt das Fernglas wieder vor den Augen. »Aber um weitere negative Presse zu verhindern, müssen wir das selbst in die Hand nehmen!«

»Quarantäne ...«

»Ja, klar ...«, drehte sich Kurt zum Botschafter und unterbrach ihn. »Keiner betritt das Boot, der nicht von unserer Firma ist!«

»Sehr wohl«, drehte sich der Botschafter um und es entbrannte eine hitzige Diskussion in musikalischem Spanisch mit der Küstenwache.

»Was, wieso?«, stutzte Karla und hielt sich an Peter, der genauso verwirrt dem Streitgespräch folgte.

»Offiziell bedeutet offiziell und Streller wird seinen Feiertag mit dieser Tatsache haben!«, erklärte Kurt und nahm sein Handy hervor.

»Das Banner ist auf jedem Nachrichtensender zu sehen ...«, schrie Stefan ihn an.

»Aber unsre Kinder kennen die Bedeutung nicht ... es sind Naseweise, die einen Prank geplant hatten!«, gab Kurt eine Nummer ein.

»Das klingt gar nicht so weit hergeholt!«, lächelte Malena, als ihr Handy mit dem Nachrichtenton klingelte. »Es ist von Kilian ...«

3

Die Gewichte zogen John nach unten, mit dem Finger drückte er die Nase zusammen und glich den Druck aus. Ohne einen Taucheranzug war John den Temperaturen des tiefer werdenden Wassers vollkommen ausgeliefert und er spürte, wie es mit jedem Meter kälter wurde.

»Vierzig Meter!«, funkte Blue.

Sarah verfolgte das Seil, das sich abspulte.

»Wir können nichts tun ...«, flüsterte Yuki.

»Es ist unsere einzige Chance ...«, seufzte Sarah und blickte zu den Überresten des Flugzeugs, die auf der Oberfläche trieben.

»Dreissig Meter!«

Um ihn herum wurde es immer finsterer und kälter, die Unterseite der Yacht wurde kleiner und das dunkle Nichts unter ihm kam näher und näher. Die Hände fest gegen die Brust gepresst, hoffte er, den Boden unter den Füssen und nicht die Zähne im Rücken zu spüren.

»Zwanzig Meter ... John ist noch zehn, acht ...«

Sarah betrachtete das zu lange Seil. »Wir hätten den Kran längst starten müssen!«

»Was, wenn er es versuchen will?«, drehte sich Yuki um.

Sarah trat an den Kran und liess ihn mit der Winde das Seil aufrollen. »Er wird sterben, wenn er sich dem Football nähert!«

Mit einem feinen, sandigen Druck berührte John den Boden, löste seine Arme und leuchtete mit der Unterwasserlampe umher. Sarah hatte es ausgerechnet, es waren zwölf Klicks an die Innenseite der Yacht. Zwölf Klicks.

Doch nach zwölf Klicks war da nichts ausser Sand.

Mit einem kurzen Panikatmen stiegen Luftblasen aufwärts und er musste sich zwingen ruhig zu bleiben, doch sein Herz hämmerte wie wild in seiner Brust. Jeder einzelne Nerv seines Körpers wollte sich von allem trennen, das ihn umgab, und die Stille hier unten machte es nicht einfacher.

Sand, wurde ihm klar, er schwamm etwas vorwärts und wischte mit der freien Hand Sand auf.

»Noch zehn Meter ... er scheint es nicht eilig zu haben!«

Sarah checkte das Seil, das noch übrig war.

»Ich denke, das wird nichts ...«, seufzte Yuki und beugte sich über die Reling zum Wasser runter.

»Noch etwa drei Meter!«

John schob seine Hand unter das kleine Metallteil, das völlig leblos schien, aber den grossen Weissen in einen menschenfressenden Wahnsinnigen verwandelte. Wie ein Stein, nur aus Metall, dachte er und hob es auf.

John wollte gerade lächeln, als sich seine schon dunkle Umgebung noch mehr zu verdunkeln schien. Über ihm schwamm der Hai als schwarzer monströser Schatten, mühelos, mit feinen Bewegungen seiner Schwanzflosse, hinweg.

Panik stieg durch seine Brust und er wusste, wie blöd das war, sein nun zunehmender Herzschlag würde wie ein Lichtsignal für den Jäger wirken.

Ohne wirklich klar zu denken, mit panikvernebeltem Kopf, schwamm John rechts ab und entdeckte ein reflektierendes Glitzern im Licht seiner Lampe.

Der Haikäfig.

John bewegte die Flossen etwas mehr und schaffte es, sich mit der Hand durch die kleine Öffnung zwischen den Gitterstäben zu ziehen, die aus dem Sand herausragten.

Der Druck des vorbeischiessenden Hais drückte ihn gegen den Sandboden und mit seiner Taschenlampe beleuchtete er den schneeweissen Bauch, der wie eine Lok über ihm vorbeirauschte.

Das Seil spannte.

Yuki drehte sich zu Sarah »Das ist nicht gut ...«

Mit einem harten Rucken begann die Yacht zu kippen und Becher kippten vom kleinen Tisch auf das Deck.

»Sarah, wir müssen es kappen!«, schrie Yuki und hielt sich am Kran fest.

»Wir können ihn doch nicht einfach sterben lassen!«, hielt sich Sarah am Tisch fest.

»Er oder wir alle!«, griff Yuki nach der kleinen Feueraxt, die am Kran angebracht war.

John war mit dem Rücken gegen den Käfig gepresst und er spürte, wie sein Körper sich den Gitterstäben anpassen wollte. Der Käfig, unter dem Sand begraben, dachte nicht einmal ansatzweise daran, nachzugeben.

Bevor ihn der Druck aus seinem Körper presste, liess er unvermittelt nach und sank wieder auf den Grund. Leicht benommen drehte er sich zu den Gitterstäben und bemerkte, wie das Seil, sein Weg nach oben, langsam nach unten sank.

»Kappt nicht das Seil! Er ist im Käfig!«

Sarah griff nach dem Funkgerät, als die Yacht sich wieder aufrichtete. »Was?«

»Er hat sich in den Käfig gerettet ... allerdings ist der Hai gerade dabei, anzugreifen!«

Die Welt um ihn herum wurde erschüttert und es schien, als würde der Käfig noch tiefer in den Sand gedrückt werden.

Der Kiefer und die Zähne schossen an den Gitterstäben vorbei und kamen John näher, als sein Herz es eigentlich zulassen konnte. Panische Augen folgten dem grossen Weissen, wie er in den dunklen Schatten verschwand und aus denselben wieder, wie aus dem Nichts, auf den Käfig zuschoss.

Da der Angriff dieses Mal von der linken Seite kam, grub er mit dem Einschlag ein gutes Stück des Käfigs aus. Dies brachte John zwar mehr Spielraum, aber dem Hai auch mehr Angriffsfläche.

»Er versucht, den Käfig zu zerstören!«, funkte Blue.

»Was können wir tun?«, rief Yuki.

»Nachdem du das Seil gekappt hast ... nichts mehr ...«, schüttelte Sarah verzweifelt den Kopf.

Yuki senkte den Blick und Sarah drehte sich zum Wasser. Die glatte Oberfläche war vollkommen ruhig, nicht wissend von dem Terror, der sich darunter abspielte.

John versuchte sich so weit wie möglich auf dem Grund zu halten, da die Zähne mittlerweile weit durch die verbogenen Stäbe stiessen und der Käfig dabei immer weiter ausgegraben wurde.

In seinem Augenwinkel entdeckte er, dank seiner baumelnden Lampe, ein weiteres Blitzen im aufgewühlten Sand, als der Kiefer wieder die Zähne durch die Stäbe drückte. Der Käfig hob sich weiter aus dem Sand und nun erkannte John, was da neben ihm, noch halb vergraben, im Sand lag. Die Spitze der Spritze, von der Sarah gesprochen hatte.

Mit dem Blick auf den verschwindenden Schatten versuchte John, durch die Stäbe an den weissen Stab zu kommen. Aber der grauweisse Kiefer liess ihn zurückschrecken und er klammerte sich wieder an die unteren Gitterstäbe.

»Muss ich hier wirklich kommentieren, wie er stirbt?«

»Nein ...«, seufzte Sarah. »... eigentlich nicht!«

»Er ... er verlässt den Käfig!«, kam stotternd von Blue.

»Wie, er verlässt den Käfig?«, funkte Sarah zurück.

»Der Käfig wurde weiter ausgegraben ... durch die Angriffe, so kann ich aber nichts mehr sehen ...«, erklärte Blue, was er auf dem Schirm beobachtete.

»Geh zurück zum Sonar!«, krächzte Sarah.

John griff sich den weissen Stab, zog ihn aus dem Sand und drehte sich um. Es kostete Sekunden, in denen er überlegte, ob es aufwärts oder zurück in den Käfig ging. Die Stäbe des Käfigs konnte man nicht mehr wirklich als tauglich bewerten. Sie waren verbogen und teils schon zerbrochen. Er hatte nicht wirklich eine Wahl und löste den Gewichtsgurt. John stiess sich ab und schwamm aufwärts, dabei streifte er das Trapez mit dem nach unten gesunkenen Seil ab.

Mit den ersten Schlägen der Flossen realisierte er, dass er zu lange brauchte, viel zu langsam war, und blickte in die Zahnreihen des offenen Kiefers, die aus dem Nichts vor ihm auftauchten.

»Das war's ...«

»Was ... was meinst du damit ...«, stotterte Sarah.

»Der grosse Punkt ist auf dem kleinen Punkt, nur da ... da ist kein kleiner Punkt mehr!«

Yuki und Sarah sackten auf dem Sofa zusammen. Der Druck löste sich und beide konnten die Tränen nicht mehr zurückhalten. Nicht nur wegen des Verlust des Einzelnen, sondern wegen der Bedeutung des gesamten Versagens und dem drohenden, finsteren Schicksal.

John starrte direkt in das Auge des Hais. Es verschwand langsam in seiner Höhle und kam ruckartig zurück, wieder und wieder. Der kleine Speer steckte noch immer im Gaumen des grossen Weissen und John versuchte mental zu verarbeiten, dass er neben dem Hai schwamm und nicht von den gezackten Zähnen zerfleischt wurde.

Jinx es nicht, hämmerte er sich selbst in den Kopf, aber da wurde er vom Kopf des Hais getroffen und spürte die Seite des Kiefers, der Zähne und der Kiemen neben seinen Beinen, als der Hai einfach davonschwamm.

Ohne noch eine Sekunde zu vergeuden, schwamm John aufwärts, mit beiden Beinen und einem Arm schlug er sich aufwärts, der Oberfläche entgegen.

»Er kommt hoch ...«

Mit nassen Augen griff Sarah nach dem Funkgerät. »Er greift uns an?«

»Nein ... der kleine Punkt ...!«

»Ist das nicht einfach sein Körper, der aufsteigt?«, schluchzte Sarah noch immer.

»Negativ ... zu schnell!«

»Die Flaschen geplatzt?« John war tot, es konnte gar nicht anders sein und Hoffnung würde nur noch mehr Schmerzen auslösen.

»Zu langsam!«

Sarah stand auf. »Wo ist der Hai?«

»Der schwimmt seine Runden neben der Yacht ... ich weiss nicht genau, was mit ihm los ist!«

John kam an die Oberfläche, fünf Meter vom Heck entfernt, und entdeckte Sarah, mit dem Rettungsring auf der Yacht wild winkend. Wasser schlug ihm ins Gesicht, als er auf den Ring zuschwamm und versuchte, seine Lungen wieder mit Luft zu füllen.

»Halt durch!« John hielt sich entkräftet am Rettungsring fest und liess sich von Sarah die letzten Meter zur Yacht ziehen.

Jedes kleine Aufspritzen des Wassers um ihn herum liess seine Augen zucken und er konnte die Melodie nicht aus seinem Kopf vertreiben.

»Langsam ...«, zog sie ihn auf das Deck, nahm seine Taucherbrille ab und half ihm, die Sauerstoffflaschen auszuziehen.

John liess sich erschöpft auf dem Rücken nieder und gab Sarah den Football.

»Du hast ihn ...«, blinzelte sie ihn beim Aufstehen an, stützte ihn und half ihm die Treppe hoch auf das Mitteldeck.

John nickte, liess sich auf das Polster nieder und griff nach seinen Zigaretten.

»Du solltest erst zu Atem kommen!«, kniete Sarah sich vor ihn und legte ein Handtuch um seine Schulter.

Nickend zündete er die Zigarette an. »Wodka ...«

Sarah winkte zu Yuki, nickend verstand diese und ging die Treppe hoch.

Johns Hand zitterte, als er sich die Zigarette in den Mund steckte.

»Du hast es tatsächlich geschafft!«, hatte Sarah noch immer nasse Augen.

John erwiderte den Blick mit weiten Augen, sie waren weiss, ohne eine kleinste Ader zu erkennen.

»O mein ...«, keuchte Sarah. »Er hat dich erwischt!«

John fasste sich an die Stirn und betrachtete das Blut auf seiner Hand, lachte kurz und nickte.

»Was ist da los?«, funkte Blue.

»Wir haben John ... er ist am Leben und hat den Football mitgebracht!« Dabei hatte sie den etwas abwesenden John beim Rauchen im Auge. »Was macht unser grosser Freund?«

»Der schwimmt eine Acht, neben uns ... er scheint irgendwie verwirrt!«

John lächelte an Sarah vorbei.

»Blue ... Wie stark war das Betäubungsmittel, das Lea dabeihatte?«

»Für einen normalen Weissen hätte es gereicht ...«, antwortete Blue.

»Aber nicht für unseren Schulbus?«

»War das eine Frage?«, funkte Blue.

Sarah schüttelte den Kopf. »Nein!« Sie legte das Funkgerät auf den Tisch und wandte sich John zu. »Du hast die Spritze gefunden ...«

John lächelte.

Yuki kam zurück, mit Bechern und einer Flasche kolumbianischem Wodka.

»Es tut mir leid, dass wir das Seil gekappt haben ...«, stellte Yuki einen Becher vor John und füllte ihn.

Er nahm ihr die Flasche ab und setzte an.

»John?«, stellte sie die anderen Becher ab.

John hob die Hand mit dem Zeigefinger, während er trank.

»Ich hole mehr Flaschen«, ging Yuki lächelnd wieder davon.

Kopfschüttelnd rieb sie Johns Rücken und verfolgte den sich senkenden Wodkaspiegel.

John liess von der Flasche ab und holte tief Luft.

»Besser?«, griff sie sich die Flasche und musste feststellen, dass sie bis auf den letzten Tropfen leer war.

John hob wieder den Finger und zündete sich eine neue Zigarette an.

Yuki kam mit zwei Flaschen zurück, setzte sich hin und nach einer kleinen Musterung fragte sie Sarah: »Er redet nicht?«

»Er hat gerade den Tod geschlagen ... er verdient eine Sekunde!«

John griff sich eine neue Flasche, aber schenkte nun allen ein, ehe er ansetzte.

»Und nun?«, hob Yuki ihr Glas, um mit der Luft anzustossen.

»Der Plan ist klar ...«, hob Sarah den Football. »Wir bringen das Ding in den Wartungsraum, warten, bis der bekiffte Hai wieder nüchtern wird, und heben den Anker!«

Yuki nickte in Johns Richtung. »Und unser Silent Samurai hier?«

»Der wird schon wieder, oder?«, klopfte sie ihm sanft auf den Rücken.
John hielt wieder den Zeigefinger hoch.

4

»Was schreibt er?«, fragte Kurt.

»Keine Pest, wir haben ihn und er ist wach!«, las Malena leise vor. »Sie haben den Hai ...«

Kurt drehte sich lächelnd wieder zur Yacht. »Das bedeutet wohl, dass er unter der Yacht ist ...«

»Dann müssen wir verhindern, dass die Küstenwache etwas mitbekommt!«, bemerkte Stefan.

»Peter, wie weit ist das Frachtschiff entfernt?« Kurt gab eine Nummer auf seinem Handy ein.

»Am nächsten Hafen, so etwa vier Stunden, plus/minus ...«, schätzte Peter.

Nickend drehte sich Kurt um und begann auf Spanisch zu telefonieren.

»Ruf ihn an! Ich will wissen, wie es ihm geht!«, verlangte Stefan.

»Und wie es meinen Kindern geht!«, war Karla etwas dringlicher.

»Ja ja ...«, seufzte Malena und drückte sich das Handy ans Ohr, wartete und nahm es wieder runter.

»Was?«

»Voicebox ...«, betrachtete Malena gedankenverloren das Display.

»Er kann schreiben und danach ist es aus?«, stutzte Karla.

Malena zuckte mit den Schultern und steckte das Telefon wieder ein. »Woher soll ich das wissen?«

»Nun, die Küstenwache wird sich zurückhalten und den Schiffsverkehr umleiten ...«

»Und weiter?«, hob Malena fragend die Arme.

»Weiter werden wir den Frachter herbeordern, um den Fisch einzufangen!«, ergänzte Kurt.

»Wieso einfangen, das haben unsere Kinder doch schon getan.« Karla wechselte fragend von Kurt zu Peter.

»So sieht die Yacht nicht aus ... irgendwie haben sie es geschafft, ihn hierherzulocken!«, nahm Kurt sein Fernglas.

Sven Montgomery war der Kapitän des schwedischen Frachters, der für das Ozeanium bereitstand. Sven war schwedisch-amerikanischer Doppelbürger und folgte in seines Vaters Fussstapfen, der Öltanker durch die Weltmeere schipperte.

Vor fünf Jahren wurde er von einem Wasserpark angeheuert, für sie Meerestiere zu fangen und später wieder zu befreien. Dafür bekam Sven ein neues Schiff, die *Big Whale*, benannt nach seiner Grösse von 95 Metern mit einem Hohlraum, der Wasser und Tiere transportieren konnte, ohne unterzugehen.

Die *Big Whale* hatte drei Luken, die es als Schleuse nutzen konnte und so Wasser wie Tiere durch- oder einschleusen konnte. Eine der Luken befand sich unter dem Bug, das Schiff hatte seinen Schwerpunkt vorne, an der spitz zulaufenden Nase, so konnte es seinen Bauch nach unten komplett öffnen. Dasselbe auf der Backbordseite und dem Heck, was dem Schiff die Freiheit gab, die Meerestiere ohne Verletzungen in seinem Bauch zu verstauen.

Wenn es etwas gab, das Sven nicht mochte, so waren das Unwahrheiten und Geheimnisse, so, wie es die Herrschaften vom Ozeanium zu pflegen wussten.

Dennoch gab Sven den Befehl, das Schiff in Bewegung zu bringen und die havarierende Yacht vor dem Hafen zu unterstützen.

»Sir!«, trat sein erster Maat, Bob, an Deck. »Kurs bei 22 Knoten in 20 Minuten!«

»Danke!«, nickte Sven und sah auf das Meer hinaus.

»Wissen wir nun, was für ein Tier es ist?«, fragte der stramm stehende Bob.

Sven lachte. »Ein Fisch ...«

»Wie sollen wir uns darauf vorbereiten?«

Sven zuckte die Schulter. »Wir können annehmen, dass es wieder etwas Grosses ist!«

Kurt kam vom Botschafter zurück und wischte sich mit einem Taschentuch Schweiss von der Stirn.

»Wann können wir unsere Kinder sehen?«, klagte Karla, selbst schwitzend und ausgelaugt.

»Sch...«, wiegte er die Hände von sich. »Hier gibt es überall Ohren ...«

»Kurt!«

»Der Frachter ist unterwegs ...«, versuchte er Karla zu beruhigen. »Bis dahin darf niemand auf die Yacht!«

»Ich will zu meinen Kindern!«, schrie Karla.

»Peter ...«, wandte Kurt sich entnervt zu ihrem Mann.

»Schatz ... das ist nicht so einfach, wir riskieren hier auch diplomatische Gepflogenheiten!«, nahm er seine Frau in den Arm.

»Wir müssen hoffen, dass der Frachter hier ist, bevor der Hai wegschwimmt. Sobald sie den Hai eingeladen haben, lassen wir die Küstenwache zur Yacht!«, fuhr Kurt fort und prüfte die Zeit auf seiner Uhr.

»Vier Stunden ...« Stefan hatte Mühe, seine Stimme zu finden. »Wir wissen nicht, wie es unseren Kindern geht ... wo ist der Fischer? Das Flugzeug?«

»Haben vielleicht einen anderen Weg eingeschlagen ...« Kurt nahm wieder sein Telefon hervor. »Im Moment können wir nur vermuten und warten!«

»Kilian hat ja geschrieben ...«, ergänzte Malena.

»Genau! Lasst uns was essen gehen, ich kenne einen guten Mexikaner!«, setzte Kurt sein Telefon ans Ohr.

»In Mexiko ...?«, hob Peter die Brauen, ehe er sich der Yacht, hunderte Meter von der Küste entfernt, zuwandte.

Sven ging durch die Kombüse in den Lagerraum und die Stufen runter, zum Biolabor, das vor dem Tank angesiedelt war und von Dr. Valentina Gianni geleitet wurde.

»Kapitän, Sir?«, sah sie von ihrem Klemmbrett auf.

»Wie sieht es mit den Luken aus?«

Sie drückte das Klemmbrett gegen ihre Brust und deutete aus dem Panoramafenster. »Ein kleines Hydraulik-Problem mit der Rumpfluke, ist in etwa bei 90 % Leistung!«

Sven nickte. »Wir werden diese Luke brauchen, bei hundert Prozent!«

»Sir?«

»Wir haben keine Ahnung, was es ist, aber es dürfte gross sein und allem Anschein nach bei vollem Bewusstsein!«, betrachtete er den noch leeren Tank.

»Nicht betäubt? Wie bitte haben sie das geschafft?«, staunte Dr. Gianni.

Sven zuckte mit der Schulter. »Hören Sie, Doktor, nehmen Sie an, es ist ein Orca ... ich habe gelesen, sie wollte keinen von Seaworld und Orcas sind in den Breitengraden, in denen sie sich befinden, nicht selten.«

Sie nickte.

»Schätzen Sie etwa drei Stunden, bis wir uns selbst ein Bild machen können, und sehen Sie zu, dass die Luke repariert wird!« Damit ging Sven wieder zurück und ging durch die Kombüse in den Speisesaal. Bob sass alleine neben dem Bug und ass.

»Wusstest du, dass die Luke nicht zu hundert Prozent funktioniert?«, setzte sich Sven zu ihm.

Bob nickte. »War im Memo letzte Woche ...«

»Warum konnte das in einer Woche nicht repariert werden?«

»Die Teile gibt es in Mexiko nicht und wir waren über eine Woche angelegt ...«, schlürfte Bob.

»Nun, der Fisch ist nicht betäubt ... wir werden die Luke brauchen!«

»Sir, ich werde alles in die Wege leiten!«, wischte sich Bob den Mund ab und war im Begriff sich zu erheben.

Sven winkte ab. »Schon gut, Dr. Gianni weiss Bescheid!«

5

Sarah stand auf dem Oberdeck. Sie verfolgte die Wasseroberfläche, aus der die Rückenflosse des Haies ragte und um sie herumschwamm.

»Er hat jetzt seine Kreisroute wieder intus, ich glaube, er ist wieder nüchtern!«, funkte Blue

»Ich sehe ihn und bestätige, er ist nüchtern! Wir lichten den Anker!«, funkte Sarah zurück und ging zur Steuerkabine, in der Yuki bereits bereit stand.

»Anker hoch?«

Nickend ging Sarah zur Zündung, die mit einem Schraubenschlüssel von Philip ausgestattet wurde, und zeigte auf den Kompass. »Und du weisst, wie du uns zum nächsten Hafen bringst?«

»Wenn die Yacht durchhält ...«, stand sie neben dem Hebel für den Anker, »... und uns nicht der Sprit ausgeht, sollte dies machbar sein!«

»Wie steht es mit dem Anker?«, spähte Sarah nach draussen und verfolgte die Kette, die eingerollt wurde.

»Auf dem Weg nach oben!«, nickte Yuki mit einem Augenzwinkern. »Wie steht es um John?«

Sarah zuckte mit der Schulter. »Ich habe ihm eine neue Flasche gebracht!«

»Ob das wirklich gut ist?«

Sarah liess den Blick auf die untergehende Sonne schweifen, die das Meer orange widerspiegelte, und wandte sich anschliessend seufzend zu Yuki. »Er muss da selbst durch ... ich denke, er ist alt genug, um zu wissen, was er tut!«

John folgte der orangen Kugel, die das Wasser orangeblau färbte, bis auf die dunkle, dreieckige Flosse, die um die Yacht herumschwamm. Er prostete mit dem Becher und schüttete den Wodka runter, die Zigarette zwischen zwei Fingern in derselben Hand, die den Becher hielt.

Blue trat in die Steuerkabine. »Wo ist John?«

»Auf dem Mitteldeck!«, erklärte Yuki.

»Du fährst?«

Yuki lächelte kurz.

Blue nickte. »Wo ist Sarah?«

»Sie ist unten und sucht zusammen, was wir noch an Essen haben!«

Blue ging an ihr vorbei zum hinteren Schreibtisch und zog die metallene Schublade auf.

»Was suchst du?«, sah Yuki ihm zu.

»Den hier!«, hielt Blue einen Joint hoch. »Kilian hat Janoschs geheime Schublade gefunden!«

Yuki schüttelte traurig lachend den Kopf.

»Ich dachte, wir teilen den alle zusammen!«, ging er wieder an Yuki vorbei.

»Danke!«, wischte sie sich eine Träne aus dem Auge. »Ich vertrag das nicht!«

»Ich gehe mal zu unserem Helden!«, klopfte Blue gegen den Türrahmen und ging aus der Steuerkabine.

Das Deck strahlte beinahe durch die tief liegende, orange Sonne und Blue fühlte sich, als wäre das ein Zeichen, dass sie es schaffen würden.

»Hey ...!«, ging er lachend die Treppe hinab und hob die Hand.

John zog an seiner Zigarette.

»Du hast uns hier etwas Angst gemacht!«, lachte Blue und setzte sich John gegenüber auf eines der einzelnen Polster.

John trank von seinem Wodka.

»Du scheinst gut einen zu bechern ...«, bekräftigten die leeren Flaschen Blues Aussage.

John lächelte. »Nicht genug ...«

Blue hielt ihm den Joint hin. »Brauchst du den?«

Mit einer zitternden Hand griff John danach und steckte ihn wortlos in den Mund.

»Hier ...« Blue gab ihm Feuer.

John inhalierte tief, lies den Rauch unten und trank aus dem Becher, ehe er den Rauch wieder ausblies.

»Besser?«, lehnte Blue sich zurück.

John zog ein weiteres Mal und blickte einfach nur aufs Meer hinaus.

»Wie geht es ihm?«, kam Sarah die Treppe hinunter.

»Er lebt ...«, sah Blue über die Schulter zu ihr.

»Spricht er noch nicht?« In ihrer Hand hielt sie eine Decke und Sachen zum Anziehen.

»Nur, dass es nicht genug sei ... und säuft weiter!«

Sarah ging neben John auf die Knie. »Ich habe dir Hosen, ein Shirt und eine Decke gebracht ... es wird frisch werden!«

John zog am Joint.

Sarah seufzte, rollte das Shirt auf und nahm ihm den Joint ab. »Arme hoch!«

John hielt die Arme hoch und liess sich das Shirt überziehen. »So ...«

Sie steckte den Joint in den Mund und sah ihn an.

»Ich kann ihn ja verstehen ...«, setzte sich Blue auf. »Ich will nicht wissen, wie nahe er ihm war!«

John lachte laut. »Nein, das willst du nicht!«, und zog am Joint.

»Das sagt wohl alles ...«, strich Sarah John über den Kopf und setzte sich neben Blue.

»Wie viel Nahrhaftes konntest du zusammensammeln?«

Sarah seufzte entmutigend. »Wir werden etwas hungern müssen ...«

Ein Schlag erschütterte die Yacht. Blue und Sarah sahen sich erschrocken an. »Was war das?«

Sarah sprang auf. »Wer ... war das!«

Blue rannte ihr hinterher.

Ein weitere Schlag brachte Blue zu Fall und Sarah musste sich an der Reling festhalten, um nicht darüber zu fliegen.

»Er greift das Boot an!«, drehte sie sich zu Blue um.

»Warum tut er das?«, rappelte sich Blue auf und griff sich die Reling neben Sarah.

»Es ist scheisse, wieder nüchtern zu werden!«, lachte John von der Sitzreihe. »Er wird einen verdammten Kater haben!«

Blue und Sarah blinzelten mit offenen Mündern zu John.

»Und nun bewegen wir uns auch noch ...« Rauch wanderte aus seinem Mund mit dem Wind davon. »Das wird ihn gewaltig nerven!«

Sarah stand mit der Leuchte in der Steuerkabine. Yuki blickte sie lachend an.

»Alles okay bei dir?«

Yuki lachte wieder. »Natürlich ... nur die Schläge beunruhigen mich!«

»Bisher nichts Ernstes ... wir haben jede Schlagstelle überprüft. Es scheint, als stosse er uns nur an!«

Yuki drehte sich auf ihrem Stuhl. »Er prüft uns ... er ist wie ein Kind!«

»Er lotet die Grenzen aus ...«, verstand Sarah und nickte.

»Genau ... es mag noch nichts sein, aber wenn er die Geduld verliert, sind wir am Arsch!« Yuki holte Luft und hielt sich das Herz. »Sorry ... Wie geht es John?«

»Er taut langsam auf«, seufzte Sarah und lehnte sich gegen den Türrahmen.

»Ein Onkel von mir ... entfernt, aber wir alle kannten ihn. Er hatte einen Autounfall.«

Sarah traute sich gar nicht nachzufragen.

»Ein Lastwagen hatte ihn nicht gesehen und fuhr geradewegs auf ihn zu, Augenzeugen haben gesagt, sie hätten ihn schreien gehört, als die Lichter von dem metallenen Monster auf ihn zuhielten!« Yuki rieb sich den Hinterkopf, seufzte und sah mit feuchten Augen zur Decke. »Aber er überlebte ... der Lastwagen schoss über ihn drüber und berührte ihn nicht, alle zehn Reifen verfehlten ihn, aber der auf ihn zurasende Lastwagen schockte ihn so sehr ... Er hatte genau diese Augen, die auch John hat!«

Sarah hustete.

Yuki senkte den Kopf. »Er starb vierzig Jahre später, ohne auch nur mehr ein Wort gesagt zu haben!«

Sarah schluckte. »John gibt schon Kommentare ab ...!«

»Ich bin so weit!«

Sarah schreckte auf und drehte sich zu Blue, der mit der zweiten Leuchte hinter ihr stand.

Sarah drehte sich nickend wieder zu Yuki. »Wir haben alles ausgeschaltet, was wir nicht durchgehend brauchen, der Treibstoff ist etwas knapp!«

»Kommst du auch? Das Ding hat doch sicher einen Autopiloten!«, fragte Blue Yuki.

»Ja ...«, nickte Yuki, hob den Schalter für den Autopiloten. »Eine Pause wäre angenehm, aber ich werde sie nicht zu lange alleine lassen ... vom Kurs abkommen können wir uns nicht leisten!«

Sie assen den Notfall-Zwieback, zusammen mit Ketchup und Bier. John sass daneben und betrachtete die Nacht und die reflektierenden Sterne auf der Wasseroberfläche.

»Wir sollten den Autopiloten nicht zu lange alleine lassen ...«, sagte Blue in die Runde. »Dann müssen wir uns abwechseln!«

Yuki nickte. »Nun, ich denke, ich könnte schon noch Schlaf in den nächsten Stunden gebrauchen!«

»Ist doch kein Ding, solange wir auf Kurs bleiben!«, nickte Sarah und drückte Ketchup auf ihren zweiten Zwieback.

»Solange ... und nur solange unser bezahnter Freund da draussen die Yacht nicht stärker angreift ...« Yuki hob seufzend den Kopf zu den Sternen. »Wir wissen, dazu ist er in der Lage!«

»Sollten wir nicht versuchen abzuschalten?«, warf Blue ein. »Wir haben noch ein gutes Stück vor uns und nun ja, ich bin nicht wirklich weit von einer Panik entfernt!«

»Du hast recht ...«, wurde Sarah allerdings von einem weiteren Schlag unterbrochen.

»Scheisse ...«, seufzte Yuki und legte die Flasche an.

»Ey, Mann, es wäre hilfreich, wenn du uns vielleicht noch mal helfen könntest!«, klopfte Blue auf den Tisch neben John.

John nickte, trank von seinem Becher und hob die Hand mit dem Zeigefinger.

»War das ein ... Ja?«, wandte Blue sich zu Sarah.

»Oder ein ich weiss ...«, zuckte sie mit den Schultern.

»Nützt nichts, wenn die Yacht bis dahin sinkt!«, lehnte sich Blue zurück und setzte die Flasche an.

Mit einem Blitz aus seinem Feuerzeug zündete sich John eine Zigarette an.

Ein erneuter Schlag liess Sarah hochfahren. Mit schlaftrunkenen Augen erkannte sie die Nacht und wickelte die Decke fester um sich herum.

»Ich habe Fernseher verkauft!«, drückte John eine Zigarette aus und setzte sich auf den Stuhl ihr gegenüber. »Fernseher, Computer, Mobiltelefone ... Mein Vater war Soldat, meine Mutter Sportlerin und ich verkaufte Unterhaltungselektronik!« Lachend blickte er auf das Meer hinaus und trank einen Schluck von seinem Wodka.

»Und warum bist du nach Mexiko gekommen?«, richtete sich Sarah auf.

Ohne sie anzusehen, lachte er kurz auf. »Wie gesagt, ein gebrochenes Herz ...«

»Liebe kann hart sein ...«, hatte Sarah in der dunklen Nacht Lea vor Augen.

»Lächerlich in meinem Fall!«, griff er nach einer neuen Zigarette in dem bald leeren Pack. »Ich war sechzehn Jahre älter als sie und alle sagten mir, wie vorsichtig ich sein muss, weil sie so jung ist. Nicht, dass ich sie verderbe oder so ...« Lächelnd steckte er sich die Zigarette in den Mund. »... und sie brach mir mein Herz!«

Sarah hielt seinem Blick stand, erkannte den Schmerz in seinem Lächeln. Den Schmerz, den er noch in sich trug, aber dies schien ihm offensichtlich gut zu tun. Das Zittern war verschwunden.

Die Flamme erhellte sein Gesicht, als er die Zigarette anzündete. »Ich kann ihr nicht wirklich einen Vorwurf machen ... ich kann ein Arsch sein und ihre Mutter war sicherlich wahnsinnig happy, mein Alter zu erfahren!«

»War sie minderjährig?«

»Gott, nein!«, blies John erschrocken Rauch in den Himmel. »Sie war über zwanzig!«

»Das bin ich jetzt ...«

John drehte sich lächelnd um. »Erschreckend, nicht?«

»Na ja ...«, zuckte sie mit den Schultern. »Du scheinst nicht so alt zu sein und du siehst nicht mal danach aus ...«

»Was mehr Fluch als Segen ist ...«, blies John gegen die aufglimmende Spitze der Zigarette.

»Sie hat dich verlassen?«

»Erst war ich ein Survival- und Nahkampf-Experte, danach vielleicht noch Experte für das Rauchen von Grünpflanzen ...«, schien er das Thema zu wechseln. »... egal, als sie mich verliess, brach meine Welt zusammen. Ich dachte, ich käme endlich aus meinem Dasein raus, das wurde zerschlagen und ich hatte Mühe geradeaus zu sehen! Ich sah nicht mehr aus der schwarzen Wolke, die mich umhüllte.« Er blinzelte in den Nachthimmel. »Irgendwann hatte ich genug von der Elektronik, den Kunden und den ganzen Leuten um mich herum. Ich verkaufte alles, was ich hatte, oder lagerte es bei meiner Mutter ein und flog nach Mexiko, in der Hoffnung, eine alte Freundin wiederzufinden!«

»Hast du sie wiedergefunden?«

»Jap. Verheiratet und zwei Kinder!«, zog er an der Zigarette und erhob sich. »Ich entschied mich, ein Boot zu kaufen, was ohne Schein nicht so einfach war … so lernte ich Mike kennen und ich wurde Fischer Schrägstrich Schmuggler!«

»Und warum erzählst du mir das alles?«, lächelte Sarah sanft und wischte sich eine Strähne aus dem Gesicht. »Ich fühle mich geehrt, aber es ist das erste Nennenswerte, das du sagst, seit du aus dem Wasser gekommen bist!«

Nickend setzte er sich hin. »Als ich dort unten war, in den Rachen von dem Hai blickte und nicht gefressen wurde, waren mein Kopf und mein Herz leer, genauso leer wie nachdem ich verlassen wurde. Ich kann nicht mal genau erklären, wie sich das anfühlte …«

»John …«, strich sie ihm über den Rücken.

»Er schoss auf mich zu, als die Spritze sich in seinen Gaumen bohrte. Es war Zufall, wie ich das Ding hielt, und wohl auch Zufall, dass ich irgendeine Nervenbahn traf, die wichtig war … Ich überlebte und ich fühlte dasselbe wie an meinem schlechtesten Tag …«

»Als hätte er dich wieder eingeholt …!«, nickte Sarah und legte sich wieder zurück, den Blick auf die funkelnden Sterne gerichtet. »Nur, du hast wieder überlebt!«

John kramte ein Foto aus dem Rucksack und reichte es Sarah. »Da war noch ein anderer Grund!«

Sarah hielt das Foto ins Licht. Es war ein Bild von John, vor einem Dschungel, in einem weissen Hemd und seiner schwarzen Tasche. Fragend reichte sie es ihm wieder. »Wann war das?«

John nahm es nicht entgegen. »Die Arme!«

Nun setzte sie sich auf und beugte sich über die Kerze. »Das … sind die Narben vom Hai?«

John nickte und leerte seinen Wodka.

»Das bist du …«, betrachtete sie es weiter und weiter, bis sie es schliesslich doch wieder an John zurückgab. »Wo hast du das her?«

John verstaute es wieder in einem kleinen Buch, das er zurück in die Tasche legte und diese unter den Tisch schob. »Kam mit der Post. Kein Absender, kein gar nichts … ich war etwa elf Jahre alt!«

»Was bedeutet das?«, zog sie die Füsse wieder hoch unter die Decke.

John zuckte mit der Schulter. »Nun, da ich die Narben jetzt auch habe … keine Ahnung!«

6

»Nun?«, setzte sich Sven zu Dr. Gianni und Björn Baron, dem Biotechniker.

»Wir werden die Drohne losschicken!«, gab Björn die Entscheidung bekannt.

»Wir sehen, dass es gross ist, aber ist noch zu schwer zu bestimmen …«, fügte Dr. Gianni an.

»Kein Orca?«

»Zu weiche Bewegungen … und zu gross!«, deutete Björn auf das Sonar.

»Ein Hai?«, fragte Sven Dr. Gianni.

»Dafür ist es zu gross …«, schüttelte sie den Kopf.

»Ein Megalodon?«, fragte er mit einem feinen grinsen.

»Abgesehen davon, dass er ausgestorben ist … Nein, dafür ist es zu klein …«, betrachtete Dr. Gianni den Monitor. »Die Drohne ist los!«

Nickend wandte Sven sich dem Monitor zu und sah wieder auf das Sonar. »Was macht es? Schwimmt es im Kreis um die Yacht?«

Der Biotechniker nickte. »So scheint es, ich habe keine Ahnung, wieso …«

»Achtung, noch hundert Meter!«, zeigte Dr. Gianni gespannt auf den Monitor.

»Sir, wir drosseln die Maschinen!«, kam Bob dazu.

»Sehr gut!«, hob Sven den Daumen und fixierte den Bildschirm vor sich.

»Achtzig Meter, siebzig!«

»Wir sollten es von der Seite sehen!«, sagte Björn beinahe flüsternd.

»Fünfzig Meter, gleich sollten wir sehen, was es ist!«

Sven spürte die Spannung, die in ihm aufkeimte, nur um zu erfahren, was dieses grosse Tier nun war.

»Dreissig … zwanzig … O Jesus …«, klebte Dr. Gianni am Bildschirm.

»Ein Weisser Hai!«, keuchte Björn und pfiff durch seine Zähne.

»Etwas gar gross ...«, murmelte Sven in sich hinein. »Was will das Ozeanium mit einem Weissen Hai?«

»Der ist für das Ozeanium?«, schreckte Dr. Gianni auf. »Die wollen ihn in ein Aquarium stecken?«

»Einen Weissen Hai ...«, lachte Björn, noch immer über das Tier erstaunt.

»Mach ein aktives Sonar ... ich will wissen, wie gross er ist!«, rüttelte sie an seinem Kittel.

»Aber er wird uns bemerken!«

»Egal, bringen wir ihn zu uns!«, zwinkerte sie zu Sven.

»Sir?«, fragte Björn nach.

Sven nickte. »Ja, tun Sie es!«

Der Biotechniker holte Luft und von der Drohne ging ein Ping aus, das die Umgebung wie ein Echolot scannte.

»Noch mal!«, nickte sie zum Biotechniker.

»Und noch mal!«, liess er ein weiteres Ping von der Drohne ab.

»Das ...«, stutzte sie. »... wenn der Scan stimmt!«

»Der stimmt, Frau Doktor!«, klang Björn leicht gekränkt.

»Nun, Kapitän, der Hai ist 14 Meter lang ...«

Er blinzelte sie an. »Das ... das ist doppelt so gross, oder nicht?«

»Es gibt schon grosse Exemplare, aber das ist ein ... oh, da kommt er!« Björn griff nach dem Funkgerät. »Der Hai kommt, Rückzug unter die Luke!«

»Roger!«, kam durch den Funk zurück und sie konnten beobachten, wie die Kamera drehte.

»Er ist schnell ...«

Sven beugte sich über Björn. »Schneller als die Drohne?«

»Jap!«, nickte dieser und starrte gebannt auf den Bildschirm. »Seht es euch an.«

Wasser schoss an der Kamera vorbei, als sie hochgerissen und gedreht wurde, die Zähne waren zu sehen, kurz bevor das Bild schwarz wurde.

»Erwischt ...«, klickte er den Monitor aus. »Und er schwimmt zurück!«

Nickend erhob sich Sven. »Bereitet die Luke vor, wir haben einen Hai einzufangen!«

»Sir!«, salutierten sie und Sven drehte sich, ging aus dem Biolabor zurück auf die Kommandobrücke.

»Wir haben Sichtkontakt!«, wurde Sven empfangen. Man reichte ihm das

Fernglas und er konnte damit den Hai erkennen, wie er um die Yacht herumschwamm.

»Warum tut er das?«, dachte Sven laut.

»Das müssten Sie Dr. Gianni fragen, Sir!«

»Wenigstens bist du ehrlich ...« Seufzend zeigte er nach vorne. »Neben die Yacht, aber wir dürfen sie nicht berühren, da sind noch Menschen an Bord!« Sven suchte die Yacht mit dem Fernglas ab. »Ich kann niemanden an Bord sehen ...«

»Unter Deck ... wegen der Ansteckung!«, mutmasste Bob.

»Nein ... nein!«, lächelte Sven. »Sie wollten nur alle von dem Hai fernhalten! Er ist nicht betäubt und sie wollen wohl auch keine Aufmerksamkeit!«

»Gewagte Theorie!«, trat Dr. Gianni auf die Brücke. »Aber mit dem übergrossen Weissen ... möglich.«

»Ich hoffe, er schwimmt unter uns durch, dann saugen wir ihn direkt in unser Schiff und schon sind wir wieder unterwegs ...« Sven legte das Fernglas zur Seite und setzte sich in seinen Sessel. »Luke öffnen, Versiegelung halten!«

»Aye, Kapitän!«

Langsam schob sich der Frachter neben die Yacht, die von den Wellen und dem Sog durcheinandergerüttelt wurde.

»Nun werden sie krank sein ...«, räusperte sich Bob.

»Der Hai ist untergetaucht!«, kam durch das Funkgerät.

»Alle Mann auf Position! Monitor drei an!«, rief Sven.

Auf dem Monitor war die Unterseite des Schiffes zu sehen. Die längliche Schnauze erschien aus dem Dunkel und zog den massigen Körper mit einer Leichtigkeit hinterher, die atemberaubend und beängstigend zugleich war.

»Jetzt!«, rief Sven.

Ein Nebel aus Wasser und Luft nahm das Bild ein und als es sich klärte, war der Hai nicht mehr zu sehen.

»Lagebericht!«

»Hai im Bauch, Luke wird geschlossen!«, kam durch den Funk.

Sven ballte die Faust und lächelte zu Dr. Gianni, die mit ihrem Klemmbrett unter dem Applaus der Brückenbesatzung davonging.

Stefan lehnte sich auf seinem Stuhl zurück, schob den leeren Teller von sich und nahm sein Glas zu sich. Malena und Karla nippten an einem Eis. Peter ass noch an seinen Tacos und Kurt hatte einen Kaffee vor sich stehen.

»Du hattest recht, das habe ich gebraucht!«, nahm Stefan einen Schluck von seinem Drink.

Kurt sah auf seine Uhr. »Und wir liegen gut in der Zeit!«

»Nach dieser Zeit, hatten sie da überhaupt noch genug zu essen auf der Yacht?«, leckte Karla ihren Löffel ab.

»Wenn es da nicht wie in *Herr der Fliegen* zuging ...«, lachte Stefan.

»Janosch ist ja dabei ... der hat das sicher im Griff!«, löffelte Malena in ihrem Eisbecher.

»Und Yuki, da hat Kilian nichts zu lachen!«, fügte Stefan an und alle lachten darüber.

Kurts Telefon klingelte und er nahm es, noch immer lachend, entgegen. »Ja?«

Der Tisch verstummte.

»Wir haben ihn!«, hob Kurt die Faust in die Luft.

Allgemeine Freude, Peter und Stefan gaben sich die Hand und Karla und Malena umarmten sich.

»Ja, danke, danke sehr!« Kurt steckte das Telefon ein. »Niemand hat etwas mitbekommen, die Küstenwache geht auf das Boot und bringt unsere Kinder in Quarantäne!«

»Perfekt!«, leckte Malena ihren Löffel ab »... und ihr habt an ihnen gezweifelt!«

»Das gehört gefeiert!«, lachte Kurt. »Lasst uns eine Flasche mitnehmen!«

Wer sollte dagegen sein, Karla wollte nicht als Einzige immer das Negative sehen und mittlerweile glaubte sie selbst daran, dass alles so funktioniert hatte, wie es sollte, und so liessen sie alle in der Limousine die Gläser klirren.

Reporter standen um das Krankenhaus, was nur zu verständlich war, keiner wusste, was die Yacht hier zu suchen hatte, und es wurde im nationalen Fernsehen rege diskutiert, woher die Yacht kam und wem sie gehörte.

Kurt beugte sich zu Malena und Stefan. »Wir müssen uns etwas ausdenken ... die Sache mit dem Urlaub könnte schwierig werden!«

»Sie kamen vom Kurs ab ...«, winkte Peter ab und schaute aus dem Fenster. »Aber das ist schon ein rechter Zirkus da draussen!«

Die Limousine hielt beim Hintereingang und die Ozeaniumgruppe verliess die Limousine. »Diese Hitze ...«, stöhnte Karla. »Ich werde die Schweiz viel mehr zu schätzen wissen!«

»Dann lasst uns nicht zu lange hier bleiben, ja?«, ging Malena in ihrem zu engen Kleid voraus in das Krankenhaus und auf den Empfang zu.

Kurt trat an den Empfang zur dunkelhaarigen Schwester.

»Ich kann es kaum erwarten, unsere Helden in den Arm zunehmen!«, lächelte Karla.

»Da stimmt was nicht ...«, deutete Stefan zu Kurt. »Ich verstehe kein Wort, aber er diskutiert!«

Kurt drehte sich schliesslich um. »Wir können nicht zu ihnen ...«

»Was? Wieso?«, kam von allen zusammen in einem wunderschönen Crescendo.

»Sie sind in Quarantäne und sie konnten die Identitäten noch nicht zuweisen ..« Kurt setzte sich mit bleicher werdendem Gesicht hin.

»Das kannst du doch regeln, ruf den Botschafter an!«, klatschte Malena in die Hände.

»Was ist los?«, bekam es Karla mit der Angst zu tun.

»Da sind nur zwei ...« Er hob seinen Kopf, das Telefon in der zitternden rechten Hand. »Sie haben nur zwei auf der Yacht gefunden, und ob beide überleben, ist noch nicht sicher ...«

Mit der Hand versuchte Karla einen Schrei zu unterdrücken und sank auf den Boden. Peter versuchte sie erfolglos oben zu halten. Malena und Stefan sahen sich nur blinzelnd an.

»Ich ... ich rufe den Botschafter an, dann wird man uns reinlassen ...« Kurt rang mit der Fassung.

Karla sass kreischend auf dem Boden und Peter versuchte erfolglos seine Frau zu beruhigen.

Sven stand hinter dem Geländer und beobachtete die graue Majestät, wie er in seinem kleinen Platz seine Runden schwamm. Durch ein Gitter wurde Meerwasser durch die Fahrt hineingepumpt und hielt den Hai für die Überfahrt bei Gesundheit.

»Ein tolles Tier ...«, trat Dr. Gianni neben ihn.

»Ich habe schon grosse Weisse gesehen ... warum ist der so gross?« Sein Blick folgte den graziösen Bewegungen.

Dr. Gianni lächelte und klopfte ihm auf den Rücken. »Eine Laune der Natur ... vielleicht auch mehr ein Cousin, der Jahre oder Jahrhunderte, in sehr tiefer Tiefe war und sagen wir, ein Seebeben hat ihn befreit oder nach oben gelockt ... Wir werden es wohl nie ganz erfahren, aber einiges werde ich mit meinen Tests schon herausfinden!«

»Sie nehmen Blutkulturen?«, folgte Sven der Frau Doktor.

Frau Dr. Gianni nickte. »Wir prüfen alle chemischen Einheiten, es wird uns eine kleine Ahnung geben, woher er kommt und von was er sich ernährt!«

Sven lächelte. »Was für ein Tier ... ich glaube, ich habe mich verliebt!«

»Aber trotz dieser Tatsache, wir erhalten Millionen, damit dieser König eingesperrt wird!«, seufzte sie und ging mit gesenktem Kopf wieder davon.

Ein Arzt, etwa Mitte fünfzig, mit gräulich schwarzem Haar und einer Jeans unter seinem Kittel, kam auf die Elternschaft zu. Dabei sagte er etwas auf Spanisch und schüttelte Stefan die Hand.

»Was hat er gesagt?«, flüsterte Stefan zu Kurt.

»Sie sind wach ... wir können zu ihnen gehen!« Kurt hatte sein Hemd offen, die Krawatte lag zwischen den Stühlen auf dem Boden.

»Willst du lieber warten?«, nahm Peter Karla an der Hand.

»Nein ...«, schniefte sie und verwischte sich die Schminke im Gesicht. »Ich will sie sehen!«

»Wir sollen ihm folgen!«, übersetzte Kurt und drehte sich um.

Sie folgten dem Arzt zu einem Fahrstuhl, der sie in den neunten Stock brachte.

»Sie sind sehr schwach und wir sollen vorsichtig sein!«, übersetzte Kurt weiter. »Glücklicherweise konnten keine übertragbaren Krankheiten festgestellt werden!«

»Können wir rein?«, schluchzte Karla.

Kurt fragte den Arzt, der mit einem gütigen Lächeln die Tür aufdrückte.

Sarah setzte sich auf und blickte auf das Meer. Es wurde heller, die Sonne würde langsam am Horizont aufsteigen und sie kamen ihrem Ziel näher.

»Er beobachtet uns ...«

Sarah drehte sich um und entdeckte John der an der Reling stand. »Mmh?«

»Der Hai! Er beobachtet uns ...«, drehte er sich rauchend Sarah zu.

Sie war sicher, dass sie nicht träumte, und setzte sich mit schweren Gliedern auf. »Das tun sie nicht!«

Mit der Zigarette im Mund drehte er sich wieder um und zeigte nach unten. »Der tut es!«

Sarah erhob sich vom Polster, wankte kurz und ging mit einem Aufstossen zu John.

»Siehst du ... sein Auge ist über Wasser, er beobachtet uns!«, zeigte er nach unten.

Sarah schweifte von Johns müden Augen zum Hai, der den Kopf über Wasser hatte und leicht geneigt schwamm, womit sie ihm genau ins Auge starrte. »Haie beobachten nicht ...«

John ging von der Reling weg, zurück zum Polster. »Haie werden auch nicht so gross!«

»John ...«, ging sie zu ihm und blieb vor ihm stehen, als er sich hinsetzte. »Hast du geschlafen?«

Kopfschüttelnd zog er an der Zigarette. »Du schnarchst!«

Sie setzte sich neben ihn und betrachtete mit wässrigen Augen den blauen Morgenhimmel. »Ich habe von Lea geträumt ...«

John sagte nichts.

»Ich habe geträumt, wie sie taucht, vor mir. Um uns herum waren tausende Fische, die Sonne liess sie in den buntesten Farben aufleuchten ... Wie kleine Smaragde ...« Lächelnd wischte sie sich eine Träne aus dem Auge.

»Da wird es auf einmal dunkel und die Fische verschwinden. Auf einmal ist da eine Glasscheibe, die mich von Lea trennt, und dann bemerke ich ihn ...«

»Tut mir leid ...«

»Ich wache auf, bevor er sie erwischt, aber ich kann nichts tun, da ist diese verdammte Scheibe und ich hämmere und drücke, aber es ist zwecklos, sie hört mich gar nicht ...«

»Ihr kanntet euch schon lange?«

Sie sah John mit wässrigen Augen an und nickte. »Sechs Jahre ...«

»Da komme ich mit meinen fünf Monaten wie ein Affe daher ...«, stiess er sie mit dem Ellbogen an.

»Gefühle kannst du nicht an der Zeit messen ...«

»Wie seid ihr zum Tauchen gekommen?«

Lachend schüttelte sie den Kopf. »Wir waren sechs Monate in Australien und hatten noch Zeit übrig ... Wir wurden immer instruiert, dass Weisse Haie keine Monster und die Chancen klein sind, wirklich von einem angegriffen zu werden ...«

»Davon habe ich gelesen ...«, nickte John.

»Und der erste Weisse, den wir sehen, frisst meine Lea ...« Seufzend hob sie den Kopf zum Himmel. »Der Blick in diese Zahnreihen ... das ist der Stoff, aus dem Alpträume gewoben sind!«

Lächelnd wandte sich John dem Wasser zu. »Ja ... kann man so sagen!«

Sarah band sich ihre Haare zu einem Pony zusammen.

»Aber um zurück zum Thema zu kommen ...« Mit der Zigarette zwischen zwei Fingern deutete er auf das Wasser. »Er beobachtet uns!«

»Das können Haie nicht!«, wiederholte Sarah.

»Willst du es dir noch mal ansehen?« John zog an der Zigarette. »Oder hast du eine bessere Erklärung?«

Sarah schüttelte den Kopf. »Er stösst uns an ... prüft, wie weit er gehen kann!«

John blies den Rauch aus. »Er muss uns folgen ... wahrscheinlich denkt er, wir flüchten vor ihm!«

Blue kam die Treppe runter auf das Mitteldeck.

John fuhr mit einem Nicken zu Blue fort. »Zuvor kam das Sonar vom Meeresgrund, nun aus dem Schiff ...«

»Was willst du damit sagen?«, setzte sich Blue dazu und streckte müde seine Arme. »Worüber reden wir eigentlich?«

»Wir sind wahrscheinlich eine noch grössere Bedrohung als zuvor und meine Aktion wird das nicht besser gemacht haben!«, seufzte John. »Er weiss ganz genau, dass er mich nicht erwischt hat!«

»Er glaubt auch, der Hai beobachtet uns!«, erklärte Sarah.

»Du kannst es dir ansehen ...«

»Was ist los?«, stöhnte Blue, verwirrt durch das Gespräch der beiden.

»Der Hai beobachtet uns!«, stand John auf. »Komm mit!«

Blue folgte John. Gemeinsam standen sie an der Reling, als der Hai unter ihnen durchschwamm.

»Wie würdest du das nennen?«, zeigte John nach unten.

Blue folgte dem Hai, der beim Heck wieder links um die Kurve ging. »Er ... ich wusste nicht, dass Haie so was können!«

»Haie können so was nicht!«, rief Sarah.

Blue drehte sich um. »Er tut es aber ... hast du das gesehen?«

»Ich habe es gesehen!«, seufzte Sarah.

John ging zurück zu Sarah. »Was tut er dann?«

Sarah schüttelte den Kopf. »Vielleicht eine Nachwirkung von dem Betäubungsmittel ... wer weiss, aber der Hai beobachtet uns nicht!«

Blue schaute weiter nach unten, sah dem Hai ins Auge, als er wieder langsam vorbeischwamm.

»Oh, und wie er uns beobachtet ...«, drehte sich Blue wieder um. »Er sieht mich an!«

»Wer sieht wen an?«, kam Yuki die Treppe hinunter.

»Sie glauben, der Hai beobachtet uns ...«

Blue drehte sich um. »Er hat mich angesehen und ist langsamer geworden!«

Yuki setzte sich neben Sarah. »Und dennoch bleibst du dort stehen?«

Blue zuckte in sich zusammen, löste seine Hände von der Reling und ging langsam rückwärts.

Yuki und Sarah lachten.

»Wie lange haben wir noch vor uns?«, fragte John Yuki.

»24 bis 26 Stunden ...«, setzte sich Yuki auf.

Mit einem dumpfen Knall kam die Yacht etwas ins Wanken und Blue konnte sich gerade noch sitzend retten.

»Das macht er, seit wir losgefahren sind ...«, seufzte Yuki.

»Und es scheint stärker zu werden!«, lehnte sich Sarah zurück.

John zündete sich eine neue Zigarette an. »Und solange wir uns nicht verteidigen, wird es auch immer stärker werden, bis er uns versenkt!«

Yuki nickte. »Wir sind seiner Geduld ausgeliefert ...«

Blue zeigte zur Reling. »Der wartet nur darauf uns fressen zu können!«

»Dank uns hat er ja keine Wahl ... wir vertreiben ja alles!«, seufzte Sarah.

John sah auf das sich langsam erhellende Meer hinaus.

»An was denkst du?«, fragte Sarah.

John schüttelte den Kopf. »Nichts ...«

»Ich gehe wieder nach oben!«, erhob sich Yuki.

Blue stiess John gegen das Knie. »Keine Idee, wie wir das regeln könnten?«

John lachte auf. »Keine, ohne dabei den Hai zu füttern ...«

Blue rückte etwas auf. »Das bedeutet, du hast eine ...«

Sarah schüttelte lachend den Kopf. »Ernsthaft? Seid ihr lebensmüde?«

»Du glaubst ja nicht, dass er es auf uns abgesehen hat, aber ich, und wenn wir nichts tun, wird er uns aus dem Meer picken!« Blue klopfte auf den Tisch, nicht so energisch und es war auch nicht laut, aber Sarah war klar, was er damit meinte.

»Der Hai ist verwirrt, der Football bringt ihn durcheinander ...« Sarah erhob sich. »Aber macht ihr nur, ich gehe zu Yuki!«

»Sarah ...«, rief John ihr hinterher »es werden dabei nicht alle sterben!«

Blue klatschte lachend in die Hände.

»Du weisst schon, dass ich keine Witze mache, ja?«, klopfte John Asche in den Aschenbecher.

Sarah und Yuki sassen im Steuerhaus und betrachteten das Wasser, das sich schier unendlich um sie herum befand.

»Ich würde gerne wieder einmal Land sehen!«, seufzte Yuki.

»O ja ... und ich werde vorerst nicht mal duschen!«

Yuki knuffte Sarah an und beide lachten.

»Was ist mit deiner Tauchschule?«

Sarah senkte den Blick. »Das habe ich mit Lea geplant und ...«

»Hey ...«, strich Yuki Sarahs Arm. »Schon gut ...«

Sarah seufzte. » Der schwere Part wird erst noch kommen! Ihre Eltern!«

Yuki drückte Sarah. »Es tut mir leid ...«

»Erm ...«, klopfte John an die Tür.

Sarah drehte sich und musterte den nassen und tropfenden John. »Was ...?«

John verzog schuldbewusst sein Gesicht. »Ich habe da ein Problem ...«

»O mein Gott, Blue!«, sprangen Yuki und Sarah auf und sie rannten an John vorbei aus der Steuerkabine.

»Buuh!«, sprang Blue hervor und brachte die Damen zu Fall.

»Arsch!«, schrie Yuki.

»Ihr Arschlöcher!«, rappelte sich Sarah auf und sah zu John. »Was soll die Scheisse?«

Lachend half Blue Yuki hoch. »Erwischt!«

»Chill!«, legte John einen Arm um Sarah. »Wir sind so stolz auf unser Werk, dass wir es euch einfach zeigen müssen!«

»Und das konntet ihr uns nicht einfach sagen?«, blieb Yuki erst stehen und folgte ihnen anschliessend.

»Was habt ihr vor?«, gingen sie die Treppe runter.

John liess von Sarah ab und demonstrierte den Kran.

»Das ist der Kran, der stand vorher schon da!«, stutzte Sarah.

»Natürlich ...«

»Hast du dir schon überlegt ...«, unterbrach Sarah ihn, »dass der Kran völlig nutzlos ist? Wenn die Alte doch wusste, dass sie einen grossen Weissen wollte, waren anderthalb Tonnen immer zu wenig!«

John lächelte wortlos.

»Das ... sie wollte, dass wir einen Regenbogenfisch fangen!«, warf Blue ein.

»Sie hat recht ...«, setzte sich Yuki hin.

»Stimmt, aber nehmt Blue, wir können auch davon ausgehen, dass diese Millionäre nicht die besten Entscheidungen treffen ...«, schnipste John zu Blue. »Sorry!«

»Nun ja, stimmt so nicht, wir sind eher Milliardäre ...«, hielt er den Zeigefinger vor den Mund.

»Und dennoch schicken sie ihre Kinder ... Wow!«, bedauerte Sarah Blue.

»Hat was von Dagobert und seinen Neffen!«, bemerkte Yuki und drehte sich zu John. »Also, was ist euer Plan, was den Kran beinhaltet?«

»Nun, wie wir alle wissen: Der Hai umkreist uns und stösst uns an. Er ist der Jäger und wir sind seine Beute!« John nahm einen Rettungsring. »Der Hai wartet darauf, dass wir unsere Defensive zeigen ...«

»Das wissen wir ja schon!«

»Richtig, das wissen wir bereits!«, zwinkerte John. »Wir binden den Ring an den Kran und fahren den Kran nach aussen, sodass der Hai darunter durchschwimmt, und wenn er darunter ist ... « John liess den Ring auf das Deck fallen, wo er einmal aufstiess, bevor er sich auf das Deck drehte.

»Das ist gar nicht so blöd!«, lächelte Sarah und drehte sich zu Yuki. »Das könnte tatsächlich funktionieren!«

Yuki stand an der Reling, den rechten Arm in der Luft. John und Blue standen beim Kran und Sarah stand auf dem Oberdeck.

»Er kommt!«, schrie Sarah und folgte dem Hai, dessen Kopf leicht aus dem Wasser ragte, genug, um die Zähne blitzen zu lassen und sie anzustarren. »Er sieht mich nicht an ...«, sagte sie unsicher zu sich selbst.

»Yuki!«, hielten Blue und John das Seil.

»Moment, noch einen Moment ...« Yuki bewegte die Hand nach oben »Nur ... Halt, wartet!«

»Was?«, rief John.

Sarah beobachtete, wie der Hai von seiner Route abwich und in einer Seelenruhe nach rechts abdrehte, etwas weiter nach aussen schwamm und wie nach einem U-Turn wieder zurückdrehte. Sie drehte sich zu Yuki, die mit erhobenen Armen darauf wartete, den Jungs das Signal zu geben.

»Fuck ...« keuchte Sarah und blickte wieder zum herankommenden Hai, zurück zu Yuki. Sie erkannte die gerade Linie vom Hai zu Yuki, sie brannte in ihrer Iris wie ein Laser und da erfasste sie, dass der Hai schneller wurde.

»Yuki!«

Yuki folgte dem Hai, wie er etwas unter die Oberfläche glitt, aber immer noch gut erkennbar auf das Ziel zuschwamm, als sich plötzlich die Dimensionen zu verändern schienen. In einem Sekundenbruchteil blickte sie in den weit aufgerissenen Schlund des aus dem aufbrechenden Wasser schiessenden Hais.

Sarah musste zusehen, wie der Hai gezielt aus dem Wasser brach und einem Torpedo gleich auf die Yacht und Yuki zuflog.

Sie hielt ihren Arm auch noch nach oben, als der Kiefer mit seinem Beissdruck um die fünf Tonnen zuschnappte und die Beine und den Arm, vom Rest des Körpers abbiss. Die Seite und die Schwanzflosse knallten gegen die Yacht und brachten diese gefährlich ins Wanken.

John und Blue erlebten nur das halbe Schauspiel, als der Hai aus dem Nichts auf die Yacht sprang und Yuki, wie hinter einer Tür, einfach verschwand. Mit einem Aufschrei liessen beide das Seil los und wurden von dem anschliessenden Kippen der Yacht auf das Deck geworfen. John hatte das Seil um seinen Arm gebunden, damit er mehr Zugkraft hatte. Das wurde ihm zum Verhängnis, als er auf der kippenden Yacht gegen den Kran rutschte.

Blue schrie auf, als Yukis Arm in sein Gesicht klatschte, und warf ihn von sich weg, ehe er sich übergeben musste.

Sarah rappelte sich auf und konnte sehen, wie John mit dem Seil an seinem Arm kämpfte. Sie rannte zur Treppe und auf halbem Wege war da der Hai, der nach dem Rettungsring sprang. Blue übergab sich an Deck und John versuchte weiterhin, das gespannte Seil von seinem Arm zu lösen.

Sie landete auf dem Deck, der Warnschrei blieb aber in ihrem Hals stecken, als der Hai den Ring in seinen Zähnen einklemmte. Mit seiner Beute tauchte er wieder ab und das Seil begann zu ziehen.

John wurde mit einem Ruck hochgezogen und knallte mit der Schulter gegen den Kranarm, durch den das Seil gezogen war, und wurde von dem tauchenden Hai dagegen gepresst.

Blue konnte nur zusehen, wie John nach oben und über das Deck flog. Blut spritzte durch den Kran, aber er blieb stecken und der Kran begann sich zu neigen, die Yacht folgte dessen Beispiel, aber Blue wusste, was er zu tun hatte.

»Ahhhh«, schrie John, als der Kran drehend wieder zurück über das Deck schwang.

»Blue!«, schrie Sarah, schnappte sich die kleine Axt und kletterte den Kran hoch.

Der Hai zog an dem Reifen, drückte John stärker durch die kleine Öffnung und damit die Yacht auf der Seite nach unten.

»Fuck, fuck!«, schrie John.

Sarah erreichte den oberen Punkt und drehte auf dem sich neigenden Metallarm, am Ende John, dessen Arm blutend gegen die Öffnung der Vorrichtungen gepresst wurde.

»Halte durch ...«, sagte sie ruhig, statt zu schreien und kletterte den metallenen Arm entlang nach vorne zu John.

»Ahhhh!«, schrie John und Sarah spürte, wie die Yacht und der Kran sich noch mehr nach unten neigten.

Blue beobachtete, wie Sarah zu John kletterte. Der Kran knarrte und knarzte, beugte sich und die Yacht mit ihm. Blue musste sich am Tisch festhalten und konnte dabei auf das Wasser und den Hai unter ihm runtersehen. Das

Knirschen brachte seine Aufmerksamkeit an den angeschraubten Kran und das Holz, in dem die Schrauben steckten, das zu brechen drohte.

Sarah packte John an der freien Schulter, setzte sich linksseitig auf den Arm des Krans und hackte auf das Seil ein.

»Komm schon!«, schrie Sarah. Mit einem harten, schnappenden Knall riss das Seil und sie griff nach Johns Bauch, während sie mit ihren Beinen den Kran umklammerte.

Die Yacht hatte ihren Nullpunkt erreicht und schwang wieder zurück, dabei brach der Kran endgültig aus dem berstenden Deck. Splitter schossen an Blue vorbei und der kippende Kran schlug krachend auf das Deck. Der Arm des Krans lag wieder nach aussen, über die berstende und zerbogene Reling. John und Sarah baumelten über dem Meer.

John spürte, wie sein Magen gehoben wurde, und wie auf einer Achterbahn schlug er auf. Blinzelnd öffnete er die Augen und hatte Sarah vor sich hängen, die ihn mit dem Seil zusammen festhielt.

Hinter ihr stiess der Hai aus dem Wasser und John schaffte es, das Seil zu lösen.

Mit dem kippenden Schiff, das sich nun an der Seite nach oben bewegte, und dem wegfallenden Gewicht fiel Sarah nach oben und der Hai verpasste sie um einen guten Meter, John war schon zu tief für den aufgerissenen Kiefer und fiel unter den ins Leere schnappenden Zähnen ins Wasser.

Die Yacht ging auf einen weiteren Nullpunkt zu und der Kran rutschte tiefer über das Deck. Sarah drehte sich, wieder auf dem Arm sitzend, zu Blue um. »Das Seil!«

Blue hob ängstlich den Kopf, die Yacht drohte zu kippen, aber im letzten Moment schwang sie sich wieder zurück. »Blue!«, schrie Sarah mit vollem Lungenvolumen, während das Seil durch ihre Haut scheuerte.

John tauchte auf, spuckte keuchend Wasser aus und hielt sich über das aufgewirbelte Wasser, als der Hai wieder eintauchte und in der Dunkelheit verschwand.

Mit seinem, wie er dachte, letzten Atemzug tauchte die Rückenflosse wieder an der Wasseroberfläche auf. Das Wasser teilte sich links und rechts, hinterliess kleine Wellen und Gischt, als der Hai auf ihn zuraste.

»John!« Vor ihm tauchte eine Schlaufe auf.

Der Hai drehte sich auf die Seite und schob seinen massigen Körper an die Oberfläche. Den Kiefer weit aufgerissen, mit flatternden Fetzen von Yuki in den Zwischenräumen, griff der Hai ihn an.

Sarah zog auf dem Kranarm stehend John hoch. Der zuschnappende Kiefer streifte seinen Fuss, aber der Hai tauchte wieder ohne Beute ins Wasser.

John griff nach dem Arm von Sarah, zog sich an ihr auf den Kran der noch immer wippenden Yacht.

»Runter, los!«, hustete John.

Mit dem erneuten Zurückwippen der Yacht auf die Steuerbordseite schafften sie es, wieder auf das Deck zu springen.

»Los, haltet euch fest!«, schrie Blue, als die Yacht wieder auf die andere Seite schwang, nicht mehr so stark, aber dennoch stark genug, um ihn gerade ins Wasser blicken zu lassen. Die Oberfläche explodierte, Wasser flog wie Projektile auf ihn zu und die spitze Triangelschnauze mit dem tödlich aufgerissenen Kiefer stieg aus dem Wasser. Gefolgt von dem langen, massigen Körper katapultierte sich der Hai auf das Deck.

Der Hai landete knapp drei Meter neben John auf dem Deck, drückte das Holz dabei nach innen und hatte den kreischenden Blue bis zum Brustkorb zwischen seinen zusammengepressten Zähnen.

»Nein!«, schrie Blue gurgelnd, als die enorme Beisskraft des Weissen Hais seine Organe aufspiesste. Der Hai schnappte noch mal zu, dabei zermalmten die Knochen und Blues Leben wurde aus seinem Körper gepresst.

Ohne ein zweites Mal aufzuprallen, rutschte der Hai zurück, fiel ins Wasser und die Yacht stabilisierte sich durch diesen Einschlag fast augenblicklich.

John liess los, konnte aber den Blick nicht von dem ausblutenden Blue abwenden. Sarah griff keuchend und schluchzend nach John und zog ihn hoch.

Sie standen vor einer neuerliche Blutpfütze, die neben Blue dem Deck einen frischen Anstrich gab. Blue war von der Brust abwärts auseinandergerissen und lag neben den Beinen von Yuki, die durch das ganze Wippen in die Mitte, zu Blues sterblichen Überesten, gerutscht waren.

»Er hat es gesehen ...«, hielt sich Sarah die Hand vor den Mund.

»Sie nicht …«, bemerkte John und setzte sich entkräftet mit einem blutenden Arm hin.

»Sie sind beide …«

John nahm Sarah bei der Hand und zog sie zu sich auf das Polster.

»Wir sind nun ganz alleine!«, zitterte aufkeimende Panik in ihrer Stimme.

»Ja …«, nickte John und steckte sich eine Zigarette in den Mund, die Hände zitternd und blutverschmiert.

»Er wird das Boot zertrümmern!«, versuchte sie schluchzend das Weinen aufzuhalten.

»Yacht …«

»Wie?«, schniefte sie.

»Das ist eine Yacht …« John legte sich hin und blies Rauch in die salzige Luft.

»Stimmt …«, legte sie sich auch hin und holte tief Luft.

So lagen sie da, in der erneut friedlichen Atmosphäre, die eine Schlacht nach sich zog.

»Er hatte uns …«, bemerkte Sarah nach einigen Minuten.

»Mich sogar zweimal!«, lachte John und schaute in den Abendhimmel.

»Was tun wir jetzt?«, setzte sich Sarah wieder auf und blickte auf das zerstörte Deck mit dem ausgerissenen Kran.

»Wir fahren weiter …«, setzte sich John ebenfalls auf.

»Sie wollen den Hai, ihre Kinder sind alle tot … alle! Was wollen sie mit uns?« Sarah zog ihr Shirt aus. »Sie brauchen uns nicht mehr …« Sie wrang es aus und zog es wieder an. »… und ich denke nicht, dass dies eine gute Werbung für das Ozeanium ist!«

John betrachtete nickend das Deck und lachte bitter. »Schweiss und Blut für eine Attraktion … passt doch!«

»Fuck … die werden uns noch am Hafen absaufen lassen!«, ahnte Sarah Schlimmes.

»Darum kümmern wir uns bei Land in Sicht … jetzt sollten wir vielleicht diese Blutung hier stoppen«, zeigte er auf seinen Arm mit dem Blutfleck hinter ihm auf dem Polster. »Falls unser Plan mich lebend beinhaltet!«

Schmunzelnd stiess sie John an seinem Kopf zur Seite. »Da nur du unseren Plan kennst … habe ich ja gar keine Wahl!«

John, einen Arm in der Schlinge, zog kraftlos die Schubladen in der Steuerkonsole auf und fand in der untersten die Leuchtpistole.

»Kilians Telefon ist das einzige ohne Sperre!«, kam Sarah bis zum Türrahmen und hielt erschöpft den Kopf dagegen. »Wo hast du die her?«

»Unterste Schublade …«, legte er die Pistole auf den Tisch und zeigte zur Küste. »Hoffen wir, dass es klappt, sonst sind wir schuld an einem Massaker!«

»Da sind wir längst verdurstet …«, hustete Sarah.

»Hauptsache, sie sehen das Banner!«

John nahm die Pistole wieder in die Hand und ging zu Sarah, um sie bis zum Oberdeck zu stützen.

»Und wenn sie es nicht sehen?«, fragte sie leise.

John zuckte die Schultern und prüfte die Leuchtpistole. »Ein verlassenes Boot, mit einem Pest-Banner … das ist selten eine gutes Zeichen!«

»Yacht!«

John drehte sich um und blinzelte verloren.

»Das ist eine Yacht!«, zwinkerte Sarah.

Schmunzelnd drehte er sich wieder um und richtete die Pistole in den Himmel.

KAPITEL 6

Regen in Basel

1

Basel zeigte sich an diesem Tag von seiner regnerischen Seite. Die Wolken waren beinahe schwarz und der unablässige Regen drückte die schon dunkle Stimmung in dramatische Tiefen. Auf dem Friedhof Hörnli hatte sich die Ozeaniumgruppe für die Beerdigung ihrer Kinder eingefunden und empfand das Wetter als passend zu ihrer Trauer. Der Himmel weinte für ihre Kinder.

Alicia saß in Sichtweite zur Ozeaniumgruppe auf einer Parkbank. Die Kapuze hatte sie gegen den Regen tief ins Gesicht gezogen und beobachtete die trauernden Eltern. Hinter ihr kam eine Linse aus dem Gebüsch und das leise Klacken einer Kamera war zu hören.

»Findest du das nicht pietätlos?« Die Beerdigung von Kilian Bös, Jason Lasser und den Geschwistern Blue und Apple Probst war in der *Basler Brügge* angekündigt, aber die Familie wünschte Privatsphäre.

Die vier Särge, die alle aussahen, als wären sie teurer als Alicias Wohnung, wurden langsam in ihre Gräber gesenkt.

»Ach, nicht wirklich ... hast du die Bilder aus Mexiko gesehen?«, kam aus den Büschen.

»Habe ich ...«, schnupfte sie wegen der Kälte und verfolgte das Trauerspiel.

»Das sah aus, als hätten sie an Bord *Hunger Games* gespielt ...!«

Alicia wischte sich Wasser aus den Augen. »Man sagt, die Särge sind leer!«

»Und solange sie nicht reden ...«, wanderte die Linse etwas nach rechts.

»... sogar die mexikanischen Behörden betiteln es als einen Urlaubsunfall!«

»Ich habe es auch gelesen ...«, drehte sich Alicia um.

»Dreh dich nicht um ...«, zischte es aus den Büschen.

»Erklär du mir nicht Tatsachen ...«, drehte sie sich wieder nach vorne und prustete Wasser von ihren Lippen.

»Die Frau Probst hat es offenbar am schlimmsten getroffen ...«

»Sie verlor ja auch gleich zwei ...«

»Ich zeige dir nachher die Bilder ...«, raschelte es leicht. »Malena Bös sieht nicht wie eine trauernde Mutter aus!«

»Die Eröffnung steht kurz bevor, sie denkt sicher, sie kann sich so eine Schwäche jetzt nicht leisten!«, mutmasste Alicia.

»Vielleicht, aber wie Streller schon sagte, es ist seltsam!«

Alicia nahm ihr vibrierendes Telefon hervor, las die Nachricht und steckte es wieder in die Jackentasche.

»Was Wichtiges?«

»Belsch hat einen Frachter gefunden, der von Kurt Lasser und Stefan Bös angeheuert wurde ...«

»Da sie mit Meerestieren zu tun haben, ist das jetzt nicht so überraschend!«

»Nun, sie haben es unter ihrem Namen getätigt, nicht dem der Firma, und er kam von Mexiko!«, lächelte Alicia unter ihrer Kapuze.

»Wann?«

»Das stand nicht da, ich nehme an, das versucht er noch herauszufinden!«, wischte sich Alicia erneut Wasser aus den Augen.

Richard Belsch sass an seinem Bürotisch und schreckte auf, als Streller herein-stürmte.

»Belsch, arbeiten sie an ...« Blinzelnd stutzte Streller. »Ist der Bart jetzt rot?«

Lächelnd zog Belsch an seinem Ziegenbart.

»Rock 'n' Roll!«, hob Streller lachend eine Faust.

Belsch hob die seine mit einem diebischen Grinsen.

»Arbeiten Sie an den Informationen des Frachters?«, fragte Streller und drückte seine Brille auf dem Nasenrücken zurück.

Belsch nickte. »Ich habe Kontakt zu einer Ärztin, Meeresbiologin ... Sie will reden und ist verdammt paranoid!«

»Wenn wir beweisen könnten, dass sie die Tiere aus dem Ozean entwendet hat und ohne Erlaubnis, haben wir eine Story ... wer weiss noch davon?«

Belsch schüttelte den Kopf und biss in seinen Schokoriegel, der schon an-gebissen neben seiner Tastatur lag. »Sie ist zu paranoid, um noch mit anderen zu sprechen!«

»Verfolgen wir die Tauchschule noch?«, putzte Streller seine Brille.

»Die sind nicht zu finden und ich habe nicht einmal herausgefunden, wer die Damen eigentlich sind, aber ja, ich bin dran!«

»Gute Arbeit, Belsch!«, hob Streller einen Daumen und ging zur Tür. »Alicia ist noch bei der Beerdigung?«

»Ja, und sie hat Björn dabei!«

»Gut, Fotos sind gut!«, nickte Streller nachdenklich und ging hinaus. »Wo ist der Bericht über die Proteste?«

»Auf Ihrem Tisch.« Lachend griff sich Belsch seinen Schokoriegel und aß ihn zu Ende, als eine neue Mail eintraf.

Alicia schirmte den Regen von ihrem Telefon ab. »Eine Woche, bevor die Yacht aufgetaucht war ...«

»Wir sollten versuchen, ob wir mehr Aufnahmen der Yacht erhalten!«, flüsterte Björn.

Alicia lehnte sich etwas zurück. »Wozu, was sollten der Frachter und die Yacht gemeinsam haben?«

»Vielleicht hat sie die Kinder benutzt, um ein Tier zu fangen! Streller nimmt ja an, sie haben sich illegal Tiere beschafft!«

»Björn ... das ist eine Mutter ... alle drei Familien da vorne sind im Vorstand des Ozeaniums ...«

»Das findest du nicht seltsam? Also wenn Dagobert Duck seine Neffen schon benutzt, ist die Bös auch nicht so abwegig!«

Alicia atmete aus. »Das wäre pietätlos ...«

Björn lachte in den Büschen. »Wort des Jahres!«

2

Sarah betrachtete die Tropfen, die an die Scheibe klatschten, und die, die schon an der Scheibe hingen und sich ein Rennen abwärts lieferten.

»Sarah ...«

Sie wandte sich der Stimme zu.

»Wollen Sie wieder die ganze Stunde nur aus dem Fenster starren?«, fragte die Psychiaterin.

Sarah zuckte mit den Schultern und drehte sich vom Fenster weg, um auf den Boden zu starren.

»Ihre Mutter sagte, Sie hätten einen schweren Verlust zu ertragen, Sie schlafen nicht mehr?«

»Ich kann nicht darüber reden!«, blieb Sarahs Blick auf dem Boden kleben, die Augen gefüllt mit Tränen.

»Sie können oder Sie wollen nicht?«, verschränkte die Psychiaterin das rechte Bein über dem linken.

Lachend wischte sich Sarah eine Träne von der Wange. »Ich ...«, holte sie Luft und fing noch mal an. »Ich habe unterschrieben, mich zu dem Thema nicht zu äussern!«

Die Therapeutin legte ihren Block zur Seite und faltete die Hände in ihrem Schoss. »Sie wissen, ich unterstehe einer Schweigepflicht, aber vielleicht können Sie die Details auslassen, die Sie nicht benennen dürfen?«

Sarah hob schniefend den Kopf, sah an der Therapeutin vor ihr vorbei an die Wand dahinter. Die Wand war weiss gestrichen und Sarah fragte sich, wie man dieses helle Weiss wohl nennen würde.

»Ihre Mutter erklärte mir, dass Sie mit ihrer Lebenspartnerin eine Tauchschule aufmachen wollten ...« sie prüfte ihre Notizen. »In Mexiko?«

Sarah nickte. »Lea und ich tauchten aus Leidenschaft, aber ...«

»Aber?«, lächelte die Psychiaterin gütig.

»Sie hatte einen Unfall und nun werden wir keine Tauchschule zusammen aufmachen!« Sarah griff sich ein Taschentuch von dem kleinen weissen Marmortisch und wischte sich eine weitere Träne aus dem Auge.

»Dieser Unfall ...«, sprach sie sanft mit Sarah. »Geben Sie sich dabei die Schuld?«

»Nein ...« Sarah schluckte und betrachtete wieder die Tropfen am Fenster. »Ich habe überlebt und Lea nicht, das werfe ich mir vor!«

»Also war es ein schlimmes Erlebnis für beide von euch?«

Sarah lachte bitter auf. »So könnte man sagen!«

»Sie waren im Krankenhaus?«

Nickend hielt Sarah nun Blickkontakt. »Kurz nach der Rettung ... das war vor drei Wochen, danach bin ich gleich wieder zurück in die Schweiz geflogen!«

»Wegen Ihrer Lebensgefährtin?«

Sarah nickte. »Ich musste doch ihrer Mutter und ihrem Vater ...« Schluchzend hörte sie auf und wischte sich wilde Tränen von der Wange.

»Langsam, Sarah, nehmen Sie sich noch ein Taschentuch ...«

»Danke!«, wischte sich Sarah die Augen und schnäuzte sich ordentlich.

»Der Gang zu den Eltern … war nicht einfach, nehme ich an ...«

Sarah lächelte. »Ich liebe ... liebte Lea und nein, das war nicht der schwere Teil! Sie glaubten mir erst nicht, weil ihre Leiche ja nicht gefunden wurde, und erst gaben sie mir die Schuld am Unfall, dann war ich die Mörderin und schliesslich beschlossen sie, dass ihre Tochter nie eine Lesbe war und ich demzufolge gar nicht existierte!«

Die Therapeutin nahm ihre Brille ab, überschlug die Beine auf die andere Seite und notierte dies in ihrem Notizbuch.

»Ich habe Dinge gesehen, die sollte niemand sehen, und habe Ängste durchstanden, die niemand haben sollte, aber das, was mir ihre Eltern antaten, war das Schlimmste!«

Sarah verliess das Bürogebäude und setzte sich auf die nächste Parkbank, die vor ihr auftauchte. Schluchzend vergrub sie das Gesicht in ihren Händen, aber sie heulte so laut, dass dies nichts half.

Mit dem Ärmel wischte sie sich den Rotz und die Tränen aus dem Gesicht und folgte dem rauschenden Wasser am Strassenrand.

Wasser lief ihre Stirn herab und zog eine Strähne über ihre Augen, als sie das Telefon hörte. Sie nahm es hervor und hob ab.

»Danke, dass du anrufst ...«, weinte sie. »Ich brauche dich!«

Die Leute im Bus sahen sie an. Sahen sie an, als sei sie eine Hexe oder eine Geisteskranke oder Ähnliches. Auf dem Weg zur Wohnung ihrer Mutter wich eine Mutter mit ihrem Kind aus und wechselte die Strassenseite.

»Du siehst nicht gut aus ...«, sagte ihre Mutter und schloss die Tür hinter ihr.

»Danke, Ma!«, zog Sarah die Jacke aus und ging in die Küche.

»Ich sorge mich um dich!«, folgte sie ihrer Tochter.

»Ma ...«, griff Sarah nach der Wodka Flasche, schnappte sich ein Glas und den Orangensaft.

»Du hast nie getrunken ...«, seufzte ihre Mutter.

Lachend füllte Sarah das Glas mit Wodka und O-Saft, lächelte zu ihrer Mutter und prostete.

»Bitte rede mit mir ...«, setzte sie sich an den Küchentisch.

»Da gibt es nichts zu reden!«, ging Sarah mit dem Glas in der Hand aus der Küche.

»Sarah, Schatz ...«, seufzte sie, rieb ihren Ringfinger und seufzte ein weiteres Mal.

3

Alicia wartete am Ausgang des Friedhofs auf die Trauerfamilie, der Regen hatte eher zu- als abgenommen und nun trug sie zusätzlich ihren dunkelblauen Parka.

»Sie haben sich auf den Weg gemacht ...«, flüsterte Björn, der weiterhin in den Büschen steckte.

Sie steckte das Telefon ein und nahm ein Diktiergerät hervor.

Malena Bös kam mit ihrem Mann durch die Pforte, gefolgt von Klara Probst, ohne ihren Mann und neben ihr Kurt Lasser. Die beinahe ganze Betriebsspitze des Ozeaniums.

Alicia fasste sich allen Mut und ging auf die Gruppe zu.

»Frau Bös, auf ein Wort!«, stellte sie sich vor Malena.

»Ich darf doch sehr bitten!« Sie ging an Alicia vorbei, ohne sie richtig anzusehen. »Ich habe gerade meinen Jungen zu Grabe getragen!«

»Sie haben alle jemanden verloren und ich möchte wissen, was passiert ist!«, folgte sie ihr auf dem Fuss.

Stefan Bös stellte sich vor Alicia. »Was fällt Ihnen ein, wir sind in Trauer, soll ich Sie bei Streller melden?«

Alicia wich ihm aus und folgte weiterhin Malena. »Was hatte der Frachter in Mexiko zu tun, in derselben Zeit, wie Ihre Yacht ankam?«

Malena blieb stehen und drehte sich mit blitzenden Augen zu Alicia um. »Woher wissen Sie davon?«

»Malena, du bist ihr keine Antwort schuldig!«, zog Kurt Malena am Arm von Alicia weg und Stefan stellte sich wieder schützend Alicia in den Weg. »Gehen Sie nach Hause!«

»Was haben Ihre Kinder in Mexiko gemacht?«, rief sie an Stefan vorbei.

Hart wurde sie von Händen im Gesicht und am Hals getroffen, die Wucht schleuderte sie zurück und sie knallte auf den nassen Asphalt.

»Lassen Sie sich nicht mehr sehen! Das war eine Warnung!«, schrie Stefan mit dem drohenden Zeigefinger auf die am Boden liegende Alicia gerichtet.

Kurt zog Stefan weg. »Du Idiot! Komm mit ...«

»Sie hat doch keinen Respekt, mein Sohn wurde gerade beerdigt!«, war Stefan noch immer aufgebracht und riss sich von Kurt los.

Alicia stützte sich ächzend auf ihrem Ellbogen ab. Die Ozeaniumgruppe, ohne sich umzusehen, stiegen in eine Limousine. Mit einer Hand in der Pfütze richtete Alicia sich auf, als die Limousine gestartet wurde.

Björn sprintete aus den Büschen über den nassen Eingangsbereich, als die Limousine davonfuhr, und bot ihr mit der ausgestreckten Hand Hilfe an. »Alles in Ordnung?«

»Bestens ...«, liess sie sich hochziehen und blickte der Limousine nach, wie sie um die Ecke davonfuhr.

»Hat er dich geschlagen?«, prüfte Björn ihr Auge.

»Er wird sagen, er hat mich nur weggestossen, und da er sich bessere Anwälte leisten kann ...« Mit einem Seufzen zog sie ihre Hosen und den Parka gerade.

»Was für ein Arschloch ...«, nahm Björn zwei Zigaretten hervor, zündete beide an und reichte eine an die tropfende Alicia.

»Na ja ...«, lachte sie mit der Zigarette im Mund. »Wir haben gerade ihre Beerdigung gecrasht!«

»Aber so ausflippen, wenn es doch so war, wie sie aussagten ...« Björn zog an der Zigarette.

»Dachte ich mir auch ...«, wischte sie sich Tropfen von der Stirn. »Da stimmt etwas nicht!«

»Und nun? Willst du nach Hause und dich umziehen?«

Alicia schüttelte den Kopf. »Ich habe noch was im Büro, ich muss mit Belsch sprechen!«

Malena starrte Stefan an, Klara starrte Stefan an und Kurt starrte Stefan an. Dabei klopfte der Regen gegen das Dach der Limousine und die verdunkelten Seitenfenster. Seit sie eingestiegen und losgefahren waren, hatte noch keiner auch nur ein Wort gesagt.

»Sie hat uns nicht in Ruhe gelassen!«, brach es aus Stefan hervor und er verwarf die Hände.

»Möglich ...«, fasste sich Kurt an den Kopf. »Aber warum musstest du das Mädchen schlagen?«

»Ich habe sie nicht geschlagen! Ich habe sie weggestossen!«, verteidigte sich Stefan lautstark.

»Deine Art von Stossen kenne ich ...«, murmelte Malena und starrte ihn weiterhin abschätzig an.

»Wir haben gerade unsere Kinder beerdigt! Unsere Kinder sind tot und sie tut so, als wäre da etwas aufzudecken!«, suchte Stefan nach der kleinsten Unterstützung.

»Es gibt ja auch genug aufzudecken!«, brach Klara in Tränen aus. »Unsere Kinder sind tot, wegen uns ... Wie viele Leben dieser Fisch gekostet hat, und du schlägst nun ein Mädchen!«

»Die wird dich anzeigen!«, holte Kurt tief Luft.

»Na und? Als ob sich so eine Pressezicke einen Anwalt leisten könnte und die einzigen Zeugen wart ihr!«, zeigte er mit dem Finger auf jeden einzeln.

»Sehr dramatisch ...«, seufzte Malena.

»Sie wollte mit dir reden, nicht mit mir!«, rief Stefan aus. »Wo ist das Danke, dass ich sie dir vom Hals gehalten habe?«

»Du willst ein Danke?«, blinzelte Malena.

Stefan legte die Handflächen nach aussen.

Malena lachte. »Danke, mein grosser Held, dass du meine Ehre gegen eine Kindergärtnerin verteidigt hast!«

Kurt musste ein Lachen unterdrücken, Karla dagegen war in tiefster Trauer und begann wieder lautstark zu weinen.

»Willst du mir die Schuld geben?« Stefan schüttelte lachend den Kopf. »Ich sagte dir, wir sollten den Orca von Seaworld kaufen, aber du musstest ja unbedingt einen Weissen Hai haben ... die grosse Attraktion! Das achte Weltwunder!«

Kurt drehte sich zu Malena. »Das ist eigentlich gar nicht schlecht ...«

»Was? Wollt ihr aus mir einen Sündenbock machen?«, stutzte Stefan erschrocken.

Kurt winkte ab. »Das mit dem achten Weltwunder ... das funktionierte für King Kong!«

»King Kong war eine Geschichte!«, schrie Karla. »Das ist das wahre Leben und wir haben gerade die leeren Särge unserer Kinder unter die Erde gebracht. Alles, was ihr tun könnt, ist streiten und euch wie kalte Monster benehmen! Unsere Kinder sind tot, sie kommen nicht wieder und die Einzigen, die Schuld daran haben, sind wir!«

234

»Bei allem Respekt!«, setzte sich Stefan gerade und zog sein Jackett unter seinem Hintern hervor. »Aber die Särge deiner Kinder waren nicht komplett leer!«

»Du mieses Arschloch!«, schrie Karla und sprang auf Stefan.

Kurt zog sie zurück, kramte die Valium hervor und drückte ihr zwei in die Hand. »Nimm die, wir haben noch einen langen Tag vor uns!«

Alicia setzte sich mit dem FC-Basel-Trainingsanzug auf den Stuhl vor Belschs Schreibtisch. »Hast du mehr von dem Frachter?«

»Was ist mit dir los?«, schielte er sie misstrauisch an. »Warst du beim Mannschaftstraining?«

»Sehr witzig, das waren die einzigen trockenen Sachen, die ich dabeihatte!«, legte sie stolz die Hand auf das Wappen.

»Ole FcB ...«, lachte Belsch. »Und das Veilchen?«

Alicia tastete an ihr Auge und zuckte leicht zusammen. »Arbeitsunfall ...«

»Ja ... die Tür hat dich erwischt!«, schüttelte Belsch den Kopf.

»Komm schon, was hast du über den Frachter?«, lehnte sie sich ungeduldig über den Stuhl.

»Noch nicht viel mehr ...« Er drehte seinen Bildschirm. »Die Ärztin hat sich nicht mehr gemeldet und den Kapitän des Frachters erreiche ich nicht. Ich habe mir Aufnahmen von der Zeitung bestellt. Schliesslich wurde die Yacht ja gefilmt!«

»Hast du was über die zwei Taucher?«

»Leider nicht ... aber eine Vermisstenanzeige!« Belsch tippte auf der Tastatur und ein Bild von einem Mann, in schnittiger Pilotenuniform, vor seinem Passagierflugzeug und eine Aussenaufnahme des Flugplatzes im Dschungel erschien auf dem Schirm.

»Roy Zander ... wer soll das sein?«, musterte sie das Bild vom Flugplatz.

»Das ist ein deutscher Pilot. Er flog über drei Jahrzehnte Passagierflieger, einer der sichersten Piloten der Fluglinie. Eines schönen Tages verschwand er und machte in Mexiko einen Flugplatz auf, um Touristen herumzufliegen!«

»Und jetzt wird er vermisst?«

»Er, sein Mechaniker und sein Flugzeug!«, nickte Belsch halb betroffen, halb triumphierend.

Alicia lehnte sich zurück. »Da sehe ich nicht wirklich einen Zusammenhang ...«

»Deiner Enttäuschung fehlen noch zwei Einzelheiten ...«, zwinkerte Belsch. »Zum einen wurde er das letzte Mal gesehen, bevor die Yacht wieder auftauchte, und der Flugplatz war nur vierzehn Kilometer von dem Hotel ... oder Resort, da steig ich nicht ganz durch ...« Belsch winkte ab. »Nur vierzehn Kilometer von Malenas Aufenthaltsort entfernt!«

Alicia lächelte. »Wissen wir schon, wie lange die Kinder auf dem Meer waren?«

»Du weisst schon, dass sie nicht viel jünger waren als du?«, lachte Belsch und griff sich einen Schokoriegel.

»Na ja ...«, lachte Alicia. »Aber wissen wir es nun oder nicht?«

»Wir sind uns über die Abfahrt noch nicht einig, aber etwa zehn Tage, plus/minus!«, wiegte Belsch die Hand.

»Da reicht der Treibstoff doch nicht ...?«, fragte Alicia eher sich selbst.

Belsch drehte den Bildschirm schulterzuckend und mit dem Schokoriegel im Mund wieder um. »Ommt darauf an!«

»Man redet nicht mit vollem Mund ... Worauf kommt es an?«

»Nun ...«, schluckte und schmatzte Belsch. »Ob sie noch zusätzlichen Treibstoff dabeihatten oder nicht!«

»Gut, von so was habe ich keine Ahnung!«, verschränkte Alicia die Arme.

»Ich denke mir das so ... die Kinder hatten irgendein Problem, mitten auf dem Meer, und konnten nicht mehr zurück, so heuerten sie den Piloten an!«

»Der danach auch nie mehr gesehen wurde ...« Alicia drehte sich um und da stürmte ein aufgebrachter Streller in Belschs Büro.

»Alicia, mein Gott!«, keuchte Streller und begutachtete ihr Auge. »Dafür wird dieser Mistkerl zahlen!«

»Ach, lass ...«, winkte Alicia ab und versuchte, Strellers Hand von ihrem Auge fernzuhalten.

»Das muss sich ein Arzt ansehen!«, liess Streller von ihr ab.

»Dafür habe ich keine Zeit und ich habe auch nicht vor, ihn zu verklagen!«

»Es geht auch um deine Gesundheit!«

»Es war gut, dass er es getan hat ... einen besseren Beweis konnten sie uns nicht liefern!«, lachte Alicia und Belsch stimmte ein, was ein Blick von Streller wieder beendete.

»Ich bin dein Chef und du gehst zum Arzt!« Er reichte ihr eine Karte. »Du wirst nicht lange warten müssen, danach kommst du wieder her!«

»Ich bleibe weiter am Ball!«, hob Belsch den Arm.

Streller betrachtete leicht amüsierte Belsch und drückte die Brille an der Nasenspitze wieder hoch. »Das ist hoffentlich immer der Fall!«

Alicia lachte und Streller folgte einem weiteren Redakteur, der an der offenen Tür vorbeiging.

»Du hast ihn gehört!«

»Ja ja ...«, erhob sich Alicia.

»Aber ich habe noch einen für auf den Weg!«

»Was? Was?«, hüpfte ihr Zopf an ihrem Rücken mit ihr auf und ab.

»Die Aussagen der Küstenwache oder was davon übrig ist ...«

Alicia beugte sich auf den erneut zu ihr gedrehten Bildschirm. »Da wurde etwas entfernt ...«

»Kannst du Spanisch?«

»Nein!«, las sie es dennoch.

»Da steht, dass sie zwei Personen vom Boot geholt haben!«

Alicia hob die Augen vom Bildschirm. »Aha?«

»Jemand, der auf dem Boot arbeitete? Ausser dem Kapitän und der japanischen Stewardess?«

Alicias Augen weiteten sich. »Die Taucherinnen!«

»Oder der Pilot und sein Mechaniker ... Ich warte noch auf die Bilder von der Yacht, ich hoffe, die sind nicht verschwunden!« Belsch nahm den halben Schokoriegel zur Hand und biss rein.

Malena sass in ihrem Stuhl und drehte sich leicht von links nach rechts. In ihrer Hand ein Glas Martini und hinter ihr das grosse Panoramafenster, das einen Blick in den Tank eins gewährte.

Kurt stand vor einem der Haiangriff-Gemälde und Stefan sass auf dem Sofa neben der Tür.

»Bist du sicher, dass du nicht kommen willst?«, seufzte Malena und nahm einen Schluck.

»Danke! Mir geht es hier oben sehr gut!«, kam von Klara durch das Intercom.

Kurt drehte sich um und ging mit den Händen in den Taschen auf den Schreibtisch zu. »Klara, es ist sicher hier und du hast einen herrlichen Blick!«

Stefan rieb sich seine Knöchel und murmelte in sich hinein.

»Mit dem Monster ... Nein, ganz bestimmt nicht!«, erwiderte Karla.

Kurts Wangen weiteten sich. »Da!«

Malena drehte sich zum Fenster, als der vierzehn Meter lange Weisse Hai am Fenster vorbeischwamm. Wie durch Wolken glitt er durch das Wasser. Seine Schwanzflosse bewegte sich kaum und so geisterte er anmutig an ihnen vorbei.

»Und in so einem Moment weiss ich, das war es wert!«

Stefan erhob sich vom Sofa und ging auf den Schreibtisch zu. »Weisst du, wie viel Geld uns das gekostet hat? Nicht nur, dass unser Sohn tot ist, die ganze Aktion hat mehr gekostet, als wenn wir Profis angeheuert hätten!«

»Stefan ...«, versuchte es Kurt.

»Halt deinen Mund!«, hob Stefan die Hand. »Du warst es, der den Fischer gefunden hat, du warst es, der den Piloten gefunden hat, und du warst es, der den Kran angebracht hat!«

»Stefan, ich ...«

»Dieses Monster konnte nicht eingefangen werden, nicht mit dieser Yacht und nicht mit diesem Spielzeugkran!«

»Stefan!«, erhob sich Malena. »Wir wussten, dass ein gewisses Risiko besteht!«

»Wussten wir das?« Stefan wechselte von Kurt zu Malena. »Haben wir damit gerechnet, dass keiner mehr nach Hause kommt? Der Scheiss-Fischer und die Taucherin haben es geschafft, sogar die Piloten haben wir in den Tod geschickt für dieses ...« Stefan hielt inne und sein Blick ging an Malena vorbei.

Kurt und Malena drehten sich ebenfalls zum Panoramafenster. Der Hai, mit seinem vier Meter hohen Kopf, schwebte auf der Stelle und schien sie zu beobachten.

»Kann ... kann er uns sehen?«, stotterte Stefan, die ganze Röte war aus seinem Gesicht entwichen und er war Kreidebleich.

»Nicht, wenn wir uns nicht bewegen ...«, flüsterte Kurt.

»Seht euch das an ... diese Schönheit und diese Kraft!« Malena ging näher an das Fenster.

»Warum tut er das?«, flüsterte Stefan.

»Ich nehme an, er reagiert auf die Vibrationen unserer Stimmen ...«, erwiderte Kurt.

»Hey, mein Schöner!«, lächelte Malena und hielt eine Hand an das Glas.

»Ich weiss nicht, ob das so klug ist ...«, schätzte Kurt die Distanz zur Tür und musste sich eingestehen, dass sie zu weit entfernt war.

»Was ist da bei euch los!«, kam von Karla durch das Intercom.

Der Hai öffnete ganz leicht seinen Mund, die Zähne blitzten hervor und gemächlich schwamm er weiter.

»O fuck ...«, keuchte Kurt und setzte sich auf den Stuhl vor dem Schreibtisch.

Stefan rührte sich erstmals wieder und hielt eine Hand an sein Herz. »Warum kann er uns sehen? Hast du das Glas nicht verspiegelt?«

Malena drehte sich um. »Ganz ruhig, das sind neun Zentimeter panzerfestes Glas!«

»So nahe habe ich ihn noch nicht gesehen!«, keuchte Kurt voller Ehrfurcht.

»Was? Ist es aufgetaucht?«, krächzte Karla.

»Ein wundervolles Geschöpf!«, lachte Malena. »Du verpasst was!«

»O nein ...«, lachte Karla.

»Zurück zu meinen Bedenken ...«, konzentrierte sich Kurt wieder auf Stefan und Malena. »Der Fischer und die Taucherin!«

»Was ist mit denen?«, verstand Stefan Kurts Bedenken nicht.

»Nun, sie haben zu viel mitbekommen, sie könnten uns schaden ... mehr, als es ein Unfall am Eröffnungstag tun könnte!«, erklärte er Malena.

»Was redest du da?«

Malena ignorierte ihren Mann. »Daran habe ich auch gedacht ...«

»Die Taucherin ist bei einer Psychiaterin ...«, erläuterte Kurt.

»Und der Fischer?«, wollte Stefan wissen.

Kurt zuckte mit der Schulter. »Der ist erst heute wieder in Basel angekommen!«

»Ein Unfall an der Eröffnung, sagst du?«, führte Malena ihr Glas an ihre Lippen.

»Ist bei euch jetzt komplett eine Sicherung durchgeknallt?«, schrie Stefan, dachte aber gleich an den riesigen Kopf des Hais mit den monströsen Zähnen und senkte seine Stimme wieder. »Ihr könnt doch keinen umbringen!«

»Karla?«, lehnte sich Kurt über das Intercom.

»Es ist nicht fair, dass sie leben und unsere Kinder tot sind!«

Kurt lächelte zu Stefan.

Stefan senkte den Blick und setzte sich neben Kurt. »Ihr seid die wahren Monster hier!«

Malena lächelte. »Also, Kurt, an was dachtest du?«

»Wir laden sie ein und durch eine offene Stelle fallen sie ins Becken!« Kurt wedelte mit seiner Hand. »... so konkret war mein Plan auch nicht!«

»Schatz?«, wandte Malena sich böse lächelnd zu ihrem Mann. »Du wirst das doch in die Wege leiten?«

»Sicher ...«, seufzte Stefan. »Mein Täubchen!«

4

»Sarah?« Sarahs Mutter stand neben dem Sofa, auf dem Sarah sass und auf den Fernseher starrte, der allerdings aus war.

»Ich bitte dich ... lass mich dir helfen ...«, flüsterte sie.

Sarah leerte ihr Glas und reichte es ihrer Mutter.

Mit einem Seufzen nahm sie ihr das Glas ab und ging aus dem Wohnzimmer.

»Danke ...«, flüsterte Sarah, als ihre Mutter es nicht mehr hören konnte. Mit dem Ärmel wischte sie sich Tränen aus dem Gesicht und hielt ihn auf der Wange. Es war Leas Sweatshirt, ausser Kleidung und ein paar Fotos war ihr nichts mehr geblieben. Weitere Tränen strömten ihr Gesicht herab, tropften von ihrem Kinn und hinterliessen einen dunklen Fleck.

»Och, Kind ...«, kam ihre Mutter zurück, reichte ihr den nächsten Wodka mit Orangensaft und setzte sich daneben. »Du musst nicht sprechen ...« Mit der Hand strich sie ihr durchs Haar. »Wenn du reden willst, kannst du reden, ich will einfach nur für dich da sein!«

Sarah stellte das Glas ab und fiel laut schluchzend in den Schoss ihrer Mutter. Die Hand auf ihrem Rücken, versuchte sie, ihr den Halt zu geben, den Sarah jetzt so dringend brauchte.

Sarah öffnete die Augen und blinzelte in die Nachmittagssonne, die ins Wohnzimmer schien.

Ein Geruch von Pfeffer drang in ihre Nase und ihr krampfender Magen schrie nach Nahrung.

»Ma ...« Mit einer Boeing in ihrem Kopf und klebrigem Speichel an ihrer Wange setzte sie sich auf und zog mehr von der Pfeffersauce in ihre Nase.

»In der Küche!«, kam aus der Küche.

Langsam stand sie vom Sofa auf und trottete in die Küche.

»Komm, setz dich!«, lächelte ihre Mutter und zog den Stuhl vor.

Ohne ein Wort zu sagen, aber mit einem feinen Lächeln setzte sich Sarah.

Die Mutter stellte ihr einen Teller mit Koteletts, Reis und Pfeffersauce vor die Nase.

»Ma, ich esse kein Fleisch ...«

Die Mutter stellte sich selbst einen Teller hin. »Ich auch nicht, aber dein Vater tat es!«

Sarah beobachtete, wie ihre Mutter das Fleisch zerschnitt und sie dabei lächelnd ansah. »Guten Appetit.«

Sarah starrte sie kopfschüttelnd an. »Was meinst du damit?«

Lächelnd legte sie die Gabel wieder hin und schenkte sich Tee ein. »Schau, mein Engel, ich habe nie Fleisch gegessen ... ich mochte es nicht und die armen Tiere ... aber dein Vater, er ass Fleisch mit Fleisch als Beilage!«

Sarah versuchte, in das Lächeln einzustimmen, aber es gelang ihr nicht so ganz.

»Als dein Vater starb, traf mich das sehr hart, aber ich versuchte stark zu sein, ich hatte zwei Kinder, die erzogen werden wollten!«

»Du hast weiter Fleisch gekocht ...«, nickte Sarah und nahm ihre eigene Gabel in die Hand, als ihre Mutter zu essen begann.

»Genau, und wenn du das Fleisch nicht willst, iss einfach nur den Reis. Ich werde dir nicht sagen, was du essen sollst, aber ich sage dir, dass ich genau dieses Gericht ass, als dein Vater gestorben ist!« Sie trank einen Schluck Tee.

»Du hast Fleisch gegessen?«

Sie nickte und ass weiter.

»Hat dir das bei der Trauer geholfen?«

Sie zuckte mit den Schultern und hielt den Augenkontakt zu Sarah. »Ihr habt mir geholfen ... nicht irgendein Gericht, aber ich muss zugeben, dass es etwas Beruhigendes hatte!«

Sarah betrachtete den Teller. »Ich wollte nicht abhauen!«

»Das hat keiner behauptet ... danke für die Karte!«

Sarah sah in die Augen ihrer Mutter. »Lea und ich, wir fanden dieses leere Lokal. Es war nahe am Meer und da Lea offiziell Lehrgänge ausführen durfte, entschlossen wir uns, in Mexiko zu bleiben!«

»Wie konntet ihr das bezahlen?« Lächelnd wischte sie sich Sauce vom Kinn.

»Nun, Leas Eltern sind nicht unvermögend und bis sie etwas gemerkt hatten, hatten wir uns schon eingerichtet!« Sarah kaute und spülte mit Tee runter.

»Wir brauchten aber noch etwas Werbung, so heuerten wir auf einem Boot an, um Unterwasseraufnahmen für unsere Webpage zu drehen ...« Sarah hielt inne und die Bilder von der treibenden Lea und dem aus dem Nichts auftauchenden Hai flackerten vor ihren Augen. »... bei einem der Tauchgänge ... ist Lea nicht wieder aufgetaucht ...« Schluckend staunte Sarah über den halb leeren Teller.

»Aber sie wurde nicht gefunden?«

Sarah beobachtete erneut, wie Lea hinter den riesigen Zähnen verschwand, als der Hai zuschnappte und dabei Janosch den Arm abriss.

»Nein ...«, schüttelte Sarah den Kopf.

»Dann war der Sarg an der Beerdigung leer?«

Sarah wischte sich eine Träne aus dem Auge. »Ja ... ja!«

»Dann war die Beerdigung auch nicht wichtig!«, schenkte ihre Mutter sich mehr Tee ein.

»Was meinst du?«

»Du hast mir erzählt, dass es das Schlimmste war, dass du nicht an der Beerdigung teilhaben konntest ... aber den Tauchladen habt ihr auch ohne ihre Eltern aufgezogen!«

Sarah staunte über das, was sie gesagt hatte.

»Niemand wird ersetzen, was ihr zusammen hattet! Niemand! Und da spielt es keine Rolle, was ihre Familie in Trauer für richtig hält ...« Mit der vollen Gabel hielt sie inne. »Oder wieso denkst du, habt ihr seine Eltern kaum gesehen?«

Sarah blinzelte. »Papas?«

»Sie hassten mich ... ich war schuld, dass dein Vater einen Herzinfarkt hatte ... an der Trauerfeier hatten sie anderen gegenüber angedeutet: Ich hätte ihn vergiftet ...« Sie holte tief Luft. »Verlust bringt nicht immer nur Trauer zum Vorschein ... nahe der Trauer ist Hass und es ist einfacher, als den Verlust zu akzeptieren!«

Sarah schüttelte den Kopf. »Wo kam das nun her?«

»Ist wohl das erste Mal, dass du mir zuhörst!« Lachend legte sie die Gabel nieder.

»Na, so schlimm bin ich nicht!«, lächelte Sarah.

»Willst du noch mehr?«

Sarah betrachtete ihren leeren Teller und nickte leicht errötend. »Ja ... ja, ich denke schon.«

5

Nach einem raschen Arztbesuch liess Alicia kaum Zeit verstreichen, um wieder bei der Arbeit zu erscheinen und sich bei Belsch im Büro hinzusetzen.

»Die rasende Reporterin!«, lachte Belsch. »Schickes Pflaster!«

Sie fasste sanft das kühlende Pflaster unter ihrem Auge an. »Danke!«

»Und umgezogen hast du dich auch!«

»Der Arzt war nur zwei Strassen von mir entfernt!«, erklärte sie beiläufig.

»Was hast du?«

»Nun, das mit dem Video scheint komplizierter zu sein, aber ich habe die Fotos von der Yacht ...« Belsch drehte den Schirm.

»O mein ...«, keuchte Alicia und hielt sich die Hand vor den Mund.

»O ... ja ... die Bilder sind etwas heftig!«, fiel Belsch erschrocken ein.

Alicia kniff kurz die Augen zusammen und verzog die Lippen.

»Sorry!«

Sie senkte den Blick wieder auf den Schirm. »Das ist viel Blut ... von Weitem sah es nicht so krass aus.«

»In verschiedenen Farben, ich habe einen forensischen Report angefragt, aber der ist unauffindbar!«

»Natürlich«, seufzte Alicia. »Das Ding, das aus dem Boden gerissen wurde ...«

»Ein Kran, und auf dem Wasser nennt sich ein Boden ‚Deck‘!«

»Okay ...«, lächelte Alicia. »Was macht nun so ein Kran auf einer Yacht?«

»Der wird benutzt, um Fische aus dem Wasser zu holen und/oder sie zu transportieren ...« Belsch drückte auf die Tastatur und Beispielbilder von Fischerbooten mit einem solchen Kran erschienen.

»Das beantwortet nicht meine Frage ...«

»Vielleicht waren sie Fischer!«, zuckte Belsch die Schulter.

»Gibt es Bilder der Yacht vor diesem ‚Urlaub‘?«, formte sie Gänsefüsschen mit den Fingern.

»Sie waren drei Wochen vorher in Monaco ...« Ein Klick und das Bild ploppte auf.

»Kein Kran ...«, nickte sie zu Belsch, der ebenfalls nickte und mit einem weiteren Klick wieder die Tatortbilder hervorholte.

243

»Was nicht heisst, dass die Jungs nicht fischen wollten ... Kilian war mit Freunden auf der Yacht, nicht mit seinen Eltern!«

»Die Kinder der anderen Vorstandsmitglieder ...« Sie lachte. »Sicher doch!«

»Hier!«, zeigte er ihr ein Bild des Lagerraums. »Fischerei-Zubehör!«

»Was meine Theorie nicht ausschliesst!«, lächelte Alicia.

»Aber es ist nicht die einzige Theorie und das solltest du in Betracht ziehen.« Belsch hob mahnend einen Zeigefinger und tippte lachend auf die Tastatur. »Das ist jetzt noch etwas heftiger!«

»Scheisse!«, kreischte Alicia, hielt sich die Hand vors Gesicht und linste durch die Finger. »Sind das eingepackte Köpfe?«

Belsch lachte auf. »O ja und mit etwas Brust dazu. Hier unten haben wir noch zwei Füsse mit Knöchel und einen Arm. Sauber im Kühlraum verstaut!«

»Das ist ja krank!«, hustete Alicia, um ein Würgen zu unterdrücken.

»Je nachdem ... wenn du deine Angehörigen begraben willst ...«

Alicia betrachtete das Bild genauer. »Das sind zwei oder drei Personen ... zwei haben überlebt!«

»Mindestens ein Sarg war leer!«, nickte Belsch und griff in eine Schale mit Schokonüssen.

»Die Küstenwache hat sie bestimmt in ein Krankenhaus gebracht ... können wir so vielleicht rausfinden, wer überlebt hat?«

Belsch kratzte sich am Hinterkopf. »Eigentlich ja, aber auch hier, da fehlen Daten!«

Sie fasste vorsichtig an ihr Auge. »Sie verheimlichen etwas!«

»Nun, sie haben eine grosse Attraktion angekündet ...«, warf Belsch eine Schokonuss in die Luft und fing sie mit seinem Mund.

»Also glaubst du auch, dass es etwas mit dem Unfall zu tun hat ...«

Belsch lächelte. »Was ich glaube, ist nicht wichtig, aber mit diesen Bildern ...«

»Wir müssen rausfinden, wer die Taucherinnen waren!«, klatschte Alicia in die Hände.

»Alicia ... das waren Ansässige, selbst im heutigen Zeitalter wird das nicht so einfach!«

»Wir müssen es versuchen!«, beharrte Alicia.

Karla sass im Schulungsraum am Rednerpult und starrte auf die leeren Sitzreihen, die sich vor ihr auftaten.

»Du bist noch hier?«, kam Kurt durch die Tür und lief die Treppe abwärts. »Du auch, oder?«

Kurt steckte sich eine Zigarette in den Mund, zündete sie an und setzte sich in eine Sitzreihe.

»Wir haben Rauchmelder!«, rieb sie sich die Augen.

»Die ich ausgeschaltet habe!«, zwinkerte Kurt selbstsicher.

Schulterzuckend fiel ihr Blick wieder auf die leeren Sitzreihen. »Dem Süssholz hast du abgeschworen?«

Kurt drehte die Zigarette in seiner Hand. »Zu gestresst …«

Karla lachte humorlos, presste danach die Lippen zusammen und rieb sich durch das Auge.

»Glaubst du, dass stimmt, was die zwei uns erzählt haben?«, zog Kurt an der Zigarette.

Seufzend schloss Karla die Augen. »Ich hoffe jede Nacht, nein … aber dann träume ich davon …«

»Geht mir genauso!« Kurt zog an der Zigarette. »Ich hasste meinen Sohn, aber ich wollte doch nicht, dass er gefressen wird!«

»Du musstest zumindest nicht seine Leiche identifizieren!« Karla wischte sich eine Träne aus dem anderen Auge und setzte sich gerade hin. »Hast du den Kiefer dieses Monsters gesehen? Das hat meine Kinder in halbe Teile zerlegt!«

»Hast du dich gefragt … ob wir bestraft wurden, für das, was wir hier tun?« Kurt drückte die halbe Zigarette auf dem Pult aus.

»Nein … wir tun nichts Schlechtes! Wir bieten Unterhaltung!«, sagte Karla selbstbewusst, aber unsicher zitternd.

»Aber dass wir unsere Kinder auf die Jagd nach diesem …« Er zeigte nach links. »Diesem Ding geschickt haben, weil es günstiger war …«

Nickend schenkte sie ihm seine volle Aufmerksamkeit. »Sie wollte ja einen Weissen Hai!«

»Das Sonar sollte eigentlich auch einfach einen solchen anlocken …« Kurt senkte den Kopf. »Keine Ahnung, aus welcher Hölle das Ding kommt!«

»Malena ist ganz vernarrt in ihn!«

Kurt nickte. »Eines Tages müssen wir sie vom Schwimmen abhalten!«

Karla lachte laut, breit grinsend und ehrlich, da stimmte auch Kurt mit ein.

Das Lachen verhallte in dem leeren Schulungsraum und wurde weiter oben zu einem Crescendo-Chor.

Alicia sass mit Andrea in ihrem Auto auf dem Parkplatz der *Basler Brügge* und rauchte einen Joint. »Weisst du, dass du mich und Martin nie kennengelernt hättest … hättest du nicht nach Weed gesucht?«

Alicia nickte und gab den Joint zurück.

»Etwas mehr Begeisterung …«, klagte Andrea.

»Tut mir leid!«, lächelte Alicia. »Ich frage mich nur immer, was gewesen wäre, hätte ich früher geraucht!«

»Du meinst, wegen …?«

Alicia nickte, rieb sich das Gesicht und wechselte das Thema. »Das da vorne ist der Parkplatz, auf den ich scharf bin!«

»Mmh …«, bemerkte Andrea. »Etwas nahe am Gebäude … wo chillen wir dann?«

Alicia schüttelte lachend den Kopf und warf einen prüfenden Blick auf ihr vibrierendes Telefon.

»Was? Martin?«, lachte Andrea über Alicias Gesichtsausdruck.

»Nein …«, boxte Alicia sie gegen die Schulter und hielt sich das Telefon ans Ohr. »Wir haben eine der Taucherinnen gefunden!«

»Taucherinnen?«

Alicia hob den Zeigefinger. »Ja, schiess los!«

Alicia nahm einen Stift und einen Fetzen Papier vom Rücksitz.

»Hier in Basel?«, stutzte sie. »Ernsthaft?«

Andrea blieb nur ein fragendes Gesicht.

»Gut … ist Björn noch da?«

Alicia verzog das Gesicht und drehte sich zu Andrea. »Hast du dein Handy dabei?«

Nach einer kurzen Pause lachte Andrea. »Ach, du redest mit mir?«

»Ja, ich rede mit dir!«, verdrehte Alicia die Augen.

»Ist das echt eine Frage?«

»Gut, ich gehe mit Andrea, melde dich, wenn du mehr rausfindest!«

»Wofür werde ich nun wieder missbraucht?«

Alicia legte den Sicherheitsgurt an und streckte ihr einen Zettel hin. »Ich muss an diese Adresse und danach brauch ich jemanden, der Fotos macht!«

Malena betrachtete voller Liebe den Weissen Hai, wie er wie das Wunder, das er war, majestätisch durch das Wasser schwebte. Mühelos seinen tonnenschweren Körper mit feinen Schlägen der Schwanzflosse im Tank vorantrieb.

»Dieser Fisch scheint dich feuchter zu machen, als ich es je konnte!«, lachte Stefan mit einem Drink in der Hand.

Malena drehte sich nicht um, hatte eine Hand an das kalte Glas gepresst und folgte den Bewegungen des Weissen Hais. »Vieles macht mich feuchter als du, mein Schatz!«

Stefan lachte auf. »Bist du wieder auf Jungs aus?«

Malena lachte.

»Du weisst, die tun es nur des Geldes wegen mit dir!«

Sie drehte sich um, so konnte Stefan erkennen, dass sie die Bluse offen hatte und nichts darunter trug. »Dann bin ich wie du!«

»Du hasst mich, aber ich habe deinen Körper bezahlt und ich bezahle sogar die jungen Stecher ... immerhin sehe ich noch das chirurgische Wunderwerk, das deine Titten sind!« Er leerte sein Glas und stieg aus seiner Hose.

»Was hast du vor? Denkst du, ich lasse dich ran?«

Stefan lachte und warf die Hosen auf den Schreibtisch. »Wer weiss, aber ich denke, wenn du deine Brüste zur Schau stellen kannst, kann ich das auch mit meinem Schwanz!«

»Nur gibt es da wenig zu bewundern!«, öffnete sie ihren Rock.

Malenas Rock fiel zu Boden, einen Slip trug sie nicht, aber sie legte die Bluse ab. Stefan stieg aus seinen Unterhosen und seinem Hemd.

»Na, wie gefällt dir das?«

Sie musterte ihn von oben bis unten. »Na ja ...«

Lachend ging er einen Schritt auf sie zu. »Wirst du nicht wuschig, wenn du daran denkst, dass du alles das hier, aaalles hier, mit meinem Geld gebaut hast?«

»Wuschig ...«, lachte sie und drückte ihre Brüste zusammen.

»Deine Brüste sind gleich alt wie die Männer, die du vögelst!«, griff er mit der rechten Hand zu.

»Wenn du wüsstest!«, legte sie die Hand von der linken auf die rechte Brust.

»Du geldgierige Schlampe!«, schubste er sie gegen das Panorama-Fenster.

»Hat dich das Schubsen des Mädchens auch scharf gemacht?«, lachte sie verächtlich.

»Dein genervtes Gesicht hat mich geil gemacht!«, packte er sie am Hals.

»Das machen die Jungs auch besser!«, zwinkerte Malena.

»Ach ja ...« Stefan drehte sie um, zog ihre Hüften nach hinten und drang in sie ein, bei jedem Stoss drückte er ihren Kopf mit der linken Hand gegen die Scheibe, ihre Brüste wurden dabei beinahe plattgedrückt.

»Oh ...« stöhnte Malena und verfolgte lächelnd die vierzehn Meter Masse, die an ihr vorbeischwammen und dabei das Schauspiel anzusehen schien. »Jaaaa ...«

»Du Hure, der Fisch macht dich geil, ja? Macht er das?«

»Oh ...« stöhnte sie und presste ihre Hände gegen das Glas, die Augen folgten dem Hai. »Mach weiter, du Verlierer, schneller!«

Stefan schlug ihr heftig auf den Hintern, was sie mit einem leisen Jauchzen quittierte.

»Ja, genau so, ja!« Malena keuchte lauter und ihre Hände wischten über die Scheibe.

Mit einem finalen Stoss kam auch Stefan und drückte sie, schwer keuchend, noch einmal hart gegen das Glas der Scheibe.

Sie verharrten so fast drei Minuten, ehe sich Stefan von ihr löste, aber Malena blieb keuchend an der Scheibe kleben.

»Das war der beste Sex, seit ich schwanger war ...«, keuchte sie.

»Mein erstes Mal ohne Viagra, seit ich die Operation hatte!«, lachte Stefan und wischte sich Schweiss aus dem Gesicht. »Verdammter Fisch!«

Klatschend löste sich Kurt von der Wand neben der Tür und ging auf sie zu.

»Fuck ...«, krümmte sich Stefan und griff nach seinen Hosen.

Malena drehte sich um, wischte sich zwischen den Brüsten den Schweiss ab und setzte sich auf ihren Stuhl.

»... Wie lange stehst du schon da?«, zog Stefan seine Hosen vom Schreibtisch und griff nach seinem Hemd.

»Viel zu lange!«, lachte Kurt und hielt seine Uhr hoch. »Wir hatten einen Termin!«

Malena zündete sich eine Zigarette an und lehnte sich zurück. »Mir kam da was dazwischen!«

»Ganz augenscheinlich!«, setzte sich Kurt. »Gute Show, Stefan!«

Kopfschüttelnd knöpfte sich Stefan sein Hemd zu. »Fick dich!«

Kurt wandte sich wieder Malena zu.

»Also, was ist?«, zog sie den Rauch der Zigarette tief ein.

Kurt kratzte sich am Hals. »Crime wird den Football nicht dabeihaben!«

Malena setzte sich auf, legte die Zigarette in den Aschenbecher und stützte sich auf dem Tisch ab. »Das war die Abmachung ...«

»Wir lassen sie gehen und sie geben uns den Football ...«, bestätigte Stefan. »... wir waren alle dabei!«

Kurt nickte. »Nun, er hat geblufft! Er hatte den Football gar nie!«

»Bitte?«

Kurt lächelte Malena an. »Wir haben ihn auf der Yacht gefunden, im unteren Stauraum ...«

»Hat er ihn dort versteckt?«, setzte sich Stefan auf den Stuhl neben Kurt.

»Ich denke eher, damit haben sie den Hai zum Hafen gelockt ...«, hob Kurt verwundert die Brauen. »Er war noch immer an!«

Malena nickte. »Du deutest also an, dass er getan hat, was wir von ihm verlangt haben!«

»Das wusste er auch, und dennoch liess er sich zu dem Spielchen hinreissen ...« Kurt holte tief Luft. »... Wenn wir ihn aus der Welt schaffen, schaffen wir auch den aus der Welt, der uns dieses Weltwunder gebracht hat!«

Malena nickte bedacht, zog an ihrer Zigarette und lehnte sich wieder zurück. »Und die Taucherin?«

»Sie hat ihrer Mutter von Mexiko erzählt, aber weder über die Yacht noch den Hai. Nebst dem Vertrag hat sie wohl zu viele Schuldgefühle!« Kurt drehte sich zu Stefan. »Ich denke, wir sollten aus Crime den Hai-Jäger machen! Ihn ins Rampenlicht stellen!«

Malena drückte die Zigarette im Aschenbecher aus, nahm eine Flasche Cognac und ein Glas aus ihrer untersten Schublade. »Und was ist, ich wiederhole mich, mit der Taucherin?«

»Die ist ein Wrack, wir haben sie eingeladen, aber ich bezweifle, dass sie erscheinen wird!«

»Also blasen wir die Mordsache ab?«, gab sich Stefan verwirrt.

»Wir werden sehen ... Abwarten, wie sich das alles entwickelt!« Malena drehte ihr Glas in der Hand und leerte es in einem Zug.

»Das ist die Adresse?«

»Nun zweifelst du auch meine Fahrkenntnisse an?«, lachte Andrea. »Was hat die getan, dass du sie stalkst?«

Alicia steckte das Diktiergerät ein. »Überlebt ... eine der Taucherinnen auf der Yacht!«

»Netter Zufall, dass sie auch aus Basel kommt!«

Alicia zuckte mit den Schultern. »Die haben sich sicher nach der Sprache orientiert ... sie sind ja nicht die erfahrensten Taucher!«

»Das hört sich erschreckend plausibel an ...«

Alicia warf ihr einen kurzen Blick zu und zog die Kapuze hoch. »Vergiss deine Kamera nicht!«

Mit dem Telefon in der Hand stieg Andrea gleich nach Alicia aus, zog sich ihre Kapuze hoch und sie rannten im Regen auf das Haus zu.

»Das ist eine gute Gegend!«, nickte Andrea.

»Tauchen ist auch ein teures Hobby!«, lachte Alicia, als sie vor der Tür ankamen, zog die Kapuze runter und klingelte.

»Du weisst, was du sagen wirst?«

Alicia zwinkerte. »Wer zweifelt hier nun wen an?«

Die Tür öffnete sich langsam und eine Frau Mitte vierzig, aber mit älterem Gesicht musterte sie.

»Guten Tag. Ich bin Alicia Bauer, ich arbeite für die *Basler Brügge* und ich wollte wissen, ob Lea zu sprechen ist?«

»Was wollen Sie?«, fragte die Frau.

Alicia stutzte. »Ist Lea zu sprechen?«

Die Frau seufzte, die feuchten Augen schlossen sich kurz und öffneten sich wieder. »Was will die Presse von ihr?«

»Wir hätten einige Fragen, wegen dem Unfall auf der Yacht!«

»Fragen?« Sie lachte bitter. »Ich weiss nichts von einer Yacht, aber Sie sind wohl schlecht informiert ...!«

»Verzeihen Sie ... wir klammern uns an Strohhalme! Ihre Tochter war eine der Taucherinnen auf der Yacht, der *Ozeanium 1*!«

»Ich weiss nichts von einer Yacht!«, verzog die Frau genervt die Augen. »Aber meine Tochter ist bei einem Unfall ums Leben gekommen! Wird schwierig, ihr Fragen zu stellen, da der Sarg leer war!«

Alicia gefror es in den Adern und sie musste sich zusammenreissen, um nicht zu stammeln. »Ihre Tochter Lea ist unter den Opfern?«

»Wie sind sie informiert?«

»Es tut mir leid, gar nicht! Wir wissen nur, dass es zwei Überlebende gab!«

Die Mutter zischte durch ihre spitzen Lippen. »Das wird wohl Sarah sein ...«

»Sarah? Wer ...?«, unterbrach die knallende Tür vor ihrer Nase die letzte Frage.

»Das lief doch ganz gut!«, legte Andrea Alicia eine Hand auf die Schulter.

Alicia starrte die Tür an, blinzelte und ging schliesslich zurück in den Regen, ohne die Kapuze hochzuziehen.

»Was hätte ich eigentlich fotografieren sollen?«, zog Andrea ihre Kapuze hoch und folgte Alicia.

»Lea ... die Taucherin ist tot, Sarah lebt ... aber wer ist Sarah?« Wie in Trance lief sie den Gehweg runter zum Wagen.

»Sie weiss es bestimmt, wollen wir noch mal klingeln ...?«

Alicia blieb stehen. »Es geht nicht auf ...«

»Was geht nicht auf?«, stutzte Andrea.

»Zwei Überlebende, ich nahm an, das waren die Taucherinnen, aber eine ist tot ...« Alicia wandte sich ab. »Ich muss mit Belsch sprechen!«

»Du bist creepy, wenn du mit dir selbst sprichst!«, stampfte Andrea und ging mit ihr zum Wagen.

Tropfend drückte sich Alicia das Telefon gegen das Ohr und zog die Tür zu.

Belsch liess vom Bildschirm ab und griff nach dem Telefon. »Erzähl!«

Seine Augen weiteten sich und ihm fiel ein Stück Kuchen aus der Hand. Hastig griff er nach einem Notizblock und einem Stift. »Langsam, Alicia ... Sie ist tot? Und die andere heisst Sarah? Wie noch ...?«

Belsch warf die Augen wieder auf den Bildschirm. »Wohl kaum, der Pilot und sein Mechaniker auch nicht! Sie haben sein Flugzeug gefunden, das angespült wurde! Sieht aus, als wäre es abgestürzt, das gefundene Blut wird untersucht! Nein, sie sehen da keinen Zusammenhang!«, kaute Belsch auf seinem Stift. Wahrscheinlich wurden die Leichen von Meerestieren gefressen ... genau, es wurden keine gefunden! Entweder das oder eines der Kinder hat seinen Tod vorgetäuscht!« Belsch prüfte seine Uhr und streckte sich über seinen Tisch, der Gang war dunkel und es schien niemand mehr da zu sein. »Lass nur, geh nach Hause, ich bin sowieso der Letzte! Ich werde es versuchen, aber der Name ist nicht gerade viel ... Aber ja, klar, ich melde es dir sofort!« Belsch legte auf und biss in das letzte Stück Kuchen. Kauend zählte er die offenen Fenster, die seinen Bildschirm zierten und das unvollendete Puzzle des Ozeanium-Mysteriums darstellten.

Tief im Innern des Ozeaniums betrat Kurt sein Labor und hielt auf den Schreibtisch zu, auf dem das Paket mit dem Football stand.

»Hallo, mein Freund!«, flüsterte er mit strahlenden Augen und nahm den

Football aus dem Paket. Kurt setzte sich auf seinen Stuhl und startete die Prozessoren. Vor ihm, auf einer Titanplatte, erschienen drei kleine blaue Lampen, die leuchteten und glühten.

»Dann wollen wir doch mal sehen ...« Der Football wanderte auf die silberne Fläche in der Mitte der Apparatur, die von den drei Lampen umringt war, und sofort erklang ein feines Surren.

Mit dem Stuhl rollte er auf die andere Seite, gab das Log-in-Passwort ein und startete die Auswertung.

Die blauen Lampen zeichneten Punkte als Hologramme ins Nichts, ausgehend vom Football und zeichnend wie ein Drucker. Die Yacht, den Hai und einen länglichen Strich, etwas weiter unten.

Kurt gab die Daten in seinen Rechner ein und schmunzelnde über das Ergebnis. »Das ist doch interessant, der gute Kurt hatte mal wieder recht!«

Lachend tippte er weiter, hinter ihm bewegten sich die Punkte, aber sein Interesse lag anderswo und er verschob die ganzen Daten auf einen USB-Stick.

Alicia und Andrea sassen auf dem Balkon und beobachteten den Regen, der alles noch dunkler erscheinen liess.

»Du vermutest also ...«, blies Andrea Rauch aus, »... dass etwas Schlimmes auf der Yacht passiert ist?«

»Schlimmer als das, was sie uns auftischen! Es gab zwei Überlebende, das bestätigt die Küstenwache. Eine davon ist diese Sarah, eine der Taucherinnen. Wer der oder die andere Person ist, wissen wir nicht, da uns die Spielfiguren ausgegangen sind!«

»Spielfiguren?« Andrea setzte sich gerade.

»Alle, die auf der Yacht waren oder mit der Yacht zu tun hatten, sind tot! Da war noch jemand auf der Yacht, von dem wir nichts wissen.«

»Ein Mörder? Das klingt ...«, zündete sie den Joint erneut an. »Wie so eine Geschichte mit einem Segelboot auf dem Cover!«

»Warte, bis es verfilmt wird!«, lachte Alicia und atmete die Luft des Regens ein.

»Dafür müsste jemand ja eine Story dazu schreiben!«, hielt Andrea den Rauch und gab den Joint ab.

»Kann ich ja machen!« Sie hielt den Rauch und blies ihn in die Dunkelheit jenseits des Balkons.

»Deine Geschichte klingt schon nach einem waschechten Krimi ...«

»Wem sagst du das ...«, gab Alicia den Joint zurück und klopfte sich auf die Schenkel. »Weisst du, ich denke, ich komme langsam damit klar, dass ich von Martin nichts mehr höre!«

»Und ich bin stolz auf dich, dass du ihm nicht geschrieben hast!«, hob Andrea grinsend beide Daumen.

»Sei nicht zu stolz!«, lachte Alicia. »Ich habe ihn gesehen und bin ihm gefolgt!«

»Nein!«, richtete Andrea, die Welt mit ballender Faust verfluchend, den Blick zum Himmel. »Warum?«

»Keine Ahnung ...«, zuckte sie schuldig mit den Schultern. »... da stand er und ich folgte ihm einfach!«

Mit dem Rauch in der Lunge gab Andrea ab. »Hat er dich gesehen?«

»Wenn dem so ist, hat er mich ignoriert!«

»Und, wo ist er hin?«, schlug sie Alicia auf das Bein.

»Ins Ozeanium ... er scheint dort zu arbeiten!«, zog sie am Joint und sprang beinahe auf, als ihr Handy klingelte. »Mein Herz!«

»Wer ist es?«

Alicia hob den Kopf vom Display zu Andrea und ihre Augen begannen zu funkeln.

»Martin?«, versuchte Andrea auf das Display zu sehen.

»Was? Nein ... Belsch!«, lachte sie und nahm es vom Tisch. »Ja?«

Belsch lachte über beide, sehr grosse, Backen. »Es war nicht leicht, aber ich habe unsere Sarah gefunden!«

Stolz nickte er. »Sagen wir einfach, ich habe Stalker-Qualitäten, von denen ich bisher selbst nichts wusste!«

Lachend drehte er sich auf dem Stuhl und betrachtete die Zeitungsausschnitte, die er an seine Pinnwand geheftet hatte. »Lea hatte fünf Sarahs in ihrem Freundeskreis, aber nur mit einer davon war sie in einer Beziehung und noch dazu in Mexiko!«

Er senkte etwas den Blick. »Ja, so schwer war es nicht ...«

Alicia legte auf und legte den Joint in den Aschenbecher. »Wir müssen noch mal los.«

»Wir?«, stutzte Andrea.

»Komm schon, ich kann nicht fahren!«, schmollte Alicia.

»Basel hat ein sehr imposantes öffentliches Verkehrsnetz, das gerade für Einheimische, aber auch Touristen sehr einfach zu benutzen ist!«, zwinkerte Andrea.

»Ich mag nicht in ein Tram ...«, schmollte Alicia weiter. »Ich bin bekifft, ergo habe ich Paranoia!«

»Ich bin zu bekifft, um am Steuer zu sitzen, und ausserdem habe ich meine Kuschelhosen an!«

Alicia zog Andrea hoch. »Der letzte Trip heute Abend!«

»Das sagst du jetzt, dann findet Belsch wieder etwas raus und hopp, springt die kleine Maus!«

»Nenn mich nicht Maus!«

Andrea zog die Finger über die Lippen, als wären sie ein Reissverschluss.

»Zieh dich endlich an!«, schubste Alicia sie lachend nach vorne.

6

Sarah sass auf dem Sofa, berieselt vom Fernseher, mit ihrem Wodka in der Hand. Sie hatte keine Ahnung, was da vor ihr abging. Alles, was sie sehen konnte, war Lea, Lea und das Wasser und danach den Hai, den grossen, anthrazitgrauen Weissen Hai.

Sie nahm einen grossen Schluck und versuchte, der Handlung zu folgen, von dem Schwamm und dem Seestern, aber es war ihr eindeutig zu viel.

»Sarah?«, kam ihre Mutter ins Wohnzimmer.

Sarah drehte langsam den Kopf.

»Da ist ein Mann an der Tür.«

Sarah stellte das Glas ab. »Hat er gesagt, wie er heisst?«

»Ich glaube, er ist Engländer ...«, flüsterte ihre Mutter besorgt.

Sarah erhob sich mit einem fragenden Gesicht und folgte ihrer Mutter zur Tür, die sie öffnete.

»John!«, fiel sie ihm sofort in die Arme.

»Na, lass ihn doch erst mal hereinkommen!«, staunte ihre Mutter, weiterhin mit einem sehr besorgten Blick.

Sarah musterte John, als sie losliess, und zog ihn hinein.

»Ich bin Doris, Sarahs Mutter!«, nahm sie Johns Hand.

»Er heisst John Crime, ist aber Schweizer!«, lachte Sarah.

»Ich tue mich so schwer mit dem Englisch ...«, senkte Doris kurz den Kopf. »Haben Sie Hunger?«

John nickte lächelnd. »Ich habe tatsächlich Ewigkeiten nicht mehr gegessen!«

»Na, Kindchen, lade ihn ein!«, schloss Doris die Tür.

»Willst du bei uns essen?«, verdrehte Sarah lachend die Augen.

John lachte nickend. »Gerne, ja!«

»Du willst nichts?«, fragte John, als Doris ihm einen Teller hinstellte und sich hinsetzte.

»Danke, keinen Hunger!«, drehte Sarah ihr Glas.

»Sie isst sehr wenig ... die Trauer ...«, seufzte Doris und schenkte sich Kaffee ein.

»Wie geht es dir ansonsten?«, nahm John das Besteck.

Seufzend schüttelte Sarah den Kopf.

»So schlimm?«

»Schlimmer ...«, wischte sie sich über die Augen. »Aber erzähl von dir, warum bist du erst jetzt oder überhaupt hier?«

»Ich hatte noch einige Dinge zu erledigen wegen *Bruce* ...« Mit Sauce an der Lippe wandte er sich zu Doris. »So hiess mein Boot«, und wischte sich den Mund, bevor er wieder Sarah ansprach. »Ich versuchte Mike zu finden und nun bin ich hier wegen seinen Sachen ... seiner Wohnung.«

»So was ist nicht einfach ...«, nickte Doris. »Sie hat gar nichts von Ihnen erzählt, Herr Crime!«

»Wir haben uns in Mexiko getroffen!«, erklärte Sarah.

»Das habe ich schon begriffen, aber wann?«

John lächelte. »Als die Küstenwache sie aufsammelte, war ich auch auf dem Boot, weil meines gesunken war!«

Doris blinzelte von John zu Sarah. »Warum hast du nicht von ihm erzählt?«

»Ich melde mich, wenn ich in der Stadt bin ...«, hob John seine Gabel. »Wie oft hört man diese Floskel?«

Sarah zuckte mit den Schultern.

»Nun, da ist was dran und sie hatte weiss Gott Anderes im Kopf!«, nickte Doris verständnisvoll.

»Wenn ich das so sagen darf, das schmeckt sehr gut!«, lächelte John und zeigte mit der Gabel auf den Teller.

»Ach, das ist doch nur so schnell dahingeworfen«, winkte Doris ab und stand auf. »Ich lasse euch zwei und verziehe mich mit meinem Kaffee ins Wohnzimmer.«

»Danke noch mal!«, ass John weiter.

»Ich träume von ihm!«, wartete Sarah, bis ihre Mutter ausser Hörweite war, und stützte sich mit den Ellbogen ab.

»Ich auch!«, nickte John.

»Ich ... Er ist hier, er ist in dieser Stadt und schwimmt im Tank dieser verdammten Millionärin!«

»Wir haben ihn ihr geliefert!«, nickte John.

»Ich weiss ...« Sarah drückte die Hand vor das Gesicht. »Aber ich will dennoch nichts mehr damit zu tun haben!«

»Hast du keine Einladung erhalten?«

»Natürlich!« Sarah schüttelte den Kopf. »Aber ich habe keine Lust auf Wasser oder auf ihn!«

Nickend ass John weiter.

»Du wirst hingehen?«

Kauend nickte er und schluckte runter. »Ich dachte, vielleicht hilft mir die Distanz und zu sehen, dass er eingesperrt ist!«

Sarah schauderte und trank von ihrem Wodka. »Nein, ich kann dieses Ding nicht noch mal ansehen ...«

»Und die Tauchschule?«

»Das war vorher ...« Seufzend musterte sie sich selbst im spiegelnden Fenster. »Das war eine andere Sarah. Ich glaube nicht, dass ich je wieder tauchen werde!«

»Lass dir von einem Ereignis nicht dein Hobby vergraulen!«, deutete er mit der Gabel und vollem Mund auf Sarah. »Das Tauchen konnte nichts für den Hai!«

»Und der Hai konnte nichts für den Football ...« Seufzend schüttelte sie den Kopf. »Ich habe direkt in den Schlund geblickt, dieses schreckliche, zahnbestückte schwarze Loch ... es war einfach finster!«

»Das ist mir klar, aber ich weiss auch, wie du mir danach zur Hilfe geeilt bist, als der Kran brach!«

Sarah lachte. »Du hast allerdings mehr getan, als wäre es nur ein Boxkampf!«

John lachte und trank einen Schluck Tee. »Mein Leben vorher war nur halb so erfolgreich ... ich hatte einfach Glück!«

»Du hast im richtigen Moment richtig reagiert!«

Lachend schob er den leeren Teller von sich. »Ein schmales Grad zu fahrlässig? Ich hatte Glück ... wir hatten Glück, aber wir leben!«

Sarah nickte. »Willst du einen Drink?«

Belsch öffnete die Mail von Dr. Gianni. Der Inhalt war ein Transportplan von einem Frachter mit dem Namen *Big Whale*.

»Was willst du mir damit sagen?« Langsam scrollte er durch die Zeilen und Destinationen des Frachters.

Blind griff er nach der Schüssel mit den schokoladenüberzogenen Erdnüssen und las das Datum, als sie die Fracht entgegennahmen.

»Das ist der Tag ...« Er ärgerte sich, dass er nicht an die Fernsehaufnahmen kam, da er sich sicher war, dass der Frachter neben der Yacht vorbeifuhr.

Eine weitere E-Mail kam herein, er schluckte runter und öffnete die Mail. Die Analysen der Blutuntersuchung des Flugzeugs, sie passten auf den Piloten und den Mechaniker, im Anhang war ein Foto des Wracks.

»Was zum ...«, stiess Belsch aus und starrte das Bild an.

Mit nassen Händen ging er in seinen Browser und gab »Zähne Weisser Hai« in die Suchmaschine ein.

Sofort tauchten Bilder von Zähnen auf, die genauso aussahen wie auf dem Bild des Flugzeuges, das er erhalten hatte.

Eine weitere E-Mail erreichte ihn. »Der Zahn wurde im Wrack gefunden ... Weisser Hai ... vermutlich hat der Hai sie angegriffen, nachdem sie abgestürzt sind ... Zahn ist grösser als normal, gute elf Zentimeter ...«

Mit der Hand vor dem Mund, damit auch alle Nüsse in den Mund wanderten, betrachtete er seine Pinnwand mit dem Flyer des Ozeaniums.

»Sehen Sie das achte Weltwunder. Im Ozeanium Basel.«

»Sieh mal einer an ...«, kaute Belsch.

Doris musterte John, der seine Zigarette anzündete. »Und wie alt sind Sie?«

»Mutter ...!«

»Was?«, hob sie verteidigend die Hände. »Ich habe noch nie gehört, dass man einen Mann nicht nach seinem Alter fragen darf ...«

John lächelte mit der Zigarette zwischen den Lippen.

»Nun? Dreissig?«

»Ich fühle mich geschmeichelt!«, zwinkerte John. »Nein, Sie liegen acht Jahre daneben!«

Doris riss die Augen auf. »Du wusstest das?«

»Ja, das wusste ich!«, lachte Sarah.

»Sie wissen, sie ist erst vierundzwanzig!«, wandte sich Doris wieder John zu.

»Ich glaube, die Küstenwache hat uns nicht nach Alter sortiert!«, trank John von seinem Wodka und zog an der Zigarette.

»Ich kann nicht sagen, dass ich das sehr gut finde ...« Doris wischte sich ihren Rock gerade. »Da waren mir die Frauen doch lieber!«

John lachte und zwinkerte zu Sarah.

»Mutter! Wir haben beide Traumatisches überlebt, das ändert überhaupt nichts an meiner Orientierung!«, erhob sich Sarah enttäuscht und sprang erschrocken auf, als es klingelte.

»Ist die Kamera bereit?«

Andrea nickte. »Sicher!«

Alicia atmete einmal tief durch, schob sich eine Strähne aus dem Gesicht, als die Tür aufgeschlossen und geöffnet wurde.

»Ja?«

»Sarah? Ich bin Alicia Bauer, ich arbeite für die *Basler Brügge* und würde Ihnen gerne ein paar Fragen stellen!«, lächelte Alicia.

»Worüber?«, stutzte Sarah.

»Stimmt es, dass Sie auf der Yacht *Ozeanium 1* waren?« fragte Alicia, während neben ihr Andrea ein Foto schoss.

»Ich, was ... Nein!« Sarah wechselte verwirrt von Alicia zu Andrea.

»Ich würde sagen, ihr lasst sie in Ruhe!«, kam John dazu, blitzte Alicia kurz an und schloss die Tür.

»Oh ... nicht sehr gesprächig«, murmelte Andrea vor der geschlossenen Tür.

Alicia blinzelte sie mit offenem Mund an. »Das war John!«

Andrea schmunzelte. »John? Wie in, dein Ex, John?«

Alicia zog Andrea die Treppe runter und blieb weiter unten stehen. »Genau der!«

»Sagtest du nicht, der sei so alt?«, blickte Andrea zurück zur verschlossenen Tür.

»Pscht!«, hielt sich Alicia einen Finger vor die Lippen. »Was tut er hier?«

»Hey, auch er darf sich eine neue Freundin suchen ...«, zuckte Andrea mit der Schulter.

»Sie steht auf Frauen ...« Alicia schüttelte den Kopf. »Sie war in einer Beziehung mit ihrer Tauchpartnerin!«

»Ohhh ...«, drehte sich Andrea wieder hoch.

»Lass uns gehen, komm!«, zog Alicia sie die nächsten Stufen runter.

»Vielleicht kennt er sie einfach so, vielleicht hat sie bei ihm eingekauft oder er hat Tauchstunden genommen!«

»John taucht doch nicht, der sitzt zu Hause und kifft!« Alicia griff nach ihrem Telefon und sie gingen aus der Tür.

»So wie du?«, lachte Andrea.

Mit einem bösen Blick rief sie Belsch an.

Sarah rieb Johns Arm, den Blick abwesend gegen die geschlossene Tür gerichtet. »Ich möchte Danke sagen, aber du siehst aus wie auf der Yacht. Alles okay?«

John löste sich aus seiner Trance. »Das ... das war sie!«

»Du sagtest doch, sie heisst Cara?«, schüttelte Sarah verwirrt den Kopf.

»Das war nur ein Spitzname ...« John wandte sich ab und ging zurück ins Wohnzimmer.

»Und sie arbeitet für die Zeitung?«, folgte sie ihm.

»Sie war zwanzig ... sie hatte gerade ihre Ausbildung hinter sich und wollte schreiben!« John leerte seinen Wodka und setzte sich hin.

»Wer war an der Tür?«, kam Doris besorgt ins Wohnzimmer.

»Nur die Zeugen Jehovas, Mutter!« Sarah hielt Johns Glas hoch. »Kannst du bitte nachfüllen?«

Mit einem skeptischen Blick nahm sie das Glas und ging aus dem Wohnzimmer.

»Warum weiss sie, dass ich auf der Yacht war? Ich darf darüber nicht reden!«, flüsterte Sarah.

»Ich denke, mit ein bisschen Nachforschung dürfte das nicht zu schwierig sein ...«, riet John seufzend. »Ungünstig, dass ich jetzt mit dir in Verbindung gebracht werde!«

»Sehr charmant!«, boxte sie ihn in die Schulter. »Aber die Kleine ist süss!«

Alicia zog am Joint und überwachte den letzten Wagen, der auf dem verregneten Parkplatz stand. Der von Belsch.

»Hat er nicht gesagt, elf Uhr?«, fragte Andrea und trommelte auf dem Steuerrad.

»Es ist gerade elf, lass ihm ein paar Sekunden ...«, gab Alicia den Joint ab. Ein Schatten trat aus dem Gebäude und ging auf den Wagen zu.

»Da ...« Alicia hielt ihr Telefon nach aussen, leuchtete einmal und hielt inne, ehe der Schatten auf ihren Wagen zukam.

Alicia kurbelte das Fenster runter. »Hey ...«

»Hey ...«, trat Belsch ins Licht. »Das ist ja wie bei einer Verschwörung!«

»Was hast du für mich?«

»Uhh ... kifft ihr im Wagen?« Er wedelte mit der Mappe vor seiner Nase. »Du solltest das nicht auf dem Firmengelände rauchen ...«

»Du bist der Einzige hier und es ist nach elf ...« Schulterzuckend wischte sie sich Asche von ihrem Oberteil. »Ich glaube, wir sind sicher!«

Belsch öffnete seine Mappe und gab ihr ein Foto.

»Was ist das?«, beugte sie sich nach vorne und sah es sich im Licht an.

»Das ist ein Zahn ...«, erkannte Andrea.

»Richtig!«, lachte Belsch. »Das ist der Zahn eines grossen Weissen Hais und wenn ich gross sage, meine ich gross, der steckte in den Trümmern des Flugzeuges!«

»Das abgestürzt war?«, versuchte sie mehr zu erkennen.

»Eigentlich sehr wahrscheinlich ...«, reichte er ihr ein zweites Foto. »Dann fand ich das!«

»Noch ein Zahn!«, deutete Alicia.

»Ja, nur steckte dieser in der Yacht!«, griff er nach dem nächsten Ausdruck. »Und das ist der Fahrplan des Frachters, von seiner Abfahrt in Mexico bis zur Ankunft in Südfrankreich!«

»Das ist der Tag, an dem die Yacht gefunden wurde!«

»Und sie haben eindeutig etwas transportiert ... etwas Grosses!«, gab er ihr den Flyer des Ozeaniums in die Hand.

»Du denkst, sie haben mit der Yacht einen Hai gefangen?«

Belsch lachte. »Eher nicht, der Kran würde so einen Fisch nicht halten können ... nach der Größe des Zahns war er deutlich grösser als zehn Meter und das ist selbst für einen grossen Weissen sehr gross!«

»Das wäre sicher eine Attraktion, weisse Haie gibt es in keinem Aquarium.« Alicia zog nickend am Joint und gab ihn zurück zu Andrea. »Was hast du über John herausgefunden, arbeitet er noch beim Electrosale?«

Belsch lachte kurz auf. »Weisst du, ich dachte immer, das ist ein Creep! Was du so erzählt hast, ich meine, er war, was? Sechzehn Jahre älter als du ... Es klang nicht vorteilhaft, wie du das erklärt hattest! Und die ganze Sache, dass er angeblich in Depressionen verfiel und sein Leben zu Ende sei, klang doch etwas übertrieben dafür ...«

»Worauf willst du hinaus?«, verdrehte Alicia die Augen.

»Nun ... er hat vor etwas mehr als einem Jahr gekündet und verschwand ... rate doch mal, wohin!«, ging Belsch auf die Knie und sah Alicia direkt in die Augen.

»Mexiko?«, rief Andrea.

»Hundert Punkte!«, lachte Belsch in Andreas Richtung.

»Was hat er in Mexico gemacht?«, schüttelte Alicia den Kopf.

»Nun, genau kann ich das nicht sagen ... aber er ist erst heute wieder in Basel gelandet!«

Alicia drehte sich zu Andrea. »Ich dachte, er spielt mir was vor ... warum hat mir das niemand gesagt?«

»Wahrscheinlich wusste es niemand, du hattest ja nicht wirklich Kontakt mit seinen ... hatte er überhaupt Freunde?«, mutmasste Belsch und reichte ihr die letzte Seite. »Egal ... die ganze Magie entfaltet sich damit!«

Alicia nahm das Blatt an sich und er erklärte: »Die verschiedenen Personen, die Blut auf der Yacht verloren haben. Zwei habe ich dir rausgestrichen!«

»Nein ...«, schüttelte Alicia den Kopf.

»Dein Ex war auf der Yacht!«, nickte Belsch. »Da haben wir unsere zwei Überlebenden!«

»War er deswegen bei ihr?«, fragte Andrea eine verwirrte Alicia.

»Es scheint, als hätte er nicht gefunden, was er gesucht hat!«, lachte Belsch. Andrea lachte, aber Alicia sah weiter verwirrt zu Belsch. »Wie?«

»Du solltest weniger rauchen ... Erst brichst du dem armen Kerl das Herz und als er versucht, dich zu vergessen, wird er beinahe von einem Hai gefressen!« Lachend stand Belsch auf. »Der hat ein Karma ...«

»Guten Abend!«

Belsch schreckte auf und drehte sich zu Streller. »Guten Abend, Herr Streller!«

Hustend versuchte Andrea den Joint loszuwerden.

»Machen Sie sich keine Mühe, man riecht es bis auf die Strasse!«, ging Streller neben der Beifahrerseite in die Knie und hielt seine Hand auf. »Dürfte ich um die Mappe bitten?«

»Hören Sie, wir sind einer grossen Sache auf der Spur!«, zeigte Alicia auf die Fotos.

»Die Dokumente, bitte!«

Seufzend schloss sie die Mappe und gab sie Streller.

»Ich hatte einige Beschwerden ... ich denke, es ist das Beste, wenn Sie bis zum grossen Tag zu Hause bleiben!«

Alicia riss die Augen auf. »Bitte?«

»Ich will nicht, dass Sie weiterhin Leute belästigen ...«, erhob sich Streller wieder. »Wir verstehen uns?«

»Herr Streller, ich ...«

»Wir verstehen uns?«, starrte er sie von oben herab ernst an.

Alicia biss sich auf die Lippe und nickte. »Sicher, Herr Streller.«

»Gut ...« Streller steckte die Blätter unter seinen Arm. »Gehen Sie nach Hause, spannen Sie aus und bereiten Sie sich auf das achte Weltwunder vor!«

Streller wandte sich an Belsch. »Und wir werden uns mal Ihre Festplatte ansehen!«

Andrea fuhr zurück und wendete, während Streller zusammen mit Belsch zurück ins Verlagshaus ging.

»Fuck!«, schlug Alicia wiederholt gegen das Armaturenbrett.

»Hey, beruhige dich!«

»Er wird Belsch entlassen!«, stotterte Alicia verzweifelt zu Andrea, die auf die Strasse einbog.

»Die Bös ist milliardenschwer ... klar lässt sie sich da nicht die Suppe versalzen!«, seufzte Andrea. »Wir sollten froh sein, dass es kein Auftragskiller war«, schmunzelte Andrea.

Alicia erstarrte.

»Fuck ...«, schlug Andrea gegen das Steuerrad. »Ja, wir werden vorsichtig sein müssen!«

Alicias Hände wanderten auf ihre Stirn. »Das passiert nicht ... das ist alles nicht wahr«

»Dein Ex hat einen Hai überlebt ...« Andrea schluckte schwer. »Einen Weissen Hai ... als einer von zwei Überlebenden!«

Alicia betrachtete den Regen, erleuchtet durch die Scheinwerfer von Andreas Wagen.

»Warum kamst du mit ihm zusammen, wen er dir zu alt war?«, bog Andrea auf die Autobahn ab.

»Er war nett und gab mir das Gefühl, was Besonderes zu sein …«, seufzte Alicia.

»Aber?«, stocherte Andrea.

»Er war meiner Mutter zu alt … ich fand, sein Alter passt nicht zu ihm, aber sie sagte mir, er spielt mir das nur vor, weil ich so jung bin!«, zuckte sie mit den Schultern und ihr Blick schweifte gedankenverloren aus dem Fenster. »Er war teilweise auch ein Arsch, aber ich genauso eine Kuh … keine Ahnung, war eine turbulente Zeit!«

KAPITEL 7

Arthur

1

Malena betrat ihr Büro. Sie trug einen weissen, viel zu engen Rock mit einer ozeanblauen Bluse und passenden Schuhen. Die Haare hatte sie mit einem Zopf zu einem kunstvollen Dutt hochgesteckt.

Streller stand auf, kauend, mit einem Croissant in der Hand.

»Bitte, setzen Sie sich!«, ging Malena lachend an ihm vorbei zu ihrem Stuhl hinter ihrem Schreibtisch.

»Sie sehen umwerfend aus, Frau Bös!«, setzte sich Streller.

»Danke!«, lächelte sie ihn an.

»Ich danke Ihnen für die Möglichkeit, vor den Augen der Welt hier zu sein!«, ass Streller den Rest seines Croissants.

»Dank Ihnen bleibt es eine Überraschung!«, lachte Malena und beugte sich über das Intercom. »Wie sieht es aus?«

»Alles nach Plan!«, gab Kurt zurück.

»Sie werden einen immensen Erfolg mit dieser Anlage haben!«

»Ja, da haben Sie Recht!«, lächelte Malena. »Was hat Ihnen denn am besten gefallen?«

»Ich liebe Schildkröten!«, lachte Streller. »Aber ich werde sicher noch bleiben, um die Seehundeshow zu sehen!«

Malena lächelte und beugte sich über das Intercom. »Deep Blue!«

»Roger!«, gab Kurt zurück.

»Deep Blue?«, lächelte Streller unwissend und rückte seine Brille zurecht.

Malena lächelte breit. »Kommen Sie, ich zeige es Ihnen!«

Streller war nicht ganz sicher, wie sie das gemeint hatte, und blieb erst einmal sitzen.

»Kommen Sie?«, blieb sie bei der Tür stehen.

Streller stand schliesslich auf und folgte ihr. Sie gingen durch die massive Tür aus dem Büro und hielten rechts auf den Fahrstuhl zu.

»Wie Sie vielleicht erahnen konnten, haben wir noch eine weitere Attraktion!«, blieben sie vor dem Fahrstuhl stehen.

»Ich hatte nicht den Mut zu fragen!« Die Tür öffnete sich und sie betraten den Fahrstuhl.

Malena steckte den Schlüssel in das Schloss E1. »Wie Sie vielleicht bemerkt haben, befindet sich mein Büro im Tank und ist von Wasser umgeben!«

»Nein, das hatte ich nicht bemerkt.«

»Damit bin ich der grössten Attraktion sehr nahe ...«, lächelte Malena.

Die Tür öffnete sich und vor ihnen erschloss sich ein Weg auf Metallplatten.

»Sie wussten, es ist ein Hai ...«, tat Malena ein paar Schritte aus dem Fahrstuhl und ging über die Metallplatten.

Streller linste ängstlich auf die Seiten der Metallplatten und musste mit einem flauen Gefühl feststellen, dass die Platten sich über dem Glas des Tanks befanden und darunter Wasser.

»Nur keine Angst!«, blieb Malena stehen. »So hoch sind wir im Grunde nicht!«

Langsam folgte er ihr und hielt sich dabei verkrampft am Geländer fest.

»Sehen Sie ... das achte Weltwunder!«, deutete sie in den Tank.

Streller beugte sich zitternd über das Geländer. Sofort verkrampften sich seine Gedärme, als seine Augen auf den dunklen Schatten fielen und dem Weissen Hai folgten, wie er unter ihnen durchschwamm. Wie ein Zug zog er vorbei, seine Schwanzflosse schlug ohne Anstrengung von links nach rechts und keuchend griff Streller noch fester nach dem Geländer.

»Das setzt das eigene Leben in ganz andere Proportionen, nicht wahr?«, lachte Malena, die weissen Zähne blitzten unter den knallroten Lippen hervor und sie wartete am Ende der Platten auf ihn.

Streller hatte etwas Mühe zu atmen, als kämpfe er gegen Wind an, um voranzukommen.

»Sie sehen nicht gut aus ...«, legte Malena eine Hand auf seine Schulter.

»Die Höhe und ...«

Ein Schnitt, der von Malenas Klinge über seinen Arm ging, unterbrach ihn abrupt und verwirrt machte er einen Schritt zurück.

»Danke für alles!«, packte sie ihn an den Schultern. »Aber Sie wissen zu viel, für einen Reporter!«

»Malena, tun Sie nichts ...« Streller spürte, wie er den Boden unter seinen Füssen verlor und mit panischem Gesicht ins Wasser tauchte.

Mit einem lauten Platsch landete er auf seinem Bauch und ging blubbernd unter Wasser. Laut keuchend schoss er an die Oberfläche. »Malena ...!«

Er erkannte, dass sie auf etwas zeigte, und bemerkte sein eigenes Blut im Wasser, das von seinem Arm um ihn herum das Wasser einfärbte.

Streller erstarrte, jeder Muskel verhärtete sich und die Lunge schloss sich krampfend, als er die Rückenflosse von der Grösse der Lagertür in der Redaktion entdeckte.

»Nein! Nein!« Langsam schob der Hai seinen Kopf aus dem Wasser und öffnete den Kiefer. Streller verlor vom Anblick der riesigen Zähne das Gefühl über seinen Körper. »Nein ... Bitte ...« Die Zähne in dem riesigen Kiefer kamen näher, das pinke Zahnfleisch schoss hervor und während er sich leicht zur Seite drehte, rollten seine Augen nach oben, brachten die Pupillen für den Angriff in Sicherheit.

Das Wasser sog Streller zwischen die Zahnreihen, er spürte die unteren Zähne an seinem Rücken kratzen und bevor der Hai zubiss, erinnerte er sich an Jonas und den Wal. Ein klein bisschen Hoffnung keimte noch in ihm auf. Mit einem desaströsen Biss wurde Strellers Brust durchbohrt, seine Knochen gebrochen und von der schieren Kraft regelrecht zermahlen. Blut spritzte aus den Zahnreihen in alle Richtungen, als der Hai seine Beute wie einen Hund schüttelte. Damit zersplitterte er die letzten noch intakten Knochen in Strellers zerfetztem Körper und schüttelte das Leben aus dem Chef-Redakteur der *Basler Brügge*.

Strellers Brille löste sich, bevor der Hai ihn ganz verschlang, und sank stumm auf den Grund von Tank eins. Damit war Streller ein Pionier: der erste Mensch, der in einem Binnenland von einem Weissen Hai gefressen wurde.

Kurt linste über seine Schulter, stellte sicher, dass dies keiner gesehen hatte, und nach einem Knopfdruck würde das auch keiner mehr. Sein Blick auf das Livebild von Malena gerichtet, hielt er sich die Hand vor den Mund. Sie stand einfach nur da, hatte die Fütterung aus nächster Nähe betrachtet und sie schien irgendwie erregt. Kurt musste sich eingestehen, dass ihn das etwas besorgte.

»Kurt!«, kam aus seinem Funkgerät.

»Ja, Klara?«

»Bist du im Sicherheitsraum?«

»Das bin ich!«, stand er aus dem Drehstuhl auf und ging zum Fahrstuhl. »Aber ich bin im Begriff zu gehen!«

»Gut ... Treffen wir uns auf dem Balkon?«

Kurt betrachtete mit einer erhobenen Braue sein Funkgerät. »Was ist los?«

»In fünf Minuten!«, sagte sie nur und klickte das Funkgerät aus.

Der Fahrstuhl kam ins Untergeschoss, Kurt stieg ein und zögerte kurz, ehe er auf die Zwei drückte.

Malena setzte sich auf ihren Stuhl, schenkte sich einen Cognac ein und drehte sich zu ihrem Panorama-Fenster.

Sie spürte ein Vibrieren in ihren Adern, aufgeladen bis in die kleinste Nervenspitze und hatte sich schon lange nicht mehr so lebendig gefühlt. »Ich liebe dich!«, sagte sie in das Wasser, den Hai gerade nicht sehend, aber wissend, dass er da war.

»Hey ...«, kam Stefan ins Büro.

Sie drehte sich auf ihrem Stuhl zu Stefan, als wäre sie ein Bond-Bösewicht, und prostete in seine Richtung. »Auf die Pressefreiheit!«

Stefan blieb stehen, das vorherige Lächeln verschwand aus seinem Gesicht.

»Um deine nicht gestellte Frage zu beantworten: Natürlich!« Mit breit grinsenden Backen leerte sie das Glas und stellte es auf den Schreibtisch.

»Nein ...« Er hob die Hände und ging auf den Schreibtisch zu. »Wir haben besprochen, dass das nicht geht ... wir verfüttern niemanden an den Hai!«

»Arthur!«

Stefan blinzelte. »Bitte?«

»Der Hai heisst Arthur, wie in König Arthur!« Zwinkernd lehnte sie sich nach vorne. »Du hättest es sehen sollen!«

Stefan schüttelte den Kopf. »Nein ... Nein, das bezweifle ich!«

Lachend stand Malena auf und ging um den Schreibtisch. »Arthur erfüllt mich mit mehr, als du und Kilian es je konnten!«

Stefan hob die Brauen. »Wow ...«

»Komm, es gibt noch einiges zu erledigen ...«, nahm sie Stefan an der Hand und zog ihn hoch, ihre Lippen nur Zentimeter voneinander entfernt. »Wann kommen die Taucherin und der Fischer?«

»Halb zehn ...«, drehte sich Stefan um. »Und ich denke, das ist etwas knapp!«

»Eine halbe Stunde sollte mehr als genug sein, sie müssen sich ja nicht schminken?«

Stefan ging durch die Tür auf den Fahrstuhl zu.

»Du bist so ein alter Mann geworden!«, seufzte sie und stellte sich neben ihn.

»Du bist auch alt geworden, du merkst es nur nicht!«

Mit einem Ping öffnete sich die Fahrstuhltür und Stefan stieg ein.

»Ich bin mir nicht sicher ...«, stellte sie sich neben ihn und drückte auf die Taste E, »... ob man so mit einer Frau spricht, die einen Hai besitzt!«

»Nun?«, setzte sich Kurt auf eine der Bänke, die eine Haifischflosse an der Rückenlehne hatten.

»Hast du gesehen, was passiert ist?«, zog Klara zitternd an der Zigarette.

»Du weisst, ich war unten ...«

»Wie ... wie konnte sie das tun?«

»Klara? Wir haben das besprochen!«, schüttelte Kurt den Kopf.

»Hast du sie gesehen? Es sah aus, als ...« Von Ekel erfasst schauderte Karla. »... als wäre sie erregt!«

Kurt lächelte. »Auf jeden Fall ... ihr geht voll einer ab bei dem Fisch!«

Klaras Augen weiteten sich. »Das macht dir keine Sorgen?«

Kurt stand auf. »Solange man sich nicht gegen sie stellt, hat man nichts zu befürchten.«

Klara blieb fassungslos sitzen, den Mund weit offen, da sie nicht glaubte, an wen sie sich gewandt hatte und was er gerade von sich gegeben hatte.

Malena beobachtete das Mädchen an der Kasse argwöhnisch.

»Was?«, lachte Stefan.

»Was ist mit ihr? Findest du nicht, dass etwas an ihr seltsam ist?«, kniff Malena die Augen zusammen.

Mit einem Pony, den schwarzen Haaren mit der ozeanblauen Schleife im Haar und dem blauen Shirt richtete sie die Kassenbude ein.

»Ja, sie ist jung!«

Malena holte hörbar Luft.

»Komm schon!«, lachte Stefan noch immer. »Mehr ist da nicht ... mir geht es genauso!«

»Du willst deinen Bauch nicht mit meinen Titten vergleichen ...?«

»Kurt!« Stefan ging erleichtert an Malena vorbei und dem Professor entgegen.

2

Alicia griff nach dem Handy und versuchte den Wecker zu stoppen. Sie brauchte drei Versuche, bis sie merkte, dass es ihr Radiowecker war, der Musik als Weckton spielte.

Erschöpft legte sie sich zurück aufs Bett. Auf dem Telefon war statt dem Wecker eine Nachricht. Von Streller: »Erster!« mit einem Zwinker-Smiley und einem Selfie in der Lobby des Ozeaniums. Hinter ihm das riesige Bild von drei Delfinen und eine kleine Statue von einem Hammerhai.

»Süss ...«, liess sie den Arm fallen und schloss die Augen.

»Nein!«, setzte sie sich auf. Knapp anderthalb Stunden bis zur Eröffnung. Sie streckte sich und stieg aus dem Bett.

Knarrend öffnete sie die Tür und trat aus ihrem Zimmer.

»Ahhh!«, erschrak sie ab einer männlichen Gestalt, die an ihr vorbei aus der Wohnung huschte.

»Sorry ...«, kam von Andrea, die in ihrem Höschen an ihre Tür gelehnt stand und verlegen auf ihrem Nagel kaute.

»Nun weiss ich wenigstens, warum ich von einer Baustelle geträumt habe!«, verdrehte Alicia die Augen und ging links ab in die Küche.

»Soll ich dir Kaffee machen?«, überholte Andrea und griff sich grinsend den Kaffeepott.

»Wo waren deine Hände?«, fragte Alicia leise.

Verlegen legte sie den Pott zurück. »Soll ich erst duschen?«

Alicia schüttelte lachend den Kopf. »Das wäre wohl angemessen!«

Andrea sprang aus der Küche.

»Wann kam der? Wir sassen doch bis um drei auf dem Balkon?«, nahm sie den Pott und öffnete ihn.

»Kurz danach!«, ging das Wasser an.

»Klar ...«, füllte sie Kaffee und Wasser in den Pott und stellte ihn auf den Herd.

»Er war nicht das erste Mal hier ...«, kam noch und danach hörte sie den Duschvorhang und das Wasser, das aus der Brause zischte.

»Beruhigend ...« Seufzend setzte sie sich an den kleinen Tisch in der Küche und nahm den halben Joint aus dem Aschenbecher.

Sarah stand unter Wasser, sie trug einen Taucheranzug und vor ihr war eine Begrenzung aus Glas. Auf der andere Seite stand John, ebenfalls unter Wasser, aber er lächelte und winkte. Aus dem Nichts schoss der Hai heran und zerteilte John mit einem Biss in mehrere Teile. Der Kopf mit dem Lächeln stieg langsam, umringt von kleinen Luftblasen, empor.

Mit einem Schrei in ihren Lungen, der nicht heraus wollte, ausser einem krächzenden Keuchen, setzte sie sich auf und hielt die Decke fest an ihre Brust gepresst.

»Schatz?« Doris kam in das dunkle, viel zu warme Zimmer. »Schatz ... aufstehen!«

Es kam keine Antwort, also öffnete Doris die Tür weiter und klickte am Schalter das Licht an.

»Nein!«, schrie Sarah und drückte das Kissen auf ihr Gesicht.

»Komm schon ... du wurdest eingeladen!«

»Nein!«, kam gedämpft unter dem Kissen hervor.

»Schatz ...«, setzte sich Doris auf das Bett.

Sarah nahm das Kissen von ihrem Gesicht. »Ich will nicht!«

»Aber es ist doch eine grosse Sache ...«, strich sie ihrer Tochter durch das Haar.

Sarah legte den Kopf zurück auf das Kissen. »Ich kann das nicht ...«

Doris seufzte und nahm ihre Hand. »Hat es etwas mit deinen Alpträumen zu tun?«

Sie schloss die Augen und nickte.

»Dann melde dich ab ... Magenprobleme, was auch immer, aber du musst dich nicht deiner Angst aussetzen!«, strich sie ihrer Tochter über die Wange und küsste die Stirn.

Alicia setzte die Tasse ab. »Und wie lange lässt du dich schon vögeln?«

Andrea, die gerade mit dem Bauen eines Joints beschäftigt war, leckte die Klebstelle ab und wiegte mit dem Kopf. »Seit ich fünfzehn bin!«

»Ha-ha«, sagte sie und küsste ihren Mittelfimger.

»Zumindest hatte ich noch keinen Opa!«, zwinkerte Andrea und riss das Papier an der Klebestelle ab.

»Autsch ... ich würde nicht so weit gehen, ihn Opa zu nennen!« Alicia streckte sich und nahm ihren Toast vom Teller. »Ihn störte es auch nicht, dass ich so jung war!«

»Ernsthaft?«, lachte Andrea.

»Nein ...« Kauend versuchte sie nicht zu lachen. »Willst du etwas wissen, was ich noch keinem erzählt habe?«

Andrea zündete den Joint an. »Jetzt wird es interessant!«

»Na ja ...« Alicia errötete. »Nachdem wir bei ihm schon einen Film gesehen haben, ohne dass etwas passierte, war ich es, die ihn zuerst küsste!«

»O nein ...«, gab Andrea den Joint ab. »Was hast du getan?«

Lachend zog Alicia am Joint. »Ich war scharf auf ihn!«

»Ja ...« verschränkte Andrea die Arme vor ihrem weissen Shirt. »Und was hast du noch getan ... Moment, entweder du hast ihn ... du weisst schon, reingelassen oder du hast ihn deinen Eltern zu schnell vorgestellt!«

Alicia senkte den Blick.

»O mein Gott ... wie früh und wussten sie, wie alt er ist?«

Kopfschüttelnd gab sie den Joint zurück. »Bis sie es wussten, war alles ziemlich gut ... er konnte ein Arsch sein, ich eine Bitch, aber wir hatten meistens eine gute Zeit ...«

»Bis du ihm so das Herz herausgerissen hast, dass er nach Mexico zu den Haien floh ...«, blies Andrea Rauch aus und setzte die Tasse an.

»Auf wessen Seite bist du eigentlich?«, lächelte Alicia und langte nach ihrer Tasse.

»Du hast recht ...«, stellte Andrea die Tasse wieder ab. »Ich kenne seine Version noch gar nicht und bin schon auf seiner Seite!«

Matt musterte sich im Spiegel und fragte sich selbst, ob er die feinen Haare auf seiner Lippe wegrasieren sollte. Langsam fuhr er mit der Hand durch sein Haar und prüfte den Sitz seiner goldenen, blonden Tolle.

Er fand sich toll und war überzeugt, Denise würde ihn auch toll finden. Das Tram unter dem Ozeanium als erstes Date schien ihm perfekt.

»Hast du noch lange da drin?«, klopfte es an die Badezimmertür.

»Chill, sister!« Nichts konnte ihn aus seinem Flow bringen.

»Du bist seit einer verdammten Stunde da drin, du weisst, das meiner mir ein Ticket für den Ersteinlass geschenkt hat?!«

»Weil du eine Schlampe bist!«, lachte Matt und drückte seinen Bizeps.

»Ich weiss, was deine Tickets gekostet haben, sei du einfach still!«, klopfte sie wieder an die Tür.

»Ich bin gleich so weit!«, schlug er zurück gegen die Tür.

»Und rasier dir den Muschibart ab, der ist peinlich!«, trat sie offensichtlich gegen die Tür.

»Fick dich!«, griff er nach dem Rasierer und rasierte sich die Oberlippe.

Alicia stand vor dem Spiegel und hängte das Handtuch auf.

»O shit!«, lachte Andrea auf dem Klo sitzend.

»Seit wann sitzt du da?«, schreckte Alicia auf.

»Hast du mich nicht furzen gehört?«

Alicia lachte und griff nach dem Mascara.

»Wie kriegst du so eine Figur hin?«, schüttelte Andrea den Kopf lachend.

»Stress, kein Schlaf und schlechte Ernährung ...!«, zwinkerte Alicia.

»Kein Work-out?«

»Kein Work-out!«

Andrea spülte und stand auf. »Da habe ich ja noch Glück gehabt!«, küsste sie Alicia auf die Wange und ging aus dem Badezimmer.

3

»John?«, stand Basil, Johns Bruder, an seiner Terrassentür. »Chloe möchte wissen, ob du einen Kaffee willst.«

Mit der Zigarette im Mund hob er dankend die Hand. »Danke, ich begnüge mich mit Wasser!«

Nickend ging Basil wieder rein.

Eine Katze sprang in den Garten, ob vom Zaun oder vom Dach der Nachbarn, wusste John nicht, aber er bemerkte, wie fokussiert und angespannt sie war. Sie war eine dunkle Tigerkatze, mit weissem Kinn und Ohrspitzen, und verhielt sich auf der Jagd wie ein Hai.

»Sind sechs Streifen Speck zu viel?«, trat Basil wieder an die Tür.

»Ich verstehe deine Frage nicht«, beobachtete John, wie die Katze sich an einen Baum pirschte, die vorderen Pfoten drückte sie gegen den Stamm und starrte gebannt nach oben. Das Ziel konnte John, dank des Grüns, nicht erkennen.

»John ...«

John drehte sich um.

»Ich will ja nicht ...« Räuspernd trat er auf die Terrasse. »Nicht vor Chloe ...«

»Was liegt dir auf dem Herzen?«, zog er an der Zigarette.

»Wir hatten nicht den besten Kontakt, ja ...«, wandte Basil sich dem blauen Morgenhimmel zu. »Aber du verschwindest einfach, ohne ein Wort ... Ma erzählte mir, du bist in Mexico, und kommst zurück, mit einer VIP-Einladung für das Ozeanium?«

»Und was ist deine Frage?«

Basil wedelte die Hände vor sich über Kreuz und zurück. »Wie ...?«

»Ich wünschte, ich könnte es dir sagen!« John drückte die Zigarette aus und zuckte mit den Schultern.

»Klar, ich nehme an, du hast für dein Schweigen unterschrieben und dafür kassierst du Kohle ...« Basil lachte. »Komm schon, du bist nicht Vater!«

John lachte. »Check euer Bankkonto!«

»Was?«

»Ich lade euch heute Abend zum Essen ein, dann werde ich mehr erzählen können!«, erhob sich John.

»Klar ... lass den Scheiss!«, schubste Base ihn zurück in den Stuhl.

Seufzend schubste er aus dem Sitzen zurück. »Die grosse Attraktion, die enthüllt wird ... ich war beim Einfangen dabei!«

Basil musterte ihn. »Das ist alles?«

John lachte laut. »Ja, das ist alles!«

John folgte Basil zurück ins Haus, wo Chloe gerade den Tisch zu Ende gedeckt hatte.

»Danke! Das ist grossartig!«, küsste Basil seine Frau.

»Er hat unsere Hochzeit verpasst! Das ist das Mindeste ...«, lächelte Chloe und setzte sich.

»Verpasst?«, setzte sich Base selbst hin und griff nach dem Toast.

John zeigte Basil den Mittelfinger und griff sich lächelnd selbst eine Scheibe Toast und legte ihn neben die Spiegeleier. Für den Speck hatte er einen extra Teller.

»Ist das genug Speck?«, lächelte Chloe und trank von ihrem Orangensaft.

»Weisst du, manchmal verstehe ich eure Fragen nicht ...«, biss er in ein Stück Speck. »Ich weiss nicht, ob es an der Sprache liegt ...«

Verunsichert drehte sich Chloe fragend zu Basil.

»Er meint damit, dass es nie genug Speck gibt ... ich sagte dir doch, er ist ein Idiot!«

John nahm ein weiteres Stück Speck und biss demonstrativ rein.

»Warum warst du in Mexiko?«, strich Chloe Butter auf ein Stück Toast.

»Hörte sich weit genug an ...«

»Und was gab es in Mexiko?«, legte sie ein gekochtes Ei auf ihren Teller und nahm ihr Glas Orangensaft in die Hand.

»Mexikaner!«, zuckte John mit der Schulter und präparierte den Toast mit Spiegelei und Speck.

Basil lachte.

»Das ist aus einem Film?«, verzog Chloe unsicher die Augen.

Basil lachte noch immer und nickte.

»Und das ist so witzig?«, schälte sie das Ei.

Basil holte Luft. »Er wartete sicher zwanzig Jahre, um diese Line zu sagen!«

»Und ...«, seufzte Chloe, »wie war Mexiko?«

»Heiss!«, biss er in seinen Toast.

Basil lachte erneut, nicht mehr so heftig, aber er lachte.

»Wieder ein Film?«

Basil schüttelte den Kopf. »Nur sehr treffend!«

»Nun, lieber Schwager, was hast du in Mexiko gemacht? Verkäufer warst du wohl kaum?«

John lächelte und trank einen Schluck Wasser. »Ich habe ein Boot gekauft und mich als Fischer über Wasser gehalten.«

Basil drehte sich erstaunt zu John. »Du? Fischer?«

Peter sass auf einem Klappstuhl im Lüftungskontrollraum auf dem Dach des Ozeaniums und spielte Solitär auf seinem iPad.

»Pete?«, ging die Metalltür mit einem lauten Quietschen auf.

»Hier!«, legte er das iPad auf seinen Rucksack.

Kurt zog die Tür hinter sich wieder zu.

»Hat sie es getan?«, stand Peter auf und trank ein Schluck von seinem Bier.

»Es ist gerade mal neun vorbei ...«

»Ich bin seit zwei Tagen wach ...«, zuckte Peter mit den Schultern und nahm einen weiteren Schluck.

Kurt holte tief Luft. »Sie hat es getan, Streller ist nicht mehr ...«

»Seine Unterlagen?«

»Die werden entfernt, wenn seine Frau das Haus verlassen hat ...« Kurt drehte sich um und zeigte auf die Kontrolllampen. »Du hast das hier im Griff?«

»Punkt zehn Uhr siebzehn lege ich den Schalter um!«

Kurt drehte sich wieder um. »Es tut mir leid, wie alles kam ...«

Peter winkte ab. »Wir hatten davor schon Probleme. Blue und Apple waren nur der letzte Tropfen ...«

»Dennoch macht es die Sache für euch beide nicht einfacher ...!«

»Wenn das stimmt, was du sagst, wird es mir deutlich einfacher fallen!«, sah er Kurt mit blutunterlaufenen Augen an.

»Die Daten sind korrekt, wenn wir nicht schon reich wären, würden wir es werden!«, lachte Kurt.

»Ich weiss gar nicht, ob ich überhaupt noch reich bin ...«, lachte Peter.

Kurt schüttelte verdutzt den Kopf. »Das wird sie nicht tun ...«

»Die Hexe ... ich kann froh sein, wenn ich noch ein Dach über dem Kopf habe!«, verwarf Peter die Hand und leerte seine Dose Bier.

Chloe umarmte John, Basil begleitete ihn nach draussen zum Taxi. »Das mit dem Essen war dein Ernst?«

John nickte.

»Hast du Alicia gesehen?«, blieben sie neben dem Taxi stehen.

»Ja ... sie war sichtlich überrascht und nicht wirklich erfreut ...!«, versuchte John es mit einem Lächeln.

»Ach, komm schon, mach dich nicht fertig!«, boxte er seinem Bruder in den Arm.

John öffnete die Tür. »Heute Abend!«

Mit einem Lächeln hielt Basil die Tür auf und liess John einsteigen. »Heute Abend! Viel Spass!«

»Schweizer Fernsehen!«, deutet John mit dem Finger auf Basil.

»Sogar die Amis übertragen es!«, lachte Basil. »Ich sehe dich, brother!«

Er schlug die Tür zu und blieb auf der Einfahrt stehen, bis das Taxi auf die Strasse abbog.

275

Chloe räumte den Küchentisch ab, stellte das Geschirr in die Spüle und wischte den Tisch.

»Kann ich dir helfen?«, kam Basil zurück in die Küche.

Chloe stellte das Wasser ab. »Schon gut, setz dich!«

Basil setzte sich.

»Noch einen Kaffee?«, drehte sie sich von der Spüle weg und hielt den Wischlappen in der Hand.

»Alles okay bei dir?«

»Ich habe gerade deinen Bruder kennengelernt ...« Chloe spülte den Lappen aus und startete die Geschirrspülmaschine. »Der unsere Hochzeit verpasst hat!«

»Er war in Mexiko!«

Nickend setzte sie sich mit einer Tasse Kaffee. »Du hast ihn nicht eingeladen!«

»Weil er in Mexiko war!«

Chloe versetzte den Kaffee mit Zucker. »Du wusstest es noch gar nicht, als wir die Einladungen abschickten ...«

Seufzend legte er den Kopf in seine auf dem Tisch abgestützten Arme. »Lange Geschichte ...«

»Wir haben Zeit, wir sind verheiratet!«, hob sie die Tasse und setzte sie an die Lippen.

»Sagen wir, ich mochte ihn nicht mehr besonders ...«

Chloe legte den Kopf schief. »Deinen eigenen Bruder?«

Lachend setzte sich Basil wieder auf. »Du weisst, wie es heisst, sei du selbst und du wirst geliebt?«

Chloe nickte.

»Das stimmt bei John nicht ganz, er zieht das Pech an, nur Probleme, tagein, tagaus! Ich bin sicher, dass er auch Alicia damit vertrieben hat!«

Chloe öffnete den Mund für ein »Wow«, aber sie formte es bloss mit den Lippen.

»Das hört sich übel an, aber warte, bis du ihn kennenlernst ...«, lehnte sich Basil zurück.

»Das hört sich sehr brüderlich an ... hatte er denn Probleme?«

»Er ist eine Dramaqueen, nimmt zu viele Drogen und trinkt ... man liegt, wie man sich bettet!«, nickte Basil mit den Augen in der rechten Ecke.

»Und du liesst ihn hängen?«, holte sie unter dem Tisch ihren Laptop hervor.

Basil lachte bitter. »Es war etwas ermüdend ... wie ein Fass ohne Boden!«

Chloe öffnete den Laptop und drehte ihn zu Basil.

»Was ist das?«, nahm er den Laptop näher.

»Unser Kontostand ...«, flüsterte Chloe.

Basil blinzelte.

»Drei Millionen, Basil ... wir haben eine Zahlung von drei Millionen Schweizer Franken erhalten!«

Basil spürte, wie etwas an ihm zog, und seine Sicht verschwamm mit den tanzenden Zahlen.

Peter schreckte auf, als die Tür ein weiteres Mal aufging.

»Wir ...«, trat Kurt herein.

»Was geht?«, sprang Stefan hinterher.

»... haben ein Problem!«

Peter legte sein iPad zur Seite. »Was willst du hier?«

»Ich habe keine Ahnung, was ihr vorhabt ...« Stefan steckte sich eine Zigarette an. »Aber ich kann sie nicht mehr ertragen!«

»Und dabei hatte er sie gerade erst mit dem Hai als Cuckold gevögelt!«

Peter bewegte verwirrt seine Augen von Kurt zu Stefan.

»Die Schlampe ... ich würde sie gerne umbringen, aber sie hat den Hai ...« Stefan hielt Peter an der Hand. »Lass mich mitmachen, was immer ihr auch tut!«

Peter wandte sich unsicher Kurt zu.

»Es wird Malena übel blamieren ...«, drehte Kurt Stefan zu sich.

»Das hoffe ich doch!«

Kurt hob den Daumen zu Peter. »Wir kennen Malena, ich denke, er ist vertrauenswürdig!«

Stefan lachte. »Keine Angst ... ich bin es leid, ihr in die Rippen zu schlagen!«

Kurt und Peter wechselten einen Blick und zuckten schliesslich mit den Schultern.

Das Taxi hielt am Bahnhof Basel, John stieg aus und lief durch den Bahnhofspark auf den Weg zum Hintereingang des Ozeaniums.

Die Zigarette in seinem Mund brannte noch nicht und seine Hand hielt das Feuerzeug. Hinter ihm fuhr das Taxi davon und John betrachtete wie erstarrt den Metallkomplex von der Grösse eines Wohnviertels. Etwas verkrampfte sich in seinem Innern.

An der oberen Ecke leuchtete die Neonschrift »Ozeanium« in Blau und war dabei hell genug, auch jetzt in der Morgensonne als leuchtend zu erscheinen.

Sein Telefon vibrierte in seiner Tasche. Er holte es heraus und drückte es ans Ohr.

Lachend hielt er das Telefon von seinem Ohr, um durch das Kreischen nicht taub zu werden.

»Hey ...«

Er lachte weiterhin und betrachtete die Neonschrift.

Lachend legte John auf und ging auf das Ozeanium zu. Irgendwo in ihm war eine Stimme, die ihm sagte, er habe umzukehren, sofort, aber er wollte Sarah nicht alleine mit diesen Leuten lassen. Reiche tendierten dazu, etwas psychopathisch veranlagt zu sein.

Ein Page öffnete die Tür für John. »Herr Crime, Sie werden erwartet!«

John folgte dem Pagen durch einen blauen Gang, auf einem weissen Teppich zu einem Fahrstuhl.

»Bitte«, liess der Page ihm den Vortritt, folgte ihm und steckte den Schlüssel in die einzige Etage, die es zu drücken gab.

»Viel zu tun heute?«, fragte John, als der Page sich neben ihn stellte.

»Zu erwarten, ja!«, nickte der Page, ohne aufzusehen.

Die Lifttür öffnete sich und sie betraten die Lobby zum Hotel, das erst in ein paar Monaten eröffnet werden sollte. Vor dem Eingang zum Hotel stand ein kleiner Springbrunnen und das Mosaik auf dem Boden waren Orcas und Haie. John deutete auf den blauen Himmel. »Das ist nicht der echte Himmel, oder?«

Der Page führte ihn an dem Brunnen vorbei zu einem weiteren Fahrstuhl. »Nein, das ist die Indoor-Outdoor-Experience!«

»VR für die Sinne!«, lachte John.

Das Lachen wurde nicht erwidert. »Bitte ...«

John trat in den Fahrstuhl und der Page drehte den Schlüssel für die Etage A. Allerdings folgten die Etagen keiner Reihenfolge. Da war ein A, ein D eine 12 und eine 11. Der Page stieg nicht mit ein und der Fahrstuhl fuhr weiter abwärts.

Stefan und Peter stiessen an, zündeten sich je eine Zigarre an und sahen vom Dach des Ozeaniums auf die Stadt herab.

»Wir schreiben heute Geschichte ...«, war in der ferne die Mittlere Brücke und die Mustermesse zu erkennen.

Peter nickte. »Ein Weisser Hai in Basel ...«

Kopfschüttelnd lachte Stefan bitter. »Weisst du, dass sie ihm einen Namen gegeben hat?«

Peter schmauchte an seiner Zigarre.

»Arthur ...«

Peter lachte schallend und boxte Stefan in den Arm. »Ich habe dir damals gesagt, die wird dir Probleme machen!«

»Das hast du bei jeder gesagt ...«, paffte Stefan.

»Und ich hatte jedes Mal recht!«, zuckte er mit den Schultern.

»Als ob Klara der grosse Fang war ...«, lachte Stefan.

»Hey, das waren zwei Familien, die zusammen die Stadt übernahmen!«

»Abgesehen von mir und Malena!«

»Würde Bolivien mitgerechnet, wären wir voraus ...«

»Jetzt nicht mehr ...«, trank Stefan und stiess an Peters Flasche.

»Jetzt nicht mehr!«, nickte Peter und zog an der Zigarre.

»Was ist passiert?«, seufzte Stefan traurig. »Wir haben Partys gefeiert ... hatten jede Woche andere Frauen ...«

»Unsere Eltern sind passiert ...«, Stimmte Peter in das Seufzen ein.

»Hast du deine Saisonkarte noch?«

Peter nickte. »Klar.«

»Wir sollten mal wieder zu einem Spiel gehen ... weisst du noch, früher?«

Peter grinste.

»Das erste Sixpack war schon vor dem Anpfiff weg!«

Lachend leerte Peter die Flasche, stellte sie zur Seite und griff eine neue aus der Kühltasche.

»Wir hatten teilweise keine Ahnung, was auf dem Feld abging!«

»Gute Zeiten!«, öffnete Peter nickend die Flasche. »Gute Zeiten!«

»Ich dachte immer, ich werde irgendwann in New York leben!«, fuhr Stefan mit der Hand über den Firmen-Hubschrauber.

»Ihr habt doch eine Wohnung dort?«

»Jaaa ...«, lachte Stefan. »Aber wir leben immer noch in Basel!«

»Herr Crime!«, kam Kurt Lasser auf John zu, als sich die Fahrstuhltüren öffneten.

John wurde die Hand geschüttelt, bevor er ganz ausgestiegen war.

Das Händeschütteln ging dabei übergangslos in die Führung über. »Kommen Sie, Frau Bös erwartet Sie!«

John folgte dem blauen Gang an Ölgemälden von Haiattacken vorbei auf eine Wasserdrucktür zu.

»Herr Crime!«, erhob sich Malena Bös hinter ihrem Schreibtisch, als John das Büro betrat.

»Ist die Taucherin bei Ihnen?«, schüttelte sie Johns Hand.

»Nein, ich dachte, sie sei vielleicht schon hier«, liess sich John auf den Stuhl leiten.

»Nein, bisher nicht ...«, ging Malena zurück auf ihren Stuhl.

»Sollen wir eine Limousine schicken?«, kam von Kurt, der bei der Tür stand.

»Nein, aber ruf sie an, es wird langsam knapp!«, prüfte sie ihre Uhr.

Damit verschwand Kurt Lasser.

»Wie geht es Ihnen, Herr Crime?«, faltete Malena die Hände auf dem Schreibtisch.

John zuckte mit den Schultern. »Wie geht es Ihnen?«

Malena rollte mit dem Stuhl zur Seite. »Kommen Sie ...«

John stand auf und ging um den Schreibtisch herum, auf das Panorama-Fenster zu.

Der Hai schwamm etwa hundert Meter entfernt und glitt wie ein König durch den Tank.

»Durch ihn vergebe ich Ihnen den Bluff mit dem Football!«, zwinkerte Malena.

»Hat mich immerhin in einem Stück rausgebracht!«, konnte John seine Augen nicht von dem massigen Körper des Weissen Hais abwenden.

»Setzen Sie sich wieder!«, zeigte Malena auf den Stuhl vor dem Schreibtisch.

Malena rollte wieder in die Mitte und faltete die Hände vor dem Kinn. »Wir haben Ihnen ein Angebot zu unterbreiten!«

John lachte kurz.

»Sehen Sie ...«, schenkte sie dem Lachen keine Beachtung. »Der Hai als Attraktion ist eine Sache, aber der, der ihn gefangen hat ...«

»Ich habe ihn nicht gefangen ...«

»Sie haben es ermöglicht!«, nickte Malena. »Sie haben den Hai zu uns gelockt!«

»Dafür dankt mein Bankkonto, aber ich habe unterschrieben, nichts mehr mit Ihnen zu tun zu haben!«

»Ihr Bankkonto würde es wieder freuen ...«

John schüttelte den Kopf. »Ich frage mich, ob Sie wirklich Geld sparen oder einfach die Kinder weghaben wollten.«

Malena blitzte ihn finster an, entfaltete ihre Hände und lehnte sich zurück. »Wollen Sie mir drohen?«

»Womit?« John schüttelte den Kopf. »Ich habe nichts gegen Sie in der Hand, womit ich Ihnen drohen könnte!«

»Schön, dass Sie das so sehen!«, lächelte Malena. »Was mich wieder zu diesem Angebot bringt, der Fischer, der einen Hai fing, einen sehr grossen, muss noch erwähnt sein.«

»Danke, ich verzichte!«

»Haben Sie nicht gerade gesagt, dass Sie nichts gegen mich in der Hand haben?«

John seufzte.

»Genau!« Sie drückte auf den Knopf zum Intercom. »Klara, ist die Schwimmerin schon hier?«

»Nein, tut mir leid!«

»Und wo ist Stefan, hast du Stefan gesehen?«

»Nicht seit der Sache mit Streller.«

Malenas und Johns Blick trafen aufeinander.

»Sache mit Streller?«

»Reporter ...«, verdrehte Malena die Augen. »Ruf mich, wenn du einen der beiden siehst!«

»Die Mutter sagt, sie fühle sich nicht wohl!«, kam Kurt in das Büro.

»Wer? Die Mutter von wem?«

»Sarah, der Taucherin!«

Malena schnaubte durch ihre Nase. »Dann soll sie bleiben, wo sie ist! Bereite Herrn Crime hier auf seinen Auftritt vor!«

»Mit Vergnügen!«, nickte Kurt. »Herr Crime ... wenn Sie mir folgen würden?«

»Viel Erfolg! Wir sehen uns nach Ihrem Auftritt!«, lächelte Malena.

»Ja ...«, erhob sich John und folgte Kurt aus dem Büro. »... Warum auch nicht?«

4

Alicia schulterte ihre Tasche und stieg in den Wagen.

»Guten Morgen!«, hielt Belsch ihr einen Kaffee hin.

»Danke!«, schnallte sie sich an und nahm den Kaffee entgegen.

»Die Tür ...«, lächelte Belsch.

»Oh, Freak ...«, zog sie die Tür zu.

»Etwas zerstreut ...?«

Mit einem tiefen Seufzer setzte sie sich gerade hin. »Fahr einfach!«

»Up we go!«

»Hat dir Streller auch das Bild geschickt?«, nahm sie ihr Telefon hervor.

»Ha, das wird er gross ausdrucken und in die Halle hängen!«, klopfte Belsch auf das Steuerrad.

»Hast du ihn erreicht?«, nippte Alicia an dem Kaffee.

»Sollte ich?«, stutzte Belsch.

»Ich wollte ihn vorher anrufen, aber es ging direkt zur Box!«, strich sie über ihr Telefon.

»Der Hai hat ihn vielleicht gefressen!«, lachte Belsch.

Alicia warf ihm lediglich einen Blick zu.

»Wo wir gerade bei Monstern sind ... hast du mit John gesprochen?«

Alicia lachte innerlich kurz auf. »Nein!«

Seufzend senkte er den Blick. »Mit Sarah konntest du wohl auch kaum reden?«

»Sie hat immer aufgelegt oder ihre Mutter hat sich entschuldigt.« Seufzend wählte sie auf Lautsprecher Strellers Nummer.

»Warum hast du nicht mit John geredet? Du kennst ihn und er ist der wohl wichtigste Zeuge, den wir haben!« Belsch lauschte, wie das Telefon zu Strellers Inbox ging.

»Darauf wartet er ...«, steckte sie ihr Telefon ein.

Belsch lachte. »Natürlich, so wie Sarah ...«

Alicia strafte Belsch wieder mit ihrem Blick, aber er war mittlerweile immun dagegen.

»Alicia, er wartet auf dich als Person, nicht als Reporterin ...«

»Du denkst, er würde so professionell bleiben?«, schüttelte sie den Kopf.

»Hat er eine Wahl?«, zwinkerte Belsch.

»Hast du noch was von der Ärztin gehört?«

»Der Meeresbiologin?«

Sarah nickte.

»Leider nicht!«, erklärte Belsch.

Mit einem Lied auf den Lippen ging Matt die Strasse runter. Von Weitem konnte er Denise schon sehen, die in einem wunderschönen, gelben Kleid schon auf ihn wartete und mit einem strahlenden Lachen winkte.

Sein breitestes Lächeln, das seine glänzend weissen Zähne zeigte, zauberte sich auf sein Gesicht. Dabei kniff er die Augen etwas zusammen, um den ultimativen Look zu kreieren.

»Hey!«, lachte Denise und gab ihm einen Kuss auf die Wange.

»Hey ... tolles Kleid, steht dir!«, hielt er nervös Augenkontakt.

»Du siehst auch toll aus!«, lächelte sie und nahm seine Hand.

»Nun? Was ist die grosse Überraschung?«, fragte sie, als sie zusammen losliefen.

»Weisst du, was heute für ein Tag ist?«, lächelte er.

Denise hob den Kopf nach oben und verzog den Mund. »Mmmh ... ein wunderschöner Tag?«

»Auch!«

Denise drückte seine Hand. »Keine Ahnung!«

»Heute ...« Theatralisch griff Matt in seine Tasche und holte die Tickets hervor. »... eröffnet das Ozeanium seine Pforten!«

»Oh ...«

Das war eindeutig nicht die Reaktion, die Matt erwartet hatte. »Sie offenbaren das achte Weltwunder!«

»Wie King Kong!«

Matt stutzte. »Wie?«

»Mein Vater sammelt Filme und ein Film, den wir immer und immer wieder ansehen, ist King Kong. Der Affe wurde auch als achtes Weltwunder angepriesen!«

»Kenn ich nicht!«

»O mein Gott!«, lachte Denise. »Der Affe brach aus und flüchtete auf das Empire State Building, wo ihn Flieger abschossen!«

Matt schüttelte den Kopf.

»Autsch ... nun, kann ich nur empfehlen!«, nahm sie eines der Tickets und wendete es.

»Ich dachte, das könnte dir gefallen!«, räusperte er sich kleinlaut.

»Nun, der Gedanke in Ehren, aber zu unserem Vergnügen Tiere einzusperren ist irgendwie pervers, findest du nicht?«, gab sie das Ticket zurück.

»Nun ...« Matt spürte die Hitze an seinem Kragen hochsteigen. »So habe ich das bisher nicht betrachtet!«

Sie gingen um die Ecke und da war eine dichte Menschenmasse, die vor einer Absperrung stand und ungeduldig wartete.

»Ich kann dir nicht mal böse sein ...«, seufzte Denise.

»Aber wir fahren trotzdem?«, fragte er sie unsicher.

»O mein Gott!« Lachend nahm sie ihn in den Arm. »Wenn es dir so wichtig ist, natürlich.«

Errötend senkte er den Blick zu seinen Füssen. »Sooo wichtig ist mir das auch nicht ...«

Sie küsste ihn auf die Wange. »Los, sehen wir uns das achte Weltwunder an.«

Belsch nahm seine Kamera aus dem Kofferraum und schlug ihn wieder zu.

»Nichts gegen dich, aber wo ist Björn? Er ist unser Fotograf ...«, zog Alicia an ihrer Zigarette.

»Streller fand, wir zwei sollten das schaukeln ...« Belsch schulterte die Kamera. »Ich denke, damit will er es uns ins Gesicht schmieren!«

»Aufgeschoben ist nicht aufgehoben!«, zwinkerte Alicia und warf die Zigarette auf den Boden.

»Dein Wort in meinem Ohr ...« Sie gingen über die Parkplätze auf den Eingang zu, der sich kurz nach der Tramstation Heuwaage befand.

»Wir wissen, dass es ein Hai ist, wie macht man da eine Sensation draus?« Belsch stiess sie etwas an. »Indem wir doch noch die Wahrheit bringen!«

»Dafür bräuchten wir ein Interview mit Sarah ...«

»Oder John ...«

»Wie ich sagte, unmöglich!«

Belsch schüttelte lachend den Kopf.

»Warte ...«, blieb Alicia stehen und griff nach ihrem Telefon. »Er ist hier ...«

»John?«

Genervt starrte Alicia ihn an. »Streller!«

»Oh ... klar ...«

Aber sie steckte entnervt das Telefon wieder weg.

»Viellicht besorgt er es der Bös!«, lächelte Belsch.

»So wenig Geschmack hat er nicht ...«, schüttelte Alicia den Kopf.

Belsch zuckte mit den Schultern. »Vielleicht hat er nur keinen Akku mehr ... wir haben einen Job zu erledigen!«

Alicia nickte und zündete sich eine neue Zigarette an.

»Schon wieder?«, verdrehte Belsch die Augen.

»Drinnen kann ich ja nicht mehr rauchen und wir sind ja noch nicht mal beim Eingang.«

Belsch blieb unvermittelt stehen und deutete auf den Eingang bei der Heuwaage. »Zum Glück haben wir Presse-Pässe!«

Alicia brachte keine Ton raus ab der Traube an Leuten, die sich vor dem Eingang versammelt hatten und darauf warteten, dass sich die Pforten öffneten.

5

Stefan stellte seine leere Bierflasche zur Seite und zeigte auf Peter. »Nun, vielleicht ist es an der Zeit, mich einzuweihen!«

Peter lachte, stand etwas unbeholfen auf und torkelte grinsend zu Stefan. »Ich zeige es dir!«

Stefan drückte sich selbst an der Mauer hoch und folgte Peter zum Lüftungsraum.

Peter packte einen Sack und zeigte ihn Stefan.

»Was ist das?«

»Juck- und Niespulver!«, lachte Peter.

Stefan verzog enttäuscht sein Gesicht. »Das ist alles?«

»Wie, das ist alles? Stell es dir mal vor!«, lachte Peter.

»Malena verfüttert einen Reporter an den Hai und wir schicken Niespulver in die Lüftung?« Seufzend setzte sich Stefan auf den Boden.

»Und Juck... Nies- und Juckpulver ...«

»Yay ...«, hob Stefan jubilierend die Faust und vergrub den Kopf in seinen Armen.

Malena stand mit Klara im Schulungsraum, die Tafel an der Wand war weggedreht und offenbarte ein Fenster, das sie nutzten, um nach unten zu sehen.

»Hast du so viele erwartet?«, staunte Klara.

Malena lächelte. »Natürlich ... sie wollen die Sensation sehen!«

»Die Eröffnung wird in über zwanzig Länder übertragen!« Ungläubig schüttelte sie den Kopf. »Die haben uns vorher für verrückt erklärt!«

»Deswegen tut es so gut!«, zwinkerte Malena und ergötzte sich weiter an den Massen.

»Wie viele Tickets gingen im Vorverkauf?«

Malena zeigte nach unten. »Vierzigtausend, ich erwarte weitere fünfzig an den Kassen!«

»Kann die Brücke diese Massen halten?«, drehte sich Klara um.

»Das ist vier Meter dickes Glas! Keine Bange, alles wird glatt laufen!«

»Der Fischer?«

»Wird eingekleidet, während wir sprechen!«

»Bist du nervös?« Klara tastete ihre Puls. »Ich bin es!«

»Nervös? Nein ... aber ich freue mich! So einen Hai hatte noch niemand! Es ist der grösste Weisse Hai und wir haben ihn nach Basel gebracht! In die Mitte von Europa!« Malena drückte Klara.

Klaras Arme blieben an ihrem Körper. »Aber es hat uns unsere Kinder gekostet ...«

Malena lies seufzend von Klara ab.

»Das waren unsere Nachfahren!« Klara verschränkte die Arme vor der Brust.

»Nun haben wir ein Nachwerk, das in den Geschichtsbüchern stehen wird, und wir sind für die Ewigkeit!«

»Das ist ein Fisch und er hat unsere Kinder gefressen! Blue, Apple, Kilian und Jason!« Tränen liefen über Klaras Gesicht.

»Das ist mir bewusst, Klara, aber es ist, wie es ist!«, schien es Malena nicht zu berühren.

»So viele Menschen haben ihr Leben gelassen, damit ein Fisch in einem Aquarium schwimmen kann!« Klara wischte sich über die Augen. »Weisst du, wie viele Drohungen hier eingehen?«

»Das sind genau das, Drohungen ...« Malena seufzte. »Mir tut es auch weh, dass mein Sohn nicht mehr zurückkam, aber heute ist nicht ein Tag der Trauer, heute ist ein Tag der Geschäfte!«

Klara holte ein Taschentuch hervor und schnäuzte sich.

»Und wenn wir am Intercom kommunizieren, lass die kriminellen Aussagen, ja?«

Kurt musterte John und legte eine Faust ans Kinn.

»Was genau wollen sie hier?«

Kurt zog an dem Neopren-Anzug. »Sollen wir den Schnorchel und die Brille weglassen?«

»Wir hatten Sauerstoffflaschen!«, stampfte John mit der Flosse.

»Nun, das wäre unpraktisch, denken Sie nicht?«, lachte Kurt und setzte sich auf einen Stuhl.

»Nun, ich ...«

»Ja, genau ...«, unterbrach er John. »Wir lassen den Schnorchel weg und die Taucherbrille hängt lässig um den Hals!«

»Lässig ...«, raunzte John. »Wo sind wir, *Grease*?«

»Ich liebe diesen Popkultur-Ansatz!«, lächelte Kurt. »Hiess Ihr Boot deswegen *Bruce*?«

John drückte die Lippen zusammen. »Sie meinen, weil der motorisierte Hai in *Jaws* Bruce hiess?«

Kurt lachte und hob den Daumen.

»Nein, es hiess schon so, als ich es gekauft habe!«, steckte sich John eine Zigarette in den Mund.

»Sie können hier nicht rauchen!«, schüttelte Kurt den Zeigefinger.

Lachend zündete John sie an. »Können ist kein Problem!«

Kurt verdrehte die Augen und steckte sich selbst eine Zigarette an.

»Hey, Sie können hier nicht rauchen!«, lachte John.

Grinsend drückte er Rauch durch seine Lippen. »Sie erinnern mich an meinen Sohn!«

John lachte laut auf. »Nur bin ich etwa 15 Jahre älter!«

Kurt blinzelte. »Was? Ich war achtzehn, als ich Vater wurde! Jason war zwanzig!«

John lachte lauter.

»Was?«

»Wir sind beinahe gleich alt!«, klopfte John auf dem Boden ab.

Kurt blinzelte wieder. »Was ist passiert?«

»Meine Mutter hatte eine Wassergeburt, aber sie merkte nicht, dass es in einem Jungbrunnen geschah!«

Kurt stutzte.

»Ein Witz!«, erklärte John.

»Warum sehen Sie so aus und ich so?«, schüttelte Kurt den Kopf.

John zuckte mit der Schulter. »Ich hatte nie auch nur die Aussicht auf Kinder ...«

Kurt lächelte. »Der ist böse, aber ...«

»Wollen wir das Drehbuch durchgehen?«

Kurt zog nickend an der Zigarette und stand wieder auf. »Also, wir lösen die Sichtsperre um Tank eins ...«

Peter stellte seine leere Flasche zur Seite und versuchte die Uhr zu fokussieren. »Ich denke, wir sollten uns langsam nach innen bewegen!«

»Hörst du das?«, sah Stefan in den blauen Himmel.

»Die Leute?«

»Das sind Einnahmen!« Stefan lachte und boxte Peter in den Arm.

»Dennoch willst du es sabotieren?«

»Nun, es wird eher ein Streich als wirklich eine Sabotage ...«, zuckte Stefan mit den Schultern. »Juckpulver ...«

Peter drückte sich an der Mauer hoch.

»Gut, gehen wir ...«

»Nach der Scheidung werde ich nichts davon haben ... Klara wird alles bekommen!«, seufzte Peter.

»Hast du keinen Ehevertrag?«, stutzte Stefan.

Peter lachte und stützte sich an Stefan ab. »Ich habe sie geliebt und beide Familien waren eine grosse Nummer, bis die Papierfabrik ihrer Familie Konkurs ging. Da hatten wir aber auch schon Blue!«

»Kurt ging es ja ähnlich ... sein Glück, dass sie sich erschossen hat!«, zwinkerte Stefan.

»Glück? Sie hat ihn ihm Abschiedsbrief erwähnt!«, folgte er Stefan.

»Sie hat eine Menge erwähnt ...« Stefan lachte. »Malena liebte es, ihn laut zu lesen, während wir ...«

»Ihr seid doch krank!«, schüttelte Peter den Kopf.

»Ach ja? Wer wollte denn in eine Donkeyshow?«, lachte Stefan und öffnete die Tür zum Lüftungsraum.

Malena und Klara traten in die Lobby, die Kassenhäuschen vor ihnen, bestaunten sie die Massen vor der Tür.

»Wir sollten die Presseleute reinlassen!«, klopfte Klara auf ihre Uhr.

Malena betrachtete sichtlich erregt den Vorplatz.

»Malena?«

»Ja, lass sie rein ...« Sie richtete ihr Haar und schürzte die Lippen.

Klara sprach ins Funkgerät. »Presseeinlass!«

»Sind wir bereit?«, fragte Klara.

»Sind wir ...« Lachend ging sie den Kameras entgegen, das Interview mit dem Schweizer Fernsehen erwartend. »Das wird der beste Tag unseres Lebens!«

Karla schluckte angewidert, als Malena die ersten Reporter erreichte.

»Frau Bös! Was erwartet uns in den nächsten Minuten?«, drückte der Reporter ihr das Mikrophon vor den Mund und das Licht der Kamera wurde auf sie gerichtet.

»Nicht weniger als die grösste Sensation Ihres Lebens!«, lächelte Malena in die Kamera. »Das achte Weltwunder!«

6

Alicia zeigte beim etwas lichteren Presseeingang ihren Ausweis und wurde durchgewunken.

»Sehr ozeanisch ...«, kam von Belsch hinter ihr, als sie neben den Kassenhäuschen vorbeigeschleust wurden.

»Da ist die Bös!«, zeigte er auf die im Kameralicht stehende Besitzerin des Ozeaniums.

Das Fernsehteam ging weiter und Malenas Blick traf auf Alicia.

»Scheisse ...«, flüsterte Alicia.

»Das kleine Mädchen!«, rief Malena Bös mit einem breiten Grinsen und hielt die Arme auseinander. »Wo ist Ihr Dreieck?«

»Die mag dich!«, flüsterte Belsch.

»Hat Streller Sie wieder rausgelassen?«, erinnerte sie eher an Joker als eine Lady.

»Wieder ...«, stutzte Alicia.

»Für den *Basler Brügge* habe ich den besten Platz mit Aussicht auf die Brücke reserviert«, legte Malena einen Arm auf Alicias Schulter. »Ab auf die Zwei und ihr werdet zugewiesen!«

Alicia zwang sich zu einem Lächeln. »Danke!«

»Nichts zu danken ...«, stiess Malena sie von sich, in den Strom anderer Reporter. »Die Überraschung habt ihr euch selbst versaut!«

Alicia drehte sich um, aber Malena war schon mit der nächsten TV-Station beschäftigt.

»Alicia ...«, zog Belsch an ihrem Arm. »Komm schon!«

»Sie weiss es?«, konnte es Alicia kaum fassen.

»Was weiss sie?«, stutzte Belsch.

»Hast du dich nie gefragt, warum Streller so genau wusste, was wir taten?«, gingen sie weiter und hielten auf die Rolltreppe zu.

»Du meinst, sie hat Streller dazu gebracht?«

Alicia lächelte. »Darum konnte er so früh hier rein!«

»Ohhh ....«, fiel der Groschen auch bei Belsch.

»Oh, wie ich mich auf unser nächstes Treffen freue!«, drehte sich Alicia auf der Rolltreppe, weiter unten warf sich Malena Bös vor den Kameras in Pose.

Matt schnaubte wie ein Stier den Ozeanium-Mitarbeiter mit einem roten Kopf an. »Was soll das heissen?«

»Wie ich es gesagt habe, das von Ihnen gelöste Ticket wird nicht durch den geöffneten Tunnel führen. Es steht ihnen frei, dennoch mit diesem Tram in die Stadt zu gelangen oder ein Tram später zu nehmen!«

»Was soll die Scheisse, ich habe fünfhundert Franken bezahlt!«, schrie Matt.

»Ist doch alles okay ...«, versuchte Denise ihn zu beruhigen.

»Gar nichts ist okay!«, regte sich Matt auf. »Ich habe viel Geld bezahlt, damit wir das achte Weltwunder sehen können!«

»Es tut mir leid, das sind die Ansagen des Ozeaniums«, verdrehte der Mitarbeiter die Augen und drehte sich dem nächsten schreienden Kunden zu.

»Matt, lass uns einfach das Tram nehmen und wir fahren in die Stadt ...«, versuchte es Denise weiter.

»Nein, nein, ich habe bezahlt, also werden wir das nächste nehmen!«

Seufzend legte Denise ihre Hand auf Matts Schulter. »Ich nehme es ... vielleicht sehen wir uns nachher in der Stadt ...«

Das Tram hielt und die Türen öffneten sich. Es war beinahe leer und kaum jemand stieg ein, so drehte sie sich an der Tür zu Matt um. »Sie es dir an, es scheint dir sehr wichtig zu sein!«

Matt wusste, dass er ins Tram steigen, mit ihr durch den dunklen Tunnel fahren und das Opfer bringen sollte, das Geld für nichts bezahlt zu haben. Aber das war nicht Matt, so schloss sich die Tür vor seinen Augen und mit einem Ziehen in seinem Herzen sah er ihr nach, wie sie im Tram davonfuhr. Natürlich war es das letzte Mal, dass sie sich sahen.

Oben angekommen, kam ihnen ein Security-Mitarbeiter entgegen. »*Basler Brücken?*«

»*Brügge* ...«, korrigierte Belsch.

»Sagte ich das nicht?«, stutzte der fast zwei Meter grosse Mann.

»Sind wir ...«, kickte sie Belsch gegen das Schienbein.

»Folgen Sie mir bitte!«

Sie folgten artig durch die türkisen Gänge.

»Bitte!«, öffnete er eine Tür, die zu einer Treppe führte.

»Wo bringen Sie uns hin?«, stutzte Alicia.

»Dort!«, deutete er nach oben und zeigte auf eine Kanzel. »Der Blick von oben auf die Show!«

Die Kanzel befand sich genau über dem noch verdeckten Becken. Auf gleicher Höhe mit einem Holzsteg wie eine Bahn, die von der Seite leicht nach unten zum Becken ging.

»Bitte ...«, lächelte er wieder, während er die Tür aufhielt.

Alicia nickte dankend und ging durch die Tür die Treppe hoch, sie kamen an einer geschlossenen Tür vorbei und gingen auf die Kanzel zu, die aussah wie in einer alten Oper. Rote Sitze, eine rote Brüstung und Champagner mit Kaviar, Käse und Trauben auf einem kleinen Tisch neben den Sofas.

»Das haben wir wohl auch Streller zu verdanken!«, lächelte Belsch, legte seine Kameratasche auf die Seite und setzte sich hin. »Ohhh ...«

»Er wurde gekauft ...«, verschränkte Alicia ihre Arme.

»Setz dich, Alicia ...« Lachend nahm er die Folie vom Kaviar. »Dieses Ding ist bequemer als meiner zu Hause!«

»Das ändert nichts ...«, setzte sich Alicia. »Oh, verdammt!«

»Meinst du, die merken es, wenn ich den mitnehme?«

Alicia lächelte Belsch an und zeigte auf die Platte. »Kaviar und Käse ...«

»Vergiss die Trauben nicht!«, griff Belsch nach der Champagnerflasche. »Und alles ist noch kalt!«

Alicia lehnte sich nach vorne und blickte nach oben, auf die kleinere Brücke, auf der die anderen Presseleute positioniert wurden, um den Gästen Platz zu lassen.

Gluckernd lief der Champagner in die Flöten. »Wofür ist diese Rampe?«

Belsch positionierte die beiden Flöten auf dem Tisch und die Flasche zurück in den Kühler. »Dieser Steg?«

»Ja ... er geht abwärts zum Tank!«

»Es hiess ja, es gebe eine Show!«, zog er Alicia zurück auf den Sitz. »Champagner?«

Alicia zuckte lächelnd mit der Schulter. »Warum auch nicht ...«

»Vielleicht gibt es so was wie ein Evel-Knievel-Stunt ...«

»Wer ist Evil ... was?«, blinzelte sie ihn fragend an.

»Autsch ...«, verdrehte Belsch die Augen. »Allerdings war es sowieso Fonzi, der über einen Hai sprang!«

»Lass das ... wer ist Fonzi?«, stiess Alicia mit Belsch an.

»Aber du gehst schon zur Schule, ja?«, lachte er und sie tranken ihren Champagner.

Matt prüfte seufzend seine Uhr, zündete sich eine Zigarette an und starrte auf sein Telefon. Eine Seite hoffte, da eine Nachricht von Denise zu sehen, und die andere wollte eine schreiben. Mit der Zigarette im Mund steckte er das Telefon wieder ein.

»Sie wollte schon durchfahren ...«, sagte er laut seine Gedanken.

»Wie?«, lächelte ein Mann neben ihm, Seaworld-Shirt und Seaworld-Kappe mit einer Bauchtasche an seiner Hüfte.

»Nichts ...«, winkte Matt ab.

»Ich bin Georg!«, hielt er ihm die Hand hin.

»Matt!«

»Freut mich, Matt!«, lachte Georg und zog an seiner Kappe. »Auch ein Ozean-Aficionado!«

Matt stutzte fragend.

Georg lachte und strich sich über den Flaum an seiner Oberlippe. »Du bist auch gespannt auf die Meerestiere?«

»Ja!«, nickte Matt.

»Hast du eine Theorie, was das achte Weltwunder ist? Ich glaube, es ist ein Orca!«, flüsterte Georg im Vertrauen.

Matt zuckte mit der Schulter. »Vielleicht ein Tintenfisch ...«

»Nein!«, lachte Georg zu laut und hielt sich an Matts Schulter. »Der ist in Tank vier!«

»Der Alligator ist auch in der vier?«

Georg nickte. »Es sind sogar zwei. Sollen grösser sein als ein Kleinwagen!«

»Vielleicht haben sie einen Wal ...« Matt zog an seiner Zigarette. »Oder etwas, das ausgestorben ist ...«

Georg grinste. »Das wäre heavy!«

Matt liess die Zigarette zu Boden fallen und prüfte die Abfahrtsanzeige, die weitere sieben Minuten anzeigte.

»Die Delfine waren leider nur ein Gerücht ...«, steckte sich Georg einen Kaugummi in den Mund, den er aus seiner Bauchtasche gefischt hatte.

»Habe ich auch gehört!«, nickte Matt und steckte sich eine weitere Zigarette an. »Ich bin sicher, das Weltwunder ist etwas Enormes!«

»Ich kann es kaum erwarten ...«, kaute Georg laut seinen Kaugummi.

»Tickets für innen wären ...« Lächelnd zog Matt an der Zigarette. »Das wäre der beste Tag meines Lebens!«

»Unser beider, Partner!«, lachte Georg und zupfte seine Kappe zurecht.

Matt grinste und errechnete, dass, wenn das Tram kam, die Tür vor ihnen sein müsste.

»Im Zoo kann man eine Show mit Seehunden sehen ... die sind im fünften Tank!«

Matt nickte. »Seehunde habe ich schon gesehen!«

»Ich mag sie!« Klatschend und johlend äffte er einen Seehund nach.

Matt spürte die Blicke und sah Georg lächelnd nickend an.

»Ich möchte auch mal mit dem Sechzehner fahren ...«, legte Georg seine Hand auf Matts Schulter. »Durch den Alligatoren-Tank, der Tintenfisch könnte auch zu sehen sein!«

»Ja, das ...«

Das Johlen der Menge, als das Tram einfuhr, unterbrach Matt. Klatschend und mit Jubelrufen wurde das Tram mit der Nummer siebzehn begrüsst.

»Endlich!«, umarmte Georg Matt, sodass Matt seine Zigarette verlor.

Genau vor ihnen öffnete sich die Tür und sie strömten mit hundert anderen hinein.

»Es geht los!«, lachte Georg aufgeregt mit dem grünen Kaugummi im Mundwinkel.

Die Türen schlossen sich und aus dem Lautsprecher meldete sich eine Frauenstimme. »Herzlich willkommen in der Ozeanium Experience, tauchen Sie mit uns ein in die weiten Welten der Ozeane!«

»Noch ein Glas?«

Alicia checkte kurz die Zeit auf ihrer Uhr. »Gern, aber mach deine Kamera bereit, die Türen öffnen gleich!«

»Siehst du die Grösse dieser Glasbrücke?«, schenkte Belsch ein. »Bis die voll ist, wird etwas Zeit vergehen.«

»Dazu die Brücke über uns ...«, nahm Alicia das Glas entgegen.

»Wie viele Leute fasst das Ozeanium auf einen Schlag?«, stellte Belsch das Glas hin und zog die Kameratasche vor sich.

»Acht- bis zehntausend...«

»Und noch mal drei in der Seehundearena ...«, hob Belsch seine Brauen.

»Und draussen wartet noch mal das Fünffache ...« Seufzend verschränkte Alicia die Arme vor der Brust. »Die Bös wird bös abkassieren!«

»Ein Wortspiel!«, lachte Belsch und drehte das Objektiv auf die Kamera.

»Ich hätte nicht gedacht, dass Kaviar so gut schmeckt«, lachte Alicia und biss in den Toast mit Kaviar. »Ich dachte immer, dass wäre bähh ...«

»So wie deine Essmanieren?«, lachte Belsch und griff sich seinen Toast.

»Hey, ich esse Kaviar, mehr Manieren gehen nicht!«, protestierte Alicia.

7

Kurt und John gingen die Treppen hoch und blieben vor einer geschlossenen Tür stehen.

John erkannte das Licht, das weiter hinten in den düsteren Gang fiel. »Was ist das?«

»Das ist ein Presse-Balkon!« prüfte Kurt seine Uhr. »Konzentration, ja?«

John lachte und machte stehende Schritte. »Ich bin ein Taucher auf dem Trockenen. Peinlicher wird es nicht gehen!«

»Du bist der Typ, der den Hai gefangen hat!«, schärfte Kurt ihm ein.

»Ich bin der, der ihn überlebt hat!« John nickte ernst. »Ich bin kein Held, ich hatte Glück!«

»Nun hast du noch mehr Glück und wirst weltberühmt!«, lachte Kurt. »Und reich!«

»Einen Hai gefangen zu haben ...« John lachte bitter. »In der heutigen Gesellschaft, da wäre ich besser gefressen worden!«

Kurt klopfte John lachend auf die Schulter. »Fünf Minuten ...«

John atmete tief ein.

»Nervös?«

John lächelte. »Ich habe dem Hai in den Rachen geblickt. Nein, woher denn?«

Peter sass torkelnd an der Wand und beobachtete die beiden Stefans, die die Säcke mit dem Juckpulver in Position brachten.

»Bist du noch da?«, lachte Stefan.

Peter hob den Daumen. »'türlich!«

»Wie viel hast du getrunken?«

Peter hob die Hände, einen Finger, zwei, drei und liess sie schliesslich lachend fallen. »Keine Ahnung!«

»So sehr ich den Alkohol liebe ... es ist kurz vor zehn!«, schüttelte Stefan den Kopf.

Peter zuckte lachend mit der Schulter.

»Und an mir bleibt alles hängen!«, wischte sich Stefan Schweiss von der Stirn und prüfte ein weiteres Mal seine Uhr.

Malena setzte sich erleichtert auf ihren Stuhl, streifte sich das Jackett ab und packte die Fernbedienung auf ihrem Bürotisch.

»So ...« Sie drehte den Stuhl und stellte sich vor ihr Panoramafenster. Arthur schwamm in der Mitte des Tanks, steckte sein Territorium ab und schien beinahe friedlich. »Du wirst nun ein Star!«

Mit einem unheimlichen Lachen drehte sie den Stuhl wieder zurück und drückte auf die Fernbedienung. Die Gemälde der Haiattacken wurden zu Bildschirmen, auf denen man in verschiedenen Blickwinkeln auf die Besucherbereiche im Ozeanium sehen konnte.

»Ladys and Gentlemen!«, drückte sie das Intercom vor sich. »Wir öffnen!«

KAPITEL 8

Zehn Uhr dreiundzwanzig.

1

»Nun sollten wir vielleicht einen Blick auf das Ozeanium selbst werfen!«, schlug Johan Berrie vor, als das Bild auf den Betonblock von aussen wechselte.

»Ein imposantes Gebäude, es erstreckt sich von der Heuwaage bis zum Zoo und zur Markthalle hinauf!«, fuhr Co-Moderator Jonas Salmon fort. »Die Aussenhülle ist zum Teil Stahl und zu Teilen Beton!«

Aus welchem Grund auch immer, aber das Schweizer Fernsehen hatte sich dazu entschieden, die beiden Sportmoderatoren Jonas und Johan, für die Eröffnung des Ozeaniums einzusetzen. Auch wenn beide mit der Entscheidung haderten, waren sie doch Profi genug, um ihren Job gewissenhaft auch auf fremdem Terrain auszuüben.

»Das ist richtig, es soll ja auch dem immensen Druck der Wassertanks im Innern standhalten!«, lachte Johan. »Das Spannendste dabei, das öffentliche Verkehrsnetz wurde nicht beeinträchtigt und dabei ist es sogar so, dass zwei Tramlinien direkt unter den Tanks durchfahren!«

»Sogar drei, wenn man die Kurve im Innern mitzählt, die die Linie sechs nutzt!«, lachte Jonas.

»Nun, die paar Sekunden kann man sich schenken!«, stimmte er ins Lachen ein.

Das Bild wechselt ins Innere, man erkannte die ersten Besucher, die auf der Brücke eintrafen und sich in die Nähe des noch dunklen Tanks verteilten. Die Kamera fuhr an den ersten Besuchern vorbei, an der Brücke nach unten und zeigte den Tank drei im Bild.

»Der Tank eins ist noch verdunkelt und natürlich warten wir gespannt auf die Präsentation. Was denkst du, Jonas?«

»Ich habe meinen Einsatz weiter auf den Orca!«, sagte Jonas siegessicher.

»Was Malena Bös vehement dementierte!«

»Genau, Johan, deshalb! Dieses Dementieren hat meine Entscheidung beeinflusst!«, lachte er.

»Daneben sehen wir Tank drei, in dem Hammerhaie schwimmen.«

»Genau!«, pflichtete Jonas bei. »Zwei, um genau zu sein. Der interessanteste Part daran, für mich, ist, dass ihr Futter mit ihnen drin lebt. Es wurden Fische organisiert, die auf ihrem Speiseplan stehen!«

»Das ist tatsächlich interessant!«

»Dasselbe gilt für das Wasser, im Grunde wird für die Tiere frisches Meerwasser durchgelassen, durchgehend!«

»Was für eine enorme Wasserrechnung sorgen wird!«, lachte Johan.

Die Kamera war von Tank fünf zu Tank sechs gewandert.

»Im Tank fünf sind die Seehunde, die einen direkten Tunnel zur Bühne im Zoo haben!«, erklärte Jonas.

»Und im sechsten Tank sind Wale und ein Oktopus!«, hastete Johan dem Bild hinterher.

»Schwertwale ... wunderschöne Tiere!«

Die Kamera schwenke, mit der sich füllenden Brücke am unteren Bildrand, von Tank sechs zu Tank vier und zwei.

»Im Tank vier sind die Alligatoren ... und wenn ich das so sagen darf, die sind verdammt gross!«, kommentierte Johan den Alligator, den man sehen konnte.

»Und im zweiten Tank sind die ganzen kleinen Fische. Über zwanzigtausend Fische sollen sich in dem Tank befinden. Da wird es schwierig, Nemo zu finden«, lachte Jonas.

Johan stimmte in das Lachen seines Co-Moderators mit ein.

»Nun sehen wir, dass die Brücke schon gut gefüllt ist, und Sie sehen auf dem Timer, dass es noch drei Minuten dauert: bis uns Tank eins offenbart wird, das hoch angepriesene, achte Weltwunder!« Jonas holte dramatisch Luft. »Was ist dein Tipp?«

»Nun, da sie es so anpreisen und der Tank deutlich der grösste ist, wird sich darin auch etwas Grosses befinden! Noch einen Hai neben den Hammerhaien halte ich für unwahrscheinlich, aber die zeitnahen Gerüchte über einen Pliosaurus nah den Philippinen lassen meine Hoffnung wachsen!«

»Das wäre ein prähistorisches und ausgestorbenes Tier?«

»Genau! So etwa eine Mischung aus Delfin und Krokodil ...«, erklärte Johan.

»Nun, wir haben noch hundert Sekunden, bevor unser aller Fragen beantwortet werden! Kommen wir doch mal auf die Eintritte zu sprechen!«

»Ja!«, pflichtete Jonas bei. »Tickets für den Premieren-Einlass sollen bis zu dreitausend Franken kosten ...«

»Eine unglaubliche Summe!«

»Nun, Johan, finden wir es raus!«

Das Bild wechselte auf den Tank, in zwei kleinen Splitscreens war einmal das Publikum und einmal der Tank von einer anderen Perspektive abgebildet.

»Wir hören die Spannung der Besucher!«, lachte Johan, »um die letzten zehn Sekunden runterzubringen!«

»Es ist eine unglaubliche Stimmung, ich komme mir vor wie in einem Finale!«

Mit lautem Jubel wurde der Tank transparent und die Blicke und Schirme fielen auf den Weissen Hai. Arthur, mit seinen vierzehn Metern Länge, der Rückenflosse, die wie ein Segel aus dem Wasser ragte, und einem Gewicht von etwa neun Tonnen schwamm nahe der Brücke vorbei und liess das Publikum ab der schieren Präsenz erstarren.

Auch Johan und Jonas, dem redegewandten Fernsehkommentatoren-Duo, blieben im ersten Moment die Worte im Hals stecken.

Das Bild folgte Arthur, wie er langsam an der Brücke und den Besuchern vorbeischwamm, und mit jeder Bewegung seiner Muskeln stellte er seine Überlegenheit dar.

»Das ist ein Hai ...«, fand Jonas als Erster wieder zu seinen Worten.

»Ja ...«, räusperte sich Johan. »Ein Weisser, aber... Meine Herren, ist der gross!«

»Nach der Anzeige ist er vierzehn Meter lang ...«, schluckte Jonas. »Und ich dachte, acht ist in etwa das Maximum!«

»Das ist tatsächlich das achte Weltwunder!«

»Ja, da hat Malena Bös nicht zu dick aufgetragen ...«, pflichtete Jonas bei. »Und da passiert was!«

Ja, ein Scheinwerfer ist auf einen ... Holzweg ... oder wie nennt man das?«

»Es führt über die Brücke bis zum Tank, scheint ein Steg zu sein ...!«, riet Johan.

Das Bild zeigte eine Tür, die geöffnet wurde, und es war zu sehen, wie ein Mann in einem Taucheranzug heraustrat.

»Leider haben wir kein Audio …«, grummelte Johan. »Erkennst du ihn? Ist das ein Schauspieler?«

»Ich erhalte gerade die Meldung. Das ist Jonathan Crime und er scheint derjenige zu sein, der den Hai gefangen hat!«

Jonas haspelte nach Worten. »Crime … ein Amerikaner?«

»Nein …«, hustete Johan, »anscheinend ist er in Basel geboren!«

»Ein Basler hat diesen riesigen Hai gefangen?«, hörte sich Jonas verblüfft an.

»Ja … was sind da wohl die Chancen …?«, lachte Johan.

»Er scheint etwas zu sagen!«

Das Bild war direkt auf John gerichtet, der den Beifall über sich ergehen liess, im Splitscreen schwamm Arthur wieder an der Brücke vorbei und mit einem Knirschen war das Bild plötzlich weg. Alles, was blieb, war ein schwarzer Schirm, mit der Uhrzeit in der oberen, rechten Ecke: 10:23 Uhr.

2

Klara betrachtete den Einlass im unteren Sicherheitsquartier, das gleich an den Wartungsbereich der Wassertanks grenzte, und drückte die Mappe gegen ihre Brust.

»Kommst du?«, funkte Malena.

»Ich gehe nicht in dieses Büro!«, funkte Klara zurück.

»Dann geh halt in die Kantine …«

Klara steckte das Funkgerät seufzend zurück an ihre Hose und drehte sich von den Monitoren ab.

Ein Mitarbeiter im blauen Ozeaniumshirt kam aus der Tür, die zu den Tanks führte.

»Hey, sollten Sie nicht auf einer der Brücken sein?«, rief Klara hinterher.

Er zog die Kappe tiefer und beschleunigte seinen Gang auf das Treppenhaus zu.

»Hey! Hören Sie nicht?«, ging Klara hinterher.

Da verschwand er schon im Treppenhaus und die Doppeltür fiel hinter ihm ins Schloss.

Klara blieb stehen und versuchte zu erfassen, was das gerade war.

»Alles in Ordnung, Frau Probst?«, kam ein Security-Mitarbeiter zu ihr.

»Nicht sicher ...«, las sie sein Namensschild. »Herr Yildiz ... es kam eine Person aus der Tür, die zu den Pumpen führt ...!«

»Alle sollten auf Position sein ...«, prüfte er die Uhrzeit und strich sich durch seinen dichten Bart. »Ich werde mir das ansehen, Frau Probst!«

Klara winkte ab. »Nein, lassen Sie es mich selbst tun, bringen Sie mir eine Taschenlampe!«

»Gerne!«, joggte er zurück.

Klara ging seufzend auf die Tür zu. Eine doppelte Glastür, die spiegelnd war, um das unschöne Bild zwischen den Tanks zu verbergen.

»Hier!«, kam Yildiz zurück und reichte ihr die längliche Taschenlampe.

»Danke!«, prüfte sie die Taschenlampe, drehte sich um und öffnete die Tür.

Der Lichtkegel in dem spärlich beleuchteten Wartungsgang prallte gegen einen der Tanks. Das dicke Glas mit dem Wasser dahinter spiegelte das Licht. Sie leuchtete den Boden ab, der feucht und ölig war, Metallstreben kreuzten sie alle fünf Meter.

Sie fragte sich unentwegt, was der Junge hier unten wollte, stieg dabei über einen pumpenden Schlauch und schob sich an einem anderen, der horizontal verarbeitet war, vorbei.

Das Licht der Taschenlampe wanderte von rechts nach links. Offenbarte nichts als Pumpen, Schläuche und die Tanks. Seufzend stieg sie über den nächsten Schlauch und hatte nun Tank drei und vier neben sich.

»Klara! Wo bist du? Wir starten mit der Enthüllung!«, funkte Malena mit ungeduldigem Unterton.

»Ich muss noch etwas überprüfen ...«, hielt sie das Funkgerät an den Mund und suchte nach einer möglichen Erklärung.

»Schwing deinen Arsch hier hoch!«, befahl Malena.

»Fang nur schon an, ich bin gleich oben!«, Sie schob den Schalter am Funkgerät zur Seite und machte es damit aus, bevor sie weitersuchte.

Von oben begannen die Massen lauter zu werden und Klara drückte sich an einem Stahlpfeiler vorbei, der die Brücke hielt. »Dieser blöde Fisch ... meine ganze Familie hast du gefressen ...«

Sie blieb stehen und leuchtete umher.

Mit einem lauten Seufzer drehte sie sich um und passierte einen der Pfeiler, als das Crescendo der Massen auf der Brücke ihren Höhepunkt erreichte. Mit einem etwas beunruhigten Blick betrachtete sie den vibrierenden Pfeiler und leuchtete schluckend aufwärts.

Das Licht reichte nicht bis ganz nach oben, sie rief sich die Pläne ins Gedächtnis. Von hier zur Brücke müssten es etwa 160 Meter sein.

Mit einem Mal war es still, der Pfeiler wankte noch, aber die Leute oben auf der Brücke verstummten. Mit einem bitteren Lächeln ging sie weiter.

Abrupt blieb sie stehen. Am Pfeiler vor ihr blinkte etwas und obwohl sie näher ging, war es zu hoch und sie konnte nicht erkennen, was es war.

Die Tür ging auf und Yildiz sah herein. »Frau Probst, Frau Bös verlangt Sie am Telefon!«

»Ja ja ... bringen Sie mir einen Stuhl bitte, oder eine kleine Leiter!«

Yildiz hielt fragend die Tür in der Hand.

»Bitte, ich muss hier was überprüfen!«, leuchtete sie ihn an.

Die Tür ging zu und sie leuchtete auf das kleine Ding, das am Pfeiler hing und vor sich hin blinkte.

Die Stimme aus dem Lautsprecher erklang und kündete Crime an, was hier unten so klang, als sprächen die Eltern aus den Peanuts mit ihren Kindern. Die Tür schwang wieder auf und Yildiz kam mit einer kleinen Leiter unter dem Arm herein.

»Ist Ihr Funkgerät defekt?«

»Habe es abgedreht ... sie nervt mich!«, lächelte Klara und nahm die Leiter entgegen. »Danke!«

»Schon gut, was ...«, entdeckte Yildiz den blinkenden Kasten am Pfeiler. »Das ist eine Bombe ...!«

»Oder ein neuer Hygrometer von Kurt Lasser ...«, baute sie seufzend die Leiter auf und stieg hoch. »Wir wollen keine unnötige Panik!«

»Ich denke, wir sollten das melden und hier verschwinden! Oder umgekehrt«, konnte Yildiz seine Augen nicht von dem kleinen blinkende Lämpchen lassen.

Klara stieg auf die Zehenspitzen und erkannte nun das Display, das auf der kleinen Box mit Drähten angebracht war. Ein Countdown, der schon bei zwei angekommen war, eins erreichte und als sie begriff, was hier vor ihr blinkte, waren alle ihre Sorgen entschwunden.

»Diese Brücke ist Glas, oder nicht?«, fragte Belsch und zoomte auf die anströmenden Massen, die sich auf der Brücke verteilten.

»Hoffentlich ist sie dick genug ...«, trank Alicia das Glas leer und stellte es auf den kleinen Tisch rechts von ihr.

Viele der Leute trugen die hellblauen Shirts, die seit Tagen verkauft wurden, auf denen eine rote Acht abgebildet war, und eine Schirmmütze mit derselben roten Acht an den Seiten. Natürlich versuchten die meisten, so nahe wie möglich an den Tank zu gelangen, und so füllten die Besucher von da nach hinten die Brücke.

Alicia drehte sich kurz zu der zweiten Brücke, die deutlich schmaler und nicht aus Glas war. Die meisten Presseleute befanden sich auf dieser Brücke.

»So viele Leute geben so viel Geld aus ...«, beobachtete sie wieder die strömenden Besucher, stiess ein kleines Lachen aus und schüttelte den Kopf.

»Die Sensation ...«, zuckte Belsch mit der Schulter. »Das zieht immer!«

»Was, wenn sie wüssten, dass Malena ihren Sohn dafür geopfert hat?«, hörte sie, wie Belsch munter Fotos schoss.

»Du wirst das nicht gerne hören, aber das würde wohl den Kolosseumeffekt auslösen ...«

»Kolosseum? Effekt?«, stutzte Alicia.

»Die Faszination von Blutvergiessen!«

»Das hast du dir doch gerade ausgedacht!«, lachte Alicia.

»Nicht wirklich ...«, zuckte Belsch mit der Schulter und konzentrierte sich wieder aufs Bilderschiessen.

Alicia griff nach ihrem Telefon und versuchte es erneut bei Streller, legte auf, als sich die Voicebox weiterhin meldete.

»Nun ist es gleich so weit ...«, steckte sie das Telefon wieder ein.

Belsch setzte sich auf den Stuhl und griff sich ein Stück Toast. »Wir wissen zwar, dass es ein grosser Hai ist, aber ich bin dennoch etwas gespannt.«

»Kennst du doch aus den Filmen!«, schenkte sich Alicia Champagner nach.

»Aber nicht direkt vor mir!«, kaute Belsch.

»Direkt ist wohl auch etwas übertrieben!«, zeigte sie vom Balkon zum Tank.

»Das wird noch, wir werden ihn sicher noch von Nahem sehen können!«, lächelte ein schluckender Belsch, griff sich die Kamera und beugte sich wieder über das Geländer.

»Hoffe ich nicht ...«

Das Publikum begann den Countdown runterzuzählen.

»Es geht los!«, versuchte Belsch so viele Eindrücke wie möglich einzufangen.

»Unglaublich, die sind gehypter als Fussballfans ...«, keuchte Alicia und hielt sich am Geländer fest.

Mit einem lauten Jubeln schrien sie den Countdown mit bis zur Null und damit wurde der dunkle Tank wie von Zauberhand transparent. Offenbarte den Weissen Hai, der direkt neben der Brücke vorbeischwamm und sich nicht wirklich beirren liess.

»O mein ...«, keuchte Belsch. »Ich ... ich ... siehst du, wie gross er ist?«

Alicia hatte den Mund offen und war so erstaunt wie die tausenden Besucher unter ihnen.

»Die haben gegen dieses Monster gekämpft?« Belsch schluckte, aber versuchte weiterhin zu knipsen.

Alicia schüttelte den Kopf, als ein Scheinwerferlicht aufleuchtete und auf das Ende der leeren Holzrampe schwang.

»Lernen Sie den Mann kennen, der Arthur nicht nur überlebte ... Nein, ihn auch eingefangen hat!«, kam eine Stimme aus dem Lautsprecher und der Scheinwerferkegel fuhr den Steg aufwärts bis zur Wand, die etwa zehn bis zwölf Meter vom Balkon entfernt war.

Die Tür ging auf und John trat heraus. Er trug einen Taucheranzug und eine Taucherbrille um den Hals, Flossen an den Füssen und klatschte sich, wie eine Ente, über den holzigen Steg.

»Ist das John?«, schoss Belsch Fotos.

Als John an ihrem Balkon vorbeiging, kreuzten sich ihre Blicke. »John ...« Sie wusste nicht, was ihr mehr den Atem raubte, der Hai oder ihr Ex, der auf diesem Steg nach unten lief.

»Einen warmen Applaus für John Crime!«

John hob den Arm und ging bis zum Ende des Stegs, dort drehte er sich um, winkte den applaudierenden Besuchern zu und blickte zu Alicia.

Alicia erwiderte den Blick, konnte allerdings nicht viel daraus machen und wusste nicht, ob sie vielleicht lächeln oder ihm den Stinkefinger zeigen sollte.

»Er war es, der Arthur zu uns nach Basel gebracht hat, den Kräften der Natur trotzte und als Überlebender hier vor uns steht!«, kam aus den Lautsprechern.

»Dein Ex ist ein echter Titelboy!«, lachte Belsch, als eine ohrenbetäubende Explosion sie zu Boden warf.

Alicia landete hart auf dem Rücken, rappelte sich hoch und blinzelte mit einem Pfeifen in den Ohren von unten über die Brüstung. Sie erkannte einen Teil der Brücke, mit den kreischenden Besuchern noch immer auf ihr, der sich auf ihrer Höhe anhob und noch etwas höher. Holzsplitter flogen über sie hinweg und da erreichte die Brücke ihren Nullpunkt.

4

Malena folgte Arthur mit einem verliebten Lächeln auf dem Gesicht. Er schwamm in seinem Tank, seine enorme Schwanzflosse schwang von rechts nach links und bewegte seinen neun Tonnen schweren Körper schwebend durch das Wasser.

»Gleich ist es so weit und du wirst dein Volk kennenlernen, mein König!«

»Ist unser Star bereit?«, drückte Malena auf das Intercom.

»Ist er!«, gab Kurt zurück.

Mit einem Glas in der Hand setzte sie sich auf ihren Stuhl, schwenkte das Glas mit Blick auf die Monitore an der Wand und erlebte, wie die Besucher zum Countdown ansetzten.

»It's Showtime!«, stand sie wieder auf und ging vor die Monitore, um die Reaktionen der Besucher noch näher zu erkennen.

»Zehn ... neun ... acht ...« Lächelnd drehte sie den Kopf zum Panoramafenster und freute sich wie ein kleines Mädchen auf Weihnachten. »Fünf ... vier ...«

Malena leerte ihr Glas und starrte fasziniert auf die jubelnden Massen.

»Null!«

Die Stille und der fassungslose Ausdruck auf den Gesichtern der Besucher liessen Malena lachend aufschreien und in ihrem Bauch kribbelte eine tiefe Genugtuung.

»Das ist es, ich habe sie!«, schrie und tanzte sie vor Freude.

Der Scheinwerfer erschien auf dem kleinen Steg und fuhr den Steg hoch auf die noch geschlossene Tür.

Mit dem Herauskommen von John hüpfte Malena beinahe wieder zu ihrem Stuhl, hinter ihr der Schatten von Arthur, der über ihr vorbeischwamm, und setzte sich.

»Versau es jetzt nicht!«, nahm Malena ein neues Glas und schenkte sich nach.

»Brav ...«, lief auf dem Bildschirm, wie John den Steg runterging und den Besuchern zuwinkte. »Du bist gar nicht so blöd!«

»Wo siehst du denn hin?«, bemerkte sie, dass er zwar zum Publikum winkte, aber woanders hinsah.

Ein dumpfer Knall liess ihr Büro erzittern, sofort ging das Licht aus und die Monitore wurden schwarz.

Mit einem Blick nach links zur Tür war sie im Begriff, sich in Sicherheit zu bringen, als ein weiterer Knall das Büro stärker ins Wanken brachte. Es schien aus der Verankerung zu fallen, rüttelte von oben nach unten und kippte zur Seite. Noch in ihrem Stuhl sitzend, mit dem Glas in der Hand, knallte Malena rückwärts gegen das Panoramafenster.

5

Peter wischte sich den Mund ab, da an seinem Kinn der grösste Teil der Spucke hing, den er versuchte, gegen den Boden zu spucken.

Stefan zog den Sack mit dem Juckpulver etwas nach vorne und blickte mitleidig zu Peter. »Gott, siehst du scheisse aus!«

Peter drückte sich an der Wand hoch. »Wenn interessiert's, meine Frau bestimmt nicht!«

Stefan schüttelte den Kopf und checkte seine Uhr, als er im Augenwinkel mitbekam, wie Peter zur Tür torkelte. »Wo willst du nun hin?«

»Ich ...«, schlug er gegen die Wand neben der Tür und zog sie mit einem Stöhnen auf. »Ich ... muss mal pissen!«

Stefan setzte sich neben den Lüftungsschacht und nahm ein Foto aus seiner Tasche. »Wie konnte ich das nur zulassen?«

Kilian stand lachend auf der *Ozeanium Eins* und winkte in die Kamera.

»Es tut mir leid, mein Sohn ... es tut mir wirklich leid!« Zwei kleine Tränen liefen ihm über die Wange und er fuhr mit der Hand über den Hinterkopf zum Nacken. Schniefend wischte er sich die Augen mit dem Handrücken ab und holte tief Luft.

Mit einem Knarren öffnete sich die Tür.

»Das ging ja schn...«, bemerkte er verwirrt den Mann mit einer vogelähnlichen Gummimaske, schwarzen Kleidern und einem Maschinengewehr in den Händen. »Wo ist ...«

Drei Schüsse aus dem Gewehr mähten Stefan nieder und er purzelte übertrieben nach hinten gegen die Wand. Mit offenen Augen starrte er gegen die Decke, regungslos in einer Pfütze aus Blut, die sich um ihn herum ausbreitete und das Foto langsam aufweichte.

Der Mann in Schwarz griff zu seinem Funkgerät und ging an den Kasten mit den Ventil-Einstellungen.

Mit einem hörbaren Aussetzen der Lüftung liess er von dem Kasten ab.

»Adler an Fuchs! Lüftung aus!«

»Fuchs an Adler! Sehr gut, komm runter!«

Der Adler steckte sein Funkgerät ein und ging wieder aus der Tür.

Stefan blieb zurück. Die Wunden rauchten noch, verströmten den Geschmack von verbranntem Fleisch, doch das Leben war schon aus seinen Augen gewichen und der Blutstrom gab langsam nach.

Mit einem Knarren ging die Tür wieder auf und Peter stolperte hinein. »Hast du das auch ...«

Erschrocken entdeckte er den leblosen, erschossenen Stefan, der gekrümmt an der Wand lag. Adrenalin schoss durch seine Adern, das Herz begann zu rasen und in seinem Hirn klickten Realitäten.

»Stefan ...«, schüttelte er an der leblosen Schulter. »Scheisse ...«, fiel er auf seinen Hintern und kroch rückwärts, bis er mit einem Aufschrei an der Tür ankam. Ohne den Blick abzuwenden, griff er nach dem Türknauf und öffnete sie umständlich.

Schreiend fiel er aus dem Lüftungshäuschen und entfernte sich von der Tür. Panisch und wirr schossen seine Blicke über das Dach. Bis er auf dem Firmenhubschrauber hängenblieb.

Ohne sich noch einmal umzusehen, rannte Peter auf den Hubschrauber zu, riss die hintere Kabinentür auf und sprang rein.

»Hey ... bleiben Sie stehen!«, rief die Frau vom Ozeanium hinter ihm.

Mit der Kappe tief im Gesicht, drückte Martin die Tür zum Treppenhaus auf und hastete die Stufen hoch, dabei entledigte er sich seines blauen Ozeanium-Staff-Shirts und der Kappe. Darunter trug er Schwarz, zog sich eine Mütze auf den Kopf und nahm das Funkgerät zur Hand.

»Maulwurf an Fuchs. Deponiert!«

Martin schaffte eine weitere Kurve, bis eine Antwort kam. »Sehr gut. Sammelpunkt eins!«

Martin steckte das Funkgerät ein und ging langsam zur Tür vor ihm. Mit der Sturmmaske tief ins Gesicht gezogen, spähte er in den leeren Gang und trat ein.

Der Gang führte an Zimmern vorbei, die Martin nicht interessierten, an den Wänden hingen Bilder von Fischen. Clownfischen, Forellen, Schleien, einem Wolfsbarsch und einem Hornhecht. »Und plötzlich macht das Fischen mit Papa Sinn«, lachte Martin und hielt auf die Tür zum nächsten Treppenhaus, am Ende links, zu.

Vorsichtig prüfte er die Lage und huschte in das finstere Treppenhaus. Das so finster wie still war.

Ein prüfender Blick auf seine Uhr, ehe er weiter die Treppen hoch hastete, dabei zog er die Maske auf seinen Kopf und nahm seinen Vaporizer zur Hand.

Durch eine dichte Dampfwolke fand er die Tasche, die neben einer Tür lag und seine Utensilien für die weitere Mission beinhaltete. Neben dem Maschinengewehr war eine Spiegelreflex-Kamera, eine braune Weste und eine Maulwurfsgummimaske.

»Nettes Detail!«, lächelte Martin, schlüpfte in die Weste, zog die Maske über die Stirn, schulterte die Tasche und öffnete schliesslich die Tür.

Dahinter warteten seine Mitstreiter, alle trugen sie Gummimasken von Tieren.

»Maulwurf ...«, lachte Hund und klopfte Katze auf die Schultern.

»Hast du ...« Anführungszeichen, von Maus wortlos angedeutet. »,es' platziert?«

Martin zog an seinem Vaporizer. »Sonst wäre ich kaum hier!«

Lachend prüften sie alle gleichzeitig die Zeit.

Die Tür, durch die Martin gerade gekommen war, ging auf und Adler trat herein. Eine Belichtungsstange in der Hand und seine Adlermaske, wie Martin, auf dem Kopf.

»Lüftung aus?«, fragte Maus.

»Ja ... da lungerte allerdings so ein Kerl rum!«, zog er die Maske vor sein Gesicht.

»Sicherheit?«, fragte Hund besorgt, was aber auch an dem etwas traurigen Hundeblick liegen konnte.

Adler schüttelte den Kopf und steckte sich einen Kaugummi in den Mund. »Das war ja das Seltsame, der war in zivilen Klamotten. Sass einfach so da und wirkte gelangweilt!«

»Und was hast du mit ihm gemacht?«, fragte Martin und zog an seinem Vaporizer.

»Na, ich habe ihn erschossen!«

Stumm sahen sie Adler an.

»War das falsch?«, stutzte Adler.

»Nun, du hättest ihn einfach ausknocken können!«, blies Martin Dampf aus.

»Was denkst du, was deine Bombe da unten anrichten wird?«, wedelte er Dampf aus seinem Gesicht. »Alles für die Tiere ...«, hob Adler, als keine Antwort kam, die Faust.

»Die Tiere für alles ...«, nickte Martin und sie fausteten sich ab.

»Noch drei Minuten!«, ermahnte Katze.

Die Tür ging auf, Fuchs und Wolf, beide in Anzügen unter ihren Gummimasken, traten ein.

»Schön, wir sind noch immer vollzählig!«, hob der Wolf die Maske und liess mit seinen stahlblauen Augen den Wolf in sich heraus.

»Alle bereit?«, fragte Fuchs unter der Maske seine Männer.

»Jawohl, Sir!«, waren sie in perfekter Synchronität.

»Gut, Esel und Pferd sind am Eingang, Hamster, Hase und Meerschwein bei der Seehundeanlage!«, nickte Fuchs zu Wolf. »Wir sind in Position!«

»Dann lasst uns die Bös matt setzen!«, lächelte der Wolf und zog die Maske wieder über das Gesicht.

In der Gruppe betraten sie die obere Brücke, die leicht geneigt auf den Tank eins nach unten ging, sodass man auch in der dritten Reihe noch einen guten Blick auf die Attraktion hatte.

»Hier?«, fragte Katze.

»Ist im Grunde egal!«, lachte Adler und sie stellten sich hinter eine Gruppe englisch sprechender Reporter.

Keiner der Anwesenden bemerkte die Gruppe Tiere auf der Brücke, hinter den Reportern.

»Noch zwanzig Sekunden!«, informierte Maus.

Wolf flüsterte. »Wir sind weit gekommen, stehen vor dem grossen Triumph und vergesst niemals: Wir sind die Guten hier!«

»Zehn!«, schrien die Besucher auf der Brücke unter ihnen.

Auch unter den Reportern brach eine gewisse Spannung aus und man spürte das Knistern in der Atmosphäre. Einige von ihnen stimmten in den Countdown ein.

»Sieben!«

»Ich bin schon etwas aufgeregt, zu was sich die Bös da hat verleiten lassen!«, lachte der Fuchs.

»Sie wird übertreiben ...«, starrte Wolf auf den dunklen Tank. »Du wirst sehen.«

»Vier!«

»Los jetzt!«, schrie Hund überbegeistert.

»Zwei!«

»Eins!«

Der dunkle Tank wurde transparent und offenbarte den Blick auf das achte Weltwunder.

»O mein Gott ...«, keuchte Wolf.

»Ist das ein ... Hai?«, starrte Katze nach unten.

»Ein ... Weisser ...«, stotterte Maus. »Aber er ist so gross!«

Die Anzeige erschien.

»Vierzehn Meter und neun Tonnen?« Martin flüsterte besorgt. »Wie sollen wir dieses Monster befreien?«

»Was für ein Monster ... sein Maul ist viereinhalb Meter hoch?«, keuchte Maus dazwischen.

»Das ...«, schluckte Fuchs. »Ist kein Monster!«

»O Shit!«, lachte Adler. »Und wie das ein Monster ist ... seht euch die verdammte Schnauze an! Der geborene Killer!«

Ein Scheinwerfer erschien und das Ozeanium wurde etwas abgedunkelt.

»Was passiert jetzt?«, stutzte Hund.

»Was auch immer ...«, zeigte Maus auf seine Uhr. »In neunzig Sekunden geht es los!«

»Lernen Sie den Mann kennen, der Arthur nicht nur überlebte ... Nein, ihn auch eingefangen hat!«, erklang aus dem Lautsprecher.

»Der Hurensohn wird uns auch noch serviert!«, lachte Wolf übertrieben.

»Wer ist das?«, stutzte Martin, als John auf den Steg trat und nach unten lief.

»Noch nie gesehen ...«, schüttelte Maus den Kopf.

»Hübschen Taucheranzug hat er an!«, lachte Adler.

»Einen warmen Applaus für John Crime!«, kam triumphierend aus dem Lautsprecher.

»John Crime ...« Wolf zeigte auf John. »Ihn müssen wir töten!«

»Ich glaube, ich habe den Namen schon mal gehört ...«, stutzte Martin.

Fuchs nickte. »Das ist ein Zeichen!«

Am Ende des Steges blieb er stehen und winkte in die Menge.

»Selbstgefälliges Arschloch!«, murmelte Adler.

»Er war es, der Arthur zu uns nach Basel gebracht hat, den Kräften der Natur getrotzt und als Überlebender hier steht!«

»Jetzt ...«, ging Maus in Deckung.

Ein lauter Knall liess das Ozeanium und die Brücke erzittern. Die Brücke unter den Besuchern brach vom Pfeiler, schoss vollbesetzt nach oben und zertrümmerte dabei Johns Steg. Nach dem Nullpunkt, an dem Martin die panischen Menschen beinahe auf Augenhöhe hatte, senkte sie sich über Tank eins wieder nach unten und kam dabei ins Kippen.

7

Matt klopfte auf sein Telefon.

»Hier unten haben wir keinen Empfang!«, erklärte ihm Georg, als er das Telefon wieder einsteckte.

»Wir sind unter dem Tank ...«, zeigte Matt hoch und da schien etwas vorbeizuschwimmen.

»Allerdings unter Tank drei. Tank eins ist noch verdunkelt und wir werden halten!«

»Dann habe ich einen Hammerhai gesehen!«, lachte Matt.

»Verehrte Damen und Herren, wir erreichen die Aussichtsplattform zum Weltwunder, bitte verlassen Sie nicht die markierten Bereiche.«

»Gleich ist es so weit!«, zitterte Georg vor lauter Aufregung.

Matt lächelte. »Das wird das grösste Erlebnis in unserem Leben!«

Hinter ihm lachte ein Mann hörbar in sich hinein.

»Gibt es ein Problem?«, musterte Matt den Mann in dem grünen Sweatshirt und den Jeans.

»Das grösste Erlebnis ...« Er schüttelte den Kopf. »Jungs, da wird noch einiges kommen in eurem Leben!«

»Was sollte ein achtes Weltwunder übertreffen?«, kaute Georg theatralisch auf seinem Kaugummi.

»Das ist ein Fisch ...«

»Oder ein Säugetier!«, mischte sich eine gelockte und überschminkte Teenagerin, mit Brille, blauen Haaren, Zahnspange und einem Buch unterm Arm ein, das sie nun den anderen zeigte. Ein Blauwal, ein Hai und Schildkröten waren abgebildet.

»Oder ein Säugetier ...« Der Mann zuckte mit der Schulter. »Jungs, ihr werdet Frauen kennenlernen, Kinder bekommen!«

»Und wenn sie nun schwul sind?«, warf die Teenagerin ein.

»Wir sind nicht ...«, weitete Matt seine Augen.

Lachend zwinkerte er zu Matt. »Dann wird es mit dem Kinderkriegen schwerer, Adoption ist nicht unüblich!«

Georg lachte.

Matt schüttelte den Kopf. »Ich bin nicht ... ich hatte eigentlich sogar ein Date mit einer Frau!«

»Und wo ist sie? Das ist nicht die Kleine hier, oder? Weil, die wäre sogar für dich zu jung!«

»Ich bin neunzehn!«, protestierte sie.

Blinzelnd musterte er sie. »Ernsthaft?«

Sie verschränkte die Arme mit dem Buch dazwischen vor ihrer Brust. »Ja!«

»Oh, okay ...« Lachend rieb er sich den Hinterkopf. »Und ihr zwei datet?«

»Nein!«, lachte sie.

»Nun ...«, blinzelte er wieder und wandte sich Matt zu. »Wo ist dein Date?«

Matt senkte den Kopf. »Im Tram vor uns ...«

»Autsch ...«, flüsterte sie.

»O Scheisse, ich habe euch gehört ...«, hielt sich der Mann die Hand vor den Mund.

Matt senkte den Blick.

»Das ist Hart ...«, bekam er einen mitfühlenden Blick.

»Hoffen wir auf das achte Weltwunder ...«, lächelte Matt verlegen.

»Dennoch, tut mir leid!«, klopfte sie ihm auf die Schulter.

Das Tram bremste und hielt langsam an. »Aussichtsplattform, Tank eins, das achte Weltwunder!«

Die Aussichtsplattform erinnerte an einen Rangierkreis. Auch wenn es eher ein Rhombus denn ein Kreis war, konnte man dies von der Sicht von oben so verstehen. Die Plattform erhob sich etwas vom Boden, der wie üblich aus dickem Kies bestand, und war mit einem Geländer versehen. Auch wenn man hochsah, die Gefahr, in den Kies zu fallen, wurde so minimiert.

»O mein Gott, siehst du, wie nahe wir sind?!«, kreischte Georg und klatschte in die Hände.

»Die Luft ist nicht gerade berauschend!«, hustete das grüne Sweatshirt hinter ihnen.

»Wir sind ja auch in einem Tunnel ...«, war die angehende Biologin gleich neben ihnen.

Matt drehte sich um. »Vielleicht ein Problem mit der Lüftungsanlage ...«

Er zeigte auf die Turbinen, die an den Wänden, die aus dem Glas des Tanks waren, hingen. Schulterzuckend hielt er Matt die Hand hin. »Markus!«

»Matt!«, ergriff er die Hand und schüttelte sie.

»Ich bin Georg!«, nahm Georg seine Mütze ab und offenbarte sein schütteres Haar.

»Und ich Strawberry!«, kicherte sie und zupfte an ihrem blauen Zopf.

Sie sahen sie an.

»Du heisst Strawberry?«, lächelte Markus fragend.

Sie errötete. »Nein ... aber ich finde, das wäre ein cooler Name!«

Georg klopfte sich lächelnd auf die Brust. »Dann bist du Strawberry für mich!«

Matt und Markus tauschten einen weiteren Blick und zuckten mit der Schulter.

»Freut mich, Strawberry!«, hielt Matt ihr die Hand hin.

»Es geht los!«, deutete Georg auf eine der digitalen Uhren, die an allen Seiten angebracht waren.

Mit einem Klicken ertönte die Stimme aus dem Lautsprecher. »Wir begrüssen Sie im Ozeanium Basel. Werden Sie Zeuge des achten Weltwunders!«
Die Uhr sprang auf zehn und die Leute auf der Plattform stimmten mit ein.

Matt drehte sich um und blieb auf einem kleinen Jungen hängen, der auf den Schultern seines Vaters lauthals runterzählte. Georg war ebenso dabei, wie auch Markus, mit einem Lächeln zu Strawberry, die gebannt nach oben starrte und ihr Buch fest an sich drückte.

»Fünf!«, rief Matt und schüttelte Georg an der Schulter.

»Vier!« Alle zusammen. Familien, Freunde, Fischfreunde, alle waren sie zusammen in dem Tramtunnel und warteten auf das Grösste, was ihr Leben noch zu bieten hatte.

»Eins!«

Mit einer Sirene wurde der dunkle Tank transparent.

Die Stille, als die Besucher den riesigen Hai erkannten, war dieselbe wie auf der Brücke. Sie waren zwar weit vom Hai entfernt, aber in Verbindung mit den Videoschirmen erkannten sie alle den unglaublichen Umfang und die enorme Länge.

»Das ist ein Weisser Hai!«, rief Strawberry, bevor die Info auf dem Schirm erschien.

»Vierzehn Meter und neun Tonnen ... ist ein Weisser Hai so gross?«, stutzte Matt.

»Bisher nicht ...«, drehte sich Georg um. »Das ist tatsächlich das achte Weltwunder!«

»Er heisst Arthur?«, las Strawberry.

»Lernen Sie den Mann kennen, der Arthur nicht nur überlebte ... Nein, ihn auch eingefangen hat!«

Jonathan Crime stand unter seinem Bild auf den Bildschirmen.

»Wer ist Crime?«, fragte Matt.

»Der Taucher dort!«, zeigte Georg auf den Bildschirm.

»Der hat den Hai gefangen?«, lachte Markus.

Alle Augen waren auf die Videoschirme gerichtet, sie verfolgten, wie John ans Ende des Steges lief, umdrehte und winkte. So wurde keiner Zeuge der Explosion, die auf der anderen Seite des Tanks zu sehen gewesen wäre. Hören konnte man auch nichts und um etwas zu spüren, waren sie zu weit entfernt.

Was sie bemerkten, war der Ausfall der Videoschirme.

»Was ist jetzt los?«, rief Matt und sagte dasselbe wie Dutzende anderer auch.

»Der Hai!«, zeigte Georg nach oben. Der Hai änderte seinen Kurs und schwamm tiefer, ihnen entgegen.

Das Licht im Tunnel ging aus und Einzelne begannen zu kreischen, Unruhe brach aus auf der Plattform. Das Licht ging wieder an, allerdings rot und eine Sirene erklang. Die Unruhe wurde ebenso schnell zur Panik.

8

»Bereit, Held?«

John verdrehte die Augen und schob die Taucherbrille nach hinten.

»Die Leute wollen die Taucherbrille sehen!«, holte sie Kurt von Johns Nacken und brachte sie wieder unter sein Kinn.

»Ich bezweifle, dass sie mich überhaupt sehen wollen!«, seufzte John.

»Du wirst ein nationaler ... was sage ich, ein internationaler Held!«, lachte Kurt.

Johns Lachen war eher bitter. »Held ... wir werden sehen!«

Kurt zeigte mit dem Zeigefinger auf seine Uhr. »Genau ...«

»Lernen Sie den Mann kennen, der Arthur nicht nur überlebte ... Nein, ihn auch eingefangen hat!«

»Das ist dein Stichwort!«, klopfte Kurt ihm auf die Schulter und zog die Tür auf.

»Arthur?«, linste John nach aussen auf den beleuchteten Steg.

»Malena ...«, stiess Kurt John hinaus und zog die Tür wieder zu.

Mit einem Lächeln richtete er sein Jackett und zog sein Telefon hervor, als er die Treppen hochging.

Weder Stefan noch Peter gingen an ihre Telefone.

»Ihr besoffenen Idioten ...«, öffnete er die Tür und trat in den Gang, der ihn in sein Labor führen würde.

Als eine Erschütterung ihn taumeln liess, gegen die Wand stiess und ein Bild dabei krachend runterfiel.

Für einen Moment hielt Kurt inne, bevor er sich aufrappelte und schliesslich zu rennen begann. Sein Ziel: sein Labor.

Die Bürotür blieb hinter ihm offen und noch bevor er wirklich ankam, schaltete er seinen Monitor ein.

»Was zum ...«, starrte Kurt auf seinen Monitor, mit weit aufgerissenen Augen schaltete er durch die Bilder und hielt sich mit verzerrtem Gesicht den Hinterkopf.

9

Das Leben war eine Achterbahn und bevor es wirklich aufwärts gehen konnte, brach die Strecke ab und man fiel in die ewige Finsternis.

Manuel spürte die Explosion in seinen Füssen, hörte das Glas klirren und spürte die Sensation des Hebens in seinem Magen.

Die Ankündigung des Ozeaniums war ein Lichtblick in seinem Leben, endlich war da etwas, auf das er sich freuen konnte. Es war nicht nur das Geld, er würde auch nie Zeit finden, ans Meer zu fahren, entweder arbeite er bei der *Basler Brügge* oder er sammelte Abfall von Schulplätzen und Parks. Ferien oder freie Tage existierten in seinem Leben nicht.

Bis er von Richard Belsch die Tickets für den Premieren-Eintritt bekam, für ihn und seine drei Kinder.

Seine drei Kinder, die zuvor noch neben ihm standen und nun mit anderen nach vorne stolperten, als die Brücke kippte.

Manuel verlor selbst den Halt, stiess am Rücken einer Frau, die ihren Sohn versuchte hochzustemmen, ab und fiel über die Brüstung.

Wasser und Glas erschienen vor ihm und es kam beides näher. Er versuchte, seine Hände vor das Gesicht zu bringen, doch diese brachen durch die Wucht des Aufpralls wie kleine Stöcke und bremsten den Kopf nicht wirklich. Benommen erkannte er sein Blut auf dem Glas, als das Geländer der Brücke gegen seinen Hinterkopf stiess und sein Bewusstsein raubte. Nur einen Bruchteil, bevor sein Kopf wie eine Fliege auf dem Glas von Tank 1 zerquetscht wurde.

Chloe trank von ihrem Smoothie und machte den TV lauter. »Schatz?«

»Komme ... komme ...« Basil kam mit einer Schale Gemüsestückchen und dazu gehörendem Paprika-Dip zurück, stellte alles auf den kleinen Glastisch vor dem Sofa und setzte sich hin. »Was habe ich verpasst?«

»Sie haben das Ozeanium beschrieben ... die haben Hammerhaie und Tintenfische!«, glitt sie in seinen Arm und legte den Kopf auf seine Schulter. »Und die Tore gingen auf ...«

»Sieht aus wie am Black Friday!«, griff sich Basil eine Karotte und tauchte sie in den Paprikadip.

»Ich habe Malena Bös mal getroffen!«, setzte sich Chloe auf und griff selbst zum Gemüse.

»Das hast du mir nie erzählt ...«, stutzte Basil kauend.

»War ja auch nie ein Thema ...«, zuckte sie mit den Schultern und legte sich mit ihrer Beute zurück in seinen Arm. »Mein Vater hat ihr einige Restaurants verkauft ... da war ich wohl dreizehn ... Jedenfalls war ich dabei, weil meine Mutter in den Wehen lag und wir keinen Babysitter hatten ...«

»Dein Vater hat die Geburt von Andreas verpasst, wegen einem Geschäft?«, unterbrach er sie.

»Er kam erst einen Tag später auf die Welt ...«, zuckte sie mit den Schultern.

»Oh ...«

»Sie war mir unheimlich ... sie war so stark geschminkt und redete mit einer seltsamen falschen Stimme!«, fuhr sie fort.

»Das haben Erwachsene Kindern gegenüber.«

»So sprach sie auch mit meinem Vater!«, tunkte sie Sellerie in Paprika. »Ich wusste erst nicht, was ich so seltsam an der Frau fand, vielleicht, weil ich das erste Mal eine Frau gesehen habe, die Macht besass!«

Basil blickte fragend nach unten.

»Du weisst, wie das ist, Mütter, Lehrerinnen ... vielleicht mal eine Ärztin, aber eine Frau, die dich mit einem Fingerschnippen verschwinden lassen kann, habe ich zum ersten Mal getroffen!« Um diesen Punkt zu unterstreichen, steckte sie eine Karotte zwischen ihre Lippen und biss sie krachend auseinander.

»Malst du dieses Bild nicht etwas sehr schwarz?«, lächelte Basil vorsichtig.

»Ich wusste am nächsten Morgen, was mich an ihr so abstiess ... ich erwachte aus einem fürchterlichen Albtraum!«

»Was hast du geträumt?«

Chloe schüttelte den Kopf. »Ich hatte keine Ahnung, aber ich wusste, Malena Bös war das Böse!«

Basil schmunzelte und wandte sich dem Fernseher zu.

»Oh, ein Countdown!«, zeigte Chloe auf den TV.

Beide setzten sich auf.

»Das achte Weltwunder!«, griff Basil in die Schüssel.

»Ich bin ja gespannt ...« Chloe schluckte. »Fuck!«

Basils Hand blieb in der Schüssel stecken. »Ein Weisser Hai?«

Chloe packte ihn am Arm. »Sagtest du nicht, dein Bruder verhalte sich seltsam?«

Mit offenem Mund nickte Basil, unfähig, den Blick von dem riesigen Weissen Hai abzuwenden, der in einem Aquarium in der Mitte von Basel umherschwamm.

»Er hatte nichts damit zu tun, oder?«

Basil zuckte nur mit der Schulter. »Vierzehn Meter ... Ein Bus ist vierzehn Meter!«

»Scht!«, griff sie nach der Fernbedienung und machte lauter.

Basils Augen weiteten sich noch mehr.

»Das ist John ...«, keuchte Chloe. »Und ... und er trägt einen Taucheranzug!«

Basil wischte sich mit der Hand über den Mund und beobachtete seinen Bruder. Wie er den kleinen Steg runterlief, weit über den Besuchern, und sich am Ende zu ihnen umdrehte.

»Wo sieht er da hin?«, bemerkte Chloe.

»Mein Bruder hat einen Hai gefangen? What the fuck?«, liess sich Basil zurückfallen.

»Was ist nun?«, wurde das Bild auf einmal schwarz.

»Die Anzeigen sind noch da ...«, bemerkte Basil. »Da muss ein Problem mit dem Video bestehen.

»So was kann doch heutzutage nicht passieren!«, schüttelte Chloe den Kopf.

Basil drückte Chloe. »Und doch passiert es ...«

Chloe warf ihren Kopf nach vorne, nahm ihre Haare in die Hand und strich sie nach hinten durch. »So ein grosses Event und das Video bricht zusammen ...« Sie lachte verächtlich und band die Haare zusammen.

»Schwer zu sagen, aber wenn Menschen involviert sind, kann alles passieren!«
Lächelnd beugte sie sich zu ihm. »Mein philosophischer Mann!« Sie küsste
ihn und setzte sich zurück.

»Da kommt es ja wie...« Basil starrte gebannt und erschrocken auf die Liveübertragung. Chloe stiess einen kurzen Schrei aus und presste die Faust gegen
ihren Mund.

»Sind das Besucher im Wasser?«

»Ja, definitiv, da befinden sich Menschen im Tank eins!«, bemerkten auch
die Kommentatoren.

11

Jakob hielt seinen Blick auf dem Bildschirm. Sein Funkgerät hing wie eine
entsicherte Pistole an seinem Ohr. Die Schirme, sechs Bilder.

»Eins und zwei, haltet den Strom etwas auf, die Kassen sammeln sich zu
sehr!«, funkte er, als hätte er ein Duell am High Noon.

»Herr Meier!«

Jakob drehte sich um und hatte den Türken vor sich. Sofort verfluchte sich
Jakob selbst und liess die Augen abwärts auf dessen Namensschild sinken und
drehte sich um. Mit dem Nachnamen Yildiz wusste er auch wieder seinen
Vornamen. »Ja, Ahmed, was gibt es?«

»Frau Probst ist in den Wartungsbereich gegangen!«

Jakob drehte sich wieder um. »Ihr gehört die Anlage, sie kann hingehen,
wo sie will!«

Ahmed lachte. »Ich weiss, ich weiss, aber ...« Er warf einen kurzen Blick
über seine Schulter. »Sie benimmt sich etwas seltsam!«

Jakob nickte, drehte sich um und erkannte sofort: »Vier, halte die Besucher
auf, deine Kasse ist überlastet!« Er drehte sich wieder zu Ahmed. »Sie hat gerade ihre Kinder verloren und die Eröffnung dieses Dings, das uns die Rente
finanzieren wird ... das ist wohl etwas viel für sie ...«

Ahmed senkte den Kopf.

»Hey, ich weiss, wieso du hier bist, und wenn du denkst, da ist was faul,
dann will ich, dass du es dir ansiehst!«

Ahmed lächelte.

»Aber räum ihr den Zweifel ein, dass es etwas viel sein kann ...«, stiess er ihn gegen die Schulter.

»Mach ich!«, nickte Ahmed und drehte sich wieder um.

»Tim!«, drehte sich Jakob wieder. »Sind wir in der Zeit?«

»Wie ein Schweizer Uhrwerk!«, kam von Tim zurück.

Jakob schob sich zu einer Gruppe weiterer Schirme und beobachtete die Brücke.

»Brücke, lasst sie nicht zu sehr quetschen! Und ja, ich weiss, sie haben viel bezahlt, aber nicht, um erdrückt zu werden ... sie werden alle genug sehen!«

Nickend drehte er sich um und traf den Blick von Sandro, der an der Überwachung des Wassers sass. »Ich brauche eine Zigarette ...«

»Du hast mehr Stress als ich?«, lachte Jakob.

»Die vielen Leute machen etwas mit der Luft, was Einwirkung auf die Wasserqualität hat!«

Jakob erhob sich. »Wie meinst du das?«

»Wenn ich es nicht besser wüsste, würde ich sagen, dass die Luftzirkulation ausgefallen ist, aber wir hatten auch noch nie so viele Menschen hier drin!«, zeigte Sandro auf die Anzeigen.

»Das haben wir doch getestet ...« Jakob ging an das Terminal neben den Monitoren. »Scheisse ...«

»Was ist?«

»Die Lüftung ist aus!« Stutzend gab Jakob den Befehl ein, das System zu booten.

»Das müsste doch angegeben werden!«

Nickend drehte sich Jakob zu Sandro. »Das System reagiert nicht.«

Sandros Augen weiteten sich und er schluckte sichtbar.

»Tim, schick jemanden aufs Dach, da stimmt etwas mit der Lüftung nicht!«

»Reboot funktioniert nicht?«

»Zweimal probiert, wir müssen es manuell versuchen!«

Jakob bemerkte Ahmed, der sich eine kleine Leiter griff. »Was wird das?«

»Sie hat etwas gesehen ...«, zuckte Ahmed mit der Schulter. »Ihr geht es nicht gut!«

Seufzend nickte Jakob. »Okay, aber übertreib es nicht, ich werde Herrn Lasser mal informieren!«

Ahmed nickte und wandte sich mit der Trittleiter ab.

»Fehlt nur noch, dass der Strom ausfällt!«, zwinkerte Sandro.

»Jinx es nicht ...«, drehte sich Jakob wieder um.

»Das Wasser verliert weiter an Sauerstoff!«, holte Sandro ihn zurück.

»Was bedeutet das?«

»Die Tiere werden angespannter?«, zuckte Sandro mit der Schulter. »Ich bin IT, kein Meeresbiologe ...«

»Da haben wir wohl die Stelle falsch ausgeschrieben!«, lachte Jakob und betrachtete die Kamera, die John Crime folgte.

»Frag doch Tim, der ist Zoologe!«

Jakob nickte. »Das werde ich!«

Sandro lachte, als der ganze Raum zu explodieren schien.

Jakob hörte einen Knall und bevor er sich umdrehen konnte, wurde er von einer Wucht gegen die Konsolen gedrückt, sofort wurde alles dunkel, als er das Bewusstsein verlor.

12

»You got one shot, one oppurtunity. Will you capture it or will you let it slip?«

Die Worte von Eminem hatten ihn schon damals schwer getroffen, allerdings hatte er die letzten Jahre eher das Gefühl, als hätte er nicht eine Chance, sondern keine.

Du hast keine Chance, nutze sie, versuchte er sich immer einzureden, aber eine Mission Impossible war eine unmögliche Mission, wie man es auch drehte und wendete.

Der Scheinwerfer war zu grell und der zu enge Taucheranzug oder die tausenden Besucher führten dazu, dass John schwitzte, bevor er überhaupt einen Schritt auf dem hohen Steg tat.

Was John immer gleich blieb, war die Tatsache, dass es, bevor es besser wurde, schlimmer wurde. Viel schlimmer.

»Alicia ...«, krächzte es wie ein rasselndes Atmen aus seiner Kehle, als er auf halbem Wege Alicia entdeckte, die in einer Balkonkanzel sass, mit einem Fotografen neben sich.

Sie schien ihn auch zu sehen, aber John wollte sich eigentlich gar nicht vorstellen, was sie dachte. Er fühlte in seinem Magen den Blick, den sie hatte, und sein Herz drohte auszusetzen beim Gedanken, dass sie ihn verabscheute.

»Natürlich ...« holte er tief Luft, zwinkerte zu Arthur, wie er vor seinem Publikum seine Runden drehte.

Mit einem Winken drehte John am Ende des Steges um, starrte aber zu Alicia. Er versuchte zu lächeln, versuchte ihr zu zeigen, dass sich seine Gefühle nicht geändert hatten.

Mitten in seinem schweren Blick krachte es laut, ein weisser Blitz schoss vor seine Sicht und er spürte das Rütteln unter seinen Füssen. Beinahe gleichzeitig krachte Glas und John musste das surreale Brechen und Hochkatapultieren der Brücke mitansehen. Die Brücke war voller Menschen, die sich in seltsamen Bewegungen versuchten auf der Brücke zu halten.

Die Brücke schoss nur wenige Meter vor ihm vorbei, zertrümmerte den Steg, auf dem er stand, und sein Fussboden wurde ihm entzogen.

Die Brücke beendete ihren Aufstieg und bekam, durch das Übergewicht in der Front, einen Drall und kam ins Kippen.

John fiel mit dem Rücken auf das Glas und wusste erst nicht, ob das Krachen von seinem Rücken oder von dem Glas kam, obwohl er einen unschönen Verdacht hatte.

Panisch und kreischend fielen die Besucher wie Regen auf ihn herab, als die Brücke ihren 180 vollführt hatte, und für John wurde alles einfach nur grösser und grösser.

KAPITEL 9

Glas

1

»Hast du das?«, starrte Alicia auf das gewaltige Stück Brücke, das kippte und auf den ersten Tank knallte. Körper flogen umher oder wurden wie reife Früchte zerquetscht. Nur Sekundenbruchteile nach dem Aufprall krachte die Brücke durch das Glas von Tank eins und tauchte mit einer Schar Körper, die meisten regungslos, ins Wasser.

»Habe ich ...« Belsch fotografierte strampelnde Überlebende, die neben treibenden Leichen und dem sich rot färbenden Wasser versuchten, über Wasser zu bleiben.

»Sag mir, dass du alles hast!«, hielt sich Alicia die Hand vor den Mund. »Jedes grauenhafte Detail ...«

»Sie locken den Hai an ...«, warnte Belsch, ehe er die Kamera auf die Haifischflosse richtete, die sich den hilflosen Überlebenden näherte.

»Das waren allerdings nicht die Bilder, die wir sehen wollten ...« knirschte Jonas, als Arthur sich einen der strampelnden Überlebenden im Wasser schnappte, ihn beinahe zerteilte und mit dem zerrissenen Körper zwischen den Zähnen in die Tiefe schwamm.

Chloe kreischte ab dem Anblick auf und griff nach Basil. Dieser starrte gebannt auf den Bildschirm.

»Wo ist John?«

Chloe weinte in den Arm von Basil.

»Er war gerade noch da ... wo ist er?«

Alicia folgte dem Hai, der seine Beute schüttelte, sie auseinanderriss, ehe er sie verschlang und gemächlich tiefer in den Tank schwamm, während unzählige Menschen kreischend versuchten, über Wasser zu bleiben.

»Wo ist dein Ex?«, machte Belsch von den einzelnen Personen im Wasser Bilder.

»Er fiel aufs Glas ... unter die Brücke!« Alicia keuchte. »Die Brücke ist bis nach unten gesunken ...«

»Was ist da passiert?«, fragte Belsch.

Alicia schüttelte fassungslos den Kopf.

Kreischend beobachteten die Menschen, wie die Brücke neben ihnen auf den Grund sank und weitere Besucher unter sich mit in die Tiefe zog.

»Der lebt noch ...«, stotterte Matt und zeigte auf einen jungen Mann, der versuchte, sich von dem Geländer zu befreien, das ihn gnadenlos festhielt.

»Was ist los? Was ist da passiert?«, schrie jemand hinter Matt, der seine Augen nicht von den Todeskämpfen abwenden konnte.

Aus dem Nichts tauchte der Weisse Hai auf, schoss in seinen gewaltigen Ausmassen am Tunnel vorbei und schnappte sich den Kämpfer. Lässig, ohne Aufwand, pflückte er ihn einfach so im Vorbeischwimmen. Erst war er noch da und gleich darauf wankte nur noch sein Bein, ab dem Knie, im aufgewirbelten, rötlichen Wasser, eingeklemmt unter dem Geländer.

Ein Kreischen erfüllte den Tunnel.

»Was ist das?«, wandte sich Belsch zu den Überresten der Brücke, auf der sich die restlichen Überlebenden befanden. Von der oberen Brücke seilten sich Männer mit Maschinengewehren und Tiermasken ab.

»Nach einem Rettungsteam sieht das nicht aus ...« Alicia hastete hinter die Gardinen und prüfte das leere Treppenhaus. Langsam zog sie die Tür zu und drehte das Schloss zu.

»Meinst du, die sind ...«

Alicia unterbrach ihn, indem sie ihn nach unten drückte. »Vielleicht haben sie uns noch nicht gesehen ...«

Nickend legte sich Belsch hin und spähte mit der Kamera durch die Balkonbrüstung.

Martin kam als Dritter auf der Brücke an, löste das Seil von seinem Gurt und holte das Maschinengewehr hervor.

»O nein!«, wurden sie von einer Dame mit seltsam angewinkeltem Arm, die neben dem Geländer lag, entdeckt.

Wolf schoss in die Luft. »Bitte, Ladys und Gentleman, bewahren Sie Ruhe!« Sie stellten sich mit ihren passenden Masken auf und kreisten die Überlebenden vor dem fehlenden Teil der Brücke ein.

»Was wollen Sie?«, rief ein Mann mit langem Bart und Lederjacke.

Fuchs richtete sein Maschinengewehr auf ihn. »Dass Sie ruhig bleiben, Sie haben den Wolf gehört!«

Der Mann schüttelte ungläubig seinen Kopf. »Soll das ein Witz sein?«

Adler stiess ihm den Kolben seines Gewehres in den Bauch. »Sehen wir aus, als wären wir Clowns?«

»Ruhig ...«, zog Katze den Adler an seiner Schulter wieder zurück.

»Sei vorsichtig ...«, flüsterte Alicia und linste selbst zwischen der Brüstung hindurch.

»Wir sind zu weit weg, die sehen uns nicht!«, flüsterte Belsch zurück.

»Tragen die Masken?«

»Tiermasken ...«, bestätigte Belsch.

»Tiermasken?«, stutzte Alicia und setzte sich mit dem Rücken gegen den Fussraum hin.

»Tiermasken: Da ist ein Wolf, ein Fuchs, ein Hund und eine Katze, die Maus und ein Vogel ... den Letzten erkenne ich nicht!«

»Kannst du dich an das Interview erinnern, mit diesem Benedikt ...?«, nahm Alicia ihr Telefon in die Hand.

»Dem Sprecher von diesen Tier... was? Befreiern?«

»So was in der Art ... Tier-Befreiungs-Front oder so! Ich habe ihn interviewt, während das Ozeanium fertiggestellt wurde, in meinem Praktikum!«

»Ja, ich erinnere mich!«

»Ja, Hallo? Hier ist Alicia, ich bin im Ozeanium und hier befindet sich eine Gruppe mit Maschinengewehren!«, drückte sich Alicia einen Finger in das freie Ohr, als sie in ihr Telefon sprach. »Ja, ich bleibe dran.«

»Du hättest auch sagen können, hier sind Terroristen!«, setzte sich Belsch neben sie und legte die Kamera zwischen die beiden. »Die haben sicher eine Bombe gelegt!«

»Ja, mit wem spreche ich?« Ihre Hand zitterte leicht. »Ja, hören Sie. Im Ozeanium ist eine Bombe explodiert. Viele Besucher wurden getötet und die Überlebenden werden als Geiseln gehalten!«

Belsch zuckte mit der Hand und hob die Augenbrauen. »Und?«

»Ich soll dranbleiben!«

Belsch rappelte sich geduckt auf und spähte mit der Kamera wieder zur Brücke.

Malena wischte sich Blut aus der Stirn und drückte auf das Intercom. »Kurt?«

Wieder. »Klara?«

Und wieder. »Irgendjemand?«

»Scheisse ...« Sie richtete sich mit der Hand am Rücken auf und hielt vor dem eingebrochenen Panoramaglas inne. Ein erschreckendes Bruchmuster lief von rechts nach links, ausgehend von dem Punkt, in den sie mit dem Stuhl geknallt war. Feine Rinnsale Wasser flossen durch den Stosspunkt, aber es war noch nicht gross genug, um in Panik zu verfallen.

Die Tatsachen des schräg hängenden Büros und der versiegelten Tür schon eher, aber sie wäre nicht die Frau geworden, die sie war, wenn sie sich schnell abfinden würde.

»Denk nach!«, holte sie Luft und sah sich in ihrem Büro um.

Die Lüftung. Die Lüftung wurde nicht versiegelt, da sie sie immer noch hören konnte. Hastig stöckelte sie um ihren Schreibtisch herum und ging in leichter Schräglage zum Gemälde mit dem Hai unter einem Piratenschiff. Langsam nahm sie das Gemälde von der Wand und offenbarte ein Lüftungs-gitter dahinter.

Mit ihrem manikürten, knallroten Nagel schraubte sie die erste Schraube raus.

Da hörte sie ein Klopfen und drehte sich zum Panoramafenster um. »O nein ... geh weg!«

»Sie reihen sie auf ...«, zeigte Belsch auf das Display, in dem die Geiseln sich am Geländer aufreihten, umkreist von Tierwesen mit Maschinengewehren.

»Was haben sie mit ihnen vor?« Das Telefon hatte sie weiter gegen ihr Ohr gepresst.

»Ich habe keine Ahnung ... Und da drüben stellen sie etwas auf ...«, bemerkte Belsch und zoomte näher ran.

»Ich bin Reporterin für die *Basler Brügge* und wir sind auf einem Besucherbalkon!«, verdrehte Alicia die Augen. »Ja, wir können sie sehen!«

»Sie bauen eine Kamera auf!«, flüsterte Belsch.

»Sie sind maskiert, sie tragen Tiermasken und gerade stellen sie eine Kamera auf!« Nickend seufzte sie. »Ja, ich nehme mal an, Sie werden die Herren bald kennenlernen!«

Belsch wartete und hob schliesslich fragend die Brauen.

»Ich soll dranbleiben!«

»Ist es das, was mit Lea passiert ist?«, sass Doris auf dem Wohnzimmersofa und hörte besorgt, wie ihre Tochter durch die Wohnung hastete. Sie deutete auf den Fernseher, auf dem mittlerweile nur noch die Moderatoren zu sehen waren. »Dieser Unfall?«

»Wo hast du meine Flaschen?«, blieb Sarah keuchend in der Wohnzimmertür stehen.

»Welche Flaschen?«, schüttelte Doris völlig überfragt den Kopf.

»Meine Taucherflaschen, Sauerstoff …!«, präzisierte Sarah.

»Im Keller … ich wusste ja nicht, ob du wiederkommst!«

»Dafür ist jetzt nicht die Zeit, Mama!«, hastete Sarah wieder davon.

»Sie werden ein Statement abgeben …«, kam Belsch wieder nach unten und griff nach dem Käse.

»Wie kannst du jetzt essen?«

»Wenn ich Stress habe, bekomme ich Hunger …«, steckte er sich Käse und Brot in den Mund.

»Du bist wohl immer gestresst!«, lächelte Alicia mit einem schwachen Lächeln und griff sich selbst ein Stück.

»Meistens …«, nickte Belsch kauend. »Und wir wissen ja nicht, ob wir je wieder was zu essen bekommen.«

»Mal den Teufel nicht an die Wand …«, legte sie eine Hand auf seine Schulter.

»Das Gebäude ist dicht, ich bezweifle, dass das alle von denen sind!«, nahm Belsch seine Kamera und linste wieder zur Brücke. »Weisst du, dass Manuel hier ist?«

»Unsere Reinigungskraft?«, überlegte Alicia erst einen Moment.

»Er hat die Tickets von mir … Streller hatte sie mir gegeben, für meine Kooperation!« Seufzend senkte er den Blick.

»Du kannst dir dafür nicht die Schuld geben!«, drückte sie seine Hand. »Richard, niemand wusste, dass das passieren wird!«

An der Tür hinter den Gardinen wurde gerüttelt und Alicia musste einen Schrei mit der Hand unterdrücken.

»Hallo?«, klopfte es an der Tür.

Belsch hielt einen zitternden Finger an seine Lippen.

»Wir haben technische Probleme und müssen Sie evakuieren!«, klopfte und rüttelte es weiter.

Alicia drückte sich beide Hände gegen ihren Mund, die Augen weit aufgerissen.

Auf einmal war Stille und es schien, als hätte er aufgegeben.

Belsch hob die Kamera, zoomte ran und zeigte Alicia das Bild.

Ihre Hände griffen fester ihren Mund, als sie den Typ in der Wolfsmaske mit einem Fernglas erkannte.

2

Kurt wandte sich von seinem Bildschirm ab, griff sich einen Rucksack und rollte zu seinem Computer.

»Ich habe es ihr gesagt ...«, seufzte er und schloss eine SSD-Festplatte an. »Diese Typen sind gefährlich, nimm sie ernst!«

Mit ein paar Tastenschlägen liess er den Computer arbeiten und ging zurück zum Bildschirm. »Aber nein ...« Kopfschüttelnd nahm er den Football vom Tisch und steckte ihn in den Rucksack. »Und jetzt haben wir ein Becken voller Fischfutter!«

Mit einem letzte Klick auf Enter entfernte er die Festplatte und steckte sie in eine Tasche im Rucksack. Aus einer der Schubladen nahm er eine Mappe und eine Beretta-Schusswaffe, prüfte das Magazin und stecke sie in seinen Hosenbund.

»Habe ich alles?«, schulterte er den Rucksack und scannte sein Labor.

»Ich Idiot ...«,schlug er sich gegen den Kopf, ging zum Kühlschrank und nahm die kleine Kühltasche heraus. Inhalt: ein Sixpack und drei Sandwiches.

Vorsichtig schielte er in den Gang, bis auf die lautlose rote Sirene war nichts zu sehen und er schob sich aus seinem Labor.

Mit seinem eigenen rötlichen Schatten an der Wand huschte er zum Treppenhaus. Nervös griff er nach der Beretta und öffnete die Tür.

Mit einem lauten Krachen schlug die Brücke ein, das fünf Meter hohe Glas verfehlte John um etwa drei Zentimeter. Noch bevor er sich darüber freuen konnte, brach das Glas und er fiel mit dem Rücken voran, aber langsamer als die Brücke, ins Wasser.

Der Druck und der Sog der sinkenden Brücke zogen ihn tiefer unter Wasser, aber mit seinen Flossen schaffte er es, sich daraus zu befreien, und schwamm an die Oberfläche.

Mit einer Lunge voll Luft tauchte er auf und bemerkte, dass er nicht der Einzige war und wie sich ein paar Meter weiter vorne andere Leute panisch über Wasser hielten.

Mit dem Versuch, seine Taucherbrille über den Kopf zu ziehen, drehte er sich etwas und blickte Arthur ins Auge. Er schwebte auf der Stelle und schien ihn anzusehen, John könnte nach vorne greifen und seine riesigen Kiemen berühren, selbst, um ihm ins Auge zu sehen, musste er leicht den Kopf nach oben kippen.

Mit einer Welle, die John sofort fünf Meter zurücktrieb, stiess Arthur nach vorne und hielt auf eine kreischende Frau zu.

Hastig griff John nach der Taucherbrille, zog sie über seine Augen und tauchte ab. Er erkannte das schräg hängende Unterwasserbüro, etwa zehn Meter von ihm entfernt. Es hatte auch gelitten, aber es gab sicher Schächte, die aus diesem Tank führten, und dies schien eine Chance, die es zu versuchen galt.

Mit einem kurzen Blick zurück, in dem Arthur mit Wolken aus Blut, die aus seinem Mund strömten, erschien und davonschwamm, nahm er selbst die Flossen in die Hand.

Vorsichtig half Kurt der Tür, lautlos ins Schloss zu klicken, und horchte in das Treppenhaus. Ausser einem steten Tropfen war nichts zu hören, aber Kurt passte diese Situation gar nicht, so bewegte er sich gerade mal in langsamerer Zeitlupe die Treppe hoch. Eine Zehnerstufe nach der anderen, mit der Waffe im Anschlag, auf die nächste Ecke gerichtet.

Niemand kam ihm entgegen, niemand wartete auf ihn, aber am Fusse der letzten Stufen zum Dach fand er einen der Wachmänner des Ozeaniums.

»O nein ...«, griff er sich an den Kopf und kniete neben dem Wachmann nieder, stellte sich dabei in die Blutlache und drehte ihn um.

Laut dem Namensschild hiess er Sanchez. Kurt hatte weder den Namen gehört noch das Gesicht zuvor gesehen, aber er bedauerte dessen Schicksal.

Mit einem Seufzen stiess er die Tür zum Dach auf und trat hinaus.

John erreichte das Fenster, presste sich dagegen und versuchte, etwas auszumachen. Das Interieur wirkte wie nach einem Erdbeben, aber er entdeckte ziemlich rasch Malena, die am anderen Ende beschäftigt war.

Das Glas war angebrochen. Von einem Schlagpunkt aus zierten Risse das grosse Glas, also schlug John gegen die Punktstelle ein.

Malena bemerkte dies, nicht wirklich erfreut darüber, ihn zu sehen, und öffnete den Mund. Nur konnte John nicht viel darauf geben. Ihm ging die Luft aus und er spürte, wie seine Lungen zu protestieren begannen.

Mit einem Ruck kippte das Büro noch etwas weiter und der Winkel abwärts vergrösserte sich.

John schlug weiter gegen das Glas ein und schaffte es, den Punkt zu vergrössern.

Er sah, wie Wasser ins Innere gespült wurde, seine Bewegungen wurden schwerer und seine Sicht wurde von einem wachsenden Schwarz eingekreist.

Mit schnellen Schritten ging Kurt auf das Lüftungshäuschen zu, zog die schwere Tür auf und blieb stehen. Seine Begrüssung wurde vom Anblick des leblosen Stefan verhindert, in dessen Brust glänzten drei blutige Wunden und ihm war klar, das waren Einschusslöcher.

»Scheisse ...«, keuchte er und ging rückwärts wieder hinaus. Keuchend drückte er die Hände auf seine Knie und erbrach sich.

»Scheisse ...«, wischte er Erbrochenes mit einer zitternden Hand von seinem Mund und hastete, seinen Fluch wiederholend, auf den Hubschrauber zu.

Kalter Schweiss lag auf seiner Stirn und seinem Nacken, keuchend wischte er diesen von der Stirn mit dem Ärmel ab, als er den Hubschrauber erreichte.

Mit dem Rucksack in der Hand öffnete er die Hintertür und schrie auf ab der Gestalt, die am Boden kauerte.

Peter schreckte auf und drängte in einer Fötusstellung gegen die andere Seite.

»Peter?«

Peter blickte zitternd zwischen seinen Armen durch.

»Alles okay bei dir?«

Peter sagte nichts.

Nickend warf Kurt den Rucksack und die Kühltasche zu Peter. Stiess die Tür wieder zu und ging um den Hubschrauber herum, zur Pilotentür.

Malenas Augen weiteten sich, als das Glas krachend und knirschend weiter brach. Bis es mehr Wasser und Wasser mit John hereinpresste. Der grösser werdende Bruch flutete das Büro, aber durch die schräge Lage und den Sauerstoff füllte es sich nicht sofort vollständig.

Laut nach Luft ringend hielt sich John am Schreibtisch fest und zog sich an ihm weiter aufwärts ins Innere.

»Verschwinde!«, kreischte Malena.

John schob lächelnd die Taucherbrille nach unten und watete weiter.

»Ich werde sie verkla...«, nahm sie einer ihrer Stilettos in die Hand und drohte, ihn zu werfen, ein Rumpeln brachte das Büro in einen noch tieferen Winkel und Malena verlor das Gleichgewicht.

John schaffte es, sich an einem der Bildschirme festzuhalten, der Wasserspiegel war nun zwei Meter unter ihm und steigend.

»Ziehen Sie mich wieder hoch!«, hielt sich Malena gerade so über Wasser.

John kämpfte mit dem Halt und versuchte nicht abzurutschen. Schaffte es, die Hand unter den Rahmen zu bringen, und drehte sich mit ausgestrecktem Arm um, als er den dunklen Schatten unter Malena bemerkte.

Laut krachend rumpelte das Büro ein weiteres Mal und Malena griff verzweifelt nach Johns Hand.

Der Schatten wurde zu einem garagentorgrossen, mit Zähnen gespickten und geöffneten Rachen, in dessen Mitte Malena versuchte, Johns Hand zu greifen. Arthur kam gar nicht erst aus dem Wasser, der Kiefer schnellte zu und hauchte sofort die ganze Angst aus Malenas Gesicht. Blut spritzte aus ihrem Mund, als sie zur Seite gedrückt wurde, und beim Abdrehen brach Arthur die Öffnung noch weiter auf.

Keuchend, mit der Hand noch immer ausgestreckt, blinzelte John auf die Blutlache im Wasser unter ihm und wartete darauf, dass das Büro einbrach.

Kurt drehte sich nach hinten. »Setz dich auf deinen Sitz und schnall dich an!«

»Hast du gesehen, was mit Stefan passiert ist?«, richtete sich Peter auf und drückte die Hand unsicher auf das Fenster.

»Du solltest sehen, was sie mit dem Ozeanium gemacht haben!« Kurt zog das Headset an und startete die Rotoren. »In der Tasche ist mein Tablet! Ich denke, das Netz dürfte mittlerweile voll davon sein!

Peter schnallte sich an, zog sein Headset an und zog die Tasche zu sich.

»Oh, und noch was ...«, legte Kurt einen Schalter um und setzte seine Sonnenbrille auf die Nase. »Du wirst dein Geld wohl behalten können!«

Der blaue Hubschrauber mit der blauen Lackierung und der weissen Ozeanium-Aufschrift mit der Haifischflosse im O hob vom Dach des Ozeaniums ab und flog in den Mittagshimmel hinein.

3

»Wir wissen, dass ihr da drin seid!«, klopfte es wieder energischer an die Tür.

Alicia deutete auf die Fototasche, die neben dem Stuhl lag. »Er hat sie gesehen!«

»Was tun wir jetzt?«, flüsterte Belsch.

»Wenn wir nicht aufmachen, werden sie schiessen...« Seufzend spähte sie zur Brücke. »Und wenn wir aufmachen, werden sie uns erschiessen!«

»So, wir sind tot?«, liess sich Belsch resignierend sinken.

»Darauf läuft es wohl hinaus!«

»Reporter auf dem Balkon!«, kam eine Stimme durch den Lautsprecher. »Erheben Sie sich und machen Sie unseren Freunden die Tür auf, Ihnen wird nichts passieren!«

Alicia schloss die Augen.

»Wir haben keine Wahl!«, legte Belsch seine Hand auf Alicias Arm. Seufzend richtete sich Belsch auf und hob die Arme nach oben. Alicia folgte seinem Beispiel, aber sie bewegte sich zur Tür und schloss auf.

Die Tür schlug auf, ein Esel kam herein und hielt Alicia zwei Paar Handschellen hin.

Alicia nahm sie zitternd entgegen, gab eine an Belsch und legte sie an. »Was haben sie vor?«

»Keine Angst!«, sagte der Esel und trieb sie aus der Tür. »Wir sind die Guten!«

Belsch wurde aufgehalten. »Deine Kamera!«

Belsch schluckte ängstlich.

»Hol sie!«

Belsch ging zurück, nahm die Kamera und ging wieder zurück.

»Los ...«, stiess er ihn an. »Hoch mit euch!«

Sie gingen die Treppen weiter nach oben, bis sie zu einer Tür links kamen. Esel zog sie auf und liess sie durch. »Kommt schon, wir haben nicht den ganzen Tag Zeit!«

»Schon gut ...« keuchte Alicia, sie wusste nicht, ob sie eher genervt oder panisch war, aber sie schwitzte wie ein Schwein.

»Los, die dritte Tür!«

Belsch ging voraus, aber mit der Kamera konnte er die Tür nicht öffnen, was Esel für ihn übernahm.

»Sagen Sie uns doch, was Sie wollen!«, blieb Alicia stehen.

»Alles zu seiner Zeit«, hob er das Maschinengewehr. »Los!«

»Schon gut!«

Sie betraten einen Lesungsraum. Alicia schätzte etwa dreizehn Sitzreihen als Halbkreis mit einem Pult und einer Tafel in der Mitte.

»Was ist das?«, wurde Alicia in eine der Sitzreihen gedrückt, Belsch in eine ein paar Reihen weiter unten und Esel ging die Treppe nach unten zum Schreibtisch.

»Sehen wir uns jetzt einen Film an?«, drehte sich Belsch, so gut es ging, um und lächelte schwach zu Alicia.

»So in etwa!« Esel nahm eine Fernbedienung aus dem Schreibtisch und startete die Monitore, die sich über der Tafel befanden.

»Da haben sie nicht gespart ...«, schüttelte Alicia den Kopf und musste zusehen, wie der Hai mit einer blonden Frau im Mund an der Kamera vorbeischwamm.

»War das Malena Bös?«, keuchte Belsch.

Esel stand mit der Fernbedienung in der Hand einfach nur da und starrte auf den nun leeren Bildschirm.

»Das war zu schnell ... ich bin nicht mal sicher, ob das eine Frau war!«, verfolgte Alicia gespannt die Schirme, auf dem einen hatten die Terroristen die Besucher in ihrer Gewalt.

Der Esel legte die Fernbedienung zurück und ging wieder die Treppe hoch. »Ihr wartet hier, man wird sich gleich um euch kümmern!«

Belsch rutschte weiter nach innen, so konnte er sich einfacher umdrehen. »Das war die Bös! Ich bin mir sicher!«

Alicia zuckte mit der Schulter. »Wie auch immer ... denkst du, es war gewollt, dass die Brücke in den Tank knallt?«

Belsch schüttelte den Kopf. »Ich bezweifle es ... dass sie einbricht, ja, aber dass sie einen Salto macht, haben sie wohl kaum kalkuliert!«

»Als Botschaft ist dies sicherlich sehr stark ... wie viele Leute standen auf der Brücke?«, betrachtete sie traurig die im Wasser treibenden Leichen, die vom Hai ignoriert wurden.

»Wenn zehntausend drin waren, dann sicher drei- bis viertausend, vielleicht sogar fünf- ...«

Alicia keuchte. »Sie werden sicherlich in die Geschichte eingehen!«

Matt wandte sich Markus zu. »Wir sollten zurückfahren!«

Dies schnappten auch andere auf und so kam Bewegung in die Plattform. Panisch rannte ein grosser Teil der Besucher im Tunnel wieder ins Tram.

»Wartet!«, schrie eine Frau in einer blauen Ozeanium-Jacke. »Wartet!«

Matt und Markus waren mit Strawberry und Georg noch nicht weit gekommen, aber sie blieben stehen und drehten sich zur Ozeanium-Mitarbeiterin um.

»Wir können nicht weiterfahren!«

»Was?«, schrie die Menge auf. »Wieso nicht?«

»Das Notfall-Protokoll sieht vor, dass die Tunnel versiegelt werden bei Erschütterung! Dieses rote Signal dort weist darauf hin!«

»Wollen Sie uns damit sagen, dass wir nun hier eingesperrt sind?«

Die Menge regte sich auf und geriet in Panik, beides zugleich.

»Wir müssen Ruhe bewahren, solange der Tank intakt ist, wird dem Tunnel nichts passieren!«

»Solange?«, reagierte es aus der Menge.

»Wir sind verloren!«

Schreiend lösten sich einige und rannten tiefer in den Tunnel hinein.

Matt sah ihnen nach und wandte sich an den bleichen, schwitzenden Georg. »Was tun wir?«

»Was können wir tun?«, gesellte sich Markus dazu.

»Irgendwie muss man doch rauskommen!«, wollte Strawberry den Mut nicht aufgeben, blieb aber mit dem Blick auf anderen hängen, die sich ins Tram bewegten. »Das muss doch manuell möglich sein!«

»Da hat sie gar nicht so unrecht!«, nickte Markus und drehte sich um. »Wo ist die Mitarbeiterin?«

»Die rennt dort in den Tunnel!«, zeigte Georg nach links.

»Das werte ich als ganz schlechtes Zeichen ...«, wischte sich Matt Schweiss von der Stirn und wandte sich der Aquarium-Wand zu.

»Was ist da oben passiert?«, setzte sich Georg neben ihm auf den Boden.

Auf dem Bildschirm war zu erkennen, wie der Hai einen weiteren Überlebenden unter Wasser zog und ihn mit einem Zuschnappen des gewaltigen Kiefers in eine rote Staubwolke verwandelte.

»Atemberaubend ...«

Alicia drehte sich um. Der Terrorist mit der Wolfsmaske kam langsam die Treppen runter, ein weiterer mit einer Maulwurfmaske blieb oben an der Tür stehen.

»Was wollen Sie von uns?«, fragte Belsch, als er an ihnen vorbeiging.

»Sie sind Reporter, ich will, dass Sie beobachten und berichten!«, lachte er unter der Maske.

»Sie sind ein Mörder!«, flüsterte Alicia.

»Massenmörder ...«, korrigierte Belsch.

Der Wolf drehte neben den Bildschirmen um und hob die Hände. »Ich verstehe, dass Sie das jetzt so sehen, aber glauben Sie mir, die Zeit steht auf unserer Seite!«

»Sie haben unser Land in die Top Ten der verheerendsten Katastrophen katapultiert!«, versuchte Alicia so artikuliert wie möglich zu sein.

Gütig nickte der Wolf. »Sie werden verstehen, im Laufe der Zeit, dass die Katastrophe von Frau Malena Bös ausgelöst wurde!«

»Sofern sie nicht die Bombe gezündet hat ...«, schüttelte Alicia den Kopf, »nein!«

Der Wolf schenkte dem Monitor seine Aufmerksamkeit und beobachtete, wie der Hai durch seinen Tank glitt, beinahe wie auf Schienen gegen die Oberfläche glitt und den nächsten Strampelnden im Wasser zwischen seinen Zähnen zerstückelte. »Frau Bös hat ein Verbrechen gegen die Natur begangen und dafür wird sie bezahlen!«

»Frau Bös wurde gefressen ...«

Der Wolf drehte sich um und starrte Belsch an. »Eine Verwechslung, nicht mehr, Frau Bös befindet sich nach wie vor in ihrem Büro unter der Wasseroberfläche von Tank eins!«

»Sah nicht danach aus ...«, zweifelte Alicia. »Was wollen Sie überhaupt? Sie töten tausende von Menschen, um was? Den Hai zu befreien?«

Nickend drehte sich der Wolf wieder um. »Sie werden Geschichte erleben!«

»Denkst du, sie führen für ihn die Todesstrafe wieder ein?«, drehte Belsch sich zu Alicia um.

»Er wird im Kugelhagel vor dem Ozeanium schon getötet, kein Grund für eine Gesetzesänderung!«, drehte sich Alicia zum Maulwurf. »Und er wird gar nicht erst so weit kommen!«

»Ich bitte Sie ... ich bitte Sie ...«, wandte sich der Wolf wieder ihnen zu. »Sie werden über dieses Event berichten und Sie werden bei der Wahrheit bleiben!«

»Das ...«, lachte Alicia »... wird ein Kinderspiel!«

»Was haben wir vor?«, stellte Strawberry sich vor die sitzenden drei.

Markus zeigte nach oben. »Wie sehen dem Hai beim Fressen zu!«

»Sollten wir nicht versuchen, hier rauszukommen?«, ging sie einen Schritt näher, als würde sie einen Fernseher blockieren.

»Sollte der Tunnel geöffnet werden, werden wir dies mitbekommen ...« Seufzend rieb Matt seine Schläfen.

»Und bis dahin warten wir hier?«

Nickend nahm Georg seine Kappe ab, um sich den Schweiss von der Stirn zu wischen.

»Ich gehe da runter und helfe den anderen!«, wandte sich Strawberry ab.

Matt blickte ihr nach, wie sie an einer Familie vorbeiging, der Vater lag erschöpft am Boden und die Töchter weinten im Arm der Mutter.

»Wir kommen hier wieder raus, oder?«, flüsterte Matt.

Markus wischte sich selbst Schweiss von der Stirn. »Man soll die Hoffnung nicht aufgeben, oder?«

»Oder?«, lachte Georg. »Oder?«

Lachend, am Rande des Weinens, senkte Matt den Kopf.

»Denkst du, sie lassen uns am Leben?«, hatte sich Belsch auf die Bank gelegt und starrte die weisse Decke an.

»Wir haben ihre Gesichter nicht gesehen und ich denke, er ist genauso wahnsinnig, wie er aussieht!« Alicia verfolgte seufzend, wie der Hai von einem Bildschirm zum anderen schwamm und hochkam, um sich einen weiteren Besucher einzuverleiben.

»Die ganze Geschichte war von Anfang an verflucht ...«, setzte sich Belsch wieder auf und beugte sich zu Alicia. »Die Sache mit ihren Kindern in Mexiko, John, der deutsche Pilot und sein Mechaniker ... ich fand es damals schon zu viel, und nun?«

Alicia nickte, ohne den Blick abzuwenden. »Es gab schon viel Blut, um den Fisch hierher zu bringen und im Moment springt die Zahl der Toten pro Minute nach oben!«

»In etwa, was ich sagte ...«, nickte Belsch und drehte sich auch zu den Bildschirmen. »Denkst du, das wird live übertragen?«

»King Kong live?« Alicia zog an ihren Haaren und löste den Pferdeschwanz. »Die wären doof, es nicht zu zeigen!«

4

Jonas und Johan sassen in ihren gepolsterten Stühlen, sahen in die Kamera und es liefen Live- und Archivbilder des Ozeaniums zwischen ihnen.

»Wenn Sie jetzt gerade zugeschaltet haben, eine Tragödie führte dazu, dass Besucher ins Haifischbecken mit dem vierzehn Meter langen Weissen Hai darin fielen!« Jonas sah zu Johan. »Wer schreibt solche Sätze?«

Johan blickte kopfschüttelnd an der Kamera vorbei. »Wir sind live und müssen noch atmen!«

Klickend erklang die Stimme ihres Produzenten in ihrem Ohr. »Wie die treibenden Leichen?«

Jonas schluckte in die Kamera.

»Macht euren verdammten Job!«

Sie zuckten unmerklich zusammen.

»Bis zu diesem Zeitpunkt wissen wir noch nicht, was sich im Ozeanium zugetragen hat, da die Bilder des Hais, der die Besucher frisst, der einzige Blick hinein sind ...«

Johan übernahm nickend. »Die Rettungskräfte stehen vor dem Gebäude und haben Anstehende evakuiert, aber Reingehen gestaltet sich als schwierig!«

Bevor der Hai einen weiteren Besucher zwischen seine Zähne bekam, schaltete das Bild um und zeigte die Feuerwehr, die an er versiegelten Tür scheiterte.

»Die Türen sind versiegelt und ...« Jonas griff sich an sein Ohr, nickte und sah wieder in die Kamera. »Es gibt eine Entwicklung im Innern des Ozeaniums.«

Ein schwarzes Bild überlappte das Bild der Rettungskräfte. Nach einer Überblende sah man von oben auf den zertrümmerten Oberbereich des Tanks, ein leichter Schwenk zeigte die zerstörte Brücke, ehe sie zurückzoomte, auf hunderte Geiseln, die auf ihren Knien mit den Händen hinter den Köpfen in die Kamera starrten.

Jonas' Augen weiteten sich und Johan griff sich schockiert an die Stirn.

Die Kamera drehte, zeigte dabei maskierte und bewaffnete Männer, die Masken von Tieren trugen, und endete auf einem Mann mit einer Wolfsmaske.

»Dürfen wir so was zeigen?«, fragte Jonas an der Kamera vorbei.

»Guten Tag, meine Damen und Herren«, begann der Wolf mit verzerrter Stimme zu sprechen. »Das Ozeanium ist ein Verbrechen an der Natur und Frau Malena Bös gehört für ihre Verbrechen bestraft! Wir haben es im Dialog versucht, aber sie zeigte keine Einsicht oder Reue, nein, sie entführte eine majestätische Kreatur aus ihrer Heimat, dem weiten Ozean, um ihn hier zur Schau zu stellen. In der Schweiz!«

Er machte einen Schritt nach links und verschränkte die Hände auf seinem Rücken.

»Sie werden erkennen, dass die Massnahmen berechtigt waren, um die Ignoranz und Gier der Menschen zu bestrafen!«

Mit einem Zucken war das Bild wieder schwarz.

Jonas und Jakob starrten schockiert in die Kamera.

»Es scheint, als hätten Terroristen das Ozeanium in ihre Gewalt gebracht und ...« Johan schluckte und nickte zu Jonas. »Du weisst, wie viele auf dieser Brücke standen ...«

Jonas winkte ab. »Schaltet auf Werbung!«, und wieder an der Kamera vorbei. »Was soll diese Scheisse? Wer sind diese Clowns?«

Johan erhob sich von seinem Stuhl und holte tief Luft.

»Haben wir jetzt Tierschutzterroristen? Wann ist das passiert?«, griff Jonas seine Wasserflasche.

»Ich denke, es ist falsch, das alles zu zeigen!«, ging Johan zu Jonas.

»Dann würde es ein anderer tun!«, kam durch den Funk in ihr Ohr.

»Wir dürfen denen doch keine Plattform bieten!«, rief Johan.

»Werbung endet in zehn!«

Seufzend setzte sich Johan wieder auf seinen Stuhl, Jonas schloss die Wasserflasche und stellte sie auf den Tisch ausserhalb des Bildes.

Mit Blaulicht fuhr der Streifenwagen am Bahnhof vorbei.

»Weisst du, ich denke auch, dass es keine gute Idee ist!«

Sarah nickte und prüfte den Sauerstoff. »Erwarte ich auch nicht!«

»Du wirst da nichts ausrichten können!«

»Micha ...«, seufzte Sarah. »Sei ein guter Bruder und halte deinen Mund, ja?«

»Lass doch die Rettungskräfte da reingehen!«

»Ich bin Taucherin!«

Seufzend blieb Micha mit dem Streifenwagen vor dem Zoo, Eingang Dorenbach, stehen und drehte sich besorgt zu Sarah.

»An alle Einheiten. Bewaffnete Männer im Ozeanium! Gebiet sichern!«, Kam aus dem Funkgerät.

»Das war's, du bleibst hier!«, langte Micha wieder nach dem Zündschlüssel.

Sarah hielt ihren Taucheranzug auf dem Arm und stieg aus. »Ein Grund mehr, da reinzugehen!«

»Warum denkst du, du kommst von der Bühne hinein?« Micha nahm seine Mütze ab und stieg auf der anderen Seite aus.

»Weil ich es weiss!«

»Hat es mit Mexiko zu tun?«, ging Micha um seinen Streifenwagen herum.

»Nein, es hat mit dem Ozeanium zu tun, alles hat mit dem Ozeanium zu tun!«

Lächelnd schüttelte er den Kopf und Sarah zog den Reissverschluss zu. »Du klingst wie bei der Auflösung einer Mystery-Serie!«

Sie nahm Flossen, Taucherbrille und die Sauerstoffflaschen vom Rücksitz und stutzte. »Du kannst mich begleiten, schliesslich warten bewaffnete Männer auf mich!«

Nickend ging er zum Kofferraum und nahm sein Gewehr aus der Verankerung. »Darüber reden wir mit Mutter besser nicht ...«

Lächelnd drehte sie sich um und ging auf das Kartenhäuschen zu.

»Zu uns zugeschaltet ist Frau Dr. Valentina Gianni, Meeresbiologin, die bei der Überfahrt des Weissen Hais dabei war! Guten Tag, Frau Doktor!«, lächelte Jonas in die Kamera.

»Guten Tag!«

»Eines vorweg, ich dachte immer, Haie essen keine Menschen und dieser Hai hat sich schon durch Dutzende gefressen!«, sah Johan in die Kamera.

»Da der Hai in Gefangenschaft ist, ist dies so zu erklären, da Menschen nicht die Proteine enthalten, die er braucht, so ist der Mensch nicht auf seiner Nahrungsliste!«

»Und dennoch ... er kann nicht aufhören, das kann nicht daran liegen, dass er alle für Seehunde hält ...?«, führte Johan die Frage aus.

»Wir wissen nicht, wie es in seinem Kopf aussieht, wie verwirrt er ist ...«, seufzte Dr. Gianni laut. »Der Hai war in sehr schlechter Verfassung, als wir ihn aufgenommen haben, und diese Diät aus Menschen in dem Tank ist nicht gesund für ihn.«

»Man könnte auch sagen, dass Cheeseburger oder Chicken Nuggets nicht gut für mich sind, und dennoch esse ich zu viel davon!«, nickte Jonas.

»Ich glaube nicht, dass wir Ihre Verdauung mit der eines Haies vergleichen können!«

»Nun, nach meinem Verständnis isst ein Hai auch Nummernschilder ... glauben Sie nicht, dass es ihm egal ist, wie gut die Proteine dabei sind?«, fuhr Jonas fort.

»Wir haben genug Beweise, die aufzeigen, dass Haie friedlich sind und nicht nach dem Mensch jagen!«

Johan deutete auf das Bild unter ihr. »Sehen Sie, er lässt die Toten aus und frisst nur die Lebenden, so läuft das seit gut fünfzig Minuten!«

Genervt verliess Dr. Gianni das Bild.

»Habe ich was Falsches gesagt?«, fragte Johan an der Kamera vorbei.

»Ihr seid schreckliche Berichterstatter!«, knisterte es in ihrem Ohr.

»Hey, wir sind Sportkommentatoren, die Spannung in dieses Event bringen sollten ...«

»Die Spannung liegt nicht an euch!«

Johan lachte kopfschüttelnd. »Als ob so eine Tragödie geübt wird ...«

»Wissen wir schon etwas von den Zahlen der Opfer?«, wollte Jonas an der Kamera vorbei wissen.

»Es waren etwa fünfundsechzighundert Besucher im inneren Bereich des Ozeaniums!«

»Was?« Jonas stand auf. »Das können wir nicht senden!«

»Natürlich könnt ihr das, das ist unser Nine Eleven!«

Jakob und Jonas tauschten einen besorgten Blick, drehten sich wieder in die Kamera und warteten auf den Text im Teleprompter.

Sarah und Micha kauerten hinter den Sitzreihen mit dem Geländer und der Werbung, dahinter waren sie von der Bühne nicht zu sehen. Auf der Bühne waren drei Männer, die etwa zwei Dutzend Arbeiter und Besucher in ihrer Gewalt hatten.

»Was tragen sie da?«, stutzte Sarah.

»Masken ...«

»Danke, Einstein, ich meinte, warum haben diese Clowns Tiermasken?«, spähte sie über das Geländer.

»Nun, sie haben Geiseln in einem Tierpark genommen ...«, zuckte Micha mit der Schulter.

»Wassertiere ...«, flüsterte Sarah. »Ich muss nicht an Land, es gibt auch einen Wasserweg, aber ich muss da ins Wasser!«

»Ich kann nicht auf sie schiessen, da sind zu viele Unschuldige!«, umschloss er das Gewehr fester in seinen Händen.

»Wenn du es nicht tust, werden sie mich erschiessen, bevor ich das Wasser erreicht habe!«, erwiderte Sarah.

»Lass uns auf Verstärkung warten!«

»Werden die mich reinlassen?«

Micha schüttelte den Kopf. »Wohl kaum!«

»Also streng dein Polizistenhirn an!«

Micha blinzelte sie an.

»Bitte ...«, verdrehte sie die Augen.

»Gut ... ich gehe auf die andere Seite und versuche, sie abzulenken!« Mit der Hand fasste er an seine Stirn. »Wenn du dabei draufgehst ...«

»Ja, ja ... ich weiss!«

Micha holte nickend Luft, prüfte kurz die Lage und ging wieder unter die Stufen.

Sarah zog sich in Deckung ihre Flossen an und brachte die Taucherbrille auf ihrer Stirn an.

Vierzig Sekunden dauerte es, bis Micha sein Ablenkungsmanöver startete, vierzig Sekunden, die sich wie eine Ewigkeit für Sarah anfühlten.

»Das ist die Polizei!«, schrie einer der Maskierten und sie gingen hinter einem Balken für Seehunde in Deckung.

Sarah wartete, bis sie alle abgelenkt waren, hastete mit der Brille hantierend aus der Deckung und sprang von der Tribüne die drei Meter ins Wasser.

Hamster drehte sich zum Wasser.

»Was?«, schrie der Hase.

Hamster blickte ins Wasser. »Klang so, als wäre etwas reingefallen ... oder aufgetaucht!«

»Wir sind hier in einem Schussgefecht!«, ermahnte Meerschweinchen.

»Die Zahlen sind natürlich nur geschätzt, Genaueres wissen wir erst, wenn die Geiselnahme ihr Ende hat!«, sagte Jonas ernst.

Im Bild waren Bilder des Ozeaniums, Wiederholungen davon, was geschehen war, und immer wieder Liveschaltungen.

»Und dennoch sind sie zu hoch!«, gab Johan dazu. »Man muss hinterfragen, ob das zu verhindern war!«

»Das werden die Ermittlungen zeigen. Falls Sie erst jetzt zugeschaltet haben: Das Ozeanium wurde wenige Minuten nach der Bekanntgabe von Arthur, dem grossen Weissen Hai, von Terroristen gestürmt. Dabei wurde ein Teil der Besucherbrücke auf den Tank geschleudert, es ist anzunehmen, dass ein Grossteil der Besucher sich auf diesem Stück Brücke befand ...«

»Unsere Gedanken, Anteilnahme und Gebete sind bei den Familien der Opfer!«, sagte Jonas bedächtig.

»Anteilnahme und Gebete ...«, nickte Jonas. »Wobei viele Familien wahrscheinlich noch gar nichts von ihrem Unglück wissen! Eine tragische Situation!«

»Tragische Situation ...«, wiederholte Johan.

»Es tut sich etwas im Ozeanium!«, unterbrach Jonas nach ein paar Sekunden Stille.

Das Bild wechselte auf eine junge Frau, die zitternd ein Mikrophon in der Hand hielt.

»Von der Redaktion höre ich, dass es sich um eine Reporterin der *Basler Brügge* handelt, Alicia Bauer.«

Alicia drehte sich zur Tür um.

»Los!«, sagte der Maulwurf in schlechtem Deutsch.

Sie rutschten aus ihren Bänken und gingen dem Maulwurf entgegen, der ihnen die Tür aufhielt.

Bevor Alicia nahe genug für Augenkontakt war, wandte sich der Maulwurf nach aussen und die Tür fiel ihr gegen die Schulter. »Sehr charmant!«

Er stand mit seinem Maschinengewehr im Gang und deutete auf die Feuertreppe rechts nach der Tür. »Los!«

»Kann der noch was anderes als ‚Los‘?«, flüsterte Belsch.

»Schneller!«, rief der Maulwurf.

»Grosser Wortschatz!«, äffte Alicia den Akzent nach.

Aus der Tür zum Treppenhaus empfing sie der Wolf. »Schön, konnten Sie es einrichten!«

»Wie geistreich!«, verdrehte Alicia die Augen.

»Lassen wir uns nicht mit Zickereien aufhalten, folgen Sie mir!«, drehte sich der Wolf um und ging die Treppen runter.

»Wo gehen wir hin?«, flüsterte Belsch.

»Wir brauchen nur das Mädchen!«, lachte der Wolf durch seine Maske.

»Wozu?«, folgten sie ihm weiter runter.

»Sie werden eine Hinrichtung moderieren!«, lachte er noch etwas lauter.

»Malena Bös lebt noch?«, stutzte Belsch.

Lachend stiess Wolf die Tür auf. »Nein, aber wir haben einen tollen Ersatz gefunden!«

John kämpfte immer wieder gegen das Abrutschen an, griff immer wieder nach dem erstaunlich festen Bildschirm an der Wand und verfolgte den Wasserspiegel beim Ansteigen.

Loslassen brachte ihn in den vermeintlichen Rachen von Arthur, aber er kam auch nicht an die Lüftung ran, geschweige, er könnte dabei die drei übrigen Schrauben rausdrehen.

Die Sehnen in seinen Armen kreischten über die unfairen Arbeitsverhältnisse und er spürte, wie seine Finger taub wurden. Lange konnte er sich nicht mehr halten.

Ein leises Blubb war zu hören und John bemerkte einen kleinen Ring im Wasser, der sanft grösser wurde.

Wieder fiel etwas blubbernd ins Wasser, ein kleiner Spritzer erhob sich dabei von der Wasseroberfläche.

John drehte sich zum Lüftungsschacht. Noch eine Schraube steckte fest, drehte sich von innen raus und fiel nach unten ins Wasser. Mit einem Knall folgte die Verschalung und ein Typ mit einer Adlermaske starrte John an.

»Wo ist Malena?«

John deutete mit dem Kopf nach unten.

»Scheisse ...«, verschwand er wieder. »Die Alte ist abgesoffen!«

»Ähm, hallo?«, griff John noch einmal zu.

»Ja, das Büro steht unter Wasser!«

»Hey!«, rief John mit entkräfteter, zitternder Stimme.

»John?«, kam der Adlerkopf aus dem Lüftungsschacht.

»Anwesend!«, keuchte John.

»Positiv!«, sprach er in ein Funkgerät.

»Bringt ihn mit!«, kam aus dem Funkgerät.

Alicia folgte dem Wolf zur Kamera, hatte aber schon Blickkontakt mit John aufgenommen, der gefesselt und geknebelt vor den Geiseln kniete, die ihm den Rücken zugewandt hatten.

Die Kamera war jedoch auf die Seite gerichtet, mit dem Tank als Hintergrund. An der linken Seite erkannte sie Leitern, die von der Brücke auf den Tank führten.

Der Wolf hielt schliesslich auf den Fuchs zu.

Alicia hielt einigermassen mit, aber dank der Masken war seine gedämpfte Stimme dennoch gut zu hören.

»Wo ist Adler?«

Der Fuchs drehte den Wolf zur Seite. Sie flüsterten und sie konnte nichts mehr verstehen.

Lachend zwinkerte John zu Alicia, auch, als der Wolf sich zu ihm umdrehte.

»Dir ist schon klar, dass du hingerichtet wirst?«

John nickte, ohne sein Lachen zu verlieren.

»Dir wird das Lachen da unten schon noch vergehen!« Mit einem Seufzen drehte der Wolf Alicia die Schnauze zu. »Tut mir leid, dies ist keine einfache

Aufgabe hier ... Schneidet der Reporterin die Fesseln los!«, rief der Wolf und wandte sich wieder ab.

Der Adler zog zusammen mit einem Hund John aus dem Lüftungsschacht.

»Warum war das Büro geflutet?«, wollte der Hund vom Adler wissen.

»Frag doch unseren Helden hier ... schliesslich war er auf dem Steg, als die Bombe hochging!«, zogen sie ihn auf das Glas und liessen ihn keuchend auf dem Rücken liegen.

»Stimmt!«, fiel es dem Hund ein. »Gibt es da einen Zusammenhang?«

John stutzte. »Zusammenhang?«

»Dass das Büro geflutet und du darin bist?«, zog der Adler John auf die Beine.

John erkannte die Verstrebungen, die sie angebracht hatten, um Leitern runter zur Brücke zu sichern.

»Sieh ihn dir gut an!«, zeigte der Adler auf den Hai, der unter der Bruchstelle durchschwamm und dabei die treibenden Leichen ignorierte.

»Wir kennen uns, ein Freund von der Arbeit ...«, hustete John.

»Deine Hinrichtung wird in seinem Bauch enden!«, schubste der Hund ihn voran.

Adler und Hund klatschten sich ab.

»Grüss Arthur von mir!«, blieb John stehen.

Adler hielt inne. »Wie?«

John schlug mit seinem Bein gegen Adlers Knie und brachte ihn zu Fall. Mit dem Kopf schlug er gleich neben der Bruchstelle hart auf das Glas. »Ich sagte: Grüss den Hai!«, trat John ihm erst in die Maske und danach in den Bauch.

Es reichte, dass Adler abrutschte und sich mit einem panischen Schrei versuchte am gebrochenen Glas festzuhalten. Er schnitt sich dabei die Arme vom Bizeps bis fast zum Handgelenk auf und fiel mit einem Regen seines eigenen Blutes ins Wasser.

Die Schwanzflosse drehte und bewegte sich auf das blutende Ziel zu, das ihm frei Haus geliefert wurde.

Adler, ohne Maske, kam gurgelnd und kreischend an die Oberfläche. Flehend riss er die Arme nach oben. »Hilfe, helft mir hier raus!«

»Sieh es dir genau an ...«, flüsterte John zum Hund.

Adler winkte und flehte weiterhin, als der Kiefer mit seinen gezackten Zähnen aus dem Wasser stach und wie ein U-Boot das Wasser verdrängte.

Weit aufgerissen, rutschte der Adler zwischen die langen, scharfen Zähne und strampelte gegen sein Schicksal an. Wie ein Gebäck zerteilte der Biss den Adler, dessen Schrecken auf seinem Gesicht erstarrte und er leblos in die Tiefe gezerrt wurde.

»Das ... Nein, das kannst du nicht tun!«, packte der Hund John und schubste ihn mit zitternder Stimme zur Leiter.

»Ihr habt gerade Tausende getötet und du zitterst für diesen Clown ...« John stieg auf die Leiter und nickte zum Hund. »Tausende ...«

Alicia hatte eine A4-Seite und ein Mikrofon in der Hand, damit starrte sie in die Kamera.

»Lies einfach den Text ab, Schätzchen!«, sagte Katze, der hinter der Kamera stand.

Alicia warf noch einen Blick zum mittlerweile geknebelten John, ehe sie wieder in die Kamera blickte. »Hallo, Basel. Hallo, Welt! Wir haben uns heute hier eingefunden, um die Verbrechen gegen den Hai, Arthur, zu verurteilen! Leider ist es uns nicht möglich, die Führungsspitze dafür verantwortlich zu machen, aber wir haben den Mann, der den Hai gefangen hat!«

Die Pause nutzte John, um mit seinem Knebel etwas Unverständliches zu sagen.

»Jonathan Crime!«, deutete sie auf John.

Die Kamera schwenkte auf John, der noch immer auf den Knien war und die Hände waren auf dem Rücken gefesselt.

Wolf trat ins Bild, drücke Johns Kopf nach unten und drehte sich zur Kamera. »Jonathan Crime, hiermit verurteile ich Sie zum Tode! Das Opfer Ihrer Taten wird Richter und Henker sein!«

Alicia versuchte, ein Zittern zu unterbinden, und wandte sich mit grossen Augen zu Belsch, der gefesselt an der Tür sass und schockiert auf die Szenerie starrte.

»Sollten wir ihn nicht für die Leiter losbinden?«, fragte Hund den Wolf.

»Nein!«, kam Fuchs dazu und schubste John auf die Leiter zu.

»Langsam!«, sagte John, ohne dass es jemand verstehen konnte, und stieg die Sprossen hoch.

Oben angekommen, leiteten sie John auf das Bruchloch zu und warteten auf Katze mit der Kamera.

Der Hund hatte das Maschinengewehr auf John gerichtet. Wolf nahm ihm den Knebel aus dem Mund und zog ein Messer aus seinem Mantel. »Hast du noch letzte Worte?«

»Noch bevor die Sonne untergeht, wirst du da drin landen!«, lächelte John mit einem Zwinkern.

»Das war zu lang!«, packte Wolf John am Kopf und schnitt ihm vom Nacken über den Hals. »Viel Spass!«

Der Stoss warf ihn rückwärts nach unten und er wusste, dass die Wunde nicht nur brennen, sondern auch sein Ticket in die Hölle sein würde.

Alicia wimmerte, die eigenen Hände auch wieder gefesselt, musste sie zusehen, wie John von der Plattform verschwand, und durch das Glas, wie er eintauchte und sofort von einer roten Wolke umgeben war.

»Und da kommt die Attraktion!«, flüsterte Belsch leise.

Ihr Blut gefror, als der Hai anmutig seinen Kurs änderte und auf die rote Wolke zusteuerte. Langsam, mühelos und nur mit einem feinen Stoss der Rückenflosse.

»Er hat etwas ...«, seufzte Alicia und sah zu den applaudierenden Männern auf dem Tank.

Mit einem harten Schlag drehte der Hai rechts ab und war nur noch von hinten zu erkennen. Sein Kopf bewegte sich ruckartig, als schüttelte er seine Beute.

»O mein Gott ...«, erstarrte Alicias Gesicht ab der schieren Wucht, die der Hai bewies.

Der Hai schwamm schliesslich weiter, drehte in einem Halbkreis und kam wieder zurück. Nun schwamm er direkt auf sie zu und Alicia betrachtete das erste Mal den halb geöffneten Kiefer, der sich bewegte, als würde er sprechen. Dabei flatterten Fetzen von Fleisch zwischen seinen Zähnen. Mit einem weiteren Halbkreis nach rechts schwamm er wieder zurück.

»Was ist das? Eine Acht?«, verfolgte Belsch den Hai.

Alicia musterte die Leiter, die am Tank stand, und schätzte ihre Chancen als gut ein, die Leiter umzuwerfen.

»Nein, Alicia!«, flüsterte Belsch.

Sie zuckte kurz zusammen, wandte den Blick aber von der Leiter nicht ab. »Wenn sie dort oben gefangen sind, können wir die Polizei reinlassen!«

»Du vergisst den Esel!«

»Fuck!«, musste Alicia sich eingestehen, dass sie den Esel vergessen hatte.

Die Seehunde beachteten Sarah gar nicht, sie schwammen einfach an ihr vorbei und sie kam so überraschend schnell an das Ende von Tank fünf.

Mit Blues und Kilians Schilderungen im Hinterkopf schwamm sie an die untere Ecke, wo sich die Tanks drei und fünf eine Mauer aus Glas teilten. Am unteren Ende war eine Luke, die mechanisch gesteuert wurde.

Sie versuchte, die Hammerhaie im anderen Tank ausfindig zu machen, aber sie konnte sie nicht sehen, was bedeuten musste, dass sie auf der anderen Seite des Tanks waren. Hoffte sie zumindest.

Mit dem gleichmässigen Druck konnte sie die Luke beinahe mühelos öffnen, glitt durch und schloss die Luke wieder.

Jakob blinzelte. Zu seiner Seite funkten die Schaltkreise und Sicherungen, ein lautes Dröhnen war zu hören und er hatte Mühe, sich zu orientieren.

Er spürte, wie sein Kopf nass war und seine erste Diagnose war ein Schädelbruch, warum, weshalb und wo, waren ein Rätsel.

Ihm wurde klar, dass er im Ozeanium arbeitete, wo es viel Wasser gab, und er setzte sich mit einem lauten Stöhnen auf.

»Hallo?«, rief er in den beinahe dunklen und verwüsteten Raum.

Das Wasser ging ihm nun sitzend bis zur Hüfte und so schloss er, dass kein Tank beschädigt war.

Schreiend vollendete er den Versuch aufzustehen und watete durch das Wasser zu dem grossen Loch, das sich links auf den Weg zu den Tanks befand.

»Hey, lebt hier noch jemand?« Er kam an zwei Kollegen vorbei, die kopfüber im Wasser trieben, aber er musste weiter.

»O ... nein ...«, starrte er den zertrümmerten Pfeiler und die Toten, die im Wasser trieben, an. Langsam ging sein Blick nach oben und es war augenscheinlich, dass ein Teil der Brücke einfach fehlte und die Toten hier unten konnten nicht alle sein.

»Wo ist die Brücke hin?«, folgte er dem verbogenen Pfeiler, der am Glas zu Tank eins lehnte, der Einschlag hatte ein Spinnennetz-Muster ergeben. Feine Rinnsale von Wasser liefen an dem Pfeiler nach unten.

Sarah hatte ihr Messer in der linken Hand und schwamm linksseitig, beinahe am Boden, um nicht von einem Hammerhai überrascht zu werden. Sie entdeckte die Haie, als sie schon beinahe die Luke erreicht hatte. Sie waren beinahe an der Oberfläche und schwammen nacheinander in die Glaswand, die sie von Tank eins trennten. Wie Junioren die Elfmeter übten, schwamm der eine zurück, rammte der andere seine Schnauze in das Glas.

Sie wagte es nicht, näher zu schwimmen, das Risiko war zu gross, die Haie hatten zwar etwas anderes vor Augen, aber sie wirkten auch überaus aggressiv mit ihren durchgedrückten Rücken.

Ein Schwarm Flundern schwamm an ihr vorbei, als sie die zweite Luke erreichte. Wieder spähte sie erst durch das Glas. Sie konnte weiter vorne auf dem Grund etwas erkennen, aber es bewegte sich nicht, den Hai konnte sie nicht sehen.

Sarah presste die Augen zusammen, zählte auf fünf und öffnete die Luke.

Das Funkgerät war zu nass, um noch funktionieren zu können, aber er musste irgendwie Kommandozentrale zwei erreichen, bevor der Druck abfiel oder einer der Tanks einbrach.

Mit einem Rücken, der so schmerzte, als würde man Schrauben eindrehen, schleifte er sich durch das Wasser zurück in die Kommandozentrale eins. Irgendwas musste es doch geben, mit dem er sich bemerkbar machen konnte. Ihm wurde langsam klar, dass es sich hier nicht um einen Unfall handelte. Brandspuren an der Wand liessen auf eine Explosion von innen schliessen und von dieser Explosion wurde die Wand aufgerissen.

Gerade als ihm dämmerte, dass die Situation hier gecheckt werden müsste, hörte er das Schweissgerät, das bei der verbeulten Tür zum Treppenhaus eingesetzt wurde.

Erleichtert schleppte er sich näher an die Tür.

Mit einem Krachen fiel ein Teil der Tür zu Boden und zwei Männer mit erhobenen Pistolen kamen herein.

»Hier!«, hob Jakob den Arm.

Tim folgte seinen Männern und rannte auf ihn zu.

»Was ist passiert?«, liess Jakob sich mit schmerzverzerrtem Gesicht hochheben.

»Bringen wir dich erst ins Trockene!«, gingen sie langsam auf die Tür zu. »Hat sonst noch jemand überlebt?«

Jakob schüttelte den Kopf. »Ich denke, die Brücke ist eingestürzt!«

Im Treppenhaus legten sie Jakob auf eine Trage, um ihn einfacher nach oben zu bringen.

»Die Brücke ist auf den Tank gestürzt und eingebrochen ... Wir haben wahrscheinlich etwa viertausend Tote und die Überlebenden werden als Geiseln gehalten!«

Mit der Hand auf seiner Brust drehte sich Jakob zu Tim, der neben der Trage herlief. »Frau Probst, sie war da unten ...«

»Frau Bös wurde von ihrem Hai gefressen, wir vermissen noch die Herren Bös, Probst und Dr. Lasser!«, seufzte Tim.

»Herr Berg«, kam aus seinem Funkgerät. »Wir haben Matteo gefunden, er wurde erschossen!«

»Fuck ...«, stiess Tim aus. »Ist der Hubschrauber noch auf dem Dach?«

»Negativ, kein Sichtkontakt. Die Tür ist vermint ...«

Tim überlegte kurz. »Zurück in die Zentrale, wir bringen Meier hoch!«

»Terroristen?«, hustete Jakob.

»Irgendwie ...«, nickte Tim. »... sie wollen die Tiere befreien!«

Jakob blinzelte. »Indem sie Tausende umbringen?«

»Sie haben alle Ausgänge abgesichert und unsere Wege vermint!« Tim ging etwas voraus und hielt den Trägern die Tür auf. »Wir haben Kontakt mit der Polizei, die kann aber nicht reinkommen!«

»Wenn der Hubschrauber fehlt, könnten sie doch auf dem Dach landen!«, drückte Jakob seine Hüfte.

»Keine Hubschrauber einsatzbereit!«, seufzte Tim und öffnete die Tür zur Kommandozentrale zwei. »Malena Bös hatte Luftsicherheit abgelehnt und so sind die zur Wartung!«

»Ich hoffe, dass ich an einem Schädeltrauma leide und das hier ist nur meine Vorhölle!«, schloss Jakob die Augen, als er auf das Bett im Lazarett gelegt wurde.

»Tut mir leid, es ist unser aller Hölle!«, nahm Tim die Morphiumspritze und spritze sie Jakob in die Hüfte.

Auf ihrer linken Seite erkannte sie das gestrandete Tram im Tunnel, mit den Menschen, die darum herumstanden und auf sie zeigten. Sie wusste nicht viel über den Tunnel, aber es sah so aus, als steckten sie darin fest.

Bis sie endlich bemerkte, dass die Brücke eine Brücke war, verging ein

Moment, aber nach und nach konnte sie auch die darunter eingeklemmten und zerquetschten Besucher ausmachen. Einzelne Körperteile schwebten um die Brücke herum und wurden von kleineren Fischen angenuckelt.

Mit einem leichten Würgen versuchte sie an Höhe zu gewinnen und fand ihn. Der grosse Weisse, der ihre Liebe gefressen hatte, schwamm nahe der Wasseroberfläche seine Runden und schnappte immer wieder nach einem Überlebenden. Vom Gurt löste sie die Spritze, die sie bei Leas Ausrüstung gefunden hatte, und schwamm ihm entgegen.

Sie hörte ihre Mutter. »Bleib hier, tu mir das nicht an!«

Sie hörte ihren Bruder. »Lass das, es ist zu gefährlich!«

Sie hörte Lea. »Haie sind ein Risiko, das wir als Taucher eingehen, aber die Chancen sind so klein, da gewinnen wir eher im Lotto!«

Sie lächelte und der Hai wurde immer grösser und grösser vor ihr. Dasselbe geschah mit den leblos im Wasser Treibenden, unter denen der Hai durchschwamm.

Dadurch konnte er sie nicht sofort auf die Distanz riechen und ihr war nicht klar, dass sie keine Angst hatte und ihr Herz normal schlug. Die Schläge der Hammerhaie gegen das Glas übertönten ihren Herzschlag.

Für einmal hatte der Hai keine Ahnung, was sich ihm näherte.

»Was haben sie nun vor?«, setzte Tim sich neben Noemi Butler.

Sie rückte ihre Brille zurecht, nahm sie ganz ab und steckte sie ihn ihr braunes Haar. »Sie haben Crime gefunden und wollen ihn dem Hai opfern!«

»Opfern?«

»Sie nennen es Hinrichtung!«, korrigierte sich Noemi. »Und sie übertragen es live!«

»Herr Berg?«

Tim drehte sich um und rollte zu Laurent.

»Haben wir noch Taucher in den Tanks?«

Tim schüttelte den Kopf.

»Wer ist dann das?« Laurent zeigte auf die Unterwasserkamera.

Tim ging etwas näher. »Vor allem haben wir keine weiblichen Taucher! Wo ist sie?«

»Sie hat gerade Tank eins erreicht! Sie wusste von den Luken!«

Tim rollte zurück zu Noemi. »Hast du das gehört?«

»Was will sie in Tank eins?«, beobachteten sie, wie Crime von den Terroristen auf den Tank geführt wurde.

»Vielleicht von der Polizei?« Tim rollte zurück und schnappte sich unterwegs das Telefon. »Ja, Berg vom Ozeanium!«

Nickend sass er neben Laurent, auf dem Bildschirm schwamm die Taucherin von den Trümmern der Brücke aufwärts. »Haben Sie eine Taucherin eingeschleust? Weil ich gerade einer zusehe, die nicht zu uns gehört ...« Tim legte die Hand auf den Hörer. »Erinnert mich daran die Festplatten, zu löschen, es braucht niemand zu wissen, wie viele wirklich gefressen wurden!«

Laurent nickte und beobachtete gebannt, wie sie tatsächlich dem Hai entgegenschwamm.

»Nein, ich hatte gehofft, sie wäre von ihnen ...« Tim legte auf und erhob seine Stimme. »Die Polizei ist gerade bei der Seehund-Arena in einen Schusswechsel mit drei Terroristen verwickelt.«

»Es sind Tierschützer ...«, warf Noemi ein.

»Sie haben eine Bombe gezündet und Geiseln genommen ... und sie lassen jemanden live hinrichten, sag, was du willst, das sind Terroristen!«

Sarah glitt unter die Leichen, beobachtete den Hai, der sie anscheinend nicht zu bemerken schien und den sie betäuben musste, wollte sie nach John suchen.

Da erkannte sie ihn. Er stand vor ein paar Männern, direkt vor dem Loch, das die Brücke hinterlassen haben musste.

Noch bevor sie die Situation einschätzen konnte, wurde John runtergestossen und fiel klatschend ins Wasser. Durch die Höhe war er nicht unweit von ihr entfernt und sie erkannte die Wolke aus Blut, die ihn umgab und sogleich dichter wurde.

Der Hai änderte seine Richtung und schwamm auf die frische Blutspur zu. Sarah schnitt dreien der Treibenden die Adern auf und verstärkte so die Blutwolke, liess das Messer los, zog John zu sich und blickte in den geöffneten Kiefer.

Der rechte Arm schellte hoch und sie rammte dem Hai die Spritze direkt in den Gaumen. Er zuckte auf, riss den Kopf zur Seite und schwamm davon.

John starrte sie mit geschlossenem Mund und grossen Augen an. Sie nahm einen tiefen Luftzug und gab ihm das Mundstück, damit er auch Luft holen konnte, ehe sie ihn unter der Blutwolke und den treibenden Leichen wegzog. Dabei zeigte er auf das schräg hängende Büro und sie schwammen rein.

»Das ist nicht gerade passiert!«, rief Tim zu Laurent.

»Die Terroristen jubeln ...«, kam von Noemi und sie rollte zu ihnen.

»Sie haben es nicht mal bemerkt!«, lachte Tim. »Sie sind in Bös' Unterwasserbüro geschwommen, sie hat ihn gerettet und die Typen denken, er ist tot!«

»Da, sie tauchen auf!«, zeigte Laurent auf den Bildschirm.

»Funktionieren die Lautsprecher in dem Büro noch?«, griff er nach dem Funkgerät.

»Die im Bereich über Wasser müssten eigentlich ...«, checkte Laurent die Systeme.

»Ein Versuch ist es wert!«, lächelte Tim. »John ...«

Sie schwammen am Schreibtisch vorbei ins Büro und schafften es aus dem Wasser. Keuchend holte John Luft und klatschte Wasser in Sarahs Gesicht. »Was tust du hier? Bist du bescheuert?«

Sie drückte die Brille auf ihre Stirn und drückte mit den Fingern ihre Nase zusammen, glich den Druck damit etwas aus. »Gern geschehen!«

»John ... hören Sie mich?«, kam aus dem Lautsprecher an der Ecke der Decke. »Wenn Sie mich hören, heben Sie die Hand!«

»Wer ist das?«, hielt Sarah John fest.

John schüttelte den Kopf und Sarah hob eine Hand aus dem Wasser.

»Hier ist Tim Berg, ich bin von der Sicherheit hier im Ozeanium! Hören Sie, die Typen haben keine Ahnung, dass Sie noch am Leben sind!«

»Wie hast du eigentlich für das zusätzliche Blut gesorgt?«, hielt sich John mit den Beinen über Wasser.

»Da trieben genug!«, verdrehte Sarah die Augen.

»Dies sollten wir so beibehalten!«, fuhr Tim Berg fort. »Ich weiss nicht, wie, aber Sie haben es geschafft, den Hai zu betäuben, und das hat ihnen wohl das Leben gerettet! Hören Sie, Frau Bös hat in ihrem Schreibtisch einen Luger-Revolver!«

»Sekunde!«, zog sie die Taucherbrille über die Augen, steckte sich das Mundstück in den Mund und tauchte ab.

»Sie verlassen nun den Tank und gehen zurück auf die Brücke, das wäre der Zeitpunkt, um das Büro zu verlassen, Sie kennen ja den Lüftungsschacht?«

John war mit seinen gefesselten Händen damit beschäftigt, sich über Wasser zu halten.

»Wenn Sie weit genug in der Mitte sind, sollten die Typen Sie nicht sehen können und Sie gehen bis Tank fünf, von dort sollten Sie die Brücke in der Kurve erreichen können!«

Sarah tauchte wieder auf, mit der Luger, die sie nach oben hielt.

»Sehr gut! Schaffen Sie es bis dorthin, erreichen Sie das äussere Treppenhaus. Von dort kommen Sie in einen Sicherheitsraum, in dem sie weitere Waffen finden! Der Code ist 145287!«

John wandte sich Sarah zu. »Hast du das?«

»Bin ich deine Sekretärin?«

John lächelte. »Ich will nicht davorstehen und den Code nicht mehr wissen!«

»Wie geht es weiter?«

»Kannst du meine Fesseln lösen?«, spuckte John Wasser aus.

Mit einem feinen Lächeln schwamm Sarah hinter John und schnitt die Fesseln auf.

»Danke!«, nahm er gleichzeitig die Luger entgegen.

»Nun?«

»Ich hebe dich da hoch, du ziehst mich nach und dann geht es aufwärts!«, deutete John auf den Lüftungsschacht.

»Da oben?«

Nickend drehte sich John zur Kamera und hob den Daumen wieder in die Kamera.

»Danke und viel Glück!«

Tim legte das Funkgerät zur Seite und beobachtete, wie sie versuchten, in den Lüftungsschacht zu gelangen.

»Wenn sie das schaffen ...«, starrte Noemi unsicher auf den Monitor. »Es ist schon etwas hoch!«

»Natürlich schaffen sie das, von nun an geht es aufwärts!« Lächelnd steckte sich Tim einen Kaugummi in den Mund und betete im Stillen, dass dem auch so sei.

»Er muss von unten kommen, Schwung aufbauen!«, verwarf Laurent die Hände.

»Willst du es ihm sagen?«

»Da ...«, zeigte Noemi auf den Monitor.

»Ja, nun zieh dich hoch!«, feuerte Tim sie an.

»Sie schafft es!«, stand Noemi von ihrem Stuhl auf.

»Oh ...«

Tim stockte und drehte sich zu Laurent. »Oh ...? was meinst du mit Oh?«

Laurent zeigte auf den Schirm. »Der Hai, er ...«

Tim beobachtete, wie der Hai aus seiner Acht, die er schwamm, herausbrach, wild seinen Kopf schüttelte und abtauchte.

»Was schnappt er da?«

Tim beugte sich über den Monitor, wo die Taucherin es gerade geschafft hatte, in den Lüftungsschacht zu gelangen. »Er schnappt nicht, er sucht!«

»Crime hat eine Wunde am Hals!«

Hastig griff Tim nach dem Funkgerät. »John, der Hai ist wieder wach!«

John blickte zu Sarah, eine Strähne hing ihr ins Gesicht, als sie die Hand nach unten streckte. »Los, er wird dich wittern!«

John tauchte ab, stiess sich ab und sprang aus dem Wasser. Ihre Finger berührten sich, aber das war zu wenig und John fiel zurück ins Wasser.

»John, der Hai ist wieder wach!«

»Vielleicht solltest du besser gehen ...«, spuckte John Wasser.

»Red keinen Scheiss!«, rutschte Sarah weiter nach vorne und schaffte es so, die Hand weiter runter zu bekommen. »Komm jetzt!«

»Wenn du abrutschst, sind wir beide tot!«

»Und keiner muss sich Vorwürfe machen!«, streckte sie ihm die Hand entgegen.

John tauchte ab und entdeckte Arthur, der gerade unter dem aufgebrochenen Panoramafenster aufwärts schwamm. Blockierende Panik durchbrechend stiess er sich ab, schoss aus dem Wasser und ergriff ihr Handgelenk. Sarah packte seines und schwang ihn zur Seite, um den Halt nicht zu verlieren.

Da blickte sie in den geöffneten Kiefer, kurz bevor er aus dem Wasser schoss und einen Meter vor ihr zuschnappte. Ihr Arm krampfte, als John zurückschwang und der Hai enttäuscht zurückglitt.

Das Gewicht war nun allerdings zu schwer und das Büro brach frei.

Arthur versuchte noch einen Angriff, aber das Büro als Masse drückte ihn abwärts.

Sarah atmete schwer, wie John an ihrer Hand hing, mit der rechten Hand hatte er selbst den Lüftungsschacht erreicht.

»Sarah?«, versuchte er sich hochzuziehen.

Sie blinzelte ihn mit grossen Augen an.

»Sarah!«

Sie schüttelte sich aus ihrer Trance.

»Würdest du mich vielleicht hochziehen?«

Ohne den Gesichtsausdruck zu ändern, zog sie ihn hoch und in den Schacht.

»Danke!«, drückte er sich keuchend gegen die Gummiwand.

»Ich habe genau in seinen Rachen gesehen ...«, kullerte eine Träne an ihrer Wange ab.

John nahm sie in den Arm und drückte sie. »Und du hältst dich besser, als ich es tat!«

»Hast du die Waffe?«

Er liess von ihr ab und nahm die Luger aus seinem Taucheranzug.

»Ich hatte solche Angst, meine Hand verkrampfte ... sonst hätte ich dich losgelassen!«, flüsterte sie.

»Kann ich dir nicht verübeln ... es war etwas zu knapp!«, gab John mit beinahe zusammengepressten Fingern zurück.

»Ich war sicher, er erwischt mich!«

John deutet den Lüftungsschacht hoch. »Das Büro war dann doch zu eng, ich glaube, er schlägt mit der Flosse an!«

Sarah folgte John den engen Lüftungsschlauch hinauf. Die Wände gaben genügend Halt, dass sie zügig vorankamen und den Lüftungsschacht hochklettern konnten.

Tim verfolgte auf dem Bildschirm, wie John hineinkletterte. »Mein Gott ...«

Laurent seufzte. »Ich war sicher, er hat ihn!«

»Hätte sie ihn nicht geschwungen, hätte er ihn gefressen«, liess sich Noemi auf den Stuhl sinken.

»Kommen wir von hier irgendwo hin?«, stand Tim auf und deutete zu seinen bewaffneten Männern.

»Nein, alle Durchgänge sind vermint!«, erklärte Laurent.

»Moment. Haben wir nicht einen zweiten Durchgang im Wartungsraum?«, drehte sich Tim um und ging zum Lageplan.

»Der ist unter Wasser!«, erklärte Noemi.

Tim zeigte auf den Durchgang auf dem Plan. »Aber es ist unsere einzige Verbindung, und da sie Unterwasser liegt, wurde sie sicher nicht vermint!«

»Sicher kann man nicht sein ...«, meinte einer seiner Männer.

»Wir müssen ihn irgendwie unterstützen ...«, drehte sich Tim zu ihnen um. »Seht euch das Ganze an, vielleicht unsere einzige Chance!«

Die drei Männer nickten und gingen davon.

Tim drehte sich zu Noemi. »Wir müssen John und die Terroristen im Auge behalten!«

»Herr Berg!«

Tim drehte sich zu Laurent um. »Die Polizei. Bern und Zürich haben Luftunterstützung geschickt!«

Tim atmete erleichtert aus. »Wie lange?«

»Etwa zwanzig Minuten!«

Seufzend wandte er sich wieder dem Bildschirm zu, auf dem John aus dem Lüftungsrohr stieg.

KAPITEL 10

Blut & Wasser

1

»,Wir verlangen sicheres Geleit für uns und den Hai oder es wird weitere Opfer geben!' Das kam vom Anführer, nachdem sie den Basler Haifänger John Crime hingerichtet haben!«, erklärte Johan zu der Wiederholung der Hinrichtung.

»Und wir haben gerade die Nachricht erhalten, dass einer der Tunnel einzustürzen droht!«, schaltete das Bild vom Wolf zurück auf Arthur in seinem Becken.

»Da sind noch mal Hunderte gefangen, die Feuerwehr versucht den Tunnel zu öffnen, ich hoffe, sie schaffen es noch rechtzeitig!«, kommentierte Jonas ein archiviertes Video von einem Tram, das durch den Tunnel fuhr.

»Anscheinend sind Trümmerteile von Frau Bös' Büro auf die gläserne Tunnelwölbung gefallen!«

Jonas seufzte. »Ich befürchte, das bedeutet ebenso nichts Gutes!«

»Die Frage, die sich jetzt stellt: Wie kann man auf die Forderungen der Terroristen eingehen und sollte man das überhaupt?«, sprang Johan zurück zu den Terroristen.

Matt, Georg und Markus starrten das grosse Spinnennetz im Glas an, das der Schreibtisch hinterlassen hatte.

»Was ist hier los?«, kam Strawberry dazu.

»Die Scheibe hat einen Sprung!«, zeigte Matt nach oben.

»Aber die Scheibe hält das aus, oder?«, brach ihre Stimme.

Markus liess den Blick nicht ab. »Die Sprünge werden grösser!«

Stöhnend setzte sich Strawberry. »Das kann doch nicht passieren ...«

»Keine Angst!«, klopfte Georg ihr auf die Schulter. »Uns wird nichts passieren!«

»Sicher nicht?«, stach Hoffnung auf ihre mandelgrossen Augen.

»Nein, du siehst doch, hier sind viele Kinder! Gott würde das nicht zulassen!«

Strawberry liess schluchzend den Kopf zwischen ihre Knie fallen.

Alicia sass wieder vor Belsch in ihrem Sitz im Hörsaal.

Der Wolf und der Fuchs berieten sich, Maulwurf stand an der Tür.

»Vielleicht sollten wir den Zugang auch verkabeln ...«

Wolf nickte. »Aber erst soll er sich um das kümmern, gib den Jungs etwas Zeit, die Polizei abzuwehren!«

»Hund ist unterwegs!«

Wolf wandte sich dem Maulwurf zu. »Du gehst zu den Geiseln!«

Der Maulwurf nickte und ging aus der Tür.

»Was machen wir mit denen?«, zeigte der Fuchs auf Alicia und Belsch.

Der Wolf musterte Alicia, während er die Treppe hinunterging. »Sie wird unsere Geschichte erzählen, sie ist wichtig!«

»Es werden einige unsere Geschichte erzählen ...«, folgte der Fuchs die Treppe runter.

»Aber sie war doch schon vor der Kamera ... sie jetzt noch hinzurichten wäre grausam!«, lachte der Wolf unter der Maske.

Alicia hörte eher mit wachsenden Befürchtungen dem Ganzen zu und linste zu Belsch, der genauso in dem Dialog gefangen war.

»Vielleicht ...«, hob der Fuchs einen Zeigefinger in die Luft, »brauchen wir nach dem Taucher noch mehr Grausames!«

Alicias Lippen bebten, sie wollte sich das nicht gefallen lassen, aber sie hatte so ein Gefühl, sie könnte es schlimmer machen, und entschied, für einmal, den Mund zu halten.

»Wir haben auch national bekannte Leute hier!«, setzte sich Wolf auf den Stuhl und betrachtete die Monitore. »Wo ist das Büro hin?«

Fuchs suchte die Monitore ab. »Hat sich vielleicht doch noch gelöst ...«

»Egal, die Alte ist ja schon Fischfutter!« Lachend drehte der Wolf den Stuhl um und legte den Kopf schief. »Sie sind so still, Kleines! Haben Sie nichts anzumerken?«

Alicia schüttelte den Kopf.

»Zu schade ...«, schüttelte er theatralisch den Kopf und wandte sich wieder dem Fuchs zu. »Sie wurde von Stefan Bös geschlagen!«

Der Fuchs drehte den Kopf zu ihr.

»Woher wissen Sie das?«, stutzte Alicia.

»Auch wir haben unsere Informanten!«, lachte der Fuchs.

»Wir wissen auch, dass Sie beinahe ein Verbrechen auf hoher See aufgedeckt hätten, aber Sie wurden ruhiggestellt!«, faltete der Wolf seine Arme vor der Brust.

Belsch und Alicia wechselten einen Blick.

»Interessant, ganz ehrlich, sehr interessant!«, nickte der Wolf.

»Was wissen Sie darüber?«, versuchte sie in den beiden Löchern der Wolfs-maske Augen zu erkennen.

»Oh, Liebchen ... nur, was Sie herausgefunden haben, weil Sie es heraus-gefunden haben!«

»Streller?«, riet Alicia.

Der Wolf klopfte auf seine Knie. »Nein, der Bursche war nicht auf unserer Seite!«

»Wer wusste sonst noch davon ...?«, stutzte Belsch.

»Vergesst es!«, klatschte der Wolf in die Hände.

»Und wir haben eine erste Erfolgsmeldung!«, sagte Jonas erleichtert, als das Bild auf die Seehund-Arena wechselte. Sanitäter und Polizisten kümmerten sich um die befreiten Geiseln.

»Die Geiselnehmer haben sich ins Innere des Ozeaniums zurückgezogen. Die drei Männer hatten sich mit der Polizei einen Schusswechsel geliefert!«, erklärte Johan die Fakten. »Dabei wurden zwei Polizisten verletzt, die Geisel-nehmer haben sich unverletzt zurückgezogen, so ein Polizeisprecher!«

Das Bild wechselte auf eine Einstellung von oben, auf den Zoo mit dem an-grenzenden Ozeanium. Polizei, Feuerwehr und Sanität standen mit Blaulicht auf den angrenzenden Strassen.

Die Tür knallte auf und durch die Masken gedämpfte Schreie erfüllten den Raum.

Alicia drehte sich erschrocken um. Hundemaske und Hamstermaske trugen einen blutigen Kollegen ohne Maske hinein und die Treppen runter.

»Verdammt, was ist passiert?«, erhob sich der Wolf aus dem Stuhl.

»Er lag neben der Tür in seinem Blut, das war Hase! Meerschweinchen lag im Tank bei den Seelöwen!«

»Die Polizei! Die Tür!«, sprang Fuchs auf.

»Nein ...«, schüttelte der Hamster den Kopf. »Wir waren drin und haben die Tür verkabelt, alles nach Plan. Ich bin vor, traf ihn ...«, zeigte er auf den Hund, »wir holten die zweite Tasche, und als wir zurückkamen, waren sie beide tot!«

Alicia und Belsch wechselten einen fragenden Blick.

»Haben wir jemanden übersehen?«, drehte der Wolf sich zum Fuchs.

»Wollt ihr ihm nicht helfen?«, schrie Hamster, er und der Hund hielten weiter den blutenden Kameraden auf ihren Armen.

»Der war schon tot, als ihr die Treppe runtergekommen seid!«, winkte der Wolf ab.

»Ein Wachmann, den wir übersehen haben?«, mutmasste Fuchs.

Der Wolf schüttelte den Kopf. »Das ist eine andere Handschrift ... Legt ihn doch endlich ab, verdammt!«

Sie legten den toten Hasen ohne seine Hasenmaske auf den Boden.

»Das war kein Wachmann, die schiessen nicht in den Kopf und werfen niemanden in den Tank!« Wolf wandte sich ab und ging auf Alicia zu.

Alicia wurde es sofort kalt, ihr Mund wurde trocken und sie versuchte den Blick abzuwenden.

»Sehen Sie!«, zeigte der Wolf auf den gefallenen Hasen. »Sie sehen die Geschichte!«

Alicia schluckte.

»Vergessen Sie nicht, bei der Wahrheit zu bleiben!«, zeigte er mit dem Finger auf Alicia und drehte sich zu seinen Männern um. »Und holt Kevin aus dem Tank! Verdammt!«

Die Kamera wechselte auf ein Bild, wie die Seehunde aus ihrem Kanal schwammen und etwas vor sich herschoben.

»Die Seehunde machen uns ihre Aufwartung ...«, versuchte Johan etwas lockerer zu klingen.

»Was schieben die vor sich her?«, fragte Jonas

»Ich kann es nicht erkennen ...«, flüsterte Johan beinahe.

Jonas keuchte auf. »Das ist ein Körper! Mein Gott, das ist einer der Besucher!«

Die Feuerwehr griff ins Wasser und zog den leblosen Körper aus dem

Wasser. Das Gesicht wurde von einer Meerschweinchenmaske verdeckt und wackelte unnatürlich von einer Schulter zur anderen.

2

John liess die Tür langsam wieder ins Schloss fallen und ging auf den Waffenkasten zu.

»Die schiessen da draussen auf meinen Bruder!«, seufzte Sarah.

»Wir können ja mit ihnen anfangen!«, gab John den Code ein und mit einem Klicken ging das Gitter leicht auf.

»Was sind das für Menschen?«, bewachte Sarah die Tür.

»Die wollen den Hai retten ... oder so!« John nahm ein Gewehr heraus und reichte es Sarah.

»Ich weiss nicht, ob ich eine Schusswaffe will!«, seufzte Sarah.

»Das kümmert die Tierroristen wenig ...«

Sarah nahm das Gewehr entgegen, als wäre es heiss, und verzog angewiderten das Gesicht.

»Wusstest du?«, lud er sein Gewehr und nahm noch eine Beretta aus dem Schrank, »dass der Hai nun Arthur heisst?«

Sarah lachte humorlos. »Ja ...!«

»Wie King Arthur ...«, betrachtete John nachdenklich sein Gewehr, bevor er sich Sarah zuwandte. »King Kong ... Man kann eine Katastrophe auch heraufbeschwören!«

»Im Vergleich zum Affen war der Hai aber nicht wirklich daran beteiligt!«, hob Sarah mahnend einen Finger.

Nickend steckte sich John die Beretta in den Taucheranzug. »Bist du bereit?«

Sarah lachte bitter. »Ich blieb zu Hause, weil ich Angst vor ihm hatte, und bin nun hier, weil meine Alpträume wahr wurden!«

John blinzelte. »Du hast davon geträumt?«

»Davon?« Sie schüttelte mit Blick aufs Gewehr den Kopf. »Nur, dass du gefressen wurdest!«

»Na, danke!«, lachte John und schloss das Waffenkabinett.

»Es war ein Alptraum!«, versuchte sie es zu relativieren.

»Und danke, dass du es so nennst!«, zwinkerte John und ging auf die Tür zu.

»John ...«, legte sie eine Hand auf seine Schulter, als er seine Hand nach dem Türgriff ausstreckte.

Die Klinke nach unten gedrückt, blickte er über seine Schulter.

»Wir müssen das nicht tun ...«

John öffnete die Tür. »Doch ... Irgendwie schon ...«

Chloe hatte ein Kissen im Gesicht und weinte in das Kissen, während Base sich die Szene im TV immer wieder ansah.

»Kannst du damit aufhören?«, schluchzte Chloe.

»Schatz ... Ich sehe den Hai, da ist viel Blut, aber ...« Er drückte auf Pause, als der Hai seinen Kopf schüttelte. »Da ist kein John!«

»Weil er ihn schon zerstückelt hat!«, schrie Chloe.

Base hob einen Finger. »Der Mund ist geöffnet und er bewegt den Kiefer, aber er kaut nicht, dennoch schüttelt er den Kopf!«

»Was willst du damit sagen?«

Base hielt ein Buch hoch und deutete auf eine Stelle darin. »Hier! Der Weisse Hai, Carcharodon carcharias, hat seinen Mund beim Schwimmen geöffnet, um zu atmen ...«

»Und?«, schniefte sie.

»Hier ...«, spulte er zurück, bis der Hai aus der Blutwolke erschien und seinen Kopf schüttelte.

Chloe erbrach sich auf ihre Trainerhosen.

»Schatz ...«

»Nein ...«, wischte sie sich den Mund ab. »Mach weiter ...«

Base liess die Szene noch einmal laufen. Der Hai kam aus der Blutwolke, der Kiefer bewegte sich, aber nicht kauend, während sein Kopf sich hin und her bewegte.

»Und wenn er ihn nicht gefressen hat?«

»Dann lebt er noch ...« Base erhob sich, zog sein Shirt aus und setzte sich neben Chloe. »Hier ...«

»Da sind Terroristen, die ihn töten wollen!«

Lächelnd zog er ihr sein Shirt über, nachdem sie ihre Bluse ausgezogen hatte. »Sie denken vermutlich, er ist tot ...«

Chloe hustete, wischte sich mit der Bluse den Schoss sauber und erhob sich. »Und was wird er dann tun?«

Base lächelte und brachte das Bild wieder auf Live. »Da gibt es Dinge über uns, die ich dir nie so ganz erzählt habe.«

Chloe wollte mit der feuchten Bluse eigentlich davon, aber ihre Füsse waren wie angewurzelt. »Was für … Dinge?«

Base erhob sich, nahm die Bluse aus ihrer Hand und ging an ihr vorbei.

»Basil Crime! Was für Dinge?«, lief sie ihm hinterher.

»Okay … ganz ruhig!« Mit der Tür im Rücken sahen der Hase und das Meerschweinchen auf Sarah und John. Die Maschinengewehre auf sie gerichtet.

»Scheisse …«, schloss John die Augen, das Gewehr mit der linken Hand in die Luft gerichtet.

»So viel zum Hinterhalt …«, flüsterte Sarah, ihr Gewehr lag schon am Boden.

»Sind das Polizeitaucher?«, stolperte Meerschweinchen vor Nervosität über die Vokale.

»Ist doch egal …«, hatte der Hase John im Visier. »Dein Gewehr auf den Boden!«

John senkte den linken Arm.

»Wirf es einfach runter …«, stöhnte der Hase. »Durchsuch sie!«

Das Meerschweinchen senkte das Maschinengewehr und ging auf Sarah zu.

John liess das Gewehr los. »Sarah!«, packte er es am Schaft wieder und schoss einhändig dem Hasen die Maske vom Gesicht. Plastik vermischte sich mit Blut und Knochen und verteilte sich an der Tür hinter ihm.

Meerschweinchen riss den Kopf hoch und wurde in derselben Sekunde von Sarahs Fuss am Kinn getroffen und taumelte zurück.

Sie sprang einen Schritt nach vorne, rammte ihm das Knie in die Brust und bevor das Bein am Boden war, schwang sie das andere gegen seinen Kopf.

Mit einer waagerechten Pirouette schlug er gegen das Glas vom Tank und krachte zu Boden.

»Wow …«, klatschte John.

Keuchend zeigte Sarah zur Tür, wo noch immer Blut aus der Wunde des Hasen spritzte. »Du hast ihn getötet!«

John ging an ihr vorbei auf das Meerschweinchen zu und drückte ihm mit dem Kolben gegen den Kopf. Dieser schwang haltlos von einer Seite zur anderen. »Nun …«

»Scheisse …«, drückte sie sich eine Hand gegen die Stirn. »Er ist …«

»Ist er! Beruhige dich!«, nahm er sie in den Arm. »Sie hätten uns getötet!«

»Ich habe noch nie ...«

John strich ihr nickend über den Kopf. »Und dennoch, wir müssen genau so weitermachen ...«

Sarah hielt John von sich und sah ihn an, als würde sie sich vor ihm ekeln. Nach ein paar Sekunden hob sie den Zeigefinger und erbrach sich auf den grünlichen blauen Boden.

»Wann hast du das letzte Mal was gegessen?«, musterte er ihr Erbrochenes.

»Zählt Wodka?«, spuckte sie, die Hände auf ihre Knie gedrückt.

»Nicht wirklich!«, lachte John, half ihr aus der gebückten Haltung hoch und stützte sie am Rücken.

»Dann weiss ich auch nicht!«

John betrachtete den Brückenweg, der weiter oben zur Glasbrücke werden würde. »Lass uns die beiden rausbringen ...«

Sarah hielt sich die Hand hustend vor den Mund.

»Die Polizei ...«, ging John zur Tür. »Scheisse ...«

»Was?«

»Sie haben Sprengladungen angebracht ...«, zeigte John auf die kleinen Päckchen an der Tür.

»Also kommen wir nicht raus?«, beugte sich Sarah über die Sprengsätze.

»Wenn du neben Kampfsport keine Sprengstoffexpertin bist, nein, weil ich bin es nicht!« John drehte sich zum Tank. »Da ist eine Luke ... wir könnten sie in den Tank werfen!«

Sarah drehte sich um. »Und wie kommen wir da hoch?«

Lächelnd stellte sich John mit dem Rücken gegen den Tank, hielt seine Hände zusammengefaltet nach unten und nickte aufwärts an. »Sind ja höchstens zwei Meter!«

»Sieht eher nach dem Doppelten aus ...«, stöhnte Sarah, als sie mit dem Fuss in seine Hände stieg.

Base setzte sich wieder auf die Couch neben Chloe und reichte ihr ein Glas Wasser.

»Danke ...«, nickte sie und hielt es unsicher in der Hand. »Warum hast du mir das nicht erzählt?«

Base zuckte mit den Schultern. »Es war mehr eine John-Sache, fünf Jahre sind fünf Jahre, und als Vater krank wurde ...«

»Also ist John besser ausgebildet als du?«, stiess sie ihn neckisch an.

»John musste es bis fast zwanzig machen, seit er laufen konnte, und ich wurde mit dreizehn in ein Internat geschickt!«, zuckte Base mit der Schulter. »Ich werde mit Einbrechern sicher fertig, aber John ist vermutlich das grösste Problem, das die Tierroristen gerade da drin haben!«

»Tierroristen?«, sah sie ihn von der Seite fragend an.

»Nun ... es sind anscheinend Tierschützer ...«

»Und Terroristen ...«, blieb Chloes fragende Haltung unverändert.

»Und Terroristen ... Tierroristen, ich bin sicher, John nennt sie schon so!«

Kopfschüttelnd stand Chloe wieder auf und ging aus dem Wohnzimmer. »Ich bin gar nicht sicher, ob ich noch mehr erfahren will ...«

»Was ist hier los?«, schrie der Hamster.

John und Sarah drückten sich auf dem Tank gegen die Wand.

»Shit, Kevin ist da im Tank!«, schrie der Hund auf.

»Wie erklären wir das Hans?«, stotterte der Hamster und drückte seine Hände gegen den Tank, um besser erkennen zu können, wie die Seehunde den Leichnam entdeckt hatten und ihn als Ball missbrauchten.

»Hey, keine Namen!«

»Du hast doch gerade Kevins gesagt!«, stutzte der Hamster.

»Kevin ist tot!«, ging der Hund zum toten Hasen. »So ist Noel!«

»Du schliesst ja schnell mit Freunden ab!«

»Los, bringen wir ihn zurück!«, zog der Hund den Hasen an Arm und Brust hoch.

»Vielleicht können sie ihm helfen!«, nickte der Hamster und packte mit an.

Mit dem Blutenden in ihrer Mitte rannten sie den Weg hoch und verschwanden in der Kurve.

»Du hast ihm das Gesicht weggeschossen ...«, flüsterte Sarah.

John sprang vom Tank und drehte sich um, um Sarah runterzuhelfen.

»Wirklich helle scheinen sie nicht ...«

Nickend nahm John sein Gewehr neben der Blutlache wieder auf. »Das macht sie so gefährlich!«

»Und nun?«, nahm sie ihr Gewehr auf und zeigte mit dem Lauf auf eine schwarze Tasche. »Was ist das?«

John kniete vor der Tasche nieder und zog den Reissverschluss auf.

»Was ist das?«

John reichte ihr ein Funkgerät und nahm die kleinen Päckchen raus.

»Sprengstoff?«

John zog die Zünder raus und steckte sie in die kleine Schnittstelle in seinem Taucheranzug. »C4, Plastiksprengstoff, aber ziemlich nutzlos ohne die Zünder!«

»Und das Funkgerät?«

»Das nehmen wir mit, kann uns sicher noch hilfreich sein!« John deutete auf die Tür, die sie zuvor genau in die Arme der beiden Terroristen getrieben hatte.

Base stiess Chloe an und zeigte auf den Bildschirm.

»O mein Gott ...«

Lachend schnipste er mit dem Finger, als die Feuerwehr die Leiche aus dem Wasser fischte. »Das ist einer von ihnen ...«

»Du denkst, John hat das getan?«, drehte sie sich etwas argwöhnisch zu ihrem Mann.

»In so einer Situation gib den Behörden ein Zeichen, dass du sie unterstützt!« Nickend wurde Base ernst. »Das habe sogar ich noch gelernt!«

»Du willst mir sagen, dein Bruder rennt da wie Bruce Willis in *Stirb Langsam* in der Gegend herum?« Chloe schüttelte den Kopf und nahm einen Schluck von ihrem Wasser.

»Das ist nicht so weit hergeholt«, zwinkerte Base.

»Du weisst, dass ich ihn heute Morgen noch gesehen habe?«

Base nickte und sah auf den Fernseher. »Er hat zwar kein Training, aber er weiss, zu was er fähig ist!«

Vorsichtig öffnete John die Tür und zielte mit dem Gewehr hinein.

»Gut ...«, flüsterte er und ging entspannter hinein, Sarah folgte ihm und schloss die Tür hinter ihnen.

John ging durch die Sitzreihen durch.

»Was ist das?«, folgte Sarah und betrachtete sich die Tische mit den Stühlen.

»Die Kantine ...«, lachte er und sprang über den Tresen. »Du musst unbedingt was essen!«

»John ...«, blieb sie stehen. »Ich habe keinen Hunger!«

»Das war keine Frage!«, kam von etwas weiter innen.

»John, da sind Menschen, die weiter in Gefahr sind!«, kletterte sie selbst über den Tresen.

John kam zurück mit zwei Tassen und Instant-Suppen. »Ich fühle mich wohler, wenn wir keinen Schwächeanfall riskieren!«

Seufzend legte sie ihr Gewehr auf den Tresen und setzte sich darauf.

»Wir haben auch nicht viel Zeit. Die werden beginnen, das Ozeanium nach uns abzusuchen!«, stellte er die zwei Tassen unter das heisse Wasser.

»Hast du einen Plan?«

John stellte ihr die Tasse hin und drückte ihr einen Löffel in die Hand. »Umrühren!«

Sie rührten beide um. »Aber weisst du, wie wir weiter vorgehen?«

»Nun, wir töten die Bösen, retten die Geiseln und holen uns einen Burger!«, zuckte er rührend mit der Schulter, ohne sie dabei anzusehen.

Sarah boxte ihm lachend gegen die Schulter und pustete sanft auf die dampfende Suppe.

3

Alicia beugte sich zu Belsch. »Verstehst du, was hier los ist?«

»Anscheinend haben die eine Fliege in der Suppe!« Seufzend lehnte er sich weiter zurück. »Ich habe Hunger!«

»Hast du keine Schokolade dabei?«

»In der Tasche ...«, nickte Belsch, »... die noch auf dem Balkon liegt!« Er drehte sich wieder nach vorne, als Wolf und Fuchs sich zu ihnen drehten.

Die Tür schlug wieder auf, Hund und Hamster kamen herein. »Die Zünder sind weg!«

»Wie, die Zünder sind weg?«, schüttelte der Wolf seine Maske.

»Hier!«, öffnete Hund die Tasche. »Der Sprengstoff ist noch drin, aber die Zünder fehlen!«

Fuchs griff sich die Tasche und durchwühlte sie.

»Wie konnte das passieren?«

»Als wir Kevin im Tank gesehen haben ... wir haben sie wohl dort vergessen!«, wechselten Hamster und Hund einen Blick, ehe dieser zum Wolf nickte.

»Wohl vergessen ...« Mit fassungslosem Kopfschütteln drehte sich der Wolf um. »Armleuchter!« Hart schlug er mit der Faust auf den Tisch.

»Da rennt so ein Möchtegern-Cowboy herum und nun hat er unsere Zünder?«, war Fuchs mit Zusammenstauchen dran.

Wolf liess von dem Tisch ab »Wo ist Kevin?«

Der Hund schüttelte den Kopf. »Die Seehunde ...«

»Die Seehunde was?«, war Wolf die Pause zu lange.

»Die Seehunde haben ihn raus... keine Ahnung, wie mit einem Wasserball ... gespielt!«, vollendete der Hamster den Satz.

»Bitte?«, schrie der Fuchs auf.

»Ja ... die haben ...«

»Ich weiss, was ihr damit meint!« Kopfschüttelnd klopfte er sich mit der Hand gegen die Maske.

Der Wolf griff nach dem Funkgerät. »An alle. Wir haben eine Laus im Fell. Ich wiederhole, wir haben eine Laus im Fell!«

»Wir können das Dach nicht mehr sichern ...«, drehte sich Fuchs wieder zu Wolf. »Das waren unsere letzten Zünder!«

»Mist ...«, liess der Wolf das Funkgerät sinken und nahm sein Smartphone aus seiner Tasche.

»Wie lange?«

»Nicht lange genug ... haben wir den Raketenwerfer eingepackt?«, seufzte der Wolf und wandte sich den Monitoren zu und beobachtete Arthur.

»Natürlich ...«

Der Wolf starrte Alicia und Belsch an, ehe er sich wieder dem Fuchs zuwandte.

»... ich wiederhole, wir haben eine Laus im Fell!«

John schlürfte, das Funkgerät lag neben ihnen auf dem Boden.

»Wir haben zwei ihrer Männer getötet ... seltsam, dass es so lange ging!«, behielt Sarah über den Tresen die Tür im Auge. »Wir haben hier nur diesen einen Ausweg ...«

John nahm sich das Gewehr und stand auf. »Dann sollten wir verschwinden, bevor die hier auftauchen!«

»Laufen wir ihnen da nicht in die Arme?«

John zuckte mit den Schultern. »Sie wissen nicht, dass wir ...«

John hielt inne und drehte sich zur Tür, die Klinke ging langsam nach unten und sie duckten sich mit dem Rücken zum Tresen.

Die Tür ging auf, Pferd und Esel kamen herein.

»Siehst du, hier ist niemand!«, traten sie ein und schlossen die Tür.

Der Esel zog seine Maske ab. Ein zwanzigjähriger, leicht gebräunter Junge mit blonden Dreadlocks. »Ist das heiss unter dem Ding!«

Das Pferd zog seine Maske auf den Kopf und brachte eine junge Frau Mitte zwanzig zum Vorschein, sie trug die Haare kurz und das Gesicht war rot. »Hast du Zigaretten?«

Esel nickte, stellte seine Maske auf einen Tisch und kramte nach seinen Zigaretten.

John hielt seinen Finger vor den Mund, als er an Sarah vorbeikroch. Vorsichtig tastete er auf den Tresen und nahm das Funkgerät herunter.

Sarah verstand nun und hob den Daumen, als er es wieder ausmachte.

»Ich verstehe immer noch nicht, warum ich der Esel bin ...«, setzte er sich mit einer brennenden Zigarette hin.

»Riechst du das?«, setzte sich Pferd ebenfalls hin.

»Ich rieche gar nichts ... die Maske hat mir den Geruchssinn gekillt!«, zog er an der Zigarette.

Sie roch noch einmal und zuckte mit der Schulter. »Du hast wohl recht ... ich dachte, ich rieche Kartoffeln!«

»Ohhh ...«, lachte Esel. »Das riecht man doch, wenn man einen Hirntumor hat!«

Sie blies lachend Rauch aus. »Federn ... man riecht verbrannte Federn! Du Idiot!«

»Ach!«, lachte er und wischte sich Schweiss von der Stirn. »Fast das Gleiche!«

»Operation Weihnachten!«, knirschte das Funkgerät.

Sarah und John wechselten einen Blick.

Sie drückten die Zigaretten auf dem Tisch aus und griffen sich ihre Masken beim Aufstehen.

»Das sind wir!«, zog sich Esel seine Esel-Maske wieder an.

»Ich hatte gehofft, dazu kommt es nicht!«, setzte sie ihre Pferde-Maske wieder auf und sie verschwanden wieder aus der Kantine.

»Operation Weihnachten?«, flüsterte Sarah.

»Es ist bestimmt nichts Festliches ...« Langsam erhob sich John und spähte über den Tresen. »Sie werden kaum einen Baum schmücken!«

»John?«, kam aus dem Lautsprecher, leicht gedämpft.

Sie stiegen über den Tresen.

»Die zwei Terroristen, die sich gerade noch bei euch befanden, scheinen auf dem Weg zum Dach zu sein!«

»Was wollen sie auf dem Dach?«, hob Sarah fragend die Arme.

»Die Polizei-Hubschrauber sind auf dem Weg und wir sind uns hier sicher, dass sie mit denen etwas vorhaben!«

»Sicher? Das war doch nur ein theoretischer Notfallplan?«, lief der Fuchs die Treppe hinunter.

»Macht es das nicht schlimmer?«

Wolf wandte sich an Alicia. »Tut es das?«

»Ich weiss nicht ...«, flüsterte Alicia verwirrt.

Der Wolf wandte sich genervt an den Fuchs. »In der Endabrechnung wird das keine Rolle mehr spielen!«

»Aber werden sie uns geben, was wir wollen?«

Der Wolf nickte und zeigte auf Alicia. »Haben wir nicht eine wie sie, die vom Schweizer Fernsehen ist?«

»Ja, die Kleine, die Miss Schweiz war!«, nickte der Fuchs und stieg über den toten Hasen, der noch immer am Boden lag.

»Gut, hol sie ... sie wird die nächste Opfergabe!«, setzte sich der Wolf, sichtlich erschöpft, auf den Stuhl.

»Sehr wohl!«, wandte sich der Fuchs ab und stieg wieder die Stufen hoch.

Alicia wartete, bis die Tür geschlossen wurde, und rutschte aus ihrem Sitz.

Der Wolf beobachtete sie, bis sie auf der Treppe stand und er schliesslich einen Revolver auf sie richtete. »Was genau haben Sie vor?«

»Hören Sie ... ich weiss, Sie sind auf der guten Seite!« Langsam stieg sie die Stufen abwärts. »Aber was hier passiert, übertrifft so einiges, mit dem die Geschichte bisher konfrontiert war ...«

»Reden Sie weiter!«

»Aber ...«, setzte sie sich in die dritte Reihe. »Ich sehe kein Auskommen, das sie nicht mit bin Laden gleichstellt, wenn Sie ihn nicht sogar übertreffen ...«

»Bin Laden wird auch noch heute als Terrorist angesehen, daran hat sich nichts geändert!«, fügte Belsch an.

»Er war aber Araber ...«, setzte sich der Wolf gerade.

»Seien sie nicht naiv ...«, lehnte sich Alicia verschwörerisch nach vorne. »Das spielt doch gar keine Rolle!«

Der Wolf hatte den Revolver noch immer auf Alicia gerichtet. »In einem

anderen Universum oder einer anderen Dimension ... in einer anderen Zeit ...«
Ein feines Lächeln war unter Maske zu hören. »Schiesse ich Ihnen zwischen diese hübsche Augen!«

Ein kaltes Kribbeln krabbelte Alicia die Wirbelsäule hoch und sie spürte, wie ihr kalt wurde.

»Aber hier, in dieser Zeit, tue ich es nicht, da ich Ihren Mut bewundere ...« Der Wolf stand auf und schaute auf die Monitore, er verfolgte Arthur, wie er mit sanften Bewegungen der Schwanzflosse durch seinen Tank schwamm. »... noch nicht!«

Alicia schluckte.

Der Wolf drehte sich wieder um. »Und natürlich haben Sie eine weitere Hinrichtung zu moderieren!«

»Du weisst, wie wir aufs Dach kommen?«, folgte Sarah.

John zeigte keuchend die Treppe hoch. »Meistens aufwärts ...«

»Du hast Glück, dass diese Clowns hier sind ...«, lächelte Sarah.

»Clowns to the left from me ...«, spähte John vorsichtig um die Ecke. Der Gang war leer, gleich neben ihnen befand sich die Tür zum Treppenhaus. Weiter vorne befanden sich Kurt Lassers Labor und der Hörsaal, aber davon wussten sie nichts. »Jokers to the right ...«

Sarah hatte nichts als fragende Augen für John.

»I'm stuck in the middle with you!« Mit einem Zwinkern öffnete er die Tür zum Treppenhaus, zielte mit der Beretta hinein und nickte schliesslich zu Sarah.

4

Wasser tropfte durch die eingeschlagene Scheibe, feine Rinnsale traten hinein und flossen an der Wölbung abwärts, bis sie am Boden eine Pfütze bildeten.

Matt, mit der Zigarette im Mund zu Markus: »Es wird immer mehr ...«

»Ihr solltet nicht rauchen ...«, trat eine Ozeanium-Mitarbeiterin an sie heran. »Die Belüftung funktioniert nicht!«

Markus deutete auf die Pfütze vor ihnen. »Das ist das geringste unserer Probleme!«

»Warum dauert es so lange, die Tür zu öffnen?«, drehte Georg sich zu der Dame im blauen Sweatshirt um.

»Die Feuerwehr hat nicht die richtigen Mittel ...« Seufzend setzte sie sich dazu. »Niemand hat das, die Dinger sind wie grosse Safes!«

Strawberry wischte schluchzend über ihre Augen. »Ich will nicht sterben ...«

Markus und Matt nickten. »Willkommen im Club!«

»Was ist das?«, stutzte Tim zu Noemi, die ihm den Tunnel zeigte.

»Wir haben ein Leck ... da müssen Trümmer aufs Glas geknallt sein!« Sie zeigte auf das Diagramm neben der Videoaufnahme der Gefangenen im Tunnel.

»Wie lange hält das Glas?«, fuhr sich Tim, mit Schweissperlen auf der Stirn, über den Mund.

»Drei Minuten ... Drei Stunden ...« Noemi zeigte auf den Monitor. »Wir wissen nicht, wie beschädigt es ist, aber es wird sicher pro Minute schlimmer!«

»Die Hubschrauber werden in 300 Sekunden eintreffen ...«

Tim wechselte die Seiten und erkannte, wie Esel auf dem Dach stand. Ein Esel mit einem Raketenwerfer in der Hand.

»Wir werden nie mehr einen Job erhalten ...«, seufzte Tim und sackte auf dem Stuhl zusammen.

»Das ist eine nationale Tragödie und Sie denken an unseren Job?«, musterte Noemi ihren Chef mit einem fast ekelnden Gesichtsausdruck.

Lachend stand Tim auf und wedelte mit dem Finger. »Nun, zuerst, ja, da wird getrauert ... aber nach der Trauer werden Schuldige gesucht und ...« Tim ging lachend im Kreis, blickte in die schockierten Blicke seiner Mitarbeiter. »Wir werden diejenigen sein, weswegen die Terroristen hier hereinkamen, wir werden als Erste geröstet ...«

Eine gespenstische Stille erfüllte den Raum.

»Seht euch das an ...«, zeigte er auf den Schirm mit dem Esel, der auf die Knie ging und den Raketenwerfer gegen die herannahenden Hubschrauber ansetzte.

Alicia verfolgte, wie sie die blonde Moderatorin des Schweizer Fernsehens an Wolf und Fuchs übergaben.

»Das ist nicht die Miss Schweiz!«, stutzte Fuchs.

Hund nickte. »Sie ist dunkelhäutig und ich denke, das würde das falsche Signal nach aussen senden!«

Der Fuchs drehte sich zum Wolf. »Ist es nicht genauso falsch, sie zu verschonen?«

»Que voulez-vous de moi?«, schluchzte die Moderatorin.

»Egal, wir müssen sie zum Reagieren zwingen ... wenn wir den Hai nicht abtransportieren können, haben wir nichts erreicht!«, packte der Wolf sie am Arm.

»Ihr nehmt die Moderatorin und den Fotografen mit!«, ging er an den anderen zweien vorbei die Stufen hoch.

Alicia rutschte nach vorne und ging selbstständig, ohne dass sie noch gezerrt werden musste, hinterher.

»Das könntest du sein ...«, flüsterte Belsch, sie folgten dem Wolf und der Moderatorin, der Fuchs und der Hund waren hinter ihnen.

»Bring sie nicht auf Ideen!«, flüsterte sie zurück.

Der Wolf öffnete die Tür zum Treppenhaus und drehte sich um. »Wie sieht es auf dem Dach aus?«

»Noch keine Meldung!«, kam vom Fuchs.

»Wenn wir am Filmen sind, versuch es noch mal ... oder geh gleich hoch!« Ohne die Tür weiter zu halten, ging der Wolf mit der Moderatorin durch. Belsch hielt die Tür, bis Alicia und der Fuchs durch waren. Der Hund folgte schliesslich Belsch.

»Sehr freundlich!«

»Geh einfach weiter ...«, seufzte es beinahe unter der Maske.

»Wenn das Dach ein Misserfolg ist, haben wir bald die Polizei hier drin!«, knurrte der Wolf.

»Die zwei werden das schon schaukeln ...«, versuchte Fuchs optimistisch zu klingen.

5

John und Sarah hasteten die Stufen hinauf. John nahm zwei Schritte auf einmal, immer im Risiko, mit den nackten Füssen wegzurutschen, keuchend wie eine Lokomotive und dennoch deutlich schneller als Sarah.

Vor John tauchte schon die Tür auf, als er von einem grellen Blitz gestoppt wurde und nach hinten die Treppe runterflog.

Lachend drehte das Pferd ihr Maschinengewehr wieder um und richtete es auf ihn. »Sie mal an ... du bist ja gar nicht tot ...«

John hielt sich die blutende Stirn und hob benommen den Kopf.

»Noch ...«, entsicherte sie das Maschinengewehr, »... nicht!«

Sarah schoss um die Ecke und riss den Lauf des Maschinengewehres nach oben. Knatternd schoss es in die Decke. Die Frau unter der Pferdemaske kreischte und versuchte, ihre Gegnerin zu treten.

Sarah packte sie am Fuss, schlug ihn gegen die Seite und rammte ihren Ellbogen in die Schulter. Mit einem weiteren Schrei liess das Pferd das Maschinengewehr los. Sarah versuchte es selbst zu nutzen, aber schon griff Pferd wieder danach.

John drückte sich an der Wand hoch und beobachtete die zwei Damen beim Ringen um das Gewehr.

»John, geh! Halt ihn auf!«

John blickte zur Tür und wieder zu Sarah.

»Geh! Ich werde schon mit ihr fertig!«, schrie sie und kickte Pferd gegen das Schienbein, gegen das Knie und warf sie mit dem Gewehr zum Boden.

Nickend griff John nach dem Treppengeländer und schleppte sich hoch, versuchte, wieder Tempo aufzunehmen.

Die Maske fiel ihr vom Kopf und Sarah warf das Gewehr die Treppe runter. »Lassen wir das, okay?«

»Klar!« Mit einem Bodenschlag brachte sie Sarah zu Fall, rappelte sich auf und sprang auf sie drauf. »Du dumme Kuh, jetzt kriegst du was für die Ehre!« Mit der Faust schlug sie Sarah ins Gesicht, ein zweites Mal, das dritte Mal blockte Sarah ab und rammte ihr die Faust in die Nieren.

Pferd hustete auf und Sarah warf sie von sich runter.

John schlug die Tür auf und trat ins Freie. Der Wind pfiff an ihm vorbei und von der Seite hörte er die ankommenden Rotoren der Hubschrauber.

Der Esel ging auf die ankommenden Hubschrauber zu, mit einem Raketenwerfer auf seiner Schulter, und blieb stehen.

»Das ist nicht euer Ernst ...«, nahm John leicht genervt seine blutige Hand von der Stirn und rannte auf ihn zu. Er bemerkte nur etwas spät, dass er das Gewehr und die Beretta nicht mehr bei sich hatte.

Der Esel ging in die Knie und nahm sein Ziel ins Visier.

»Hey!«, schrie John, nahm die Luger hervor, und noch rennend schoss er dreimal.

Die Luger musste der Grösse, seiner als Geschenk speziellen Bauart, Tribut leisten und war nur auf nahe Distanz geeignet. So traf er den Esel zwar dreimal, aber keine der Kugeln schaffte es durch die Haut.

Sarah trat der am Boden Liegenden in die Rippen, dabei wurde sie am Knöchel gepackt und unsanft zur Seite geworfen. Sie schlug mit dem Kopf am Boden auf, spürte, wie sich das Gewicht auf ihrem Rücken ansammelte und sich eine Hand um ihren Hinterkopf schloss.

»Du kleine Schlampe!« Pferd zog sie etwas nach vorne, bis Sarahs Kopf über dem ersten Treppenabsatz zum Stehen kam.

Mit aller Kraft schlug sie Sarah gegen die Treppe und riss den Kopf an den Haaren wieder hoch, Zähne und Blut flogen durch die Luft, untermalt von einem gurgelnden Kreischen von Sarah.

»Keiner wird dich mehr erkennen!«, keuchte sie Sarah ins Ohr.

Getroffen schreckte der Esel auf, wurde dadurch entdeckt und brachte die Hubschrauber zu einem Ausweichmanöver. Das allerdings zu hart und einer der beiden wurde von einem Windstoss erfasst. Sie kollidierten leicht in der Luft und verloren die Kontrolle.

Doch John konnte sich nicht mit den Hubschraubern aufhalten. Die Luger war nutzlos und der noch gut siebzig Meter entfernte Typ in der Eselsmaske hatte einen Raketenwerfer, den er nun auf ihn richtete.

John begann rückwärts zu laufen, blickte nach hinten zur Tür und wieder nach vorne. Esel zeigte auf ihn und schüttelte seinen Kopf.

»Ach, Scheisse ...«, drehte John sich um, liess die Luger los und rannte. Rannte auf die Tür zu, als er hinter sich die Rakete hörte, wie sie in seine Richtung geschickt wurde.

Das Zischen war schneller als John, er wusste, dass er es nicht in einem Stück zur Tür schaffen würde, und warf sich flach auf den Boden. Die Flammen schossen an seinem Millimeterhaarschnitt vorbei und versengten am Hinterkopf die wenigen Haare.

John hob den Kopf aus der Deckung und wurde Zeuge, wie die Rakete gegen das Treppenhäuschen knallte. Die Druckwelle erfasste ihn, stiess ihn rückwärts und er landete hart auf seinem Rücken.

»Dass du Hurensohn noch lebst ...«, zog der Esel ihn an seinem Kragen hoch.

»Was?«, deutete John auf seine Ohren.

»Du lebst ja noch!«, schrie Esel und warf ihn gegen den Boden.

Ächzend richtete er sich auf. »Das höre ich ...«

Der Fuss des Esels traf ihn genau am Kinn und schlug seinen Kopf hart gegen den Kies auf dem Dach. Er zog John am Kragen hoch und schleifte ihn zum Ende des Daches.

»Du wirst Fliegen lernen, kleiner Taucher!«

John packte seine Hand und versuchte sie zu drehen, aber der Griff des Esels war eisern.

Er blickte in die Tiefe, die Hubschrauber waren abgestürzt und lagen in den Strassen Basels wie die Black Hawks in Mogadischu.

Der Esel zuckte auf und John nahm Blutfetzen wahr, wie kleine Schmetterlinge, die ihm aus der Brust flogen. Der Griff lockerte sich, liess seinen Kragen los und auf einmal fiel der Esel bewegungslos kopfüber vom Dach.

John richtete sich auf und erkannte Sarah vor dem leicht brennenden Treppenhaus. Ihr Gesicht hart zerschlagen und aus dem Mund blutend, mit der Beretta in der Hand.

John rutschte von der Kante weg und rappelte sich ächzend auf.

»Wo sind die Hubschrauber?«, half sie ihm stehen zu bleiben und stand selbst sehr wackelig auf den Beinen.

»Du musst etwas lauter sprechen ...«, hustete John und deutete auf seine Ohren.

»Hä? Du musst lauter sprechen!« zeigte sie auf ihre Ohren.

John schüttelte den Kopf und sie gingen zusammen wieder auf das Treppenhaus zu.

Die Tür war nicht mehr im Rahmen. Das Treppenhaus war dunkel, ein rotes Alarmlicht erleuchtete den Treppengang wie einen Leuchtturm.

»Fuck ...«, keuchte John.

Sie gingen die Treppe runter. Das rote Licht zeigte den Kopf der Frau mit der Pferdemaske, daneben die Pferdemaske und gegenüber den Stufen steckte die Tür waagerecht in der Wand, darunter sass der Körper.

Sarah hielt sich an John fest und zeigte auf die blutige Stufe und hielt ihre Lippen hoch. Sie offenbarte drei zerbrochene Zähne in der oberen Reihe. »Sieht es schlimm aus?

»Du wirst viel Suppe essen ...«, wandte er sich von ihr ab zur Tür mit der kopflosen Leiche darunter.

»O mein ...«

Sie schreckten auf, als der Fuchs die Treppen hoch um die Ecke kam und seine Kameradin mit Tür statt Kopf vorfand.

Sarah hob das Maschinengewehr vom Boden und gab eine Salve ab. Der Gang blitzte kurz auf, und wie von Bällen getroffen, noch bevor er die zwei überhaupt bemerkte, flog Fuchs gegen die Wand hinter sich und prallte nach vorne ab. Eine Blutlache begann sich um ihn herum auszubreiten.

»Der hat uns noch gar nicht gesehen ...«, nahm John sein Gewehr vom blutigen Boden auf und drehte sich zu Sarah. »Wir sollten aus diesen Taucheranzügen raus ...«

Sarah betrachtete Pferds Kleidung unter der Tür. »... ich habe sowieso nicht vor, noch mal schwimmen zu gehen!«

»Ich ...« John kramte in Fuchs' Taschen und brachte eine Schachtel Zigaretten hervor. »... auch nicht ...«

Seufzend legte Sarah das Maschinengewehr ab und kniete sich unter die Tür, die in der Mauer steckte.

»Ts, ts«, zündete sich John eine Zigarette an und sah den toten Fuchs an. »Die sind zu stark für dich!«

»Ich glaube kaum …«, zog Sarah Pferd unter der Tür durch und begann sie auszuziehen, »dass ihn das noch belastet.«

Lächelnd versuchte John in Fuchs Schuhe zu kommen.

»Das Ding ist voller Blut!«, hielt sie den schwarzen Pullover in den nun blutigen Händen.

»Neun Millionen Terroristen gibt es auf der Welt und ich treffe auf einen, der kleinere Füsse hat als meine Schwester!«

»Du hast eine Schwester?«

John kickte die Schuhe weg und warf ihr den Pullover von Fuchs zu. »Das sagt man so …«

»Bei einer Geiselnahme …?«, fing sie den Pullover.

John zog das Hemd an und stieg in die Hosen. »Ja … manchmal!«

6

Die Kamera wurde aufgebaut, Katze stand neben der Moderatorin, die auf den Knien sass und schluchzte, den Lauf seiner Waffe an ihrer Schläfe.

Alicia beobachtete, wie der Fuchs und der Hund Belsch gegen die Wand neben der Tür setzten und der Fuchs danach durch die Tür davonging.

»Dein Text!«, drückte der Maulwurf Alicia ein Blatt in die Hand und stiess sie nach vorne. »Stell dich neben die Blondine, bau sie ein!«

»Let's roll!«, klatschte der Wolf in die Hände und ging hinter die Kamera.

Tim starrte auf den Bildschirm, auf dem die zwei Taucher davongingen.

»Ist das gerade wirklich passiert?«, setzte sich Noemi wieder hin.

Tim schüttelte den Kopf. »Ich erwarte, dass ich jeden Moment aufwache!«

Laurent zeigte auf den Bildschirm, der nur noch Rauschen zeigte. »So … hat die Explosion sie gerettet?«

»Die Tür muss das Pferd getroffen haben …«, mutmasste Noemi. »Die fehlt!«

»Was ist mit den Hubschraubern?«

Tim starrte Laurent ein paar Sekunden an, ehe er mit einem lautlosen Fluchen nach dem Telefon griff.

Mit den Bildern der Polizisten, die aus den Wracks der Hubschrauber stiegen, versuchten die Kommentatoren wieder zu Atem zu kommen.

»Wir alle versuchen gerade noch, das Gesehene zu verarbeiten ...«, hörte man den fassungslosen Jonas.

»Zumindest geht es den Polizisten gut!«, fügte Johan atemlos hinzu.

Chloe starrte auf die Bilder und hielt sich an Base' Arm fest.

»Ich habe dir gesagt, dass er noch lebt!«, konnte auch Base nicht den Blick vom Bildschirm lösen.

»Das hat aber gar nicht gut ausgesehen! Wer war diese Frau?«, flüsterte Chloe.

»Er wurde mit einem Raketenwerfer beschossen ...« Base schüttelte den Kopf.

»Sie sahen beide nicht gut aus ...«, bemerkte Chloe.

»Sie hatte auch einen Taucheranzug an, vielleicht ist sie von der Polizei ...«, schüttelte Base den Kopf.

»Wir haben Bestätigung, dass keiner der Beamten im Hubschrauber ernsthaft verletzt wurde!«, informierte Jonas.

»Was für ein Glück ... wäre dieser John Crime nicht dazwischengegangen, die Rakete hätte ihnen gegolten!«

Jonas lachte auf. »Was kommentieren wir hier?«

Johan stimmte ein. Es war kein fröhliches Lachen, es war das bittere Lachen der Verzweiflung. »Was auch immer es ist, es ist das Surrealste, was ich je erlebt habe!«

»Das ist ein Wasserpark, nun rennen Terroristen mit Tiermasken herum und wollen den Hai befreien!«, stöhnte Jonas.

»Allerdings wurden zwei schon ausgeschaltet, ob der im Wasser auch auf das Konto des Duos geht?«

Jonas blies hörbar Luft aus. »Gut möglich, sie wissen ja nicht, dass er noch lebt!«

»Wussten, wenn sie einen Fernseher haben, können sie es sehen, ihr Idioten!«, seufzte Base.

Chloe drückte ihren Mann. »Wenn sie das überleben, laden wir sie beide ein!«

»Wie wir gerade hören, tut sich im Ozeanium etwas und wir erwarten nun die Bilder!«, kommentierte Jonas das Umschalten des Bildes.

»Das ist Alicia Bauer!«

»Und ist das … Sasha Lafleur?«, keuchte Jakob und man hörte, wie er sich die Hand auf den Mund schlug.

»Das ist sie! Blendet das aus, das können wir nicht zeigen, wir …« Der Ton wurde ausgeblendet und stattdessen war Alicia zu hören, die den Text vorlas.

»Nein, nein, nicht schon wieder …«, verschränkte Tim die Hände hinter dem Kopf.

»Ist das nicht die Lafleur vom Welschen Fernsehen?«, flüsterte Noemi beinahe.

»Wo ist John?«, rollte Tim mit seinem Stuhl zu Noemis Terminal und klickte sich durch die Kameras. »Wo sind sie?«

Noemi zeigte auf den unteren linken Bildschirmrand. »Wir haben viele Kameras bei der Explosion verloren …«

»Das sehe ich …«, seufzte er, klickte sich aber weiter durch die Kameras.

»Verhandeln wir eigentlich mit Terroristen?«, fragte Laurent, weiter auf die Liveübertragung starrend.

»Wir hatten das Vergnügen noch gar nicht …«, schüttelte Tim den Kopf.

»Nun ja …«, hob Noemi den Finger.

»Nein … das war mit einem Diktator …«, winkte Tim ab.

»Okay, es geht los, sie bringen Sasha auf den Tank!«, rief Laurent.

Tim und Noemi versammelten sich hinter ihm.

»Was geschieht eigentlich mit dem Hai, wenn das Ganze zu Ende ist?«, fragte Noemi gegen den Bildschirm.

Tim räusperte sich. »Aufgeschnitten wird er natürlich, die Leute wollen doch ihre Angehörigen beerdigen …« Auch wenn der Satz beendet schien, musste er noch was anfügen und das führte zu dieser zu langen Pause. »Zumindest Teile von ihnen!«

Alicia wurde vom Hund an die Wand gesetzt, als Einziger folgte er nicht, blieb aber beim Stativ stehen und richtete seine Waffe auf die Geiseln, die allesamt Sasha Lafleur auf ihrem letzten Gang beobachteten.

»Wir müssen was tun …«, flüsterte Alicia.

»Wenn er dich nicht tötet, dann einer von denen da oben!« Belsch schüttelte den Kopf. »Wir können hier keine Helden sein, lass es uns aussitzen!«

Alicia beobachtete stöhnend das Treiben auf dem Tank. »Können wir damit leben, nichts getan zu haben?«

»Komm mir nicht mit der Scheisse! Wir können uns dumm verhalten und genauso sterben wie alle anderen, da ist nichts Hel...«

»Hey!«, zischte der Hund.

»Heldenhaftes dabei ...«, schloss Belsch leise flüsternd.

Die Kamera wurden von der Katze gehalten und hatte den Wolf und Sasha Lafleur vor sich.

»Es scheint, Frau Lafleur, man will uns immer noch nicht helfen!«, hob der Wolf theatralisch seine Arme und schüttelte traurig den Kopf.

»Das kann er nicht tun!«, presste Chloe ihre Hände zusammen.

Base hatte seine Hand gegen den Mund gepresst und schüttelte langsam den Kopf.

»Haben Sie der Welt noch was zu sagen?«, zog der Wolf sein Messer.

»Schatz, wo ist dein Bruder? Er wird doch kommen?«, konnte Chloe den Blick nicht abwenden.

»Nous ne négocions pas avec les terroristes!«, spuckte Sasha Lafleur dem Wolf auf die Maske.

Unter der Maske lachend, schnitt der Wolf ihr in den Arm und stiess sie nach unten. Die Kamera folgte ihr, wie sie ins mittlerweile klare Wasser unter der Einbruchstelle eintauchte.

Base und Chloe sassen sprachlos in ihrem Wohnzimmer.

7

Sasha Lafleur war mit ihren siebenundzwanzig nicht einfach nur die hübsche Moderatorin beim Schweizer Fernsehen. Das ehemalige Model war mit dem Anwalt Robert Lafleur verheiratet, zusammen hatten sie eine Tochter und sie setzten sich für die Umwelt, das Klima und die Tiere ein.

Der Beruf der Sportmoderatorin war ein grosser Traum von ihr, weswegen sie auch Sportjournalistik studiert hatte und als eine der Jahresbesten abgeschlossen hatte. Mit dem Modeln verdiente sie sich das Studium und ihre Passion, das Meer.

Sie schwamm seit ihrem achten Lebensjahr an Meisterschaften und war mit zwölf Schweizermeisterin. Sie vertrat die Schweiz mit drei Medaillen bei den Olympischen Spielen und war Vorbild für eine ganze Generation junger Mädchen.

Das Schwimmen brachte sie sicherlich auch zum Meer, aber es war die Unterwasserwelt, von der sie angezogen und regelrecht festgehalten wurde. Sie schwamm sogar mit Haien in Hawaii und bewunderte die Geschöpfe so sehr, dass sie sich auch freiwillig für die Eröffnung des Ozeaniums meldete.

Was zuerst mit einer Bewunderung für das Unmögliche begann, verwandelte sich in einen nicht zu fassenden Alptraum.

Mit einem Platschen schlug sie fast gerade im Wasser ein und tauchte ab. Im Salzwasser konnte sie nichts sehen und musste auftauchen, um sich zu orientieren. Mit einem Wippen in ihrem Magen fiel ihr Blick auf die riesige Rückenflosse, die wie eine geflutete Tür auf sie zukam. Für eine Millisekunde konnte Sasha sich kaum bewegen angesichts der überwältigten Dimensionen und gleichzeitiger Schönheit des Raubtiers.

Sie schüttelte sich aus der Trance und schwamm leicht links am Hai vorbei, der sich natürlich nicht um Tempo zu bemühen brauchte und seiner Beute folgte. Sie schlug hart gegen das Wasser, schwamm, so schnell sie nur konnte, und wusste, dass sie zu viele Vibrationen dabei erzeugte.

Mit einem Ziehen in ihren Muskeln und brennenden Augen tat sich das Glas des Tanks vor ihr auf, was ihr alle weiteren Chancen raubte. Als der Hai neben ihr auftauchte und parallel zu ihr auf das Glas zuschwamm.

Was Sasha an den Weissen Haien besonders faszinierte, war die unglaubliche Intelligenz, gepaart mit der schieren Kraft eines Panzers.

Auf ihrer Reise nach Hawaii las sie viele Bücher und sprach mit Meeresbiologen über die Eigenarten der Haie. Gerade über die Eindrücke, die ein Hai hinterliess, durch die moderne Popkultur. Sie liebte die Filme, sie war allgemein etwas angefressen, wenn es um Horrorfilme ging, aber Haie hatten es ihr immer angetan. Sie war mittlerweile überzeugt, dass Haie Menschen gar nicht mit einem Seehund oder einem anderen Opfer verwechseln konnten. Dafür war die Art und Weise, wie ein Hai sich Informationen beschaffte, ihr Hauptargument. Durch Rezeptoren wird das Meerwasser in seine chemischen Bauteile auseinandergenommen und auf enorme Distanzen konnte er einen Tropfen Blut erkennen. Blut, Menschen und andere Tiere gaben weit mehr ab als nur Blut.

Sie kam zu dem Schluss, dass, auch wenn der Hai nicht wusste, was ein Mensch war, er ihn sicher nicht mit seinem gewohnten Speiseplan verwechselte. Vielmehr hatte sie dabei ihren Hund im Sinn, der sie und Besucher immer mit der Schnauze am Arm griff, noch bevor er schnüffelte. Es war kein aggressives Beissen, konnte aber erschrecken und wenn ein Hai, um herauszufinden, was da bei ihm im Wasser war, zubiss, hatte das nun mal verheerendere Folgen.

Arthurs Verhalten erklärte sie sich mit dem Aquarium. So sehr sie sich freute, einen Weissen Hai in der Schweiz zu sehen, und erst noch in dieser Grösse. Weisse Haie waren aus guten Gründen nicht in Aquarien und genau deswegen war es noch eine grössere Sensation. Sie vertrugen es nicht, wie lange Arthur allerdings schon in diesem Tank war, wusste sie nicht, und dass er alles frass, was sich bewegte und lebte, war wohl eine herrliche Entspannung für ihn.

Sasha musste abbremsen, blieb treibend auf der Stelle und blickte fassungslos fasziniert auf die gräuliche Haut der Rückenflosse, die vor ihr hochragte.

Langsam streckte sie die Hand aus und berührte mit den Fingern Arthurs Haut, der sofort bei Kontakt abtauchte und mit der Schwanzflosse Wasser hochspritzen liess. Den Moment versuchte Sasha zu nutzen, um ihre Position zu verändern, und kraulte auf die andere Seite des Tanks. Das Glas stoppte sie erneut, wo wollte sie auch hin, und sie suchte schwer atmend die Oberfläche ab.

Sie versuchte, eine Orientierung zu finden, was ihr dabei die Terroristen, die noch immer bei der Einbruchstelle standen, lieferten.

Die Frage aber blieb, wo sollte sie hin, das Loch war zu hoch und sie konnte auch nirgends abtauchen. Ein Sog ergriff sie, zog sie augenblicklich nach unten und bis sie verstand, was da gerade passierte, bohrten sich Dutzende gezackter Zähne in ihren Brustkorb, brachen ihre Knochen wie Zweige und zerfetzten ihre Lungenflügel. Mit einem Schwall Blut anstelle des angebrachten Schreis aus ihrem Mund stiess sie wuchtig aus dem Wasser. Arthur drückte sie in seinem zugeschlagenen Gebiss aus dem Wasser und kam selbst gute drei Meter über die Oberfläche. Seitwärts fielen sie wieder ins Wasser und mit seiner Beute, die er wirklich erbeuten durfte, tauchte Arthur ab. Der Hai zerkaute die beliebte Moderatorin vor laufenden Kameras, der linke Arm, mit einer kleinen Goldkette am Handgelenk, wurde abgetrennt und blieb auf der Stelle schwebend im Bild auf Millionen von Schirmen, als Arthur weiter abtauchte.

Stille. Die Nation hatte soeben ihren Tiefpunkt erreicht und drohte an diesen Ereignissen zu zerbrechen. Natürlich waren zuvor beinahe fünftausend Menschen gestorben, aber ein Gesicht dazu, das war zu viel.

Ein schwarz umrandetes Bild von Sasha Lafleur wurde eingeblendet, im Hintergrund schwamm Arthur weiter seine Bahnen.

Chloe wischte sich eine Träne aus dem Auge und drückte mit der anderen Hand Basils Bein, seine Hände waren mit schockiertem Gesicht gegen seinen Nacken gedrückt. »Sie haben es tatsächlich getan!«

»Sie haben den Grossteil der Besucher zuvor ermordet, da war das kein grosser Schritt mehr!«

»Ist es das, was du dazu zu sagen hast?«, drehte sie sich mit hochgezogenen Brauen zu ihm.

»Nein ... scheisse, was willst du denn hören? Mein Bruder ist vorher beinahe explodiert, Lafleur moderierte den welschen Part, so oft sah ich die nicht!«

»Basil!«

Base stand kopfschüttelnd auf und griff sich seine Autoschlüssel.

»Was ...«, stand sie langsam selbst auf. »Wo willst du hin?«

»Das war zu viel. Ich kann dem nicht länger zusehen! Ich fahr jetzt zum Ozeanium!«

»Und was willst du dort tun?«, folgte sie ihm.

»Keine Ahnung ...«, rief er aus und blieb stehen.

Sie lief in seinen Arm.

»Bis ich dort bin, vielleicht nur noch die Leiche identifizieren ...«, drückte er sie fest.

»Wir ...«, drückte sie zurück. »Wir!«

Tim betrachtete den Schirm und hielt sich seinen Puls. Im Raum war eine beklemmende Stille eingekehrt und Noemi wie auch Laurent waren sprachlos, unter Schock.

»Wird man nun reagieren?«, brach Noemi irgendwann die Stille.

Tim lachte bitter auf. »Sie werden mit der Armee stürmen, wenn der Idiot noch mehr Menschen tötet ...«

Laurent schüttelte den Kopf. »Es befinden sich sicher noch etwa achthundert Menschen hier drin!«

Tim nickte. »… bei fünftausend Toten spielen ein paar mehr auch keine Rolle mehr, aber sie werden diesem Arschloch sicher nicht entgegenkommen!«

»Bleibt abzuwarten …«, steckte sich Laurent nervös einen Kaugummi in den Mund. »Das mit der Lafleur könnte ein geschickter Joker sein!«

»Wie redest du da?«, schlug Noemi gegen seinen Hinterkopf.

Laurent reagierte lediglich mit einem Reiben der betroffenen Stelle und drehte sich auf seinem Stuhl um. »Wie schockst du alle mehr, nachdem du sie schon geschockt hast? Gib dem Horror ein Gesicht!«

Nickend beugte sich Tim über seine Monitore und suchte nach John. »Da ist was Wahres dran … Prominente ziehen besser als die grosse unbekannte Masse!«

»Hört ihr euch überhaupt zu?«, legte Noemi ihren Kopf in die Hände.

»Nun, er fing nicht mehr so viel, also trank er irgendwann bei der Arbeit!« Markus wischte sich Salzwasser von der Stirn, das mittlerweile von der Decke tropfte und ihren Platz am Rande der Plattform unter Regen setzte.

Matt prüfte immer wieder die Pfütze, die sich am Rande bildete und immer grösser wurde.

»O nein!«, wischte sich Strawberry die Arme ab. »Er hatte doch immer seinen Hund Lucky dabei!«

Markus nickte. »Er kam auf die glorreiche Idee, dass seine Pechsträhne daher kam, dass er zu nahe an der Küste fischte und er deswegen so ein Scheiss-Leben hatte. Also fuhr er weiter hinaus, weiter raus aufs Meer. Mit seinem Hund Lucky und so besoffen, dass er wohl kaum die Angel halten konnte!«

»Was ist passiert?«, schüttelte Georg seine Kappe aus.

»Keiner weiss es, man fand sein Boot, darin befanden sich noch die Leine und die Angelrute von Chavez …«, zuckte Markus mit der Schulter.

»Das ist keine schöne Geschichte …«, schüttelte Strawberry den Kopf.

»Weisst du, dass irgendwo ausserhalb der Philippinen auf einer stillgelegten Bohrinsel ein Hund gefunden wurde, der völlig abgekämpft um sein Überleben kämpfte?«

»Ernsthaft?«, setzte sich Markus auf.

Matt nickte. »Man nahm an, er wurde misshandelt und dort ausgesetzt …«

»Dabei hat er einfach eine Tragödie überlebt ...«, wischte sich Markus über sein nasses Haar. »Krass ... ich habe die Geschichte von einem Tauchlehrer in Australien!«, lachte er und betrachtete mit wachsender Besorgnis die Risse im Glas, durch die das Wasser tropfte.

»Du warst in Australien?«, staunte Georg.

»Vor drei Jahren!«, nickte Markus und wandte sich seufzend zu Georg. »War wohl das Beste, was ich erleben werde!«

»Mal den Teufel nicht an die Wand!«, schüttelte Strawberry seinen Arm.

»Ich male niemanden an die Wand ...«, deutete Markus auf die Risse in der Wand aus Glas. »... das hat jemand anders übernommen!«

»Solange wir hier sitzen und reden, sind wir noch am Leben!«, versuchte Strawberry die Motivation zu steigern.

Matt lachte auf. »Immerhin ist Denise auf das Tram vorher ...«

»Ja, ihre Eltern hätten 'ne Wahnsinns-Freude gehabt ...«, lachte Markus und blickte in das ernste Gesicht von Strawberry, welches sein Lachen stoppte.

»Kennt ihr den von dem Mädchen, das die Eltern ihres Freundes kennenlernte, genau an dem Abend, an dem der Schwager einen Mord-Selbstmord durchzog?«, fragte Strawberry in die Runde.

»Brauchen wir das noch ...?«, fragte Markus erschöpft.

Strawberry schien erst nicht zu verstehen, bis sie ihren Spoiler bemerkte. »O shit ... ich bin nicht gut mit Geschichten!«

»Schon okay ...«, winkte Matt ab. »Auch so alles deprimierend genug!«

»Werden wir wirklich sterben?«, flüsterte Georg traurig.

Markus folgte den immer grösser werdenden Tropfen, die sich ihren Weg von der Rissstelle nach unten in die Pfütze kämpften. »Nein ... nein. Das scheint nur so!«

Alicia wurde vom Hund aufgezogen, während sie den Wolf beobachtete, der mit Katze am reden war und dabei auf Maus zeigte, der auf die Geiseln zielte.

»Los!«, sagte er lediglich zu Belsch und dieser mühte sich auf.

Der Maulwurf öffnete die Tür und Wolf führte sie wieder zurück ins Treppenhaus. Er folgte ihnen, die anderen drei blieben auf der Brücke.

»Das war nicht schlecht!«, lachte der Wolf und ging voran.

»Sie haben Ihre Situation kaum verbessert!«, konnte Alicia den Mund nicht halten.

»Alicia ...«, versuchte Belsch flüsternd einzugreifen.

»Es geht hier nicht um uns, es geht um den Weissen Hai ...«, erklärte der Wolf ruhig und führte sie einen Stock weiter. »Er hat in einem Aquarium nichts verloren!«

»Das mag ja sein, aber Sie haben Massenmord begangen für einen Fisch ...« Alicia schüttelte den Kopf. »Und dann werfen Sie ihm Sasha vor.«

»Haben Sie gesehen, wie viel Spass er dabei hatte?«, lachte er unter seiner Maske und ging weiter.

Sie liefen durch die Tür in den Gang mit den Fischbildern an der Wand und da kam der Hamster aus dem Studienraum.

»Habt ihr die Zünder gefunden?«

Der Hamster deutete zur Tür hinter ihm, die in das mittlere Treppenhaus führte.

»Was ist los?«

»Mister Wolf, Sir ...«

»Was?«, wurde der Wolf ungeduldig.

»Fuchs, Esel und Pferd sind tot!«, riss er das Pflaster ab.

Wolf erstarrte für eine Sekunde. »Was ist passiert? Hat es die Polizei aufs Dach geschafft?«

»Nein ...«, hob der Hamster seine Maske kurz über den Mund. »Die sind abgestürzt, aber Esel ist vom Dach gefallen, Pferd und Fuchs lagen im Treppenhaus.«

»Mein Gott ...«, keuchte der Wolf.

»Pferd ... Pferd wurde der Kopf abgerissen!« Räuspernd senkte der Hamster den Kopf.

»Was?«, schrie der Wolf. »Sind wir hier beim Paten?«

»Sir?«, trat der Hund dazu. »Wir sind nur noch die Hälfte ... wie machen wir weiter?«

»Wie geplant!«, schlug der Wolf mit der Faust gegen ein Bild an der Wand, durchschlug die Leinwand und musste es abschütteln. »Sie haben dreissig Minuten, um den Transport zu veranlassen, oder der Hai kriegt wieder zu fressen!«

»Was machen wir wegen dem Charles Bronson?«, fragte der Hund.

Wolf schüttelte den Kopf und wandte sich Alicia zu. »Haben Sie eine Ahnung, was für ein Rambo hier rumrennt?«

»Frau Bös liess mich nie wirklich hinein ...«

»Das heisst, nein?«, stutzte der Wolf.

»Ja!«, nickte Alicia.

Nickend wandte sich der Wolf wieder ab und stand vor dem Bild mit der Forelle.

Schliesslich drehte der Wolf sich wieder um. »Bringt sie rein und passt auf sie auf, ich sehe mir an, was passiert ist!«

Der Hund nickte.

»Du kommst mit«, schnipste er zum Hamster und lief los.

Der Hund hielt Alicia und Belsch die Tür auf, damit sie eintreten konnten.

»Sechs von ihnen sind tot?«, flüsterte Belsch, als sie die Treppen runtergingen und in ihre Sitzreihen rutschten.

Alicia deutete auf die Leiche, die am Fusse der Treppe lag. »Und auf brutalste Art … wer ist das?«

Belsch zuckte mit der Schulter. »Von den Angestellten kann es keiner sein, so ausgebildet ist keiner!«

»Haltet euren Mund!«, setzte sich der Hund neben ihnen auf die Treppe, hob die Maske hoch bis zur Nase und steckte sich eine Zigarette in den Mund.

»Haben Sie etwas zu essen?«, beugte sich Belsch rüber.

»Ich sagte doch, halt den Mund, oder spreche ich eine andere Sprache?«, blies er Rauch in Belschs Richtung.

»Nein, es ist nur, ich habe Hunger …«, klagte Belsch.

Der Hund schüttelte den Kopf. »Das würde dir sogar noch gut tun!«

»Ha ha, wissen Sie, wie oft ich das höre?«, lachte Belsch nicht sehr natürlich. »Ich brauche mit dem Körper auch mehr Energie und ich habe, seit die Scheisse losging, nichts mehr gegessen!«

Der Hund lächelte zu Alicia. »Der riskiert einiges!«

»Er hat Hunger!«, zuckte Alicia mit den Schultern.

Lächelnd steckte er seine Zigarette in den Mund und griff in seine Tasche. »Ihr habt Mut, alle beide!« Mit einem Sandwich in der Hand stand er auf und setzte sich in die Sitzreihe vor Belsch.

»Ernsthaft?«, lächelte Belsch.

»Forcier es einfach nicht …«, packte er das Laugenbrot mit Schinken aus. »Soll ich dich losbinden oder schaffst du es so?«

»Danke!«, strahlte Belsch. »Ich schaffe es so!«

»Wow!«, zog er lächelnd an der Zigarette und drehte sich beinahe staunend zu Alicia. »Ich hätte ihn wirklich losgebunden!«

John und Sarah sassen unter der Treppe des untersten Stockes im dritten Treppenhaus. Im Sicherheitsraum hatte er einen Erste-Hilfe-Koffer gefunden und desinfizierte Sarahs Wunden an der Stirn, der Wange und der Oberlippe.

»Sieht es so schlimm aus?«, verfolgte sie seine Bewegungen, wie er einen blutigen Wattebausch nach dem anderen zur Seite legte.

»Keine Sorge, es gibt gute Schönheitschirurgen ...«

Sie blinzelte ihn an. »Du bist tatsächlich ein Arschloch!«

Lächelnd tupfte er ihr die Wunde an der Wange ab. »Mehr als das!«

Sarah lachte, verzog zischend die Lippen und lachte wieder. »Sie hat mich gut zugerichtet ...«

»Du lebst noch!«, relativierte John.

»Ha ...«, zuckte sie zusammen. »Das warst du ...«

John nahm einen neuen Wattebausch. »Eigentlich war es der Esel!«

Sarah lachte wieder, schüttelte den Kopf und wischte sich eine Träne aus dem Auge. »Ich dachte, sie tötet mich ...«

»Er hätte mich beinahe vom Dach geworfen ...!« John wuschelte durch ihr Haar. »Ich bin hier die Damsel in distress!«

Lachend boxte sie ihn in die Schulter und betrachtete das Logo auf ihrem Shirt.

»Sind das die Initialen der Terroristen?« Fragte John. »Wofür steht FFT?«

»Freiheit für die Tiere!«, erklärte sie, während John eine Zigarette in den Mund steckte. »Eine europaweit operierende Organisation!«

»Und die sind immer so radikal?«

»Sie sind radikal, aber das hier ist ein anderes Level!«, nahm sie John die Zigarette aus der Hand und steckte sie sich selbst in den Mund. »Hast du Feuer?«

John zündete ihr die Zigarette an, nahm sich eine eigene hervor und schloss den Koffer.

»Und wie geht es nun weiter ...?« Sie stutzte, hielt die Zigarette zwischen den Fingern und setzte sich gerade. »S... Ssss... S...«

John ob eine Braue und zog an seiner Zigarette.

»Lispele ich?«

Lachend stand John auf und klopfte die Hosen ab. »O ja!«

»Das wird teuer ...«, tastete sie sich die aufgerissene Lippe und die abgebrochenen Zähne ab.

»Ach ...«, winkte John ab und half ihr hoch. »Das wird schon jemand bezahlen!«

Vorsichtig öffnete John die Tür mit der Aufschrift »Maintenance«.

»Was ist da drin?«, folgte sie John in den erst dunklen Raum, aber durch einen Sensor wurde das Licht bei ihrem Eintreten aktiviert.

»Keine Ahnung ...«, schüttelte er ab den Besen den Kopf. »Ich hoffte auf eine Inspiration!«

Sarah zeigte auf die Gartengeräte. »Mit Zombies wäre dies recht praktisch, aber was hat das Zeug in einem Aquarium zu suchen?«

John lief an Schaufeln und Putzsachen vorbei. »Die haben eine Hotelanlage, inklusive Indoor-Garten!«

»Ernsthaft?«, blieb sie stehen und hob das Seil auf. »John!«

Er drehte sich um, erkannte das Seil in ihren Händen und lächelte. »Da ist die Inspiration!«

»Ich frage besser gar nicht ...!«, reichte sie ihm das Seil.

»Wirst schon sehen!«, legte er das Seil um seine Schulter und knöpfte das durchschossene Hemd weiter zu.

»Ich beginne zu glauben, das mit dem Seil war ein Fehler!«, trat sie Johns Zigarette aus. »Schon schräg, dass dir seine Schuhe nicht passten!«

John krümmte seine Zehen und schmunzelte. »Authentischer ...«

10

Der Wolf drehte sich nickend um. »Was ist hier passiert?«

»Von der Wand und der nach innen katapultierten Tür zu schliessen, schlug eine Rakete ein!«

Seufzend ging der Wolf an ihm vorbei zurück ins Treppenhaus. »Und was ist mit Fuchs?«

Hamster betrachtete seufzend den erschossenen Anführer, der nur in Unterwäsche an der Wand lag.

»Sie haben ihre Kleider genommen, warum haben sie ihre Kleider genommen?«, ging der Wolf auf die Knie und sah sich die Einschusslöcher an. »Aber nicht die Schuhe!«

»Vielleicht wollen sie uns unterwandern …«

»Nein …«, wischte sich Wolf die Hände an Fuchs' Jacke ab, die neben ihm auf dem Boden lag. »Dafür hätten sie auch die Masken gebraucht!«

Hamster sagte nichts.

Der Wolf stand wieder auf und zeigte auf den Kopf von Pferd. »Sie haben sie einfach geköpft …«

»Es sieht eher wie ein Unfall aus …«, deutete Hamster auf die Spuren auf der Treppe. »Ich glaube, sie hat hier gekämpft.« Er stellte sich vor der Treppe hin, mass mit einem Auge zur Tür und drehte sich um. »Ja, das passt!«

»Nun sind wir Spurensucher?«, tippte der Wolf mit seinem Schuh gegen den Boden.

»Ich, nein …«, hob Hamster verteidigend die Hände.

»Dann lass den Scheiss. Sie sind tot, wie, spielt keine Rolle!« Er drehte sich um und ging die Treppe runter. »Es zählt nur das Ziel!«

»Und wie geht es weiter?«

Wolf nahm sein Telefon heraus. »Ich warte weiterhin auf einen Anruf …« Er blieb stehen. »Vielleicht ist es an der Zeit, die Miss zu opfern …«

»Sir?«

»Die andere Miss Schweiz!«, ging er weiter.

»Sollten wir ihnen nicht etwas Zeit geben?«

»Wozu?«, lachte der Wolf. »Ich erwartete eigentlich, dass sie schneller einlenken würden!«

»Und wenn sie nicht einlenken?«, öffnete der Hamster die Tür und liess den Wolf vor.

»Dann werden wir als Märtyrer in die Geschichte eingehen!«

Der Hamster blieb mit der Tür in der Hand stehen und sah dem Wolf nach, wie er zum Studienraum lief. Schliesslich liess er die Tür los und folgte ihm.

»Wo bleibst du?«, rief der Wolf.

»Ich dachte, ich hätte was gehört!«, winkte er ab und lief hinter dem Wolf zurück ins Schulungszimmer.

»Hol die Miss!«, schnipste er zum Hund.

Der Hund stand auf. »Wie sieht es aus?«

»Sie wurden regelrecht hingerichtet ...« Der Wolf blieb neben Alicia stehen. »Die Moderatorin war nutzlos!«

»Haben wir nicht jemanden Wichtigeres hier als nur Sternchen?«, fragte Hund den Wolf, der allerdings noch abgelenkt war.

»Was gibt es in dieser Welt Wichtigeres als Sternchen?«, lachte er verächtlich unter seiner Maske.

»Nun, international gesehen, sind unsere Sternchen nicht gerade auf ein hohes Ansehen abonniert!«

Das bewegte den Wolf zu einer Drehung. »Nun, dann haben wir sicher eine Idee?«

»Wir haben auch Reporter aus anderen Ländern ...«, zuckte er mit den Schultern.

»Und wen hast du im Sinn?«

Der Hund schluckte. »Ich war nicht oben, aber ich denke, wir haben sicher jemanden, der international für mehr Aufsehen sorgen könnte!«

»Dann schlage ich vor, du rennst wie ein Hund los und apportierst mir diese wichtige Person, ja?«

Der Hund zögerte einen Moment.

»Sofort!«, schrie der Wolf und zeigte auf die Tür.

Nun kam er in Bewegung, hastete die Treppen hoch und ging aus der Tür.

»Warum ist allen dieser Hai egal?«, setzte sich der Wolf seufzend auf einen der Tische vor Belsch.

»Die Frage ist, wie viel Menschenleben man für ihn abwiegt ...«, erklärte Belsch. »Er hat ja ein massiges Gewicht, aber es ist schon etwas ungleich ...«

Der Wolf drehte sich zu Belsch um.

»Verstehen Sie mich nicht falsch! Ich finde es genauso barbarisch wie sie, dass man ihn hier gefangen hält!«

Der Wolf zog lächelnd seine Maske ab und legte sie auf das Pult, auf dem er sass. Alicia holte hörbar Luft und blinzelte den etwas ergrauten Mann an.

»Sie kennen mich?«, wandte er sich mit einem breiten Grinsen zu Alicia.

»Nun, ich könnte Sie nicht beim Namen nennen, aber ... ich habe sie interviewt ...«

»Wolf, Hans Wolf!«, wurde sie von Belsch unterbrochen. »Die Geschichte wegen dem Ozeanium!«

Bei Alicia fiel der Groschen. »Sie hatten die ganzen Einsprachen ...«

»Kluges Kind!«, steckte sich Wolf eine Zigarre an.

»Warum tun Sie das?«, schüttelte Alicia den Kopf. »Weil Sie gegen die Bös verloren haben?«

Er schüttelte den Kopf, schmauchte an der Zigarre und sah Alicia tief in die Augen. »Wisst ihr, wie sie gewonnen hat?«

»Nein.«

Er blies Rauch aus. »Sie hat meine Firma in den Bankrott getrieben. Einfach so, indem sie sich in die Konkurrenz eingekauft hat! Einfach so ...«, schnippte er mit dem Finger. »Damit verlor ich alle Stimmen, um gegen das Ozeanium zu sein ... sie ruinierte mich für all das hier! Sie sorgte damit dafür, dass ich mein Haus nicht mehr bezahlen konnte ...«

Langsam schweifte er an Alicia vorbei, es war so still, dass man das Glimmen der Zigarre hören konnte.

»Es tauchten Beweise auf, dass ich mich an männlichen Praktikanten vergriff ... auch wenn wir nie einen männlichen Praktikanten hatten. Meine Frau ist ausgezogen und meine Kinder ... alle denken nun, ich bin so ein alter Schmutzfink!«

»Denken Sie, Massenmord wird Sie versöhnen?«, drehte sich Belsch panisch zu Alicia, als sie das ausgesprochen hatte.

»Ach, der Zug ist abgefahren ...«, seufzte Wolf in einer dichten Wolke aus Rauch. »Das achte Weltwunder, das ist nun mein Leben.«

Alicia nickte zum Hamster. »Und du? Du heisst Hamster zum Nachnamen?«

Der Hamster lachte kurz unter seiner Maske.

»Das wäre wohl etwas zu einfach!«, zuckte sie mit der Schulter und schenkte ihre Aufmerksamkeit wieder dem Wolf. »Und Sie finden nicht, dass ist alles etwas zu extrem?«

»Wissen Sie, wie viel Weisse Haie in Gefangenschaft leben?«

Alicia schüttelte den Kopf.

»Keiner!«, hielt der Wolf die Faust hoch. »Null, nicht ein einziger auf der gesamten Welt! Aber wir hier in Basel sind natürlich darauf angewiesen!«

»Wie gesagt ...«, brachte sich Belsch ein. »In diesem Punkt haben Sie recht!«

»Das spielt aber keine Rolle, wenn man mehr Geld besitzt, als es gedruckt wird!« Wolf erhob sich, füllte seinen Mund mit Tabakqualm und ging wie eine Lokomotive die Treppe runter. »Wissen Sie, was mit den Haien geschah, die in Gefangenschaft waren?«

»Wenn Sie so fragen, Sie sind gestorben?«

Mit einem schweren Nicken deutete er mit der Hand, die die Zigarre hielt, auf den Bildschirm. »Nach wenigen Tagen oder Wochen ...«, beobachtete er den Hai, wie er seine Runden drehte.

»Dieser scheint allerdings recht munter ...!«, bemerkte Belsch.

Nickend zog Wolf an der Zigarre. »Er spürt, dass Hilfe unterwegs ist!«

KAPITEL 11

Beim Sterben ist jeder der Erste

1

Die Stimmung im Tunnel wurde zusehender aussichtsloser und drückender. Die Feuerwehr schien kein Rezept gegen die Türen zu finden und so verstrichen die Sekunden, in denen man nicht wusste, ob es reichen würde oder nicht.

Die kleine Gruppe um Matt sass noch immer unter dem rissigen Glas und unterhielt sich mit Geschichten.

»Danach zündete er alles an, um die Spuren zu vernichten, vergass aber, die Festplatte von der Sicherheitskamera zu löschen. So war es ein Leichtes, ihm auf die Schliche zu kommen!«, setzte sich Matt schliesslich um, da es langsam gussartig wurde.

»Haben sie ihn verhaftet?«, sass Strawberry schon am neuen Platz, Knöchel im Wasser.

»Nein, er hat sich umgebracht, als die Polizei vor seiner Tür stand!«, betrachtete Matt das rissige Glas, dessen Risse sich nun über mehrere Meter zogen.

»Hören Sie ...«, trat ein Mitarbeiter des Ozeaniums an sie heran. »Ihr Gerede ist nicht zu überhören und es verängstigt einige der anderen!«

»Das tut uns leid, wir werden leise sein!«, hob Markus beschwichtigend die Arme.

»Nein ...«, schüttelte der Mitarbeiter den Kopf. »Nein, wir haben uns das lange genug angehört! Wir denken, es ist das Beste, wenn Sie gehen!«

Strawberry lachte auf. »Und wohin?«

»Einfach weg ... gehen Sie in den Tunnel!«, zuckte der Mitarbeiter desinteressiert mit den Schultern und fügte an: »Wir bitten Sie!«

»Das ist aber nett!«, wischte sich Matt Wasser von der Stirn. »Denken Sie, das Ertrinken wird dann angenehmer?«

»Die Feuerwehr ist dabei, das Tor zu öffnen!«

Markus drehte sich um. »Das hören wir auch schon eine Weile!«

»Es wird nicht reichen ...«, zeigte Matt nach oben.

Georg begann zu schluchzen.

»Das kann jede Sekunde einbrechen und wir werden ertrinken oder nach aussen getrieben und von Arthur verspeist!«, stand Matt auf und wurde lauter. »Und Sie schicken uns weg, weil wir schlechte Stimmung verbreiten?«

»Hören Sie ...«, versuchte der Mitarbeite die Lautstärke wieder zu senken.

»Schon gut!«, stand Markus auf und half Georg hoch. »Wir sterben lieber woanders!«

Der Hamster knotete die Fesseln von Alicia und Belsch und band sie an die Tische.

»Es ist nicht, dass ich euch nicht vertrauen würde ...«, schaute der Wolf dabei zu.

»Aber Sie vertrauen uns nicht!«, nickte Alicia sogar mit einem gewissen Mass an Verständnis.

»Nun, ich kann es mir nicht erlauben, euch frei rumrennen zu lassen!«, lächelte Hans Wolf. »Bist du fertig?«

»Der Knoten soll halten, oder?«

Seufzend prüfte der Wolf seine Uhr.

Die Tür öffnete sich und der Maulwurf kam herein.

Martin hatte nur Augen für Alicia und spürte, wie ihm das Blut wieder in den Kopf schoss. Zum Glück trug er die Maske und die zu grosse Jacke, womit sie ihn anscheinend nicht erkennen konnte.

»Bewach die Tür, aber bleib draussen!« Wissend hob Wolf die Hand. »Sie ist clever ...«

Martin nickte.

»In etwa zehn Minuten werden wir den Amerikaner opfern, bis dahin darf nichts schiefgehen!«

Martin nickte wieder.

»Bist du so weit?«

»Ja, ja ...«, kam der Hamster doch noch die Treppe hoch. »Sei auf der Hut, irgendwo hier schleicht ein Dämon rum!«, flüsterte er, als er an Martin vorbeiging.

Martin nickte.

Der Hamster schloss die Tür.

»Was heisst das?«, sprach Martin endlich, als Alicia ihn nun nicht mehr hören konnte.

»Wir wurden etwas zurückgeworfen, nichts Ernstes!« legte er Martin die Hand auf die Schulter.

»Und was ist mit Alicia?«

»Ich habe dir versprochen, ihr passiert nichts!«, klopfte Wolf auf Martins Schulter und zeigte auf die Tür. »Wir lassen sie da drin, die Polizei wird sie dann schon finden!«

Martin lächelte unter der Maske. »Danke!«

»Ich danke dir!« Wolf nahm die Hand von Martins Schulter. »Du warst ein entscheidender Teil heute!«

Martin nickte dankbar.

»Gehen wir!«, schnipste Wolf zum Hamster und sie gingen den Gang runter zum ersten Treppenhaus.

Martin drehte sich um, zur Tür auf der linken Seite. Die Tür zum Treppenhaus zwei.

Alicia beugte sich zu Belsch, zog an ihren Fesseln und verdrehte die Augen. »War das ein Matrose?«

»Was ist mit dem Maulwurf, kann der nicht reden?«

Sie zuckte mit der Schulter. »Hast du das ganze Sandwich gegessen?«

»Ist das eine ernste Frage?«, hustete er schuldig.

»Schon gut ...«, lächelte sie erschöpft, »kein Problem!«

»Was machen wir nun hier?«, zog Belsch an seinen Fesseln, gab aber entmutigt auf.

»Warten!«, legte Alicia den Kopf auf das Pult, wie sie es in der Schule immer getan hatte, und schloss die Augen.

»Worauf?«

»Auf was immer auch kommt!«, öffnete sie die Augen wieder und richtete sie nach vorne. Dort auf den Bildschirmen schwamm der Hai, Arthur, immer wieder von links nach rechts und sah dabei aus wie der Hahn auf dem Bauernhof.

John wartete auf Sarah und schloss die Tür wieder.

»Hier ...«, reichte sie ihm eine Karte.

John nahm sie entgegen und faltete sie auf. »Oh ...«

»Ich dachte, die könnte vielleicht was bringen!«, lächelte sie und ging mit John zusammen auf die Knie, die Karte auf dem Boden ausgebreitet.

»Wir sind hier!« Mit dem Finger fuhr er nach vorne. »Wir müssen hier hin!«

»Über die Brücke?«

»Zu riskant ...«, schüttelte John den Kopf. »Wir kommen bis hier, ohne dass wir auf verminte Türen stossen!«

»Das ist das mittlere Treppenhaus, von da kamen wir aufs Dach!«, deutete sie auf die Karte.

»Was ist das?«

»Das ist die zweite Brücke ...«

»Oh ...«, erinnerte sich John, wie er auf dem Steg stand und zu den Zuschauern winkte, etwas weiter oben blitzten die Kameras. »Ja ...«

»Was?«

»Von dieser Brücke kommen wir auf den Tank!«, drückte John den Finger auf Tank eins.

»Das dürften aber schon einige Meter sein ...«, schätzte Sarah die Dimensionen.

»Siehst du, da wird das Seil nützlich!«, zwinkerte John.

»Und da ist es!«, seufzte Sarah mit einem Lächeln. »Ich bereue, dass wir das Seil mitgenommen haben!«

Lachend faltete John die Karte zusammen.

»Und wie kommen wir dahin?«, standen sie beide wieder auf.

John deutete die Treppen hoch. »Wir können bei der Hauptbrücke übergehen, da ist noch die Kurve!«

Sarah nickte und folgte John die Stufen hoch.

Martin liess die verschiedenen Möglichkeiten in seinem Kopf abspielen. Hier bleiben, bis der Wolf ihn holte und sie verschwinden konnten, das war die richtige Entscheidung. Aber er fragte sich, was Alicia sagen würde, wenn sie wüsste, dass er hier dabei war und etwas aus seinem Leben machte.

In der einen Version flippte sie völlig aus und in der anderen war sie schwer von ihm beeindruckt. Sie würden wieder zusammenkommen und alles würde gut werden.

»Vergiss das!«, flüsterte Martin. Er wusste schliesslich genau, dass sie so etwas keineswegs billigen würde. Dabei war es Alicia, die diesen Kontakt mit Hans Wolf erst möglich gemacht hatte. Eine Tatsache, die sie sicherlich auch nicht gerade berauschend fand.

Dabei hatte er so viel getan, bewiesen, dass er auch ein Mann sein konnte und dem älteren Ex, von dem sie andauernd sprach, in nichts nachstand. Er war es, der dafür verantwortlich war, dass die Bombe gezündet werden konnte. Er war es, der dafür verantwortlich war, dass die Sicherheit nicht eingreifen konnte, und er war es, der herausfand, wo sich all die Kameras befanden.

Das war sein Stichwort. Wolf war noch nicht lange weg, also würde er nicht gleich zurückkommen, und dass dieses Ratte oder was auch immer gerade jetzt den Studienraum finden würde, war doch eher ein Lottogewinn.

Martin holte seinen Vaporizer hervor und ging zur Tür in das mittlere Treppenhaus. Versuchte, bei der Tür so leise wie möglich zu sein, und setzte sich, die Maske den Kopf hochgeschoben, auf die Stufen.

Da erschien ihm eine weitere Version, in der er Alicia rettete und sie ihn vor lauter Dankbarkeit zurücknehmen musste. Lächelnd dampfte Martin verträumt vor sich hin.

»Hast du gesehen?«, flüsterte Sarah, als John die Tür leise Schloss schob. »Sie tun es schon wieder!«

»Ich verstehe immer noch nicht, was die vorhaben ...«, horchte John die Treppen hoch. »Geld?«

Sarah schüttelte flüsternd den Kopf. »Die sind einfach durchgeknallt!«

John ging auf die ersten Stufen. »Einfach reicht da wohl nicht ...«

»Wohl wahr ...«, gab Sarah zu.

John musterte die Tür, die mit »Laboretage« angeschrieben war. »Welcher Stock?«

»Einen weiter!«, deutete Sarah auf die Aufschrift.

»Was, wenn es wirklich um den Hai geht?«, fragte John in seinem mahlenden Hirn.

Tim beobachtete ausgelaugt, wie der Wolf ein weiteres Opfer auf die Brücke zerrte.

»Schon wieder?«, seufzte Laurent.

»Die werden nicht mit ihm verhandeln ...«, rieb sich Tim die Augen. »Und er versucht es weiter und weiter!«

»Wie lange, bis gestürmt wird?«, stellte Noemi eine Tasse Kaffee vor Tim auf den Tisch.

»Solange noch etwa zweitausend Geiseln hier drin sind, wird das wohl nicht geschehen!«, folgte er dem Dampf, der aus der dampfenden Kaffeetasse emporstieg.

»Ist das ...?«, zeigte Laurent mit einer zitternden Hand auf den Bildschirm.

»O nein ...«, jammerte Tim. »Die Amerikaner werden einfach hier einmarschieren!«

»Wieso, wer ist das?«, stutzte Noemi.

»Bradley irgendwas ... Drywood oder so ähnlich!« Nervös kratzte Tim seinen Arm. »Politreporter, der gerne Sensationen nachrennt!«

»Fun fact!«, drehte sich Laurent um. »Er kämpft für die Rechte der Tiere und ist ein Gegner von Zoos und solchen Einrichtungen!«

»Und warum nehmen sie ihn?«, trank Noemi von ihrem Kaffee.

»Er ist weltweit bekannt ...«, nahm Tim seine Tasse, »anders als die Lafleur ...«

»Wo sind eigentlich die Bös und die Probst? Ich habe weder Malena noch Stefan gesehen ...?«

»Wenn Jakob recht hatte«, stellte er die Tasse wieder hin, »wurde Klara Probst von der Explosion getroffen, Malena wurde wohl in ihrem Büro verspeist, als Crime von dem Adler da rausgeholt wurde ...«

»Und wo ist Dr. Lasser?« Noemi blieb auf dem Bildschirm, sie brachten den Reporter die Leiter hoch zum Tank.

»Da ist John!«, rief Laurent.

»Wo waren die?«, verdrehte Noemi die Augen.

»Wo gehen sie hin?«, flüsterte Tim zu sich selbst. »Sie sind doch auf der Brücke ...?«

»Das ist das mittlere Treppenhaus, von da kommen sie zu den Laboren, der oberen Brücke oder wieder aufs Dach!«, folgte Laurent dem Plan. »Aber dort ist die Tür vermint!«

Martin stand auf der Treppe, den Feuerlöscher hinter seinem Kopf und bereit,ihn einzusetzen. Das Schicksal hatte ihm hier das goldene Ticket bereitgelegt, er musste es nur greifen und zuschlagen.

Zuschlagen.

»Welcher Stock?«, fragte der Taucher, der eigentlich tot sein sollte und Fuchs' Kleider trug.

»Einen weiter!«, sagte die Frau, die er noch nie gesehen hatte und die die Kleider von Pferd und Fuchs' Sweatshirt trug.

»Was, wenn es wirklich um den Hai geht?«, schwang Martin den Feuerlöscher über den Kopf des Tauchers.

Mit einem Zucken drehten sie sich um und sahen ihn mit grossen Augen an.

Martin hörte schon den Schädel brechen, als der Feuerlöscher, mit dem Gesicht des Tauchers als Ziel, abwärts rauschte.

Sarah erkannte erschreckend, wie der Mann mit der Maulwurfmaske auf seinem Kopf einen Feuerlöscher in Richtung John schwang und ihm den Schädel brechen würde. Sie konnte sich nicht bewegen, sie war noch in ihrer erschrockenen Sekunde und musste es in Zeitlupe verfolgen.

John hob den rechten Arm und duckte sich nach links.

Hart schlug der Feuerlöscher gegen Johns Arm, aber mit einem sofortigen Konterschlag aus der Deckung mit dem Arm schlug er dem Maulwurf den Feuerlöscher aus der Hand und schwang die Linke gegen Maulwurfs Kopf.

Der Feuerlöscher fiel Martin aus den Händen und landete laut an der Wand und eine Faust knallte gegen seine Maske.

»Nicht heute!«, rammte Martin mit schlechter Sicht den Taucher gegen die Tür, diese sprang auf und sie rollten in den Gang.

Martin landete auf ihm und versuchte, ihm die Faust ins Gesicht zu rammen.

John packte die Faust des Maulwurfs, griff unter seine Achsel und warf ihn kopfüber gegen die Wand.

Sarah konnte nur zusehen, sie wollte eingreifen, aber sofort änderte sich alles und sie folgte einfach den prügelnden Männern.

Martin rappelte sich auf, sah zu seinem Gewehr neben der Tür und wurde vom Taucher erneut gegen die Wand gedrückt. Eine Situation, die Martin gut kannte, und begann, die Nieren des Tauchers zu bearbeiten.

John konnte die Schläge nicht ewig überstehen, aber besser greifen konnte er ihn so auch nicht. Mit einem Kick gegen die Rippen warf er ihn von sich und Maulwurf landete auf dem Rücken.

»Fuck you!«, griff Martin in seine Hose und holte die Handfeuerwaffe heraus. Mit einer flüssigen Bewegung zog er die Waffe und richtete sie auf John, der Finger drückte gegen den Abzug.

Beinahe mit dem Knall schlug John die Handfeuerwaffe aus der Hand des Maulwurfs und sie flog weiter den Gang nach vorne, Richtung Maschinengewehr und Tür. Mit dem Versuch, ihn gegen den Boden zu drücken, erhielt John einen Ellbogen ins Gesicht, eine Handkante gegen den Hals und das Knie in die Rippen.

Martin stiess den Taucher von sich, fokussierte die Handfeuerwaffe und rannte auf die Tür zu. Ein Schlag gegen das Schienbein brachte ihn zu Fall aber er schaffte es, die Waffe zu erreichen, und drehte sich, den Abzug drückend, um.

John spürte die Kugel an seinem Ohr vorbeisausen. Mit der linken Hand drückte er die Laufrichtung zur Seite und entwaffnete ihn wieder mit der rechten.

Martin versetzte ihm einen Kopfstoss, stiess ihn von sich und griff sich das Maschinengewehr. Lachend, mit einem blutigen Gesicht, das einer teuflischen Fratze glich, richtete er das Maschinengewehr auf John.

Alicia und Belsch zuckten zusammen.
»War das ein Schuss?«, zuckte Alicia zusammen.
»Es klang so …«, zog er wieder an seinen Fesseln.
»Ist die Polizei hier?«
Sie sahen gespannt zur Tür, warteten auf eine Weiterführung und atmeten dabei kaum.

»Da müsste mehr ...«

Der nächste Schuss unterbrach Belsch.

»Da kämpft jemand ...«, versuchte Alicia die Geräusche zu deuten.

Ein Schlag gegen die Tür, gefolgt von Schüssen aus einem automatischen Gewehr.

»Vielleicht sollten wir den Kopf einziehen ...«, schlug Belsch besorgt vor.

Ein weiterer Schlag gegen die Tür, gefolgt von einem Schuss, der durch die Tür krachte.

»Fuck ...«, entwich es Belsch.

Sie sahen auf das rauchenden Einschussloch, langsam begann Blut durch das Loch in der Tür zu fliessen und zog an der weissem Lackierung abwärts. Es folgte ein dumpfes Aufschlagen, gefolgt von Stimmen, die sie nicht ausmachen konnten.

»Sollen wir auf uns aufmerksam machen?«, flüsterte Alicia.

»Besser nicht ...«, hatte sich Belsch, wie eine Schildkröte, zwischen den Tischen versteckt.

John landete auf dem Rücken, erkannte die Pistole neben sich, aber vor ihm, wie der Maulwurf nach dem Maschinengewehr griff.

»O nein!«, rief John aus, richtete sich auf und sprang in beinahe derselben Bewegung nach vorne. Mit der ausgestreckten Hand packte er den Lauf und drückte ihn gerade noch an sich vorbei.

Schüsse flogen gefühlt durch seine Haut und der Lauf verbrannte seine Hand.

Der Maulwurf liess das Maschinengewehr los, packte John an der Schulter und warf ihn gegen die Tür. Zog ihn an der Tür hoch, schlug ihm mit der Faust auf die Nase und in die Nieren.

John trat ihm auf den Fuss und mit einer einzelnen Bewegung der Schulter grub sich seine Faust tief in den Solar plexus.

Auch wenn er die Überhand hatte, steckte er zu viel ein, und benommen nach Luft schnappend wurde Martin gedreht. Sein Rücken schlug gegen die Tür. Noch immer nach Luft schnappend, spürte er das kalte Metall unter seinem Kinn.

Er dachte, dass er Alicia retten musste und dass er der weisse Ritter für sie sein musste. Sie vor dem Drachen in der Kleidung eines Fuchses beschützen musste. Das waren die letzten Gedanken, die in seinem Kopf stattfanden, bevor Teile seines Gehirns durch die Austrittswunde quollen und Denken komplett eingestellt wurde.

»Du hast ihn ...«, trat Sarah neben John, der sich blutüberströmt neben den regungslosen Maulwurf setzte.

Mit einer zitternden Hand griff John in die Hosentasche und nahm die Packung Zigaretten hervor.

»Warte ...«, kniete sich Sarah hin, nahm ihm das nun blutverschmierte Zigarettenpäckchen ab, entnahm eine Zigarette, die sie in ihrem Mund anzündete, und steckte sie ihm brennend in den Mund.

John zog an der Zigarette und blies den Rauch aus, ohne sie dazwischen aus dem Mund zu nehmen.

»Musstest du ihn töten?«

Nun nahm er die Zigarette aus dem Mund. »Nein, aber er hätte es getan!«

Sarah wischte ihm mit dem Ärmel der Ozeanium-Jacke, die sie trug, das Gesicht etwas sauber. Nicht sehr erfolgreich, aber es war der Wille, der zählte.

»Von der ersten Attacke war er darauf aus, mich zu töten ...«, steckte er die Zigarette wieder ein und drückte sich ächzend an der Tür hoch.

Alle drei schauten zu, wie John sich von der Wand löste und dabei rote Handabdrücke daran hinterliess.

»Was ist da gerade passiert?«, wischte sich Tim Schweiss von der Stirn.

»Wir haben gerade einen weiteren Mord beobachtet!«, schluckte Laurent laut hörbar.

»Das war doch Notwehr!«, warf Noemi ein. »Und es ist wieder einer weniger!«

Tim nickte leicht zu Noemi. »Vielleicht, aber er hat ihn doch kaltblütig umgebracht ...«

»Er hat ihm einfach in den Kopf geschossen ...«, zeigte Laurent wieder auf den Bildschirm, als John und seine Begleitung zurück ins Treppenhaus gingen.

»Und was machen wir jetzt?«, verschränkte Noemi die Arme vor der Brust.

Tim stand auf und schob den Stuhl zur Seite. »Wir löschen das Band, natürlich!«

Sie gingen über die Plattform, passierten andere Besucher, Familien und Paare. Alle hatten Blicke drauf, als wären sie die bösen Verbrecher.

»Warum mussten Sie den Kindern Angst machen?«, kam von einer kurzhaarigen Frau, die ihre Tochter auf dem Arm hielt.

Markus blieb stehen und musterte sie. »Wir machen den Kindern Angst? Nicht der grosse Hai? Die geschlossenen Tore oder das verfickte, gebrochene Glas?«

»Lass sie ...«, legte Strawberry einen Arm um Markus und drehte ihn wieder in Laufrichtung.

»Nein ...«, drehte sich Markus um. »Wir werden hier alle sterben! Vielleicht auch nicht, aber wie Sie alle am Wasser erkennen können, sieht die Lage recht beschissen aus!«

»Markus ...«, legte Matt eine Hand auf seine Schulter.

Er schüttelte die Hand ab und ging wieder tiefer auf die Plattform. Alle Augen auf ihn gerichtet. »Aber Sie entscheiden, dass wir zu böse reden für die Situation!«, wurde Markus nun richtig laut. »Ist das die Angst vor dem, was kommt? Wir haben uns nicht hier reingebracht, wir haben alle wie Sie dafür bezahlt und wir werden alle dafür bezahlen!«

Die Masse musterte und ignorierte ihn zugleich, eine Mischung aus Abscheu und Scham stiess ihm entgegen.

»Ja, seht euch den bösen Mann an!« Lachend klatschte er in ihre Richtung. »Ich gratuliere, Sie sterben als Arschlöcher!«

Ein Ozeanium-Mitarbeiter trat aus der Menge auf Markus zu. »Sie merken schon, wie Sie sich benehmen?«

»Natürlich, die Reaktion ist schuld!«, betrachtete er Einzelne in der Menge und ging näher.

»Wir bitten Sie höflichst, sich zu entfernen, Sie bringen die Gruppe in Aufruhr!«

Markus lachte. »Ihr denkt das tatsächlich? Scheisse, seid ihr arm!«

»Markus!«, schrie Georg.

»Ja, ja ...« Lachend ging er rückwärts. »Ich würde ja gerne sagen, bis bald, aber ich bezweifle, dass Sie in den Himmel kommen werden!«

»Bitte, gehen Sie!«, wurde der schon rote Kopf des Mitarbeiters noch röter.

Markus drehte sich um, schüttelte theatralisch den Kopf und folgte den anderen dreien.

»Hat er recht?«, flüsterte Strawberry zu Matt.

»Ja, es sind Arschlöcher ...«

»Nein ...«, lächelte Strawberry. »Dass wir sterben werden!«

»Das Glas wird nicht mehr lange halten und es scheint, als gäbe es Probleme mit dem Aufbringen der Tore ...«

»Wieso weisst du das?«, wischte sich Georg Schweiss von der Stirn.

»Weil wir immer noch nicht draussen sind«, hasste es Matt, recht zu haben.

»Was für eine Bande von Wichsern!«, holte Markus sie ein.

»Nun, du hast auch eine abschiedswürdige Rede gehalten!«, lachte Strawberry.

»Ja, ich kann durchdrehen ...«, zuckte Markus mit der Schulter, schliesslich kannte er sich selbst am besten.

»Nun musst du hoffen, wir schaffen es nicht raus!«, zwinkerte Matt. »Die würden dich verklagen!«

»Ha!«, lachte Markus. »Und schon sind unsere Chancen gestiegen!«

Hans beobachtete, wie der Hamster den Amerikaner die Stufen hochbrachte. Lächelnd wanderte sein Blick nach unten, unter seinen Füssen schwamm der königliche Weisse Hai und er spürte eine Verbundenheit, die er bei keiner seiner Ex-Frauen spürte.

»Why you are doing this?«, kam Bradley Drywood auf dem Tank an.

»Er will wissen, warum wir das tun ...«, kam der Hamster neben Bradley an und hielt ihm das Maschinengewehr in die Rippen.

»Das ist nichts Persönliches ...«, sah Hans Bradley freundlich in die Augen. »Wir wollen nur das Beste für den Hai!«

»Nothing personal, Sir, we just want the best for the shark!«, übersetzte der Hamster.

Bradley schüttelte den Kopf. »I'm against that abomination, too!«

»Er ist auch dagegen!«

»Dann wird er sich sicher freuen, dass er Gutes vollbringen wird!«, lächelte Hans.

»Than you have to be excited to be a part of that!«

Bradley stutzte, sah vom Hamster zu Hans und zurück. »You are killing people ...«

»Er sagt ...«

»Schon gut!«, unterbrach Hans den Hamster. »Das habe sogar ich verstanden!«

Der Hamster wirkte etwas verwirrt, aber Hans erwiderte nichts und betrachtete Bradley einfach nur mit seiner Wolfsmaske.

»You are insane!«, lächelte Bradley und blickte zur Brücke, wo seine Kollegen hilflos dem Ganzen zusahen.

Hans lächelte. »All great men are!«

Bradleys Lächeln verschwand und er starrte Hans einfach in die Augen.

»Wo ist die Kamera?«, merkte Hans, dass etwas fehlte.

Der Hamster schluckte und suchte den Tank ab. »Shit, wegen dem Ganzen haben wir ...«

»Bring mir die verdammte Kamera!«, schrie Hans.

»Hey!«, rief der Hamster runter zur Brücke. »Bring einer die Kamera hoch!«

»Ich sagte doch, du!«, schrie Hans ihn an.

»Sie sind vielleicht im gleichen Alter, aber sehen Sie sich den Fels an ...«, nickte Hamster in Bradleys Richtung. »Sie sind im Tank, bevor ich die Leiter festhalte!«

»What are you talking about?«, wollte Bradley wissen, was hier los war.

»I told him you'd probably trow him into the shark tank if my gun wasn't around!«, übersetzte der Hamster für Bradley.

»You're probably right!«

Hamster lachte kurz auf und verstummte mit einem Räuspern wieder.

»Was?«

»Er stimmt mir zu!«, erklärte Hamster.

»Natürlich tut er das!«, hob Hans den Daumen und senkte den Blick zu dem gleitenden, gräulich-blauen Hai, der unter der Einbruchstelle hindurchschwamm.

»Hier, hier!«, kam der Hund mit der Kamera in der Hand die Leiter hoch.

»Wurde auch Zeit!«, stöhnte Hans übertrieben und drehte sich um.

Der Hamster stiess Bradley an. »Please, follow him!«

Bradley folgte Hans an den Rand des zerbrochenen Glases.

»Wer nimmt die Kamera?«

Hans bemerkte nun doch, dass sie dezimiert waren und es Hände brauchte. »Wenn du schon hier bist, kannst du auch filmen!«

»Alles klar!«, startete Hund die Kamera und hielt auf Hans.

Alicia konnte ihre Augen nicht von der langsam grösser werdenden Blutlache abwenden, die sich auf ihrer Seite der Tür ausbreitete. »Was ist da passiert?«

»Mach dir darüber keinen Kopf ...«, versuchte Belsch noch immer, den Schrecken zu verarbeiten. »Alicia ...«

Sie beugte sich wieder nach vorne, die Fesseln schürften ihre Handgelenke auf und sie hatte Durst. »Sie hätten uns was zu trinken hier lassen können!«

»Als ob das jemanden interessiert ...«

»Die Genfer Konvention vielleicht?«, mühte sich Alicia zu einem Lächeln ab.

»Du musst dich nicht zwingen, ich weiss, dass du kurz vor dem Durchdrehen bist!«, drehte sich Belsch nach vorne zu den Bildschirmen.

»So offensichtlich?«, legte sie die Stirn auf die Tischplatte.

»Nein, nein ...«, lachte er zu laut. »Ich bin selbst kurz vor dem Durchdrehen!«

Mit einem schwachen lächeln hob sie den Kopf. »Danke!«

»Dafür?«

»Dafür, dass du ein Freund bist!«, setzte sie sich gerade und schaute selbst auf die Bildschirme.

Beide verloren ihr Lächeln im Bruchteil einer Sekunde.

»Sie tun es wieder ...«

»Omg, den habe ich schon gesehen!«, keuchte Alicia.

»Das ist Bradley Drywood, Politik, Sport, News ... such dir was aus! Ein Gegner von Zoos und Aquarien!«

Alicia nickte.

»Du hast keine Ahnung ...«, schien Belsch das Nicken gehört zu haben.

»Nicht einmal einen Hauch!«, sah sie lächelnd, wie Hans eine Rede hielt.

Kopfschüttelnd deutete er mit dem Kinn auf den Bildschirm. »Man kann sagen, was man will, aber er trägt die Maske sehr selbstbewusst!«

»Dafür, dass die ganze Sache recht peinlich ist, haben sie alle die Masken mit Selbstvertrauen getragen!«, fügte Alicia an.

»Was tut er da?«, kommentierte Belsch ein Aufsehen von Hans Wolf.

»Was sieht er da?«, stutzte Alicia.

Die Kamera wurde unscharf und die Auflösung war für die Art von Gewackel nicht gemacht, es wurde heller und damit wurde das Bild dunkel.

»Da!«, zeigte Belsch auf einen anderen Bildschirm. »Da fiel was ins Wasser!«

John und Sarah traten durch die Tür auf die obere Brücke. Die deutlich schmaler und nicht aus Glas war.

Geduckt gingen sie nach vorne.

»Ich denke immer noch, das ist eine doofe Idee!«, flüsterte Sarah.

»Es sind noch fünf, wir müssen sie trennen!«, flüsterte John.

»Du weisst, ich verstehe kein Wort, wenn du nach vorne flüsterst!«

Lachend beugte sich John über die Brüstung. »Ach du Scheisse …«

Sarah ging vor John in die Hocke.

»Sie sind schon wieder dabei!« John nahm das Seil von seiner Schulter und begann es aufzurollen.

»Drei von ihnen sind auf dem Tank und zwei bei den Geiseln auf der Brücke!«, spähte Sarah nochmals.

»Wie sieht es mit der Distanz aus?«

Sarah seufzte. »John … du landest wahrscheinlich auf der Brücke und brichst dir den Rücken!«

John band ein Ende um die Brüstung, knotete es wie ein Seemann und wickelte sich das andere Ende einmal um die Hand. »Ablenkung ist Ablenkung!«

Sarah schüttelte den Kopf. »Du bist ein richtiger Motivator!«

John zündete eine Zigarette an und spähte auf die andere Seite der Brücke. »Was tust du?«

»Ich warte, bis du auf dem Tank landest, was ich, wie ich bemerke, bezweifle. Das wird mindestens einen der beiden auf der Brücke dazu verleiten, seinen Posten zu verlassen, und das ist der Moment, in dem ich mich abseile und den letzten Tierroristen ausschalte.«

»Hört sich gut an!«, zwinkerte John, zog noch mal an der Zigarette und gab sie an Sarah ab.

»Viel Glück!«, zog sie an der Zigarette.

»Wir sehen uns auf der anderen Seite!«, stand John auf und rannte auf die gegenüberliegende Brüstung zu. »Cowabunga!«

Sarah war wie gebannt, als er mit dem Aufschrei ins Leere stürzte und das Seil nach sich zog, bis es anspannte.

Damit schwang er unter der Brücke durch und hob sich leicht, bis er den toten Punkt erreichte und einfach losliess.

»O je, o je, o je …«, konnte sie kaum hinsehen, Hände am Geländer und der Zigarette zwischen den Lippen.

Er schaffte es nicht nur bis zum Tank, er landete auch genau auf dem Rücken von dem Kerl in der Hundemaske.

John sichtete den Widerstand und hob die Schultern über den Hals. Mit der Schulter traf er das Kreuz von dem Hund, mit der Hüfte dessen Beine und mit dieser Wucht stiess er ihn nach vorne. Die Kamera fest in der Hand, schlug er gegen das Glas, das knirschend brach und ihm die Unterlage raubte.

Mit einem kurzen Schrei fiel er nach unten ins Wasser.

»Du lebst?«, schrie Hans überrascht zu John , als sich dieser aufrappelte. Kurz warf er einen Blick nach unten. Dort war die Rückenflosse, die an der Wasseroberfläche erschien und auf den strampelnden Hund zuhielt. Langsam hob er seinen Kopf und zeigte auf John. »Duuu warst das!«

John richtete sich auf. »Was genau meinst du? Das ist etwas zu vage!«

»Worauf wartest du, erschiess ihn!«, schrie Hans zum Hamster, doch dieser wurde von Bradley Drywood gepackt.

Dennoch lösten sich Schüsse aus dem Maschinengewehr.

Sarah wartete, bis die Katze die Leiter hochhastete, die Maus blieb genau dahinter stehen und blickte zum Tank.

»Jetzt ...«, flüsterte sie zu sich selbst und seilte sich ab.

Sie sah den Hund, der in dem riesigen Kiefer von Arthur einfach verschwand, während oben ein Deathmatch vonstattenging.

Die Geisel rang mit dem Hamster, drückte dessen Maschinengewehr nach unten, das laut knatterte, und bevor sie tiefer als der Tank war, erkannte sie die Sprünge, die sich über die Oberfläche zogen.

Sie sprang den letzten Meter nach unten und staunte darüber, wie die Geiseln fassungslos zum Tank starrten, statt die Überlegenheit auszunutzen.

Katze verschwand an der Kante des Tanks, Maus stand immer noch vor der aufgestellten Leiter, als Sarah langsam hinter ihm ankam. Das Maschinengewehr auf ihn gerichtet, drückte sie mit dem Finger, oder versuchte es. Sie schaffte es nicht, den Abzug zu drücken und ihn zu töten.

Sie dachte daran, wie sie auf Fuchs geschossen und wie John den Maulwurf hingerichtet hatte. Mit einer Bewegung drehte sie das Gewehr und schlug Maus die Rückseite des Holzgriffs gegen den Hinterkopf.

Maus sackte wie ein nasser Sack zusammen und blieb regungslos auf dem Boden liegen.

Hamster stiess Drywood von sich und schoss ihm ins Bein. Laut schreiend fiel der amerikanische Reporter zu Boden und hielt sich das blutende Knie. Hamster drehte sich wieder um.

John hatte sich den Wolf gepackt und hielt ihn im Schwitzkasten als Kugelschutz, mit der Pistole an dessen Kopf gepresst.

Katze kam hoch, nahm sein Maschinengewehr vom Rücken und richtete es auf John.

»Lasst das, legt die Waffen runter!«

»Leg du sie runter!«, schrie Katze.

»Tötet ihn! Er darf uns nicht aufhalten!« Damit stiess der Wolf sein Messer in Johns Bein und schaffte es, sich von ihm wegzustossen.

John blickte in die Mündungen der Maschinengewehre, doch der Wolf stiess sich zu sehr ab und kam an eine brüchige Randstelle. Mit einem brechenden Klirren sackte er ein und fiel runter. Allerdings konnte er sich gerade noch so mit den Armen oben halten. Blut drang durch seinen Anzug an der Stelle, an der er sich gegen das gebrochene Glas drückte.

John bemerkte, dass sie nun doch nicht schossen, und zielte im Gegensatz auf sie. Sein Blick traf den von Drywood, als Hamster und Katze losrannten, um ihrem Anführer zu helfen.

Drywood kannte diesen Ausdruck in den Augen eines Mannes, er kannte ihn allerdings eher von Männern auf dem Schlachtfeld statt in einem Aquarium.

Mit zwei Schüssen in die Knie der zwei rennenden Terroristen brachte er sie genau neben und vor dem Einbruchsloch zu Fall. Hamster schlug mit dem Knie auf, der Rest seines Körpers traf nichts mehr und fiel kopfüber nach unten ins Wasser. Katze fiel auf die Schulter und rollte ab, so nahe neben dem Loch, dass er auf einmal den Halt verlor und noch verzweifelt versuchte, sich festzuhalten, aber auch ins Wasser fiel.

John wandte sich dem Wolf zu, der noch immer ungemütlich an dem gebrochenen Glas baumelte.

»Ausgeheult ...«, Griff John ihn unsanft unter der Schulter und zog ihn hoch.

Der Wolf stöhnte, Blut lief ihm aus den Ärmeln, aber das Knirschen kam nicht von ihm.

John linste nach unten und da knisterten die Risse, die sich ein Rennen unter ihm durch lieferten. Mit einem Knacken wurde das Glas weiss und brach in kleine Stücke.

Tim schüttelte den Kopf und verfolgte mit seinen zwei Mitarbeitern ungläubig das Geschehen auf dem Bildschirm.

»Das ist jetzt nicht wahr, oder? Ist er ein Akrobat?«, lachte Laurent beeindruckt.

»Und wenn er Batman ist, er rettet uns gerade den Arsch!«, lächelte Tim schwitzend.

»Ohh ..«, zuckte Laurent zusammen. »Das war hart!«

»Bye-bye, Doggie!«, winkte Noemi. »Hey, die Taucherin lässt sich auf die Brücke runter!«

»Einer rennt hoch und der andere ist abgelenkt!«, zeigte Tim von einem Bildschirm zum anderen. »Das bedeutet, die Geiseln sind unbeaufsichtigt ... und die Türen unbewacht!«

Laurent und Noemi drehten sich zu Tim.

Tim griff nach dem Telefon. »Die Geiseln sind unbeaufsichtigt! Alle fünf Terroristen sind beim Tank! Stürmen Sie!«

»Oh, da scheint sich das Blatt zu ... OH, doch nicht!«

Tim hielt das Telefon von sich. »Die Katze ist oben! Fuckfuckfuck!«

»Er hat ein Messer!«, schrie Noemi auf.

»Oh ... Oh ...«

»Da, sie hat den Maustypen ausgeknockt!«, lachte Noemi mit einem Klatschen.

Es war nicht mehr viel mehr als das, bis der Hamster und die Katze in den Tank fielen, beinahe neben die gräuliche Haut und die Rückenflossen, die sich noch immer in der Nähe befanden.

»Die Terroristen sind ausgeschaltet!« Tim legte das Telefon auf den Tisch. John half Wolf hinaus.

»Wir haben es, es ist geschafft!«, klopfte Laurent laut in die Hände.

Mit einem Lächeln schloss Tim kurz die Augen und öffnete sie wieder. John und der Wolf waren einfach verschwunden.

Matt blieb stehen und starrte auf den Boden.

»Was ist?«, blieb Markus stehen, leuchtete dabei mit seinem Telefon in Matts Gesicht.

»Habt ihr schon gemerkt, dass wir in immer tieferem Wasser laufen?«

Markus stapfte und man hörte ein feines Platschen. »Das ist nicht gut ...«

»Was heisst das?«, leuchtete Strawberry auf das Wasser.

»Dass immer mehr reinkommt ...« Markus leuchtete auf den Weg zurück. »Wundert mich nur, dass noch keiner panisch hinterherrennt!«

»Ich glaube der andere Ausgang ist näher!«, klärte Georg die Fakten.

»Aber hier kommt das Wasser später an ...«, drehte sich Markus wieder um und deutete nach vorne. »Gehen wir weiter!«

Matt nickte und sie setzten sich wieder in Bewegung. »Vielleicht etwas schneller, wenn das Wasser schon hier ist, dauert es nicht mehr lange!«

»O nein ... hört ihr das?«, hob Strawberry die Hand.

»Ist das Rauschen?«, horchte Georg.

»Fuck, ja«, schrie Markus und erkannte mit Schrecken die Wand aus Wasser, die auf sie zukam.

»Holt noch mal Luft, bevor ...« Da wurde Matt erfasst und unter Wasser gedrückt. Sie schossen nach vorne und prallten ans Tor, das noch immer geschlossen war.

Georg tauchte auf und versuchte noch mal Luft zu holen, aber das Wasser war zu schnell und er schluckte Wasser, bis seine Lungen platzten.

Strawberry war bei dem stählernen Tor und versuchte dagegenzuschlagen. Markus versuchte ihr verzweifelt zu helfen, als seine Bewegungen langsamer wurden und er mit einem kurzen Zucken wegtrieb.

Ein Funke erschien am unteren Rand des Tors, Strawberry hielt sich die Brust und bemerkte, wie Matt leblose weite Augen hatte und sie selbst ein tiefes Brennen in der Lunge verspürte.

Klirrend gab das Glas unter John nach und er fiel zusammen mit dem Wolf ins Wasser.

»Was hast du getan?«, kreischte der Wolf und riss sich die Maske vom Kopf.

John dachte an das Messer in seinem Bein und versuchte, sich nicht vorzustellen, dass er Ziel Nummer eins sein würde.

»Ahhhh«, schrie der Wolf.

John drehte sich leicht nach rechts und da war er. Da schwamm Arthur an ihnen vorbei, die Reste von einem Bein und einem Arm in seinen Zähnen aus dem Mund hängend. »Ich habe es dir gesagt, noch bevor die Sonne untergeht!«

»Nein ...«, kreischte Wolf, als Arthur sie zu umkreisen begann. Er schwamm leicht auf der Seite, so war seine knochenweisse Unterseite zu sehen.

John versuchte, so wenig Bewegungen wie möglich zu fabrizieren, da sein Gegenüber planschte wie ein Kleinkind.

Arthur schwamm noch drei Mal um sie herum, langsam, er hatte Zeit und war wohl im Moment auch nicht unterernährt. Unvermittelt tauchte er ab.

»O mein Gott ...«, stöhnte der Wolf erleichtert und lachte hämisch zu John. »Siehst du! Er weiss, wer ihn retten will!«

»Er kommt von unten ...«, spuckte John Salzwasser aus.

»Was?« Da zuckte Wolf schon zusammen und riss die Augen so weit auf, dass sie drohten, zu platzen. Die Grimasse wurde durch den Mund vervollständigt, der schreien wollte und stattdessen einfach Blut herausfliessen lief. Dies geschah in den knapp zwei Sekunden, in denen Arthur noch unter Wasser zuschnappte und seine Beute tödlich verletzte, aber noch nicht tötete. Dies sparte er sich für nach dem erneuten Eintauchen auf.

Hans spürte die Zähne tief in seinem Fleisch, in seinen Organen, aber er war noch am Leben, spürte, wie der Hai mit ihm abtauchte und seinen gigantischen Kopf zu schütteln begann. Es war wie auf einem Rodeo in einem Countryclub, nur war der Hai mit so viel Kraft ausgestattet, dass sich Hans' innerer Körper in Muss und Staub verwandelte. Als der Hai etwas tiefer tauchte und den Körper kauend weiter in seinen Rachen schob, war Hans schon tot. Gefressen von dem, den er retten wollte.

John wurde Zeuge, wie der Wolf ohne Maske aus dem Wasser gehoben wurde, drehte sich um und schwamm los.

Vor ihm schien das Glas zerbrochen zu sein, wenn dem so war, hatte er vielleicht eine Chance. Er tauchte ab und bestätigte sich selbst das gebrochene Glas. Das Loch zum anderen Tank war nicht klein, aber nicht gross genug für

Arthur, so etwas wie ein Lebenswille trieb John an, bis er eine Bewegung in seinem Augenwinkel bemerkte.

Da war Arthur schon wieder und schoss auf ihn zu, den Kiefer weit aufgerissen, Fleisch und Kleidungsfetzen zwischen den Zähnen und dem dunklen, schwarzen Abgrund dahinter.

Aus dem Nichts tauchte ein Hammerhai auf und rammte Arthur in seine linken Kiemen, was ihn dazu brachte, noch vor John zuzuschnappen. Ein zweiter Schlag von einem zweiten Hammerhai traf Arthur unterhalb seiner Rückenflosse und mit einem energischen Stoss seiner Schwanzflosse stiess er sich aus der Anschlagszone.

John taucht auf und holte Luft, kurz bevor ihn etwas am Bein packte und wieder unter Wasser zog. Der Hammerhai zog ihn nach unten, seine Zähne tief in Johns Fuss vergraben. John versuchte trotz der Schmerzen und dem eigenen Blut, das ihn wie eine Wolke umgab, nicht zu viel Luft auszuatmen.

Da bemerkte John Arthur nur als schwarzen Schatten von links kommend und erkannte ihn erst, als sich die riesigen Zähne vor seinen Augen wie eine überdimensionale Bärenfalle schlossen. Arthur teilte den Hammerhai mit einem Biss entzwei und erwischte John nur mit den Zähnen nicht. Die Unterseite von Arthurs Nase traf John auf dem Oberschenkel und es fühlte sich an, als wäre er von einem Zug getroffen worden.

Die Wucht des Angriffs katapultierte John zur Seite, drehte ihn um die eigene Achse und er hatte keine Ahnung, was unten und was oben war.

Dabei half ihm der zweite Hammerhai. Mit einem rippenbrechenden Stoss balancierte er John aus und er konnte sich an seinen vor Schmerzen ausbrechenden Luftblasen orientieren. Der zweite Stoss, der ihn gegen Glas drückte, brach ihm weitere Rippen und drückte mehr Sauerstoff aus seinen Lungen.

Wie ein Güterzug kam Arthur auf sie zugeschossen, erwischte den Hammerhai an seiner Schwanzflosse und brach durch das zuvor kleine Loch in den anderen Tank.

Der Hammerhai, ohne seinen Schwanz, sank hilflos an John vorbei und er drehte sich um. Vor sich, hinter dem Glas, verspeiste Arthur den Schwanz des Hammerhais und über ihm war die Luft, die er brauchte. Allerdings musste er dafür an dem nun recht grossen Loch vorbei.

Das Brennen in seinen Lungen liess ihm keine Wahl und er stiess sich aufwärts, den Blick unentwegt auf Arthur gerichtet. Kurz bevor John die Wasseroberfläche erreichte, drehte sich Arthur wieder in seine Richtung.

Seine Lungen strömten förmlich mit der Luft und er spürte den erlösenden Schmerz, bis der unausweichliche, endgültige Schmerz kommen würde. Nur, er kam nicht. Stattdessen konnte er beobachten, wie er an Arthur vorbeisank. Tank eins verlor Wasser und Tank drei verlor Wasser bis zu dem eingebrochenen Loch.

Arthur schien das schon nicht mehr zu interessieren und er schwamm davon, um seinen neuen Tank zu erkunden.

Alicia und Belsch schreckten auf, als die Tür hinter ihnen aufgestossen wurde und drei Polizisten mit gezogener Waffe hereinstürmten.

»Wir haben hier zwei Überlebende!«, rief einer und rannte wieder raus.

»Alles gut ...«, sagte einer der Polizisten und steckte seine Waffe ein. »Es ist vorbei!«

Erleichtert liess Alicia los und brach in Tränen aus.

»Ganz ruhig, Ihnen kann nichts mehr passieren!«, beugte sich die blonde Polizistin über Alicia und begann, die Fesseln loszuschneiden.

»War das einer von den Guten?«, deutete der andere Polizist auf den Toten am Fusse der Treppe.

»Nein ...«, schüttelte Belsch den Kopf, ehe er sich Alicia zuwandte. »Siehst du, wir haben es ausgesessen!«

Lachend konnte sie ihre Hände hochheben und rutschte mit reibenden Handgelenken aus der Sitzreihe.

»Achtung, ganz vorsichtig!«, stützte die Polizistin Alicia und half ihr die Treppe hinauf.

»Ahhh!«, schrie Alicia auf, als sie die Tür passierten.

»Warum ist der noch nicht zugedeckt?«, rief ein Polizist genervt.

»O shit ...«, hielt sich Belsch die Hand an den Mund.

»Nein ... nein ...« Alicia löste sich von der Polizistin und ging neben Martin in die Knie.

»Nein ... Martin ...« Sie bemerkte die Maske, die neben ihm auf dem Boden lag, und nahm sie auf.

»Doppelte Scheisse ...«, keuchte Belsch und beugte sich zur Polizistin. »Sie bemerkt gerade, dass ihr Ex-Freund einer von ihnen war.«

Mit einem erstickten Schluchzen starrte sie die Maulwurfmaske an und verfiel in ein panisches Zittern. »Bringen Sie mich bitte raus! Bitte!«

John sass auf der Unterseite der zertrümmerten Brücke und beobachtete den zappelnden Hai, der ohne Schwanzflosse und blutend sein Leben aushauchte.

Er verstand noch nicht ganz, was gerade passiert war, sein Fuss pochte, brannte, Blut floss über das Glas und in seinem Oberschenkel steckte noch immer das Messer. Mit einem lauten Stöhnen zog er das Messer raus und warf es zur Seite ins Wasser. Der andere Oberschenkel war hart wie Stein und warf Schmerzen durch seine Nerven, die mit den gebrochenen Rippen um die Führung strahlten.

»Fuuuck!«, stöhnte er und pochte gegen das Glas der Brücke. Darunter konnte John Körper erkennen und es lief ihm kalt den Rücken runter. »Sorry ...«

Das wollte er dann doch nicht sehen, hob den Kopf und musste feststellen, dass er so weit unten war, dass er gerade noch das eingebrochene Loch erkennen konnte.

»Da komm ich wohl nicht hoch ...«, erhob sich John und belastete mit Schmerzen seinen Fuss.

Er entdeckte das Loch, in dem das Wasser abgelaufen war, und sprang ins Wasser, tauchte ab und schwamm darauf zu.

Das Salz brannte in seinen Wunden und natürlich schnitt er sich, als er sich an dem eingebrochenen Teil des Tunnels festhielt.

Ein Ächzen, ausgelöst von den Schnitten und vom Anblick der Tram Nummer siebzehn, die von regungslosen, nassen Körpern umringt war.

»Komm schon!«, brauchte John die letzten Reserven seiner Kraft, die er nicht mehr besass, und zog sich durch.

Mit einem Platschen fiel er in das kniehohe Wasser und setzte sich prustend auf. Vorsichtig schob er ein tote Frau zur Seite, stand auf und hinkte auf den Teil des Tunnels zu, vor dem am meisten Leichen schwammen.

Mit der einen Hand über den Rippen und die andere an den Rücken gepresst, lief er durch das kniehohe Wasser in den Tunnel, auf das Licht zu.

Auf einige Lichter zu, einzelne kleinere Lichter blitzten vor seinen Augen auf und er war überzeugt, dass dies in seinem Kopf stattfand.

»Da lebt jemand!«, schrie eines der Lichter.

»Wir haben einen Überlebenden!«, schrie ein anderes.

Plätschern erklang und das Hüpfen der Lichter wurde stärker.

John übergab sich, ebenso plätschernd, auf seine Seite.

»Bleiben Sie ruhig, alles wird gut!«, tauchte ein Feuerwehrmann vor ihm auf.

John wischte sich lächelnd den Mund ab.

»Wie haben Sie das überlebt? Wir waren zu spät!«, tastete er nach einem Puls bei John.

John wischte seine Hand weg und ging weiter. »Ich war im Tank!«

Der Feuerwehrmann blieb für einen Moment stehen und holte John gleich wieder ein. »Wie ... im Tank?«

John hob seinen Fuss aus dem Wasser, hielt ihn in das Licht der Lampe und zeigte den Biss des Hammerhais. »Ich war mit den Haien schwimmen!«, setzte er den Fuss wieder ins Wasser und ging weiter.

»Das sieht hier aus wie in einem Kriegslazarett ...«, bemerkte Base und hielt Chloe fest an der Hand.

Die Innenstadt um das Ozeanium war voller als bei der Basler Fasnacht und sie bahnten sich einen Weg durch die Menschen, die sich aus Rettern, Opfern und Zuschauern zusammenstellten.

»Wie sollen wir ihn hier finden?«, suchte sie hastig durch die Menschen.

»Halt einfach die Augen offen, ich denke, das wird dann sehr einfach!«, hielt auch Base Ausschau.

Tim trat an den Sanitätswagen, der neben dem Radisson Hotel, etwas vom Tunneleingang weg, geparkt war. »Crime? John Crime?«

John hob den Kopf, während ein Sanitäter seinen Fuss einwickelte. »Kommt darauf an: Wollen Sie was oder bringen Sie was?«

Tim lächelte und streckte die Hand aus. »Tim Meier!«

»Oh ... die Stimme!«, lachte John und schlug ein.

»Ich darf Ihnen vom ganzen Ozeanium mitteilen, dass wir Ihnen sehr dankbar dafür sind, was Sie da drin getan haben!«

John betrachtete lächelnd den blauen Himmel. »Das war nicht mein Verdienst!«

»Ich denke, ohne ihr Einmischen wäre die Geiselname noch in vollem Gange!«

Nickend bedankte sich John beim Sanitäter. »Danke, schmerzt wie die Hölle, aber sieht schick aus!«

»Sie haben doch gesagt, keine Schmerzmittel ...«, stutzte der junge Sanitäter verwirrt.

»Schon gut«, lachte John und stieg aus dem Krankenwagen.

»Herr Crime, ich soll Sie ins Krankenhaus fahren!«, versuchte der Sanitäter John zu halten.

»Helfen Sie jemand anderem, ich gehe erst mal etwas essen!«, hinkte John mit Tim davon, genau in die Arme eines Polizisten in einer schwarzen Lederjacke und einer Sonnenbrille. »Herr Crime?«, hielt er ihm den Ausweis vor die Nase.

»Meier!«, hielt Tim ihm seinen Ausweis hin. »Ich werde Ihre Fragen beantworten!«

Der Polizist nahm Tims Ausweis und nickte.

»Gehen Sie was Essen, John, Ihre Freundin ist rechts neben dem Eingang«, zeigte Tim und folgte schliesslich dem Polizisten.

»Er wird uns schon noch Fragen beantworten müssen!«, zeigte der Polizist auf John, der mit seinem verbundenen Fuss davonhumpelte.

»Sicher aber jetzt hat er erst einen Moment verdient!«, lachte Tim.

»John!«, rief Sarah, den halben Kopf eingebunden und den linken Arm in der Schlaufe.

»Wie geht es dir?«, trat er an sie heran und tastete ihren Kopf ab.

»Machst du Witze?«, stiess sie ihn mit dem rechten Arm weg. »Wieso läufst du hier rum?«

John hob seinen Fuss. »Alles in Ordnung!«

Sarah schüttelte den Kopf. »Ich habe gesehen, was die Hammerhaie getan haben ... sind deine Organe noch am rechten Fleck?«

Schulterzuckend hob John sein Hemd hoch.

»Heilige ...«, bekreuzigte sich die Sanitäterin.

Sarah zeigte auf den roten und blauen Oberkörper, dessen Haut an diversen Stellen gar aufgebrochen war. »Kannst du überhaupt atmen?«

»Ich habe sogar Hunger! Gehen wir was essen?«, liess er sein Hemd wieder nach unten gleiten.

»Ich denke nicht, dass wir uns entfernen sollten!«

Lächelnd half er ihr von der Trage. »Das wird kein Problem sein!«

Sie folgte John, wie sie Richtung Theater gingen, aber nachdem die Leute etwas abgaben, nach links in die Steinenvorstadt.

»Warum ist das Wasser abgeflossen?«, fragte Sarah, nachdem sie sich schweigend einen Weg durch die Menschen gebahnt hatten.

»Der Tunnel ist eingebrochen, und als die Feuerwehr die Tore öffnen konnte, leerte es den Tank!«

»Da waren Leute eingeschlossen?« Sarah seufzte. »Haben sie ...?«

Kopfschüttelnd senkte er den Blick. »Sie waren etwas zu spät!«

Sarah schluckte.

»Kannst du mir erklären ...« blieb John vor dem gläsernen Eingang der *True Burger Filiale* stehen. »Wie die Hammerhaie da durch kamen?«

»Die haben die längste Zeit gegen das Glas geschlagen ...« Sie folgte John hinein. »Sie spürten wohl Arthur!«

»Die Viecher haben einen guten Rums«, lächelte John und trat an die Bestellkasse.

»Willkommen bei ...« Blinzelnd musterte die Kassiererin John und Sarah. »Sollten Sie nicht besser in ein Krankenhaus?«

»Da kommen wir irgendwie her ...!«, zwinkerte John. »Haben Sie Fishburger?«

»Natürlich, möchten sie einen Fishburger?«

John lachte auf. »Gott, nein! Einen doppelten Cheese mit extra Bacon!« Er ging einen Schritt zur Seite. »Was nimmst du?«

»Einen Erdbeershake und Pommes?«, fragte sie lächelnd.

»Willst du das oder fragst du mich, ob du es willst?«, lachte John.

»Ich nehme es!«, nickte sie zur Kassiererin.

»Für hier oder zum Mitnehmen?«

»Wir setzen uns hoch!«, griff John in seine Hose und lachte kurz auf. »Das sind nicht unsere Kleider ...«

Sarah lachte laut.

»Sie können nicht bezahlen?«, stutzte die Kassiererin.

»Er kann!«

John und Sarah drehten sich um.

»Lass mich bezahlen!«, drängte Base sich vorbei. »Und ich nehme dieses Speckding da oben und einen Big Truecheese, zwei Coke bitte!«

Alicia und Belsch sassen auf dem Rücksitz eines Polizeiwagens.

»Wir sollten froh sein, dass wir unverletzt sind und noch leben!«, sagte Belsch mit Blick aus dem Fenster und suchte den Polizisten, der sie fahren sollte.

»Martin lernte Wolf durch mich kennen ...« Alicia schluchzte mit grossen, tränenden Augen. »Und John. John ging nach Mexiko wegen mir und brachte den Hai mit ... Bin ich schuld an dem Ganzen?«

Belsch musste leicht lachen. »Hey ... du hast die Bös ja nicht dazu gebracht, das Ozeanium zu bauen!«

Alicia riss die Augen auf. »Meinst du? Vielleicht habe ich mal was gesagt und sie ...«

»Alicia! Beruhige dich!« Er nahm sie fest in seinen Arm. »Du kannst nichts für Martins Entscheidungen, noch weniger für die von John oder der Bös!«

Sie schluchzte und wischte sich die Nase ab.

»Wir haben gerade eine grosse Tragödie überlebt, du darfst die Nerven verlieren, du darfst weinen und du darfst alle verfluchen, aber Alicia ...«, hielt er sie von sich weg, »morgen sind wir wieder Reporter und erfüllen unsere Pflicht!«

Alicia wischte sich über die nasse Wange, nickte und wischte nach. »Danke ...«

7

»Ich weiss nicht ...«, schluckte Chloe den letzten Bissen von ihrem Burger und legte das Papier auf das Tablett auf dem Tisch. »... was wahnsinniger ist, was heute passiert ist oder die Geschichte auf dem Boot!«

»Weisst du!«, schmatzte Base und wischte sich Käse von der Wange. »Mit acht sah John *Der Weisse Hai* versteckt hinter dem Sofa. Vater war auf dem Sofa eingeschlafen!«

John zuckte mit der Schulter und steckte sich Fritten in den Mund.

»Und was ist jetzt euer Plan?«, lächelte Chloe zu Sarah.

Mit dem Strohhalm spielend zuckte Sarah mit der gesunden Schulter. »Mal sehen, wie ich das Ganze verarbeiten kann ...«

»Und du?«, klopfte Base seinem Bruder leicht auf den Rücken.

John lächelte leicht, steckte sich noch eine Fritte in den Mund und kaute. »Am besten weit weg ...«

»Ich bezweifle, dass du so bald gehen kannst!«, lächelte Chloe.

»Das wird sich herausstellen!«

Sie drehten sich um und ihre Augen fielen auf die Frau im schwarzen Sommerkleid mit knallroten Lippen und tiefem Ausschnitt. Hinter ihr standen zwei menschliche, blonde Gorillas mit so viel Ausdruck wie ein Stein.

»Wer sind Sie?«, wischte sich John die Hände ab.

»Maria Bös, ich bin Stefans Schwester, und so, wie es aussieht, gehört das Ozeanium nun mir!«

John prüfte seine nicht existente Uhr und nahm eine Fritte in die Hand. »Fritten?«

Maria nahm ihre Sonnenbrille ab und stecke sie in den Brustausschnitt. »Hören Sie, wir möchten, dass sie zwei den Hai zurückbringen!«

Base drehte sich um und musterte Maria Bös. »Ich bezweifle, dass die Behörden ihn gehen lassen! Ich habe gehört, sie wollen ihn aufschneiden, um die Überreste an die Familien übergeben zu können!«

»Sie wären überrascht, was Geld alles bewirken kann!«, lächelte Maria.

»Nicht wirklich ...«, zuckte Base mit der Schulter und ass weiter.

»Sehen Sie, nach dem heutigen Tag ist es wichtig, Grösse zu zeigen, und Sie zwei auf der Überfahrt wäre grossartige Publicity!«

»Publicity?«, stutzte Sarah.

»John wurde als Haifänger präsentiert, ein übler Einfall meiner Schwägerin ...« Seufzend wischte sie sich ihre Locken über die Schulter. »Ebenso übel, wie einen Hai hier nach Basel zu bringen ... aber über Tote sollte man nicht übel reden, es tut mir leid!«

John steckte sich weitere Fritten in den Mund, als sie die Sonnenbrille wieder anzog.

»Natürlich würden wir Sie gut bezahlen!«, fügte sie an und nahm ihr Telefon hervor.

»John ...«, flüsterte Base. »Ich weiss nicht, ob das so eine gute Idee ist!«

Maria hielt John das Display vor die Augen und zeigte es auch Sarah.

Sarah und John wechselten einen Blick.

»Wie viel?«, flüsterte Chloe.

»Das wollt ihr gar nicht wissen!«, lächelte Maria. »Wir hätten in Mexiko ein neues Boot für Sie. Wir wissen, dass Sie gerne Ihren Freund wiederfinden würden!«

»John, vielleicht ist es an der Zeit, hier zu bleiben!«, legte Base seinen Burger hin.

»Wir würden morgen früh ablegen, Sie müssen nur noch Ihre Aussage machen!«

John schüttelte lächelnd den Kopf und drehte sich zu Sarah.

Sarah, den halben Kopf einbandagiert, beugte sich zu John und flüsterte: »Ich würde gerne hier weg!«

John hielt Maria die Hand hin. »Deal!«

The End

DER AUTOR

Im September 1982 geboren, zeigte Simon schon früh sein Interesse für Filme, Bücher und Geschichten. Einer seiner ersten Filme war „Der Weisse Hai – Jaws" – und entfachte nicht nur eine Faszination für Haie, Filme über sie sondern alles, was mit Geschichten zu tun hat.

Nach seiner Ausbildung zum Verkäufer für Unterhaltungselektronik, erfüllte er seinen Traum in einer Videothek zu arbeiten und über Filme zu reden. Eine Leidenschaft, die er 2018, nach wöchentlichen Kinobesuchen, zu einem Youtube Channel verwandelt hat, und als True Basel über die neusten Filme spricht.

Simon arbeitet, lebt und schreibt in Basel.